퇴마록

퇴마록

말세편 **4**

이우혁

VANTA

공통 일러두기

- 도서는 『 』, 단편이나 서사시 등은 「 」, 그림, 글씨, 영화, 오페라, 음악, 필담 등은 〈 〉, 전화, 방송, 라디오 등은 [ ]로 구분했습니다.
- 각주는 모두 저자 주입니다(엘릭시르 판본에서 용어 해설로 처리된 부분 중 가감된 내용의 일부가 이에 해당).
- 영의 목소리(빙의됐을 경우 제외)와 전음이나 복화술 등 육성으로 하지 않는 말은 등장인물과의 구분을 위해 고딕체로 표기했습니다.
- 피시(PC) 통신에서 사용하는 메시지는 별도의 서체로 구분했습니다.
- 본문의 ( )는 편집자 주이며, ─는 저자가 보충하려 덧붙인 이야기를 구분한 것입니다.

차례

용(龍)과 봉(鳳)   • 7

하르마게돈   • 143

退魔錄   Exorcism Chronicles

용(龍)과 봉(鳳)

일러두기
- '봄베이'는 현재 '뭄바이'로 명칭이 바뀌었으나 작품의 시대 배경에 맞춰 '봄베이'로 표기했습니다.
- '은나라'는 현재 '상나라'로 명칭이 바뀌었으나 작품의 시대 배경에 맞춰 '은나라'와 '상나라' 모두 사용했습니다.

예고 없는 방문

 늦은 밤인데도 공항의 국제선 청사는 상당히 많은 사람으로 붐볐다. 탑승 수속을 하는 사람, 비행기에서 내리는 사람, 늦은 밤에 비행기에서 내릴 사람을 기다리느라 눈이 빨개진 사람들 등등…….
 그렇게 각자 웅성거리며 지나가는 사람들 사이로 커다랗고 멋진 선글라스를 낀 여자와 유달리 키가 큰 여자가 기둥에 기대선 채 입국하는 사람들을 바라보고 있었다. 승희와 연희였다.
 '도대체 오는 거야, 안 오는 거야? 비행기가 연착되는 건가? 아니면…….'
 벌써 두 시간 가까이 기다리고 있으려니 지겹기가 한량없었다. 현암이나 박 신부처럼 아는 사람을 기다린다면 이렇게까지 지루하진 않았을 것이다. 허나 승희가 기나리는 사람은 별 관심이 없는 사람인지라 기다리는 지루함이 더더욱 심했다.
 승희는 내심 초조했다. 혼자서 에티오피아로 먼저 떠난 현암과 연락이 끊어졌기 때문이었다. 승희가 도착하자마자 연희와 아이들이 겪었던 놀라운 일에 대해 듣느라 현암에 대해서는 잠시 잊고 있었다.

그런데 그다음 날부터 연락이 되지 않았다. 세크메트의 눈을 통해 연락해 보려 해도 현암에게는 전혀 반응이 없었다. 사실 이맘때쯤 현암은 악숨의 성소 지하에서 비지땀을 흘리며 다친 사람들을 구조하느라 경황이 없었지만, 당연히 승희는 그런 사실을 알지 못했다.

'아무튼 기다리긴 기다려야 할 텐데…… 내가 계속 여기 있어야 하는 건가? 그냥 가 버릴까? 아니, 아무리 그래도 연희 언니가 부탁한 일인데 그럴 수는 없고…….'

승희가 짜증을 내면서 그런 표정을 선글라스 속에 감추느라 애쓰는 사이, 또다시 한 무리의 사람들이 쏟아져 들어왔다.

"아! 저기……!"

연희는 마침내 사람들의 무리 속에서 백발이 성성한 한 남자를 발견하고 그에게 손을 흔들어 보였다. 연희는 그 사람을 알지만 승희는 그 사람을 직접 만난 적이 없었고 다만 이름만 알고 있을 뿐이었다. 그 사람은 중국의 황달지 교수였다.

홍수 사건 때 황달지 교수는 마스터에게 감금돼 생명이 위독했지만, 연희와 현암에게 구출된 뒤 기적적으로 회복했다. 연희도 그때 미라같이 말랐던 황달지 교수의 모습만을 봤던 터라 건강을 회복한 그의 얼굴을 보니 더욱 반가웠다.

그런데 감금 상태였을 때만큼은 아니었지만, 지금 그의 안색은 썩 좋지 않았다. 그는 연희를 발견하자 황급히 다가와 중국어로 말을 건넸다.

"반갑군요. 정말 반갑습니다."

"저희도 반갑습니다. 건강이 많이 좋아지셨군요."

"다 덕분이지요. 당신들이 구해 주지 않았다면 나는 지금쯤 빛바랜 해골이 돼 있을 겁니다."

"천만의 말씀을…… 아, 이쪽은 승희, 현승희라고 해요. 우리 동료죠. 인사나 나누시지요."

연희가 시원스레 웃으면서 황달지 교수와 승희를 소개시키려는 순간, 승희가 별안간 퉁명스럽고도 낮은 어조의 영어로 말했다.

"교수님, 당신 누구를 달고 온 거죠?"

그 말에 황달지 교수는 안색이 하얗게 질려 버렸다. 그는 어깨를 부르르 떨면서, 역시 목소리를 낮춰 더듬거리며 되물었다.

"아아…… 역시…… 누가 날 따라옵니까?"

"하나, 둘, 셋…… 최소한 세 명이에요. 따라오세요! 서두르지 말고 천천히!"

승희는 휙 몸을 돌려 맞은편으로 뚜벅뚜벅 걸어갔다. 황달지 교수는 몸을 부들부들 떨며 그 뒤를 따랐고, 연희는 영문도 모른 채 긴장하며 그 뒤를 막아서듯 따라갔다.

승희는 공항 내의 경비를 돌고 있는 검은 베레모의 병사들을 향해 걸어갔다. 공항 내부에는 몇 개 조의 병사들이 순찰하고 있었고, 그들은 잘 훈련된 군견과 기관 단총으로 무장하고 있었다.

승희는 교묘하게 두 경비 팀 사이를 아무 일 없다는 듯 지나쳐 가다가 그중 한쪽으로 걸어가는 경비 팀의 뒤를 따라갔다. 가면서 승희가 황달지 교수에게 속삭였다.

"주위를 두리번거리지 말아요. 공항 내에서는 저들도 어쩔 수 없을 거예요."

"도대체 누구지, 승희야?"

연희가 묻자 승희는 입술을 한 번 삐죽 내밀고는 중얼거렸다.

"히트맨. 그것도 세 명이나……."

"히트맨?"

"암살자들 말이야…… 한 명은 독바늘과 슬링샷, 한 명은 만년필형 독침 발사기. 한 명은 총알이 나가는 우산을 들고 있어."

승희가 말하자 황달지 교수는 얼이 빠진 듯 멍한 표정을 지었다.

"그, 그걸 어떻게 아시오?"

그러나 승희는 한 번 웃어 줄 뿐 대답하지 않았다. 승희의 무시무시한 투시력은 비록 범위가 조금 좁아졌어도 이제는 타의 추종을 불허할 정도가 됐다. 그리고 각종 총기와 무기에 대한 지식도 대단했다.

허나 승희는 굳이 황달지 교수에게 그런 설명을 하지 않았다. 지금 황달지 교수를 따라온 세 명은 상당한 수준의 자들이지만, 주술사나 초능력자 같지는 않았으니 크게 염려할 것은 없을 듯했다.

"자꾸 그렇게 떨지 말아요. 눈에 띄겠어요. 저들은 남의 눈에 띄지 않으려고 해요. 비행기 안에서도 많은 기회가 있었겠지만 시끄러워지는 것이 싫어서 그냥 따라온 거예요. 그러니 공항 안에서도 표적이 되지 않도록 계속 움직이기만 하면 일이 금방 벌어지지는 않을 거예요."

승희는 그 세 사람의 일거수일투족과 마음속의 생각을 모조리 읽고 있었다. 그들 모두는 남의 눈에 전혀 띄지 않게 독을 바른 무기를 발사해 황달지 교수를 죽이려 했다.

하지만 승희가 황달지 교수를 데리고 경비병들 사이를 오락가락했기 때문에 그들은 적절한 사격 위치를 잡지 못해 몹시 혼란스러워했다. 승희가 능력을 발휘하면 그들을 당장에 쓰러뜨릴 수도 있었지만, 승희는 전에 먼저 물어봐야 할 것이 있다고 생각했다.

"황달지 교수님, 도대체 무슨 죄를 지으셨기에 이렇지요?"

"죄……? 죄라니…… 나는 죄를 지은 적이 없소이다."

"그러면 왜 저런 킬러들을 달고 오신 건가요? 그리고 왜 우리를 만나려 하시는 거죠?"

승희는 이미 그 해답을 알고 있었다. 황달지 교수를 만나자마자, 황달지 교수가 어떤 종류의 논문을 최 교수에게 전달하려고 왔다는 것을 알아낸 것이다.

하지만 황달지 교수가 구체적으로 연상하지 않았기 때문에 왜 황달지 교수가 킬러들에게 쫓기는지는 알지 못했다. 제아무리 투시력이 강해도 스스로 연상하지 않는 내용을 읽어 낼 수는 없었다. 그래서 자꾸 말을 시켜, 그런 내용을 연상하게 만들어야 하기 때문에 일부러 황달지 교수에게 겁을 주면서 주위를 빙빙 도는 것이었다.

황달지 교수는 얼굴이 하얗게 질린 채 승희의 물음에 대답했다.

"나도 연유를 모르겠소. 그냥 자꾸만…… 자꾸만 이상한 일들이 일어났소. 정말 나는 무서워 죽을 지경이었소. 나는 정말……."

그 순간 승희는 황달지 교수의 마음속을 읽어 내는 데 성공했다. 그러고 나자 더 이상 시간을 끌 필요가 없었다.

"알았어요. 그럼 일단 갑시다."

"어디로 말이야?"

연희가 묻자 승희는 툭 내뱉었다.

"아무 데나. 저놈들이 못 쫓아올 곳으로 가야지."

재빨리 승희는 경비병들의 뒤를 지나쳐 공항의 문밖으로 나섰다. 그러면서 승희가 연희에게 속삭였다.

"검은 옷을 입은 노랑머리, 파란 옷을 입은 흑인, 연보라색 옷을 입은 동양인. 이 세 명을 주의해."

아닌 게 아니라 연희가 보니 승희가 말한 세 명의 사람이 보였다. 그들은 자신들의 볼일을 보는 것처럼 태연한 듯했지만, 알게 모르게 따라오고 있었다. 그들은 모두 귀에 이어폰을 끼고 있었는데, 음악을 듣는 것 같아도 그것으로 서로의 위치를 정해 콤비 플레이를 하는 모양이었다.

물론 대단히 뛰어난 자들이었지만 투시력을 지닌 승희에게는 소용이 없었다. 승희는 그들이 어디로 위치를 잡으며 추격하는지를 훤히 꿰뚫을 수 있었기 때문에 그들의 의표를 찔러 가면서 이동할 수 있었다. 더구나 행인이나 짐, 공항 직원들을 적절하게 가리개로 이용하면서 움직이자 그들은 의외의 사태에 놀라 쩔쩔매는 것 같았다.

"정말 괜찮은 거야?"

연희는 아무래도 불안한 듯 승희에게 속삭였지만, 승희는 코웃음을 한 번 치고는 대꾸했다.

"걱정 마. 내가 누군데? 전 세계의 수사 기관이 쫓았어도 아직 멀쩡한 몸이다, 이거야. 일단 주차장까지만 가면 놈들은 차가 없을 테니까 괜찮아."

곧이어 승희는 재빨리 방향을 바꿔 가면서 차를 세워 둔 주차장 쪽으로 갔다. 차에 도착하자마자 승희는 후닥닥 서둘러 황달지 교수와 연희를 뒷좌석에 몰아넣다시피 하고 핸들을 잡았다. 분명 그들은 비행기에서 막 내렸으니 차를 갖고 있지는 않을 것이었다.

당황하는 그들의 마음을 잠깐 들여다보며 승희는 기세 좋게 차를 몰고 공항을 빠져나갔다.

일단 차가 달리기 시작하자 황달지 교수도 조금 마음을 놓는 것 같았다. 그러나 그것도 잠시, 황달지 교수는 긴장이 풀리는지 그만 눈물까지 솟아 나올 듯한 지친 얼굴로 중얼거렸다.

"나, 나는 미칠 지경이오. 도대체 내가 왜 이런 일을 겪어야 하는지, 나는 정말 알 수가 없단 말이오…… 나는 정말……."

"천천히 이야기해 보세요. 황달지 교수님. 어째서 한국에 오셨나요?"

연희는 상대를 안심시키는 차분한 말투로 이야기를 건넸다. 황달지 교수의 연락을 받은 것은 아라를 통해서였다.

최 교수가 교통사고로 세상을 떠난 다음 사촌 언니가 아라를 돌봐 주고 있었는데, 아라가 친척 집으로 간 것이 아니라 최 교수의 집에 사촌 언니가 들어와 있었다. 그리고 아라는 집에 있기보다 퇴마사들과 같이 행동하는 경우가 많았고, 지난번 사건 때 중상을 입었음에도 사촌 언니에게는 알리지도 않았다.

그랬다가 아라가 오랜만에 집으로 전화를 해 보니, 사촌 언니가 어느 외국인이 자꾸 전화를 걸더란 말을 전해 주었다. 사촌 언니는 영어가 서툴러 간신히 전화번호 하나만 받아 적어 두었는데, 이를 궁금해하던 아라가 전화를 해 보기로 했다.

물론 아라는 외국어에 능통한 연희에게 부탁해 전화했고, 연희는 전화를 한 사람이 과거에 만난 적이 있었던 황달지 교수라는 것을 알게 됐다. 황달지 교수는 매우 급박한 목소리로 최 교수를 찾았다. 이에 연희는 일단 황달지 교수에게 최 교수의 사망 소식을 알려 주었다.

그러자 황달지 교수는 연희와 통화한 김에 최 교수가 아니라 퇴마사들에게 꼭 전해 줘야 할 것이 있다고 말한 다음 곧 한국으로 가겠다고 했다. 황달지 교수가 너무도 서두르는 것 같아 왜 그런지 물었더니, 그는 자신이 매우 위험한 처지에 놓여 있으니 가급적 공항으로 마중을 나와 줬으면 좋겠다고 말했다.

그래서 연희는 승희와 함께 공항으로 나간 것이었다. 아직 박 신부가 돌아오지 않아 여기에 있는 사람들이라곤 아이들밖에 없었지만 말이다. 그러나 황달지 교수가 암살자들에게 쫓기고 있을 줄은 꿈에도 짐작하지 못했다.

황달지 교수는 덜덜 떨면서 금방이라도 울음을 터뜨릴 듯이 말했다.

"정말 기이한 일이 계속 일어났소……. 내가 지나갈 때 아파트 계단이 갑자기 무너져 떨어질 뻔하고, 발을 들여놓으려던 엘리베이터가 고장 나 떨어지기도 했소. 결국에는 내 자동차도 불이 나서 다 타 버렸고…… 도저히 무서워서 견딜 수 없었소. 그렇다고 중국에 달리 의지할 사람이 있는 것도 아니고……."

연희는 침착하게 황달지 교수에게 질문했다. 연희도 이 일에 대해 정확하게 아는 것은 아니었지만, 아무래도 뭔가 있다는 육감 같은 것이 느껴졌다.

"그래서 피신을 하신 셈인가요?"

"물론 나는 전에 당신들의 능력을 들어 알고 있으니 여기 오면 안전하리라 생각하기는 했지. 하지만 꼭 피신하려고 온 것만은 아니오. 이대로라면 나는 언젠가 죽임을 당할 거요. 그래서 그 전에 그간의 내 연구 결과를 꼭 알려 주고 싶어서 직접 온 거요."

"연구 결과라뇨?"

역시 황달지 교수는 연구원 체질이라, 조금 전까지 다 죽어 가는 듯했는데도 자신의 연구 이야기가 나오자 생기를 되찾는 것 같았다.

"나는 과거 당신들에게 신세를 지고서, 당신들에게 도움을 줄 수 있는 연구를 하고 싶었소. 지난번 최 교수와 공동으로 진행한 홍수 연구는 비록 학계에서 주목받지 못했지만, 나는 내 나름대로 값진 연구를 했다고 믿소. 그 이후 나는 몇 년 동안 은(殷)나라[1]에 대한 연구를 했소. 재미있는 사실을 발견해 그간 연구에 몰입했던 거요. 그런데, 그런데 내가 이 지경에 빠지다니……."

"그 연구가 누군가의 원한을 사거나 비밀을 파헤친 것이었나요?"

"그럴 리가! 절대로 아니오. 내 연구는 나 혼자 시작한 것도 아니고, 이전까지 있던 연구 내용에 조금 독자적인 조사를 덧붙였을 뿐이오! 그런 내용을 가지고 누가 나를……!"

"그렇지만 내가 보기에, 그 연구가 아니라면 달리 황달지 교수님이 남의 위협을 받을 만한 일을 하실 분은 아닌 것 같아 보이는데요?"

"그건 그렇소. 하지만 도대체……! 내 연구 내용은 아주 객관적인 것이고, 아주 오래전의 사실을 다룬 것뿐인데……."

"그 내용을 간략하게 알려 주실 수 있나요?"

"그러리다. 내 연구는 학계에서 조금 파격적인 주장으로 여기는

---

[1] 중국 고대 국가 중 하나로, 주나라 이전의 고대 국가이다. 상(商)나라로도 알려져 있으며, 근래 동이족이 세운 나라라는 학설도 있다. 은나라는 20세기 중반까지만 해도 전설 속의 나라로 여겨졌으나, 수도가 대규모로 발굴되면서 실제 있던 나라라는 것이 확인됐다.

이론을 택하고 있소. 그것은 용봉 문화(龍鳳文化)[2]의 원류에 대한 고찰과 이해를 근간으로 하는데, 이미 수십 년 전부터 여러 학자가 그에 대한 이론을 내세우고 있소. 특히 은나라의 멸망으로 봉 계열의 문화가 용 계열의 문화로 바뀌면서 나타난 가장 주목할 만한 사건으로……."

연희로서는 황달지 교수의 이야기를 알아듣기가 쉽지 않아 잠시 황달지 교수의 이야기를 중단시켰다.

"쉽게 설명해 주시겠어요? 그 분야에 대해서는 문외한이라……."

"아…… 그러면 대담(對談)하는 형식으로 들려 드리리다."

황달지 교수의 말에 연희는 미소를 지었다.

"아주 쉽게요. 아이들에게 옛날이야기를 들려주듯 말씀해 주신다면 고맙겠군요."

그러자 황달지 교수는 한숨을 한 번 내쉬었다.

"사실 내 논문을 가지고 왔소. 이걸 읽으면 다 파악할 수 있을 텐데……."

연희는 고지식한 황달지 교수를 미소 띤 얼굴로 아무 말도 하지

---

2 용은 중국 민족을, 포괄적인 의미에서의 봉은 한민족을 상징한다. 이 용봉 문화의 이해가 곧 중국 문화의 이해라는 중국 학자들이 있으며, 본문에서 설명한 용봉 문화의 원류나 농이족(東夷族)이 은나라 멸망 이후 바다를 건너 잉카나 마야 인디언의 원조가 됐다는 것은 저자의 상상이 아니라 실제로 중국에서 제기되는 학설이다. 대표적인 학자는 왕대유(王大有), 송보충(宋寶忠), 왕쌍유(王雙有) 등등인데, 이 중 왕대유의 저서 『용봉문화원류(龍鳳文化原流)』는 국내에도 출간돼 있다.

않고 계속 쳐다보았다. 이에 황달지 교수는 우물쭈물하더니 이윽고 말하기 시작했다.

"내가 그런 쪽으로는 좀 말재주가 없어서…… 그럼 이야기하리다. 과거 중국 대륙에는 은나라가 있었소. 상(商)나라라고도 불리는 제국이었지. 그러니까…… 흠, 그렇지. 혹시 주왕(紂王)[3]과 달기(妲己)[4]의 이야기는 들어 보셨소? 포락지형(炮烙之刑)[5]이나 주지육림(酒池肉林)[6]이니 하는 이야기들 말이오."

은나라의 마지막 왕인 주왕은 경국지색(傾國之色)의 대명사로 유명한 달기의 미색에 홀려 포락지형이나 주지육림 같은 폭정과 악행을 일삼았다. 이에 덕이 있는 희창(姬昌)[7], 희발(姬發)[8]을 중심

---

[3] 은나라의 마지막 왕으로, 총명함이 비할 데가 없었고 용력이 뛰어나 호랑이를 맨손으로 때려잡을 정도였지만, 자만심에 빠지고 또 주나라 무왕이 파견했다고 할 수 있는 미녀 달기의 유혹에 빠져 국사를 그르쳐, 끝내는 나라를 망하게 한 폭군이다. 주왕은 최후에 도성이 함락되자, 자신이 건립한 호화로운 누각인 녹대에 올라가 불을 지르고 스스로 뛰어들어 목숨을 끊었다.
[4] 주왕의 총애를 받아 은나라를 멸망케 했다는 전설적인 미녀로, 악녀의 대명사처럼 알려졌지만 실상은 주나라 무왕이 은나라를 망하게 하려고 바쳤다는 설이 지배적이다. 은나라의 최후 때 주나라 군대의 포로가 됐지만 처형당했다.
[5] 불에 달군 속이 빈 쇠기둥에 사람을 넣고 기둥 속에 숯불을 지펴 사람을 산 채로 태워 죽이는 잔인한 형벌이다.
[6] 주왕과 달기가 연회를 베풀기 위해, 술로 연못을 만들고 고기를 숲에 걸어 놓아 그야말로 낭비의 극을 달렸다는 데서 유래됐다. 조금 더 심한 설에 의하면 술로 연못을 만들고 나체인 궁녀들을 세워, 글자 그대로 육림을 만들었다는 설도 있으며, 나아가서는 맹수들을 술에 취하게 해 산 채로 사람을 물어 죽여 흩어 놓게 한 데서 유래됐다는 엽기적인 설까지도 있다.

으로 새로이 일어선 주(周)나라는 원래 은의 한 제후국에 불과했지만, 강태공으로 널리 알려져 있는 태공망(太空望) 여상(呂尙)⁹을 재상으로 얻어 은나라를 멸망시키는 데 성공했다. 그 이후 춘추전국 시대에 이르기까지 중국 대륙은 주나라가 다스리게 된다. 그런 내용은 연희도 약간은 들어 알고 있었다.

"예, 조금은요."

"좋소. 그런데 조금만 조사해 보면, 은나라는 동이족(東夷族), 즉 당신들의 혈족들이 세운 나라라는 학설이 있소."

"어머, 그런가요? 중국인들의 나라로 알고 있었는데…… 중국 역사에서 주로 다루어지잖아요."

그 말에 황달지 교수는 웃어 보였다. 공항에서 나온 뒤, 처음 보이는 미소였다. 아마 이 꽁생원 학자는 연구 외에는 잘 아는 일도, 좋아하는 일도 없으리라.

"원래 중국인들은, 중국 대륙을 다스린 자들을 모두 중국인으로 친다오. 따지고 보면 오호 십육국이나 금(金), 요(遼), 원(元), 청(淸) 등의 나라는 모두 중국인이 세운 나라가 아니었지. 하지만 그 모든 나라들은 중국 대륙에 세워진 나라였고, 중국 인민이 그 나라를 근

---

7 큰 뜻을 품고 힘을 길렀지만 은나라를 쓰러뜨리지 못하고 죽은, 주(周)나라 문왕(文王)으로 은나라의 서백(西伯)이기노 했나.
8 문왕의 뒤를 이어 은나라를 멸망시키고 주나라를 건국한 무왕이다.
9 강태공으로도 알려졌으며, 강상(姜商) 또는 강자아(姜子牙)라고 불린 태공망의 이름이다. 주나라 무왕을 도와 은나라를 멸망시키는 데 결정적인 역할을 했다.

간으로 하고 있기에 우리는 그들을 모두 중국의 역사로 본다오."

"그런가요? 그나저나 악행을 많이 한 왕이 우리 선조였다니, 기분이 묘하군요."

"그건 그렇게 믿을 바가 못 되오. 멸망한 왕조의 마지막 왕치고 황음무도(荒淫無道)했다는 기록이 나지 않은 왕은 없으니까. 새 왕조가 세워지고 가장 먼저 하는 일은 자신들의 정통성을 인정받으려는 작업이고, 그러려면 구 왕조의 악행을 널리 선전해야 하니까 말이오. 솔직히, 은의 주왕은 폭군의 대명사로 알려졌지만 바로 그때 최초의 지배층 교체, 즉 봉족(鳳族)과 용족(龍族)의 교체가 일어났기 때문에 그러한 나쁜 소문도 그만큼 강렬하게 남았던 것으로 나는 생각하오."

"그런데 계속 봉족, 용족이라 하시는데, 그건 뭐죠?"

"아, 그걸 모르셨소? 봉황은 동이족, 즉 당신네 한민족의 상징이오. 그리고 용은 당연히 중국의 상징이고 말이오. 물론 이건 하나의 가설이고, 아직 정설로 인정되지 않은 것이오만."

"그런가요? 단군 신화에는 우리가 곰의 자손이라고 하는데······."

솔직히 연희는 그런 사실을 잘 알지 못했다. 황달지 교수는 의아한 듯 주절주절 늘어놓았다.

"허허. 그것은 지엽적인 일이오. 예전에 들은 바에 의하면, 최 교수는 그 '곰'이 한국어의 '금', 즉 땅을 의미하는 것이라고 합디다. 일본의 군국주의 사학자들이 한국 사람들에게 식민 사관을 심어 주려고 그렇게 고의로 해석했다는 이야기를 최 교수가 하던데. 나는 그것까지는 모르겠소만, 한민족의 상징은 곰이 아니라, 봉황이오. 한국의 국장(國章), 그러니까 대통령만이 사용하는 무늬가 두 마리의 봉황이지 않소? 지금까지도 그 전통을 지키고 있는데, 모르는 국민들도 많은가 보구려. 당신들의 조선 시대 때도 상감(上監)은 오조룡(五爪龍)[10]과 봉황의 흉배(胸背)를 사용했는데, 오조룡은 중국의 관복을 따른 것이지만 봉황은 조선의 독자적인 것이었소. 나아가 한국의 옛말에는 솟대, 수두, 소도라고도 불리는 것이 있지 않았소? 새 모양의 장식을 높은 기둥 위에 세운 것 말이오. 그 외에도 얼마든지 예를 들 수 있지만…… 좌우간 당신네 한민족은 봉황, 즉 신성한 새를 숭배하는 민족이었소. 우리 중국과도 맞먹을 만큼 오랜 옛날부터 말이오."

연희는 몹시 부끄러워졌다. 아무리 황달지 교수가 전문적인 연구를 하는 사람이라지만, 정작 우리 조상의 과거에 대해 자신이 이토록 무지했다니 창피하지 않을 수 없었다.

"반면 우리 중국인이 숭상했던 것은 용이오. 아주 특이하지. 용은 상상의 동물이지만 종류를 나눈다면 파충류라 할 수 있소. 그런데 용은 전 세계적으로 흉악한 혐오의 대상물이었소. 그런데 중국에서만 그 동물이 신성하고 신적인 존재로 떠받들어지고 있으

---

[10] 발가락이 다섯 개인 용으로 과거 중국이나 우리나라에서 황제나 왕을 나타내는 상징으로 사용됐다.

니 특수하지 않을 수 없소. 그 유래에 대해서도 여러 설이 분분하지만, 황제(黃帝)가 치우와 싸울 적에 응룡(應龍)[11]의 도움을 받아 승리했기 때문에 감사의 뜻으로 용을 숭배하게 됐다는 이야기도 있소. 그것만 보더라도 주나라 이전의 중국 고대 역사는 용족과 봉족의 투쟁의 역사라 할 수 있지. 황제와 치우의 싸움이나, 은나라 주나라의 싸움 같은 것이 바로 그 실례이고 말이오."

"그런데 그것이 연구의 주안점이었나요?"

"아, 아니오. 이건 서론에 불과하오. 중요한 것은 다른 데 있소. 물론 이 학설은 서양 학계에서 대단히 배척받는 설이지만, 나는 그 중요성과 타당성이 충분히 검토할 만하다고 생각하오. 은나라 멸망 이후에 벌어진 사건이 내가 다루는 핵심이 되는데……."

"은 멸망 이후에요?"

"그렇소. 은은 동이족의 나라였고, 은이 망할 때 대학살이 벌어졌소. 아마도 칭기즈 칸이나 나치스를 능가하는 대학살이었을 것이오. 솔직히 그것은 아픈 기억이니 고대의 전쟁 이후에는 흔히 있었던 일이라고 생각하고 넘어갑시다. 은나라를 세운 동이족 계열은 구이(九夷)라 해서 아홉 개의 지파로 갈라져 있었는데, 그 아홉 지파는 은의 멸망을 깨닫고 학살을 면하기 위해 아주 머나먼

---

11 황제와 치우의 전투 중, 치우가 폭풍을 일으키고 안개를 자욱하게 만들어 황제는 이길 수 없었다. 그리하여 황제는 응룡을 불러와서 천둥과 번개를 막아 보려고 했다. 그러나 실제로 응룡은 치우 쪽의 우사, 운사 등의 힘에 눌려 제힘을 발휘하지 못했다고 한다.

도피의 길을 떠나게 됐소."

"어디로 갔나요? 한반도로 왔나요?"

"아니오. 당시 한반도나 만주 등은 다른 국가가 확고히 자리 잡고 있어서 그러한 유민들이 들어가기에 적합하지 않았소. 지금의 역사로는 은이 당시 동북아의 중심으로 묘사되지만, 나는 다른 고대 국가가 은보다 훨씬 강성했을 수도 있다 봅니다."

이야기가 또 길어질 것 같자 연희는 다시 말을 끊었다.

"그들이 그래서 어디로 갔다는 거죠?"

"이미 세상이라고 알려진 곳에 그들이 딛고 설 땅은 없었소. 결국 그들이 할 수 있었던 것은 새로운 땅, 새로운 세상을 찾는 것이었소. 그들은 배를 타고 대항해에 나섰지. 그때 발견한 거요."

"무엇을요?"

그러자 황달지 교수는 의기양양하게 대꾸했다.

"아메리카 대륙을······."

"예?"

연희는 너무도 믿어지지 않아 눈을 크게 떴다. 황달지 교수가 농담을 하는 줄 알았다. 그러나 황달지 교수는 의기양양한 어조로 아주 진지하게 이야기를 이어 나갔다.

"은에서 탈출한 동이족들은 목선을 타고 태평양을 건너 아메리카 대륙으로 갔소. 그중 일부는 얼어붙은 베링 해협을 건너 시베리아에서 알래스카로 넘어갔다고도 추정되오. 그래서 걸어서 아메리카 대륙으로 간 사람들은 혹한 때문에 더 이동할 길을 찾을 생각을 버리고 지혜를 짜내 그곳에 정착했소. 그들이 바로 에스키모요. 그러나 이것은 빙산의 일각에 불과하오."

그 정도만 들어도 연희는 정신이 없을 지경이었다. 에스키모가 우리의 혈족이었다고? 그리고 아메리카 대륙을 발견한 것이 콜럼버스가 아니라 동이족이었다고?

황달지 교수의 이야기는 계속 이어졌다.

"배로 이동한 구이족은 대륙을 발견한 후, 각각 부족에 따라 나누었소. 그들 중 정치적 열망이 강한 편에 있던 자들은 새로운 국가를 건설하자고 했으며, 평화로운 부족은 중국에 은이 다시 일어날 것이니 그때 고향으로 되돌아가자고 주장했소. 결국 그들은 새로운 땅에 흩어져 정착하게 됐는데. 그들 중 평화를 주장해 은으로의 귀환을 기다리던 부족은 북미의 인디언이 됐으며, 정치적 열망이 강했던 부족들은 그들의 뜻대로 제국을 건설해 새로운 세상을 만들어 갔소. 그 제국이 바로 아스테카, 잉카, 마야 등이오. 물론 그들이 그 아메리카 주민 전부라는 뜻은 아니오. 그러나 적어도 베링해협을 건너갔던 선주민들에 융화돼 그 일부는 됐을 거요."

연희는 그 말을 진심으로 믿을 수가 없었다. 잉카나 마야, 아스테카를 건설한 사람 중에 우리의 일족도 있다고? 도무지 실감 나지 않았을뿐더러, 그런 이야기를 남에게 했다가는 필경 미친 사람 취급을 받을 것 같았다.

자신의 민족을 미화시키는 데 혈안이 된 국수주의자라고 욕먹을지도 모르고, UFO를 믿는 사람과 비슷한 허무맹랑한 공상을 하는 사람 정도로 취급받을지도 몰랐다.

황달지 교수는 연희가 놀라면서 조심스러운 인상을 보이자 의아해하며 말했다.

"물론 이 학설은 정식으로 채택되진 못하지만, 정말 전혀 들어 본 적이 없소? 중국에서는 벌써 사오십 년 전부터 빈번하게 연구되고 발표된 학설인데…… 종주국에서…….'

황달지 교수는 자신의 말이 조금 결례라는 것을 깨달았는지 말꼬리를 돌렸다.

"사실 이 학설이 정식으로 받아들여지기에는 문제가 많으리라 여겨지오. 아메리고 베스푸치(Amerigo Vespucci)[12]나 콜럼버스가 미 대륙에 발을 디뎠을 때 그곳에는 고도의 문명을 지닌 사람들이 버젓이 살고 있었소. 그럼에도 그들은 신대륙을 발견했다고 광고했으며, 지금은 우리 동양인들마저 모두 그렇게 믿고 있소. 사실 당시 서양인들은 동양인들이나 그곳에 사는 원주민들을 사람으로 보지 않았으니까. 흑인 노예가 폐지된 것이 불과 백여 년 전이니 당연한 것인지도 모르지. 더구나 코르테스(Cortés, 멕시코의 아스테카를 정복한 에스파냐 출신의 총독) 같은 이들은 남미 인디오들을 완전히 멸망시키다시피 했고, 미국의 이주민들도 인디언들을 무차별 학살했소. 그런데 만약 이 학설이 인정되면 그들은 중국인

---

[12] 콜럼버스에 이어 아메리카 대륙에 가서 그곳이 인도가 아님을 확인하고 아메리카라는 이름을 붙인 탐험가이다.

과 한국인들을 대량 살육한 것이나 다름없으니 큰 문제가 발생하겠지. 때문에 그쪽 학자들은 이 학설을 입증할 만한 자료들을 없애고 무시하는 데 모든 심혈을 기울여 왔소. 미주 대륙에서 발견된 한자가 새겨진 토기는 그런 말살 과정을 거치고도 아직 이천 점 이상이나 보존돼 있지만, 미국 정부 등은 단 한 조각의 토기도 공개하지 않고 있소. 서양 학자들은 콜럼버스가 인도에 도착한 줄 알고 그곳 주민들을 인디언이라 불렀다고 하지만, 보다 자세히 조사해 보면 그것은 은지안(殷地安), 즉 '은나라는 과연 안녕할까?' 하는 망국의 설움을 담은 그들의 인사말을 듣고 그들이 인디언이라고 오해한 것이라는 주장까지도 있소. 물론 주류는 베링 해협을 건너간 사람들일 테지만, 구이의 후예들이 나름의 가르침을 보존하고 있었을 수도 있는 거요. 당신네 한국인들은 일본의 역사 왜곡에 분노를 느끼는 모양이지만, 실제로는 미국이나 기타 서양 제국들도 마찬가지였소. 미국에 최초로 중국 대사관이 개설됐을 때 많은 인디언 추장이 찾아와 자신들을 고향으로 보내 달라고 했다고 하오. 그들은 수천 년에 걸쳐 그 가르침을 보존하고 있었던 것이오. 그러나 미국 정부는 그러한 사실을 묵살하고, 인디언들을 보호 구역에 감금했을 뿐 아니라 그러한 가르침을 전해 듣고 신봉하는 많은 인디언 원로를 암암리에 살해하기까지 했다고도 하지. 기병대에 의해 제일 먼저 말살된 부족들은 고대의 전통을 가장 많이 갖고 있던 부족이었을 공산이 크오. 북미 인디언들도 대단히 발달한 문화를 지니고 있어 토루(土樓)라 불리는 인디언 고분군은 피라미드에 비견될 수 있을 정도로 거대한, 고대사의 보고라고 할 수 있는 것이었소. 그러나 이만 개에 달하는 그 하나하나가, 만주에 있는 당신네 장군총을 능가했던 그 고대 건축물들이 미국 정부에 의해 '자연적 우연으로 형성된 흙더미'라는 성명과 함께 한꺼번에 모조리 파괴돼 버렸소. 이제 와서야 간신히 조금씩 연구가 진행되는 모양이지만, 진실이 밝혀지기는 힘들 거요."

황달지 교수가 다소 흥분된 목소리로 긴 이야기를 마치자 그때까지 조용히 들으며 운전만 하고 있던 승희가 입을 열었다.

"교수님 연구는 충분히 다른 사람의 표적이 될 만하군요. 서양인들의 입장에서 본다면, 교수님의 연구가 발표되는 것은 큰 피해가 되지 않겠어요?"

"그럴 리가. 이건 오로지 학술적인 연구일 뿐이오. 이 연구를 하는 것은 나뿐만이 아니며, 중국에서는 수십, 수백 명의 학자들이 이 분야의 논문을 발표하고 있소. 그리고 저서들도 아무 문제 없이 유통되는 판인데, 왜 하필 나겠소? 더구나 연구 때문에 나를 노린 거라면 나를 해치기보다 학설을 부정하는 게 더 쉽고 문제를 발생시키지도 않겠지. 지금까지 세계적 규모의 학회에서 이 학설은 한 번도 주목받지 못했으니까 말이오. 사실 입증되기에는 너무도 비약이 많고, 물증은 거의 없다시피 한 것도 사실이지. 모든 아메리카 선주민이 동이속이라는 긴 비약이겠지만, 적어도 그 일부는 그럴 가능성이 있다는 거요."

"하지만 그것 말고는 달리 의심이 가는 일이 없잖아요?"

"그건 그렇소만······."

"그렇다면 혹시 교수님, 근래에 그 학설에 새로 발견하신 게 있나요?"

"글쎄, 그렇게 내세울 만한 발견은 아직 하지 못했는데······."

그러자 승희가 웃으며 되받았다.

"아마 발견하셨을 거예요. 누군가가 교수님을 노리고, 또 따라붙었을 정도니까 말이에요. 안전벨트나 꼭 매세요."

이번에 그들의 뒤를 따르는 것은 한 대의 은색 트럭이었다. 겉으로 보기에는 수상한 점이 전혀 없는 일반 컨테이너 트럭 같아 보였지만 승희의 투시력을 속일 수는 없었다. 승희는 열심히 차 사이를 비집으며 덩치 큰 트럭을 따돌려 보려 했으나 트럭은 끈질기게 따라왔다.

별안간 컨테이너 안에서 이쪽으로 총을 쏘아 댈 것이라는 느낌이 왔다. 총의 위치가 정확하지 않아 순간적으로 총을 무력화시키기는 쉽지 않았다. 급한 나머지 승희는 트럭 운전사에게 염력을 쏘아 보냈다.

그 순간 트럭이 돌연 타이어 긁히는 소리와 함께 급정거해 빙글빙글 돌다가 뒤에서 달려오던 차와 두세 번 부딪힌 다음 옆으로 처박혀 버렸다. 불이 나거나 뒤집힌 차는 없었지만 사고가 커진 것 같았다.

황달지 교수는 의외의 사고에 신경 쓰이는지 다시 약간씩 어깨를 떨며 자꾸 뒤를 돌아다보았고, 그때부터 승희와 연희는 도착할 때까지 입을 열지 않았다. 비록 위급한 상황에서 할 수 없이 그랬다고는 하지만, 관계없는 사람들까지 사고에 말려들게 해 승희는 무척이나 마음이 아팠다.

우울한 마음으로 승희와 연희는 황달지 교수를 데리고 일단 퇴마사들의 아지트에 도착했다. 황달지 교수가 호텔을 잡아 두었지만 암살자들이 뒤쫓는 마당에 호텔로 간다는 것은 위험한 일이었기 때문이다.

황달지 교수도 그런 것을 짐작했는지 매우 고맙다는 말을 수십 번이나 되풀이했다.

승희도 그들이 황달지 교수를 목표로 한다는 것만 알고 있었을 뿐, 그들이 누구의 사주로 무슨 목적으로 그러는지는 아직 알 수 없었다.

아지트에 도착한 승희와 연희는 조금 안심했다. 출입문을 제외한 이곳은 준후가 겹겹이 주술적인 방어진을 설치해 두었기 때문에 능력이 없는 사람은 들어오기가 거의 불가능했다.

그리고 그곳에는 아라와 준호, 수아가 모두 함께 있었다. 지난번 사건을 겪고 난 후 아직 며칠이 지나지 않은 참이라 모여 있는 편이 심리적으로 안정이 될 것 같아 그랬던 것이다.

아라는 금세 황달지 교수를 알아보았고, 황달지 교수도 아라를 알아보았다. 황달지 교수는 최 교수의 죽음에 대해 심심한 애도의 뜻을 표시했다. 그 후 황달지 교수는 연희의 통역을 거쳐 아라에게 물었다.

"그런데…… 혹시 무슨 소포 같은 걸 받지 않았니? 논문 같은 건데."

"아뇨. 그런 건 온 적이 없는데요?"

"주소가 바뀌지는 않았고?"

"아뇨, 집 주소는 그대로예요. 내가 집에 잘 없긴 하지만."

"역시 그렇구나."

황달지 교수는 불안해 보였다. 왜 그런가 하고 연희가 묻자 황달지 교수는 이렇게 말했다.

"나는 최 교수의 죽음을 몰랐고, 그래서 그에게 줄곧 작성 중인 논문과 자료를 보냈소. 그런데 답장이 전혀 없어서 이상하다 했는데. 아예 배달이 되지 않았다니……."

"어떻게 그런 일이 생긴 걸까요?"

연희가 말하자 승희가 간단히 딱 잘라 말했다.

"누군가 빼돌린 것 같은데? 한 번이라면 우편 발송 상의 실수일 수도 있지만, 보내는 족족 그랬다면 누군가 고의로 그런 게 분명하잖아."

그러면서 승희는 단도직입적으로 덧붙였다.

"황달지 교수님, 그것만 보더라도 교수님을 노리는 자들은 분명 교수님의 연구 내용에 관심을 두고 있어요. 아마도 논문이 계속 없어진 것도 그자들의 짓일 거예요."

"허, 참…… 하지만 내 연구가 어째서 그럴 정도로 문제가 된다는 거요?"

"교수님, 정말 학문적이고 일반적인 연구 외에는 더 들어가지 않으셨나요?"

"당연하오. 내가 왜 그러겠소?"

이번에는 연희가 말했다.

"하지만 연구가 아니고서야 누가 이토록 집요하게 교수님을 노리겠어요? 아무래도 심상치 않군요. 아까 승희 말대로 근래에 얻은 발견이라거나 연구 성과가 있으신지요?"

"그리 특별하다고 할 만한 것은 하나도 없는데……."

"새롭게 어떤 특별한 사람과 접촉했다든가 하는 일은요?"

"나야 연구실에만 틀어박혀 사는 사람인데. 그럴 만한 사람을 만난 적도 없소."

"그렇다면 꼭 연구가 아니더라도 근래에 새로 얻은 물건 같은 것은 혹시 있나요? 귀중한 물건이라거나 아주 내력이 깊은 물건 같은……."

"흠. 그러고 보니…… 뭔가 한 가지 있기는 있는데……."

"그게 뭐죠?"

"별것은 아니오. 신기하게도 내가 조사하는 내용과 연관이 있는 물건이었는데…… 아무래도 너무 황당한 내용이 담겨 있는 것 같았소. 그래서 신빙성이 없다고 판단하고 치박아 버린 물건이 있기는 하오만."

"그게 뭐냐고요?"

"점토판이었소. 메소포타미아에서 나온 것인데, 무슨 황당한 예언 같은 내용을 담은 것으로 보이는 점토판. 하지만 그게 무슨 중요한 물건이라고 생각할 수 없는……."

승희와 연희는 황달지 교수의 말을 더 이상 듣고 있지 않았다. 메소포타미아의 점토판이라니! 현암과 박 신부와 준후를 비롯해 전 세계의 모든 능력자가 그것에 매달려 목숨을 걸고 있지 않는가? 만약 황달지 교수가 지닌 물건이 그 점토판의 일부가 확실하다면 황달지 교수가 지금까지 목숨을 잃지 않고 있는 것이야말로 신기한 일이라 할 수 있었다.

"교수님! 방금 메소포타미아의 점토판이라고 하셨나요? 혹시, 혹시……!"

승희는 허겁지겁 서랍 속을 마구 뒤져 박 신부가 떠나기 전에 여벌로 떠 놓은 점토판의 탁본을 꺼내 보였다.

"이렇게 생긴 건가요?"

황달지 교수는 고개를 갸우뚱하면서 탁본을 들여다보았다.

"어? 그렇소. 아주 비슷하군. 이게 왜 여기에도 있는 거요?"

"맙소사! 그걸 어디서 얻으셨죠?"

승희는 어이가 없어 소리를 질렀다. 이에 더욱 어리둥절해진 황달지 교수는 머리를 긁으며 대꾸했다.

"그냥 그게…… 누군지도 모르는 사람에게서 배송돼 왔소. 정말 누가 보냈는지도 모르오. 다만 그걸 보내면서 내용을 해독해 달라고 부탁한 쪽지가 왔을 뿐이오. 나는 메소포타미아의 설형 문자도 연구를 좀 했었거든. 가만있어 보자…… 그 겉봉에 적힌 글들은 내가 보관해 두었는데…….”

황달지 교수는 들고 온 서류 가방을 뒤적이며 뭔가를 찾기 시작했다. 그러다가 종이 틈바구니에서 뭔가를 꺼냈는데, 그것을 보는 순간 승희는 또다시 얼빠질 정도로 놀랐다.

“교, 교수님! 이건 뭐죠?”

“어? 그건 나도 모르오. 버린 줄 알았는데, 거기 끼어들어 갔군.”

“이게 뭔지 아시냐고요!”

“뭐냐니? 아무것도 쓰여 있지 않고, 내 사진 한 장만 달랑 들어간 편지가 아니오? 겉봉투부터 속에 든 것까지 몽땅 시커먼 종이로 돼 있어서 기분 나빠 버리려고 했는데…….”

승희는 전에 백호에게 들어서 알고 있었다. 황달지 교수가 모르고 처박아 버린 그 종이는, 세상을 떠들썩하게 만들고 있는 검은 편지, 즉 검은 편지 결사가 보내는 사형 선고장이었다. 그때였다. 누군가가 탕탕탕 하고 아지트 입구의 문을 두드리는 소리가 울려 왔다.

지금 퇴마사들의 아지트는 뭍으로 끌어 올려진 낡은 배를 개조한 것이었고, 겉으로 드러나 있는 출입구는 하나뿐이었다. 문은 철문이라 두드리는 소리가 내부에 울려 퍼졌다.

“누굴까?”

연희가 고개를 갸웃거리자 승희가 잠시 눈을 감았다가 안색이 변해 황급히 말했다.

"제길! 언니! 어서 애들을! 놈들이야!"

그때 수아와 준호는 자고 있었고 아라도 어른들이 나누는 이야기에 별 관심 없이 잠들려는 찰나였다. 승희의 다급한 말에 아라는 즉각 눈치를 채고 아이들을 깨웠다.

황달지 교수도 가슴이 덜컥 내려앉아 허둥지둥했다. 승희는 재빨리 일어서서 출입문 앞으로 달려 나갔고, 연희는 수아를 들쳐 업으면서 물었다.

"어쩌려고?"

그러자 승희는 화난 목소리로 외쳤다.

"혼쭐을 내 줘야지!"

검은 편지 결사

문을 두들기는 자들은 분명 암살자들이었다. 승희는 투시력으로 문밖에 있는 자들의 정체를 대강 짚어 볼 수 있었다. 일단 문 앞에 서 있는 세 명은 아까 공항에서 만났던 자들이었다. 분명히 추적을 따돌렸는데도 그들이 어떻게 알고 여기까지 따라온 것인지 도무지 알 수 없었다. 더구나 승희의 능력이 미치는 범위 안에서는 추적당한 기미를 전혀 느낄 수 없었는데…….

'정말 끈질긴 자들이야. 그런데 어떻게 출입문으로 들어올 생각을 한 거지?'

퇴마사들의 아지트는 준후가 만든 결계와 진법으로 수호되고 있었다. 악령이 침범하기 어려운 것은 물론이고, 보통 사람들이 침입한다는 것은 불가능하다고 해도 좋았다.

그런데 단 한 곳, 진법의 영향을 받지 않고 들어올 수 있는 곳이 있었는데, 그곳은 출입문이었다. 당연한 일이지만, 퇴마사들도 사람인지라 다른 사람이 찾아오는 경우도 있었다.

좋지 못한 목적을 품은 자가 설마 출입문을 통해 당당히 들어올까 싶어 출입문만은 어떤 방해도 받지 않고 들어올 수 있도록 해놓았는데, 이자들은 마치 그것을 훤히 아는 듯 출입문을 두들겨 대고 있지 않은가?

승희가 좀 더 정신을 집중해 보니, 그들은 문을 열어 달라고 두드리는 것이 아닌 듯싶었다. 문의 빗장을 부수려고 연장으로 두들기는 소리였다.

'이것들이……? 맛 좀 봐라!'

사태가 파악되자 승희는 즉시 염력을 발휘해 문 앞에 있는 세 사람의 몸을 찔러 나갔다. 예상대로 그자들은 무서운 암살자들이었지만, 역시 보통 사람이라 아무런 저항도 받지 않고 염력이 먹혔다. 그들은 고통스러운 비명을 지르면서 데굴데굴 굴렀다.

승희는 염력으로 중추 신경계를 살짝 건드려 그들을 고통스럽게 만들었다. 살짝 건드렸지만 이마 그들은 평생 잊을 수 없는 고통을 맛보고 있으리라.

'고소하다! 여기가 어디라고. 그런데…… 어? 이건 누구지?'

순간 승희는 아까의 세 명과는 전혀 다른 사람의 느낌을 흐릿하게 받았다. 그자는 있는지, 없는지 알아차리기 어려울 정도로 기운이 흐릿했다. 승희로서도 그 느낌이 정말 다른 사람인지, 아니면 자신이 착각한 것인지 분간하기 어려웠다. 하지만 불안한 느낌이 드는 것은 어찌할 수 없었다.

"언니! 뒤쪽으로 이동해! 뒷문 쪽으로!"

아지트에는 은밀하게 위장해 놓은 뒷문이 있었다. 그쪽은 일종의 비상구로, 두 종류의 진법으로 수호되고 있었지만 밖에서 안으로 들어올 때만 진법이 발동되며, 안에서 밖으로 나갈 때에는 아무런 영향도 받지 않았다.

곧바로 연희는 수아를 안은 채 황달지 교수를 밀 듯이 해 좁은 아지트 내부의 통로를 움직였다. 그 뒤를 준호와 아라가 따라갔다.

"대체 뭐죠?"

준호가 어리둥절해 물었지만 승희가 날카롭게 소리를 지르는 바람에 연희는 대답조차 할 수 없었다.

"제기랄! 뛰어! 뛰어!"

소리만 지른 것이 아니라 승희는 미친 듯이 통로를 달려와 아라와 준호의 등을 왈칵 밀었다. 그리고 곧바로 그 뒤를 따라오듯 폭음이 배 안을 가득 메웠다. 날카로운 바람이 후끈한 열기를 담고 휘몰아쳐 왔다.

정문에서 이곳 통로까지는 직선으로 이어져 있지 않고 꾸불꾸불해 직접적으로 폭발의 충격을 받지 않았지만 소리 때문에 모두 귀가 멍해져 버렸다.

"포, 폭탄?!"

연희가 놀라서 외치자 승희는 입술을 깨물더니 다시 눈을 감으며 소리쳤다.

"아냐! 이건…… 가스야! 가스를 폭발시키고 있어!"

구체적으로 설명할 시간은 없었지만 폭탄은 아니었다. 그리고 문밖에 있던 세 사람 이외의 다른 자가 사용하는 것이 분명했다. 그자들은 어디서나 흔히 볼 수 있는 휴대용 부탄가스 통을 사용해 폭발을 일으키고 있었다.

사고로 위장하기 위해 그러는 것이리라. 그자는 문틈에 구멍을 뚫고 가스를 분출시켜 넣은 다음 폭발시키는 방법으로 문을 부수고 있었다. 아까 들린 문 두들기는 소리는 문의 빗장을 부수고 나서 문에 구멍을 뚫는 소리였다. 그 정도로 상황을 손금 들여다보듯 했지만 그자가 어떤 자인지는 승희로서도 도저히 알 수 없었다.

"빨리 뛰어! 이상한 놈이 하나 있는 것 같아! 가스가 여기까지 오기 전에 피해야 해!"

폭음은 두 번, 세 번, 계속 울려 퍼졌다. 문은 아마도 더 이상 버티기 어려우리라. 놈이 가스를 사용한다면 내부까지 피해가 미치는 것은 시간문제였다. 그리고 승희의 염력으로도 가스 폭발을 막을 수는 없었다.

그들은 허둥지둥 뒷문으로 향했다. 그런데 달려가다 말고 갑자기 승희가 걸음을 덜컥 멈추었다.

"잠깐! 모두 멈춰!"

"왜 그래?"

"이럴 수가…… 놈들이 다시 뒷문 쪽으로 가고 있어! 우리가 어디로 가는지를 아는 거야!"

"뭐?"

연희는 믿을 수 없다는 듯한 표정을 지었다. 믿을 수 없는 표정을 지은 것은 연희만이 아니었다. 놈들이 어떻게 내부 사정을 알고 뒷문 쪽으로 달려가고 있는 것일까? 승희도 짐작하기 어려웠다.

'혹시…… 놈들 중에도 나 같은 투시력을 가진 자가 있단 말인가? 아이구, 만약 그렇다면 정말 큰일이다!'

승희는 등골이 오싹해졌다. 현재까지의 상황으로 미뤄 볼 때, 놈들에게 투시력이 없다면 어떻게 아지트의 위치를 알아냈으며, 어떻게 아지트 안의 사람들이 뒷문으로 이동하고 있다는 것까지 알 수 있단 말인가?

지금껏 승희는 막강한 투시력으로 퇴마사들의 레이더가 돼 많은 어려움을 극복하고 적들을 곤경에 몰아넣었다. 그러나 상대방도 그러한 능력이 있다면 도대체 어떻게 대응해야 할지 알 수 없었다. 승희는 식은땀을 흘리며 연희에게 말했다.

"가만있어 봐, 잠깐만…… 놈들 중에도 투시력을 가진 자가 있는 모양이야. 우리 움직임을 고스란히 읽고 있어……."

승희는 다시 차분하게 투시에 몰두했다. 자신의 생각이 분명 옳은 듯했다. 지금 아지트 밖에 있는 자들도 퇴마사들처럼 행동을 멈추고 있었다. 안에 있는 사람들이 정문으로 돌파할지, 뒷문으로 나갈지 번민하고 있는 것까지도 안다는 증거였다.

'이거 임자 만났군……'

승희는 다시금 식은땀을 흘렸다. 여태껏 적들을 상대할 때는 생각도 하지 않고 이 능력을 사용했지만, 막상 적에게도 같은 능력이 있다고 생각하니 어떻게 대처해야 할지 막막하기만 했다. 그러자 연희가 불쑥 말을 꺼냈다.

"그렇다고 이대로 있을 수는 없잖아. 그냥 돌파하는 게 어때?"

"나도 그랬으면 좋겠어. 하지만 저들 중 보통이 아닌 자가 한 명…… 아니, 최소한 한 명이 더 있는 것 같아. 그 사람은 투시가 안 돼! 어디 있는지 알 수가 없다고!"

이에 연희도 잠시 궁리해 보다가 말했다.

"그러면 같이 있는 자들의 마음을 읽어 봐. 네가 투시할 수 없어도 그들은 같은 편이고, 행동을 같이하니까 알 거 아냐?"

"맞아! 그렇지!"

승희는 무릎을 치면서 다른 자들의 마음을 읽어 갔다. 연희의 판단은 옳았다. 밖에는 아까 보았던 세 사람 외에도 두 명이 더 있었는데, 그들은 상당한 능력자들인 듯 투시가 되지 않았다. 그런데 그 둘은 각각 한 명씩 나뉘어 정문과 뒷문을 지키고 있었다. 나머지 세 사람은 엄호 사격을 하려고 대기하는 것이 분명했다.

"정문과 뒷문에 능력자가 각각 한 놈씩 있어! 어떻게 하지?"

"상대할 만한 자들이야?"

연희의 질문에 승희는 눈을 감고 두 사람에게 염력을 보내 보았다. 하지만 예상대로 승희의 염력은 마치 바다에 물을 쏟아붓듯 놈들에게 미처 닿지도 못한 채 흔적도 없이 사라져 버렸다.

승희는 눈을 뜨고 당혹스러운 얼굴로 고개를 저었다.

"안 돼. 강한 자들 같아. 현암 군이나 신부님이라면 모를까……."

그때 다시 폭발음이 연이어 울렸다. 이번에는 정문과 뒷문 양쪽에서 거의 동시에 폭발이 일어났다.

"큰일이네……."

"도대체 뭐예요? 누구죠!"

연희가 답답한 듯 중얼거리자 아라가 화가 난다는 듯이 외쳤다. 그러자 연희는 간단하게 대답했다.

"나쁜 놈들이 우릴 포위했나 봐……."

승희는 그래도 실전 경험이 연희보다 많았기 때문에 발을 구르면서도 어떻게든 차분하게 방법을 찾아보려고 애썼다. 평소와 입장이 거꾸로 됐다는 것을 깨달은 승희는 모든 것을 거꾸로 생각해 보았다.

'가만…… 내가 놈들에게 투시가 안 된다면 저놈들도 나를 투시하지 못하겠지? 그렇다면 놈들도 나처럼, 여기 있는 다른 사람들을 통해 내 행동을 파악하지 않을까?'

그렇다면 우리 편도 모르게 자신이 행동한다면 저들도 대처하기 어려울 것 같았다. 그래서 승희는 연희에게 거짓으로 말했다.

"뒷문으로 돌파하자고! 알았지? 어서 뛰어!"

승희는 적을 속이려면 먼저 우리 편부터 속여야 한다고 생각했다. 그래서 뒷문으로 가라고 말해 놓고 자신은 출입문으로 달려가 단숨에 염력이든 뭐든 사용해 적을 제압하려고 마음먹었다.

　'직접적으로 염력이 안 먹힌다면 뾰족한 물건이나 돌멩이라도 집어 던지지, 뭐 어떻게든 내가 이 난국을 돌파해야 해!'

　승희가 외치자 연희는 영문도 모른 채 고개를 끄덕이며 뒷문을 향해 움직였다. 승희는 다시 투시했다. 역시 예상대로 놈들은 뒷문으로 모여드는 것 같았다. 슬링샷을 가졌던 놈만 정문 쪽을 엄호하려는지 그대로 남아 있었다.

　승희는 죽을힘을 다해 정문 쪽으로 달렸다. 그러나 승희는 문을 막 열려는 순간 매캐한 냄새를 맡았다. 가스 냄새였다.

　'아이구!'

　승희는 급히 데굴데굴 몸을 굴렸고, 다음 순간 가스가 인정사정없이 폭발해 버렸다. 가스는 문에 난 작은 구멍으로 들여보내져 그렇게 많은 양이 아니었지만 승희는 정신이 나갈 정도로 놀랐다. 여기저기 옷이 그을리고 귀가 먹먹했다.

　승희는 급히 몸을 일으켜 문을 열었다. 폭발이 일어난 다음이라면 놈들도 누가 바로 그 문에서 뛰쳐나오리라고 짐작하지 못할 것이기 때문이었다.

　그럼에도 문을 나서는 순간, 승희는 누군가에게 덜미를 잡혀 저만치 내동댕이쳐지고 말았다. 그것은 승희도 예상했던 일이었다.

　승희는 눈에 들어오는 잡동사니란 잡동사니에 전부 염력을 발휘했다. 마구 널려 있던 가스통들이 우르르 허공으로 날아올랐다. 그러자 승희를 집어 던진 자가 마구 날아오는 물건들에 맞고 본능적으로 팔을 휘둘러 얼굴을 가렸다.

새총같이 생긴 슬링샷을 들고 있는 자가 저만치에서 달려오는 것이 보였다. 승희는 인정사정없이 그자의 신경계를 쥐어짰다. 그자가 비명조차 지르지 못하고 쓰러지자 승희는 그자가 들고 있던 슬링샷을 염력으로 끌어당겨 간신히 손에 쥐었다.

그때 문 앞을 지키던 자가 다시 승희에게 손을 뻗었다. 승희도 피한다고 피해 봤지만, 어깨를 살짝 얻어맞고 말았다. 비틀거려 한쪽으로 밀려 넘어지면서도, 승희는 슬링샷을 놓지 않았다.

순간 바닥에 굴러다니는 빈 병 한 개가 승희의 손에 잡혔다. 승희는 즉시 그것을 손에 들고 깨뜨리면서 염력을 발휘했다. 쨍하는 소리와 함께 깨진 유리 조각들이 문 앞을 지키던 자에게 날아들었다. 유리 조각들은 매우 가벼운 데다 날카로워서 승희의 약한 염력으로도 충분히 위협적인 공격이 됐다.

문 앞을 지키던 자는 사십 대쯤 돼 보이는 땅딸막한 남자였는데, 유리 조각들이 날아오자 몹시 놀라면서 얼굴을 가리고 몸을 움츠렸다.

한편, 연희와 아라, 준호 등은 승희의 속셈도 모른 채 뒷문으로 달려가고 있었다. 연희는 수아를 준호에게 넘기고 제일 먼저 문을 열고 밖으로 나가려는데, 그 앞을 아라가 막아섰다.

"언니, 잠깐만."

아라의 손에는 조요경이 들려 있었다. 그것을 본 준호도 수아를 연희에게 되넘겨 주며 말했다.

"누나가 먼저 나가는 건 위험해요. 내가 나가 볼게요."

그 말에 연희는 고개를 저으며 반색했다.

"아냐. 위험······."

"괜찮아요. 나도 내 몸 정도는 지킬 수 있어요. 밖에서 총이나 뭘 쏠지도 모르는데, 난 키가 작으니까 내가 나가면 맞히기 어려울 거예요."

그러고 보니 문이 열리는 순간 아이가 맨 먼저 나오리라고는 상대도 미처 예측하지 못한 것 같았다. 연희는 준호가 보기보다 꽤 생각이 깊다고 여겼다.

그때 아라는 밖에 있는 자들의 정신을 분산시키려고 주변의 동물들이나 벌레들까지 모조리 불러내고 있었다. 투시력이 없어 과연 원하는 대로 밖이 난장판이 됐는지, 아닌지는 알 수 없었지만 아라가 앙칼지게 외쳤다.

"말하지 말고 어서 나가! 놈들은 투시력이 있다면서? 말을 많이 하면 좋을 게 없잖아?"

그러면서 아라는 문에 붙어 서서 왈칵 문을 열었다. 이어 준호는 연희가 만류할 틈도 주지 않고 데구루루 몸을 굴리면서 밖으로 나갔다.

그 순간, 과연 준호의 예측대로 총알인지 무엇인지가 준호의 머리 위로 핑핑거리며 날아들었고, 모두 준호의 머리 위로 지나갔다.

준호는 나가는 즉시 택견의 수법으로 몸을 일으키면서, 비도 오지 않는데 우산을 들고 있는 흑인에게 달려들었다. 그가 들고 있는 우산은 암암리에 총알을 발사할 수 있는 물건이었는데, 몽둥이 대용으로 사용할 수도 있었다.

준호가 달려들자 그는 우산을 휘두르면서 방어하려 했고, 솜씨도 상당했다. 그러나 그자도 문에서 어린아이가 굴러 나와 자신에게 덤벼들 것이라고는 짐작하기 어려웠던 듯, 평소의 실력으로 대응하지 않고 엉겁결에 막을 뿐이었다.

그런데 준호의 손이 우산에 닿는 순간, 갑자기 우산에서 퍽 하는 소리가 들렸고, 준호가 그리 많은 힘을 주지 않았는데도 우산은 두 토막이 나고 말았다. 부러뜨리려고 친 것이 아니라 잡으려고 움켜쥐었는데, 마치 두부처럼 우산의 중간이 으깨어져 버렸던 것이다.

준호와 흑인은 다 같이 깜짝 놀랐으나, 흑인의 놀라움이 한층 더했다.

준호는 놀라기는 했지만 우산을 움켜쥐면서 상대에게 한 방을 날릴 생각이었기 때문에 손바닥을 내밀어 상대를 쳤다. 그러나 상대는 팔을 들어 권투 자세로 방어를 굳혀 준호의 손바닥을 막아 냈다.

원래대로라면 방어 자세를 취할 팔을 손바닥으로 쳤으니 아무런 영향도 주지 않아야 하지만 다음 순간, 흑인은 비명을 지르면서 바닥을 데구루루 굴렀다. 그 모양을 보고 오히려 준호가 더 놀랄 지경이었다. 준호의 손바닥을 막았던 흑인의 오른팔이 부러져 덜렁거렸다.

'이게 뭐지? 어째서 이런 일이……!'

그때 흑인이 넘어지는 것을 본 다른 자가 준호에게 달려들었다. 준호는 기세 좋게 다시 한번 손바닥을 휘둘렀지만, 퍽 소리가 약간 났을 뿐, 그자는 가슴팍에 준호의 손바닥을 맞고도 아무런 영향을 받지 않은 것 같았다. 영향을 받지 않았을 뿐만 아니라 그자는 준호를 대번에 후려갈겨 단 한 방에 코피를 터뜨리고 정신을 몽롱하게 만들었다.

준호는 아까 막강한 위력을 발휘했던 손바닥이 지금은 왜 아무런 힘을 발휘하지 못하는지 몰랐다.

준호는 지난번 하겐이 죽음의 위기를 맞았을 때, 연희를 지켜 주라고 자신의 손에 힘을 심어 준 것은 알았지만 그것이 어떤 작용을 하는지는 몰랐다. 두 문양은 서로 암암리에 힘을 주고받는 기이한 작용을 했다. 즉 한쪽 문양을 사용해 어떤 것을 파괴하거나 충격을 주면 그 힘이 반대쪽 문양으로 전달돼 반대쪽 문양도 강한 힘을 내는 것이다.

하겐의 문양은 알 수 없는 고대의 어떤 백마술사와 흑마술사에 의해 만들어진 것이었다. 그들은 서로 다른 길을 걸었지만 두 사람은 형제였기 때문에 항상 같이 지냈다.

그런데 그들 중 백마술사에게만 자식이 있어서 두 사람은 아이에게 자신들이 쌓아 온 힘을 모두 물려주고자 했다. 그래서 각각 자신의 마력을 집중시킨 문양을 만들어 냈는데, 그 둘은 그 후 이런 생각을 하게 됐다.

만약 이 아이가 정령들을 상대한다면 흑마술의 문양을 사용할 것이고, 악령들을 상대한다면 백마술을 사용할 것이다. 그러나 악령들을 상대한다면 흑마술의 문양은 힘을 발하지 못할 것이고, 정령들을 상대한다면 백마술의 문양이 힘을 발휘하지 못할 것이다. 그렇다면 두 가지 힘을 넣어 주는 것이 오히려 실전에서는 아이의 힘을 약하게 만들 수도 있다.

결국 두 사람은 오랫동안 궁리한 끝에 두 문양이 상호 작용을 갖도록 만드는 데 성공했다. 즉 정령을 상대할 때 흑마술의 문양은 강한 위력을 가진다. 그러니 그 문양에서 나오는 파괴력을 흑마술이 문양으로 흡수해 백마술의 문양으로 가게 한다면 백마술의 문양도 정령에게 타격을 줄 수 있게 된다.

반대로 악령을 상대할 때는 백마술의 문양이 힘을 흡수해 타격을 준 다음, 흑마술의 문양은 그 힘을 발출해 타격을 주는 것이다. 이 두 문양은 그 자체만으로도 강력했지만, 이러한 상호 교감이 있기 때문에 더욱 강력한 것이었다.

하겐은 그 두 주술사가 키워 낸 아이의 수십 대에 걸친 후손이었다. 지금껏 하겐은 어떤 상대를 맞아도 양쪽의 힘을 모두 발출하면서 싸울 수 있었고, 서양에서는 적수가 없을 정도였다. 그런데 하겐은 그러한 내용까지 준호에게 전달해 줄 시간이 없었다.

준호가 으깨 버린 흑인의 우산은 물론 총같이 사용되는 무기이기도 했지만 어둠의 힘이 깃들어 있었기 때문에 반작용을 일으켜 단번에 박살 난 것이며, 그 우산의 힘이 흡수돼 흑인을 친 준호의 반대편 손의 문양에 전달돼 단번에 흑인의 팔을 부러뜨린 것이었다.

그러나 다음번 손을 휘둘렀을 때는 흡수된 힘이 없었고, 상대가 사람이라 힘을 흡수할 길도 없었기 때문에 아무런 충격도 주지 못했다.

하겐의 문양은 신묘한 것이었지만, 이런 사실을 잘 알고 체계적으로 사용해야만 최상의 위력을 발휘할 수 있었다. 그런데 준호는 사용법을 잘 알지 못한 채 마구잡이로 휘둘러 댔으니 위력이 나올 리 없었다. 아무튼 준호는 얻어맞으면서 생각했다.

'역시 난 뭔가 안 되는 놈이야. 내 마음대로 되는 게 하나도 없으니……'

여느 때 같았으면 준호는 얻어맞아 쓰러지는 즉시 목숨을 잃을 것이었다. 하지만 그때쯤에 아라의 조요경에 반응을 보인 갈매기 떼가 날아들어 적들은 몹시 혼란스러워하기 시작했다.

더구나 연희와 아라가 달려 나와 나름대로 그동안 갈고 닦은 호신술을 발휘하고, 준호도 다시 일어나 택견의 수법으로 흐늘흐늘하게 싸우기 시작하자 그들은 더더욱 열세에 몰리게 됐다.

그러나 그들은 프로들인 만큼, 조금 시간이 지나자 갈매기 떼의 공격 같은 것은 무시하고 사람을 공격하는 데만 정신을 집중했다. 그렇게 되자 연희와 아라, 준호 등은 다시 수세에 몰리게 됐다.

흑인은 준호에게 맞아 중상을 입은 뒤 꼼짝 못 하게 됐고, 슬링

용(龍)과 봉(鳳)

샷을 들고 있던 금발의 백인은 승희에게 당해 맞은편 정문 앞에 쓰러졌지만, 아직 연보라색 옷을 입은 동양인과 검은 옷으로 온몸을 감싼 정체불명의 사람이 또 하나 있었다.

그는 온통 전신을 검은 옷으로 둘러싼 데다 검은 모자에 마스크까지 하고 있어, 키가 크고 몸매가 후리후리하다는 것 말고는 남자인지 여자인지조차 분간할 수 없었는데, 무술뿐만 아니라 음습한 주술적인 기운까지 풍기고 있었다. 한 방에 사람을 죽일 만큼 악랄하지는 않았지만, 그자의 기운에 한 번 맞을 때마다 몸서리가 쳐지고 저절로 몸이 떨리는 한기를 느껴 힘이 점점 줄어들 수밖에 없었다.

그런데 연희 등은 자신들의 상황에 정신이 팔려 승희가 그들과 함께 있지 않다는 사실조차 깨닫지 못하고 있었다.

한편, 승희는 연희 등이 자신의 뒤를 따라오지 않았다는 것을 깨닫고, 몸을 빼 뒷문 쪽으로 달아날 기회만 엿보고 있었다. 승희는 깨진 유리 조각들에 염력을 발휘해 지금까지 상대를 꼼짝 못하게 만드는 데 성공했다. 날카로운 유리 조각들이 자신의 주변을 맴돌면서 살아 있는 것처럼 달려들자 땅딸막한 남자는 그것을 막아 내는 데만도 급급해했다.

승희는 아까 자신을 집어 던진 수법이나 염력이 직접 남자의 몸에 먹혀들지 않는 것을 볼 때 남자가 상당한 고수라는 것을 알 수 있었기에 경솔하게 남자에게 접근하지 않으려 했다.

그러다가 승희는 슬링샷을 손에 들고 있다는 것을 깨닫고, 돌멩이를 하나 집어 그 안에 끼웠다. 슬링샷은 조그마한 새총 모양의 무기라 마치 장난감 같아 보였지만, 실제로는 탄력이 상당해 제대로만 적중시킨다면 한 방에 사람을 죽일 수도 있는 무서운 무기였다.

그런데 슬링샷의 탄환은 반드시 둥글고 매끈하게 잘 연마된 구형의 물체여야 했으며, 그렇지 않으면 공기의 저항을 심하게 받아 제대로 명중시킬 수가 없었다.

허나 승희는 앞뒤 가리지 않고 주변을 굴러다니는 잔 돌멩이를 넣어 슬링샷을 쏜 데다 슬링샷의 반동을 충분히 이용하지 않았으므로 그다지 위력적이지 못했다.

남자는 유리 조각에 얼굴을 조금 찢길지언정 그 돌멩이만은 피하려 했다. 그래서 승희는 세 번 연속으로 돌멩이를 재어 남자에게 쏘았고, 남자는 모두 그것을 피했지만 덕분에 얼굴에 상당히 많은 상처를 냈고, 승희와의 거리가 더욱 멀어졌다.

승희는 남자의 얼굴에서 피가 흐르자 더더욱 남자가 무시무시하게 느껴졌고, 연희 등이 걱정되는 터라 충분한 거리가 두어졌다고 여겨지자마자 뒤도 돌아보지 않고 몸을 돌려 달아나기 시작했다.

남자는 승희의 뒤를 무섭게 달려 쫓아왔는데, 승희가 염력으로 남자의 발을 향해 가스통 하나를 굴려 넣자 남자는 요란스럽게 넘어지고 말았다. 어찌나 심하게 정면으로 얼굴을 박고 넘어졌는지, 남자는 한참이나 신음만 낼 뿐 일어나지 못하고 있었다.

'쌤통이다. 아예 머리가 깨져 버리면 더 좋을 텐데.'

승희는 속으로 혀를 날름하면서 재빨리 연희를 도우러 뒷문 쪽으로 돌아서 가기 시작했다.

그 시각, 연희와 아라, 그리고 준호는 이제 더 이상 버티기 어려울 정도로 지쳐 버렸다. 공항에서부터 따라왔던 세 사람 중 동양인마저 연희가 한 필살의 돌려차기에 턱을 얻어맞고 쓰러진 상태였지만, 검은 옷을 전신에 걸친 사람만큼은 몹시 상대하기가 어려웠다.

그는 몸놀림이 귀신같을 뿐만 아니라 전신에서 뿜어져 나오는 차가운 기운 때문에 손을 댈 수 없었고, 접근하기조차 힘에 겨웠다. 연희와 아라, 준호가 죽을힘을 다해 대적했지만, 결국 셋은 모두 지쳐 금방이라도 쓰러질 지경이었다. 특별히 얻어맞지는 않았지만 온몸에 느껴지는 한기와 피곤함 때문에 서 있을 기력마저 없었다.

"나…… 난 안 되겠어……."

제일 먼저 아라가 비틀거리면서 풀썩 무릎을 꿇었다가, 만사를 포기한 듯 땅바닥에 납작 엎어져 버렸다. 그리고 조금 더 지나자 연희가 헉헉거리면서 뒤로 주춤거리다가 더 이상 서 있지 못하고 털썩 엉덩방아를 찧으며 주저앉았다.

그 와중에도 준호는 죽을힘을 다해 버티고 있었지만, 결국 더 버티지 못한 채 그자의 손바닥에 따귀를 맞고는 그대로 기절해 버렸다. 따귀 한 방에 기절해 버린다는 것은 평소 같으면 있을 수 없는 일이었지만 이자의 손이 몸에 닿는 순간, 준호는 정신이 아득해지면서 온몸의 힘이 다 빠져나가는 허탈감을 견딜 수가 없었다.

세 사람이 모두 쓰러지고 무력화되자 검은 옷은 가볍게 코웃음 치더니 그들을 거들떠보지도 않고 뒷문 쪽으로 다가갔다.

그때 황달지 교수는 수아를 안은 채 몸을 덜덜 떨면서 뒷문에 바싹 붙은 채 숨어 있었다. 제아무리 힘없는 황달지 교수라도 수아만 아니었다면 덤벼드는 시늉이라도 냈을 테지만, 수아를 안고 있어 그럴 수도 없었다.

그런데 언뜻 밖을 보니 세 사람은 모조리 쓰러져 있고, 검은 옷을 입은 자가 이쪽으로 다가오고 있지 않은가?

황달지 교수는 이제야말로 죽었구나 싶었다. 그리고 일이 이렇게 됐는데, 더 이상 다른 사람들을 말려들게 할 수 없다고 생각한 황달지 교수는 수아를 내려놓고 용감하게 문밖으로 나갔다. 비록 어깨와 다리는 덜덜 떨리고 있었지만 황달지 교수로서는 최대한 용기를 낸 것이었다.

수아는 땅에 내려지자마자 쪼르르 문으로 먼저 달려가 밖을 내다보더니 소리를 질렀다.

"언니! 언니! 누가 그랬어! 언니, 왜 그래!"

수아가 소리를 지르자마자 갑자기 주변에 미친 듯한 바람이 몰아치기 시작했다. 소용돌이 같은 무서운 바람이었다. 검은 옷은 여유 있게 다가오다가 무시무시한 바람이 자신에게로 몰아치자 깜짝 놀라면서 방어 자세를 취했다.

그러나 방어 자세고 뭐고 할 것 없이 몰아쳐 오는 바람은 순식간에 회오리 형상으로 거대해지더니 주변의 모든 잡동사니를 한데 휩쓸면서 무시무시한 기세로 검은 옷을 덮쳤다.

수아는 정령들의 여왕이었다. 정령들은 수아의 안위에 직접적으로 관계되거나 명령이 있을 때만 힘을 발휘할 뿐, 다른 사람은 죽거나 살거나 신경도 쓰지 않았다.

더구나 퇴마사들의 아지트에 세워진 진법과 결계는 악령들을 모조리 방어할 수 있을 만큼 훌륭했지만, 반면 정령들도 그 결계 안에서는 힘을 발휘할 수 없었다. 그 때문에 정령들은 전전긍긍하다가 수아가 분노의 기색을 표시하자 조금의 주저함도 없이 수아가 미워하는 사람을 공격하기 시작한 것이었다.

정령들이 일으키는 돌개바람은 예전에 박 신부로서도 감히 감당하기 힘들었을 만큼 맹렬하고 무시무시했다. 자신에게 불어오는 것이 아닌데도 황달지 교수는 숨을 쉴 수도 없고, 눈도 뜰 수 없을 지경이었다. 주변에 서 있던 물건 중 바람에 휩쓸리지 않은 것은 하나도 없었으며, 나무들마저 우지끈거리며 순식간에 가지가 모조리 부러져 앙상한 몰골이 돼 갔다.

그럼에도 검은 옷은 꼿꼿이 버티고 서 있었다. 얼마나 바람이 거셌는지 그의 몸에 둘린 검은 옷이 다 찢어져 나갈 지경이었는데도 그는 빈틈없이 팔을 둘러 몸을 보호하며 서 있었다.

그러다가 바람이 한층 더 거세어지자 그의 검은색 모자가 획 날아갔다. 모자가 날아가자 그 속에 감춰져 있던 붉은 머리가 마치

파도처럼 출렁거리며 바람에 휘날렸다. 그 사람은 여자였다. 그런데 머리가 드러나자 그 여자는 미친 듯이 분노를 터뜨렸다.

"아…… 핫!"

그녀가 앙칼진 소리를 지르자 갑자기 그녀의 몸에서 엄청난 기운이 솟구쳐 나왔고, 그렇게도 거세던 돌개바람이 뒤로 밀려 버렸다. 여자는 마스크를 집어 던지고, 몸을 덮었던 검은 외투마저 벗어 팽개쳐 버리더니 수아를 보고 물었다.

"내 머리를 봤니?"

그 여자는 특이하게도 불어로 이야기했는데, 수아는 당연히 알아들을 수 없었다. 그 말을 알아들은 사람은 기운을 잃고 넘어져 있던 연희뿐이었다. 연희는 기진맥진해 있었지만, 수아가 정령들의 힘을 불러내는 것을 보고는 이제 걱정 없겠구나 싶어 안심하던 참이었다.

그런데 여자가 한 말이 너무나 뜻밖이라 연희는 자신도 모르게 대답했다.

"머리가 어떻다고? 눈이 있으면 다 봤지, 못 보겠어?"

그러자 붉은 머리의 여자는 음울한 웃음소리를 내더니 중얼거리듯 말했다.

"내 머리를 본 자는 다 죽어야 해……!"

그러더니 여자는 난데없이 몸을 날려 곁에 넘어져 신음하고 있던 흑인 옆으로 훌쩍 뛰어들었다. 이어 약간의 주저함도 없이 손가락을 펴 세우더니 흑인의 머리를 단번에 뚫어 버렸다. 머리를 박살 내지도 않고 손가락을 세워 뚫는다는 것은 상상할 수 없을 만큼 무서운 힘을 가졌다고밖에 할 수 없었다.

수아는 그 광경을 보고 너무나 놀라 크게 비명을 지르면서 울음을 터뜨렸다. 질려 버린 것은 황달지 교수나 연희도 마찬가지였다.

다음 순간, 정령들의 폭풍이 아까보다 더 거센 기세로 여자에게로 휘몰아쳤다. 하지만 여자가 다시 허공에 손을 휘젓자 여자에게서 얼음 같은 기운이 쏟아져 나왔다. 주변이 영하 수십 도로 내려간 것 같았다. 여자의 냉기와 정령들의 폭풍은 서로 무시무시하게 대치하면서 지옥도 같은 광경을 연출했다.

연희는 퇴마사들의 무시무시한 싸움을 여러 번 봐 왔지만, 이렇게 초자연적이고 마법 같은 싸움을 본 적이 없었다.

수아는 무서워서 연희에게 가고 싶었지만, 연희는 그 무시무시한 냉기와 폭풍 건너편에 있었다. 수아는 반사적으로 황달지 교수에게 달려가 그의 품에 얼굴을 묻었다. 그러자 여자와 대치하던 정령들의 힘은 여자를 내버려두고 수아에게로 몰려가 수아의 주변을 빈틈없이 방어하듯 무서운 기세로 맴돌았다.

이에 여자는 약이 오른 듯, 붉은 머리를 넘실거리면서 수아에게 달려들려고 했다. 그러자 수아를 안고 있는 황달지 교수의 주변에서 무시무시한 불기둥이 솟구쳐 황달지 교수를 에워쌌다.

황달지 교수는 너무나 놀라 수아를 안은 채 땅바닥에 주저앉아 버렸지만, 불기둥은 수아나 황달지 교수의 터럭 한 올 태우지 않고 여자에게로 휘몰아쳐 갔다.

"이프리트?"

여자도 무시무시한 불기둥이 용트림하며 다가오자 몹시 놀라면서 뒤로 날렵하게 공중제비를 넘어 피했다. 그러면서도 여자는 지지 않고 냉기를 있는 대로 뿜어내 불기운에 저항하는 듯했다.

그런데 그 순간 갑자기 마른 밤하늘에서 뇌성이 번쩍하면서 번개가 내리꽂혔다. 벼락이 떨어지는 폭발 같은 파열음이 주위를 메우는 순간, 여자는 비틀거리면서 몇 발짝이나 뒤로 물러섰는데, 본 사람은 누구나 죽는다던 여자의 붉은 머리카락이 전기 충격에 의해 반쯤 그슬린 채 뻣뻣하게 일어서 있었다.

"이…… 이런 지독한……!"

여자는 불어로 마구 욕설을 내뱉더니 화풀이라도 하듯, 아까 넘어졌던 동양인의 얼굴을 발로 냅다 걷어찼다. 남자의 머리가 박살나면서 피가 사방으로 튀었다. 그리고 나자 여자의 냉기는 더더욱 기세가 강해졌다. 보고 있던 연희의 몸마저 떨리다 못해 얼어붙어 버릴 기세였다.

'같은 편을 저토록 참혹하게 죽이다니! 아냐, 사람을 죽일 때마다 저 여자의 냉기가 강해지는 것 같은데…… 그렇다면 혹시 무슨 사악한 주술을 사용한 건 아닐까?'

그러나 주술이고 뭐고 생각할 겨를도 없이 이대로라면 황달지 교수나 수아는 정령들의 힘으로 무사할지 몰라도 연희나 쓰러진 아라, 준호 등은 얼어 죽을 것만 같았다.

그때였다. 느닷없이 한 줄기 빛 같은 것이 날아와 여자의 바로 앞에 박혔다. 그것이 땅에 박히는 순간 더더욱 밝은 광채로 확 하고 주변을 밝히자 여자는 깜짝 놀라면서 뒤로 물러섰다.

다음 순간, 또 다른 빛줄기가 날아왔다. 이번에는 녹색이었는데, 그 빛줄기는 여자의 부근에 도달하자 갑자기 살아 있는 듯 꿈틀거리면서 여자의 몸을 감아 묶으려 했다.

재빨리 여자는 팔을 잔뜩 움츠렸다가 냉기를 뿜으면서 크게 소리를 질렀다. 그러자 여자를 묶으려던 녹색 기운은 얼어서 박살나는 듯한 모양으로 사라졌다.

"나가스트라(Nagastra)[13]? 도대체 누구냐!"

이번에는 두 개의 빛줄기가 연이어 날아왔다. 하나는 붉은 화염 같았고, 다른 하나는 푸른색의 기운이었는데, 그것을 보자 여자는 안색이 변했다. 그러더니 여자는 눈 깜짝할 사이에 땅이 쓰러져 있던 아라와 준호를 잡아 양손에 한 명씩 들고 외쳤다.

"누구냐? 더 가까이 오면 이 아이들을 죽여 버리겠다!"

곧이어 저쪽의 어둠 속에서 누군가가 헐레벌떡 달려오는 것이 연희의 눈에 보였다. 모두 세 명이었는데, 그중 앞선 사람은 바로 박 신부였다. 박 신부의 몸에는 연녹색 오라가 선명하게 구체를 이루며 피어올라 있었다.

"잠깐! 잠깐!"

---

[13] 나가(Naga, 인도 신화에서 용과 뱀의 중간 정도 되는 존재)의 힘을 넣은 아스트라(Astra)를 말한다.

박 신부는 불편한 다리를 끌면서 급히 달려오느라 몹시 숨이 찬 듯했다. 그리고 박 신부의 뒤를 두 사람의 승희가 따라오고 있었다. 그것을 본 연희는 깜짝 놀랐다. 어떻게 승희가 두 명인 걸까?

여자는 박 신부와 두 사람의 승희를 힐끗 보더니 안색이 변해 아라와 준호를 든 채 뒤도 돌아보지 않고 도망쳤다. 박 신부는 여자의 뒤를 쫓아가면서 계속 외쳤다.

"아이들을 두고 가시오!"

그러자 여자는 여전히 두 아이를 옆구리에 끼고 달리면서 소리쳤다.

"저 늙은이가 가진 물건과 바꾸자. 나중에 연락하겠다!"

여자는 두 아이를 안았음에도 불구하고 무서운 속도로 박 신부에게서 멀어져 갔다. 그 순간 느닷없이 튀어나와 여자의 앞을 가로막는 누군가가 있었다.

그는 엄청난 덩치의 남자였는데, 여자를 보자마자 팔을 휘둘러 공격했다. 팔에서 바람이 일 정도로 무시무시한 공격이었지만, 여자는 몸을 훌쩍 날린 다음 허공으로 높이 솟아올라 그 공격을 간단하게 피해 버렸다.

여자가 허공으로 솟구치자 또 다른 그림자 하나가 날아와 여자를 덮쳤다. 그 그림자 같은 사람은 무서운 기운을 여자에게 뿜어냈는데, 여자도 지지 않고 냉기를 뿜어냈다. 여자도 공중에서 조금 뒤로 물러서긴 했지만, 그 그림자 같은 남자는 더욱 심하게 뒤로 밀려 거의 땅에 처박히다시피 했다.

이어 여자가 땅에 발을 딛는 순간, 또 다른 누군가가 여자에게 무엇인가를 던졌다. 여자는 "흥!" 하는 코웃음과 함께 냉기를 쏘아 보냈고, 던져진 물건은 허공에서 퍽 하고 깨져 버렸다.

그 물건 안에는 무슨 액체가 들어 있었던 것 같았다. 그 액체는 허공에 흩날리면서 여자의 냉기 때문에 순식간에 얼어 버렸는데, 얼음 조각이 여자의 머리 위로 우수수 쏟아져 내렸다.

뜻밖에도 그 얼음 조각에 닿자 여자는 깜짝 놀라는 것 같았다. 이어 여자는 자신의 등 뒤로 무시무시한 바람을 일으켰다. 그리고 그 바람의 도움을 빌려 뒤도 돌아보지 않고 마치 허공을 날다시피 해 순식간에 사라졌다.

여자가 아라와 준호를 낀 채 사라지자 박 신부는 쫓아가던 것을 멈추었다. 그는 몹시 힘이 들었는지 헉헉거리면서 연희에게 다가왔다. 박 신부의 오라에 감싸이자 얼어붙는 듯하던 연희의 몸이 삽시간에 훈훈하게 풀렸다.

"신부님! 아이들이……."

연희는 거의 울듯이 박 신부를 바라보았다. 이에 박 신부는 고개를 끄덕여 보였다.

"괜찮네, 괜찮아. 반드시 구할 수 있을 거야. 반드시……."

박 신부는 연희의 어깨를 커다란 손으로 다독여 주었다. 곧이어 두 사람의 승희가 다가왔다. 그것을 보고 연희가 고개를 갸웃하자 승희가 웃으며 말했다.

"이쪽은 로파무드야. 나랑 정말 똑같지?"

그제야 연희는 탄성을 질렀다. 승희와 로파무드는 원래 똑같은 생김새를 지니고 있었다. 그런데 연희로서는 지금 로파무드가 나타날 것이라고 생각하지 못한 데다 우연의 일치인지, 두 사람의 헤어스타일이 거의 비슷했기 때문에 순간적으로 헛갈린 것이었다.

그러고 보니 두 사람의 옷차림은 상당히 달랐고, 로파무드의 얼굴이 좀 더 검은 편인 데다 작은 코걸이를 하고 있어 누가 승희이고, 누가 로파무드인지 분간하기는 어렵지 않을 듯했다.

저만치에서 여자를 막으려 했던 세 사람이 또 다른 한 사람을 대동하고 다가왔다.

덩치가 큰 사람은 성난큰곰이었고, 공중으로 뛰어올라 여자를 공격했던 사람은 윌리엄스 신부였는데, 윌리엄스 신부는 흡혈귀의 힘을 사용해서 그런지 성난큰곰의 팔에 안겨 있었다. 안 그래도 거대한 성난큰곰의 덩치는 강신술을 사용했는지 더더욱 커져 있어 품에 안긴 윌리엄스 신부의 몸은 마치 헝겊 인형 같아 보였다.

그리고 그 뒤를 흡혈귀처럼 창백한 얼굴의 이반 교수와 뚱뚱한 바이올렛이 따르고 있었다. 승희는 뚱뚱한 남자를 따돌리고 뒷문 쪽으로 오다가 우연히도 로파무드, 성난큰곰 등과 같이 오고 있던 박 신부를 만났던 것이다.

"모두…… 모두 오셨군요."

고개를 끄덕이며 박 신부가 한숨을 쉬며 대답했다.

"그래, 모두 모여서 오느라고 며칠 걸렸지. 이런 일이 생긴 줄도 모르고…… 미안하네. 고생 많았지?"

그러면서도 박 신부는 황달지 교수에게서 수아를 안아 받았다. 수아도 박 신부의 얼굴을 보자 몹시 좋아하면서 박 신부에게 폭 매달렸다. 로파무드는 승희를 보며 재미있다는 듯 이야기하기 시작했다. 아마 거울을 보고 이야기하는 기분일 것이었다.

연희가 보니 그녀는 등에 아주 기다랗고 고색창연한 활 한 자루를 메고 있었는데, 아까 날아왔던 빛줄기 같은 것이 아마도 로파무드가 쏜 것인 듯싶었다. 자세히 보니 로파무드는 화살통 같은 걸 지니고 있지 않았는데, 화살 없이 주술만으로 활을 쏜 것 같았다.

연희로서는 신기할 따름이었고 마음 든든하기도 했지만, 아이들 생각에 우울한 기분을 떨쳐 버릴 수가 없었다.

인질 교환

퇴마사들의 아지트는 무너지지는 않았으나 몇 번의 폭발로 쑥밭이 된 데다 검은 편지 결사에게 발각됐으니 이곳을 오래 이용할 수는 없었다.

하지만 당장은 마땅한 장소도 없고, 아까의 붉은 머리 여자가 인질 교환을 위해 연락을 취해 올 것이므로 그들은 일단 아지트로 들어갔다. 죽은 두 사람의 시체를 감추는 일은 성난큰곰과 윌리엄스 신부 두 사람이 알아서 처리해 주었다. 승희와 맞섰던 나머지 두 사람은 어디로 도망쳤는지 보이지 않았다.

어느 정도 분위기가 진정되자 박 신부는 황달지 교수에게 물었다.

"그런데…… 그 여자가 말했던 물건이란 게 대체 뭡니까?"

"글쎄. 점토판인데…… 중요한 것인지는 잘 모르겠소. 나는 아무리 봐도 모조품 같던데…… 허나 지금은 그 물건을 가지고 있지 않은데 큰일이군."

황달지 교수가 점토판에 대해 설명하고, 승희가 부가 설명을 하자 박 신부의 안색이 착잡해졌다. 박 신부는 말없이 품에서 세 개의 점토판을 꺼내 보였다. 이번에 교황청 이단 심판소에서 본의 아니게 얻게 된 물건들이었다.

"이걸로 교환이 가능할지 모르겠군."

그러자 승희는 화가 나는 듯 쏘아붙였다.

"교환은 무슨 교환이에요? 이렇게 우리 편이 다 모였는데, 그 여자 하나를 못 당하겠어요?"

"그러나 이게 없으면 교환에 응하지 않을지도 모르잖니, 승희야."

그때 연희가 박 신부에게 걱정스럽게 물었다.

"아이들은 무사할까요? 아까 그 여자…… 퍽 잔혹해 보이던데……."

"글쎄다, 나도 걱정이다만…… 하지만 저쪽도 원하는 게 있으니 당장 어떻게 하지는 않겠지…."

말끝을 흐리는 박 신부를 보며 승희가 다시 성질을 부렸다.

"에이, 투시라도 되면 당장 찾아서 가만 안 놔둘 텐데."

"그런데 혹시라도 그들이 원본을 필요로 한다면 어쩌죠? 우리가 지닌 이 점토판이 아니라 황달지 교수님이 지닌 점토판을 원하는 것이라면……."

"일단 내가 집으로 전화를 해 보겠소. 난 가족이 없지만, 집을 돌봐 주는 사람은 있으니까."

곧바로 황달지 교수는 중국의 자택으로 전화했으나, 전화는 불통이었다. 불안해진 황달지 교수는 이번에는 근처에 사는 사람들에게 전화해 보았다. 그런데 그가 확인해 본 바에 의하면, 황달지 교수가 없는 사이 그의 집에 불이 났다는 것이다.

아연한 황달지 교수는 수화기를 내려놓으면서 그런 사실을 모두에게 전했다. 그러자 박 신부는 탄식하듯 내뱉었다.

"어떻게 그런 일이…… 뭐라고 말해야 좋을지 모르겠구려."

"그런데 검은 편지 결사가 왜 이런 짓을 하는 걸까요? 교수님을 해치는 것이 목표가 아니었던가요?"

"교수님, 그 물건을 어디에 놔두셨습니까?"

"예? 아…… 그건…… 나는 원래 성미가 깔끔하질 못해서 잘 기억이……."

"교수님, 잘 생각해 보십시오. 혹시 남들이 찾지 못할 그런 곳에 두셨습니까?"

"아……! 그 말을 들으니 생각나는군. 맞소. 남들이 찾기 어려운 곳일 거요. 생전에 우리 마누라가 귀중품을 보관하던 곳에 두었을 것이오. 귀중해서가 아니라 나중에 돌려줘야 할 물건이므로 찾지 못할까 봐 그랬는데……."

"그 장소가 어딥니까? 아니, 아니. 이제는 소용없겠군요. 불을 지른 것을 보면 물건을 발견한 것 같으니까요."

"그런데…… 물건을 원하는 거라면 나를 협박하면 그만일 것을…… 그들이 왜 나를 죽이려 하는 것 같소?"

황달지 교수의 질문에 박 신부는 조금 생각해 보더니 황달지 교수에게 되물었다.

"교수님은 그 점토판을 해독해 보셨다고 했죠? 그게 어떤 내용이었습니까?"

"대강은 기억나지만, 그다지 학술적인 가치가 없는 황당한 내용이오."

"일종의 예언 아니었던가요?"

"그렇게 볼 수도 있는 내용이겠군."

"그렇다면 교수님이 목표가 된 것은 그 점토판 때문일 겁니다. 내용을 알고 있기 때문이죠. 점토판 자체는 찾는다 하더라도, 내용을 아는 사람이 있다는 것은 다른 점토판이 있다는 것과 다를 바가 없기 때문이죠."

"그런 내용이…… 도대체 왜 중요한지…… 나는…… 나는……."

황달지 교수는 말을 제대로 잇지 못했다. 그도 그럴 것이, 물건 하나 잘못 얻었다가 집을 홀랑 불태우고 목숨까지 위협받고 있으니 말이다. 그것도 보통 사람이 노리는 것도 아니고 인간이라고는 믿어지지 않을 정도로 무시무시한 자들에게 말이다.

"학술적으로는 가치가 없어도, 다른 용도로 볼 때에는 가치 있는 내용인지도 모릅니다. 그런데 나는 납득이 가지 않는 점이 있군요. 교수님, 교수님에게 간 점토판은 모두 몇 개였습니까?"

"몇 개라니? 단 한 개였소."

"한 개의 점토판으로도 내용을 해독하셨단 말입니까?"

그 옆에서 연희도 궁금하다는 시선을 보냈다. 실상 최초로 얻은 한 개의 점토판을 해독해 보려고 연희는 무척이나 애를 썼지만, 한 개의 점토판으로는 아무것도 알아낼 수가 없었다. 그런데 황달지 교수는 그것을 해독하다니……

"별문제가 없었소. 그러고 보니 글자들이 번갈아 띄엄띄엄 쓰여 있어 읽기가 조금 까다롭기는 했습니다만……"

"번갈아 읽히는 그 부분들이 깨어진 부분인데요? 정말 황달지 교수님이 보신 것이 지금 이 점토판과 같은 모양의 것들이었습니까?"

"아……! 물론 이것과 같은 것이었소. 그런데 내가 받았던 점토판은 한 개였지만, 온전한 모습을 지닌 것이었다오!"

그 말에 모두가 깜짝 놀랐다. 메소포타미아의 점토판은 모두 일곱 조각으로 나뉘어 있어 이단 심판소의 가디언들이 죽을힘을 다해 네 조각을 얻었고, 성당 기사단원들이 세 개의 조각을 모았다.

그래서 지금은 이단 심판소에 박 신부가 돌려준 것이 한 조각, 박 신부가 본의 아니게 가지고 오게 된 것이 세 조각, 그리고 성당 기사단에 세 조각의 점토판이 남아 있을 것이었다. 그런데 황달지 교수는 깨어지지 않은 온전한 상태의 점토판을 보았다니, 이것은

은 비행기 도착 시간을 맞춰 공항에서 만났다.

아무튼 일이 이렇게 됐으니 지금 잠시 떠나 있는 현암과 백호, 잡혀간 준호와 아라를 제외하면 열 사람의 조력자가 모두 한데 모인 셈이었다.

그러나 박 신부는 준후가 어디로 갔는지 소식이 없는 것에 대해 다소 불안한 마음을 가지고 있었다. 박 신부는 승희와 연희에게 준후가 어디로 갔는지 아느냐고 물어보았지만 그들도 준후와 다툰 날 이후로는 준후를 보지 못했다. 박 신부는 준후의 이야기는 더 이상 꺼내지 않았다.

승희는 현암이 몹시 걱정되는 듯, 세크메트의 눈을 만지작거리면서 계속 현암 생각을 하는 것 같았다. 그러다가 문득 주머니에 뭔가가 들어 있는 것을 깨닫고 그 물건을 꺼내 보았다. 그것은 아까 무심코 빼앗은 슬링샷이었는데, 무기 전반에 대해 정통한 지식을 가진 이반 교수가 그것을 보고 말했다.

"이건 상당히 좋은 물건이군. 기왕 당신이 손에 넣었으니, 잘 사용하면 쓸 만할 거요."

"내가요?"

"슬링샷은 다루기가 그리 어려운 편은 아니오. 그리고 많은 힘이 필요하지도 않고……."

"뭐, 섕상한 활을 쏘는 분이 있는데 내가 그걸 배워서 뭘 하겠어요?"

그러고는 승희는 로파무드를 보며 물었다.

"당신이 아까 활을 쏘았지요?"

"맞아요."

"참 신기하던데…… 화살도 없이 어떻게 활을 쏘죠?"

승희는 자신과 똑같은 모습의 로파무드와 이야기하는 것이 재미있어 쓸데없는 질문을 한 것이었지만, 로파무드는 재미있는지 웃으며 선선히 대답해 주었다. 사실 승희는 아까 결혼이라도 한 것 아니냐는 식의 경솔한 말을 해서 로파무드의 신경을 건드린 것 같아 미안해서 기분을 전환해 주려고 말을 걸었던 것이다.

로파무드의 영어 솜씨는 상당했다. 불과 몇 년 전까지만 해도 의식 없는 갓난아기였다고는 믿기 어려울 만큼 빨리 세상일과 말을 배운 것이다.

"그건 아스트라라고 해요. 고대 인도로부터 전해져 내려오는 전투 주문이죠. 화살을 메겨서 쏘면 훨씬 더 막강하지만, 화살을 가지고 다니기도 그렇고, 활을 제대로 당길 힘이 없어서……."

그 말을 듣고 승희는 로파무드의 활을 눈여겨보았다. 그 활은 아주 크지는 않았지만 정말로 강해 보였으며, 고색창연한 데다가 느껴지는 기운 또한 심상치 않았다.

"그 활도 대단한 것인가 보죠?"

"맞아요. 보는 눈이 있네요. 이건 간디바[14]라고 해요."

---

14 「마하바라타」의 영웅인 아르주나가 사용했다는 활로 「마하바라타」의 내용에는 간디바의 활 소리가 특이하고 멀리까지 울려서 그 소리만 듣고도 아르주나가 어떻게

"간디바요? 활에 이름이 있는 건가요?"

"예, 유서 깊은 활이니까요. 승희 씨, 과거에 수다르사나를 찾아 인도에 오셨죠?"

"어…… 그 일을 아시네요?"

"그때 나는 아무 기억도 없었지만, 나중에 아버지께 들었어요. 이건 당시 수다르사나를 쓰던 크리슈나의 친구, 아르주나[15]가 사용하던 활이에요."

"그래요?"

승희는 잘 몰라 심드렁하게 대답했지만, 곁에 있던 바이올렛이나 이반 교수는 얼굴색이 눈에 띄게 변했다. 아르주나라면 크리슈나와 함께 「마하바라타」[16]의 주인공이며, 전쟁에서 무적의 영웅이었던 인물이었다. 신이었던 크리슈나보다는 못 하겠지만, 아르주나도 이 간디바를 들면 천하무적이 됐다.

이것이 정말 그 간디바라면 놀라울 정도로 강력한 물건이라 하지 않을 수 없었다. 바이올렛은 벌써 반쯤 눈이 뒤집혀 로파무드

싸우는지 알 수 있었다는 대목이 나온다.
15 「마하바라타」의 주인공 중 한 명으로 크리슈나의 친구이며, 친구의 도움을 받지만 사실상 「마하바라타」의 많은 부분은 그가 거의 주인공으로 활약하는 전쟁 이야기이다.
16 '대(大)바라타족'이라는 뜻으로, 비야사가 지었다는 고대 인도의 대서사시이다. 「라마야나」와 더불어 인도 고대 문학의 양대 산맥을 이룬다. 한 종족의 흥망성쇠를 다루고 있지만, 역시 그 백미는 아르주나를 크리슈나가 깨우치는 『바가바드기타』와 환상적인 고대의 전투 장면이라 할 것이다.

에게 물었다.

"아니…… 아니, 이걸 어디서 얻으셨죠?"

놀라움을 실은 바이올렛의 질문에 로파무드는 태연히 대답했다.

"바바지님에게서요. 저에게 아스트라를 가르쳐 주신 것도 바바지님이세요. 저는 아스트라만 배웠는데, 나중에 바바지님을 모시던 분이 바바지님께서 생전에 당부하셨다고 이걸 전해 주셨어요."

"아……."

과거에 수다르사나를 바바지가 가지고 있었으니, 간디바도 그가 가지고 있었을 성싶었다. 더구나 대성인인 바바지에게서 직접 배웠다면 로파무드가 짧은 시간 내에 이토록 강력한 주문을 쓰는 것도 무리는 아니라고 사람들은 생각했다.

로파무드는 전혀 꾸밈없고 거짓 없는 태도로 승희에게 말을 건넸다.

"사실 이 물건도 승희 씨가 사용하시면 훨씬 더 잘 이용하실 수 있을 텐데요."

"아뇨, 아뇨! 내가 그렇게 귀한 걸 어떻게 받아요!"

"이게 귀중한 물건인 것은 분명하지만, 그런 물건일수록 더 잘 사용할 수 있는 주인에게 가야 하지 않겠어요? 승희 씨가 사용하신다면 저도 기쁘겠어요."

"아뇨, 난 됐어요. 내가 그걸 가져야 무얼 하게요. 그…… 아스트란가, 그런 주문도 하나도 모르는걸요?"

"제가 가르쳐 드릴게요. 당신은 특별한 분이시잖아요. 당신이 사용하시면 저보다는 훨씬 나을 거예요."

로파무드는 마스터의 영혼이 다시 정화돼 재생한 것이라고는 믿어지지 않을 만큼 선량하고 공손했다. 그러나 주술에 대한 마스터의 무서운 능력은 타고난 것인 듯, 그녀는 인도의 비전인 아스트라를 몇 년 만에 수련할 수 있었다.

그리고 그녀는 평소에는 이렇게 공손하고 예의 바르며 화를 잘 내지 않았지만, 한번 화가 나면 과거의 마스터만큼이나 사나워져 아무도 그녀를 말릴 수 없었다. 아무튼 그녀는 아스트라를 배운 것을 아무렇지 않은 듯 이야기했지만, 이것은 극도로 무서운 위력을 지니고, 또 까다롭기 그지없는 전투용 주술이었다.

승희는 그 내막까지는 잘 몰랐지만, 구태여 지금 와서 그렇게 힘든 주술 공부 따위를 하고 싶지 않아 극구 사양했다.

그때 바이올렛이 혼자 중얼거렸다.

"정말 저것이 진짜 간디바이고, 로파무드가 아스트라를 자유롭게 쓸 수 있다면 그녀는 이제 미스터 현암이나 준후 군에게도 크게 뒤지지 않을 거예요."

승희와 로파무드를 비롯한 아지트 안에 있는 사람들이 이런저런 이야기를 하는 사이 시체를 처리(?)하러 나갔던 성난큰곰과 윌리엄스 신부가 돌아왔다. 성난큰곰은 시체를 처리하고, 윌리엄스 신부는 그 가련한 죽음을 추도하기 위해 갔던 것이다.

두 사람은 안으로 들어서자마자 대뜸 박 신부에게 말했다.

"이런 것이 문 앞에 떨어져 있었습니다."

그것은 검은색 편지였다. 아마도 아까의 여자가 귀신같은 솜씨로 되돌아와 써 붙이고 간 것이리라. 지금 이 자리에서 현암과 준후만 빼고 세상에서 가장 능력이 강하다고 할 수 있는 사람들이 모여 있는데, 아무도 눈치채지 못했다는 것은 놀라운 일이라 하지 않을 수 없었다.

"정말 대단하군."

"세상에 어떻게 그런 여자가 있을까? 그렇게 지독한 여자는 처음이군요."

이반 교수와 바이올렛의 말에 성난큰곰도 고개를 끄덕이며 자기의 뜻을 전했다.

지금껏 내가 눈으로 본 중, 최고로 강한 사람 중 한 명이다.

곧이어 이반 교수가 심각한 표정으로 입을 열었다.

"아까 그녀는 우리 모두가 공격했는데도 모조리 피해 버렸소. 우리는 적수가 못 될 것 같소. 다음에 만나면 인정사정 두지 말고 총기를 써야겠소."

"총이 과연 소용 있을까요? 뭐, 그럴 것까진 없다고 봅니다만……."

윌리엄스 신부가 조심스럽게 말을 건네자 바이올렛이 자신 있게 대꾸했다.

"그 여자가 아무리 강해도 신부님을 당할 수는 없을 거고, 만약 신부님과 미스터 현암이 같이 있다면 삼 분을 버티지 못할 거예요. 게다가 준후 군까지 합세한다면 일 분도 못 버틸 겁니다. 내가 장담하죠."

그 말에 이반 교수가 평소의 그답지 않게 농담을 다 했다.

"입씨름으로는 당신에게 이십 초도 못 버틸 거요. 아무튼 그 여자는 아까 내 성수 수류탄에 놀라는 것 같던데…… 흑마술을 사용하는 것이 분명하오."

그러나 윌리엄스 신부와 성난큰곰은 일제히 고개를 저었다.

"꼭 그렇다고는 볼 수 없습니다."

"어째서요?"

이반 교수가 의아해하자 윌리엄스 신부가 말했다.

"저는 아까 그 여자와 한 번 직접 부딪쳤습니다. 그런데 그 여자의 냉기는 흑마술에서 비롯된 것 같지 않았어요. 성령의 기운 같은 것도 아니었지만 사악한 기운도 느껴지지 않는…… 그야말로 담담한 것이었습니다."

성난큰곰은 뭐라 표현하지는 않았지만 동감이라는 듯 고개를 끄덕여 보였다.

뭔가 짚이는 게 있는지 바이올렛이 끼어들었다.

"그렇다면 원소력이 아닐까요? 자연력을 사용한다면 그런 느낌을 줄 거예요."

그 말에 이반 교수는 다시 고개를 저었다.

"원소력과는 조금 다른 것 같소. 지(地), 수(水), 화(火), 풍(風)의 네 원소가 서양의 주술에서는 일반적이며, 더욱 심화한다고 해도 아스트랄이 추가될 뿐이오. 그러나 그 여자의 냉기는 사원소 중 그 어느 것과도 같은 것이 없었소."

"하지만 사원소의 기운을 응용하면 그런 냉기를 만들어 내는 것도 불가능하지는 않아요!"

목소리를 높이며 바이올렛이 자신 있게 말하자 이반 교수는 고개를 갸웃하며 되받았다.

"하지만 네 원소의 기운을 응용할 수 있을 정도의 여자라면 아까 왜 냉기만 사용했단 말이오? 물론 냉기의 힘도 막강했지만, 만약 원소력을 응용해 복합할 만한 힘이 있다면 왜 원소를 직접 사용하지 않았을 거라 생각하시오? 그녀의 능력으로 불을 쏘아 댔다고 생각해 보시오. 신부님은 몰라도 우리는 단번에 새카맣게 타 버렸을 거요."

그때 편지를 보고 있던 박 신부가 심각하게 입을 열었다.

"잠시 주목해 주십시오."

박 신부의 말에 모두가 입을 다물었다.

"이건 역시 그 여자가 보낸 편지가 맞는 듯합니다. 그리고 내일 오후 여덟 시에 과천의 놀이동산에서 아이들과 점토판 세 개를 모두 바꾸자고 하는군요······."

바이올렛은 놀란 표정으로 소리쳤다.

"점토판 세 개라뇨? 황달지 교수가 보았던 건 한 개뿐이고, 그나마 지금은 가지고 있지도 않잖아요?"

그러자 승희가 무거운 어조로 말했다.

"그 여자와 한편인 자 중에 투시력을 지닌 자가 있어요. 아마 그 자가 아이들을 통해서나, 아니면 황달지 교수나 연희 언니를 투시해서 모두 알아냈을 거예요."

"아무튼 더 들어 주십시오. 점토판 세 개를 모두 주면 아이들을 풀어 주고, 황달지 교수의 목숨도 더 이상 노리지 않겠다고 하는군요. 그러나 속임수를 쓰려고 하면 아이들의 목숨은 없다고 합니다."

그러더니 박 신부는 고개를 약간 갸웃거리며 덧붙였다.

"그런데 이상하군."

"뭐가요?"

"검은 편지 결사는 왜 점토판을 얻으려 하는 걸까?"

"예?"

승희가 이해를 못 하자 박 신부는 차분히 그 의문을 설명했다.

"이미 황달지 교수의 집을 습격해서 해독본이나 점토판을 찾았다면, 지금에 와서 굳이 점토판을 달라고 할 필요는 없는 것 아니겠니? 그리고 그들은 점토판을 원한다면서 왜 황달지 교수를 죽이려 한 거지?"

"황달지 교수님이 내용을 기억할까 봐 목숨을 해치려 한 것이겠죠. 아까 그렇게 결론을 내렸잖아요."

그러나 박 신부는 아무래도 뭔가가 찜찜한 듯했다.

"아무래도 이상해……. 뭔가 마음에 걸려. 연희 양이 어서 해독을 해 주었으면 싶은데……."

그때 연희와 황달지 교수가 땀을 뻘뻘 흘리면서 다시 방으로 돌아왔다. 황달지 교수는 여독이 쌓이고, 집이 불타고, 기이한 사람들의 초인적 격투에 휘말린 데다가 잘 나지도 않는 기억을 더듬어 가며 힘든 작업을 한 것이라 거의 기절할 듯 창백한 안색이었다.

그러나 연희는 기이하다는 듯이 급히 박 신부에게 말했다.

"조금 이상해요. 이 점토판과 황달지 교수님이 해독한 점토판의 내용은 거의 다 같지만, 상세한 부분은 약간 다른 것 같아요."

곧이어 황달지 교수는 피곤한 눈에 쌍꺼풀을 짙게 드리우면서 억지로 눈을 뜬 뒤에 말을 이었다.

"내가 잘못 기억하는지도 모르지만 두 개가 좀 다른 것 같은 느낌이오. 가령 나는 분명 '해와 달의 어머니'라는 구절을 본 것 같은데, 이것. 그리고 이것의 순서를 볼 때 절대 해와 달이라는 단어가 이루어지지 않는단 말이오."

황달지 교수는 연습장 위에 마구 그려진 기이한 모양의 문자들을 가리켜 보이면서 장황하게 설명했지만 아무도 그 해독 내용을 알아들을 수 없었다.

그러나 일단 황달지 교수의 기억이 맞는다면 황달지 교수가 해독한 점토판은 복사본이며, 누군가가 원본에 약간의 손을 대어 복사본을 새로 만든 것이라고밖에 추정할 수 없었다.

황달지 교수의 몰골이 너무나 안돼 보여, 사람들은 황달지 교수에게 그만 쉬라고 권했다. 황달지 교수는 고개를 끄덕이며 옆방으로 들어간 뒤 오 분도 되지 않아 코 고는 소리가 울려 퍼졌다.

"그런데 내일은 어떻게 하면 좋소? 하필 놀이동산이라니!"

이반 교수가 불만스러운 듯 투덜거렸다. 그러자 바이올렛이 웃으며 말했다.

"왜 그러시죠? 놀이동산이 뭐 어때서요?"

"생각해 보시오. 내일은 일요일이니 놀이동산은 아이들로 가득 찰 거요. 게다가 놀이동산에 내 벌컨포나 벨지움 컨바인, 해머 핸드를 지니고 갈 수는 없지 않소?"

묵묵히 있던 성난큰곰도 거들었다.

나도 그런 곳에 가기에는 너무나 눈에 띈다. 드러내 놓고 가기는 어려울 것 같다. 더구나 아이들이 많은 곳에서는 주술을 사용할 수도, 싸울 수도 없지 않은가? 아이들이 다칠 우려가 있으니······.

로파무드의 활도 가지고 나가기에는 너무 거추장스러웠고, 수아도 정령들이 아무 때나 힘을 쓸지 모르니 역시 데리고 나가기는 위험했다. 장소 때문에 절반의 전력이 꺾인 것이나 다름없는 터였다.

그에 동의한다는 듯이 윌리엄스 신부도 한마디 했다.

"정말 교묘한 함정입니다. 그 여자는 사람을 마구 해칠 수 있겠지만, 우린 그럴 수도 없지 않습니까? 그 여자는 자기 혼자서는 우리를 상대하기 힘들다고 보고 일부러 사람들이 많은 장소를 택한 겁니다. 만약 그 여자 쪽이 강하다면 한적한 장소를 골라 우리를 기습했겠지요."

긴장 어린 모두의 말에 박 신부는 웃으며 이렇게 설명했다.

"그 여자가 마지막으로 적은 말은 이겁니다. 좀 쑥스러운 내용이지만, 그냥 솔직하게 그대로 읽지요. '흡혈귀 같은 자가 있던데 그자가 점토판을 가지고 와라. 혼자 오라고 한다고 해도 혼자 오지 않을 줄은 안다. 몇 놈이 오건 신경 쓰지 않겠지만, 덩치 큰 신부는 절대 끼어들면 안 된다. 약속을 어기면 아이들을 가만두지 않겠다.'"

윌리엄스 신부는 '흡혈귀 같은 자'라는 말에 유머스럽게 어깨를 으쓱해 보이더니 말했다.

"박 신부님이 무서운 줄은 아는 모양이군요."

"글쎄요……."

"좌우간 그렇다면 그 여자가 딴 짓을 하더라도 우리는 힘을 제대로 발휘할 수 없잖습니까? 그 말대로 할 수는 없을 듯한데……."

"하지만 별다른 방법이 없군요. 그 여자가 모습을 드러내지 않으면 아이들을 구하기가 어려워집니다. 그 여자도 정말 점토판을 가지고 싶다면 일단 순순히 교환에 응하겠지요."

"그 여자가 냉기를 마구 발휘한다면 우리 편 아이들이 문제가 아니라 그곳에 있을 수많은 아이들이 위험해집니다."

"그렇게 되면 그 여자도 빠져나가기가 어려워질 테죠. 그런 짓을 하는데도 우리가 정체를 감추고 좌시할 수만은 없지 않겠습니까? 혼전이 벌어지면 그 여자도 이번에는 무사하지 못할 것을 알 테니까요."

"그 여자도 자기편을 우르르 달고 나오면 어쩌죠? 아니면 다른 아이를 잡아 인질로 삼는다면……?"

"자기편을 우르르 달고 나올 수 있다면 그런 복잡한 장소를 고를 이유가 없겠죠. 아무래도 나는 일단 그 여자의 말대로 응해 보는 편이 좋다고 생각합니다. 사람이 많은 곳에서 난리를 벌이는 짓은 그 여자도 좋아할 리 없습니다. 그러니 편지에 적힌 이 말은 그 여자가 싸울 의사가 없거나, 가급적 싸우지 않고 넘어가겠다는 의미로도 볼 수 있지 않겠습니까?"

모두 다른 방법이 없었으므로 박 신부의 말에 동조했지만, 만에 하나를 대비해 모든 장비를 준비해야 한다는 데에 의견의 일치를 보았다.

그러고 난 뒤 다른 사람들은 내일 있을지도 모르는 격전에 대비해 휴식을 취했지만, 이반 교수만은 비행기를 타고 오는 동안 공항에서 발각되지 않으려고 조각조각 분해한 자신의 장비를 두들겨 맞추느라 밤을 꼬박 새웠다.

박 신부는 뭔지 모를 불안감에 잠을 이룰 수 없었다. 그 정체불명의 여자가 두렵다기보다는, 지금까지의 일들이 뭔가 앞뒤가 잘 들어맞지 않는 것 같은 데서 오는 불안감이었다.

문득 박 신부는 현암이 없다는 것이 아쉬웠다. 만약 논리력이 뛰어난 현암이 있었다면 이 미심쩍은 꼬투리를 밟아 진실을 찾아낼 수 있을지도 모르는데…….

박 신부 역시 총명한 사람이었지만 이런 식으로 추리해 나가는 데에는 자신이 없었다. 더구나 상대가 투시력이 있다면 경솔하게 자기 생각을 남에게 이야기할 수도 없었다.

결국 박 신부는 혼자 차근차근 생각해 보기로 하고, 미심쩍은 생각을 일단 접어 두었다.

대혼전(大混戰)

다음 날. 일요일이었기 때문에 과천의 놀이동산은 아이들로 북새통을 이루었다. 그날따라 유달리 사람들이 많아 돌아다니기조차 힘들 지경이었다.

윌리엄스 신부는 평상복을 입고 그 안을 혼자서 천천히 배회하고 있었다. 그리고 나머지 사람들은 눈에 잘 띄지 않는 장소에 숨어서 윌리엄스 신부의 주변을 살폈다.

처음에 일행은 황달지 교수와 수아를 데리고 오지 않으려 했다. 그러자니 수아를 돌봐 주기 위해 연희가 남아야 했고, 연희를 남기자니 황달지 교수와 연희의 안부가 걱정됐다. 그렇다고 돌봐 줄 사람을 또 남긴다는 것도 문제가 컸다. 그래서 결국은 아예 모두가 함께 아지트를 나섰다.

혹시라도 현암이나 준후가 돌아올 가능성도 있었으므로 아지트에는 과천 놀이동산에 갔다는 쪽지를 남겨 두었다. 황달지 교수와 연희와 수아는 놀이동산 구석에 있는, 그러나 다른 일행의 시야 안에 있는 장소에서 꼼짝하지 말고 기다리고 있기로 약속했다.

일행은 가급적 남의 눈에 띄지 않으면서 윌리엄스 신부 주변에 있기 위해 각자 나름대로 안간힘을 썼다.

승희와 바이올렛은 같이 행동했는데, 승희는 주로 투시를 하고, 바이올렛은 그 주변을 살폈다. 나머지 사람들은 모두 남의 눈에 띄지 않거나 장비를 감추기 위해 아침부터 열심히 뛰어다니고 머리를 굴려 놀이동산에 잠복(?)했는데, 방법들이 자못 기발했다.

로파무드는 어디서 구해 왔는지 커다란 첼로 케이스를 끌고 다녔다. 물론 그 안에는 첼로가 아닌 전설의 활, 간디바가 들어 있었다. 그리고 이반 교수는 어느새 평소의 신사 차림이 아니라 반바지에 모자를 쓰고 큰 배낭을 멘 유럽인 배낭 여행객으로 변해 있었다. 커다란 배낭 안에는 온갖 종류의 무기가 들어 있었다. 그러나 성난큰곰과 박 신부의 모습은 보이지 않았다. 상대편에 투시력을 가진 자가 있었으므로, 서로 비밀을 유지하기 위해 그 두 사람은 각자 알아서 숨바꼭질하듯 잠복하기로 상의한 것이었다.

이반 교수는 아예 능력이 없었고, 바이올렛은 약간의 능력이 있기는 했지만 방심하면 투시에 걸려들 수도 있었다. 성난큰곰과 박 신부는 둘 다 정신력이 극도로 강해, 남의 투시에 걸려들지 않을 사람들이었다. 그래서 누구도 그 두 사람이 어디 있는지 몰랐지만 좌우간 놀이동산 안에 있는 것만은 분명했다.

아무리 돌아다녀 봐도 성난큰곰과 박 신부의 모습을 볼 수 없자 나머지 일행은 대체 그들이 어디로 숨었을까 궁금하게 여겼다. 일행 중 덩치가 가장 크고 눈에 잘 띄는 두 사람이 감쪽같이 숨었다는 것이 묘한 흥미를 자아냈다.

박 신부는 헤어지기 전에, 세크메트의 눈을 달라고 승희에게 말했다. 승희는 안 그래도 현암의 소식이 궁금해 걱정되는 판이었기에 자신이 계속 현암의 상황을 주시하겠다고 했지만, 결국은 그것을 박 신부에게 넘겨주고야 말았다.

다섯 시가 돼 가자 승희는 슬슬 투시를 시작했다. 능력자의 마음은 투시가 되지 않지만 ―그것은 반대로 말하자면 투시가 되지 않는 자가 능력자라는 뜻이었다― 승희는 이 방법을 사용해 많은 사람 가운데서 능력자를 가려낼 수는 있었다. 그러나 그러자면 정신력의 소모가 극심해 저녁때가 돼서야 투시를 시작한 것이었다.

투시하자마자 승희는 깜짝 놀랐다. 너무 놀란 나머지 자신도 모르게 입 밖으로 소리를 내고 말았다.

"이럴 수가!"

"왜 그러죠?"

바이올렛도 덩달아 놀라며 묻자 승희는 더듬거리면서 말했다.

"어떻게 이렇게…… 이렇게 많은 능력자들이……."

"무슨 소리예요?"

다급한 목소리로 승희는 바이올렛에게 귓속말을 했다.

"어서 신부님과 성난큰곰을 찾아요! 큰일 났어요! 수십 명의 능력자들이 있어요! 너무나 위험해요!"

승희는 무척이나 조급했다. 언뜻 보았는데도 자신의 주변에만 사십 명에 가까운 능력자들이 있었다. 도대체 어디서 이렇게 많은 숫자의 능력자들이 모여든 것인지 짐작조차 할 수 없었다.

승희는 놀란 얼굴로 사방을 둘러보았다. 저만치에서 아이스크림을 들고 웃고 있는 중년 부부. 겉으로 보기에 그들은 평범한 한국인 같아 보였고 아이까지 하나 데리고 있었다. 그러나 그들은 분명히 능력자들이었다. 또 저쪽에서는 사진사가 카메라와 삼각대와 광고 간판을 주렁주렁 목에 걸고 터벅터벅 걸어가고 있었다. 분명 한국인 같아 보이는 그도 능력자였다.

롤러코스터가 무서운 속도로 지나가면서 그 안에 탄 외국인 연인들이 함께 환호성을 질렀다. 그들은 연인 같아 보였지만 그들도 능력자들이었다.

가장 무서운 것은 풍선을 들고 깡충깡충 뛰어가는 열두서너 살 정도의 깜찍한 아이였는데, 그 여자아이는 앞의 사람들보다 더더욱 투시되지 않았다.

'내가…… 내 투시력이 이상해진 것은 아닐까? 절대 이럴 리가 없는데……!'

어떻게 이렇듯 많은 능력자가 한자리에 모이게 된 것일까? 능력자 중에는 외국인도 많았지만, 한국인처럼 보이는 사람들도 상당수 있었다. 한국인이 아닐지라도 최소한 중국인이나 일본인은 될 것이다. 검은 편지 결사에 이토록 많은 동양인 능력자가 있다는 것은 아무래도 믿기 힘든 일이었다.

침착해라.

갑자기 어디선가 성난큰곰의 목소리가 전해져 왔다. 승희는 자신도 모르게 고개를 들어 사방을 둘러보았지만 그의 모습을 발견할 수 없었다. 성난큰곰은 마음속으로 대화하는 능력이 있었으므로 승희는 그에게 급히 자신이 알아낸 상황을 설명해 주었다.

승희의 말에 성난큰곰도 놀라는 것 같았지만 그는 침착하게 자신의 말을 전해 왔다.

아무래도 우리가 점토판을 교환한다는 이야기가 새어 나간 것 같다. 어느 한 집단에 이렇게 많은 능력자가 있다는 것은 말도 되지 않는다. 아마도 상당한 무리가 점토판을 노리고 몰려든 모양이다.

그럼 어떻게 하죠? 아이고, 저쪽에 또 세 명이나 있네. 지금까지 내가 느낀 것만 마흔여섯 명째라고요! 우리가 이들 모두를 상대로 할 수는 없어요!

승희는 아찔해졌다. 물론 이쪽의 전력도 현암과 준후가 빠졌다고는 해도 여섯 사람이나 되니까 약한 것은 아니었다. 그러나 자신들까지 합해 오십 명이 넘는 능력자들이 싸움을 벌인다면 이 공원은 아마 쑥대밭이 될 것이었다. 그런 승희의 기분을 느꼈는지 성난큰곰이 넌지시 말했다.

이들 모두가 같은 집단은 아닐 것이다. 만약 이들이 서로 다른 집단에 속해 있다면 어느 누구도 경솔하게 움직이지는 않을 것이다. 서로가 서로를 견제해야 하니까. 더군다나 사람이 이렇게 많은데 싸움을 벌이기는 쉽지 않을 것이다. 그러니 너무 걱정할 것은 없다. 상황을 봐 가면서 대처하면 된다……

그 말을 듣자 승희는 약간 안심이 됐지만, 그래도 두근거리는 가슴은 완전히 진정되지 않았다. 그때 성난큰곰이 다시 말했다.

나와 신부님은 잘 숨어 있다. 여기 온 자들은 모두 나름대로 정체를 감추려고 위장했지만, 우리가 가장 깊숙이 숨어 있다. 그것이 우리에게 유리한 점이니 너무 걱정 말고 주위를 경계하라.

다른 사람들에게는요?

내가 모두 전하겠다. 다들 그리 멀리 있지 않으니, 내가 마음속의 음성으로 전달할 수 있다…….

성난큰곰의 목소리가 멀어지자 승희는 다시 불안해졌다. 어제 황달지 교수가 도착한 것은 밤늦은 시간이었으니 아무리 길게 잡아도 스물 몇 시간 전이었다. 그리고 붉은 머리의 여자가 아라와 준호를 잡아간 것은 기껏해야 스무 시간 전이었다.

그 사실을 알고 곧바로 비행기를 타고 날아온다면 못 올 것은 없겠지만, 어떻게 이토록 빨리 사람들이 모여들었는지 아무리 생각해 봐도 모를 일이었다.

그러는 사이에도 능력자들이 서서히 늘어나 이제는 거의 칠십 명에 이르렀다. 시간은 훌쩍 지나 여섯 시가 됐다. 이런 추세로 나가다가는 능력자들이 백 명 넘게 모이지 않을까 싶을 정도였다. 정말로 아찔한 일이었다.

일곱 시가 되자 의외의 상황이 발생했다. 놀이동산 방송에서 긴급 방송이 흘러나온 것이었다. 처음에는 비상사태가 발생했으니 질서 있게 출구로 나가 달라는 말이었지만, 사람들은 별로 신경 쓰지 않는 것 같았다. 그러자 놀이동산 측에서도 다급해졌는지 비상사태의 사실 그대로를 방송하기 시작했다.

[손님들께 알립니다. 손님들께 알립니다. 조금 전, 동물원에서

사자 두 마리가 우리를 넘어 놀이동산 쪽으로 탈출했습니다! 지금 조련사와 경찰이 출동 중입니다만, 사자들이 나타날지도 모르니 손님 여러분들께서는…….]

방송에서 흘러나온 목소리가 채 잦아들기도 전에 무서운 혼란이 일어났다. 대부분의 놀이동산이나 손님들은 아이들과 함께 온 부모들이었다. 그런데 사자가 탈출했다는 소리를 듣자 모든 사람이 경악해 어서 빨리 나가려고 출입구 쪽으로 몰려들었다.

그냥 내버려두었다면 밟고 밟히는 아수라장이 연출됐을지 모르지만, 공원의 직원들이 총출동해, 사자들은 이렇게 사람이 많은 곳에는 함부로 오지 않을 것이니 질서 있게 퇴장해 달라고 호소했다. 사자는 사람에게 덤비지 않을 테지만, 마취 총을 발사해 사자를 잡아야 하기 때문에 자리를 피해 달라는 방송 역시 계속 흘러나왔다.

그래도 사람들은 무서운 속도로 밀려들었고, 직원들이 정리에 안간힘을 썼는데도 몇몇 사람들은 다친 것 같았다. 다행히 큰 사고는 발생하지 않았다. 그리고 다친 사람들도 사자가 무서웠던지 모조리 도망쳐 나가 공원은 순식간에 텅텅 비어 버렸다.

직원들은 서둘러 남아 있는 사람이 없는지 대강 확인한 다음 모두 빠져나가 버렸다. 사자가 돌아다니는 곳에 어슬렁거릴 사람은 없을 것이고, 직원들이라고 사자가 두렵지 않을 까닭이 없을 테니까 말이다.

시각은 일곱 시 사십 분을 조금 넘기고 있었다.

물론 승희는 나가지 않고 구석진 곳에 숨어 있었는데, 근처에 숨어 있던 바이올렛이 슬그머니 다가와 속삭였다.

"누군지 정말 기막힌 솜씨로군요. 이거…… 아무래도 거래가 힘들어지겠는데요?"

"무슨 소리죠?"

"이렇게 공교롭게 사자가 탈출할 수 있겠어요? 분명 누군가가 손을 쓴 거예요."

"고의로 사자를 탈출시켰단 말인가요?"

"틀림없을 거예요."

"그 여자가 왜 그런 짓을 했을까요?"

"그 여자가 했을 리 없어요. 그 여자는 아무래도 혼잡한 곳에서 재빨리 점토판을 교환해 가려고 한 것 같은데, 그걸 싫어하는 사람들이 많은가 보죠."

"그럼 그자들은 왜 사람들을 모두 빠져나가게 한 걸까요?"

"아마도 싸울 생각인지도……."

승희는 바이올렛의 말을 듣고 소름이 오싹 끼쳤다.

"그럼…… 전쟁이군요……."

그때 이곳저곳에 숨어 있던 사람들이 서서히 모습을 드러냈다. 동양인도 많았고 서양인도 많았으며, 아랍이나 인도에서 온 것처럼 보이는 사람들이나 흑인들도 상당히 많았다. 아주 늙은 중국인 노인부터 열두서너 살밖에 안 돼 보이는 소녀들까지 사람들의 연령대도 다양했다.

그러나 그 사람 중에 사자 따위를 겁내는 사람은 한 명도 없는 듯했다. 모두가 나름의 능력자들이었고, 또한 서로를 조금씩 알아보는 것도 같았다.

아무튼 그 숫자는 모두 칠십 명이 넘었으며, 이렇게 많은 능력자가 한데 모인 것은 실로 처음 있는 일이었다. 단 한 가지 문제가 되는 점은 그들 모두가 경계심과 살기에 가득 차 있다는 것이었다.

"사자를 풀어놓은 게 누구냐?"

갑자기 큰 덩치의 외국인이 영어로 소리를 쳤다. 그는 북유럽 쪽 악센트가 강했지만 공용어로 영어를 사용한 것 같았다.

"누군지는 모르지만, 잘한 짓이지……."

이번에는 중국 노인이 쪼글쪼글한 얼굴에 미소를 띠며 대꾸했다.

"모두 다 눈치채고 있는 판인데, 그렇게 몸들을 사릴 필요는 없지 않겠소? 다들 나와 보시오. 쥐새끼처럼 숨어 있지 말고."

사실 지금 남아 있는 사람들 모두가 뭔가 목적을 지닌 사람들임이 분명했다. 그렇다면 굳이 몸을 감추려 애쓸 필요가 없을지도 몰랐다. 그때 입구 쪽에서 누군가가 또 소리를 쳤다.

"조련사와 마취 총을 든 경찰들은 이제 신경 쓸 것 없소. 자, 우리 대화를 해 봅시다."

그러자 또 누군가가 소리쳤다.

"기자들도 모두 잠들었소. 이제 조용히 이야기를 해 보실까?"

누군가가 손을 써서 사람들을 내보내기 위해 사자를 풀어놓고, 또 다른 누군가는 사자를 잡기 위해 안으로 들어오려는 조련사 등을 처리한 모양이었다. 그렇다면 이 안은 외부인들에게는 완전한 공백 구역이 된 셈이었다.

그때 연인으로 보이는 외국인 커플이 이구동성으로 소리쳤다.

"그렇다면 우리, 평화적으로 해결해 보죠! 너무너무 많이 모였군요……. 어쩌면 이렇게……."

"이건 음모요!"

별안간 아주 칼칼하고 대단히 서툰 영어로 키가 장대 같은 흑인 한 명이 소리쳤다. 그는 정말로, 어떻게 그럴 수 있을지 모를 정도로 촌스러운 옷을 걸치고 있었는데, 평생 옷을 입어 본 적이 없는 것 같다는 생각이 들 정도였다.

"이렇게 많은 사람이 모일 줄이야! 이건 우리 모두를 끌어들인 함정이라 할 수 있소!"

누군가가 보이지 않는 곳에서 또 소리를 질렀다.

"함정이면 어떻단 말이야! 난 그 '물건'을 찾아야겠어! 순순히 손 떼지 않으면 모조리 죽여 버릴 테다!"

그에 이어서 중국 노인이 쐐기를 박듯이 소리쳤다.

"모습을 감춘 자는 아마도 흑심을 품은 자겠지! 좋소! 모습을 감추었다가 발견되면 내 무조건 그자부터 공격하겠소! 다른 사람들도 그러길 바라오! 방금 소리 지른 사람, 그 말에 책임을 지시오!"

"찾을 수 있나면 찾아보……."

목소리가 다시 울리다가 갑자기 "으악!" 하는 비명이 짧게, 아주 짧게 들려왔다. 이윽고 그쪽이 잠잠해졌다.

중국 노인이 고개를 설레설레 저으며 심드렁하게 말했다.

"난 이미 경고했소."

그때 한 사람이 앞으로 성큼 나섰다. 그는 체구가 큰 유럽인이었는데, 연희와 아라, 준호와 수아 중 한 사람만 있었어도 그를 알아볼 수 있을 것이었다. 그는 칼 하겐이었다.

"용화교에서는 사람을 함부로 죽여도 된다고 가르치오?"

하겐은 아직 붕대며 반창고로 전신을 도배하다시피 하고 있어 제대로 알아볼 수 없지만, 목소리만큼은 그가 확실했다. 이곳에 모인 사람들은 제각기 남의 눈에 띄지 않으려고 변장했기 때문에 하겐의 그 모습 역시 다친 것이 아니라 변장한 것일지도 모른다고 여겼다.

하겐은 어떤 조직에도 속하지 않고, 용병처럼 일하는 마법사로, 아는 사람은 적지만 그쪽 계열에서는 다섯 손가락 안에 꼽히는 강자였다.

"흥! 당신 같은 용병 마법사가 감히 우리 교를 이름에 올리다니!"

중국 노인의 말에 하겐이 곧바로 되받아쳤다.

"나는 할 말은 해야겠소! 여기 있는 분 중 많은 분이 서로 모를 테고, 적대적인 파벌에 속해 있을 수도 있소. 그러나 지금 여기서 싸움을 벌인다면 누가 죽고 다칠지 알 수 없는 일일뿐더러, 공연히 종파 간에 원수가 될지도 모르오. 그러니 일단 행동은 자제합시다!"

하지만 하겐의 말에도 불구하고, 다시 비명이 울려 퍼졌다. 이번에는 중국 노인의 안색이 눈에 띄게 변했다.

"칼키파! 타미륵마(打彌勒魔) 따위를 숭배하는 놈들이……!"

그 말이 끝나기도 전에 여기저기서 싸우는 소리가 들렸다. 여기 모인 자들은 서로 다른 종파나 집단에 속해 있는 경우가 많았다. 더구나 그 종파들은 서로 불구대천의 원수로 지내고 있었다. 용화교와 칼키파가 대표적이었으며, 그들은 성당 기사단이나 장미 십자회 등의 기독교계 집단과도 어울릴 수 없었다.

그런가 하면 아사신 같은 이들은 아랍권이었고, 많은 사람을 암살해 왔으므로 역시 많은 파벌에 용서할 수 없는 적이었다. 그것은 마녀 협회나 검은 편지 결사의 경우에서도 비슷했다.

이들이 모두 한데 모였다는 사실만으로도 불더미 속에 화약을 쌓아 놓은 것이나 다름없는, 상당히 위험한 일이었다. 하겐을 비롯해 몇 명의 평화주의자들이 있었지만, 일단 싸움이 시작되자 각자는 남을 해치려 하기보다는 자신의 몸을 지키기 위해 무기를 휘두르고 주술을 사용할 기세였다.

다행히 아직 총기는 사용되지 않았다. 총기가 없어서라기보다, 이 상황에서 총기를 휘둘렀다가는 당장에 모든 사람의 공격을 받을 것이 분명했기 때문이다.

그러므로 분위기가 몹시 험악해졌지만 싸우는 사람들조차 자신이 원한을 가진 자만을 공격할 뿐, 다른 사람들에게 피해가 돌아가지 않도록 애썼다. 그렇지 않았으면 대혼전이 벌어져 단번에 절반 정도는 죽임을 당했으리라.

한편, 승희와 바이올렛은 이반 교수와 윌리엄스 신부 그리고 로파무드에게 바짝 달라붙어 벽에 등을 대고 있었다. 아직 그들에게 달려드는 자들은 없었지만, 상황은 몹시 심각했다.

하겐은 상황을 보다가 도저히 안 되겠는지, 몇 사람을 불렀다. 퇴마사 일행들은 잘 모르고 있었지만 그 사람들은 대부분 지금 문제가 되는 종파나 집단에 속하지 않는 일종의 프리랜서로, 하겐이 진작부터 알고 지내던 사람들 같았다. 그 사람들과 한데 모이자 하겐이 커다랗게 소리를 쳤다.

"싸움을 멈추지 않으면 누구를 막론하고 우리가 힘을 모아 공격하겠소!"

"네가 무슨 참견이냐!"

"나도 죽기 싫기 때문이오! 이대로 우리가 싸운다면, 우리 모두 무사할 수 없소!"

승희는 하겐을 보며, 저 사람은 그래도 옳은 소리를 하는 사람이구나, 생각하면서 옆을 보며 물었다.

"저 사람은 누구죠?"

윌리엄스 신부와 이반 교수, 그리고 바이올렛은 하겐에 대해 들은 바가 있었다. 바이올렛이 승희에게 설명해 주었다.

"그는 하겐이라고 해요. 프리랜서 주술사라 할 수 있는데 대단한 사람이죠. 꼭 좋은 일만 하는 것은 아니지만, 그렇다고 그렇게 악행을 저지르지도 않아요. 사람됨은 진지하고 좋다고 하던데……."

그 말을 듣고 난 후 승희는 불안한 듯 주위를 둘러보았다. 일이 이렇게 돌아가는데, 성난큰곰과 박 신부는 어째서 아직도 찍소리

없이 잠잠하게 있는지 정말 모를 일이었다.

그러는 사이에 하겐이 다시 고함을 쳤다.

"우리는 모두 지금 속고 있는 거요! 어떻게 우리 같은 사람들이 모두 한곳에 모일 수 있겠소? 우연이라고 하기에는 너무도 심한 우연 아니오?"

"그래서 어쨌단 말이오!"

"우리는 모두 다른 파에 속해 있으며, 몇몇 사람들은 서로 상당한 원한 관계에 있다는 것도 아오. 하지만 지금 싸움을 벌이기 시작한다면 승자도 패자도 없고, 모조리 떼죽음을 당할 뿐이오! 여러분, 솔직하게 이야기해 봅시다! 당신들은 대체 어떻게 여기 오게 됐소?"

"그걸 알아서 뭐 하느냐?"

누군가가 소리쳤지만 하겐은 그에 지지 않고 크게 외쳤다.

"혹시 당신들은, 검은 편지를 받은 것 아니오?"

그 말에 사람들이 술렁거리기 시작했다. 하겐은 당당하게 말을 이었다.

"검은 편지 결사가 음모를 꾸민 것 같소. 당신들의 정체를 나는 대강 아오. 나 같은 일을 하다 보면 견문이 넓어지니 말이오. 장미 십자회, 용화교, 칼키파, 아사신, 마녀 협회에다 이단 심판소 분들까지 보이는구려. 그런데 이상하지 않소이끼? 당신들이 얻은 정보는 비밀스러울 텐데, 어떻게 이렇듯 많은 사람이 모였는가 말이오."

그때 누군가가 깔깔거리며 사람들 사이를 아무렇지도 않은 듯

누비면서 다가왔다.

　승희와 이반 교수 등은 그 모습을 보고 깜짝 놀랐다.

　그 사람은 어제 그들과 겨루었던 붉은 머리의 여자였다. 이렇게 많은 능력자가 모여 있음에도 그녀는 조금도 개의치 않은 듯, 너무나 태연하게 모습을 드러내고 걸어왔기 때문에 오히려 아무도 그녀를 건드리지 않았다.

　그녀는 똑바로 승희 앞까지 걸어와서는 입을 열었다.

　"약속 시간이죠?"

　"당신…… 당신은……."

　승희가 뭐라고 말을 잇지 못하는 사이, 이반 교수가 무섭게 안색을 찡그리면서 나섰다.

　"당신이 이런 일을 벌인 거요?"

　"그랬다면 어쩔래요?"

　그 순간, 윌리엄스 신부가 무섭게 여자에게 달려들었다. 윌리엄스 신부는 흡혈귀의 힘을 최대로 사용했다. 그런데 여자는 예상외로 아무런 저항을 하지 않고 윌리엄스 신부에게 손목을 잡혔다.

　곧바로 바이올렛은 아주 조그마한 권총을 꺼내 여자를 겨누었다. 그 권총은 바이올렛이 틀어 올린 머리칼 속에 감쪽같이 숨길 정도로 상당히 작았다. 게다가 그녀가 그 총을 꺼내는 것을 아무도 보지 못했다.

　이반 교수는 철컥하는 소리와 함께 배낭을 눌렀고, 곧바로 배낭에서 은빛 총구가 튀어나와 여자를 겨누었다. 이 모든 일은 단 이

초도 걸리지 않고 순식간에 벌어졌다.

이반 교수는 여자를 보고 위압감 있는 목소리로 느긋하게 말했다.

"내가 죽어도 이 총은 자동 조준돼 발사되오. 당신이 아무리 재빨라도 분당 팔백 발의 총탄을 모두 피하지는 못할 거요."

그러나 그녀는 여전히 저항도 하지 않았고, 전혀 개의치 않은 듯했다. 다만 손목이 아픈 듯 인상을 약간 찌푸릴 뿐이었다.

"놀라운 물건이군요. 과연 스웨덴의 흡혈귀 사냥꾼이라는 이반 교수님의 이름에 어울리는군요."

여자는 이미 무서울 정도로 안색이 새파랗게 변한 윌리엄스 신부를 보며 말을 이었다.

"성공회에 흡혈귀의 힘을 사용하는 신부가 있다는 말은 들었지만…… 정말이었군요. 그런데 어떻게 이반 교수님과 함께 행동하는지 모르겠네요."

"수다 떠는 건 질색이니, 잔소리 말고 애들을 내놔."

우습게도 수다와 가장 친숙한 바이올렛이 정색하며 여자에게 눈을 부라렸다. 그럴 순간이 아님에도 불구하고 승희는 하마터면 웃음을 터뜨릴 뻔했다.

으르렁거리는 바이올렛에게는 아랑곳하지 않고 여자가 생글생글 웃으며 이반 교수를 쳐다보았다.

"교수님이 죽으면 총이 사동으로 나긴디고요? 그럼 나는 죽어도 아무 일 없겠군요?"

"무슨 소리지?"

용(龍)과 봉(鳳) 99

"잘 들어요. 내가 죽으면 아이들도 자동으로 죽습니다. 교수님만 기계를 사용할 줄 아는 것은 아니니까요."

그 말에 윌리엄스 신부를 비롯한 세 사람은 잠시 승희의 얼굴을 쳐다보았다. 승희는 어쩔 도리가 없어 여자에게 물었다.

"애들을 어디다 두었지?"

"점토판은 어디 있나요? 세 개 모두 가져왔겠지요?"

그녀가 그 말을 입에 올리는 순간, 장내의 소란은 거짓말처럼 가라앉았다. 이 자리에 있는 사람들 대부분은 능력자들이었고, 그 안에는 투시력이나 천리안, 초인적인 청각을 지닌 사람들이 얼마든지 있었다. 그들 모두는 메소포타미아의 점토판을 노리고 이 자리에 모인 것이다. 한데 그 점토판의 이야기가 나왔으니 아무리 불구대천의 원수를 만났다고 해도 여기에 더 관심을 기울일 수밖에 없었다.

윌리엄스 신부와 이반 교수 등은 상황이 좋지 않다는 것을 느꼈다.

'이 여자가 이 많은 사람들의 손에 우리를 죽이려고 하는구나! 정말 지독한 여자다…….'

이반 교수는 이 여자를 당장 벌집으로 만들지 못하는 것이 못내 원망스러웠고, 윌리엄스 신부는 선량하기 그지없는 성직자였음에도 이 순간에 살의를 느끼지 않을 수 없었다. 그렇다고 이 여자를 죽이면 아이들이 위험하니, 정말 이러지도 저러지도 못하는 상황이었다.

승희와 윌리엄스 신부, 바이올렛과 이반 교수 등은 자신들을 바라보는 수십 명의 따가운 시선을 느끼고 몸을 부르르 떨었다.

여자는 여전히 생글생글 웃으면서 입을 열었다.

"교환하지 않겠다면 그만둬요. 아…… 애들 시체를 또 어디다 갖다 버리나…… 황산으로 녹여 버릴까?"

그 순간, 윌리엄스 신부가 뭔가 결심한 듯 품에서 뭔가를 꺼내어 여자의 손에 쥐여 주었다.

"어서 애들이 있는 곳을 말해!"

윌리엄스의 험악한 말투에 여자가 웃으면서 되받았다.

"내가 직접 안내할 테니 따라오세요."

그러면서 여자는 슬쩍 싼 것을 풀고 점토판을 꺼내 확인해 보았다. 승희 일행은 아연하지 않을 수 없었다.

지금 모든 자들이 목숨을 걸고 점토판을 노리는 이 상황에서 점토판을 꺼내어 일부러 확인까지 하다니. 더구나 이 여자가 죽으면 아이들도 위험하다고 했으니, 지금부터 이 여자를 공격하는 자들을 자신들이 막아 내야 할 처지가 아니겠는가?

그러나 수십 명의 능력자들을 뿌리치고 과연 이 여자를 보호하면서 빠져나가는 것이 가능한 일일까?

그때 이반 교수가 엄숙한 표정을 하고 천천히 앞으로 나섰다. 곧이어 배낭의 손잡이를 칠긱거리지 배낭에서는 아까의 총구와는 다른 총구가 삐져나왔고, 배낭의 손잡이 부분에서는 짤막하고 두꺼운 기이한 형태의 총이 빠져나왔다. 그것을 손에 들고 이반 교수는 주변을 둘러보며 목소리를 높였다.

"여러분들이 대단한 사람들이라는 것을 잘 알고 있소. 그리고 나는 아무런 능력도 없는 사람이오. 그러나 내 총에 대해 말해 두고 싶소. 내 손에 든 것은 벨지움 컨바인으로, 위쪽 총열 한 방이면 코끼리 세 마리를 쓰러뜨릴 수 있는 산탄이 나가고, 아래쪽 총열에는 장갑차도 관통하는 APDS탄이 장착돼 있소. 배낭 왼쪽의 총은 분당 팔백 발이 발사되는 벌컨포이고, 오른쪽엔 움직이는 목표는 무조건 쏘아 대는 분당 육백 발의 엘리컨 기관포(오리콘 20밀리 기관포)요. 특히 오른쪽의 총은 내가 목숨을 잃는 순간부터 자동 작동되며, 내 배낭에는 천팔백 발의 탄환이 들어 있소. 그리고 니트로글리세린도 일 리터가량 들어 있는데, 내가 쓰러지지 않는다면 그것에 대해선 굳이 신경 쓰지 않아도 좋소."

이반 교수는 재빨리 말한 다음, 한 번 한숨을 쉬고는 주변을 둘러보았다.

"신사 숙녀 여러분, 긴 이야기 들어 주셔서 고맙소. 내 앞을 막고 싶은 분들께 참고가 될 것 같아 말씀드렸소이다."

사실 이반 교수가 어떻게 그처럼 강력한 무기를 총기 휴대가 허용되지 않는 한국에 들여왔는지 아무도 몰랐다. 이반 교수는 모든 화기를 아주 작은 조각으로 분해해 사방에 흩어 들여왔는데, 가령 어떤 부품은 가방 손잡이에, 어떤 부품은 노트북 컴퓨터의 하드디스크 옆에 붙여서 들여온 것이었다.

그리고 화약은 공항을 통과할 수 없으므로 이반 교수는 그 자체로는 무해한 화약의 원재료를 식품 병이나 밀폐 용기에 담아 수송한 뒤 다시 합성했다.

그 때문에 이반 교수는 자신이 갈 나라마다 이러한 짐들을 한 보따리씩 미리 소포로 부쳐 놓아 물품 보관소에 두었다가, 필요하면 나중에 찾아 쓰는 방법을 택하곤 했다. 지금 이곳에 지니고 온 무기들은 여태까지 한 번도 사용하지 않은, 이반 교수가 소유한 총기 회사의 모든 기술을 집약시킨 최고의 걸작품들이었다.

사람들은 이 무시무시한 화기의 설명을 듣자 그만 질려 버린 듯했다. 제아무리 능력자라 해도 모든 총알을 막아 낼 재주는 없었다. 권총이라면 조준되는 것을 눈썰미로라도 피할 수 있겠지만, 이렇게 무지막지한 기관총이라면 막아 낼 자신이 없었던 것이다. 특히 이반 교수가 죽은 다음에라도 자동 발사된다는 총에 이르러서는 대처할 방법이 전혀 없는 듯했다.

그래도 사람들은 물러서지 않으려 했다. 순간, 뭔가 강렬한 느낌이 드는 것 같아 승희는 급히 눈을 감고 힘을 썼다.

돌연 이반 교수의 몸이 휘청했다. 극도의 고통을 느끼는 것 같자 바이올렛이 재빨리 그를 부축했다.

그때 사람들의 무리 중 저만치 떨어져 있는 세 사람이 동시에 비명을 지르며 눈과 머리 등을 부둥켜 잡고 넘어져 버렸다. 한 사람은 어린 소녀였고, 한 사람은 나이 든 힐미니였으며, 또 한 사람은 아주 순박하게 생긴 농사꾼 타입의 남자였다.

그들이 쓰러지자 승희는 한숨을 내쉬며 눈을 떴다. 그 세 사람은 모두 염력이나 저주 같은 것을 사용할 줄 아는 능력자들이라 암암리에 이반 교수를 해치려 했다.

승희는 재빨리 이상한 눈치를 채고는 힘이 오는 방향을 감지해 세 사람을 염력으로 쓰러뜨린 것이었다. 원래대로라면 그들도 능력자라서 염력이 통하지 않겠지만, 그들이 귀신도 모르게 염력을 쓰는 사이에 다른 힘이 뚫고 들어오리라고는 미처 생각하지 못했기에 승희의 힘이 파고들 수 있었다.

"암암리에 염력 같은 걸 쓰면 저 꼴이 될 줄 알아!"

승희가 매섭게 외치자 사람들 사이에서 수군거리는 소리가 들려왔다. 홍수 사건과 키건의 일 때문에 승희는 자신도 모르는 새 주술사들 사이에서 매우 유명해져 있었다.

승희와 이반 교수가 기선을 제압하는 동안, 윌리엄스 신부는 조금도 경계를 늦추지 않고 여자가 수상한 짓을 하지 못하도록 살폈고, 바이올렛도 여자의 머리에서 총구를 떼지 않았다. 이대로라면 능력자들 사이를 빠져나갈 수 있을지도 몰랐다.

그때, 누군가가 외쳤다.

"저 여자를 죽여!"

그 말이 떨어지자마자 두 발의 총성이 울려 퍼졌다. 승희와 이반 교수는 누군가가 총을 쏘리라고는 생각하지 못했던 참이라 소스라치게 놀랐다. 그 순간 와당탕하는 소리가 나면서 두 사람이 들고 있던 총과 함께 허공으로 날아가는 모습이 보였다. 누군가가 무서운 힘으로 집어 던진 것이다. 깜짝 놀라서 보니 그것은 성난큰곰이었다.

동물 인형 옷을 입은 마스코트 맨에게는 좀 안된 일이기는 하지만, 성난큰곰은 마스코트 맨을 기절시키고 동물 인형 옷을 빼앗아 걸쳤다. 조금 작아 보이기는 했어도 이 방법밖에는 그의 큰 덩치를 자연스럽게 숨길 수가 없었다. 허나 그때까지 마스코트 맨의 행동이 너무 어색하고 무뚝뚝해서 승희는 몰라도 다른 사람의 시선을 피할 수가 없었다.

성난큰곰은 혼란의 순간에 교묘하게 목을 움츠리고 인형의 머리를 떼어 낸 채 엎어져 있어, 누가 보아도 인형 안에 든 사람이 나가면서 내팽개친 인형으로 보게끔 위장한 것이다. 첫 번째 위장은 다른 사람의 눈을 속이기 어려웠으나 두 번째 위장은 인디언의 전설을 참고한 성난큰곰의 기지에 의한 것이어서 누구도 의심하지 않았다.

그런데 누군가가 여자에게 총을 쏘려고 하자 성난큰곰은 더 이상 주저하지 않고 모습을 드러내 아슬아슬하게 두 남자를 날려 버린 것이었다. 총알은 허공을 스치고 빗나갔으나 그 순간, 모든 능력자들이 긴장해 다시 싸움이 벌어졌다.

그들의 능력은 대단했고 심지도 굳센 자들이었다. 하지만 이렇게 사람들이 많은 상황에서는 누가 자신을 해치려는지 알 수 없어 전전긍긍하기 마련이라 조금의 불씨만 딩거져도 금방 싸움이 벌어지는 것이었다.

다시 싸움이 일어나자 하겐 일행과 승희 일행은 각각 싸움을 진정시켜 보려고 목소리를 높였지만 사태는 진정될 기미가 보이지 않았다.

그때, 어디로 갔는지 보이지 않던 로파무드가 난데없이 나타났다. 그녀는 첼로 케이스를 버리고 간디바를 들고 있었는데, 대뜸 활을 높이 허공에 치켜올리더니 활줄을 세 번 딩딩딩 튕겼다. 그 활 소리는 마치 수정으로 만든 잔을 두드리는 것처럼 무척이나 청아한 소리를 내면서 사방으로 울려 퍼졌을 뿐만 아니라 대단히 신비로운 기운을 느끼게 해 주었다.

그 때문에 막 싸움을 하려던 자들조차 놀라면서 무의식중에 로파무드를 쳐다보았다. 로파무드는 가냘프지만 크게 외쳤다.

"만약 모두가 싸우고 싸워서 다 죽기를 바란다면 내가 모두 다 죽이겠다!"

그러면서 로파무드는 허공을 향해 빈 활을 당겼다. 순간 화살이 없음에도 그곳에서는 보라색의 빛줄기가 저절로 맺혀 갔는데, 거기서 쏘아져 나오는 기세가 너무나도 대단했다. 주변에 있는 능력자들이 상당한 사람들이었음에도, 그들은 그 기세에 눌려 뒤로 황급히 물러나면서 몸을 비틀거리기까지 했다.

"브라흐마스트라[17]! 브라흐마스트라!"

특히 인도인 계열의 주술사들은 아예 안색까지 변하면서 체면

---

17 브라흐마의 힘을 담은 아스트라로, 아스트라 중에서도 최강의 위력을 가졌다고 한다.

불고하고 소리를 질러 댔다.

"간디바다! 저 활은 간디바다! 그렇다면 저것은 정말 브라흐마스트라일 것이다!"

그때 칼키파에서 온 것 같은, 체구가 큰 인도 노인이 소리쳤다.

"브라흐마스트라를 쓴 자는 즉시 힘이 다해 죽는다! 너는 그걸 모르느냐!"

이에 지지 않고 로파무드가 맞받았다.

"어차피 너희 모두와 싸울 힘이 없으니 다 같이 죽으면 그만이다!"

승희나 이반 교수 등은 '브라흐마스트라'가 무엇인지 알지 못했지만, 그 말에 소름이 쫙 끼쳤다. 브라흐마스트라는 아스트라 중에서도 최고의 능력을 지닌 것으로, 삼라만상을 파괴할 수 있다는 전설을 지닌 아스트라였다. 사실 모든 것을 파괴한다는 것은 불가능하지만 주술 중에서 최고의 위력을 발하는 수법이라 할 수 있었다.

그래서 「마하바라타」의 수많은 전투 중에도 영웅들은 브라흐마스트라만은 거의 쓰지 않았고, 브라흐마스트라의 주문을 시작하는 것만으로도 전쟁에서 항복을 받는 예까지 있었다.

물론 사람들은 로파무드가 과거의 영웅들처럼 그렇게 강대한 주술을 쓸 수 없다고 여겼지만, 그녀의 활은 인도 최고의 주술적 무기인 간디바였다. 그렇다면 여기 있는 모두를 몰살시킨다는 것 정도는 불가능한 일도 아니었다.

로파무드는 그 술법을 활에 건 것만으로도 힘에 부치는 듯, 몸을 떨며 땀을 흘리고 있었다. 그 모습을 보고 칼키파의 노인이 다시 외쳤다.

"저 여자는 저걸 못 쏴! 쏘면 저들 편까지 몰살이다! 절대로 쏘지 못해!"

그 말에 로파무드는 무척이나 분노한 듯 몸을 부르르 떨며 이를 갈았다. 사실 로파무드는 화살을 쏠 수 없었다. 모든 사람을 죽음의 구덩이로 몰고 갈 수 없었기 때문이다.

서서히 능력자들이 로파무드의 주위로 모여들었다. 로파무드는 이를 악물면서 정말 화살을 당길 것처럼 자세를 취했고 활에서 풍기는 기세가 더더욱 강해졌지만, 그들은 설마 하는 생각으로 점점 다가왔다.

성난큰곰이 강신술로 몸을 크게 부풀리며 위협하듯 그 앞을 막으려 했지만 상대가 너무도 많았다.

그때 예기치 못한 일이 벌어졌다. 승희와 이반 교수가 있는 쪽으로 여섯 명이나 되는 사람들이 일제히 날아든 것이다. 윌리엄스 신부가 흡혈귀의 힘을 이용해 한 명을 쳐 냈고, 승희는 염력을 사용해 두 명을 나뒹굴게 했다.

그러나 한 사람은 바이올렛을 후려쳐 쓰러지게 만들었으며, 다른 한 명은 이반 교수의 배낭을 통째로 뽑아내고 말았다. 그 사람은 용화교의 인물 같았는데, 거의 전설에나 나오던 경공 수법을 사용하는 것 같았다. 실로 무술의 달인이라 할 수 있었다.

그리고 다른 한 사람은 여자에게서 점토판을 빼앗으려 했는데, 놀랍게도 여자는 웃으면서 아무런 저항도 하지 않고 점토판을 내

주었다. 점토판을 쥔 남자는 공중제비를 연속 세 번이나 넘으면서 사람들의 머리 위를 뛰어넘으려 했지만, 어디선가 날아온 줄 달린 작은 갈고리에 발이 걸리고 말았다.

남자가 중심을 잃은 사이, 그의 몸에 두 개의 단검과 세 대의 독침, 그리고 자두만 한 철환이 한 대 박혀 그 즉시 숨이 끊어졌다. 즉사한 남자의 손에서 점토판이 떨어지는 순간, 세 명의 사람이 몸을 솟구쳐 그것을 잡으려 했다.

세 명 중 한 명은 칼로, 한 사람은 주먹으로, 한 사람은 손바닥으로 서로 상대를 쳤는데 먼저 주먹을 휘두른 사람이 손바닥에 맞았고, 칼을 찌른 사람은 손바닥을 휘두른 사람의 어깨를 찔렀다. 그러나 손바닥을 쓰는 사람은 상처를 입었어도 전혀 꿈쩍하지 않고 칼을 든 사람을 후려쳐 피를 토하게 만들었다. 대단히 용맹스러운 사람 같았다. 그러나 그는 채 땅에 떨어지기도 전에 쇠 채찍과 아주 날카롭고 종잇장같이 가는 칼에 의해 하반신이 토막 나 즉사하고 말았다.

점토판은 다른 사람의 손에 쥐어졌지만 점토판이 가는 곳마다 피가 튀고 이십 초도 지나지 않는 사이에 여섯 사람이 참혹하게 죽거나 중상을 입었다.

"어쩜 저, 저럴 수가······."

너무나도 참혹한 광경에 승희 일행은 정신을 잃을 지경이었다. 그때 로파무드가 피를 울컥 토하며 땅에 쓰러졌다. 그녀는 브라흐마스트라의 기운을 쏘아 내지 못하고 흩어 버려 심한 내상을 입은 것이었다.

성난큰곰이 황급히 그녀를 둘러업고 승희 쪽으로 달려왔다. 그때는 아무도 로파무드나 승희 그리고 붉은 머리의 여자에게 관심을 두지 않았다. 심지어 하겐마저 점토판을 향해 몸을 날리고 있었으니까.

승희는 여자에게 소리쳤다.

"어서 애들을 내놔!"

여자는 웃으며 승희에게 말했다.

"알려 주면 너희가 날 가만두지 않을 것 같은데? 염려 마. 애들은 지금 안전한 곳에 있으니까."

점토판은 지팡이를 든 한 노인의 손에 들어가 있었다. 그는 번개 같은 속도로 사람들을 피해 놀이동산 중앙에 서 있는 어느 입간판 뒤로 몸을 숨기려고 했다. 그 순간, 별안간 입간판이 산산이 부서지면서 그 안에서 강대한 빛줄기 같은 것이 뿜어져 나왔다.

노인은 그 빛줄기에 의해 붙잡힌 것처럼 돼 갑자기 허공에 멈춘 채 꼼짝도 하지 못했다. 그리고 그 안에서 박 신부가 서서히 몸을 움직여 노인의 손에 들린 점토판을 손에 잡았다.

그곳에 모여 있던 사람 중 제일 변장을 잘한 사람은 박 신부였다. 박 신부는 가장 의외의 장소에, 가장 의외의 변장을 하고 있었다. 간판으로 변했던 것이다. 놀이동산의 중간에는 동물원에 들어온 새 동물들을 소개하는 커다란 입간판이 있는데, 그 안으로 비집고 들어가 있었다.

　간판 안이 무척 좁아 체구가 큰 박 신부는 몸이 끼여 꼼짝도 못할 정도였지만, 그곳에서 꼬박 열 시간을 서 있으면서 미동도 하지 않고 기다렸다.

　만약 박 신부가 조금이라도 움직이거나 낌새를 풍겼다면 날고 기는 능력자들이 눈치채지 못했을 리 없었지만, 그들은 물론이고 승희조차 전혀 감을 잡지 못할 정도였다. 실로 상상을 초월하는 인내력이었다.

　노인을 쫓아 달려오던 사람들은 인정사정 두지 않고 박 신부를 향해 무기들을 찔렀다. 네 자루의 칼과 무엇인지 설명하기도 힘든 기괴한 무기를 포함해 일곱 개나 되는 무기가 박 신부를 향했다.

　승희는 미처 소리도 지르지 못하고 눈을 질끈 감았으며, 이반 교수는 기이한 소리를 질렀고, 윌리엄스 신부는 그만 다릿심이 풀려 자리에 털썩 주저앉을 뻔했다.

　그 순간, 박 신부가 눈을 감자 이전의 연녹색보다 훨씬 연한 빛의 오라가 뿜어져 나왔다. 이전보다 훨씬 빛이 약하고 눈에 잘 띄지도 않을 만큼 연한 오라였다.

　그런데 놀랍게도 그 오라 안에 들어가자 모든 무기들의 속도가 눈에 띌 정도로 느려지면서 궤도가 휘어져 박 신부의 몸을 맞히지 못하고 빗나가 버렸다. 박 신부를 공격한 일곱 사람은 아주 강한 능력자라고는 할 수 없었지만, 그들의 합공을 이렇게 간단히 막아낼 사람이 있을 줄 누구도 상상하지 못했던 터라 모든 사람은 덜컥 움직임을 멈추었다.

이어서 오라의 반탄력 때문에 무기를 휘둘렀던 일곱 사람의 몸이 모두 허공에 붕 뜨더니 뒤로 나가떨어졌다. 곧이어 박 신부는 눈을 번쩍 뜨면서 커다랗게 소리쳤다.

"더 이상의 살생은 하지 마시오! 그리고 잘 들으시오. 나는 이제 음모를 모두 파악했소!"

그러면서 박 신부는 힘을 주어 손에 들고 있던 점토판을 산산조각으로 부숴 버렸다. 그의 손에는 승희에게 얻었던 세크메트의 눈만이 빛을 발하고 있었다.

해명

목숨을 걸고 목표로 삼았던 점토판이 산산조각으로 부서져 가루가 돼 버리자 모든 사람들의 눈이 등잔만큼이나 커졌다. 사람들은 놀라움에 아무 말도 못 하다가 이윽고 박 신부를 향해 욕을 하거나 혹은 죽여 버리겠다고 떠들었다.

그러나 박 신부는 조금도 거리낌 없이 그들에게 외쳤다.

"아아…… 우리는 모두 속고 있었소. 이건 엄청난 흉계였소. 메소포타미아의 점토판은 수백 개나 있었소!"

그 말에 모든 사람은 깜짝 놀라 박 신부에게로 일제히 눈을 돌렸다. 모든 사람의 시선을 받으며 박 신부는 말을 이어 나갔다.

"이 점토판은 말세에 태어나 세상을 도탄에 빠뜨릴 사람에 대한 기록이오. 그렇지 않소? 그러나 그 사람이 어디서, 누구에게서 태어날지 아는 사람은 아무도 없소. 이 점토판이 귀중한 이유는, 바로 그 사람에 대한 예언이 적혀 있기 때문이오. 그렇지 않습니까? 그리고 내 짐작이 맞다면, 당신들은 거의 전부 이 점토판을 한 번씩 소유했거나 소유하고 있을 것이오. 그러나 이 점토판은 일곱 조각으로 나누어져 있으니 일곱 조각을 넘을 수 없소. 그중 나는 세 개를 이 자리에서 파괴했으며, 최소한 한 개의 조각이 어디에 있는지 확실하게 알고 있소. 그렇다면 남은 조각은 많아야 세 개를 넘을 수 없소. 그런데 여기 모인 분들은 최소한 열 군데 이상의 다른 지파에서 오신 분들 같은데…… 각각 한 개씩 조각을 가지고 있다고 해도 열 개가 넘는 셈 아니겠소?"

"우리가 가진 것이 가짜라면, 당신이 가진 것도 가짜 아닙니까?"

누군가가 반박하자 박 신부가 확신하듯 되받았다.

"내 말을 잘 들으십시오. 방금 나의 동료와 천행으로 통신이 됐는데, 그는 아프리카의 어느 장소에서 수백 개의 위조된 점토판을 발견했다는 소식을 전해 왔소. 그 말에 따라, 지금 여러분들이 지니고 있거나 본 바 있는 점토판들을 분명히 가짜라고 할 수 있소."

"비록 가짜라고 해도, 골동품적인 가치를 따지는 것이 아닙니다. 우리는 거기 적힌 내용이 궁금하다는 겁니다."

"그것이 문제요. 나도 점토판을 소유했고, 점토판에 관련해 상당히 인연이 좋은 편이었소. 여러 개의 점토판을 얻을 수 있었으며, 아주 유능한 번역가가 두 명씩이나 도와주었으니 말이오. 더군다나 방금에 이르러서야 동료와 연락이 됐기 때문에, 바로 조금 전에 이르러서야 내용을 번역할 수 있었으나, 지금까지는 전혀 그 내용에 대해 알 수 없었소. 그것은 다른 사람들도 마찬가지일 게요. 점토판에 상당한 관심을 가지신 것을 보니, 일곱 개의 점토판을 전부 얻은 분은 없다고 봐도 좋겠지요? 그런데 여러분들은 그 점토판이 왜 중요한지, 또 그 안에 말세에 탄생할 사람의 비밀이 기록돼 있다는 사실을 어떻게 안 것이오?"

그 말은 확실히 의외였으며, 충격적인 발언이었다. 그러나 승희는 더더욱 의아한 점을 발견했다.

'신부님은 아침부터 저 간판에 숨었고, 그 후로 단 한 번도 밖에 나온 적이 없다. 세크메트의 눈을 가지고 있었으니 현암 군과 연락할 수 있었을 테고, 저쪽의 상황을 훤히 알 수 있었을 테지. 그런데 조금 전에 번역을 했다니, 신부님이 언제 저기에서 나갔다가 다시 오신 것일까? 정말로 그것만은 이해가 가지 않는구나……'

그러나 승희가 그런 생각을 하는 것을 아는지, 모르는지 박 신부는 계속 말했다.

"이건 분명히 음모요. 더구나 우리와 같이 있는 어느 중국인 학자는 부서지지 않은 원형 그대로의 점토판 해독 작업을 도와주기까지 했소. 물론 그것은 가짜고, 모조품이었겠지. 하지만 누군가가 원형을 복원한 점토판을 소유했고, 점토판의 복사본을 만들었다는 것은 다른 목적이 있었을 것이오."

"무슨 목적 말이오?"

"점토판을 복사한 자는 모두가 잘못된 정보를 얻기를 바라는 것 같소. 지금 들고 있는 모든 점토판에는 사실이 기록돼 있지 않았을 테니 여기 있는 분들은 모두가 나름대로는 이유를 가지고 말세에 태어나 말세를 이끈다는 자…… 그것을 난 징벌자라고 합니다만, 아무튼 그 사람의 출생에 대해 알고 싶어 하오. 그리고 어떤 수단도 가리지 않을 것이고, 어떤 희생도 마다하지 않을 거요. 그러니 여러분들을 엉뚱한 곳으로 보낼 수 있다면 그자의 일은 훨씬 쉬워지지 않겠소? 그자가 징벌자를 없애려 하든, 이용하려 하든 말이지요."

모든 사람이 웅성거리면서 나름대로 생각에 잠겼다. 박 신부의 말은 하나도 그른 것이 없었다. 다만 그것을 전혀 깨닫지 못한 것은 그 내용이 너무나 비밀에 속하는 것이라 다른 파 사람들이 있을 때는 절대 입에 그 내용을 올리지 않았기 때문이다.

그때였다. 별안간 윌리엄스 신부의 손아귀에 잡혀 있던 여자가 무서운 속도로 몸을 날리더니 박 신부 앞에 내려섰다. 저지하고 말고 할 겨를도 없었을뿐더러, 그 여자는 자신의 몸 뒤에 바람을 일으켜 그 힘으로 단숨에 날아간 것이기 때문에 이반 교수나 윌리엄스 신부 등은 바람에 휘말려 어떻게 할 수가 없었다.

박 신부는 아까의 잘 보이지 않는 오라를 암암리에 끌어올리면서도 태연자약했다. 그리고 그 여자에게 물었다.

"당신도 이 일에 관련이 있나요?"

"말할 수 없다면요?"

"당신은 모든 주술사들을 동시에 파멸시키려 하는 것 같은데? 그리고 우리를 이용하려 했소. 그렇지요?"

그 말에 여자는 생글거리며 대꾸했다.

"당신들이 여기 모인 떨거지 중에선 가장 강하니까."

"남의 손을 빌려서 서로 싸워 죽을 만한 미끼를 던져 주고, 나중에 어부지리를 얻겠다는 건가요?"

그러자 여자는 박 신부를 똑바로 쳐다보며 말했다.

"난 성직자와 싸우지 않아요. 그 다짐을 깨게 하지 말아 줘요. 안 그래도 떨거지들밖에 오지 않아 실망하던 참인데……."

"그럼 누가 왔어야 만족했겠소? 아하스 페르츠요? 아니면 고반다? 마녀 협회의 검은 바이올렛?"

박 신부가 날카롭게 쏘아 대자 여자의 안색이 크게 변했다. 그리고 다른 능력자들도 마찬가지였다. 그 세 명은 현재 세상에서 적수를 찾아볼 수 없는 공포의 대상들이었다. 그중에서 검은 바이올렛은 박 신부가 한 번 겨뤄 본 적이 있었으나 강한 것 같지는 않았다. 그래도 그 세 사람의 이름은 다른 능력자들을 놀라게 하기에 충분했다.

"그 셋이 왔다면 나는 기뻤을 거예요. 그중 한 명이라도……."

여자가 말끝을 흐리자 박 신부가 얼른 되받았다.

"나는 바이올렛과 겨뤄 본 적이 있었소."

그러자 여자는 깔깔 웃었다.

"당신이? 말도 안 돼! 당신이 겨룬 것은 바이올렛이 아니라 그녀의 그림자일 뿐이에요! 자기 분수를 알라고요!"

허나 박 신부는 자랑하려고 그 말을 한 것이 아니었다. 박 신부에게는 목적이 있었던 것이다. 그리고 그 순간, 박 신부는 여자의 정체를 짐작할 수 있었다.

"지금 여기 있는 사람들과 싸울 생각이오?"

"불행히도."

"이길 수 있으리라 보오?"

"한 명 한 명씩 싸운다면 물론 이길 수 없겠죠. 하지만 나는 브라흐마스트라 같은 잡수를 쓰지 않더라도 일시에 이들을 모두 없앨 자신이 있어요."

득의만면한 여자를 노려보며 박 신부가 힐난했다.

"폭발물을 이용해서 말이오?"

"아니! 그걸……!"

"그게 폭발할 것 같소?"

비로소 여자의 얼굴에서 분통을 터뜨리는 표정이 드러났다. 그 순간 여자의 빈틈을 노리고 누군가가 기습을 가하려 했다. 그러나 그자는 여자에게 미처 가까이 다가가지도 못하고 돌연 몸에 불이 붙더니 미친 듯이 발광하다 즉사해 버렸다. 놀란 사람들이 눈을 크게 뜨고 보니 그 시체는 새카맣게 타서 완전히 숯덩이가 돼 있었다.

"이, 이럴 수가! 그렇다면 당신은……."

능력자 중 누군가가 중얼거리자 여자는 그 즉시 고개를 돌리며 외쳤다.

"입 닥쳐! 이교도!"

그 순간, 그 사람도 삽시간에 몸에 불이 붙어 버렸다. 그러나 그 사람은 어느 정도 미리 마음의 대비를 했는지 한빙 주술(寒氷呪術) 같은 것으로 몸을 보호하려 했다. 그 때문에 그의 몸은 불이 타올랐어도 금방 타들어 가지는 않았다.

이번에는 여자가 한 줄기의 냉기를 그 자리에 휘몰아치게 했다. 그 남자는 방금 몸을 차게 하는 주술을 썼던 터라 몸에 붙은 열기가 냉기로 바뀌자 어찌할 겨를도 없이 온몸이 꽁꽁 얼어붙었다가 갑자기 와지직 하고 갈라져 버렸다.

여자는 맹렬하게 치미는 화를 이기지 못해 다시 부근에 늘어선 사람들을 향해 무시무시한 기운을 발산하려고 했다.

그것을 본 윌리엄스 신부와 이반 교수, 바이올렛 등은 어제 그들이 나누었던 대화를 떠올리며 몸을 떨었다. 분명 이 여자는 퇴마사 일행의 능력을 보고, 그들을 끌어들이면 자기 손을 더럽히지 않고 많은 자들과 싸움을 붙일 수 있을 것 같아 전력을 다하지 않은 것이지, 결코 힘이 모자랐던 것이 아니었다는 것을 깨닫게 됐다.

그때 박 신부가 오라를 뻗쳐 그녀의 몸을 에워싸려 하자 그 여자는 대경실색하면서 훌쩍 몸을 날렸다.

"당신을, 당신을 가만두지 않겠어! 죽일 수는 없지만……!"

"죽이지 않는다니 고맙군. 성직자는 해치지 않는다고 했소?"

"죽이지만 않을 뿐이지, 눈을 빼거나 혀를 뽑을 수는 있죠."

그 말에 박 신부는 씁쓸하게 미소를 띠며 대꾸했다.

"나는 성직자가 아니오. 파문당한 몸이니, 보통 사람보다 더 천국에서 먼 몸이겠지요. 그러니 맞서려면 나에게 맞서시오."

그러자 여자가 크게 웃었다.

"그것참 다행이군! 당신은 어제 내 머리칼을 보았지? 내 머리를 본 사람은 죽어야 하는데, 성직자라서 죽일 수가 없었어. 이제는 고민할 필요가 없겠군."

여자의 말이 끝나기가 무섭게 박 신부가 맞받았다.

"나는 알고 있소. 당신은 검은 머리라는 것을……."

그 말을 듣자 여자의 안색이 크게 변했다. 여태까지 어떤 일을 당해도 여유 만만한 표정을 잃지 않았는데, 지금의 표정은 실로 놀랄 만큼 험악해져 있었다.

다음 순간, 그녀의 몸에서 무시무시한 기운이 뿜어져 나왔다. 말로는 형용할 수 없을 만큼 엄청난 기운이었다. 그녀가 뿜어낸 기운에는 바람의 기운과 냉기와 불이 함께 포함돼 있었는데, 이렇게 상반된 원소의 기운을 섞어 사용한다는 것은 대단한 일이었다. 그 위력은 어제 수아를 지키는 정령들과 싸울 때보다 두 배는 더 강렬한 것 같았다.

그러나 박 신부는 오라 막을 부풀려서 물러서지 않고 그 기운에 맞섰다. 박 신부의 안색도 이제까지 볼 수 없었을 정도로 침중했다. 오라 막의 색은 훨씬 연했지만, 그 기세는 엄청나 여자가 뿜어낸 지독한 원소력을 버텨 내고 있었다. 그 자리에는 수많은 능력

용(龍)과 봉(鳳) 119

자들이 있었지만, 그 누구도 그 근처로 감히 다가갈 생각을 하지 못했다.

"파문당한 성직자라도 당신을 죽이고 싶지는 않았는데…… 내가 정말 당신을 죽이지 못할 것 같아 보이나요?"

순간 여자의 기세가 무섭게 올라가자 박 신부는 잠시 몸을 휘청거렸지만 그래도 무릎을 꿇지 않았다. 그러나 이대로라면 방어만 하는 박 신부가 여자를 당해 내지 못할 것 같았다.

그때 갑자기 누군가가 눈에 보이지 않을 정도의 속도로 무섭게 달려와 박 신부의 등 쪽을 막아섰다. 너무도 빠른 동작이라 눈에 보이지도 않을 지경이었다.

그 모습을 보고는 승희가 외쳤다.

"준후야!"

준후였다. 어떻게 여기까지 오게 된 것인지 몰랐지만 실로 적절한 순간에 준후가 다시 모습을 나타낸 것이다.

"돌아왔구나! 돌아왔어!"

승희는 다른 모든 것보다도 준후가 온 것이 반가워 앞으로 뛰어나가려 했으나 성난큰곰이 얼른 승희를 막아섰다.

위험하다. 우리가 끼어들 싸움이 아니다…….

여자가 더더욱 기세를 올리자 미친 듯한 불길과 눈보라와 얼음과 바람이 휘몰아쳐 여자와 박 신부의 주변은 밖에서 보이지 않을 정도가 됐다. 그러나 준후가 가세한 이상, 그 지독한 여자도 더 이상 버티기가 어려운 것 같았다.

박 신부는 원래가 오라를 장기로 하느니만큼 방어에는 타의 추종을 불허했지만 공격할 만한 수단이 부족했다. 그래서 여자는 있는 힘을 다해 공격을 퍼부어 댈 수 있었던 것이다. 하지만 준후가 끼어들자 판도는 즉각 바뀌었다.

준후는 힐기보법을 이용해 보이지 않을 정도의 속도로 여자의 주변을 돌면서 오행술에 십이지신술까지 섞어서 여자에게 퍼부어 댔고, 여자는 절반 이상의 힘을 방어하는 데 사용해야만 했다.

박 신부는 오라 막을 늘려 여자의 전신을 감싸려고 했다. 거기에 둘러싸였다가는 거의 무력화된다는 것을 아는 여자는 곧바로 몸을 날려 피하고자 했다. 그러나 이번에는 준후가 십이지신술의 최강 기술인 인번과 진번을 양손으로 여자에게 쏘아 댔다.

여자는 막 몸을 피하려는 찰나 공격을 받자 놀랍게도 허공에서 몸을 빙그르르 돌려 준후의 공격을 피했다. 준후는 전광석화처럼 그 순간을 놓치지 않고 힐기보법으로 여자에게 접근해 수형도의 수법으로 여자의 얼굴을 향해 손을 휘저었다.

여자라면 누구든 얼굴을 중요하게 여기는 법이라 그 여자도 깜짝 놀라면서 거의 반사적으로 얼굴을 가리려 했다. 다음 순간, 준후는 언제 꺼냈는지 벽조선을 펼쳐 들어 여자의 목에 갖다 댔다. 여자는 흠칫하며 즉시 원소의 기운을 거두었고, 다음 순간 여자의 봄이 땅에 털썩 떨어서 내렸다.

사실 준후가 여자를 네 번 공격한 것은 여자가 허공에 몸을 날렸다가 다시 떨어지기 직전, 찰나에 일어난 일이었다. 여자는 그 상황에서도 잠시 눈을 크게 뜨고 놀란 듯이 준후의 얼굴을 홀린 듯 바라보았다.

준후는 섬뜩할 정도로 냉랭한 목소리로 물었다.

"아이들은 어디 있지?"

준후는 영어를 거의 못해 한국어로 말했기 때문에 여자가 알아들을 리가 없었다. 여자는 준후가 자신을 죽이기 전 놀리려는 줄 알고 눈을 질끈 감으며 말했다.

"일대일로 싸운다면 나는 누구도 겁내지 않아. 둘이서 여자 하나를 공격하고서는…… 창피하지도 않나?"

준후 또한 당연히 여자의 말을 알아들을 수 없었다. 그러자 박 신부가 그 말을 듣고 대신 말했다.

"우리는 분명 당신에게 점토판을 주었소. 그러니 당신은 아이들을 풀어 줘야만 하오."

박 신부의 말에 여자는 냉소를 지으며 대꾸했다.

"나는 아이들을 죽이지는 않아요……. 지금쯤…… 아이들은 이미 풀려났을 겁니다."

"뭐라고?"

박 신부가 놀라자 여자가 담담히 덧붙였다.

"나는 아이들을 언 끈으로 묶어 이 근방에 두었어요. 지금쯤이면 얼었던 것이 녹아 이리로 올 겁니다……."

두 사람의 말을 알아듣지 못하는 준후가 기이하게도 냉랭한 표정으로 박 신부에게 물었다.

"뭐라고 하는 거죠?"

"아이들은 이미 풀어 주었다는구나. 그러니 준후야, 이 여자를 놓아주렴."

그러나 가차 없이 준후는 여자를 향해 무섭게 벽조선을 휘둘렀다. 그 순간, 박 신부는 너무도 놀라 미처 손을 쓰지 못했다. 그 광경을 보고 있던 승희가 깜짝 놀라면서 염력을 발했다.

여느 때 같았으면 그 정도의 힘은 준후에게 영향을 주지 못했을 것이지만, 준후는 자신의 손을 밀어 내는 힘이 승희의 것임을 느끼고는 한숨을 푹 쉬며 손에서 힘을 뺐다. 덕분에 벽조선은 여자의 목을 자르지 못하고 대신 어깨에 깊숙한 상처를 내면서 피를 뿌렸다. 여자는 그만 극심한 고통에 기절해 버렸다.

대경실색한 박 신부는 급히 호통을 치면서 준후의 손에서 벽조선을 빼앗으려 했지만, 준후는 의외로 박 신부의 손이 닿는데도 저항하면서 박 신부를 똑바로 노려보았다.

"준후야…… 준후, 너…… 도대체……."

준후는 차가운 눈빛을 박 신부에게 보내면서 또박또박 말했다.

"이 여자를 그냥 두면 안 돼요, 신부님."

"너…… 정말 사람을 해칠 수 있단 말이냐?"

"이 여자는 적이에요. 이제 우리는 적을 동정하고 교화시킬 시간이 없어요. 이런 강적은 지금 없애지 않으면 안 돼요."

그러면서 준후는 다시 벽조선을 휘둘러 여자의 목을 대번에 잘라 버리려고 했다. 박 신부는 눈이 뒤집힐 정도로 놀랐다. 사람에게 주술을 사용하지 않았던 준후가 어떻게 눈을 뻔히 뜨고 사람의 목을 잘라 낼 정도로 변한 것인지 도무지 알 수 없었다.

할 수 없이 박 신부는 오라 막을 펼쳐서 준후의 팔을 밀어 냈다. 그러자 준후는 펄쩍 뛰어 뒤로 한 발짝 물러섰다.

"나와 싸우실 건가요, 신부님?"

"준후야…… 너…… 너는 대체……."

"나를 공격하셨으니 나를 죽일 수도 있겠네요? 그러면 나도 신부님을 죽일 수 있겠죠?"

박 신부에게 팽팽하게 대드는 준후를 보면서 승희는 더 이상 참지 못하고 고함을 꽥 질렀다.

"장준후! 너 이 자식! 어디서 배워 먹은 버르장머리야!"

승희는 뛰어들어 준후의 뺨이라도 한 방 갈길 기세였지만 다른 사람들의 만류로 간신히 진정했다.

느닷없이 준후는 냉랭한 표정을 버리고, 벽조선을 툭 떨어뜨리더니 눈에 보일 정도로 심하게 몸을 떨기 시작했다.

"신부님…… 난…… 난 뭐죠? 왜, 왜…… 내가 이러는 거죠?"

"준후야! 왜 그러니?"

"신부님…… 언제까지, 언제까지 남을 위해 이래야…… 하는 거죠? 신부님 자신이 죽어도…… 내가 맞아 죽어도…… 신부님은 다른 사람을 죽이지 않으실 거죠……? 그렇죠……?"

박 신부는 어떻게 대답해야 좋을지 몰랐다. 그러나 준후의 행동에 무슨 이유가 있는 것이 틀림없으며, 준후 나름대로 커다란 고통과 슬픔을 느끼고 있음을 알아차렸다.

박 신부는 말을 잇지 못하고 준후를 품에 꼭 안아 주었다. 준후는 잠시 박 신부의 품에 안기는 듯하더니, 이내 뒤로 한 발 물러서서 박 신부를 피했다.

"이제 더 이상 나를 찾지 마세요! 나는 다시는 돌아오지 않을 거예요! 내가 누구를 죽이건 말건 간섭하지 말라고요!"

준후는 소리치며 대뜸 벽조선을 주워 들더니 총알같이 달려 사라져 버렸다. 눈에 보이지 않을 정도의 속도였으니 아무도 그를 막아서거나 잡을 수 없는 것도 당연한 일이었다.

여자가 쓰러지고 준후가 사라지자, 그때까지 기세에 질려 움직이지 못하던 능력자들이 다시 술렁였다.

"점토판은 포기하더라도 저 여자를 가만둘 수는 없다!"

아까 여자에게 당한 몇몇 사람들의 동료들이 여자에게 덤벼들려고 했다. 그것을 보고 성난큰곰과 윌리엄스 신부 등이 그들을 만류하려 했으나 그들은 듣지 않았고, 오히려 박 신부 등을 공격할 기세였다.

더구나 박 신부는 준후가 보인 행동에 너무도 허탈감을 느껴 아무런 생각을 할 수 없었고, 승희 역시 비슷한 처지였다. 누가 박 신부의 옆으로 달려와 박 신부의 얼굴을 친다 해도 손 하나 까딱하기 싫은 기분이었던 것이다.

몇몇 능력자들은 박 신부가 점토판의 내용을 모두 해독하고 있으리라 짐작하고, 그를 생포해 가려고 했다. 지금 여기에 있는 사람 중에서 가장 강한 사람은 박 신부와 여자, 그리고 준후였는데 한 사람은 가 버렸고 한 사람은 중상을 입었으며 마지막 한 사람은 정신이 나간 듯하니 지금 같은 기회는 다시없으리라는 심정들이었다.

박 신부와 승희는 충격을 받아 사람들이 덤벼들어도 모를 정도로 낙담해 있었으므로 많은 능력자들이 일시에 덤벼든다면 성난 큰곰 등으로서도 당해 내지 못할 상황이었다. 끝내 커다란 혼전이 한판 벌어지기 직전이었다.

그때 의외의 일이 발생했다. 별안간 사방에서 기괴한 울음소리들이 들려오며 무엇인가가 와르르 사람들 사이로 몰려든 것이었다. 놀랍게도 동물원에서 사육되고 있는 동물들이었다. 아까 사자 두 마리가 도망쳤다는 말은 들은 적이 있었지만 이건 그 정도가 아니었다.

하늘을 뒤덮으며 새까맣게 새 떼가 날아들었고, 사자며 늑대며 원숭이들까지 마구 달려들고 있었다. 철책을 무너뜨린 코끼리는 크게 포효하면서 달렸다.

다른 한 곳의 철책이 와장창 소리를 내며 뚫리면서 검은 코뿔소 한 마리가 튀어나오더니 조금도 속도를 늦추지 않고 사람들 사이로 돌진했다. 능력자들이 아니라 현암이나 한빈 거사가 이 자리에 있었더라도 달려오는 코뿔소를 보고 피하지 못할 정도로 대단한 기세였다. 게다가 그 구멍으로 의젓한 풍채를 보이며 시베리아호랑이가 나타났고 다른 구멍으로는 멧돼지들이 씩씩거리며 달려

나왔다.

삽시간에 쏟아져 나온 동물들로 놀이동산 전체는 아수라장이 돼 버렸다. 이제는 능력자들도 더 이상 버티지 못하고 이리저리 도망쳐 흩어지고 말았다. 그런데 기이한 것이, 맹수들은 다른 능력자들만 공격했을 뿐, 퇴마사 일행은 전혀 건드리지 않았다.

그 와중에 몇몇 능력자들이 맹수들에게 총을 쏘거나 주술 같은 것으로 공격하려고도 했지만, 그런 기미만 보이면 코끼리나 호랑이 같은 대형 맹수들이 모여들어 그들을 도망치게 만들었다. 결국 그 많던 능력자들은 어떤 초능력자나 주술사에 의해서가 아니라 수많은 동물에 의해 모두 도망치고 말았다.

그 자리에 모인 어떤 집단도 자신들의 힘만으로 박 신부 등을 이길 수 있다고는 여기지 않았다. 다만 워낙 많은 사람들이 모여 있으니 잘만 선동하면 박 신부 일행을 물리칠 수 있고, 그다음에 승부를 가려 볼까 하는 흑심이 있을 뿐이었다.

그러나 모든 이들이 흩어지자 그런 마음은 흔적도 없이 사라져 버렸고, 결국은 싹 흩어지게 됐다. 아마도 박 신부와 준후, 현암이 같이 있었다고 해도 이 많은 자들을 상대로 피를 보지 않고는 수습하기 어려웠을 터였다.

이는 풀려나자마자 달려온 아라의 공로였다. 아라는 그동안 별로 힘을 쓰지 못했던 조요경이 순수를 유감없이 발휘한 셈이었다. 아울러 조요경의 힘은 잘만 사용하면 예상했던 것보다 훨씬 크다는 것이 입증됐다. 결과적으로 본다면 아라 혼자 칠십여 명에 달하는 쟁쟁한 능력자들을 물러가게 한 셈이니까.

밝혀진 음모

"정신이 드십니까?"

여자가 눈을 뜨자 박 신부가 조용히 물었다. 그곳은 어느 호텔 방이었다. 박 신부는 아지트를 더 이상 사용하는 것은 위험하다고 여기고 여자를 호텔로 옮긴 것이었다.

박 신부는 여자가 그런 중상을 입고도 불과 몇 시간 만에 깨어난 것에 다소 놀랐다.

여자는 눈을 뜨면서 준후에게 상처를 입은 자신의 어깨를 만져 보았다. 두툼하게 붕대가 감겨 있는 것으로 보아 치료를 받았다고 생각한 모양이었다.

"당신이 치료했나요?"

여자가 묻자 박 신부는 말없이 고개를 끄덕여 보였다. 지난번 연희가 겪은 사건 때문에 그나마 박 신부가 알고 지내던 병원이 초토화돼, 박 신부는 과거 의사였을 때의 경험을 되살려 여자를 직접 치료했던 것이다.

상황은 그럭저럭 수습된 듯했다. 아라가 불러냈던 동물들은 모두 제자리로 돌려보냈고, 덤으로 풀려난 사자 두 마리도 같이 우리로 보냈다. 사상자는 상당히 많았지만 능력자들이 돌아가면서 각자 수습을 해, 공원 측에서는 사자 두 마리가 돌아다닌 것치고는 이상하게 너무도 많은 기물이 부서졌다는 것과 사자를 잡으러 갔던 사람들이 누군가에게 뒤통수를 맞고 기절한 일만 궁금하게 여길 뿐이었다.

박 신부는 여전히 준후의 마음을 이해할 수 없는 것이 마음 아팠지만 그런 심정을 드러내지 않고 대답했다.

"응급 치료일 뿐입니다. 그러니 돌아가서 제대로 치료를 받으시기 바랍니다."

"나를…… 나를 그냥 놔줄 건가요?"

여자가 도무지 믿어지지 않는다는 듯이 묻자 박 신부는 태연하게 되받았다.

"그러면 어떻게 하겠습니까? 당신은 아이들을 해치지 않았는데, 내가 왜 당신을 해치겠습니까?"

"하지만…… 나는…… 나는……."

박 신부는 여자의 눈을 똑바로 들여다보며 말을 건넸다.

"당신은 검은 편지 결사가 아니지요? 모두 깜빡 속을 뻔했습니다. 당신은 그들과 같이 싸웠으니까요. 당연히 그들과 한편이라고 여길 수밖에요. 하지만 당신은 그 비밀이 밝혀지지 않게 하려고, 우리가 계속 자신이 검은 편지 결사라고 착각하게끔 그자들을 처치했죠? 그러면서 짐짓 힘을 올려 마치 사람을 죽임으로써 강해지는 사악한 주술을 쓰는 사람인 것처럼 말입니다."

여자는 입술을 꼭 다물고 있을 뿐, 대답하지 않았다. 그러나 그녀의 눈꺼풀이 때때로 바르르 떨리는 것으로 보아, 박 신부의 말이 의표를 찌른 것임에 틀림없었다.

"더군다나 머리 이야기에 이르면 정말…… 누구나 당신을 보면 미친 여자라고 믿었겠지요. 그리고 당신이 머리 색깔에 무슨 콤플렉스를 지닌 사람인 것처럼 볼 테고요. 그러나 사실 당신은 검은 머리칼을 지녔습니다. 그 붉은 머리는 물론 가발이지요. 머리칼을 감추고 그것을 보는 자는 죽인다고 한 것은, 당신의 정체를 속이기 위한 위장 도구였겠지요? 당신이 어느 정도 이름이 알려진 사람이라 그럴 수밖에 없었을지도 모르죠. 허나……."

여자는 무의식중에 자신의 머리를 더듬어 보았다. 과연 손에 잡히는 감촉은 가발이 아닌 자신의 원래 머리였다. 붉은 가발은 곱슬곱슬하고 다소 거칠었는데, 여자의 원래 머리칼은 매끈한 흑발이었다.

박 신부는 한숨을 한 번 내쉬더니 조용히 타이르듯 덧붙였다.

"하지만 앞으로는 사람을 그토록 잔혹하게 해치지는 마세요. 신앙의 길을 걷는 사람은 그러면 안 됩니다. 그리고 당신의 마음이 원래 그렇지 않다는 것도 알아요. 그러니 앞으로는 그런 짓은 하지 마세요. 아녜스 수녀."

여자의 놀라움은 거의 까무러칠 정도였다. 그 여자는 이단 심판소의 세븐 가디언 중 가장 뛰어난 능력을 지녔다는 아녜스 수녀였다.

"어, 어떻게 그걸……."

박 신부는 미소만 지었을 뿐, 굳이 대답하지 않았다. 그러자 아네스 수녀는 왈칵 울음을 터뜨렸다.

박 신부는 그녀를 달래듯이 나지막이 말했다.

"상처를 치료하면서, 나는 당신의 몸에 수없이 나 있는 고행 자국을 발견했습니다. 당신은 명령에 의해 그런 독한 행동들을 해왔겠지만, 당신 자신이 원해서 그런 것은 아니었을 겁니다. 용서받을지는 모르겠지만, 내가 해 줄 수 있는 말은 앞으로 그런 행동을 하지 말라는 충고뿐입니다."

아네스 수녀는 지독하게 신앙심이 강한 여자로, 자신이 지닌 원소력을 사용하는 것을 대단히 싫어했다. 그러나 프란체스코 주교는 그녀의 무시무시한 능력을 깨닫고 그녀의 희생심을 자아내 그녀의 능력을 사용해 왔던 것이다.

사실 그녀는 매우 순진했으며, 대부분의 계획은 프란체스코 주교가 직접 내린 것이었다. 아네스 수녀의 성격을 잘 아는 프란체스코 주교는 아네스 수녀에게는 절대로 기독교인들을 상대하지 못하게 했다. 아네스 수녀는 자신이 죽더라도 기독교도를 해치지 않을 것이기 때문이었다. 성전이나 십자군에 비유한 설득에 넘어가, 비록 이교도들이긴 했지만 사람을 해칠 때마다 아네스 수녀는 마음속 깊이 슬퍼하고 고행으로라도 그 죄를 속죄하기를 바랐다.

박 신부는 상처를 치료하기 위해 옷을 풀었을 때, 끔찍하다고밖에 할 수 없는 수많은 고행의 상처 자국을 발견했다. 그중 상당수의 상처들은 스스로의 목숨을 위협할 정도의 극심한 고행의 흔적임을 알 수 있었다. 이 때문에 박 신부는 진심으로 아녜스 수녀를 용서하기에 이르렀던 것이다.

"그리고…… 주교님께 전해 주십시오. 아무리 자신의 생각이 옳다고 믿어도 그런 일을 꾸미는 것은 결코 좋지 않은 일일뿐더러 십자가에 부끄러운 일이라고 말입니다."

아녜스 수녀는 그 말에 뭐라고 반박하려 했지만, 박 신부의 온화한 표정을 보고 심한 갈등에 휩싸이는 것 같았다. 아녜스 수녀는 프란체스코 주교보다도 박 신부의 표정과 몸에서 풍기는 분위기에서 훨씬 더 따뜻한, 진짜 성직자 같은 느낌을 받았던 것이다.

아녜스 수녀는 마음을 놓았는지 그대로 어린아이처럼 한참을 더 울었고, 박 신부는 그런 아녜스 수녀를 가만히 놓아두었다.

"어떻게…… 아셨나요?"

한참을 울고 난 뒤, 아녜스 수녀는 마치 소녀처럼 수줍은 목소리로 박 신부에게 물었다. 그러나 박 신부는 미소만 지을 뿐 대답하지 않았다. 아녜스 수녀는 무슨 생각을 했는지 자신이 알고 있는 비밀을 술술 털어놓았고, 그 때문에 박 신부도 좀 더 상세하게 일의 전모를 알게 됐다. 박 신부는 세 가지 정보를 얻어 이 일의 전모를 깨닫게 된 셈이다.

우선 첫 번째 정보는 박 신부가 직접 얻은 것이었다. 승희에 비하면 그리 강력한 것은 아니었지만, 박 신부는 직접 접촉한 상대방의 마음을 어느 정도 읽는 것이 가능했다. 지난번 교황청을 방문했을 때, 프란체스코 주교의 마음을 읽은 것도 그러한 것이었다.

그때 프란체스코 주교는 아녜스 수녀의 생각도 아주 잠시 했는데, 박 신부는 그렇게 막강한 사람이 정말 있을까 할 정도로 놀랐다. 그런데 그때 읽어 냈던 아녜스 수녀의 모습은 검은 머리였다. 그 후 붉은 머리의 여자를 만났는데 아무리 봐도 그녀의 능력은 아녜스 수녀의 원소력과 똑같았다.

더구나 가장 결정적이었던 것은 프란체스코 주교의 생각대로 이 여자가 움직이고 있다는 사실이었다. 프란체스코 주교는 각지에서 능력자들이 벌떼같이 일어나는 것을 말세의 징조라 여기고, 그들을 어떻게든 모두 물리치지 않으면 자신의 뜻대로 일을 하기 어렵다고 판단해 그처럼 사악한 계획은 꾸몄던 것이다. 그것도 성당 기사단과 함께.

그다음 두 번째 정보는 아슬아슬하게 세크메트의 눈을 통해 현암에게서 입수한 정보였다. 현암의 활약으로 비록 원본은 아니었지만 여섯 개의 점토판을 얻을 수 있었을뿐더러, 현암이 승희와의 통신도 마다하고 구해 낸 성당 기사단의 기사 중 몇몇은 과거 자신의 상관이었던 해밀턴의 권고로 마음을 돌리고 현암에게 점토판 제작에 대한 일부의 비밀을 알려 주었다.

물론 그들은 해밀턴이 아하스 페르츠인 것은 아직 전혀 알지 못했다. 다만 승희에 의해 눈이 먼 키건만은 현암이 승희와 가까운 사이라는 것을 알자 앙심을 버리지 못했는지 밤중에 병원에서 사라져 버리고 말았다.

박 신부가 현암과 소통이 된 것은 입간판 안에 있을 때였는데

용(龍)과 봉(鳳)

그때 마침 준후가 아지트에서 메모지를 보고 이곳으로 달려왔다. 준후는 은신술을 사용해 움직였기 때문에 누구의 눈에도 띄지 않고 박 신부에게서 세크메트의 눈을 건네받아 연희와 황달지 교수에게로 가서 해독 작업을 마칠 수 있었던 것이다.

그리고 마지막 정보는 지금 아네스 수녀가 말해 준 것이었다.

이단 심판소와 성당 기사단은 서로 대립하는 관계라 할 수 있었지만, 생각해 보면 그래도 비슷한 기독교 계열의 종파라 할 수 있었다. 프란체스코 주교는 성당 기사단과 손잡고서라도 회교도인 아사신이나 힌두교의 일파인 칼키파, 그리고 미륵 신앙의 용화교 등을 무력화시켜야 했으며, 그것을 십자군 원정과 비견되는 성전이라고 믿고 있었다. 그 때문에 이단 심판소와 성당 기사단에만 진짜 점토판들이 있었던 것이다.

사실 프란체스코 주교야말로 점토판을 일곱 조각으로 나눈 사람이었다. 그러나 프란체스코 주교는 세븐 가디언들에게도 이 사실을 숨기고, 오히려 점토판들을 찾아오라고 명령함으로써 세상의 혼란을 가중했다. 세븐 가디언들은 그것도 모르고 전력으로 목숨을 걸고 점토판들을 다시 모아 왔는데, 그 와중에 퇴마사들이 이 일에 얽혀들게 된 것이었다.

프란체스코 주교는 일곱 개의 점토판을 나누고 복사본을 만들면서, 가장 중요한 '어느 때, 어느 장소'에 대한 구절만 다른 것으로 새로 만들어 넣도록 했다. 이것은 상당히 까다로운 작업이었는데, 일곱 개의 점토판은 번갈아 가면서 한 글자씩 읽어야 해독되기 때문에 7의 배수에 해당하는 철자만 바꾸어 다른 말을 만들기가 어려웠다.

그러나 프란체스코 주교는 성당 기사단과 더불어 그 일을 해냈고, 그다음에는 성당 기사단의 힘을 빌려 수백 개의 점토판을 만들어 세상에 뿌려 왔다. 성당 기사단 사람 중에 새로 만든 물건을 오래된 물건으로 둔갑시키는 기막힌 솜씨를 가진 자가 있어 그 일이 가능했다.

그렇게 만들어진 점토판들 대부분은 골동품상이나 개인 소장가들에게 들어가 쓸모없어졌지만, 소수의 판들은 용화교나 칼키파 같은 곳으로 흘러들어 이 난리를 겪게 된 것이었다.

그러나 프란체스코 주교와 성당 기사단은 다른 모든 곳에서 그 점토판을 찾느라 혈안이 되도록 하기 위해 최근에 이르기까지 일곱 개의 점토판 중 변조된 최후의 것은 복사본조차 풀지 않고 있었다. 그래서 현암이 발견했던 복사본들은 여섯 종류뿐이었던 것이다.

그렇게 되자 아무리 각파에서 점토판을 빼앗고 되빼앗는 혈전이 벌어져도 그 안의 내용만은 결코 누설되지 않았던 것이다. 그러다가 의외의 사태가 발생했으니, 그것은 박 신부가 이단 심판소를 방문했을 때 벌어진 일이었다.

사실 기틀릭의 본산인 교황청이 공격받는다는 것은 정말로 상상할 수 없었던 일이었기 때문에 프란체스코 주교는 점토판 원본을 빼앗길까 봐 상당히 조바심을 내다가 가장 믿을 수 있는 베드로 수사에게 그것을 맡겼던 것이다. 되짚어 보면 당시 프란체스코 주교는 박 신부 앞에서 모조품인 점토판을 분쇄하는 쇼도 해 보인 바 있는데, 그것도 그가 진작부터 복사본의 존재와 관련이 있음을 의미하는 것이었다.

누군가에 의해 베드로 수사가 죽임을 당하고 아직 내용이 전혀 알려지지 않았던 마지막 점토판이 탈취되자, 프란체스코 주교는 미친 듯이 분노했다. 그리하여 마침내 그의 최후의 무기라 할 수 있는 아녜스 수녀를 파견해 이 일을 벌인 것이었다.

물론 각지의 능력자들에게 정보를 흘려 연락을 취한 것은 이단 심판소의 조직이었지, 아녜스 수녀 혼자의 힘이 아니었다. 각지에 하부 조직을 두고 있는 이단 심판소가 아니라면, 그 어느 곳도 고작 몇 시간 내에 그 많은 곳에 편지를 보낼 수는 없었던 것이다.

"그런데 한 가지 물어볼 것이 있습니다."

박 신부가 묻자 아녜스 수녀는 눈을 감은 채 담담히 대답했다.

"무엇이든 물어보세요. 거짓말은 하지 않겠습니다."

"황달지 교수가 본 점토판은 무엇일까요?"

"그것은 저도 모릅니다. 아마도 성당 기사단과 관련이 있는 자들이 아닐까요? 그들 말고는 점토판 전부를 소유한 자들은 없을 테니까요."

그러고는 아녜스 수녀는 몇 가지 가능성에 대해 말해 주었다. 그녀는 다른 세븐 가디언과는 달리 점토판의 비밀을 속속들이 알고 있었다. 그래서 박 신부는 그녀의 말을 들으면서 그녀의 머리가 매우 비상하다는 것을 다시 한번 느낄 수 있었다.

이야기가 끝나자 박 신부가 물었다.

"그러면 이제 우리 두 집단만이 진짜 점토판의 예언을 알고 있는 것일까요?"

"글쎄요……."

아네스 수녀는 잠시 말끝을 흐리다가 천천히 대답했다.

"나는 그렇게 되지 않으리라 봅니다. 우리 주교님은 이번 일에서 노렸던 두 가지 목표 모두 실패하셨어요. 각 파의 영능력자들을 처리하지 못했고, 점토판의 비밀을 지키지도 못했죠. 제가 말씀드리자면, 아마 주교님은 원본 점토판의 내용을 만천하에 공개해 버릴 겁니다. 주교님은 늑장을 부리는 분이 아니시니 지금쯤 이단 심판소의 조직에 의해 각지에 그 내용이 전달됐겠죠."

박 신부는 그 말에 깜짝 놀랐다.

"왜 공개한다는 겁니까?"

"당연한 일 아니겠습니까? 박 신부님 일행의 능력은 우리 이단 심판소의 힘만으로는 절대 상대할 수 없을 겁니다. 그런데 박 신부님 일행의 길은 우리가 생각하는 길과는 다르죠. 그렇다면 맞부딪쳐 봤자 주교님 쪽이 질 것은 뻔한 이치. 그럴 바에는 다시 한번 모든 이들을 불러 모아 한바탕 난리를 피우는 편이 낫다고 여길지도 모르죠."

확실히 그럴 가능성은 있었다. 더구나 말세의 운명을 틀어쥔 아이의 탄생을 둔 각축이라면 이번이야말로 전 세계의 모든 강자들이 모조리 몰려올 것이다.

아하스 페르츠나 고반다의 이름은 박 신부로서는 현암에게 처음 들었지만, 검은 바이올렛만 해도 보통의 강적이 아니었다. 아네스 수녀의 말에 따르면, 교황청에서 만났던 검은 바이올렛은 그녀와 닮은 부하일 뿐, 본인은 아니었다지 않은가? 그 모든 자들이 한데 모여서 각축을 벌인다면 도대체 어떤 일이 벌어질 것인가?

"그래서는…… 그래서는 안 됩니다……."

침통한 표정을 짓는 박 신부를 보며 아네스 수녀는 조용히 말했다.

"그자들 중에는 대악인들이 얼마든지 있습니다. 그자들을 서로 싸우게 하지 않고는, 절대로 뿌리 뽑을 수 없습니다. 박 신부님은 아직 모르시겠지만, 아하스 페르츠나 고반다 같은 이들은 누구도 상대할 수 없습니다. 저 같은 것이 열 명 합세해도 이기지 못합니다."

그 말에 박 신부는 침울하게 대꾸했다.

"악인의 피도 붉은 법입니다."

"신부님의 생각은 옳습니다. 그러나 저는 죄를 짓지 않고는 이 일을 수습할 수 없다고 생각합니다. 주교님의 행동이나 생각이 신앙인답지 않다는 것은 알지만, 저 또한 그 외에는 방법이 없다고 봅니다."

아네스 수녀의 말이 확고한 것처럼 들려서 박 신부는 아무런 대답도 하지 않았다. 다만 장래에 다가올 하르마게돈의 싸움을 생각하니 그야말로 암담할 뿐이었다.

박 신부가 번민에 빠져 있다가 눈을 돌려 보니 아녜스 수녀는 어느새 일어서 있었다.

"저는 가 보렵니다, 신부님. 같은 신앙인으로서 다른 길을 걷게 된 것은 유감이지만, 저는 아무래도 주교님을 그냥 버릴 수는 없습니다. 주교님을 설득해 가급적 피가 덜 흐르도록 말해 보겠습니다."

박 신부는 앞으로의 일이 암담해 그저 고개만 끄덕여 보였다. 아녜스 수녀는 미소를 지으며 덧붙였다.

"내가 폭탄을 묻어 둔 사실까지 추리해서 제거하신 분이니 금방 방법을 찾아내실 수 있겠지요."

그 말에 박 신부는 머리를 긁적이며 무심코 대답했다.

"그건 그냥 해 본 말이었습니다. 제거는 무슨 제거를 했겠습니까? 사실 이 추리들도 거의 다 내 동료가 해 준 것이지, 내가 한 것이 아닙니다."

아녜스 수녀는 약간 얼빠진 듯한 표정을 짓더니 이내 미소를 지었다.

"그렇군요……. 꼭 다시 만나게 되기를. 나쁜 뜻이 아니라, 저는 박 신부님을 존경하게 됐답니다."

아녜스 수녀는 규율상 파문당한 박 신부를 신부(Father)라고 부를 수 없었다. 그러나 그녀는 줄곧 박 신부에게 미스터 대신 파더를 붙여 불렀다.

박 신부가 아녜스 수녀를 바라보자 그녀는 성호를 그으며 말했다.

"저는 당신께 모든 진실을 제 의지대로 고한 것이며, 그것에 대해서는 제가 모든 책임을 지겠습니다. 저는 주교님을 돕겠습니다만, 만약 주교님이 실패하시게 된다면 박 신부님은 꼭 뜻을 이루게 되시기를 바라겠습니다."

박 신부는 아녜스 수녀의 진의가 무엇인지 얼른 이해할 수는 없었지만, 이윽고 그 말을 알아듣고 고개를 끄덕였다.

아녜스 수녀는 다시 빙긋이 웃으며 조용히 말을 이었다.

"저는 앞으로 무슨 일이 있더라도 박 신부님에게 맞서지 않겠습니다. 그럼……."

그러고는 아녜스 수녀는 놀랍게도 훌쩍 창밖으로 뛰어내려 사라졌다. 그곳이 오 층이었는데도 말이다. 박 신부는 다만 가볍게 한숨을 쉬고는 다른 사람들이 기다리고 있는 아래층의 방으로 걸음을 옮겼다.

메소포타미아의 점토판은 징벌자의 탄생에 대해 상세히 기록하고 있는 듯했지만 지금 당장은 완벽하게 해독이 된 것이 아니었다. 글자 자체는 해독됐지만 이것을 낱낱이 풀어내 숨은 뜻을 알아야만 보다 안심할 수 있었다. 그러나 오래 걸리지는 않으리라. 그러고 나면 이제 앞으로의 일을 상의할 순서였다.

모든 일은 밝혀졌으며 그들이 해야 할 일도 이제는 분명해졌다. 다만 남은 것이라면 준후에 대한 문제였다. 준후가 왜 갑자기 돌출된 행동을 보이는 것인지, 그리고 무엇 때문에 그렇게 변한 것인지 아무래도 석연치 않았다.

하지만 박 신부는 준후를 믿었고, 아무리 준후가 변했다 하더라도 그를 이해하리라고 마음먹었다.

　박 신부는 힘 있게 연희 등이 정밀 해독을 준비하고 있는 방의 문손잡이를 돌렸다.

하르마게돈

일러두기
- '정신 분열증'는 현재 '조현병'로 명칭이 바뀌었으나 작품의 시대 배경에 맞춰 '정신 분열증'으로 표기했습니다.

현암의 선택

현암은 며칠 만에 처음으로 안심하고 눈을 붙일 수 있었다. 그간 며칠에 걸쳐 무너진 성당 기사단 본부를 치워 생존자들을 구출하느라 몹시 힘이 들었기 때문이다.

예상외로, 그곳에 남아 있던 자들은 장님이 된 키건을 제외하고는 기사급의 수뇌 인물들이 아니었다. 아하스 페르츠가 언약궤를 지키는데 어째서 그런 사람들을 두었는지 조금 의아할 정도였다.

그러나 현암은 사람들을 상당수 구출한 데다 해밀턴의 도움으로 그들에게서 많은 정보를 얻어 냈고, 때마침 박 신부와 연락이 돼 한국에서 벌어진 위기 상황에 자신이 큰 도움이 돼 기분이 좋았다.

박 신부가 아녜스 수녀에게 말했던 내용은 사실 질만 이싱 현임이 추리한 것이었다. 단 한 가지, 자신이 구해 준 키건이 현암과 승희가 같은 편임을 알고 병원에서 사라진 일이 마음에 걸렸지만······.

한편 박 신부의 말에 의하면, 운명의 날까지는 대략 십오 일 정도가 남았으니 인도에 들를 시간 정도는 있을 것 같다고 했고, 모두 모아서 그리로 가겠다고 했다. 이제 남은 일은 인도로 가 박 신부 및 승희 일행과 합류하는 것뿐이었다. 지금 현암은 바로 그 비행기 안에 있었다.

현암은 언약궤를 찾으려는 해밀턴의 집념도 들을 겸, 고반다가 도대체 어떤 자인지도 알아볼 겸 해서 그리로 향한 것이다. 그리고 이것은 박 신부와 상의한 내용이었는데, 해밀턴이 아는 사실을 아하스 페르츠도 안다고 가정했을 때, 박 신부는 그들이 이미 진짜 점토판의 내용을 해독하고 있다는 것을 밝히지 않은 편이 좋을 것 같다고 말했고 현암도 동감했다. 그러므로 현암은 아직도 점토판에 목숨을 건 것처럼 행동해야만 했다.

실로 오랜만에 마음을 푹 놓고 눈을 붙이는 것이라 현암은 아주 깊은 잠에 빠졌다. 그런데 현암의 꿈속에서 현아가 나타나 조급한 어조로 어서 눈을 뜨라고 재촉했다. 근래 들어 현아가 자주 꿈에 나타나자 현암은 놀라지 않을 수 없었다. 눈이 잘 떠지지 않았으나 현암은 억지로 눈을 떴다. 몸을 일으키려 했지만 몸이 뻐근하고 마비된 것 같아, 현암은 눈만 이리저리 굴렸다.

그 순간, 현암은 어리둥절함을 느꼈다. 조금 전까지 옆에 앉아 있던 백호와 해밀턴은 보이지 않고, 현암의 주변에는 낯선 사람들이 제법 있었다.

'뭘까. 아직도 꿈이 안 깬 건가?'

현암은 아직도 몸이 둥둥 떠다니는 것 같은 기분이었다. 몸의 균형이 안 잡혔을뿐더러 눈의 초점도 잘 잡히지 않아 주변 사람들이 갑자기 눈앞에 크게 확대됐다가 저만치 멀어지기를 반복했다. 게다가 어안 렌즈를 통해 보는 것처럼 사람들의 얼굴이 모두 부풀고 일그러져 보여 누군지 알아보기조차 힘들었다.

현암은 몸을 일으키려 했지만 잘되지 않았다. 무엇인가가 몸을 단단히 묶고 있는 것 같았다. 현암의 눈앞에는 여러 명의 사람들이 둘러앉아 있었고, 그 가운데에는 촛불인지 램프인지 잘 모를 불꽃들이 흔들리고 있었다. 아무래도 자신이 타고 가던 비행기 안과 어울리는 광경이 아니었다.

'꿈인가?'

현암은 다시 한번 힘껏 눈을 감았다가 떴다. 순간 저만치 둘러앉은 사람들 가운데에서 우 사부의 얼굴이 보인 것 같았다. 일렁거리는 모습이라 확실하진 않았지만 그 중앙에는 해밀턴도, 백호도 있는 듯했다. 그 주변에는 불빛을 발하는 것들과 함께 붉은 글씨로 쓰인 문양과 오래된 글씨 같은 것들이 보였다. 더구나…….

'뭔가…… 이상하게 돌아가는데…….'

현암은 몇 번 심호흡하고 몸을 일으키려 했으나 몸이 움직여지지 않았다. 좌석에 몸이 단단히 묶인 것 같자 현암은 다시 호흡을 골랐다. 깃진으로 사람들이 읊어 대는 기이한 억양의 목소리들이 들렸다. 그 분위기에서도 주술적인 힘이 짙음을 단번에 느낄 수 있었다. 어지러워 욕지기가 날 지경이었지만 일단 눈을 뜬 이상 다시 눈을 감을 수는 없었다.

'확실히 이 어지럼증은 정상이 아니다. 나는 무엇을 먹거나 마신 적도 없는데…… 그렇다면 수면 가스? 하지만 누가?'

어지럼증 때문인지 공력이 잘 모이지 않았지만, 그래도 약간의 공력이 모이자 현암은 주저하지 않고 있는 힘을 다해 단번에 몸을 박차고 일어섰다. 우지끈 소리가 나면서 현암이 앉아 있던 의자가 현암의 등에 매달린 채 뽑혀 나왔다. 그 소리에 비행기의 중앙부에 둘러앉아 있던 사람 중 몇몇이 현암 쪽을 돌아보았다.

현암은 다시 몸에 힘을 주었다. 현암을 묶은 끈이 얼마나 탄탄했는지, 의자가 박살 나 부서질지언정 끈은 끊어지지 않았다. 의자가 조각조각 나 바닥에 떨어져 버리자 끈도 저절로 느슨해졌다.

그때 놀란 얼굴의 우 사부가 다가오는 것이 보였다. 그의 얼굴을 보고 현암은 어떻게 된 것이냐고 물으려 했지만 우 사부의 기미가 심상치 않아서 현암은 그냥 휙 몸을 피했다. 사실 피했다기보다 그저 비틀거렸다는 표현이 더 적절할 테지만. 그사이에 우 사부는 뭔가에 걸렸는지 중심을 잃고 넘어지고 말았다.

그러자 이번에는 두 명의 남자가 벌떡 일어나 현암 쪽으로 달려왔다. 어느 틈인지 두 사람은 기다란 막대기를 들고 있었다. 막대기를 뽑아 드는 동작만 봐도 보통은 아닐 것 같았다.

'이거…… 안 되겠는데.'

공력이 점차 회복되고 있었지만 현암은 몸 상태가 정상이 아닌 데다 중심마저 잡기 어려운 상태였다. 하지만 그대로 물러설 수 없는지라 현암은 정신을 차리려고 애를 써 보았다.

그때 넘어졌던 우 사부가 외쳤다.

"잠깐! 당신은 끼어들지 마시오!"

우 사부가 외치자 달려들려던 두 남자는 그 즉시 공격 동작을 멈추고 재빠르게 경계 자세가 됐다. 그제야 현암은 두 사람의 모습을 볼 수 있었는데, 둘은 납작한 모자를 눌러쓴 동양인이었다. 언뜻 보기에 중국인 같아 보였다.

"무슨 소리요?"

현암이 간신히 묻자 우 사부가 대답했다.

"지금 당신과 우리는 목적이 같소. 그러니까 방해하지 말라는 이야기요."

"이 사람들은 어떻게 이 비행기를 탔소?"

현암이 알 수 없다는 표정을 짓자 우 사부는 피식 웃었다.

"이 비행기가 악숨 공항에 그냥 서 있던 지 며칠 되잖소? 그사이 이 안에 들어오는 것 정도야 식은 죽 먹기지."

현암은 조금 몽롱한 기분에서 깨어나 다시 물었다.

"방금 목적이라고 했소? 지금 도대체 무슨 짓을 꾸미는 거요?"

현암의 날카로운 질문에 우 사부가 심각한 표정으로 대답했다.

"간단하오. 아하스 페르츠라는 자를 잡으려는 거요."

그 말에 현암은 아무런 대꾸도 하지 않고 성큼 한 걸음 내디디며 우 사부를 밀쳐 내려 했다. 그러자 양쪽에 서 있던 막대기를 든 자들이 철컥하면서 막대기를 교차시켜 현암을 막았다.

하르마게돈 **149**

우 사부가 말했다.

"당신은 아무것도 모르고 있군요. 사실은……."

우 사부가 말끝을 흐리자 현암이 대답했다.

"아니, 나는 알고 있었소."

"예? 그렇다면……."

"하지만 이런 식으론 안 됩니다. 나는 용납할 수 없소."

"당신…… 아무것도 모르면서……."

우 사부가 뭐라 말하려는 것을 현암은 날카로운 목소리로 막았다.

"난 안다고 했소. 해밀턴 씨가 바로 아하스 페르츠 아니오? 내 말이 틀립니까?"

현암은 간신히 일어서 있기는 했지만 눈이 빙빙 돌아 금방이라도 넘어질 판이었다. 공력은 어느 정도 발휘할 수 있었지만 싸움은 무리였다. 더구나 지금 훑어보니 우 사부 말고도 비행기 안에는 여러 명이 있었고, 모두가 보통 사람 같지 않았다.

막대기를 든 두 사람 외에 다른 세 명의 노인이 있었는데, 한 사람은 키가 작달막하고 아주 마음씨 좋아 보이는 인상이었고, 한 명은 아주 뚱뚱하고 배가 불룩 나온 데다 몹시 눈이 가늘어 표정을 읽을 수 없는 노인이었으며, 한 명은 깡말라서 금방이라도 쓰러질 듯한 체구에 백발이 성성한 긴 수염과 특이하게도 한 뼘이 넘어 보이는 흰 눈썹을 지니고 있었다.

제대로 정신만 돌아오고 균형이라도 잡을 수 있다면 몰라도 지금 상태로 이런 자들을 상대한다는 것은 자살행위나 마찬가지였다. 처음에는 그냥 해 볼까 하다가 승희가 남긴 당부 탓에 현암은 마음을 가다듬었다.

"어떻게 그걸 알았소? 원래 알고 있었소?"

우 사부가 묻는 목소리가 들렸다. 현암은 고개를 끄덕이며 말했다.

"근래에 알게 됐소."

돌연 우 사부의 눈빛이 빛났다.

"알면서도? 좋소. 허나 당신에게 말하겠소. 그런 사실을 다 안다면 더 이상 우리 일을 방해하지 마시오."

"아니, 그건 안 되오."

"대체 무슨 말이오?"

"세 가지 이유가 있소. 첫째, 나도 이제는 언약궤를 얻어야겠소."

"그렇다면 당신도 아하스 페르츠를 상대하려는 거요?"

"언약궤가 아하스 페르츠조차 죽일 수 있다면, 누구든 죽일 수 있을 거요. 난 그것을 사용하고 싶지는 않지만, 칼키파에서 그런 물건을 마음대로 사용하는 걸 놓아둘 수 없소. 둘째, 해밀턴 씨는 비록 그 자신이 아하스 페르츠라고 하더라도, 진정으로 아하스 페르츠를 없애고 싶어 하오. 그러나 아하스 페르츠는 분명 죽지 않는 괴물이오. 나는 지금 여기서 우리가 무슨 수를 쓰더라도 그를 없앨 수 있다고는 생각하지 않소. 오히려 선한 마음을 지닌 해밀턴 씨만 피해를 입을 거고, 우리는 우군 하나를 줄이는 꼴만 될 거요. 더군다나 우리는 칼키파의 소굴로 가는 중이지 않소? 거기는 아하스 페르츠에 필적하는 고반다라는 자가 있소. 해밀턴 씨는 분명 큰 도움이 될 거요."

"당신은 지금 해밀턴과 아하스 페르츠를 다른 사람으로 여기는 거요?"

"그렇소."

"제정신이오?"

"분명 제정신이오. 당신은 확신할 수 없었을지 모르지만, 며칠 전에 나와 같이 있던 여자는 사람의 마음을 읽을 수 있소. 물론 해밀턴 씨나 아하스 페르츠와 같이 강한 정신력을 지닌 사람의 마음을 그대로 들여다볼 수는 없지만 그가 진실을 말하는지, 거짓을 말하는지 정도는 대강이나마 분간할 수 있다는 거요. 나는 그 친구의 능력을 믿소. 그렇기 때문에 해밀턴 씨는 아하스 페르츠와는 다른 사람이라 말할 수 있는 거요."

"모든 것이 속임수일 수도 있소!"

"당신이야말로 스스로를 속이는 거요. 당신은 지금 해밀턴 씨가 정말 우리를 함정에 빠뜨리려 한다고 생각하오? 그가 그렇게 하려면 지금보다 훨씬 더 강한 술책을 썼을 거요. 나는 그렇게 믿을 수 없소. 그는 둘로 분열된 사람이오."

현암의 단호한 말에 우 사부는 한숨을 쉬었다.

"당신, 혹시 정신과 의사였소?"

"아니오."

"좋소. 인정하겠소. 당신은 정말 나를 놀라게 하는구려. 나는 오랜 세월에 걸쳐 그를 따라다녔고, 최근에야 어느 실력 있는 의사의 도움으로 그 사실을 알아냈는데……."

 우 사부는 사실 오랫동안 정체를 숨기고 전전하며 아하스 페르츠를 찾았다. 첫 만남에서 현암은 그를 업신여기는 마음까지 가졌는데, 이제 보니 그것까지도 모두가 자신의 정체를 숨기려는 술책이었던 것 같았다. 그렇다면 이 사람의 변신 재주는 대단한 것이라 하지 않을 수 없었고, 지난번 키건과 우 사부가 맞선 것도 결코 우연만은 아닌 것 같았다.

 현암은 솔직히 진심으로 그런 상황을 확신한 것은 아니었다. 다만 그럴 수도 있지 않을까 해서 막연하게 추측만 하던 것을 급한 김에 조금 살을 붙여 소리친 것뿐이었다. 그러나 오히려 자신의 추측이 사실과 맞아떨어지자 현암은 놀라다 못해 조금 불안해질 정도였다.

 '어떻게 이렇듯 잘 맞힌 거지? 차라리 시험 볼 때에 그런…… 내가 무슨 생각을 하는 거야?'

 "그는 정신 분열증입니까? 아니면 이중인격이든가……."

 현암은 그런 전문 용어를 영어로 옮길 실력이 안 돼 우물쭈물하면서 대강 설명해 의사를 전달했고 현암의 질문에 우 사부는 고개를 끄덕였다.

 "그렇소. 내가 분석한 바로는 그는 ×××—현암은 이 말을 알아듣지 못했다—상태이며, 당연히 치료는 불가능하오. 아하스 페르츠 같은 존재가 누가 자신을 치료하게 놔둘 성싶소? 그러니 다른 방법이 없는 거요."

하르마게돈 153

"좌우간 그를 해치는 건 안 됩니다."

"도대체 왜 고집을 부리는 거요? 그러면 세 번째 이유는 뭐요?"

"간단하오. 해밀턴 씨는 분명 선한 사람이라 할 수 있소. 그런 사람을, 아무리 목적이 올바르다고 해서 지금 없앤다는 것은 옳지 않은 일이라 생각하오. 사실 나는 이 비행기에 타면서 각오했소. 만약 아하스 페르츠가 절대 구제받을 수 없는 자이고, 들은 대로 정말로 엄청난 일을 꾸미고 있다면 자폭을 해서라도 그자를 없앨 각오를 말이오. 그러나 해밀턴 씨의 인격을 희생시킨다거나, 아무리 악인이라도 아하스 페르츠에게 기회도 주지 않고 단번에 살해하려 한다는 것은 절대 옳은 일이 아니라 여기오."

"하지만 방법이 없지 않소!"

"방법이 없다 해도 만들어야 하오. 내가 존경하는 분이 이런 말씀을 하셨소. 일을 해결함에 목적이 아무리 옳다 해도, 옳지 않은 방법을 사용한다는 것은 문제를 해결하는 것이 아니라 더 복잡하게 만든다고. 아무리 다른 방법이 생각나지 않고 힘들어도 옳은 방법을 통해서만이 옳은 결과를 내는 것이라고 말이오! 그래서 나는 당신들의 생각에 찬동할 수 없다는 거요!"

현암은 너무 우쭐해 말하는 것이 아닌가 싶어 부끄럽다는 생각이 스쳤지만, 그래도 크게 말했다.

그때 우 사부 뒤에 있던 눈썹이 긴 노인이 우 사부에게 귓속말로 뭐라고 하는 것 같았다. 귀에 대고 말하는 것이 아니라 입술만 약간 들썩이는 것 같았는데, 돌연 우 사부의 안색이 변했다.

그 모습을 보는 순간 현암은 당황스러웠다.

'저건 전음술이 아닌가? 굉장히 높은 공력이 있어야 할 수 있는 것으로 알고 있는데…… 저 노인들과 싸우면 정말 위험할 수도 있겠구나. 정신을 바짝 차려야 할 텐데…….'

그렇게 가늠하며 현암은 계속 정신을 차리려 했지만 그리 쉽지는 않았다. 우 사부와 말을 나눈 지 상당한 시간이 흘렀는데도 별반 상태가 좋아지는 것 같지 않았다.

현암은 조금 우울해졌다. 그때 눈썹 긴 노인과 이야기를 나누던 우 사부가 현암에게 말했다.

"당신 말에는 확실히 일리가 있다고 스승께서 말씀하시오. 그러나 지금은 다른 방법이 없다고 말씀하시구려."

"방법이 있을 거요."

"하물며 해밀턴 본인조차 아하스 페르츠를 없애려 하오! 그가 왜 언약궤를 찾으려 하는지 당신도 잘 알지 않소!"

우 사부는 해밀턴과 현암이 나누었던 이야기를 엿들은 것이 분명했다. 그럼에도 시치미를 떼고 아닌 척하더니…… 현암은 화가 나서 대답하지 않았다. 그러자 우 사부가 다시 말했다.

"당신, 사물의 반대편도 생각해 보시오. 해밀턴은 분명 나쁜 사람이 아니오. 그러나 그는 극단적인 성격을 가진 한 인물에서 갈라져 나온 사람이오. 즉 원래 아하스 페르츠의 선한 성격만 남은 인물이라는 거지. 그렇다면 그 반대의 인물인 지금의 아하스 페르츠가 어떤 인물일지도 생각해 봐야 하지 않겠소? 그는 정말 악과 증오로만 똘똘 뭉친 악마가 아니겠는가 말이오!"

우 사부의 말에 현암은 잠시 할 말을 잃었다. 그 말은 확실히 일리가 있었다. 우 사부는 확신하듯 다시 외쳤다.

"그는 괴물이오. 죽지 않고 사라지지 않는다는 괴물. 그리고 인간성과 양심 같은 것은 모조리 사라져 버린 괴물에 불과하다는 거요!"

현암은 대답 대신 다른 곳으로 말꼬리를 돌렸다.

"당신들은 아하스 페르츠라는 괴물을 정말 처치할 수 있다고 믿는 거요?"

"지금 아하스 페르츠는 소림사의 비전인 '사상귀원팔괘진(四相歸元八卦陳)' 안에 묶여 있소! 조금 있으면 그는 명을 달리할 거요."

그런데 현암은 무슨 이상한 이름의 진법보다 소림사라는 말에 더 놀랐다.

"소림사?"

"소림사는 무림 본산으로 알려져 있지만, 불학(佛學)에서도 군계일학이오! 파사의 진법이 아니면 그를 상대하기는······."

"그렇다면 당신들이 소림사 사람들이란 말이오?"

"아니오. 우리는 소림사의 비전을 얻었을 뿐, 소림사 사람들은 아니오."

"그럼 당신들은 어디서 온 사람들이오?"

"우리는 용화교의 신도들이오."

"용화교?"

어디선가 들어 본 듯도, 아닌 듯도 한 이름이었다. 한 일이 초 정도 더 생각해 보니 기억이 났다. 중국에서 불길같이 일어나고 있다는 미륵 신앙 일파의 종교 운동이 용화교라는 이야기를 들은 적이 있었다.

"용화교의 신도라면 미륵 신앙이고, 크게 보면 불가의 일원일 텐데 왜 관계도 없는 아하스 페르츠를 해치려는 거요?"

"세상의 일에 관계가 있고 없고가 어디 있겠소?"

그러다가 현암은 저만치 뒤쪽에 그려져 있던 주술 문자 같은 붉은 글자 하나가 돌연 서서히 녹아내리면서 지워지는 것을 보았다. 그 순간 현암은 생각했다.

'그렇구나. 나는 진법에 대해 거의 모르지만 아하스 페르츠의 천운은 정말 지독할 것이다. 이 진법은 당연히 강력할 테지만 저런 방법으로 진이 망가져 버리면 위력을 발휘할 수 없겠지. 이들의 힘으로는 아하스 페르츠를 도저히 죽일 수 없을 것이다!'

현암은 그 광경을 보자 더욱더 이들을 말려야겠다는 생각이 들었다. 하지만 조금 망설여졌다. 저들도 바보는 아니며, 상당한 능력을 갖춘 사람들임이 분명하다. 그렇다면 일단 저들이 하는 대로 맡겨 두는 것이 낫지 않을까 싶기도 했다.

그때 현암의 생각이 백호가 해밀턴과 같이 중앙에 묶여 있다는 데 미쳤다. 왜 해밀턴과 백호가 같이 있는 것일까?

"그런데 그쪽에는 내 동료가 있소. 왜 그를 거기에 묶어 둔 거요?"

"당신 동료에 대해 잘 아시오? 스승께서 말씀하시길, 그의 내부에는 아하스 페르츠에 필적할 만한 악이 숨 쉬고 있다는구려. 그러니 동료는 포기하시오."

현암은 가슴이 철렁 내려앉았다. 저자들이 백호의 안에 있는 블랙 엔젤의 기운을 간파한 것이 분명했다. 블랙 엔젤이 무엇인가 힘을 발휘하려고 백호에게 들어왔다가 덩달아 잡혔는지도 모르고, 잡혔다기보다는 정체를 드러내지 않고 숨죽이며 구경하는 것일지도 몰랐다. 허나 그런 것까지 투시할 정도라면 이들은 어떤 자들일까 하는 궁금증이 일었다.

"내 동료는 풀어 주시오!"

그러자 눈썹 긴 노인이 뭐라고 중국어로 말하는 듯했다. 우 사부는 그 말을 듣고 번역하듯 현암에게 전달해 주었다.

"미스터 현암, 당신은 물론 우리의 적이 아니오. 비록 가스를 사용하기는 했지만 당신에게 해를 끼칠 생각은 없소. 그러나 계속 당신이 우리의 일을 방해한다면 안전을 보장할 수 없소."

"내 동료도 풀어 줄 수 없다는 거요?"

"풀어 줄 수 없소. 너무나 큰 악이 그의 안에······."

드디어 현암은 화가 나기 시작했다.

"내 동료를 해치고, 나까지도 해치시겠다는 거요?"

"당신의 생각은 그르지 않소. 그러나 옳다고 볼 수도 없소. 그리고······ 당신, 혹시 이런 생각은 해 보셨소? 당신은 내가 평생에 본 사람 중 최고로 강한 남자요. 하지만 아하스 페르츠나 고반다의 상대는 될 수 없지. 그런 당신이 아하스 페르츠를 따라 고반다의 소굴로 뛰어들려 하고 있소. 그건 용감한 일이오. 그러나 만약 당신이 아하스 페르츠나 고반다의 수하에 들어가게 된다면……? 그것은 절대 용납할 수 없소. 아하스 페르츠나 고반다는 두 배 이상 강해질 거요. 그럴 위험이 있다면, 대단히 죄송하지만 당신을 미리 제거할 수도 있소."

우 사부는 이전까지 볼 수 없던 냉랭한 어조로 말했다. 그러나 현암은 당당하게 되받았다.

"내가 그리 쉽게 제거되리라 보오?"

"당신은 여기 계신 분들을 나 정도로 생각해서는 안 되오. 나는 일종의 첩보원 같은 역할이지, 전투원은 아니오. 당신이 강하다는 것은 이미 충분히 알지만, 당신이 내 두 명의 사형과 세 스승을 이길 수 있다고는 보지 않소. 그리고 당신, 시간을 끌려고 해 봤자 소용없소. 그 가스의 유효 시간은 아직 몇 시간이나 남았소. 어떻게 정신을 차린 것을 보니 당신은 역시 대단하지만, 아직도 다리가 후들거리고 있소. 그렇지 않소? 이런 상황에서 당신이 우리를 모두 죽일 수 있겠소? 사형들과 스승님들은 내 짐 속에 축골공(縮骨功)을 발휘해 숨었을 때부터 가스 해독제를 복용하고 있었소. 물론 나도 그렇고."

그래도 현암은 물러서지 않고 말했다.

"나는 사람을 죽이지 않소. 아하스 페르츠를 죽이지 않으려 하듯, 당신들도 죽이지 않을 거요."

그 말을 듣자 우 사부는 껄껄껄 웃었다.

"광기까지 부리시는군! 이보시오. 자만심은 스스로를 망치는 법이오! 봐주면서 싸우겠다? 당신은 미친 사람이로군. 아무리 공력이 대단해도 단 일 분을 넘기지 못할 거요."

그 말을 듣고 현암은 입을 다물었다. 솔직히 우 사부의 말이 옳았다. 지금 현암의 상태로서는 파사신검도, 태극기공의 권초도 아무 소용이 없었다. 단지 사용할 수 있는 효과적인 방법이라면 월향검을 날려 상대를 제압하는 것과 '탄' 자 결의 폭발력을 사용하는 것뿐이었다.

그런데 두 방법 모두 비행기 안에서 쓰기에는 몹시 위험했다. 월향검의 속도를 붙일 만큼 비행할 거리가 비행기 내부에는 없으며, 기압 차가 심한 고공에서의 '탄' 자 결이 폭발하면 비행기 자체가 날아가 버릴지도 모른다.

청홍검을 사용해 방어 검술을 쓰는 방법도 있지만 그 또한 안 될 것 같았다. 청홍검은 너무나 예리하고 검신의 길이가 길기 때문에 방어 검술로 마구 휘두르다가 비행기의 동체를 긁게 된다면 비행기가 갈라져 즉각 추락하거나 공중분해 될지도 모르기 때문이다. 차라리 월향검에 검기를 담아 휘두르니만도 못한 것 같았다.

그런 상황이 되면 아하스 페르츠인 해밀턴을 제외하고 누구도 살아날 수 없을 것이다. 그런 결말이 오게 할 수는 없는 일이었다. 하지만……

"일 분도 버티지 못해도 좋소. 그러나 당신들의 행동을 그냥 두고 볼 수는 없소."

"정말 미쳤군. 우리가 하는 일은 비록 손에 피를 묻히게 될지는 모르지만, 세상을 위한 거요!"

"세상을 위한다는 명분 아래 저질러진 악행을 나는 너무도 많이 보아 왔소! 더구나 내 동료를 해치는 일은 더더욱 용납 못 하오."

그때까지 어지간하던 우 사부와 노인들이 이제는 분통을 터뜨리는 모양이었다. 우 사부는 답답하다는 듯 발을 굴렀다.

"정말 답답하기 그지없군! 뻔히 알면서도 고집을 부리다니!"

"답답한 것은 당신들이오. 미륵 신앙이라도 불교에서 출발한 것인데, 당신들은 세상을 위한다는 미명 아래 무고한 사람들까지 해치려 하고 있소. 당신들이야말로 아하스 페르츠나 악마에 못지않은 악한들이란 말이오!"

"말 다 했소?"

우 사부는 호통을 치다가 다시 간신히 감정을 억제하는 듯하면서 말을 이었다.

"다시 한번 잘 생각해 보시오. 이건 솔직히 당신이 두려워서가 아니오. 하지만 당신은 내가 지금까지 보았던 사람 중 가장 공력이 강한 사람이오. 그런 당신이 아까워서 하는 말이오. 그러면 이렇게 합시다. 내가 어떻게든 사부들께 말씀드려 당신 동료는 구해 주겠소. 그 대신 우리와 손을 잡읍시다."

현암은 헛소리 말라고 호통을 치려다가 급히 목구멍 밖으로 나오려던 말을 삼켰다. 이들은 현암 자신보다 아하스 페르츠에 대해 아는 것이 훨씬 많은 듯했다.

'정보를 얻을 수 있다면……'

현암은 생각을 가다듬은 듯 신중하게 입을 열었다.

"일단 고려해 보겠소. 그러나 나도 묻겠소. 내가 당신들 편을 들고 안 들고는 대답을 들은 다음 결정하겠소. 어떻소?"

"싫소. 당신은 시간을 끌자는 것 아니오?"

"시간을 끌기 싫으면 그냥 덤비시오. 하지만 누가 다치더라도 상관 않겠소."

그러면서 현암은 월향검을 빼 들고 공력을 주입해 검기를 만들어 냈다. 현암이 아는 바에 의하면, 지금 세상에 살아 있는 사람 중 그만큼 검기를 낼 수 있는 사람은 아직 없었다. 과연 그들 사이에서 조그맣게 술렁이는 분위기가 느껴졌다. 현암은 그 틈을 놓치지 않고 단호한 목소리로 말했다.

"시간을 조금 끌고 싸우지 않을 기회를 잡아 보겠소, 아니면 그냥 누가 죽든 겨루어 보겠소? 최악의 경우, 나는 비행기를 통째로 떨어뜨릴 수도 있소. 물론 그래 봐야 해밀턴 씨는 죽지 않을 거라고 나는 믿지만……"

그러면서 현암은 검기가 담긴 월향검을 약간 허공에 휘저었다. 그 순간 현암의 앞쪽 시트들이 아무 소리도 내지 않고 반듯하게 절단돼 조각들이 바닥으로 후두두 떨어졌다. 내친김에 현암은 아예 눈을 감고 입을 열었다.

"당신들이 뿌린 가스 때문에 중심 잡기가 힘들지만, 나의 검술 중에는 방어 검술도 있소. 내가 당신들에게 맞거나 말거나 눈을 감고 빈틈없이 초식만 펼치면서 당신들에게 서서히 접근한다면 당신들 중 누구도 나를 막을 수 없을 거요."

"그러다가 비행기가 박살이라도 난다면……! 그건 미친 짓이오!"

우 사부가 외치자 현암은 여유 있게 대답했다.

"나는 지금껏 싸우면서 목숨을 아낀 적이 없소."

현암이 약간 허세를 담아 이야기하자 우 사부의 얼굴이 해쓱하게 질리는 듯했다. 사실 현암의 방어 검술에 파사수호검이란 초식이 있기는 했지만, 눈을 감고 휘두른다고 모든 공격을 막을 수 있는 검술은 물론 아니었다.

그러나 현암이 바라는 것은 다른 데 있었다. 검기를 뿜을 수 있을 정도의 수련을 했다면, 그런 가공할 만한 초식을 알고 있을지도 모른다고 생각하는 것이 무술을 배운 자의 인지상정이라는 사실을 현암은 염두에 두었다.

오히려 보통의 무술 연마자라면 검기나 공력 같은 신비적인 무술에 대해서는 개념조차 없어 무모해질 수 있지만, 지금 눈앞에 있는 최고의 고수들이라면 그런 것에 대해서도 막연한 개념을 가질 법했다. 그렇다면 이들 역시 무모한 싸움은 원하지 않으리라는 것이 현암의 판단이었다. 그리고 그 판단은 맞아 들어가는 것 같았다.

"좋소. 당신 뜻이 어떤지 말해 보시오."

우 사부의 단식에 기꺼운 말에 현암은 씩 웃어 보이며 대답했다.

"그 전에 우선…… 당신들도 행동을 중지해 줘야겠소."

그러면서 현암은 월향검을 살짝 날렸다. 월향검이 날아들자 막대기를 든 자들이 월향검을 막으려고 막대기로 후려쳤다. 그러나 월향검은 그것을 교묘하게 피해 현암이 노린 대로 비행기 벽에 붙어 있는 부적 두 장을 떼어 내고 등불 세 개를 꺼 버린 다음 다시 현암의 손으로 돌아왔다.

세 노인은 여전히 미동도 하지 않았지만, 막대기를 든 두 명은 몹시 놀랐는지 멍하니 손을 놓고 월향검을 바라볼 뿐이었다.

"어, 어…… 검술?"

"마음대로 부르시오. 명심하시오. 내가 만약 한눈을 팔 때 나를 기습하더라도 이 칼만은 조심해야 할 거요."

그러자 우 사부가 다급하게 외쳤다.

"알았소, 알았소. 그런데 당신은 진법을 다 파괴할 생각이오?"

현암은 속으로 아까 문자가 지워졌으니 진법은 이미 깨져 가고 있었던 것 아니냐고 외치려다가 그냥 그 말을 삼키고 우 사부의 질문에 대답했다.

"일단 당신들 이야기를 들어 봐야겠소."

현암의 태도에 우 사부는 좀 씨근거리다가 말했다.

"물어보시오."

"당신 사부에게 듣고 싶소."

"사부께서는 영어를 못하시오. 내가 대신 답해 주고 막히는 것이 있으면 사부께 여쭈어보리다."

현암은 우 사부의 말에 고개를 끄덕이며 질문했다.

"당신은 듣자 하니 차이나 마피아 소속이라던데…… 게다가 용화교도라니, 어느 것이 진짜 당신이오?"

"어느 것이 내 진짜 얼굴인지는 나도 모르오. 허나, 차이나 마피아 역할은 내 얼굴이 아니었던 것 같소. 해밀턴과 성당 기사단에 접근하려고 그곳에 몸을 담았던 것뿐이니까."

"용화교는 무엇을 바라는 종교요? 그러니까…… 용화교의 궁극적인 목적은 뭐요?"

"용화교는 세상을 구하러 올 미륵불을 섬기고 그에 맞도록 세상을 미리 준비시키는 종교요. 지금의 세상은 너무도 잘못 돌아가고 있소. 앞으로는 새 세상이 와야 할 것이고……."

"됐소. 그런데 당신들은 왜 아하스 페르츠를 노리는 거요? 말세에서 세상을 구하기 위해서요?"

"우리는 판단했소. 아하스 페르츠야말로 타미륵마라고 말이오."

"타미륵마?"

"미륵이 오실 길을 방해하고 미륵이 오실 날을 늦추는 악마요. 우리의 역술에 의하면, 타미륵마는 하나가 아니라 여럿인데, 아하스 페르츠가 첫 번째 타미륵마라고 우리는 단정 지었소."

"흠…… 그렇다면 그 타미륵마들을 모두 없애 버릴 거요?"

"가능하다면, 그래서 미륵이 왕림하셔서 열어 놓을 새 세상을 위한 예비를 할 거요. 우리의 소임은 그것에 있으며, 그를 위해서라면 죄를 지어도 할 수 없다고 생각하오."

"불가의 근본은 자비에 있지 않소? 살생한다는 것은……."

"우리가 지옥에 가지 않으면 누가 가겠소?"

하르마게돈

우 사부는 유명한 선문답 가운데 하나를 들어 대답했으나 현암의 마음은 찜찜했다. 그 문답은 현암도 알고 있었지만, 그래도 사람을 죽이는 경우에 합리화하기 위해 만들어진 말은 아니었으니까.

아무튼 현암은 잠시 생각에 잠겼다. 그렇다면 용화교에서 바라는 미륵이란 다름 아닌 기독교에서의 재림 예수이고 메시아일 것이다. 그리고 현암 등 퇴마사가 생각하는 구원자이기도 했다.

'어차피 비슷한 생각을 가지고 비슷한 행동을 하는구나. 그나저나 용화교라니…… 더더욱 복잡해지는군.'

지금 각 종교와 파벌들은 크게 세 가지 정도로 구별되는 것 같았다. 징벌자의 탄생을 막으려는 이단 심판소 같은 곳, 징벌자의 탄생을 방해받지 않게 하려는 마녀 협회나 칼키파 같은 집단, 그리고 자신들이 생각하는 구세주가 오게끔 기다리는 시오니즘 일파나 용화교 같은 파벌. 검은 지하드나 아사신 같은 곳들도 크게 본다면 세 번째에 든다고 볼 수 있을 것이다.

방금 용화교와 맞닥뜨린 첫인상은 이곳도 현암 등과 대화가 통하거나 힘을 합칠 만한 곳은 아니라는 것이었다.

'우리의 생각과 맞는 곳은 한 군데도 없구나. 결국 용화교까지라니, 내가 전에 생각했던 것보다 일이 더 힘들어지겠군.'

"한 가지만 더 묻겠소. 그렇다면 당신들은 아하스 페르츠만 잡으면 끝이오? 그다음 타미륵마는 누구요?"

"흠…… 말해 줘도 상관없을 것 같군. 두 번째 악마는 인도에서 나타나리라 생각하오."

"그게 뭐요?"

"바로 칼키를 받드는 자들이오."

그 말에 현암은 조금 놀라며 말했다.

"해밀턴 씨와 나는 지금 칼키파를 상대하러 가는 거요. 그런데 꼭 지금 이런 짓을 해야겠소?"

"물론 칼키파도 무섭지만, 아하스 페르츠가 더 무섭소. 해밀턴이 아하스 페르츠인 것을 알았는데 뭘 망설이겠소?"

"아하스 페르츠가 무섭다면 고반다도 무섭지 않겠소? 생각해 보시오. 이런 짓은 그만두고 이제까지처럼 힘을 합쳐 봅시다."

지난번 악숨에서 칼키파와 대적한 경험이 아직도 생생했고, 칼키파의 모든 고수들은 목숨을 잃었다. 간신히 목숨만 간당거리던 여자도 결국은 병원에서 숨을 거두고 말았던 것이다. 그만큼 현암 등과 칼키파들 간의 격전은 치열했다.

그런데 용화교는 칼키파와 정면으로 충돌하려는 것 같으니, 잘 설득하면 되지 않을까 하는 생각이 절로 들었다. 그러나 우 사부는 고개를 저으며 말했다.

"칼키파에 대해서 잘 아시오? 우리 용화교는? 그리고 아하스 페르츠는? 그렇게 당신 말 한마디에 간단히 결정될 성질의 것이 아니오. 칼키파도 우리의 적이지만, 아하스 페르츠는 이미 오래전부터 그보다 너 큰 적이있소."

"그러면 고반다는?"

"고반다는 자칭 대성인이라 칭하며 혹세무민하는 자로 알고 있소. 그는 근래에 칼키파라는 종파를 만들고, 세상을 파멸시킬 칼키를 맞이한다고 떠들고 있지. 그가 두 번째 타미륵마라고 여기오."

"고반다는 아하스 페르츠보다는 덜 두려운 존재요?"

"비슷비슷할 거요. 비교는 할 수 없소. 왜냐하면 둘을 직접 만나 맞선 사람 중 살아 있는 자는 하나도 없기 때문이오."

"그다음은?"

"세상을 도탄에 빠뜨리려는 자들은 모두 타미륵마요. 그들은 무척이나 많소. 지금은 천기(天機)가 열린, 유례 없는 시기이기 때문에 많은 자들이 그것을 알아보고 온갖 짓을 꾸미고 있소. 우리는 그들을 막을 거요."

"그렇다면 검은 편지 결사나 시온주의자, 마녀 협회 등도 당신들이 말하는 타미륵마에 속하겠군."

"그럴 거요."

"좋소. 한 가지만 더 물읍시다. 그런 일파들은 그렇다 치고, 당신들이 말하는 미륵이 오면 세상이 어떻게 된다고 믿소?"

"그것은……."

우 사부는 평소 익히 들어 왔던 용화교의 가르침에 대해 주욱 늘어놓았다. 그 말을 들으며 현암은 인상을 찌푸렸다.

"역시 그렇군요."

"왜 그러는 거요?"

우 사부는 현암의 얼굴을 보며 돌연 안색을 굳혔다. 종교에 심취해 광신에 가까워지는 자들일수록 교리에 대한 조그마한 비판조차 용납하지 않게 되는 법이다. 그런 생각을 하면서 현암은 쓴웃음을 지었다. 역시 용화교도 다르지 않았다. 몇 마디 듣지 않았지만, 그것만으로도 충분히 짐작할 수 있었다.

그들은 세상에서 그들의 교리만 융성하기를 바랐고, 그것을 새로 오는 세상이라고 불렀다. 공존의 길은 애당초 없었다. 그렇다면 현암이 보기에 그들 또한 시오니즘이니 칼키파 등과 하등의 다를 바가 없는 것이었다.

"당신들은 소림 진법을 쓴다는데, 지금도 소림 출신은 아니겠지요?"

"소림이나 불교는 그 본령을 잃고 장식 종교가 돼 버린 지 오래요. 우리는 용화교도요. 소림사의 가르침 같은 것은 이제 우리에게 없소."

"그렇소……?"

장식 종교라는 표현이 신선하게 여겨졌다. 그러나 그들은 그러한 장식 종교보다 더더욱 큰 화를 불러일으킬지도 몰랐다. 좋지 않은 것에 반대된다고 더 좋은 것이 된다는 보장은 없는 법이다.

아무튼 이야기하며 시간을 끌어 보았지만 여전히 눈앞이 빙빙 도는 현상은 멈추지 않았다. 공력은 상당히 회복됐지만 상황은 조금도 나아지지 않았다.

"최 우 간…… 언제까지 시간을 끌 참이오?"

우 사부는 호통을 치고는 다시 부드러운 목소리로 말을 이었다.

"나는 당신이 절대 악한 자가 아니라는 사실을 믿고 있소. 그 때문에 나는 당신을 위해 말하는 거요. 우리와 힘을 합하거나, 정 안 되면 그저 잠자코 우리 일을 보고만 있으시오. 알겠소?"

"아니, 나는 끼어들어야겠소."

"목숨이 아깝지 않소?"

"물론 아깝지만, 내가 안 죽으면 그만 아니겠소?"

그 순간 우 사부가 눈짓하자 막대기를 든 두 남자가 현암의 앞을 막아섰다.

현암은 코웃음을 쳤다.

"진법도 망가진 참에 내가 당신들을 두려워할 것 같소?"

그 말을 듣자 우 사부는 슬쩍 옆을 보면서 말했다.

"당신은 진법을 깨뜨려 시간을 벌려고 한 모양인데, 이제 늦었다는 것을 아오?"

"무슨 소리요?"

"부적이나 등롱이 먹히지 않는다는 것을 우리가 왜 모르겠소? 사상귀원팔괘진이란 건 실은 가짜요. 부적이 팔괘의 방위에 있으니 그런 줄 알았겠지? 허나 실제 펼쳐진 진은 삼재복마현현진(三才伏魔玄玄陣)이란 말이오. 우리 스승들이 직접 몸으로 삼재의 방위를 짚고 진법을 쓰시는 것이고, 이제는 다 끝나 가고 있소."

현암은 한 방 얻어맞은 기분이었다. 그렇다면 자신이 시간을 끈 것이 아니라 우 사부가 시간을 끈 것이었단 말인가?

별안간 앉아 있는 세 명의 노인에게서 환한 기운이 솟구쳐 나오기 시작했다. 분명 체내의 내력을 극도로 발휘했기에 나오는 현상이었다. 만약 진법으로 합쳐져 그 기운이 완전히 발휘되면 현암의 탄지공을 능가할 정도로 강력한 힘이 될 것 같았다.

할 수 없이 현암은 크게 외쳤다.

"먼저 한 가지 묻겠소, 해밀턴 씨."

"그는 지금 수면 가스에 취해 있소."

우 사부가 나서자 현암은 일부러 크게 코웃음을 쳤다.

"수면 가스에 취한다고요? 죽지 않는 영혼인 아하스 페르츠가 말입니까?"

"아무리 영혼이라도 몸을 빌리지 않으면······."

중얼거리는 우 사부를 보며 현암은 짐짓 비웃음을 지으며 다시 크게 외쳤다.

"해밀턴 씨! 당신, 실망할 것을 알면서도 기대하는 겁니까? 이번에도 당신은 죽을 수 없습니다. 분명 안 될 겁니다. 괜한 기대 갖지 마십시오!"

수면 가스가 지독한 것은 틀림없었지만 아하스 페르츠가 그 정도로 지독하다면 이런 가스에 의식을 잃을 리가 없다고 현암은 생각했다.

'공력이 좀 있다 해도 나 정도가 정신을 차릴 수 있었던 가스라면, 영적인 존재인 아하스 페르츠에게는 더욱 안 먹혀들 것이다. 그렇다면 헤밀턴 씨가 조용히 있는 것은······.'

해답은 한 가지뿐이었다. 해밀턴은 자기 자신이기도 한 아하스 페르츠가 세상에서 없어지기를 바라고 있었다. 즉 자기 자신을 누군가가 죽여 주기를 원하고 있다고 봐도 좋았다. 그래서 그는 아무 저항을 하지 않고 정신을 잃은 척 그들이 하는 일에 몸을 맡기고 있는 것 같았다. 잘되면 죽게 돼 다행이고, 안 되면 할 수 없는 노릇 아니겠는가?

그러나 해밀턴은 대답이 없었고 우 사부의 비웃는 소리만 들렸다. 현암이 다시 외쳤다.

"해밀턴 씨, 당신은 나를 믿고 언약궤를 찾으라고 날 보내는 게 아닙니까? 그 일을 내게 맡긴 이상, 날 믿으십시오! 어서 대답해 보세요!"

그때 해밀턴이 눈을 뜨더니 천천히 입을 열었다.

"좋소! 당신 눈은 속일 수 없군."

해밀턴이 눈을 뜨자 우 사부와 다른 사람들이 몹시 놀라는 표정을 지었다. 다만 우 사부의 스승이라는 세 노인만 여전히 미동도 하지 않았다.

하지만 그들의 몸에서 솟아나던 찬란한 기운은 잠시 움찔하더니 다시 그들의 몸속으로 빨려 들어갔다.

그래도 현암은 신경 쓰지 않고 외쳤다.

"당신은 지금 죽을 수 없을 겁니다. 당신 자신은 죽을 수 있을 것이라고 믿는지 모르겠지만, 그럴 수 없을 겁니다. 어서 정신을 차리고 일단 거기서 벗어나십시오!"

조용한 목소리로 해밀턴이 되받았다.

"나는 그럴 능력이 없소."

"저자를 치시오!"

우 사부가 다급한 나머지 영어로 외쳤다가 다시 중국어로 외쳤다. 허나 현암은 뒤로 비틀거리면서 물러나자마자 월향검에다 청홍검까지 꺼내 양손에 들면서 소리쳤다.

"왜 능력이 없다는 거요? 아하스 페르츠의 그 무시무시한 능력은 모두 어디 갔단 말이오!"

현암은 내심 비행기 안이 좁아서 두 남자의 기다란 봉도 제 위력을 발휘하지 못하리라 생각하고 있었다. 그런데 막대기를 든 두 남자가 동시에 기합 소리를 내며 갑자기 막대기를 반으로 나누어 양손에 드는 것이 아닌가. 한 개의 장봉이 두 개의 단봉으로 바뀐 셈이었다. 그리고 그들은 무서운 기세로 도합 네 개의 단봉을 풍차같이 돌리면서 현암에게 덤벼들었다.

현암은 아차 싶었다. 소림 무예의 기세는 정말 대단했고, 현암의 상태가 정상이 아니어서 그들의 무예는 더더욱 환상적으로 보였다. 현암은 월향검과 청홍검에 검기를 돋우어 그들의 봉을 단번에 잘라 낼 요량으로 두 개의 검을 풍차같이 돌리면서 버티려 했다.

놀랍게도, 검기에 부딪혔는데도 그들의 봉은 절단되지 않았다. 분명 느낌으로는 어느 정도까지 칼날이 검에 박히는 것 같았는데, 봉이 절단되지는 않는 것이었다.

그때 해밀턴이 외치는 소리가 들렸다.

"정말 나도 방법이 없기 때문에 이러는 거요! 당신은 벌써 잊었소? 내가 주술을 사용한다면 내 안의 아하스 페르츠가 다시 눈을 뜨게 되오! 그러면 당신을 비롯한 여기 모두는……."

해밀턴의 목소리를 거기까지 들었을 때 현암의 몸에는 무수한 타격이 왔다. 그것도 보통의 타격에 공력이 더해진 무서운 타격이었다. 비록 공력이 회복됐으나 현암은 무섭게 휘몰아치는 단봉들을 도저히 막아 낼 수 없었다.

현암이 할 수 있는 일이라곤 공력을 가급적 돋우어 아픔을 줄이고 팔을 들어 머리를 보호하는 것뿐이었다. 그들의 타격은 무시무시한 것이라 공력이 돌지 않는 머리에 한 방이라도 맞으면 정신을 잃어버리거나 죽임을 당할 우려마저 있었다.

그러다 보니 자연 검을 휘두르는 데 제약이 심해졌다. 월향검을 던지고 싶었지만 좁은 비행기 안에서 기체에 구멍이 날까 봐 그것마저 할 수 없었다.

순식간에 열 대 이상 맞고 뒤로 비틀거리며 물러나던 현암은 의자에 걸려 뒤로 나동그라졌다. 현암은 해밀턴이 수면 가스 따위로 정신을 잃지 않았으리라 확신했고, 그것을 마지막 카드로 생각했는데 이제 와서 생각하니 지난번 해밀턴은 분명 그 때문에 자신은 주술을 쓸 수 없다고 말했다.

그래도 현암은 일이 어떻게 되든 일단 살아나려면 방어해야 한다고 외치려 했는데 상대방의 공격이 너무도 심한 바람에 그 말조차 할 수도 없었다.

거의 절망적인 상황으로 치닫는 순간, 현암은 오기가 치밀었다. 현암은 공력을 있는 대로 퍼부어 파사수호검 초식을 펼쳤다. 비행기 안임을 감안해 검기를 길게 뻗치기보다는 검기를 강하게 뻗는 데 신경을 썼다.

그러나 적들의 단봉은 절단되지 않았다. 그들도 상당한 내공을 지니고 있어서 그것으로 봉을 보호하는 것 같았다. 그렇지 않다면 제아무리 단단하게 만들었어도 나무로 만든 봉이 검기 앞에서 잘리지 않을 리가 있겠는가.

같은 부위를 세 번 정도 맞히면 절단할 수 있을 것 같았지만 눈이 빙빙 도는 상태에서 봉을 자를 수도 없었다.

그러는 동안에도 해밀턴은 계속 소리쳤다.

"나는 할 수 없소! 차라리 모험하는 편이 나을 거요. 만약 이들이 실패한다 해도 내가 주술을 쓰지 않으면 몇몇은 살아남을 거요. 성공한다면 좋고…… 그러나 내가 주술을 사용하게 되면…… 아무도 살아남지 못할 거요. 아무도…… 당신에게는 미안하오. 그러나 방법이 없구려."

해밀턴은 잠잠해졌다. 눈을 감고 담담한 표정으로 가만히 앉아 미동도 하지 않았다. 그 와중에도 현암은 예닐곱 대를 더 얻어맞았다. 그중 두어 대는 후려친 것이 아니라 찔러 들어온 것이라 통증이 몹시 심했다.

다행히 적들도 검기의 무서움을 아는 듯, 적극적으로 쳐들어오지 못하고 주변에서 봉을 돌리다가 빈틈이 생기면 순간적으로 공격하는 것이라 버틸 수 있었지, 그게 아니라면 제아무리 강철같은 현암일지라도 벌써 드러누웠을 것이었다.

하르마게돈

현암은 혹시라도 비행기 기장이나 다른 사람까지 영향을 줄까 봐 사자후를 쓰지 않으려 했지만 더는 어쩔 수 없어 깊은숨을 들이마시려 했다.

바로 그때 우 사부가 적들의 등 뒤에 숨은 채 다가오더니 스프레이 캔 같은 것을 꺼내 허공에 쇄악 뿌렸다. 수면 가스가 틀림없었다.

지금 간신히, 그것도 오랜만에 본 현아의 도움으로 버티고 있는데 한 번 더 수면 가스를 마셨다가는 쓰러질 것 뻔했다.

'제길!'

현암은 급히 숨을 한 번 들이마시고 호흡을 멈추었다. 수면 가스는 마시지 않을 수 있었지만 사자후도 쓸 수 없고, 조금만 지나면 활동이 훨씬 둔해질 것 같았다.

우 사부는 간헐적으로 수면 가스를 뿌려 댔고, 두 남자는 철통같이 봉을 휘둘러 현암이 가까이 가지 못하게 했다. 급기야 현암은 이대로 버티기가 힘들겠다고 생각했다.

그나마 천만다행인 것은 우 사부의 스승이라는 세 노인이 끼어들지 않는 것이었다. 지금 세 사람도 감당하지 못하는 판에 그들의 스승 격인 세 사람이 끼어든다면 현암은 금방 끝장나 버릴 것 같았다.

돌연 현암은 묘한 기운을 느꼈다. 그 느낌은 검고 어둡고 사악했으나 전에 만나 본 적이 있는 친근한 것이었다.

그 기운은 이렇게 속삭이고 있었다.

힘들지? 도와줄게.

필요 없어!

이런…… 이대로면 너, 그냥 죽어. 너만 한 자가 이렇게 개처럼 죽는 건 그리 보고 싶지 않은데? 그러니 말만 해. 도와준다니까?

블랙 엔젤의 교태 넘치는 목소리였다. 지금 상황에서, 물에 빠진 사람이 지푸라기를 잡듯 그 목소리가 반갑게 들리는 것은 어찌할 수 없었다.

하지만 현암은 이를 악물고 속으로 외쳤다.

네가 선의로 나를 돕는다고 생각할 수는 없어!

그래, 너 바보 아냐. 원 참. 좋아, 나도 공짜는 아니야. 언젠가 내 부탁을 하나만 들어주면 돼. 아주 사소한 걸로 말이야. 어때? 좋지 않겠어?

헛소리!

그러는 사이 마음이 어지러워져 현암은 다시 서너 대의 타격을 입었다. 더구나 호흡조차 하지 못하고 격렬하게 몸을 움직이자 숨이 너무도 가빴다. 한동안은 버텨 왔지만 더 이상 버티기 어려울 것 같았다.

금방이라도 이것저것 다 집어치우고 숨이라도 크게 쉬고 싶은 마음이 굴뚝같았다. 눈앞에 노란 동그라미들이 빙빙 거리며 나타나 돌기 시작했고, 단봉들은 더더욱 강한 기세로 다가들었다.

블랙 엔젤의 다급한 듯한 목소리가 들려왔다.

좋이! 이 고집불통! 부탁은 안 들어줘도 돼! 네가 가진 것 좀 소중한 것을 하나 줘. 내가 그냥 나서기는 아무래도 그렇잖아. 그러니…….

현암은 속으로 고함을 치려 했으나 눈앞이 흐려져 그마저 뜻대로 되지 않았다. 그는 오락가락하는 의식 속에서 무의식적으로 고개를 흔들어 댔다.

그때 막 달려들어 결정타를 먹이려던 두 사람은 현암이 야릇하게 고개를 휘젓자 뭔가 무서운 술수를 쓰는 게 아닐까 지레짐작하고 훌쩍 날아 뒤로 몇 걸음 물러서 버렸다.

이미 현암이 휘두른 검기에 의해 좌석들은 모두 토막 나 거의 없어졌기 때문에 비행기 안은 공터나 다름없었다. 만약 방금 저들이 물러나지 않았으면 현암은 큰 틈을 드러내고 있었기 때문에 적들은 현암의 머리에 치명타를 입힐 수 있었을 것이다. 저들도 고수들인 만큼, 현암의 머리는 현암의 몸만큼 단단하지 않으며 그곳이 급소라는 것을 파악한 상태였다.

그러니 현암은 목숨이 날아갈 뻔한 위기를 천행으로 모면했다고 봐도 좋았다.

현암은 자신도 모르게 무릎을 꺾으며 풀썩 쓰러지는 찰나 청홍검을 바닥에 박아 세워 놓고 간신히 몸을 지탱했다. 우 사부가 다시 뭐라고 지껄이는 소리가 들렸다. 분명 끝장을 내라는 소리겠지. 그 와중에도 그는 수면 가스를 다시 한번 뿌려 대고 있었다.

그때 또다시 음성이 들렸다. 블랙 엔젤도 어지간히 놀랐는지 한결 사근사근해졌다. 사실 현암이 죽어 버리면 블랙 엔젤로서도 좋을 것이 없었다.

아아…… 고집쟁이! 좋다. 그럼 이걸 받아 주지. 간다!

현암은 뭐가 어떻게 돌아가는지 알 수 없었다. 블랙 엔젤이 뭘 받아 갔는지 신경조차 쓸 수 없었다.

다음 순간, 묶여 있던 백호가 기이한 소리를 내면서 새처럼 몸을 솟구치는 모습만 볼 수 있었을 뿐이다. 그리고 현암은 자신의 얼굴에 무엇인가가 검은 물체 같은 것이 다가오는 것을 느끼다가 깜박 정신을 잃었다.

악마와의 거래

현암은 이내 다시 정신을 차렸다. 기이하게도 갑자기 온몸에 돌던 수면 가스의 기운이 썰물처럼 점점 사라져 갔기 때문이다. 마취가 풀리자 아까 얻어맞은 온몸의 고통이 점점 생생해졌지만 빙빙 돌거나 중심을 잡지 못하던 현상은 사라졌다. 아무리 고통스럽다 해도 지금의 상황이 훨씬 나았다.

돌아보니 자신이 정신을 잃은 것은 그야말로 한순간이었던 것 같았다. 도대체 어떻게 해서 이렇듯 신속하게 수면 가스의 효과가 사라지게 됐는지 알 수 없었지만 말이다.

다시 주위를 둘러본 현암은 뜻밖의 상황을 보았다. 백호가 허공에 떠 있는 것이 아닌가. 백호의 원래 모습은 사라지고 블랙 엔젤의 검은 안개가 몸을 둘러싸고 있었지만, 입은 옷으로 보아 분명 백호였다.

그 주위에는 세 명의 노인이 무시무시한 안색으로 백호를 향해 양손을 뻗고 있었다. 그리고 그들은 계속해서 염불을 외우고 있었다. 그들은 평복을 입고 있었지만, 지금은 옷매무새가 몹시 흐트러지고 모자 같은 것들이 모두 벗겨져 민머리와 이마의 계인(戒印)이 확연히 드러났다. 모두가 승려들이었다.

블랙 엔젤은 검은 안개를 퍼뜨리면서 금방이라도 뛰쳐나가려고 하는 듯했지만, 세 노인의 수법도 대단한지라 뛰쳐나가지 못하고 있는 것 같았다.

'저 사람들도 대단하구나! 세 명이 힘을 합쳤다고는 해도 악마를 저렇게까지 잡아 둘 수 있다니!'

일단 어느 쪽이 강하지도, 약하지도 않은 팽팽한 상태였다. 사실 블랙 엔젤의 힘은 가공할 만한 것이었지만 악마의 힘은 신앙의 힘과 극단에 있는 법이다. 게다가 세 노승은 공력을 합해 복마진법(伏魔陳法)이라는 진을 형성했기 때문에 그 무시무시한 블랙 엔젤의 힘을 묶어 둘 수 있었다.

그때 블랙 엔젤이 현암을 향해 소리쳤다.

이 등신아! 구경만 할 거야?

현암이 움찔하면서 돌아보니 우 사부는 블랙 엔젤이 어떻게 손을 썼는지 입가에 피를 흘리면서 바닥에 쓰러져 있었고, 두 명의 봉술가들은 현암을 놓아둔 채 꼼짝 못 하는 블랙 엔젤을 노리고 몸을 날리려는 순간이었다.

해밀턴은 여전히 아무 말 없이 눈을 감은 채 바닥에 묵묵히 앉아만 있었다.

현암은 훅 하고 숨을 들이마시면서 외쳤다.

"멈추시오!"

여기저기 아프기는 했지만 눈앞이 흔들리거나 공력의 순환이 막히는 것 같지는 않았다. 더구나 그대로 두면 블랙 엔젤이 아니라 백호의 몸이 죽고 말 것 같아 현암은 급히 몸을 날렸다.

이제는 눈앞이 돌지 않아 훨씬 수월했고, 살초를 쓰지 않아도 두 남자 정도는 제압할 수 있을 것 같아 현암은 일단 검기부터 거두들였다. 굳이 월향검을 쓸 필요도 없을 것 같아 검집에 넣으며 동시에 청홍검을 휘둘러 두 남자의 등 뒤에 칼바람 소리를 냈다.

두 남자도 보통 무술인은 아니었기 때문에 그 소리를 듣고 즉각 달려가던 자세에서 멈추면서 뒤로 돌아 방어 자세를 취했다. 현암은 다시 청홍검을 획획 허공에 그어 보이고는 검을 핑그르르 돌리면서 위로 던졌다. 두 남자는 현암이 무슨 기이한 술법이라도 부리는 것이 아닌가 하고 자신도 모르게 검을 따라 눈길을 보냈다.

현암이 노린 것은 그 순간이었다. 두 남자가 위력적인 현암의 내공과 검기를 보았다면 방심하지 않았을지 모르지만, 그들은 현암의 검법만 보았지 기공은 본 적이 없었다. 그들로서는 검기를 뿜을 정도의 달인이 검을 그냥 허공으로 던지고 맨몸으로 달려들 가능성도 있다는 생각은 할 수 없었다.

그러나 현암은 날려들었다. 더구나 현암이 달려든 목표는 두 남자의 몸이 아니라 두 남자가 휘두르는 봉이었다. 현암의 손이 봉 쪽으로 뻗치며 날아들자 두 남자는 봉 끝에 힘을 가하면서 현암의 호구(虎口)를 쳐 상처를 입히려고 했다.

하지만 기공이 완전히 들어간 현암의 손은 청홍검의 검신만큼이나 단단해 쇠붙이 울리는 소리만 냈을 뿐이었다. 다음 순간, 두 남자의 단봉 하나씩이 현암의 손아귀에 잡혔다. 보통이 넘는 두 남자는 자신들의 무기가 손에 잡히자 즉각 단봉에 공력을 가했다. 내공을 지닌 자라면 공력으로 충격을 가해 무기를 잡은 손을 튕겨 낼 수 있기 때문이다. 허나 그들은 현암의 내공이 자신들과 상대가 되기 힘들 정도로 막강하다는 것을 미처 생각하지 못했다.

현암은 봉을 잡음과 동시에 '흡' 자 결을 써서 상대의 내공을 빨아들였다가 일순간 '추' 자 결로 바꾸어 벼락같이 상대의 공력을 무찌르고 밀어 냈다. 그러면서 밀려 나가는 상대의 공력에 또다시 '발' 자 결의 공력을 더해 밀어붙였다.

0.5초도 되지 않는 순간에 운용법을 세 번이나 바꾸는 이 변화는 현암이 몇 년에 걸쳐 피나는 수련으로 이루어 낸 것이었다. 이 수련법으로 현암은 종래 지니고 있던 기공술보다 세 배 이상의 힘을 지니게 됐다고 해도 좋았다.

두 남자는 신음조차 지르지 못한 채 저만치로 날아갔다. 그리고 비행기의 동체가 찌그러질 정도로 거세게 부딪힌 두 남자의 몸은 다음 순간 포대 자루처럼 힘없이 철퍽 넘어져 버렸다. 부딪힌 충격 때문이 아니라 거센 공력의 충격 때문이었다.

그때 뒤에서 인기척이 들려 현암은 재빨리 뒤로 몸을 돌렸다. 뒤에서는 우 사부가 또다시 스프레이 통을 들고 현암에게 뿌리려 했다. 별것 아닐 거라고 넘어가려는 찰나 현암은 스프레이 통의 색깔이 아까 수면 가스가 들었던 통과 다르다는 것을 알아챘다.

더 이상 어찌할 겨를이 없어 현암은 급히 양손을 내미는데 아까 던진 청홍검이 떨어져 내려왔다. 청홍검은 무척 예리한 검이라 자칫하다가는 얇은 비행기 동체를 뚫을 수도 있었다.

현암은 급히 왼손으로 서툴게 청홍검을 쥐면서 오른손을 '폭' 자 결의 수법으로 내뻗었다. '폭' 자 결은 원래 손이 닿은 물체를 글자 그대로 폭파해 버리는 위력을 지닌 수법이었지만 허공에 '폭' 자 결을 썼을 때는 공기가 폭파되는 셈이 되므로 바람이 크게 일게 된다. 물론 전설상의 장풍처럼 강력한 위력을 지닌 것은 아니지만 그래도 상당히 강력한 바람이 퍼져 나갔다.

우 사부가 뿌린 정체 모를 스프레이는 현암의 '폭' 자 결에 의해 도로 우 사부에게로 날아갔다. 그 스프레이를 뒤집어쓴 우 사부는 찢어지는 듯한 비명을 지르면서 팔을 휘저었다. 그의 옷과 머리칼이 마구 타들어 가면서 피부도 타들어 가는 것 같았다. 매캐하고 역한 살 타는 냄새가 흰 연기와 함께 우 사부의 몸에서 피어오르더니 우 사부는 이윽고 버둥거리던 것을 멈추고 풀썩 땅에 쓰러졌다.

현암은 우 사부가 내쏜 스프레이가 이토록 지독하다는 것에 놀랐고 또 상황도 급했지만 일단 우 사부가 죽지 않았을까 걱정돼 급히 무릎을 꿇고 우 사부의 상처를 보았다.

우 사부는 아직 죽지 않았으나 그야말로 참혹한 모습이 돼 있었다. 시큼한 냄새가 악취에 섞여 풍기는 것으로 보아 스프레이에

염산 같은 것이 들어 있었던 모양이었다.

 그 순간 등 뒤에서 밝은 빛이 퍼져 나오는 것을 느끼고 현암은 황급히 뒤로 돌아섰다. 같은 편들이 잇달아 쓰러지자 세 노인이 다급해져 최후의 술수를 펼치려는 것 같았다. 세 노인의 몸에서는 환한 광채가 솟구쳐 나오고 그 빛은 한데 모여 현암의 '탄' 자 결과 유사하게 노란빛의 구체를 만들어 내고 있었다. 그리고 그 구체의 빛에 비친 백호, 아니 블랙 엔젤의 얼굴에는 공포와 분노가 이글거리고 있었다.

 그 모습을 보자 현암은 암담해졌다.

 '이건 좋지 않다!'

 현암은 그 구체의 위력이 무지무지하다는 것을 눈치챌 수 있었다. 느낌만으로 볼 때에도 자신의 최고 술수인 '탄' 자 결보다도 강한 것 같았다. 이것을 정통으로 맞으면 블랙 엔젤도 위험할지 몰랐고, 잇달아 백호가 죽어 버릴 것 같아 걱정도 됐다. 비행기가 통째로 공중 폭발이 될 위험마저 있었다.

 "멈춰!"

 현암은 소리를 지르면서 즉시 청홍검을 내던지고 양손에 '탄' 자 결의 구체를 맺기 시작했다. 혼신의 공력을 기울인 터라 즉시 현암의 양손에 각각 세 개씩, 여섯 개의 빛의 구체가 솟구쳐 올라왔다. 그리고 이를 악물고 더욱 공력을 가하자 여섯 개의 구체는 한데 합해져 하나의 커다란 구체를 만들어 냈다.

 '탄' 자 결과 노승들의 구체가 격돌하면 어떤 일이 벌어질지 상상하기도 싫었다. 그러나 당장 노승들의 구체를 막을 방법은 이것밖에 없었다. 두 구체의 힘이 비슷하다면 서로 반응해 없어질 수도 있기 때문이다. 만약 상반된 것이라면 거대한 폭발이 일어날 것이다. 그렇다면 아무도 살아날 수 없을 것 같았다. 그러나…….

'죽기 아니면 살기다!'

현암은 이를 악물었다. 아무래도 이것이 마지막이라는 생각이 들었다. 그리고 해밀턴에게는 대단히 미안한 일이지만, 만약 폭발이 일어난다면 아하스 페르츠도 동시에 소멸해 주기를 바랐다.

자만하지 않더라도 지금 세상에서 이보다 더 큰 영력의 폭발은 없을 것 같았다. 이 안에서도 아하스 페르츠가 멀쩡하다면 어차피 자신으로는 앞으로 그를 막을 어떤 방법도 없었다.

그런데 그 순간, 며칠 전 꿈속에서 들었던 현아의 목소리가 귓속에 메아리쳤다.

— 아직 아냐. 아직 때가 아냐…….

그와 동시에 공항에서 헤어지면서 속삭이던 승희의 목소리도 떠올랐다.

— 조심해. 무조건 돌격하지 말고. 알았어?

그리고 박 신부의 온화한 모습이 느닷없이 눈앞에 비쳤다.

'그렇다. 나는 조금 전까지 아하스 페르츠에게도 살 권리가 있다고 생각했다. 그리고 힘으로 생명을 없애면서까지 바로잡을 수 있는 일은 세상에 없다고 생각했다. 그런데 이게 뭐냐? 내가 남의 생명을 걸고 도박을 할 권리가 있단 말인가? 정말 이것 말고는 방

법이 없단 말인가? 신부님이셨다면 어쩌셨을까? 어쩌셨을까?'

 만에 하나 잘못되면 백호는 어찌 될 것인가? 해밀턴이나 우 사부나 이 용화교 인물들은 또 어찌 될 것인가? 현암 자신도 죽겠지만, 그들의 목숨은 어떻게 변상할 수 있단 말인가?

 비록 짧은 순간이었지만 뼈저린 질책이 마음속에 휘몰아쳤다. 현암은 순식간에 공력을 거둬들였다. 백 년이 넘는 혼신의 공력을 갑자기 몸 안으로 거두는 것은 자살행위나 다름없었다.

 순간적으로 조금 남은 공력과 도로 거둬들인 내공이 충돌해 단전이 텅 비면서 격렬한 고통이 휘몰아쳤다. 그와 동시에 현암은 몸을 날려 노승들이 막 쏘아 보내는 노란빛의 구체를 몸으로 막아섰다. 그리고 그 순간 현암의 몸에서도 노란 광채가 쏟아져 나왔다.

 현암은 의식을 잃지는 않았다. 아니, 오히려 평상시보다 훨씬 더 의식이 또렷했다. 현암은 아무것도 보이지 않는 금빛 광채와 다음 순간 번득인 노승들의 놀란 얼굴, 그들이 동시에 앞으로 풀썩 고꾸라지는 모습, 백호의 몸을 빌린 블랙 엔젤의 알 수 없는 질린 얼굴과 그 순간까지도 담담한 해밀턴의 모습을 똑똑히 볼 수 있었다.

 다음 순간, 현암은 블랙 엔젤과 해밀턴의 중간에 털썩하고 떨어져 내렸다. 고통은 없었다. 그리고 폭발도 없었다. 노승들이 만들어 낸 구체가 흔적도 없이 사라져 버린 것이다.

 노승들도 죽거나 큰 타격을 입지 않은 듯 일제히 머리를 들었는데, 그들의 얼굴에도 놀라운 표정이 숨김없이 드러나 있었다. 현암도 얼떨떨하기는 마찬가지였다. 더구나 블랙 엔젤의 얼굴에까지 멍한 놀라움이 떠올라 있는 것은 이해가 되지 않았다.

'뭘까? 도대체 무슨 일이 일어난 걸까?'

눈썹 긴 노승이 몸을 부르르 떨면서 현암의 멍한 얼굴을 손가락으로 가리켰다.

"네, 네가…… 우리의 힘을……."

노승은 아주 약간의 영어를 알고 있는 듯, 아주 서툴게 말했다.

그 말에 현암은 깜짝 놀랐다.

'내가 정말 저들의 힘을 소멸시킨 것인가? 그러나 도대체 어떻게? 나는 몸으로 막으려 한 것뿐인데…….'

그때 현암이 자신이 보았던 금빛 광채를 머릿속에 돌이켜 보았다. 그 빛은 자신에게 몹시 친숙했다. 현암은 속으로 외쳤다.

'그렇구나! 부동심결!'

현암은 마지막 날아가는 순간에 남은 공력과 뿜어낸 내공이 일시에 충돌해 단전이 텅 비었다. 그 순간 무의식적으로 현암은 불가의 최고 정수라 할 수 있는 부동심결의 광채를 뿜어낸 것이다.

부동심결은 온몸의 내력을 그야말로 모조리 쏟아 내거나 그와 반대로 내력이 하나도 남지 않은 텅 빈 상태가 아니면 발휘되지 않는 술수였다. '색즉시공 공즉시색(色卽是空 空卽是色)'이라는 『반야심경』의 내용과 다르지 않았다.

그러나 현암은 공력을 주무기로 싸우는 처지라 공력이 텅 빈 상황보다 있는 공력을 다 쓰는 방법으로 부동심결을 사용하는 경우가 많았다. 주로 최후의 수단으로 부동심결을 이용해 왔다고 봐도 좋았다.

그런데 지금 상황에서는 '탄' 자 결이 아니라 부동심결이야말로 노승들의 구체를 소멸시킬 수 있는 가장 적절한 수법이었던 것이다. 부동심결은 힘이 아니라 광채로 마물들을 물리치고 사악한 것을 멸하는 힘을 지닌 상승 수법 중의 상승 수법이었다.

노승들의 삼재복마현현진도 대단한 위력을 지녔지만 그것은 힘으로 마를 굴복시키는 수법이었고, 그 또한 불가에 바탕을 둔 수법이었던지라 근본적으로 공(空)의 힘을 인정하는 불가의 도리에 더 가까운 부동심결의 힘에 고스란히 흡수되고 만 것이다. 노승들이 뒤로 넘어지지 않고 앞으로 고꾸라진 것도 힘을 흡수당해서였다.

몸속의 공력 충돌은 노승들의 공력이 흡수되면서 사라져 주화입마에 걸리거나 목숨을 잃지 않게 됐지만 그것까지는 현암이 깨닫지 못했다. 좌우간 이것은 현암에게 기적이라고 할 수밖에 없는 일이었다. 현암은 '탄' 자 결을 사용하려 했지만, '탄' 자 결의 기공이 도가에 근본을 둔다는 것을 미처 생각하지 못하고 있었다. 만약 그렇게 했다면 힘 대 힘으로 맞서는 폭발이 일어나 비행기가 폭발해 버리고 말았을 것이다.

현암은 벌떡 몸을 일으켰다. 아픈 곳은 더 이상 없었다.

'이건 기회다. 이 노승들과 맞서 싸우는 것은 나로서는 무리다. 지금이 기회니, 일단 이들을 제압해 그냥 돌려보내자.'

현암은 탈진해 쓰러진 노승들을 일으켜 세우려고 했다. 그러나 뚱뚱한 노승은 아직 약간의 여력이 남아 있는지 몸을 부르르 떨면서 공력을 발해 현암에게 저항했다.

다음 순간 우당탕하는 소리가 나면서 나가떨어진 것은 놀랍게도 현암이었다.

현암은 놀라 나머지 자신도 모르게 속으로 크게 부르짖었다.

'공력! 내 공력이!'

현암에게는 공력이 하나도 남지 않았던 것이다. 아까 공력을 무리하게 사용하기는 했지만 그것 때문만은 아니었다. 세 노승의 내공력은 현암에게 흡수됐지만 그 힘들은 현암이 융화시킬 만한 성질의 것이 아니었다.

때문에 그 공력은 자연스럽게 현암의 남아 있던 공력과 되돌아온 공력들과 반응해 함께 사라져 버린 것이었다. 다시 긴 시간 운기행공을 해 회복하기 전까지 현암은 약간의 공력도 사용할 수 없게 된 것이다.

"이럴 수가! 어떻게 이런……!"

그러나 믿어지지 않는 듯한 얼굴을 한 것은 뚱뚱한 노승도 마찬가지였다. 도대체 인간이라고 믿어지지 않을 정도의 신력을 발휘하던 현암이 자신의 약한 저항에 아무런 기운도 없이 나가떨어지다니!

그는 조금 멍하니 현암과 자신의 손을 바라보다가 비틀거리면서 두 명의 다른 노승들을 살펴보았다. 그들은 공력이 모두 빠져

나가 탈진해서인지 움직일 수조차 없는 것처럼 보였지만 뚱보 노승이 손가락을 세워 그들의 몸을 몇 번 쿡쿡 찌르자 서서히 몸을 일으켰다.

그리고 쓰러져 있는 백호의 얼굴이 핏기 없이 파리한 것으로 보아 블랙 엔젤은 이미 빠져나가 도망쳐 버린 듯했다. 블랙 엔젤은 악마라 역시 부동심결의 빛에 약했다. 이번에도 재빨리 빠져나간 것이 틀림없었다.

아무튼 한 줄기 공력도 끌어올릴 수 없는 상태에서 그나마 도움을 주었던 블랙 엔젤이 없다면 세 명의 노승을 상대할 방법이 없었다. 그렇다고 도망칠 곳도 없었고…….

마지막으로 남아 있는 방법은 월향검이었는데, 아무리 월향검을 사용한다 해도 이 노인들을 이겨 낼 자신이 없었다. 솔직히 몸이 정상이었더라도 대단히 힘들 것이다. 노승들도 공력이 탈진된 상태지만 현암은 그보다 더 탈진된 상태가 아닌가.

그런데 해밀턴의 상태가 좀 이상했다. 미동도 하지 않고 앉아 있던 해밀턴이 바닥에 쓰러져 고통스럽게 신음하고 있었다. 현암은 해밀턴을 구하고 싶었지만 노승들의 눈치를 보느라 접근하지 못하고 있었다.

노승들은 모두 일어섰지만 해밀턴을 먼저 처리할 것인가, 아니면 현암을 먼저 제압할 것인가를 아직 결정하지 못한 것 같아 보였다. 그때 해밀턴의 떨리는 목소리가 흘러나왔다.

"모두들…… 어서…… 도망치시오."

아하스 페르츠의 출현

 현암과 긴 눈썹의 노승이 동시에 어깨를 움찔했다. 지금 정신을 차리고 있는 네 명 중 그 두 사람만 영어를 알아들을 수 있었기 때문이다. 긴 눈썹의 노승이 동료들에게 해밀턴의 이야기를 옮기기도 전에 해밀턴은 발작하듯 몸을 무섭게 떨며 허리를 비틀었다.
 "그가⋯⋯ 그가 나오려 하고 있소. 아까의 빛 때문에⋯⋯ 아하스 페르츠가⋯⋯."
 다음 순간, 보이지 않는 무엇인가가 해밀턴의 몸에서 확 퍼져 나왔다. 그것은 너무도 어두운 느낌이었고, 그 기운을 쏘인 것만으로도 현암을 비롯한 네 사람은 뒤로 나가떨어지고 말았다.
 "아하스 페르츠!"
 작달막한 노승이 중국어 억양이 가득한 목소리로 외쳤다. 그러나 이내 그 무엇인가는 사라져 버렸고, 해밀턴은 다시 고통스럽게 몸을 비비 꼬았다.
 "어서⋯⋯! 어서 도망치란 말이오! 아니⋯⋯ 나를⋯⋯ 나를 밖으로 던져⋯⋯."
 해밀턴이 말을 채 끝맺기도 전에 다시 한번 기이한 기운이 확 쏟아져 나왔다. 이번에는 현암과 세 노승이 나름대로 방비하고 있었음에도 그들은 또다시 뒤로 나가떨어져 사방에 널브러지고 말았다. 아무리 공력이 탈진된 상태였다고 해도 너무나 무서운 기세였다.

어서 나에게 부탁해!

갑자기 현암의 귀에 부르짖는 듯한 목소리가 울려왔다. 블랙 엔젤의 목소리였다.

너 한 사람 정도는 옮겨 줄 수 있어! 어서!

무슨 소리야?

저…… 저자에게는 나도 어쩔 수 없어. 손댈 수 없거든. 어서 도망쳐! 이 멍청아! 너는 절대 적수가 못 돼!

현암은 조금 멍한 상태였지만 속으로 즉시 외쳤다.

싫다!

뭔가 대가를 주지 않으면 악마인 나로서는 너를 도울 수 없어! 멍청아! 하다못해 부탁이라도 하란 말이야!

하지만 다음 순간, 해밀턴의 절규가 비행기 안에 울려 퍼지면서 세 번째 충격이 닥쳐왔다. 이번 것은 첫 번째와 두 번째보다 훨씬 강한 기세였다.

현암을 비롯한 네 사람은 어지럽게 흐트러지면서 잘려 나간 좌석 모퉁이며 비행기 동체에 몸이 부딪혔다. 넷은 모두 무시무시한 충격을 받고 입가에 피를 흘렸다. 이번에는 아까 현암에게 맞아 넘어졌던 두 남자와 우 사부의 몸까지 날아갔는데, 두 남자는 그 덕분에 정신을 차린 듯 몸을 움직였다.

그것을 본 눈썹 긴 노승이 크게 뭐라고 소리를 질렀다. 그러자 아까 현암에게 맞아 쓰러졌던 두 남자가 가까스로 일어나더니 해밀턴을 향해 비명에 가까운 기합성을 지르면서 달려들었다. 곧이어 그들은 무서운 기세로 새우처럼 움츠리고 있는 해밀턴의 몸을 봉으로 두들겨 댔다.

미처 봉을 다 집지도 못해 해밀턴의 몸에 떨어지는 봉은 세 개밖에 되지 않았고, 그들도 아까보다 내력이 약해진 것 같았지만 여전히 무시무시한 기세였다. 금방이라도 해밀턴이 맞아 죽을 것 같아 현암은 어떻게든 해 보려 했지만 당장은 몸을 움직일 수 없었다.

저자들을…… 저자들을 말려 줘!

너, 미쳤어? 죽는 건 저자들이야!

다음 순간 뚱보 노승이 체면이고 뭐고 없이 몸을 굴리면서 비행기의 맨 뒤쪽으로 굴러 나갔다. 그러더니 비행기 맨 뒷좌석에서 뭔가를 획획 던져 냈는데, 그것은 정신을 잃은 채 꽁꽁 묶여 있던 마하딥과 시켈이었다.

이번에는 작달막한 노승이 급히 품에서 뭔가를 꺼내 그들의 얼굴에 갖다 댔고 마하딥과 시켈은 즉시 몸을 꿈틀거렸다. 아마 수면 가스의 해독제인 것 같았다.

그러나 해밀턴 주변의 광경은 처절했다. 아까 현암의 검기로도 자르지 못한 단봉이 해밀턴의 몸을 두들기다가 한 개가 부러져 나갔다. 두 남자는 해밀턴을 때리고 있었지만 오히려 그들이 무시무시한 고통을 받는 것 같았다.

얼굴은 붉게 부풀고 힘줄과 혈관까지 온 피부에 돌출돼 그들의 얼굴은 흡사 악귀 같았다. 죽을힘을 다해 해밀턴을 두들겨 패는 것이 분명했다. 그들은 정말로, 처절한 비명을 지르면서 정신없이 손을 놀려 대고 있었다.

현암은 지금까지 처참하고 끔찍한 광경을 많이 보았지만, 때리는 자가 이처럼 비참한 지경인 광경을 보는 것은 처음이었다. 처참하기 그지없는 모습이라 저절로 온몸에 소름이 돋았다.

'도대체 뭐지?'

현암이 속으로 중얼거리자 악을 쓰다시피 하는 블랙 엔젤의 목소리가 들렸다.

어서 나에게 부탁해! 살려 달라고! 그러면 널 안전한 곳으로 옮겨 주겠어! 더 늦으면 나도 어쩔 수 없으니…….

제발 좀 닥쳐!

현암은 이를 악물고 일단 공력을 회복하기 위해 죽을힘을 다했다. 그러나 공력은 회복될 기미를 전혀 보이지 않았다.

'이게 도대체 어떻게 된 건가? 아무리 공력이 탈진됐어도 전혀 회복이 되지 않는다니! 아니…… 혹시…….'

그때 현암의 머릿속에 스치는 생각이 있었다. 천정개혈대법에 관한 것이었다. 현암은 현재 칠 단계의 천정개혈대법을 익히고 있었다. 그런데 팔 단계로 넘어가려면 남의 도움이 필요했다. 즉 현암 자신의 것과 거의 맞먹을 정도의 외부 공력을 받아 공력을 지우고 텅 빈 단전에 새로운 공력을 쌓아야 했다.

물론 스스로 공력을 지워도 되지만 그러려면 공력을 처음부터 다시 수련해야 하기 때문에 아무리 재수련 과정의 진도가 빠르다고 해도 십 년 이상의 수련 기간이 새로 필요하게 되는 셈이었다.

그러나 지금 세상에 백 년 공력을 지닌 사람을 어디에서 찾을 수 있단 말인가? 게다가 지금 말세가 다가오는 절박한 상황에서 어떻게 공력을 지우고 십 년 이상의 수련을 새로 할 수 있단 말인가?

결국 현암은 팔 단계 이상의 수련은 염두에 두지 않고 있었는데, 아까 노승들의 공력과 현암의 공력이 부딪혀 없어지는 바람에 자동으로 팔 단계의 수련 단계가 돼 버린 셈이었다. 사실 여기까지는 그야말로 드문 우연의 일치였고, 천행이라 할 만했다. 하지만…….

'만약 내가 정말로 천정개혈대법 팔 단계의 상태로 들어갔다면 공력을 쓸 수 없다! 일주일 이상 조용히 운기행공을 해야만 약간의 공력이라도 쓸 수 있는데…… 이건 나보고 죽으라는 것과 다를 바 없지 않은가!'

현암은 벼랑 끝에서 또 맹수를 만난 셈이었다. 그때 마하딥과 시켈이 거의 동시에 눈을 떴다. 그러더니 해밀턴을 보고 크게 울부짖는 것 같은 소리를 냈다.

그때 눈썹 긴 노승이 손가락을 한 번 긋자 그들의 밧줄은 전부 잘려 나갔다. 마하딥과 시켈은 즉시 자신을 속여 묶은 노승이고 뭐고 돌아보지도 않고 비행기 뒤편으로 달려 나가 커다란 철제 상자를 우당탕 소리가 나도록 끄집어냈다. 그러면서 그들은 뭐라고 복잡히게 떠들어 댔는데, 어느 나라 말인지 현암은 짐작조차 할 수 없었다. 세 노승은 즉시 고요하게 정좌하더니 운기행공을 시작했다.

'도대체 무슨 일인가? 마하딥과 시켈이 왜 해밀턴을 구하지 않고…….'

그러자 블랙 엔젤이 외쳤다.

이런 바보! 저들은 지금 싸우고 뭐고 할 틈이 없어! 아하스 페르츠가 눈을 뜨면 여기 있는 자들은 몰살이야! 저들은 무슨 수를 쓰든 간에 아하스 페르츠를 없애 버리려고 하는 거야! 하여간 네가 죽으면 내 계획이…… 그러니 어서 나에게…….

나는 무력하니 네 멋대로 해! 그러나 절대 너 따위에게 부탁할 수는 없어!

이 멍청아! 네가 빌지 않으면 난 도울 수 없어! 악마가 인간에게 선의를 베푼다는 건 있을 수 없는…….

네가 입을 닥쳐 주는 게 내겐 최대의 선의지만, 못한다니 계속 떠들던지!

현암이 속으로 악을 쓰는 사이 해밀턴을 두들겨 패던 남자 중 한 명의 몸이 퍽 소리와 함께 붉은 안개로 변해 버렸다. 어떻게 했는지 알 수 없었지만 순식간에 남자의 상반신은 비명조차 지르지 못하고 폭발하듯 박살이 나 버린 것이다. 다른 한 남자는 아슬아슬하게 몸을 뒤로 젖혔는데, 이미 한쪽 팔은 보이지 않고 거기에서 솟구치는 붉은 피만 허공에 어지럽게 흩뿌려졌다.

피 안개 속에서 해밀턴, 아니 아하스 페르츠는 조금도 서두르지 않고 천천히 몸을 일으켰다. 그리고 팔 한쪽을 잃은 남자 따위는 거들떠보지도 않고 조용히 시선을 세 노승과 현암이 있는 쪽으로 돌렸다.

그때 철제 캐비닛이 덜컹하고 열리더니 철컥거리며 육중한 쇳

소리가 났다. 그리고 마하딥의 찢어지는 듯한 고함이 들려왔다. 현암은 뒤를 돌아볼 틈이 없었지만 그 소리에서 무시무시한 절규를 느끼고는 반사적으로 몸을 엎드렸다. 그러자 투탕탕 하고 날카롭고도 둔중한 총성이 좁은 비행기 안을 어지럽게 메아리치면서 가득 채웠다. 중기관총 같았다. 마하딥이 해밀턴에게 저런 무식한 무기를 난사하다니, 현암으로서는 미처 상상도 못 했던 일이었다.

삽시간에 비행기 안은 벌집같이 구멍이 펑펑 뚫렸고, 시트며 짐짝 등은 벌집이 돼 허공에 떠올랐다가 조각조각 박살 나 가루가 됐다. 비행기 동체에 수없이 구멍이 뚫리자 공기가 새어 나가면서 비행기 안의 모든 것들을 휩쓸었다. 그래도 기관총의 난사는 계속됐다.

기압 차이에 의한 폭풍과 무섭게 날아다니는 총알과 파편보다 더 무서운 것은 귀청을 찢어 버리는 것 같은 무시무시한 총성이었다.

현암은 엎드렸지만 폭풍 때문에 몸이 떠올랐다. 조금만 더 몸이 떠오르면 기관총탄에 의해 벌집이 될 판이었다. 그때 무엇인가가 자신의 몸을 지그시 누르는 바람에 현암은 간신히 박살 나는 꼴을 모면할 수 있었다.

적게 잡아도 수백 발의 기관총탄이 발사되고 나자 탄약이 떨어졌는지 철컥하는 빈 쇳소리가 한 번 나고는 돌연 사방이 조용해졌다. 비행기 안은 형용하기 어려울 정도로 아수라장이 돼 있었고, 아직도 공기가 빠져나가느라 폭풍 같은 바람이 휘몰아쳤다. 게다가 동체가 너무 많이 파손돼서인지 고도가 급격히 떨어지는 울렁

거림까지 닥쳐왔다.

현암이 간신히 고개를 드는 순간, 여유 있게 똑바로 서 있는 아하스 페르츠의 모습을 볼 수 있었다. 그렇게 수많은 총탄을 쏘아 댔는데도 그가 서 있는 곳의 반경 약 오십 센티미터 정도에는 한 발의 총탄도 치고 지나간 흔적이 없었다. 대신 그 주변에 구멍이 뚫려 벌집같이 돼서, 그가 서 있는 곳은 검은색의 후광이 쳐져 있는 것처럼 보였다. 정확하게 조준했을 리 만무하니 모든 총알이 그를 피해 갔다고 봐야 옳았다.

"아하스 페르츠……."

현암은 자신도 모르게 중얼거렸다.

그는 분명 해밀턴의 모습을 하고 있었지만, 그것은 아하스 페르츠였다. 그의 얼굴은 시체보다도 더 무표정했는데, 현암은 그렇게 끔찍한 사람의 얼굴을 본 적이 없었다. 차라리 피범벅이 됐거나 반쪽으로 떨어져 나간 얼굴도 이렇듯 완전한 무표정과 비교하면 절세 미녀의 얼굴로 보일 것 같았다.

그는 이쪽으로 다가오려 하는 것 같았는데, 그때 넘어져 있는 남자가 한 개밖에 남지 않은 팔로 아하스 페르츠의 다리를 필사적으로 움켜쥐었다. 아하스 페르츠는 놀라지도 않고, 서두르는 기미도 없이 아주 천천히 고개를 숙여 아래를 내려다보았다. 그리고 아주 또박또박하고 밝은, 그렇기 때문에 더더욱 무시무시한, 정확한 발음의 영어로 말했다.

"벌레……."

아하스 페르츠는 슬로 모션처럼 아주 천천히 발을 들어 올려 자기 다리를 움켜쥔 남자의 몸을 조금씩 밟아 나갔다. 놀랍게도 전혀 힘을 주지 않고 있는 것 같은데도 아하스 페르츠의 발이 닿자 남자의 몸은 그대로 찌부러지면서 종잇장처럼 납작하게 으깨어졌다.

그러는 아하스 페르츠의 얼굴에는 권태와 지루함, 그리고 짜증 같은 표정이 역력하게 떠올라 있었다. 남자는 죽을힘을 다해 버텼지만 결국은 처절한 비명을 질렀다.

아하스 페르츠는 조금도 서두르지 않고 아주 천천히 남자의 몸을 말단에서부터 서서히 짓밟아 없앴다. 아주 싫증 나고 지루하다는 듯한 표정으로.

현암은 놀라서 어떻게든 움직여 보려 했으나 몸이 누군가에게 눌려 꼼짝할 수 없었다. 고개조차 돌릴 수 없었다.

그때 시켈이 커다랗게 고함을 지르면서 두 발의 수류탄을 던졌다. 비행기 안에서 수류탄을 던진다는 것은 곧 자폭을 의미하는 것이었다.

그리고도 모자라 시켈은 수류탄을 던지자마자 다시 다른 수류탄을 연달아 집어 들고 무서운 속도로 안전핀을 뺀 다음 계속 던져 댔다.

그렇게 십여 개의 수류탄은 줄을 이어 아하스 페르츠에게 날아갔다. 그리고 마하딥은 품 안에 감추고 있었던 것 같은 둥글게 휜 단도를 계속해서 아하스 페르츠에게 날렸다.

'이젠 죽나 보다.'

현암은 오 초 후에는 수류탄이 연달아 터지고 모두가 죽겠다고 생각했다. 그러나 수류탄은 폭발하지 않았다. 처음 던진 두 개도 그러했고 연달아 던진 수류탄도 모두 터지지 않았다.

하물며 정확히 아하스 페르츠를 겨냥하고 던진 수류탄임에도 불구하고 아하스 페르츠의 몸에 맞지도 않았다. 변화구 투수가 던진 마구처럼 수류탄들의 궤도가 뚝뚝 꺾이면서 열몇 개의 수류탄들은 하나도 폭발하지 않고 모두 아하스 페르츠 앞에 떨어져 굴렀다.

마하딥이 던진 단도들도 마찬가지였다. 단도들은 모두 획획 방향을 바꿔 비행기 동체에 난 중기관총 구멍으로 빠져나가 버렸다. 그 와중에도 아하스 페르츠는 눈 한 번 돌리지 않았다. 그저 짜증 난다는 표정으로 이미 숨을 거둔 남자의 몸을 꼼꼼히 밟아 부수는 데만 열중하고 있을 뿐이었다. 남자의 머리도, 하나 남았던 팔도 모두 부서져 핏물이 돼 버리고 몸만 남았는데도 아하스 페르츠는 계속 꼼꼼하게 남자의 몸을 밟아 납작하게 박살을 내어 갔다.

현암이 지금껏 본 것 중 가장 욕지기가 나고 무서운 광경이었다. 현암조차 몸이 굳어 움직일 수 없을 정도였다. 그때 마하딥은 잠시 멈칫했다가 다시 단도를 한 개 던졌다. 이번에 마하딥이 던진 단도는 아하스 페르츠를 겨냥한 것이 아니었다. 아하스 페르츠의 뒤쪽에는 비상구가 있었는데 그 비상구에는 무슨 장치가 돼 있었던 듯, 단도가 어느 부분을 치자 승강구가 저절로 활짝 열렸다.

그 순간 시켈이 절규에 가까운 비명을 지르면서 아하스 페르츠에게 달려들었다. 아하스 페르츠를 안고 밖으로 뛰어내리려는 것임이 분명했다.

"멈춰!"

현암은 급히 소리쳤으나 시켈은 현암을 훌쩍 지나쳐 아하스 페르츠에게로 달려들었다. 그러나 그때까지도 아하스 페르츠는 미동도 하지 않고 이제 하반신밖에 남지 않은 남자의 시체를 꼼꼼히 밟아 부수는 데만 열중하고 있었다.

죽음을 각오한 시켈의 손이 아하스 페르츠의 몸에 막 닿으려는 순간 시켈은 굴러다니던 수류탄을 밟아 미끄러졌는지, 아하스 페르츠의 보이지 않는 힘에 의해 반탄됐는지 아하스 페르츠의 몸은 건드려 보지도 못한 채 자기 혼자만 승강구 밖으로 빨려 나갔다.

"으아아악……!"

시켈은 간신히 승강구를 한 손으로 잡고 매달렸다. 그러나 아무리 시켈이 강한 능력자라고 해도 비행기 밖의 모진 바람을 한 손으로 잡고 오래 버틸 수는 없었다.

그때 아하스 페르츠가 무심히 중얼거렸다. 작은 소리였지만 그 소리를 현암은 들었다.

"치우고 가."

그러자 시켈이 던졌던 수류탄들이 갑자기 튀어 오르더니 살아 있는 것처럼 시켈의 몸으로 가서 달라붙었다. 시켈은 현암과 멀리 떨어진 곳에 있었지만 그의 눈동자가 크게 부풀어 오르는 것이 보였다. 현암은 자신도 모르게 어떻게든 그를 구해 보려고 월향검을 날리려 했다. 하지만 월향검이 현암의 손목에서 채 빠져나가기도 전에 시켈에게 달라붙은 수류탄들이 일제히 폭발했다.

그런 폭발이 있었으니 비행기가 날아가 버려야 하는데도 비행기의 동체는 조금도 망가지지 않았다. 다만 시켈의 몸만 폭발에 휘말려 박살이 난 채 허공으로 흩어져 버렸을 뿐이었다. 승강구에는 힘껏 틀어쥔 시켈의 손목이 아직도 붙어 있었다. 현암조차 그 처참한 모습에 멍해져 버렸다.

'이건 주술도 아니다……. 마술이다……. 아니, 내가 꿈을 꾸는 것은 아닐까?'

물론 불행히도 꿈은 아니었다. 그때쯤 아하스 페르츠는 남자의 시체를 거의 다 밟아 짓이긴 상태였는데, 그는 슬쩍 몸을 돌리더니 역시 느릿느릿한 동작으로 시켈의 손목을 떼어 내 바닥에 놓고 똑같이 짓밟기 시작했다.

"으아아아!"

마하딥이 커다랗게 비명을 지르면서 앞으로 달려 나갔다. 그러나 현암은 처참한 광경이 벌어지는 것을 더 이상 볼 수 없었다. 현암은 자신을 뛰어넘어 달려 나가는 마하딥의 발을 간신히 걸어 마하딥을 넘어뜨렸다.

"안 됩니다!"

현암이 마하딥의 귀에 대고 크게 외쳤지만 마하딥은 여전히 버둥거리면서 알아듣지 못할, 짐승의 울음 같은 소리만 계속 질러 댔다. 그러다가 컥컥거리며 몸을 늘어뜨렸다. 격정을 이기지 못해 기절해 버린 것이다.

그때 세 명의 노승이 거의 동시에 천천히 눈을 뜨면서 몸을 일으켰다. 그러면서 눈썹 긴 노승이 지나가는 듯한 말투로 현암을 향해 속삭였다. 세 명의 노승은 어느 정도 공력을 회복했는지, 일제히 운기를 하면서 독특한 자세를 취했다.

아하스 페르츠는 여전히 아무런 신경도 쓰지 않고, 시켈의 손을 밟아 뭉개는 데만 열중하고 있었다. 현암은 이제 머릿속이 텅 빈 것 같이 덤덤한 상태가 됐다. 기이하게도 웃고 싶은 기분이었다.

'그래. 어차피 죽으면 죽는 거고, 살면 사는 거다. 뭐가 그리 크게 다르겠어? 그나저나 누가 나를 누르는 거지?'

현암이 간신히 고개를 돌려 보니 자신의 몸을 누르고 있는 것은 백호였다. 아니, 블랙 엔젤이었다. 현암은 백호가 벌집이 돼 날아간 것이 아닐까 걱정했는데 그의 멀쩡한 모습―비록 정신은 빼앗긴 상태였지만―을 보자 다소 마음이 놓였.

아까 블랙 엔젤이 잠시 도망쳤지만, 백호는 해밀턴 옆에 있었기 때문에 그의 후광으로 총알을 맞지 않은 모양이었다. 그런데 어느 틈에 백호가 옆으로 왔을까?

더 이상은…… 더 이상은 안 돼! 좋아! 셈은 나중에 하기로 하고…… 몸의 기운을 빼! 내가 피신을 시켜 주지. 나는 인간의 몸을 원거리로 이동시킬 수 있어. 너와 백호 둘 다 옮겨 줄게. 말만 한다면!

블랙 엔젤이 다시 속살거렸으나 현암은 천천히 눈을 뜨며 블랙 엔젤에게 말했다.

아까 왜 나를 도와주었지?

뭐?

무엇인가를 받지 않으면 도와주지 않는다면서? 나는 분명 부탁한 적이 없는데?

아…… 그건…… 그래. 그러니까 너는 속으로 그런 생각을 했어. 아주 희미한 생각이기는 했지만…… 음…… 그래. 나는 너에게 받은 것이 있어!

받은 게 있다고? 아까 나에게서 뭘 가져갔지?

아…… 걱정 마! 별것 아닌…….

뭘 가져갔냐니까?

현암이 다그치자 블랙 엔젤은 백호의 안주머니에서 은빛 나는 물건을 하나 꺼내 보였다.

이거야. 너에겐 쓸모없는, 하잘것없는 물건 아냐?

그것은 오래전, 승희가 생일 선물로 현암에게 줬던 라이터였다. 그 라이터의 중앙은 움푹 들어가 있었다. 지난번 칼키파의 고수들과 싸울 때, 현암의 가슴에 맞은 추를 막아 준 것이 이 라이터였던 것이다. 그것을 보자 현암이 손을 뻗어 빼앗으며 말했다.

이건 못 줘.

아니? 계약으로 얻은 물건을 빼앗아 가면……! 너는…… 너는 몸의 일부로 변상해야 해!

난 계약한 적 없어.

이미 내가 널 구했으니 안 돼!

블랙 엔젤의 말에 현암은 잠시 라이터를 들여다보다가 말했다.

그러면 내 몸의 일부를 가져가라.

너, 미쳤구나! 내가 네 그 잘난 오른팔을 빼 가면? 눈을 빼 가면? 심장을 빼 가면?

마음대로 해. 하지만 이건 줄 수 없다.

현암은 승희의 선물인 라이터를 손에 꽉 쥐었다. 솔직한 심정이었다.

블랙 엔젤이 무시무시한 목소리로 말했다.

정말로 너무도 나를 무시하는군!

현암은 대꾸하지 않았다. 그리고 승희가 준 라이터와 월향검을 한 번씩 만져 보고는 두 가지 물건을 양손에 꼭 쥐었다. 그때 백호가 아닌 누군가가 현암에게 말을 걸었다. 아까 영어를 조금 하던, 눈썹 긴 노승이었다. 그의 공력이 가장 심후한 듯, 그는 운기를 하면서도 전음술로 현암에게 속삭여 댔다.

시간이 없네. 이리 오게.

"뭘 하자는 건가요?"

현암이 묻자 노승은 잘 생각나지 않는 단어를 고르려는 듯 인상까지 찌푸리며 더듬더듬 대답했다.

이제 우리는 모두 끝이네. 우리는 공력이 반도 안 남았고, 자네는 탈진한 것 같네. 아까는 서로 싸웠지만, 지금은 그럴 때가 아니네. 힘을 합치세. 우리가 힘을 합치지 않으면 아하스 페르츠를 없앨 수 없네…….

현암은 고통스러운 듯 고개를 저었다.

"안 될 겁니다."

아직도 저 괴물을 살려 두자는 박애주의인가? 자네 눈으로 직접 보지 않았는가?

"지금 상태로는 아무리 해 봐도 소용없을 겁니다."

세 노승은 이제 자세를 다 갖춘 듯했지만 섣불리 아하스 페르츠에게 달려들지는 못하고 있었다. 아하스 페르츠도 아직 시켈의 손을 다 밟지 않았는지 거기에만 몰두하고 있었다. 죽은 시켈의 손이 대화의 시간을 벌어 주는 셈이었다.

자넨 겁쟁이인가? 그런 것 같지는 않은데…… 자네, 무슨 생각하는 겐가?

"살아날 방법을 생각하고 있습니다."

포기하게. 이제 우리는 모두 끝이네. 이 비행기에는 조종사도 없다네.

"예?"

조종사가 없다고 했네. 조종사는 이미 저세상에 가 있네. 비행기를 장악하기 위해서는 할 수 없었지.

"그러면 누가 조종을 한 겁니까?"

우가 했네. 지금은 그가 죽었으니, 아무도 비행기를 착륙시킬 사람이 없네. 자네는 할 줄 아나?

암담한 생각에 머리가 텅 비는 것 같았다. 현암은 공허하게 대답했다.

"모릅니다."

그런데도 살아날 궁리를 하는 건가?

"하지만 지금 우리가 힘을 합한다 해도 저자를 못 없앨 겁니다."

노승은 점점 능숙하게 영어를 구사했다. 아마도 아주 옛날에 배운 것을 되돌리고 있어서 그런 것이리라.

꼭 죽이자는 것만은 아니네. 보게. 지금 비행기는 부서져야 정상이지만 부서지지 않고 있네. 아하스 페르츠의 힘 때문이지. 여기는 대서양 상공이네. 정규 항로도 아니고 말일세. 그러니 우리가 죽더라도 이 비행기를 추락시킨다면, 그는 바다에 빠지게 될 거고, 헤엄을 아주 잘 치더라도 상당히 오랜 기간 힘을 쓰지 못할 걸세. 그것만으로도 시도해 볼 가치가 있지 않은가?

"글쎄요. 지나가는 배가 금방 나타나 구해 줄지도 모릅니다."

그렇다면 순순히 저기 있는 시체 꼴이 되자는 말인가?

"솔직히 저는 반 푼의 공력도 쓸 수 없습니다."

현암은 말하면서 자신도 모르게 한숨을 푹 내쉬고는 천천히 눈을 감았다. 정말 아무리 생각해도 대책이 없었기 때문이었다. 이번에야말로 정말 죽는구나 하는 실감만 날 뿐이었다.

불안한 출발

현암이 비행기 안에서 곤경에 처하고, 박 신부 일행은 그런 사실도 모른 채 인도로 향하고 있을 즈음, 아라와 준호는 뜻하지 않은 기이한 일을 겪고 있었다.

박 신부는 인도로 향하면서 아이들을 두고 갈 것을 결심했다. 『해동감결』의 예언대로라면 아라와 준호, 수아 등의 아이들도 무언가 도움이 되겠지만, 그렇다고 머나먼 타국까지 아이들을 데리고 가서 위험에 맞닥뜨리게 하고 싶지는 않았다. 그리고 이번에는 현암과 준후가 빠졌더라도 박 신부, 승희, 성난큰곰, 윌리엄스 신부, 이반 교수, 로파무드에 바이올렛까지 동행하는 것이니 이쪽의 인원은 충분하고도 남았다.

황달지 교수도 내용의 해독을 위해 동행을 자청했다―사실 황달지 교수는 아직도 누군가가 자신을 노릴지도 모른다는 불안감 때문에 동행을 자청한 것이었지만―. 더군다나 이번 일은 『해동감결』에 언급된 예언을 따른다기보다는 고반다라는 정체불명의 악인을 상대하는 것이니 굳이 아이들까지 같이 갈 필요가 있겠느냐는 것이 박 신부의 생각이었다.

박 신부는 가급적 연희도 떼어 놓고 가고 싶었지만 이번만큼은 연희도 물러서지 않았다. 인도로 가는 길에 통역할 사람이 없어서야 되겠느냐는 것이 연희의 주장이었다. 박 신부는 로파무드가 충분히 그 일을 할 수 있을 것이라 했고, 연희가 가면 누가 수아를 돌보아 주느냐고도 했지만 연희는 고집을 꺾지 않았다. 그래서 아라와 준호는 졸지에 수아를 돌보면서 한국에 남아 있게 됐다.

허나 박 신부는 다른 집단들이 굳이 아이들을 노릴 것이라고는 생각하지 않았다. 문제가 돼 왔던 점토판 건도 모두 일단락 지어졌으니 말이다.

준호는 조금 마음이 들떴다가 같이 가지 못한다는 말을 듣고 이내 침울해졌지만 아라의 속셈은 달랐다. 이렇게 기다리고 있으면 행여 준후가 돌아오지 않을까 싶어서 기쁘기까지 했다. 아라와 준호는 번갈아 수아를 돌보면서 임시 거처로 삼은 호텔 방을 비우지 않고 지키고 있었다.

그런데 박 신부 일행이 밤 비행기로 떠난 바로 다음 날, 예기치 않게 그들을 찾아온 사람들이 있었다.

호텔 방문을 두드리는 소리에 때마침 함께 있던 아라와 준호는 달려 나가 문을 열었다. 준후가 온 것이 아닌가 생각했기 때문이다. 그런데 문밖에는 난데없는 한 무리의 스님들이 서 있었다.

"누구……시죠?"

아라는 의아하다는 듯이 물었으나 준호는 예리한 눈빛으로 그들을 살펴보았다. 문밖에는 모두 다섯 승려가 서 있었는데, 한 명은 체구가 아담하고 젊었지만 다른 네 사람은 상당히 큰 체구의 중년 승려들이었다. 그리고 가만 보니 그들의 뒤편에는 자그마한 비구니 한 명도 서 있었다.

"무슨 일이세요, 스님들……?"

그때 젊고 잘생긴 승려가 웃는 얼굴로 합장을 해 보이더니 아라에게 물었다.

"혹시…… 여기에 현암 시주라고 계시지 않나요?"

"예?"

아라와 준호는 단박에 경계심을 보였다. 그러자 그 승려는 다시 웃어 보이며 말했다.

"잘 아는 사람입니다. 제 법명은 승현이라고 합니다만…… 아마 제 법명을 전해 주시면 기억하실 겁니다."

그 승려는 과거 초치검 사건 때 만난 적이 있는 승현 사미였다.

이제는 그 작던 사미승도 나이를 먹어 젊은 비구승이 된 것이다. 그리고 말할 것도 없이 뒤에 서 있는, 체구가 장대한 네 명의 승려들은 증장, 광목, 지국, 다문의 사천왕이었다. 그리고 마지막으로 저만치에 조금 거리를 두고 서 있는 비구니는 무련이라는 법명을 받은 과거의 검사 현정이었다.

그러나 아라와 준호는 그들을 알 리 없었다.

"전 모르겠는데요. 그리고 그런 사람 없어요."

일단 무엇인가 수상쩍다고 생각한 준호는 딱 잡아뗐다. 그러자 승현은 다시 미소를 띠며 고개를 갸웃거렸다.

"이상하군요. 여기 계실 줄 알았는데. 그러면 박 신부님은 계십니까?"

"그런 사람 없다니까요!"

아라가 뒤쪽에서 대뜸 앙칼지게 쏘아붙이는데도 승현은 여전히 싱글싱글 웃으며 말을 이었다.

"여기 시주는 준후 시주의 예전 모습하고 너무 비슷하군요. 나도 하마터면 준후 시주라고 말할 뻔했어요. 그러나 아니겠죠? 허허, 나도 컸는데 준후 시주라고 안 컸을 리 없고."

'준후 오빠를 아세요?'

아라는 그 말이 바로 목까지 차올라 "준……"이라고 말하는 순간, 준호가 발을 꽉 밟아 다행히 더 이상 말하지 않았다. 그러나 승현은 다 알아들었는지 웃으며 말했다.

"준후 시주도 물론 다 압니다. 이번에 온 것도 사실 준후 시주 때문이에요."

"그런 사람 몰라요. 그리고 그런 사람 없다는데도요!"

준호는 아무래도 의심스러워서 짐짓 귀찮다는 듯이 대꾸하며 문을 닫아 버리려 했으나 승현이 재빨리 문을 잡았다.

"다 알고 온 겁니다. 분명 여기에 있다는 메모를 보았는데요?"

"메모라뇨?"

"왜 있잖습니까? 아지트로 쓰던 배에 남긴 메모 말입니다."

과거 현암은 도혜 선사가 입적할 때 승현과 사천왕을 통해 연락받은 바 있었다. 그래서 그들은 현암 일행의 아지트를 알고 있었던 것이다. 그러다가 그들은 어떤 연유 때문에 그 아지트를 방문했다. 그런데 아지트에는 박 신부가 행여 준후가 돌아올까 봐 남겨 놓은 메모가 있었다. 그들은 그것을 보고 이 호텔을 찾아왔던 것이다.

승현이 찬찬히 그간의 과정을 설명하자 아라는 고개를 살짝 끄덕였지만 준호는 여전히 미심쩍은 표정을 지우지 않았다. 그런데 그때까지 조용히 있던 광목이 나서서 승현에게 말했다.

"여긴 이 아이들밖에 없는 듯하군. 저 안쪽에 꼬마가 하나 있고."

광목은 '광목(廣目)'이라는 법명 그대로 오감이 상당히 발달한 사람이라 문밖에서도 문 안쪽에 어떤 사람이 몇 명 있는지 정확하게 파악할 수 있는 능력자였다. 그 말에 승현이 이상하다는 표정을 지으며 물었다.

"아니, 그렇다면…… 거사님이 잘못 아신 거란 말입니까?"

"그럴 리야 있겠는가?"

"허나…… 난 거사님이 말씀하신 것이 현암 시주일 거라 생각했는데요. 현암 시주가 없다면…… 대체……."

승현이 조금 당황한 듯 말끝을 흐리자 무련 비구니가 나섰다.

"그렇다면 이 아이들이 바로 인연이 있는가 보죠."

"예?"

승현이 의외라는 듯 짧게 내뱉었지만, 그보다 더 의외인 것은 아라와 준호였다. 이 화상들이 도대체 무슨 소리를 하는 것일까?

그러나 무련이 나서서 하는 말을 더더욱 뜻밖이었다.

"거사님이 틀리실 리가 없습니다. 나는 이 아이들이 분명하다고 믿습니다."

"이 아이 중 누군가가……?"

"그렇습니다."

"그렇다면 이 아이 중 누구를 데리고 가야 한단 말입니까?"

"확인할 길이 없으니 다 데리고 가야죠."

승현과 무련이 서로 합장을 해 보이며 아무렇지도 않게 자신들을 데려간다고 하자 준호와 아라는 얼이 빠졌다.

"가만…… 누가 같이 간댔어요? 난 갈 수 없단 말이에요!"

그때 방 저쪽에서 혼자 부스럭거리던 수아가 쪼르르 달려 나왔다.

"뭐야?"

그러자 승현이 쩝 하고 입맛을 다셨다.

"꼬마까지 있는걸요?"

"일단 방법이 없습니다. 그리고 시간도 없으니……."

그러더니 갑자기 무련은 눈에 보이지 않을 정도의 빠른 동작으로 수아를 낚아채려 했다. 순간 준호는 깜짝 놀라 본능적으로 택견의 수법을 써서 무련의 손을 막으려 했다.

허나 무련의 손은 미끄러지듯 유연하게 준호의 방어를 피해 수아 쪽으로 뻗어 나갔다. 다급한 나머지 준호는 있는 힘을 다해 반격했지만 무련의 손은 척척척, 세 번의 공격을 가볍게 받아넘기고는 수아를 덥석 안아 올렸다. 그녀는 그러면서도 전혀 표정의 변화 없이 담담하게 말했다.

"제법이구나, 그 나이에."

기이하게도 무련이 안아 올리는데도 수아는 눈만 동그랗게 뜨고 있을 뿐, 저항하거나 발버둥 치지 않았다. 게다가 분명 수아를 지키고 있을 정령들도 아무런 반응을 보이지 않았다. 악인들은 아닌 듯했다.

그러나 이대로 수아를 빼앗길 수는 없는 참이라 준호는 다시 용을 쓰면서 무련에게 달려들었다. 하지만 그녀는 귀신같은 몸놀림으로 스르르 뒤로 빠져나가고, 대신 거대한 체구의 증장이 준호 앞을 막아섰다.

"꼬마야, 같이 가자꾸나. 절대로 너희를 해롭게 하려는 게 아니란다."

그 사이에 준호는 자기보다 압도적으로 덩치가 큰 증장의 정강이를 발로 냅다 걷어찼다. 틀림없이 정통으로 맞혔을 텐데도 마치 바윗덩어리나 담벼락을 찬 듯 오히려 준호의 발이 찌릿하니 아플 뿐, 증장은 미동도 하지 않았다.

급기야 준호는 독한 마음을 품고 아직은 약한 오행술의 수법을 손에 모았다. 그러자 이내 자그마한 불덩어리가 이글거리며 준호의 손에 맺혀 갔다.

그것을 본 여섯 승려는 모두 놀란 표정을 지으며 서로의 얼굴을 돌아보았다. 그 모습을 보며 의기양양해진 준호가 외쳤다.

"당장! 그 애를 안 내려놓으면 전부 불고기가 될 줄 알아!"

솔직히 준호의 오행술 실력으로는 사람을 크게 해칠 정도의 불을 뿜어낼 수 없었지만, 준호는 허풍을 놓았다. 그러나 여섯 승려가 놀란 것은 준호의 실력 때문이 아니라, 준후말고도 저 나이에 그런 술수를 쓸 수 있는 아이가 더 있다는 것 때문이었다.

여전히 의문을 품고서 이번에는 다문이 나섰다.

"너, 어린 나이에 대단하구나. 그러나 그런 술수는 함부로 쓰는 것이 아니란다. 좀 더 공부가 깊어지면 몰라도……."

준호는 이미 이판사판이라 생각하고 오행술의 불길을 다문을 향해 날렸다. 그러나 다문이 손바닥을 털어 내자 그 불길은 그의 손바닥에 잡혀 맥없이 꺼져 버렸다.

"약한 술수를 함부로 쓰면 오히려 네 명(命)만 재촉할 뿐이란다. 보통 사람이라면 모르지만, 강한 상대를 만났을 때 섣불리 수를 쓰는 것은 되레 그들을 경계하게 만들거든. 알겠느냐, 꼬마야?"

타이르는 듯 자상하게 말하면서도 다문은 덩치와 어울리지 않는 무섭게 빠른 동작으로 어느새 준호를 덥석 들어서 어깨에 둘러멨다.

그러는 사이 아라는 조요경을 움켜쥐고 안간힘을 쓰고 있었지만 도무지 이놈의 호텔이라는 곳은 동물은커녕 벌레 한 마리도 구경하기 힘든 곳이라 힘을 발휘할 수가 없었다.

그 틈에 어느새 무련이 귀신같이 다가와 아라의 어깨 부근을 한 대 살짝 쳤다. 순간, 기이하게도 아라의 몸이 돌처럼 굳어 버리고 말조차 나오지 않는 상태가 돼 버렸다. 무협 소설에서처럼, 혈도를 집힌 것이다.

준호는 안간힘을 쓰면서 다문의 운동장만큼 넓은 등판을 마구 두들겨 댔지만 아주 약간의 타격조차도 줄 수 없었고, 손만 얼얼해질 뿐이었다.

그러자 돌연 다문의 안색이 싹 변하더니 준호를 내려 세우고는 탁탁 어깨를 두들겨 혈도를 짚었다.

준호 역시 석상처럼 굳어지자 다문은 승현을 손짓해 부르더니 준호의 손바닥을 펴 보았다.

"이게 뭔지 아는가, 사제?"

준호의 손바닥을 본 승현의 눈이 커졌다. 그는 이내 눈을 비비고는 유심히 준호의 손바닥을 살폈다. 그러고는 믿어지지 않는다는 듯이 말했다.

"이건…… 서양에서 전해지는……."

승현이 말을 더 잇기 전에 이번에는 광목이, 아라가 몸이 굳어지면서 떨어뜨린 조요경을 집어 들고 살피더니 고개를 설레설레 저었다.

"이것 또한 보통 물건은 아니군. 이 아이들, 아무래도 보통이 아닌 것 같네……."

그때 수아는 아무래도 뭔가 이상하다는 기분이 들었다. 수아는 또래 아이들에 비해 그리 영악한 편이 아니라, 나이 든 스님들이 무슨 짓을 하리라고는 생각지 않았다. 특히 이 비구니는 생긴 것도 예쁘장하고 왠지 마음에 들어서 저항하지 않았지만, 아라와 준호가 꽁꽁 굳어지자 수아는 불안감을 떨쳐 버릴 수가 없었다.

"오빠랑 언니가 왜 그래요? 스님들, 왜 그러세요?"

수아가 묻자 무련이 빙긋 미소를 지으며 대답했다.

"염려 마라. 어디 갈 곳이 있어서 그런 거란다. 가면서 차차 설명해 줄 테니 염려 말거라."

"어딜 가는데요?"

"높은 산에 가는 거야. 가서 아주아주 훌륭하고 멋진 할아버님 한 분을 뵈러 가는 거란다."

"할아버지요?"

"그래. 그러니 아가야, 염려하지 말려무나. 우린 절대 나쁜 사람들이 아니야……."

이런 상황이라면 어린 수아로서도 미심쩍은 부분이 한둘이 아닐 테지만, 수아는 무련의 미소를 보자 이상하게도 믿고 싶은 생각이 들었다. 만약 여기서 수아가 의심하는 마음을 품었더라면,

이 여섯 사람은 아마 크게 소동을 피워야 했을지도 몰랐다. 그러나 수아는 그냥 고개를 끄덕였다.

서둘러 덩치가 가장 큰 지국이 옷자락에 준호를 숨기고 다문이 아라를 숨겼다. 그들은 워낙 덩치가 커서 아이들을 한 명씩 감추었는데도 전혀 표시가 나지 않았다. 그리고 그들은 조용히 호텔 문을 나서서 주차장에 세워 둔 커다란 차를 타고 어디론가 달려갔다.

한편, 인도로 향하는 비행기 안에서 잠들어 있던 박 신부는 퍼뜩 눈을 떴다. 박 신부의 옆자리에 앉아 로파무드와 이야기를 나누고 있던 승희는 박 신부를 의아한 눈빛으로 바라보았다.

박 신부는 식은땀을 흘리고 있었고, 온몸에는 소름이 돋아 있었다.

"왜 그러세요, 신부님?"

승희의 질문에 박 신부는 대꾸하지 않았다. 그러다가 주위를 한 번 둘러보고는 한숨을 한 번 내쉬었다.

"꿈을 꾸었다."

"무슨 꿈인데요?"

"그냥…… 별것 아니니 신경 쓸 건 없다."

그러더니 또다시 박 신부는 비행기 안을 둘러보았다.

"왜 그러세요?"

"아니, 아니다. 모두 잘 있는가 싶어서 말이야."

비행기 안에는 일행이 타고 있었다. 박 신부와 승희, 로파무드가 있었고 건너편 자리에는 연희가 있었다. 그리고 뒷좌석에는 이반 교수와 바이올렛, 윌리엄스 신부가 있었고, 그 건너편에는 성난큰곰이 혼자 눈을 감고 앉아 있었다.

모두가 자리에 있다는 것을 확인한 박 신부는 승희에게 나지막하게 말했다.

"비행기 안을 좀 살펴 주겠니? 특별한 사람이 있지는 않은지."

지난번 수많은 능력자와 대면하고 아녜스 수녀의 경고를 받은 바 있어 이제 모든 일에 조심하고 있었다.

승희는 비행기를 타면서부터 한 차례 비행기 안을 둘러보았지만 다시 한번 박 신부의 말대로 주변을 살폈다. 능력자나 주술사처럼 보이는 사람은 없었다. 그리고 어딘지 모르게 수상쩍은 낌새를 풍기는 사람도 없었다.

"괜찮은데요?

승희가 고개를 젓자 박 신부는 무겁게 고개를 끄덕여 보였으나 안색은 여전히 어두웠다.

"무슨 꿈이기에……."

승희의 질문에 박 신부는 약간 억지로 웃으며 대답했다.

"아니다. 아무것도 아니야."

말은 그렇게 했지만 박 신부는 내심 불안해하고 있었다. 박 신부가 꿈에서 본 것은 현암과 준후와 누군지 알아볼 수 없는 몇몇 사람들이었다. 꿈의 내용이 뒤죽박죽이라 눈을 뜬 후에는 제대로 그 내용을 기억해 낼 수 없었지만, 그 둘에게 무슨 일이 생기고 있는 것 같아 불안했다.

그러나 박 신부는 현암에게 문제가 생겼을지도 모른다고 말하면 괜스레 승희가 걱정할까 봐 염려스러웠다. 그래서 일부러 그녀의 관심을 돌리게 하려고 탄 비행기 안을 살피도록 한 것이었다.

박 신부는 불안한 낯빛을 보일까 봐 다시 눈을 감고 잠든 시늉을 했다. 그러면서도 속으로 계속 되뇌었다.

'이상해……. 아무래도 불안하다. 현암 군이나 준후…… 아니면 우리가 아는 누군가가 어려운 지경에 빠진 것 같은데…….'

박 신부가 애를 태운다고 비행기가 더 빨리 도착할 것도, 달리 무슨 수를 쓸 수 있는 것도 아니었다. 박 신부는 이미 눈을 뜨자마자 행여 현암과 연락이 될까 싶어 승희 몰래 주머니 속에서 세크메트의 눈을 움켜쥐고 있었다.

그러나 저쪽에서는 아무런 반응도 없었다. 별일은 없을 것이라고 애써 마음을 다잡아 보았지만 불안감은 가시지 않았다. 단순한 위험이 닥쳤다는 것 이상의, 뭔가 알 수 없는 불쾌감을 동반한 불안감이었다.

'뭔가 불안하다. 이 불안감은 도대체 뭘까? 도대체 뭘까…….'

박 신부는 아무리 애를 써도 굳은 인상을 펼 수 없었다.

죽음의 선택

한편, 아하스 페르츠는 시켈의 손을 완전히 짓이겨 버린 뒤 싸울 자세를 취하고 있는 세 노승 쪽으로 몸을 돌렸다. 그의 얼굴은 여전히 무표정한 가운데 권태와 짜증으로 가득 차 있었다.

그가 천천히 입을 열었다.

"너희 장난 덕분에 정신이 들었군. 감사해야겠지. 밥맛없는 위선자 놈 때문에 며칠이나 꼼짝도 못 하고 있었는데 말이야. 그러니 너희에게 기회를 주겠다."

세 노승은 싸울 자세를 취하고 있었으나 솔직히 지금 아하스 페르츠의 무시무시한 힘을 이길 수 있다고는 생각하지 않는 듯했다. 그런데 그의 입에서 기회를 준다는 말이 나오자 아무래도 귀가 솔깃해지는 것 같았다.

"뭐라고?"

눈썹 긴 노승이 묻자 아하스 페르츠는 천천히 대꾸했다.

"너희도 주술사지? 난 주술사가 싫다. 아주 싫어. 자꾸 나를 건드리고 집적거린단 말이야. 다 없애 버리고 싶지만…… 그러나 나는 공정한 사람이지. 너희가 나에게 기회를 한 번 주었으니, 나도 너희에게 기회를 주겠단 거다."

"어떻게 말이냐?"

"세 가지 방법이 있다. 너희가 그 잘난 주술로 한 번 겨루어 보아서, 한 명이 살아남으면 그놈은 못 본 걸로 해 두지."

결국 서로 죽고 죽인 다음 한 명만 살려 주겠다는 뜻이었다. 노승은 기가 막혀 대답조차 하지 않았다.

"그리고 두 번째 방법은…… 뛰어내리는 거다. 헤엄을 잘 치는지는 모르겠지만, 나를 물에 빠뜨리려고 했으니 너희야말로 헤엄을 쳐야겠다. 당장."

더더욱 기가 막히는 소리였다. 아하스 페르츠는 총알도 다 피해 가는 터이니 바다에 빠져도 죽지 않겠지만, 현암이나 노승들은 그렇지 않았다. 바다에 빠져 죽는 것이 아니라 떨어지면 물에 빠지는 충격만으로도 박살 날 터였다.

"세 번째 방법은 뭐지?"

현암이 눈을 부릅뜨고 묻자 아하스 페르츠는 무표정한 얼굴로 현암을 바라보며 대꾸했다.

"간단하지. 무조건 날 따르는 것."

"네 부하가 되라는 소리냐?"

"부하? 스스로를 과대평가하는군."

"그러면?"

"노예."

세 노승은 인상을 찌푸렸지만 현암이 계속 물었다.

"만약 그렇다면, 무슨 일을 시킬 거지?"

아하스 페르츠가 짧게 말했다.

"간단하다. 서로 죽을 때까지 싸워라."

결국 아하스 페르츠의 말은 누구도 살려 주지 않겠다는 뜻이었다. 세 노승은 잠시 서로를 바라보다가 다음 순간, 무섭도록 빠른 동작으로 힘을 합쳤다.

노승들이 움직임을 보이는데도 아하스 페르츠는 완전히 무관심했다. 돌연 세 노승은 힘을 합쳐 보이지 않는 맹렬한 힘을 아하스 페르츠에게 내뿜었다. 아까의 빛보다는 위세가 덜했지만 여전히 굉장한 기세였다.

그래도 아하스 페르츠는 관심조차 보이지 않았다. 그리고 다음 순간, 세 노승이 뿜어낸 무시무시한 기운은 아하스 페르츠를 빗겨 나가 비행기의 한쪽 벽을 뚫고 사라졌다. 공격에 실패하자 세 노승은 긴장된 표정을 지었으나 아하스 페르츠는 무관심한 표정으로 서서히 입을 열었다.

"재미있군. 더."

"너는 왜……."

노승들 중 한 명이 기가 막힌 듯 입을 열려고 하자 아하스 페르츠는 심드렁한 표정으로 고개를 돌렸다. 노승들이 공격했다고 화를 내지도 않았다. 철저하게 무시하고 있는 것이 분명했다.

그때 세 노승 중 영어를 약간 할 줄 아는 눈썹 긴 노승이 한숨을 쉬면서 현암에게 말했다.

"할 수 없군. 젊은이, 우리를 죽이게."

"옛?"

현암이 놀라자 노승은 천천히 대답했다.

"우리 셋은 항상 같이 있었네. 우리 중 한 명만 산다면 의미가 없네. 차라리 젊은 자네가 살게."

그 말에 현암은 고개를 저었다. 아무리 상황이 안 좋아도 그렇게 할 수는 없었다. 허나 세 노승의 합공도 소용없는 판이라면, 현암의 공력이 어느 정도 회복된다 해도 그의 상대가 될 수는 없다. 아니, 근본적으로 그 어떤 공격으로도 맞힐 수 없다면 어떻게 아하스 페르츠를 이길 수 있겠는가?

현암은 재빨리 생각을 짜냈다. 마지막 남은 수단을 블랙 엔젤을 이용하는 것뿐이었다. 하지만 그 일은 아무래도 마음에 걸렸다.

'내가 죽더라도 악마의 도움은 거부해야 한다. 절대로 악마를 믿을 수 없다. 하지만 다른 사람을 구할 수 있다면 내가 속고 이용당하더라도 해 보는 편이 정당하지 않을까?'

그러나 곧 현암은 생각을 바꿨다.

'아냐. 그렇게 하면 지금 당장은 좋은 결과를 얻을지도 모른다. 하지만 아무리 좋은 결과를 얻기 위함이라고 해도 악한 수단을 쓴다는 것은 옳지 않다. 그건 많은 사람을 구한다는 핑계로 한 사람을 죽이는 행위와 근본적으로 다를 것이 없다.'

이내 또 다른 생각도 들었다.

'하지만 사람의 목숨을 구하는 일이라면…… 해 봐야 하지 않을까? 모르겠다. 도대체 어느 편이 맞는 것일까? 어느 편이 옳은 길일까?'

결국 현암은 최종 결단을 내리기로 했다.

'일단 다른 것은 생각하지 말자. 세상의 운명이니 뭐니 해도, 나는 인간일 뿐이다. 지금까지 해 온 모든 일들은 궁극적으로 나와 같은 사람들의 목숨을 구하기 위한 것 아니었던가. 속아서는 안 된다. 세상의 운명이 걸렸다는 핑계로 우쭐한 마음에 빠져서는 안 된다. 결국 세상을 구하는 것과 한 생명을 구하는 것은 크게 다를 바가 없다.'

그때 아하스 페르츠가 한쪽 손을 휙 내밀었다. 그러자 기절해 쓰러져 있던 마하딥의 몸이 아하스 페르츠에게 끌려가기 시작했다.

현암은 마하딥의 몸을 잡고 버티려 했지만, 보이지 않는 기운이 현암의 몸을 왈칵 떠밀었다. 공력이 있었다면 버틸 수도 있었겠지만 지금의 현암은 그저 보기 흉하게 데굴데굴 뒤로 굴러갈 수밖에 없었다. 단순히 굴러가는 것뿐만 아니라 엄청난 타격까지 받아 입에서 피를 뿜었다.

마하딥이 아하스 페르츠의 앞까지 끌려가자 아하스 페르츠는 마하딥의 손을 꾹 밟으면서 말했다.

"셋 중의 하나를 고르든지, 내 발에 밟히든지 해라. 이놈을 다 밟으려면 오 분 정도 걸릴 테니, 잘 선택해 봐라."

그때 현암이 간신히 소리쳤다.

"죽, 죽이지 마라! 결정을…… 내릴 때까지만이라도……."

아하스 페르츠는 고개를 저었다.

"이놈은 안 돼."

아하스 페르츠는 마하딥의 왼손부터 천천히 밟아 으깼다. 마하딥의 처절한 비명이 구멍투성이가 된 비행기 안에 가득 울려 퍼졌다. 마하딥은 소리만 지를 뿐, 저항하거나 몸을 피하지도 못했다.

더 이상 현암은 망설일 수가 없어 크게 소리쳤다.

"멈춰!"

그러나 아하스 페르츠가 현암의 말을 들을 리가 없었다. 현암은 다급히 마음속으로 블랙 엔젤을 불렀다.

막 마하딥의 얼굴을 밟으려던 아하스 페르츠는 갑자기 대단히 불쾌한 표정을 짓더니 현암 쪽으로 다가오려고 했다. 그때, 조용히 서 있던 백호가 고개를 돌려 아하스 페르츠를 바라보았다. 백호의 몸이 검은 안개로 뒤덮이더니 어느새 여섯 쌍의 검은 날개가 너울거리는 블랙 엔젤의 모습으로 변했다.

블랙 엔젤은 무서운 표정으로 아하스 페르츠를 노려보았다. 그 모습을 보고 아하스 페르츠는 걸음을 멈추었지만, 그 역시 험상궂은 표정으로 블랙 엔젤을 노려보았다. 아하스 페르츠가 어떤 식으로든 표정을 보이는 것이 이번이 처음이었다.

아하스 페르츠가 다시 걸음을 옮기려 하자, 블랙 엔젤은 천천히 허공을 날아 현암의 앞을 막아서며 아하스 페르츠에게 날카로운 시선을 보냈다. 그러자 아하스 페르츠는 코웃음을 한 번 치더니 다시 무심한 표정으로 돌아섰다. 그러고는 기절해 버린 마하딥을 잠시 외면하는 듯하더니 다시 마하딥의 팔을 짓이기기 시작했다.

블랙 엔젤은 대단히 불쾌한 얼굴로 서서히 몸을 돌려 현암을 쏘아 보다가 이윽고 말했다.

드디어 나를 찾은 건가?

그러자 현암은 조용히 블랙 엔젤에게 물었다.

너…… 저자를 이길 수 있어?

현암의 질문에 블랙 엔젤은 입을 꼭 다물더니 한참이 지나서야 대답했다.

안 돼. 저자는 내가 어찌할 자가 아냐.

그리스도가 직접 명한 자이기 때문인가?

말해 줄 수 없어. 네가 아니라 누군가가 나에게 목숨을 바치면서 부탁한다 해도, 나는 저자를 건드릴 수 없어.

그가 그렇게도 강한가?

내가 약해서가 아니라, 그건…….

블랙 엔젤은 대답을 회피하듯 입을 다물어 버렸다. 그러자 현암은 한숨을 내쉬면서 블랙 엔젤에게 말했다.

내가 졌다. 네가 원하는 대로 해 줄 테니, 여기 있는 사람들은 전부 밖으로, 안전한 곳으로 옮겨 줘. 물론 백호 씨도 같이.

그러면 넌?

난 내가 알아서 하겠다. 그러니…….

바보…… 네가 그의 상대가 될 것 같아? 더구나 넌 나한테 빚을 지고 있어. 그런데도 또 청한다고? 대가는? 내가 네 눈이나 심장이나 뇌를 원한다면?

원한다면 가져가.

그러지 말고…… 내가 한 번 눈감아 줄 테니, 아까 그 고물을 내게 넘기는 게 어때? 그러면…….

블랙 엔젤이 말이 채 끝나기도 전에 현암은 눈을 부릅떴다.

눈을 원하면 눈을 가져가고, 심장을 원한다면 심장을 가져가. 하지만 그건 안 돼.

현암은 절대로 그것만은 안 된다고 생각했다. 그것은 승희가 준 선물이었기 때문이다. 비록 내색한 적도 없고, 승희의 마음을 받아들이지 못한다고 마음먹기는 했지만, 그렇다고 승희가 준, 마음을 담은 선물을 악마 따위에게 넘겨주고 싶지는 않았다.

제기랄! 그 고물 라이터에 목숨을 걸어? 정말 미친…….

블랙 엔젤은 화가 나는지 별안간 날개를 휘둘러 현암의 뺨을 철썩철썩 후려갈겼다. 이어서 발로 현암을 걷어차기까지 했다.

아픔도 아픔이지만 블랙 엔젤이 후려칠 때마다 차디찬 냉기가 스며들어 견디기가 몹시 힘겨웠다. 하지만 현암은 고스란히 얻어맞으면서도 입도 뻥긋하지 않았다.

그 와중에도 현암은 다른 생각을 하고 있었다. 진작 머리를 썼더라면 시켈과 우 사부, 그리고 두 명의 용화교도들의 목숨을 구할 수 있지 않았을까, 하는 후회였다.

한참 현암을 두들겨 패던 블랙 엔젤이 불쑥 말했다.

좋다! 그럼 그 칼을 내. 그러면 봐주지.

블랙 엔젤은 월향검을 달라고 하는 것이었다. 현암은 어이없다는 표정으로 고개를 저었다. 블랙 엔젤은 길길이 날뛰면서 현암을 인정사정없이 두들겨 팼다.

어찌나 호되게 때리는지 현암의 입술에서 피가 터져 나왔다. 더구나 현암은 공력을 쓸 수 없으니 몸을 보호할 수도 없는 상태였다. 이대로라면 아하스 페르츠에게 죽기 전에 블랙 엔젤에게 맞아 죽을 것 같았다. 세 노승이 불안한 눈으로 현암을 바라보았지만, 그보다는 마하딥의 팔이 거의 다 없어져 가는 것에 더 신경이 쓰이는 듯했다.

블랙 엔젤은 한참이나 더 현암을 두들겨 패더니 돌연 동작을 멈추었다. 너무나도 호되게 두들겨 맞은 나머지 현암은 손가락조차 움직이기 힘들었다. 그때 블랙 엔젤이 손을 뻗자 아까 현암이 떨어뜨린 청홍검이 휙 하고 블랙 엔젤의 손으로 날아들더니 사라지고 말았다.

지독한 놈! 지독한 녀석! 때가 되면 네놈은 내 손으로 박살 낼 거야! 너 같은 건 정말······.

블랙 엔젤은 그러고도 분이 풀리지 않는지 알아들을 수도 없는 말로 현암에게 욕설을 한참이나 늘어놓고는 말했다.

좋다. 그럼 이걸 대신 받아 주지. 그러니 군소리는 마라.

그러고는 블랙 엔젤은 아하스 페르츠의 앞으로 뚜벅뚜벅 걸어갔다. 순간 아하스 페르츠는 정색하고 블랙 엔젤 쪽을 돌아보았다. 블랙 엔젤과 아하스 페르츠가 무슨 이야기를 나누는지 들을 수는 없었지만, 아하스 페르츠는 아까와는 달리 퍽 진지한 표정이었다.

다음 순간, 블랙 엔젤이 들어 있는 백호의 몸과 세 노승, 마하딥의 몸이 느닷없이 사라져 보이지 않게 돼 버렸다. 너무나도 갑자기 사라져 버려 현암은 자신의 눈을 의심할 정도였다.

현암의 귀에 다시 블랙 엔젤의 목소리가 들려왔다.

이루어졌다.

현암은 속으로 안도의 한숨을 내쉬었다. 자신은 이제 죽은 것이나 다름없지만, 그래도 백호와 세 노승, 그리고 죽음의 문턱까지 가 있던 마하딥을 구할 수 있는 것이 천만다행이라고 생각했다.

아하스 페르츠는 아무 말도, 행동도 하지 않았다. 다만 그의 얼굴이 지독한 무표정에서 약간의 불쾌감을 드러낸 기이한 표정으로 바뀌었을 뿐이다.

이제 비행기 안에는 아하스 페르츠와 현암만이 남았다. 둘만 남게 되자 아하스 페르츠의 모습에서는 더욱더 위화감이 느껴졌다. 아하스 페르츠는 현암을 보면서 입을 열었다.

"너는…… 정말 미쳤군……."

현암은 대답하지 않았다. 그러자 아하스 페르츠가 말했다.

"네가 예수라도 되나? 마지막 순간까지 착한 척인가? 정말 구역질 나는군."

현암은 피를 흘리며 헐떡이면서도 조용히 양손을 꼭 잡고 앉아 있을 뿐이었다.

그 모습을 보며 아하스 페르츠가 빈정거렸다.

"너는 내가 지금껏 본 벌레 중에서는 가장 강한 축에 속해. 그런데도 순순히 죽겠다고? 한번 저항해 보는 건 어떻겠나?"

그런데도 현암은 정색을 한 채 전혀 움직이지 않았다. 또다시 아하스 페르츠가 말을 건넸다.

"나는 내 말을 지킨다. 더구나 어둠의 숙녀분이 계신 데서 첫 번째 제안을 했으니 반드시 지킨다. 그런데 아쉽게도 네가 그 기회를 발로 차 버렸어. 그러니 나는 두 번째 제안대로 너를 밖으로 던져 버릴 거야. 아까 세 늙은이도 비행기 밖으로 뛰어내린 것으로 생각할 테고. 알겠나?"

"너는 이제 어디로 갈 거지?"

의외로 현암이 담담한 표정으로 물었다. 아하스 페르츠는 약간 눈썹을 찌푸리다가 대꾸했다.

"알아서 뭐 할 거냐?"

"인도로 가겠지? 타보트를 찾아서?"

아하스 페르츠는 아무 말도 하지 않았다. 현암이 다시 물었다.

"타보트는 확실히, 너에게도 위험한 물건이겠지?"

아하스 페르츠는 잠시 현암의 얼굴을 빤히 쳐다보다가 입을 열었다.

"날 건드리려는 놈들은 그 누구도 용서 안 한다. 물론 너도."

그러면서 아하스 페르츠는 현암을 향해 손짓해 보였다. 순간 현암의 몸이 뭔가에 왈칵 밀려 일 미터쯤 벽 쪽으로 옮겨졌다.

아하스 페르츠가 말했다.

"너 정도라면 내 계획에 도움을 줄 수도 있겠다고 생각했다. 하지만 너는 너무 착한 척해. 너무나…… 꼴 보기 싫어……. 도대체 왜 너는 도망치지 않는 거지? 응?"

현암은 대답하지 않았다. 아니, 대답할 필요를 느끼지 못했다.

비록 다른 사람을 구하기 위해 거래를 했지만, 자신만큼은 절대로 악마의 신세를 져서는 안 된다고 생각했다. 현암은 결코 악마라는 존재를 과소평가하지 않았다. 일단 악마에게서 목숨의 빚을 지면 자신이 악마의 하수인이나 마찬가지가 될 거라는 두려움이 죽음에 대한 공포보다 강했던 것이다.

아하스 페르츠는 현암의 몸을 밀어 냈다. 현암은 아하스 페르츠를 쳐다보면서 조용히, 또박또박 말했다.

"그 더러운 힘으로 나를 건드리지 마라. 다만 네가 인도로 간다면……."

"뭐?"

현암은 이상하게 입가에 빙긋 미소를 지으면서 한 손에는 승희가 준 라이터, 다른 한 손에는 월향검을 잡고 한 번씩 그것들을 쳐다본 후 품에 넣으며 말을 이었다.

"최소한 고반다나 너, 둘 중 하나는 없어지겠지. 나는 그것으로 만족하련다."

아하스 페르츠가 약간 고개를 갸웃하는 바로 그 순간, 현암은 입을 굳게 다문 채 비행기 밖으로 몸을 날렸다. 비행기 밖에는 찬란한 태양이 있었고, 넓게 깔린 구름이 있었다. 구름은 온갖 기기묘묘한 형상을 이루고 있었다. 현암은 기분이 좋았다. 자유롭게 떨어지는 기분이 몹시 좋았다. 그 느낌 외에 아무런 생각도 하지 않았다. 그냥 조용히, 한없이 떨어지는 기분을 만끽할 뿐이었다.

한빈 거사의 죽음

계룡산의 깊은 산골짜기를 힘겹게 걸어 올라가는 아홉 사람이 있었다. 멀리서 보면 여덟 사람이었지만, 아주 작은 여자아이가 어떤 이의 품에 안겨 있어 일행은 모두 아홉이었다.

그들 중 여섯 명이 승려였는데, 다섯 명은 비구였고 한 명은 비구니였다. 비구와 비구니가 같이 행동한다는 것은 조금 기이한 일이었지만, 그들이 가고 있는 곳은 계룡산 자락에서도 약초꾼이나 사진작가들이 간간이 찾을 법한, 외지고 험한 길이었기 때문에 그들을 눈여겨볼 사람은 아무도 없었다.

작은 여자아이를 제외한 다른 두 사람은 역시 키가 자그마한 소년과 소녀였다. 말할 것도 없이 그들은 사천왕과 승현, 무련과 아라, 준호, 수아였다.

"힘들지 않니?"

사천왕 중 증장이 먼저 입을 열었다. 사실 네 명의 승려들은 체구가 크고 건장했지만, 산길을 가는 데는 큰 체구가 오히려 걸림돌이 되는 법이다. 그래서 그들은 날렵하고 작은 체구의 무련에 비해 땀을 더 많이 흘리고 있었다.

아라와 준호는 반신반의한 얼굴로 말없이 걷고 있었다. 준호는 산길에 익숙한 듯 그리 땀을 많이 흘리지는 않았다. 반면 아라는 거의 세수를 한 꼴이 돼 있었으나 독기로 버티느라 가쁜 숨소리 한 번 내지 않았다.

"안 힘들어요."

아라가 약간 되바라지게 쏘아붙였다. 화상들은 지금까지 준호와 아라에게 그들을 왜 갑자기 데려가게 됐는지에 대한 설명을 하는 중이었다. 산을 오른 지 한참 지났지만 아라와 준호가 의심을 풀지 않아, 그들은 퇴마사들과 만났던 지난날의 이야기를 들려주는 데 시간을 할애할 수밖에 없었다.

"그게…… 정말인가요?"

준호가 심각한 표정으로 묻자 지국이 땀에 젖은 까까머리를 한 번 쓰다듬으면서 웃으며 말했다.

"화상이 거짓말을 하면 지옥 불 중 가장 뜨거운 자리에 떨어진다네."

"저도 한빈 거사님에 대해서는 들은 적이 있어요. 그런데 그런 분이 왜 우리들을 찾으시는 걸까요?"

"그건 우리도 모르네. 다만 인연이 있는 자가 있으니 데려와야 한다고 하셨어. 아주 큰일이 달렸다고 말이야……."

"그런데…… 그 인연이 있는 사람이란 게 우리 셋이 정말 맞나요? 난 아무래도……."

"거사님의 말씀이니 틀림없을 거야. 너무 급해서 조금 무례했지만 마음에 두지 말기 바라네."

한빈 거사는 도방에서 배분을 따질 수 없을 만큼 절대적인 경지에 오른 반신선(半神仙) 격인 인물이었다. 그는 지난번 도혜 선사의 죽음 때 한 번 모습을 드러낸 뒤 다시는 인간 세상에 모습을 드러내지 않을 것이라고 말했다. 그런 그가 사천왕의 꿈속에 나타난 것이 이틀 전이었다. 더불어 무련도 같은 꿈을 꾸었다.

어서 나에게 와라. 급한 일이다…….

그들은 모두 한날한시에 같은 꿈을 꾸었다. 그들은 한빈 거사의 도력을 잘 알고 있었기 때문에 급히 꿈에서 본 계룡산의 깊은 산골짜기로 한빈 거사를 찾아갔다. 승현은 사천왕과 동행했고, 무련은 다른 경로로 계룡산을 찾아와 결국 같은 장소에서 만나게 됐다.

계룡산의 깊은 골짜기에서 그들이 발견한 것은 이미 사색이 돼서 희미하게 숨만 붙어 있는 듯 초췌한 한빈 거사의 모습이었다. 일행은 놀라기도 하고, 그 상황이 도무지 이해되지 않았다. 수백 년을 살아온 것으로 알고 있는 이 대도인이 어째서 이렇게 힘없는 늙은이의 모습으로 변해 버렸단 말인가?

일행을 보며 한빈 거사가 어울리지 않게 미소 띤 표정으로 한마디를 하는 순간, 그들은 일이 어떻게 된 것인지 짐작할 수 있었다.

"천지 공사는…… 받아들여지지 않았다……."

그 말에 모두 깜짝 놀랐다. 한빈 거사는 대도인들만이 할 수 있는, 천운(天運)을 바꾸는 천지 공사를 드리기 위해 이 산에 은거한 것이었다. 그러나 그 일이 실패했다니! 한빈 거사가 대도인이기는 하지만, 천지 공사처럼 대단한 일은 그야말로 그의 수백 년 도력을 모두 기울여야 하는 것이었다.

그 일이 실패했다면 한빈 거사는 필시 모든 도력을 잃게 됐을 것이며, 사천왕을 부른 것도 그나마 남아 있던 도력을 모조리 희생한 결과임이 틀림없었다. 그는 선계에서 말하는 우화등선(羽化登仙)의 경지까지 다다를 수 있을 정도의 대도인이었으나, 그 모든 것을 희생해서라도 천지 공사를 올려 다가올 위기를 넘기려고 했던 것이다.

천지 공사가 실패했다는 말을 들은 사천왕의 얼굴은 모두 하얗게 질렸다. 그렇다면 이제 말세는 정해진 것이란 말인가?

어찌할 바를 모르는 일행을 보며 한빈 거사는 다시 부드러운 낯빛으로 천천히 말했다.

"실패한 것은 아니다. 천운이…… 이번 일은 천운이 아니었어! 하하…… 이것은 순리였기 때문이다! 속세의 인연을 끊지 못했으니 나로서는 자격이 없는 것도 맞겠지만……."

"예?"

모두가 한빈 거사의 말을 이해할 수가 없었다. 그러나 한빈 거사는 말할 기력조차 없는지 조용히 눈을 감았다.

이내 다섯 사람의 마음속에 한빈 거사의 목소리가 생생히 울려 퍼졌다.

물론 천에 하나도 가망이 없을지 모르지만…… 포기할 일은 아니다. 그리고 내가 할 수 있는 일도, 너희가 할 수 있는 일도 아니다. 인연이 닿지를 않으니…… 나는…… 이제는…….

한빈 거사는 알아들을 수 없는 몇 마디를 쓸쓸히 중얼거리더니 감았던 눈을 힘없이 뜨고 손짓해 무련을 불렀다. 무련은 곧 날려가서 한빈 거사의 커다란 몸을 부축해 조금 일으켰다.

모두가 박복하구나. 모두가 연이 없고, 시간이 없다. 보름도 채 남지 않았다. 그래서 부른 것이다…….

"대체 무슨……."

초췌해진 한빈 거사의 얼굴에 미소가 감돌았다. 그의 눈은 감겨 있었다.

현암, 그 아이 말이다……. 그 아이가 걱정된다. 나는 이제 세상과 연이 없지만, 그 아이만은 걱정이 되는구나. 그런데 해 줄 수 있는 게 없어……. 이것밖에는 가능성이 없구나……. 힘든 일일지도 모르지만, 할 수 있겠느냐?

"무슨 일을 말입니까? 현암 시주를 찾아 도우라는 말씀입니까?"

이내 한빈 거사가 대꾸했다. 그의 기력은 차츰 잦아들어 가는 것 같았다.

찾아라. 그를 찾아서…… 이리로 데려오거라…….

"현암 시주를 말씀하십니까? 어디서 찾습니까?

좌우간 인연 있는 자를…… 전에 현암 녀석이 있던 곳을 가 보면 자연 알게 될 게야. 찾아보면 표가 날 게다. 그러나 서두르거라……. 내게 남은 시간이 별로 없으니, 서두르지 않으면 당부할 말도 남기지 못하게 될 것이니…….

"그렇다면 지금 저희에게 알려 주시면……."

데려오지 않으면 말할 수 없구나. 어서…… 어서 데려오거라…….

"그때까지 여기에 계실 겁니까?"

그렇다. 그러나 서둘러라…….

그 전언만 남기고 한빈 거사의 목소리는 더 이상 들리지 않았다. 그는 몸을 추스른 뒤에 담담하게 가부좌를 틀고 앉은 채 석상처럼 움직이지 않았다.

도방의 하늘 같은 어르신의 말씀이니 따르지 않을 수 없었다. 그리고 한빈 거사의 목숨이 풍전등화 같은지라 서두르지 않을 수도 없었다. 결국 그들은 급히 산을 구르듯 내려와 부랴부랴 퇴마사들의 아지트를 찾았고, 마침내 아라와 준호, 수아를 데리고 산을 오르게 된 것이다.

"이제 얼마 남지 않았다. 한 십 리 남짓이나 남았을까?"

이야기를 다 해 주고는 승현이 준호를 보면서 씩 웃었다. 그때였다. 돌연 광목이 걸음을 멈추면서 승현의 팔을 붙잡았다.

"왜 그러십니까, 사형?"

"사고다."

광목은 사천왕 중에서도 가장 비상한 시각과 청각을 지니고 있어서 심상치 않은 기척을 알아낸 것이다.

"무슨 사고입니까?"

"급하다. 우리가 먼저 가마."

광목은 그 한마디만 하고는 얼른 나머지 사천왕에게 눈짓을 한 다음 비호같이 몸을 날려 달려가기 시작했다. 그것을 보고 무련도 조금 머뭇거리다가 이윽고 수아를 땅에 내려놓고는 역시 획획 날렵하게 몸을 날려 달려가기 시작했다.

그러나 준호와 아라는 그 뒤를 따라갈 수가 없었다. 준호는 그래도 어설프게나마 기를 쓰고 달리면 따라가는 시늉이라도 낼 수 있겠지만, 아라와 수아가 따라갈 수 없다는 것을 알고 그러지 않았다.

다섯 사람이 순식간에 사라져 버리자 승현이 맥없이 양팔을 올렸다가 늘어뜨려 보였다.

"어쩌겠느냐? 우린 걸어서 천천히 따라가 보자."

"스님은 왜 가지 않으시나요?"

준호가 묻자 승현은 약간 긴장된 얼굴에 억지로 미소를 지으며 말했다.

"나는 공부는 좀 했지만 무예를 닦진 않았거든. 그렇게 달려갈 재주가 없단다."

"무슨 일이 벌어진 건가요?"

아라가 미간을 찌푸리며 묻자 승현은 그저 수아를 번쩍 안아 올리면서 천천히 걸음을 옮겼다. 할 수 없이 준호와 아라도 그 뒤를 묵묵히 따랐다.

십 리 정도라고는 해도 산길이었기 때문에 그들이 목적지에 도달할 때까지는 삼십 분 이상 걸렸다. 그리고 그들이 한빈 거사가 있던 곳에 도착해서 처음으로 본 것은, 흰옷과 검은 옷을 입은 십여 명의 사람들이 모여 웅성거리는 광경이었다.

"저 사람들은……."

준호는 무엇인가 말하려다가 금방 입을 다물었다. 처음에는 그들이 무슨 수상한 사람들이어서 싸움을 거는 게 아닐까 걱정했는데, 가만히 보니 그들은 한결같이 몹시 슬프고 원통한 표정을 짓고 있는 것이 아닌가.

그들 가운데 유난히 덩치가 큰 네 화상이 무릎을 앉아 울고 있는 것이 보였다. 조금 아까 그리로 달려간 백제암의 사천왕이었다.

"무슨 일······."

승현은 수아를 아라에게 맡기고 그리로 달려가면서 입을 열려다가 돌연 걸음을 멈추었다. 네 사람 앞에는 체구가 크지만 다소 초췌해 보이는 노인 한 명이 앉아 있었는데, 바로 한빈 거사였다.

한빈 거사의 얼굴은 핏기가 가셔서 납처럼 창백해져 있었다. 숨을 거둔 것이 분명했다.

"거······ 거사님께서······."

그러자 한빈 거사의 주변을 둘러싸고 있던 여러 사람 중 검은 옷을 입은 한 사람이 입을 열었다. 그는 바로 현현파의 한 사람인 근호인데 승현, 사천왕과도 인연이 있었다. 근호의 나이는 현암보다 약간 많았지만 내공이 충실한 현암보다 훨씬 더 나이가 들어 보여 마치 중년 남자 같았다.

"이미 숨을 거두셨네. 아마도······."

근호는 예전에 수아와 만난 적이 있었지만 수아를 알아보지는 못했다. 근호가 말꼬리를 흐리자 옆에 있던 노인이 호통을 쳤다.

"아마도가 아니여! 이분은 이렇게 그냥 가실 분이 아니야! 살해당하신 게 분명혀!"

그 노인은 근호처럼 검은 옷을 입고 손때가 반질반질한 지팡이를 짚고 있었는데 짐작조차 할 수 없을 만큼 나이가 많아 보였다.

그러나 한빈 거사처럼 선풍도골(仙風道骨)의 용모가 아니라 꾀죄죄한 시골 영감 같은 용모였다.

"살해라니요? 감히 누가……!"

승현이 합장하고 고개를 숙이면서 물었는데 자신도 모르게 말을 더듬었다. 그러자 그 노인이 소리를 버럭 질렀다.

"내가 알아? 하지만 그놈은 무척이나 술법에 능한 놈이여!"

"그것을 어떻게 아셨습니까?"

"눈이 박혔는데도 몰러? 주변을 좀 봐!"

노인이 다시 호통치자 승현은 주변을 둘러보았다. 그러고 보니 한빈 거사의 몸은 누군가가 전혀 건드린 것 같지는 않았지만 그가 앉은 곳 주변은 그야말로 아수라장이었다.

풀이며 나무뿌리 등이 온통 그슬리고 박살 나 있었고, 주변의 흙이며 돌부리들도 모두 튀어나와 여기저기 어지럽게 쌓여 있었다.

그 광경에 승현은 고개를 갸웃했다. 그러자 노인이 지팡이를 땅에 쿵 소리가 나게 짚으며 외쳤다.

"어떤 놈인가가 지독한 술수로 이분을 습격한 게 분명혀! 그리고 거사님은 안 그래도 지치셨는데, 놈의 습격 때문에 공력이 고갈돼 그만 돌아가신 게구!"

무척 화가 난 노인의 뒤에 있던 누군가가 입을 열었다.

"어서 알아봅시다, 형님."

그 말을 한 사람은 키가 작고 몹시 뚱뚱한, 얼굴빛이 발그레한 동안(童顔)의 노인이었는데 역시 검은 옷을 입고 있었다. 그의 얼굴은 원래 웃는 상인데 침울한 표정을 짓고 있으니 왠지 어울리지 않아 보였다.

"저 할아버지는 누구야?"

아라가 나지막한 목소리로 준호에게 물었지만 준호는 고개를 저었다. 이 두 사람은 한빈 거사와 직접적인 연관이 없던 터라 그다지 슬픔을 느끼지 않았다.

"모르겠어. 하지만 도방에 계신 분 같아."

"도방은 또 뭐야?"

"도를 닦는 분들이 모인 곳이지."

그때 꾀죄죄한 노인이 힐끗 아라와 준호, 수아를 쳐다보더니 버럭 소리를 질렀다.

"너희들은 뭐여?"

준호와 아라, 수아는 깜짝 놀라 몸을 움츠렸다. 그러자 승현이 그 앞을 감싸듯 막아서더니 합장하면서 말했다.

"거사님께서 마지막으로 불러오라 말씀하신 아이들입니다."

"뭐라고, 거사님이?"

"예?"

"하지만 여기가 어디라고 함부로……!"

그러자 옆에 있던 동글동글한 얼굴의 노인이 꾀죄죄한 노인에게 말했다.

"아직 애들 아니우, 형님."

그 말에 꾀죄죄한 노인은 매서운 눈으로 준호와 아라를 한 번 쏘아보더니 고개를 돌렸다. 준호와 아라는 그 노인의 매서운 눈초리에 거의 얼어붙다시피 돼 버렸다.

승현이 안쓰러운 표정으로 준호에게 말했다.

"저분들은 모두 도방에 계신 분들이다. 현현파와 오의파에 속한 분들이시지."

"현현파는 뭐고, 오의파는 또 뭔데요?"

"자세한 건 알 것 없다만, 둘 다 도를 닦는 사람들이 모인 곳이란다. 저 노인 분들은 '현현이로(玄玄二老)'라고 부르는데, 아주 원로이시고 오의파 분들은 도방의 감찰 역을 맡고 계신 분들이란다. 아마 거사님이 돌아가신 것을 알고 이렇게 오신 듯하구나."

"이런 일이 있으면 경찰에 알려야 하는 거 아닌가요?"

아라의 말에 승현은 억지로 미소를 지으며 대꾸했다.

"이런 일에는 경찰도 도움이 될 수 없단다. 그래서 도방에서 자율적으로 이런 일들을 조사하곤 하지. 감찰은 바로 도방에서 경찰이 하는 일과 비슷한 일을 수행하는 분들이란다."

오의파 사람들은 도가의 맥을 이었지만 무속의 맥도 같이 전승하고 있었다. 그리고 그들은 일종의 투시력과 흡사한 술수를 익히고 있어 감찰과 같은 일에 적합했다.

"그런데……."

준호가 주저주저하면서 말을 이었다.

"거사님이 돌아가셨다면…… 이제 우리는 어떻게 하죠?"

"글쎄다……."

승현도 난감해하는 눈치였다. 분위기는 몹시 답답했다. 사천왕과 무련은 계속 합장한 채 독경을 외고 있었고, 현현이로는 뭔가 기다리는 듯 초조하게 주변을 휘적휘적 걸어 다니고 있었다. 그리고 현현파의 네 제자들은 현현이로 앞이라 찍소리도 못하고 가만히 서 있었다. 그 맞은편에는 두 사람이 서 있었는데, 아라는 그 사람들을 보더니 준호에게 나지막이 속삭였다.

"어쩜…… 세상에, 저렇게 더러운 사람들도 다 있니? 도 닦으면 다 저렇게 돼?"

사실 그 사람들의 용모는 지독할 정도였다. 옷은 너덜너덜하고 헤아릴 수도 없을 정도로 기운 데다가 한 번도 빨지 않았는지 때가 눌어붙어 찌든 색이 울긋불긋하기까지 했다. 머리카락과 수염은 한 번도 깎거나 다듬지 않은 듯 덥수룩해서 생김새조차 알아볼 수 없을 지경이었다. 그야말로 거지 중에도 상거지 꼴이었다. 그 두 사람 중 한 명은 앉아서 눈을 감고 있었고, 한 사람은 바로 그의 뒤에 서서 역시 눈을 감고 있었다.

"설마…… 오의파라고 했으니 더러운 옷을 입는다는 뜻 아니겠니? 규율이 그런가 보지, 뭐."

"도를 닦으면 닦는 거지, 꼭 저렇게 해야만 하나? 난 가까이 가기도 싫어."

"그건……."

그때 눈을 감고 앉아 있던 사람이 눈을 떴다. 그는 머리카락과 수염이 덥수룩해서 지저분하기 짝이 없는 용모였는데, 그의 목소리는 의외로 무척 맑고 차분한 울림을 지니고 있었다. 그는 두 사람의 오의파 중 한 명인 성곤이었다.

"사용된 수법은 오행술과 비슷한 것 같습니다. 그리고 약 하루 전에 사용된 술법인 듯합니다."

그러자 꾀죄죄한 노인이 버럭 소리를 질렀다.

"겨우 그것뿐이여? 다른 건?"

"그 외에는 잘 알 수가 없습니다."

"제기랄! 다 쓰잘 데 없는 놈들뿐이여! 도방의 감찰이라는 놈이 보는 눈이 그 정도면 뭣에 쓴단 말이냐! 누가 했는지도 모르는감?"

"기이하게 보이지 않습니다. 주술력이 상당한 놈의 짓인 것 같습니다만······."

"상당하니까 거사님이 이 지경이 되셨지! 젠장."

꾀죄죄한 노인은 씩씩거리며 자기 성질을 이기지 못하는 듯했다. 그때 현현이로 중 얼굴이 동글동글한 노인이 끼어들었다.

"오행술을 사용해 이 정도 난리를 칠 수 있는 자가 과연 몇이나 있겠나?"

그 말에 성곤이 왠지 좀 꺼리는 듯한 표정으로 나섰다.

"몇 안 될 겁니다. 요즘 오행술을 수련하는 사람 자체가 드물어서. 아니······ 거의 없다고 보셔도······."

그 말을 듣던 준호는 순간 자기도 배웠던 그 술수가 그리 보기 힘든 것이었나, 하는 생각이 들었다.

또다시 동글동글한 얼굴의 노인이 말했다.

"그렇겠지! 요즘 세상에 그런 술수를 이 정도로 연마한 사람이 많을 리가 없지. 이 근방이 죄다 불타고 뒤집어진 것으로 보아 화(火)와 토(土)의 기운을 주로 사용한 듯한데, 이 정도라면 정말 대단한 실력이라고 할 수 있겠지. 사실 형님과 나도 아까부터 그 생각을 했다네."

"그렇다면……"

그때 꾀죄죄한 얼굴의 노인이 벼락같이 소리를 질렀다.

"더 긴말할 것 없어! 여기 있는 녀석들! 모두 몰려가서 얼른 그 녀석을 잡아 와!"

그 호통에 오의파의 성곤과 상렬은 서로 얼굴을 잠시 마주 보다가 다시 노인의 얼굴을 보았다.

"누구를 말씀하시는지……."

"달리 누가 있겠느냐! 그 준후인지 뭔지 하는 녀석 아니면 이럴 수 있는 자가 또 어디 있겠느냐!"

그 소리에 준호와 아라는 하마터면 털썩 바닥에 주저앉을 뻔했다. 그때 승현이 난처한 표정을 지으며 꾀죄죄한 얼굴의 노인 앞으로 가서 말했다.

"준후는 아닐 겁니다. 그가 왜 거사님을 해친단 말입니까?"

"그걸 내가 어찌 아느냐! 하지만 이런 오행술을 펼쳐서 이 근방을 이토록 뒤집어 놓을 수 있는 녀석이 그놈 말고 또 누가 있겠느냐!"

"하지만 증거가 있어야……."

말끝을 흐리는 승현을 노려보며 꾀죄죄한 얼굴의 노인이 지팡이를 쿵 짚으면서 발을 굴렀다.

"이 주변의 풍경이 모조리 증거여! 더 이상 뭐가 필요하단 말여!"

그때, 줄곧 아무 말도 하지 않고 뒤쪽에 서 있던 잘생긴 젊은 남자가 앞으로 나섰다. 그는 흰 평상복을 입고 있었는데 어울리지 않게 무당들이 들고 다니는 방울과 부채를 손에 들고 있었다.

"저는 그 아이를 본 적은 없습니다만, 예전에 이야기를 들은 적이 있습니다. 천성이 곧은 아이라 들었는데 이런 짓을 할 이유가 없지 않겠습니까?"

그러자 노인은 불만스러운 표정으로 청년을 힐끗 쳐다보았다.

"누구한테 그 이야기를 들었는데?"

"신아버님께 들었습니다."

"은기 영감님헌테? 그럼 몇 년 전이겠구먼."

그 청년은 퇴마사들도 익히 아는 철기 옹과 은기 옹의 후계자격인 박수무당이었다.

청년의 대답에 노인은 고개를 저었다.

"그땐 그때고, 지금은 지금이여. 사람은 누구나 변하는 거니깐 지난 일 갖고는 판단할 수 없어. 좌우간 범인은 준후 그 녀석밖에는 없어."

그러자 성질 급한 아라가 참지 못하고 소리를 꽥 질렀다.

"아니에요! 절대 그럴 리 없어요!"

준호도 내심 화가 났지만 도방이 어떤 곳인지, 어떤 기인들이 모인 곳인지 아는 처지라, 얼른 아라의 옆구리를 쿡 찔렀다. 하지만 아라는 눈에 뵈는 게 없어진 판이었다.

모인 사람들은 난데없이 나이도 어린 여자아이가 소리를 지르자 무심코 그쪽을 바라보았다. 사람들은 모두 각양각색이었고, 대부분 남루하거나 조금 이상한 차림이었지만 눈빛만은 형형해서 아라는 자신도 모르게 기가 질렸다. 하지만 남도 아닌 준후가 누명을 쓰는 터라, 아라는 내친김에 용기를 내어 다시 한번 못 박듯이 말했다.

"준후 오빠는 절대 사람을 안 해친다고요! 그런 짓을 할 사람이 절대⋯⋯."

그때 저만치에서 누군가가 앞으로 걸어 나왔다. 그 사람은 근호와 같은 현현파의 옷을 입고 있었는데, 근호보다는 나이가 더 많은 듯 초로에 가까웠다.

"사람을 안 해친다고? 네가 뭐기에 함부로 입을 놀리느냐?"

"난⋯⋯ 난⋯⋯ 준후 오빠를 잘 안단 말이에요!"

"나도 그 아이의 재주가 대단하고, 좋은 일을 많이 해 왔다는 걸 안다. 하지만 지난번 과천에서 그 아이를 보았지. 거기서 그 아이는⋯⋯ 수많은 사람들이 보는 앞에서 어떤 여자의 목을 베려고 했어. 그것도 아주 거침없이⋯⋯."

아라와 준후는 그때 아녜스 수녀에게 잡혀 있다가 막 풀려난 상황이라 그 광경을 보지 못했다. 그리고 아라와 준후가 혹시라도 상심할까 봐 아무도 그 이야기를 들려주지 않아 그들은 그런 사실을 지금까지도 모르고 있었다.

하르마게돈 247

"거짓말! 그럴 리가 없어요!"

"나만이 아니라 그 자리에 있던 여러 술사들이 그 광경을 보았다! 그때 다른 사람들이 급히 말리지 않았다면 그 여자의 목은 틀림없이 날아갔을 거야!"

"아냐! 그럴 리 없어!"

아라가 소리를 지르자 노인이 다시 지팡이를 구르면서 호통을 쳤다.

"어린것이 함부로 끼어들 계제가 아니야! 이봐, 승현이! 시끄러우니 저 계집애를 썩 내치거라!"

느닷없이 저만치에서 덩치가 무지무지하게 크고 험상궂기가 이루 말할 수 없는 거한 하나가 쿵쿵거리면서 나타났다. 그는 차력사인 병수였다.

"어찌 된 거유! 이게 웬일이우!"

그러자 동글동글한 얼굴의 노인이 달갑지 않다는 표정으로 병수를 힐끗 쳐다보고는 말을 건넸다.

"자네는 또 웬일인가?"

"무슨 일이 벌어진 거요? 아니, 거사님이······."

병수는 체구에 어울리지 않게 한빈 거사의 죽음을 보고는 흑흑 소리 내어 울었다. 그 모습에 노인은 기이하다는 듯한 표정으로 병수에게 물었다.

"자네는 도방이나 선방 소속도 아닌데 대체 어떻게 알고 여길 찾아온 건가? 여긴 자네가 올 곳이 아닌데!"

그 말에 병수는 주춤하더니 고개를 갸웃거렸다.

"아니…… 나는…… 이상허다. 준후는 어디 있소?"

그 소리를 듣고 노인이 눈을 매섭게 치떴다.

"준후?"

"그래요, 준후. 걔가 날 이리로 데리고 왔었는데…… 준후는 지금 어디 갔지요?"

모든 사람이 한숨을 내쉬고, 혹은 이를 갈며 분해하는 것 같았다. 그러나 상렬이 침착하려고 애쓰면서 물었다.

"잠시만. 준후가 여기 있었다는 건가?"

"그렇소. 거사님이 퍽 힘들어하시는 것 같아서…… 자기가 모시고 있겠다고 했는데……."

"그게 언제지?"

"어제까지 같이 있었소. 그러다가 준후가 나한테 뭘 좀 부탁해서 내려갔다가 오는 길인데……."

"그때도 이 주위가 이렇게 엉망진창이었는가?"

"어? 안 그랬는데…… 뭔 싸움이 벌어진 거요?"

그 말을 듣는 순간 꾀죄죄한 얼굴의 노인이 지팡이를 쿵 하고 굴렸다. 이번에는 흥분에 못 이겨 자신도 모르게 도력을 발휘했는지 주변의 땅이 저르렁하고 울렸다.

"그럼 더 이상 의심의 여지가 없군!"

아라와 준호의 얼굴이 흙빛으로 변했다. 준호가 주저주저하면서 가까스로 소리쳤다.

"아니에요! 아직 몰라요!"

"뭘 모른단 말이냐!"

노인이 버럭 호통을 치자 준호는 기어들어 가는 듯한 목소리로 말을 더듬었다.

"사부가…… 아니, 준후 사부가…… 거사님을 지키다가…… 누군가, 누군가 습격을 해서…… 지키려고 싸운 건지도……."

"헛소리!"

노인이 또다시 호통을 치자 준호는 갑자기 숨이 콱 막히는 듯한 느낌에 자신도 모르게 뒷걸음질 치다가 엉덩방아를 찧었다.

"그랬다면 왜 거사님의 시신을 그냥 두었겠느냐! 그리고 왜 자취도 없이 사라졌겠느냐! 그리고 또, 어떤 놈이 이유도 없이 거사님 같은 분에게 덤벼들겠느냐!"

"저 사람이 수상해요! 거짓말하는 거예요!"

아라가 갑자기 병수를 보며 소리를 질렀다. 그 소리에 병수는 대번 멍한 얼굴이 됐다가 이내 되받아 소리쳤다.

"아니, 이런 조그마한 계집애가 감히 나를 모함해!"

그러자 성곤이 침울한 얼굴로 말했다.

"병수는 거짓말한 게 아니네."

아라는 필사적으로 발악하듯 외쳤다.

"아저씨가 어떻게 알아요!"

성곤은 슬픈 듯한 표정으로 담담히 말했다.

"나는 알 수 있단다."

아라는 너무도 기가 막히고 답답해서 승현의 가사 자락을 붙들고 늘어졌다.

"아니에요, 예? 스님. 아닐 거예요! 스님은 준후 오빠를 잘 알고 있다고 했잖아요! 뭐라고 말 좀 해 봐요! 예?"

그러나 승현으로서도 할 말이 없었다. 그는 침울한 얼굴로 아라의 눈을 피해 고개를 돌렸다. 준후를 아는 사천왕과 무련, 근호 등의 사대 제자, 그리고 오의파의 두 사람과 병수 등도 안쓰러운 표정을 짓고 있기는 마찬가지였다. 그러나 아무도 입을 열어 뭐라고 말하지는 않았다.

그때 현현이로 중 맏이인 꾀죄죄한 얼굴의 노인이 소리쳤다.

"모든 도방 사람들에게 전하라! 준후는 도방의 제일 웃어른이신 거사님을 해친 흉수이니, 무슨 일이 있어도 그 녀석을 잡아야 한다고! 일단 신중을 기하려면 녀석의 입에서 자백받아야 할 것이나……."

노인의 말이 끝나기도 전에 현현파의 근호가 조심스레 나섰다.

"하지만……."

근호는 준후를 위해 무슨 변명이라도 하려고 했으나 노인이 딱 잘라 말했다.

"그렇지! 녀석의 술수가 대단하니 저항을 한다면 가차 없이 응징해서 잡아 와라! 죽여도 할 수 없다."

"안 돼요!"

아라가 쇳소리를 지르자 노인은 더 이상 참지 못하겠다는 듯 무섭게 눈을 부릅뜨고 다가왔다. 그러자 승현이 급히 아라의 혈도를 찍어 움직이지 못하게 만들어 버렸다. 준호도 그 광경을 보았지만 제지할 수가 없었다. 아라를 그냥 내버려두면 노인에게 혼찌검이 날 것이 뻔했으니까.

일단 손을 쓴 다음 승현이 노인에게 다급히 말했다.

"저희 선방(禪房)에서도 최대한 애를 써서 흉수를 찾아내고, 그 자를 잡도록 노력하겠습니다."

그 말을 듣자 노인은 고개를 끄덕이며 아라에게서 시선을 거두고 돌아섰다. 아라는 이제 더 이상 아무것도 생각할 수 없는 상태가 되고 말았다.

도방과 선방의 술객들이 준후의 뒤를 쫓는다면 지난번 첩보 기관의 추격보다도 훨씬 무서울 터였다. 준후 혼자서 그들을 어떻게 감당한단 말인가? 아니, 그 문제를 떠나 준후가 정말 그런 짓을 저질렀는지에 대한 의혹이 자꾸 일어났다. 아라는 그것이 더 괴로웠다.

준호는 입술을 꽉 깨문 채 꼼짝도 않고 서 있었고, 수아는 무슨 생각을 하는지 아이답지 않게 먼 산만 바라보고 있을 뿐이었다.

고반다의 정체

인도에 도착해 어느 호텔에 투숙한 박 신부 일행은 몹시 초조했다. 그도 그럴 것이, 분명히 비행기를 타고 이쪽으로 출발했다는 현암과 백호가 며칠이 지나도록 나타나지 않는 것이었다.

박 신부는 현암이 걱정돼 얼굴이 해쓱해졌고, 승희도 안달이 나서 발을 동동 굴렀지만 도무지 손쓸 방법이 없었다. 어떤 비행기를 타고 출발했는지를 모르기 때문에 비행기 사고가 났는지조차 알 수가 없었다.

물론 이반 교수 등이 공항에 가서 알아본 결과, 그즈음에 비행기 사고가 났다는 소식 같은 것은 없었다. 그러나 현암이 탄 비행기는 정규 항공편이 아니라서 사고가 났다 해도 모를 수도 있었다.

승희는 걱정스러운 나머지 줄기차게 손톱을 물어뜯어 피가 나올 지경까지 됐다.

한참을 생각해 보다가 문득 박 신부의 마음에 걸리는 것이 있었다. 박 신부는 현암에게서 아하스 페르츠의 또 다른 얼굴인 해밀턴과 함께 여행하고 있다는 이야기를 들었다. 그런데 만에 하나, 아하스 페르츠가 해밀턴의 인격을 누르고 나타났다면 현암이 위험에 빠질 수도 있다고 생각됐다. 그러나 이제 와서 그런 이야기를 승희에게 해 보았자 도움이 될 것이 없다고 생각해 박 신부는 그 일을 입에 올리지 않기로 했다.

박 신부는 생각 끝에 나름대로 결론을 내렸다.

'만약 현암 군이 사고를 당했다면 조만간 사실이 알려지겠지. 하지만 아하스 페르츠에게 무슨 변을 당했거나 잡혀 있을지도 몰라. 그렇다면…… 일단은 아하스 페르츠를 찾아내는 것이 급선무인데…….'

그러나 아하스 페르츠를 어디서 찾아야 할지 난감했다. 바이올렛이 해밀턴의 얼굴을 잘 알지만 그 얼굴만으로 찾을 수도 없으니 말이다.

문득 박 신부의 뇌리에 스치는 생각이 있었다.

'그렇지, 현암 군은 해밀턴과 같이 타보트를 찾으러 인도로 오던 길이었어. 그런데…… 아하스 페르츠로 인격이 변했다면 그도 타보트를 찾으려 할까?'

그럴 가능성도 있을 것 같았다. 해밀턴이 타보트를 찾으려 한 이유는 그것 말고는 아하스 페르츠를 죽일 방법이 없기 때문이다. 그리고 그 타보트를 칼키파의 고반다가 빼내 간 것 또한 십중팔구 그와 비슷한 목적에서였을 것이다. 그렇다면 아하스 페르츠는 자신에게 위험할지도 모르는 그런 물건을 다른 자의 손에 놓아두고 싶지는 않을 터였다.

'우리는 어차피 고반다를 찾고, 타보트를 찾으려고 온 것이 아닌가. 일단 현암 군도 찾아야 하겠지만, 타보트를 찾아가다 보면 아하스 페르츠와 마주칠지도 모르겠구나.'

그렇다면 일단 고반다를 찾아 타보트의 행방을 수소문하는 것이 가장 빠른 길이라 생각됐다.

마침내 박 신부는 마음을 굳히고는 사람들을 불러서 고반다를 찾자는 의견을 꺼냈다. 그러자 예상했던 대로 승희가 볼멘소리로 물었다.

"그런데 현암 군은 어쩌죠? 소식이 없는데…… 현암 군부터 찾아봐야 하는 것 아닌가요?"

"아마 조금 늦어지는 걸 게다. 별일은 없을 테니까. 만약 무슨 일이 생겼다면 미리 연락을 취했을 거야."

"늦어진 것 자체가 일이 생긴 거잖아요? 그럼, 현암 군이 아무 일도 없는데 연락도 없고, 나타나지도 않는단 말인가요?"

"그런 게 아니라, 무슨 급한 일이 생겼을지도 모르지. 지난번에도 사람들을 구조하느라 며칠씩이나 연락이 끊긴 적도 있지 않았니? 그러니 일단 우리 나름대로 고반다를 찾아보면서 현암 군이 오기를 기다리기로 하자는 게야."

박 신부도 승희 못지않게 내심으로는 속이 탔지만 지금 상황에서는 그렇게 말하는 것이 최선인 것 같았다. 승희는 걱정스러운 눈치를 지우지 못했지만 마지못해 고개를 끄덕여 보였다.

박 신부가 로파무드에게 물었다.

"로파무드 양, 고반다가 어디에 있는지 알고 있는가?"

"정확히는 모르지만 대충은 알아요."

"대충 거기가 어디쯤인가?"

"글쎄요, 칼키파의 사람들을 추적하다 보면 반드시 그가 나타날 겁니다. 칼키파는 근래 들어 갑자기 흥성해져서, 칼키파의 사람들을 거리에서 보는 것이 어렵지 않아요. 허나……."

로파무드가 말끝을 흐리자 박 신부는 고개를 갸웃했다.

"왜 그러지?"

로파무드는 한숨을 내쉬며 되물었다.

"우리가 과연 고반다의 상대가 될 수 있을까요?"

"어째서?"

"고반다는 대성인이신 바바지님도 어쩌지 못한 자예요. 그만큼 그의 힘은 신비하기 그지없다는 거죠. 그리고 칼키파 사람들이 신처럼 떠받드는 자라 그를 보호하는 강자들이 구름같이 많아요. 그 자들은 고반다의 명령이라면 죽음도 두려워하지 않을 겁니다."

"그런 악당에게 왜 사람들이 그리 많이 모이는 거죠? 그리고 어떻게 그리고 충성스러울까요?"

바이올렛이 인상을 쓰며 묻자 로파무드는 고개를 저었다.

"왜 그런지는 저도 잘 몰라요. 그러나 일단 고반다는 사람들의 마음을 강력하게 휘어잡고 있어요. 나는…… 분명 그가 악인이라 믿지만, 사람들은 그렇게 생각하지 않죠. 그래서 어려운 겁니다."

그러자 성난큰곰이 마음속으로 물었다.

사람들은 그를 어떻게 생각하는가?

"그러니까…… 거의 신적인 존재로 여긴다 해도 과언이 아니에요. 그가 있는 곳에는 모든 악이 사라진다는 찬가(讚歌)까지 있을 정도니까요."

칼키파의 핵심은 대략 몇이나 될 것 같은가? 특수한 힘을 가진 자들로……

"그런 것까지는 잘 알 수 없지만, 대략 수백 명은 넘을 거예요. 고반다가 바바지님을 해칠 때 그가 동원한 인원은 백여 명이 넘었고, 그들의 세력은 지금도 계속 불어나고 있으니까요."

일행 모두는 그 말이 믿어지지 않는다는 듯 눈을 크게 떴다.

"수백 명?"

"예."

그때까지 조용히 있던 윌리엄스 신부가 중얼거렸다.

"능력자가 그렇게 많다면, 그 사람들도 바보…… 아니, 범상한 사람들은 아닐 텐데, 그런 사람들이 어째서 모두 고반다에게 속고 있는 것일까?"

"약점이라도 잡혀서 협박당하나 보죠."

바이올렛이 건성으로 말하자 윌리엄스 신부가 고개를 저었다.

"아니, 그렇게 보기는 어려워요. 협박당하는 자가 목숨을 걸고서까지 충성을 바치기란 쉽지 않으니까요."

"그렇다면 고반다가 무지무지하게 강한 자여서 모두 두려워하는 게 아닐까요?"

"글쎄요. 그렇게 많은 능력자들이 과연 협박이나 두려움 때문에 복속한다고 볼 수 있을까요? 고반다에게는 분명 다른 무엇인가가 있을 겁니다."

"어떤 면에서 말씀이오?"

이반 교수의 질문에 윌리엄스 신부가 조용히 말했다.

"아무래도 내 생각에는…… 그가 악인이 아닐지도 모릅니다."

그러자 돌연 로파무드가 거칠게 소리쳤다.

"아니에요! 마바지님을 헤치고 수없이 많은 사람을 죽인 그런 자가……!"

"아, 잠깐잠깐, 진정해요. 내 말뜻은 그런 게 아니에요. 흠, 좀 설명하기 힘든데…… 말하자면 고반다는 외면적으로는 전혀 악하지 않게 보일지도 모른다는 뜻입니다. 겉으로 보기에는, 아니 상당히 깊이 생각하더라도 흠잡을 데가 없는 선한 이론을 펴고 선한 행동을 보여서 음흉한 목적을 가린다고나 할까. 좌우간 우리가 생각하는 일반적인 악당과는 뭔가 격이 다를 것 같다는 겁니다. 그런 자를 상대하려면 무작정 밀어붙이는 방법으로는 안 됩니다."

그 말에 박 신부가 고개를 끄덕였다.

"나도 동감입니다. 나도 예전에 카르나라는 칼키파의 인물을 만났는데, 그도 기이한 이론을 내세우면서 칼키파의 행동을 합리화하려는 것 같았어요. 그러나 내면으로는 뭔가 불안감을 감추고 있는 것 같았습니다. 거기에 초점을 맞춰야 할 듯합니다."

박 신부가 말하자 승희가 박 신부를 부추기듯 말했다.

"좀 더 자세히 말씀해 보세요."

박 신부는 고개를 끄덕이더니 차분한 목소리로 말을 이어 갔다.

"일단 우리가 여기 온 목적은 타보트를 찾아, 신성하고 강력한 힘을 지닌 그 물건이 옳지 못한 용도로 쓰이는 것을 막는 것입니다만, 내 생각에는 타보트보다 고반다가 훨씬 더 위험한 존재인 것 같군요. 하지만 지난번 카르나의 경우나, 현암 군이 상대했다는 칼키파의 인물들을 생각해 볼 때, 그들은 대단히 강력한 자들입니다. 성당 기사단원들을 단숨에 제압해 버릴 정도였으니까요. 우리가 비록 여럿이기는 하지만, 그들을 힘으로 이긴다는 것은 여간 어렵지 않을 겁니다. 더구나 여기는 칼키파의 근거지가 있는 인도잖습니까? 그렇다면 힘으로 상대하는 것보다 고반다의 근본적인 약점을 밝혀내는 것이 그를 무너뜨리는 가장 **빠른** 길일 것 같습니다."

박 신부의 말이 논리 정연해 모두 수긍하면서 고개를 끄덕였다.

윌리엄스 신부가 로파무드를 보며 입을 열었다.

"일단 고반다에 대해 자세히 조사해 볼 필요가 있을 것 같아요. 그리고 보통 사람들은 그를 어떻게 보며, 또 그의 측근들은 그를 어떻게 생각하는지에 대해서도 조사해 볼 필요가 있을 듯합니다. 먼저 로파무드 양이 알고 있는 것을 전부 말해 주세요. 그다음 모두 흩어져서 나름대로 이삼일 동안 정보를 수집해 보도록 합시다."

"좋습니다."

"그렇게 하죠."

모두 고개를 끄덕였다. 대강 논의가 끝나자 승희는 박 신부에게 나지막한 목소리로 말했다.

"그사이에 현암 군이 연락하겠죠? 설마 무슨 일이 생기거나 하지는……."

승희가 말을 끝내기도 전에 박 신부는 애써 태연한 표정을 지으면서 대답했다.

"현암 군에게는 무슨 일이야 있겠니? 게다가 혼자 행동하는 것도 아닌데."

하지만 박 신부의 마음은 납덩이처럼 무겁기만 했다. 비행기 안에서 꾸었던 기이한 꿈이 앙금이 돼 가슴을 무겁게 짓누르고 있었기 때문이었다.

그 꿈은 흔히 보는 악몽이 아니라 어떤 예지몽 같다는 느낌이 들었다. 그러나 예지몽이라고 하기에는 너무나도 믿어지지 않는 내용이었다. 아무리 그 기억을 지우려 해도 지울 수가 없었다.

'말도 안 되는 꿈인데 왜 이리도 마음이 무거운 것일까······.'

박 신부는 다시 한번 스스로에게 되뇌면서 잡념을 떨쳐 버리려 했지만 잘되지 않았다.

'어떻게 그런 일이 있겠는가. 준후와 현암 군과 내가 싸우면서 서로를 죽이려고 하다니······ 말도 안 돼. 절대로!'

그때 밖에서 똑똑, 노크 소리가 들려왔다. 윌리엄스 신부가 룸서비스인가, 하면서 문을 열려고 했다. 순간 승희가 바싹 긴장된 낯빛으로 급히 손을 내저었다. 뭔가 느껴진다는 신호였다.

이에 모든 사람이 긴장해 문을 주시하면서 반원형으로 흩어졌다. 박 신부가 눈짓하자 윌리엄스 신부는 조심스럽게 문으로 다가가 누구냐고 물었다. 그런데 뜻밖에도 문밖에서 들려온 목소리는 박 신부에게 그리 낯설게 느껴지지 않았다.

"실례합니다. 잠시 용건이 있습니다만."

박 신부는 잠깐 생각하다가 곧 그 목소리의 주인공을 기억해 냈다. 지난번에 만난 바 있던 칼키파의 카르나였다. 박 신부는 윌리엄스 신부에게 눈짓해 뒤로 물러나게 하고 천천히 나아가 문 앞을 막아선 다음 문을 열었다.

카르나는 상당한 술사인 만큼 어느 정도의 오라력을 모아 만약의 사태에 대비했으나 문이 열린 다음으로는 아무런 일도 일어나지 않았다. 다만 빙긋 웃는 표정의 카르나가 문 앞에서 박 신부의 얼굴을 보고는 정중하게 고개를 꾸벅 숙였을 뿐이다.

"또 만나 뵙는군요."

"무슨 일이오?"

그때, 박 신부의 뒤편에서 비명이 들리면서 누군가가 달려들었다. 로파무드였다. 그녀는 어느새, 벽에 세워 놓았던 첼로 케이스에서 간디바를 꺼내 들더니 맹렬하게 휘두르며 카르나에게 내리치려고 했다.

간디바에서 윙윙하는 울리는 소리가 들리자 카르나는 안색이 변하면서 뒤로 몇 걸음 물러섰다.

박 신부가 얼른 로파무드의 팔을 잡았다.

"로파무드 양! 왜……?"

"저……! 저 악당!"

로파무드의 눈이 붉게 변했다. 로파무드는 박 신부가 말리는데도 아랑곳하지 않고 당장이라도 카르나를 박살 내 버릴 기세였다.

"진정하게! 그리고 조금만 기다려! 이야기는 들어 봐야 하지 않겠나!"

카르나도 당황한 듯 황급하게 말했다.

"이러지 마세요! 나는 단지…… 단지 중요한 사항을 전하려고 온 겁니다! 이런 곳에서…… 이런 곳에서 싸운다면……!"

그러나 로파무드는 그 말을 듣지 않고 성난 황소처럼 간디바를 휘둘렀고, 카르나는 간신히 피했다. 그러자 꽝 소리와 함께 카르나의 뒤편에 세워 두었던 금속제 조각상이 박살 나 버렸다. 간디바에 살짝 스친 것뿐인데도 조각상이 박살 날 정도이니 직접 맞았으면 카르나는 죽었을 터였다.

하는 수 없이 성난큰곰과 윌리엄스 신부가 합세해 로파무드를 뒤로 끌어냈다. 그 모습을 보고 카르나는 안심이 됐는지 안으로 훌쩍 들어와 누가 볼세라 얼른 문을 닫았다.

"너무하군요. 누가 보면 어쩌려고 그러십니까? 당신들의 정체가 발각되면 어쩌려고 그러세요?"

카르나가 천연덕스럽게 말했다. 그 모습에 로파무드가 다시 소리를 지르면서 달려들려 했지만 성난큰곰이 꽉 잡고 있어서 꼼짝할 수 없었다. 그러나 무지무지한 힘을 가진 성난큰곰조차 힘겨워할 정도로 로파무드는 날뛰었다.

"도대체 왜 그러나요?"

바이올렛이 로파무드에게 묻자 로파무드는 이를 부드득 갈았다.

"바바지님이 돌아가실 때, 거기서 저자를 본 적이 있어요!"

평소 온순하기 그지없던 그녀의 눈에서 붉은빛이 강렬하게 내뿜고 있었으며, 표정 또한 무시무시하기 그지없이 변해 있었다.

성난큰곰과 윌리엄스 신부 등은 약속이나 한 듯이 로파무드의 그 표정에서 마스터의 모습을 떠올렸다. 비록 영혼이 정화됐더라도 본성의 일부분은 여전히 남아 있는 것 같다는 생각을 하면서…….

윌리엄스 신부가 간신히 그녀의 손에서 간디바를 빼앗아 들었다. 그 모습을 지켜보면서 카르나가 로파무드에게 능청스러운 목소리로 말했다.

"저는 바바지님을 해치지 않았습니다."

"거짓말!"

"그 누구도 바바지님을 해치지 않았습니다. 그분은 스스로 육신을 태워 사라지셨습니다."

그 말에 로파무드는 악을 쓰며 대들었다.

"그렇게 만든 건 네놈들이잖아!"

"보지 않고 말을 하니 반박할 수도 없군요. 좌우간 저는 여러분들에게 나쁜 감정을 가지고 있지 않습니다. 절대로……."

이번에는 박 신부가 차분한 목소리로 입을 열었다.

"지난번 만남을 나는 잊지 않고 있소."

그 말과 함께 연희의 얼굴을 보고는 뻔뻔스러운 카르나도 약간 얼굴을 붉혔다. 카르나는 수아 납치 사건 때 박 신부, 연희와 대면한 기억이 떠올랐다.

"지난번에는 제가 실례했습니다. 고반다 님께서도 진노하셔서 나중에 많은 참회와 고행을 해야 했답니다. 이번에 제가 온 것은 지난번 일을 사죄드릴 겸……."

그러자 로파무드가 또 고함을 질렀다.

"사죄하려면 자결해!"

성난큰곰이 고개를 설레설레 저으면서 로파무드를 질질 끌고 옆방으로 가 버렸다.

그 두 사람의 뒷모습을 보며 박 신부가 말했다.

"연희 양도 가서 로파무드 양을 좀 진정시켜 주게."

"예."

연희가 사라지자 카르나는 박 신부에게 슬며시 말했다.

"정말 지난번에는 잘못했습니다. 저는 벌을 받아야 마땅하죠. 그러나 전달할 것이 있습니다. 아주 중요한 일입니다."

"말해 보시오."

박 신부의 목소리에 여전히 의심의 기색이 가시지 않자 카르나는 조심스럽게 말을 건넸다.

"모두들 여기 오신 목적이 있으시겠지요? 대강은 압니다. 한 개의 물건과 한 명의 사람과 관련이 있지 않을까 합니다만……."

"그렇소."

"좋습니다. 한마디로 말씀드리자면, 저는 그 물건도 넘겨드리고 만나고자 하는 분도 만나게 해 드리려고 온 것입니다."

"뭐라고요?"

그 말을 듣는 순간 박 신부는 자신의 귀를 의심했다. 박 신부 일행은 분명 타보트를 찾아내고, 또 고반다를 만나러 온 것이다. 그런데 그쪽에서 오히려 타보트를 넘겨주고 고반다를 만나게 해 주겠다니!

"그게 정말이오?"

"당연하지요. 그렇듯 오래 묵은 궤짝…… 아니 실제로는 돌덩이지요? 그것을 우리가 무엇에 쓰겠습니까? 그리고 고반다 님은 누구나 만나십니다. 만나지 못할 이유가 없지요."

"당신은 우리가 여기에 있다는 것을 어떻게 알았소?"

카르나는 그저 빙긋 웃을 뿐, 그 말에 대꾸하지 않았다.

박 신부는 로파무드가 들어간 방 쪽을 힐끗 보고는 다시 말했다.

"당신도…… 바바지님 일에 관계있소?"

카르나는 그 말에 무안한 듯 얼굴빛이 약간 변했다. 그러나 이내 당당한 표정으로 대답했다.

"저도 그분을 존경했고, 따른 적도 있습니다. 그러나 그분은 변했어요. 그분은 고반다 님과 말씀을 나누시고는 스스로 육신을 불살라 사라지신 겁니다."

"무슨 이야기를 나누었소?"

"그건 모릅니다."

그 말에 이반 교수가 퉁명스럽게 내뱉었다.

"그렇다면 이야기를 했는지, 싸웠는지 알게 뭐요?"

"창밖에서 볼 수 있었습니다. 두 분은 그냥 이야기를 나누었고, 바바지님은 곧 육신을 불살라 사라지셨습니다. 절대 다투시지는 않았습니다. 다시 말하지만, 저도 바바지님을 존경했습니다. 그분 같으신 분을 어떻게 죽일 수 있단 말입니까? 아니, 그런 일이 가능이나 하겠습니까? 분명히 말씀드립니다만, 고반다 님은 한 번도, 단 한 번도 남에게 힘이나 폭력을 쓰신 적이 없습니다!"

열변을 토하는 카르나의 안색이 변했다. 비록 카르나의 속마음을 정확히 알 수는 없지만, 박 신부는 지금 그의 감정이 거짓이 아닌 것 같다는 느낌을 받았다. 분명 그는 잔학한 짓을 저지른 칼키파의 일원이지만, 악령에 씌었거나 조종을 받는 것 같지는 않았다. 그리고 그의 힘은 오히려 종교적인 냄새까지도 풍겼다.

그렇다면 고반다의 정체는 대체 무엇이란 말인가? 어떤 자이기에 단시간에 인도 전역을 휘어잡을 수 있었을까? 도대체 어떻게 이런 일이 가능한 것일까? 박 신부는 잠시 생각에 잠겼다. 잠깐 침묵이 흐르자 이반 교수가 입을 열었다.

"고반다는 우리를 만나서 어쩌겠다는 거요? 우리도 자살하게 만들려고?"

그 말에 카르나는 대번 정색하고 되받았다.

"우리가 당신들을 초빙하는 것은 순수한 호의에서입니다. 당신들이 그리 만만한 사람들이 아니라는 것을 우리도 잘 알고 있는데, 감히 이렇게 나서겠습니까? 그리고 우리도 당신들의 도움이 필요합니다."

"어떤 도움 말이오?"

"고반다 님을 만나 뵙고, 그분의 진정한 뜻을 접해 보십시오. 그러면 모든 것이 분명해질 겁니다. 그분을 한 번 뵌다면, 우리를 악인이라고 믿는 생각은 싹 사라질 테니까요."

"말은 그렇지만 함정인지도 모르지 않소?"

그 말에 카르나는 고개를 저으며 대꾸했다.

"함정을 파려면 굳이 이렇게 번거롭게 하지 않고 여기를 기습하는 편이 빨랐을 겁니다. 안 그런가요?"

이반 교수도 그 말에 할 말을 잃고 입을 다물었다.

카르나가 빙긋 웃으며 말을 이었다.

"일이 급하니 시간은 가급적 빠르게 정합시다. 내일은 어떤가요?"

"내일? 그건 너무……."

그 말이 떨어지자 카르나는 다시 웃으며 말했다.

"서두를수록 좋을 텐데요."

그 말에 박 신부는 정색하고 되받았다.

"우리는 지금 누군가를 기다리는 중이라……."

카르나는 고개를 저으며 여전히 웃는 얼굴로 말했다.

"그 물건을 노리는 자들이 많습니다. 오래 끌면 우리도 힘들고, 당신들도 귀찮아질 수 있습니다. 좋습니다. 그러면 모레는 어떨까요? 그 이상은 안 됩니다. 그리고 만나는 장소는 그쪽에서 정하셔도 됩니다. 아무 곳이나 상관없지요."

딱 잘라 말하면서 카르나가 휴대 전화를 꺼내 박 신부에게 내미는 순간 이반 교수가 대뜸 가로채듯이 받았다.

이반 교수의 갑작스러운 행동에도 카르나는 당황하는 기색 없이 말했다.

"그러면 그 전화로 오늘 밤까지 만날 장소를 정해서 연락을 주시기 바랍니다. 그러면 저는 이만……."

그 말을 끝으로 카르나는 유유히 문을 나섰다.

카르나가 사라지자 이반 교수는 재빨리 주머니칼을 꺼내 휴대 전화 케이스를 열어 보고 이리저리 살펴보았다.

"폭발물이나 도청 장치 같은 것은 없군. 그냥 전화기요."

그때까지 조용히 있던 윌리엄스 신부가 박 신부에게 물었다.

"어떻게 하실 건가요?"

그 말에 박 신부는 결정하기 어렵다는 듯 미간을 찌푸렸다.

"일단 생각을 좀 해 봅시다. 로파무드 양과 이야기도 나눠 보고…… 현암 군의 소식도 알아봐야 할 테니까요."

그러나 현암에게서는 아무런 연락도 오지 않았다. 하다못해 해밀턴과 그 밖의 사람에게서도…….

"도로 데려다주마."

도인들 및 기이한 사람들과 함께 한참 동안 이야기를 나누던 승현이 준호와 아라에게 다가와 말했다.

그러자 멍하니 생각에 잠겨 있던 아라가 비로소 정신을 차린 듯하더니 돌연 사나운 소리로 내뱉었다.

"필요 없어요!"

"무슨 소리냐? 돌아가야지. 거사님도 안 계신데……."

"우리가 무슨 장난감인 줄 알아요? 마음대로 들고 왔다가 돌려 놓으면 그만인가요?"

옆에서 준호가 보아하니 아라는 이 사람들에게 적의를 가져도 단단히 가지게 된 것 같았다. 이 사람들이 준후를 잡을 궁리를 하니까 그럴 수도 있다는 생각이 들었다. 그러나 본디 우유부단하고 마음이 약한 준호는 아직 마음의 갈피를 잡지 못하고 있었다.

'사부가 그럴 리가 없는데…… 허나 정말 그랬다면…… 나는 어쩌지? 어떻게 해야 하지?'

준호가 아무 말도 하지 못하고 있는 사이, 아라는 승현 일행에게 바락바락 대들었다. 그에 승현 일행은 더 이상 견디지 못하고 좋을 대로 하라면서 다른 사람들과 함께 한빈 거사의 시신을 수습한 후 산을 내려가기 시작했다. 한빈 거사는 과연 대도인답게 시신 역시 기이하리만큼 가벼워 종이 뭉치 정도의 무게밖에 나가지 않았다.

준호는 아무리 아라가 대든다고 해도 아이인 자신들을 깊은 산속에 내버려두고 가는 승현이 원망스러웠다. 하지만 승현도 어찌할 수 없어서 그런 것이었다.

승현 일행은 아라와 준호가 준후와 아주 가까운 관계라는 것을 알고 있었지만 현현파 사람들이나 오의파 등의 사람들은 그런 사실을 잘 알지 못했다.

다만 그 자리에 있던 사람 중 근호와 병수는 수아를 한 번 본 적이 있었지만 그것은 박 신부와 함께 있을 때였고, 또 수아가 워낙 어리기 때문에 굳이 그 아이에게 준후의 거처를 물어봐도 소용없다고 생각돼 두 사람은 그런 말을 입에 담지 않았다.

그러나 아라가 자꾸 시비를 거는 것으로 보아 준후를 잡는다는 것을 대단히 못마땅하게 여기는 모양인데, 승현까지 나서서 자꾸 따지고 들다가는 아라가 준후와 가까운 사이라는 것이 들통나게 될지도 몰랐다. 그렇게 되면 다른 도인들이나 술객들은 필경 아라와 준호를 닦달할 터였다.

 아이들을 괴롭히는 짓 같은 것은 도인들이 할 바가 아니었지만 워낙 사건이 크다 보니 그들도 수단 방법을 가리지 않을 수도 있었다. 그런 생각을 하니 차라리 산에 남겨 두고 아이들 스스로 길을 찾아가는 편이 어른들에게 닦달을 당하는 것보다는 나을 것 같았다.

 더구나 이 아이들은 평범하지 않고 나름대로 재주가 있는 아이들이니 별일이야 있을까, 하는 생각도 있었고 그래서 승현은 급히 다른 사람들을 채근해 아이들에게서 관심을 돌리려고 배려한 것이지만 그런 생각을 하지 못한 준호는 승현이 원망스럽기만 했다.

 그러나 아라의 표정을 보니 말을 걸었다가는 당장에 기관총처럼 험한 말이 쏟아져 나올 분위기였다. 사실 준호도 준후가 몹시 걱정됐지만 당장 어떻게 해야 할지 막막하기만 했다.

 아라는 어떻게 된 건지 돌연 울기도 하고, 알아들을 수 없는 말을 중얼거리기도 하면서 준호 같은 아이는 아예 존재하지도 않는다는 듯한 분위기로 앉아 있을 뿐이었다.

 준호는 말도 하지 못하고 아무 생각 없는 듯한 수아를 달래고 놀아 주기나 하면서 아라 주변을 얼쩡거리기만 했다. 그렇게 얼마나 시간이 흘렀는지, 어느덧 해가 저물어 가고 있었다.

 돌연 아라가 자리에서 벌떡 일어섰다.

 "가자."

 "가다니? 어디로 가?"

아라는 여전히 정신이 몽롱한 듯 중얼거렸다.

"맞아. 그럼 가지 말고 여기 있자."

그러더니 그 자리에 털썩 앉았다.

준호는 어이가 없어서 아라에게 다가가 슬며시 말했다.

"왜 여기 있는 거야?"

"준후 오빠가 올 거 아냐?"

"사부가? 사부가 여길 왜 오겠어?"

"다시 올 거야. 오빠가 그런 짓을 했을 리가 없어. 아마…… 아마 준후 오빠도 일이 이렇게 된 줄 모르고 있을 거야. 그래, 다시 올 거야. 그냥…… 무슨 일이냐는 듯이 나타날 거라고……."

아라는 억지로 굳센 표정을 짓는 것 같았다. 눈물을 흘리지는 않았지만 눈에는 분명 눈물이 그렁그렁 맺혀 있었다. 그리고 일어설 기미도 없이 그 자리에서 꼼짝도 하지 않았다.

그 모습을 본 준호는 답답해졌다. 준호는 깊은 산속에서 아무런 준비도 없이 밤을 지새우는 것이 결코 쉽지 않다는 것을 잘 알고 있었다. 하지만 지금은 아라에게 그런 말을 할 분위기가 아니었다.

'밤이 되면 추워질 거야. 그러면 내려가자고 하겠지.'

그렇게 한참 동안 더 앉아 있자 준호는 좀이 쑤셔서 아예 드러누워 버렸다. 그리고 보니 수아는 벌써 낙엽 위에 쓰러져서 잠들어 있었다. 그때까지 꼼짝도 하지 않고 앉아 있던 아라가 벌떡 고개를 들고 품에서 조요경을 꺼내 들었다.

"맞아! 이거!"

하르마게돈 271

"그게 왜?"

준호가 심드렁하게 물었으나 아라의 눈은 반짝반짝 빛났다.

"이걸 쓰면 잘하면 준후 오빠가 어디 있는지 보일지도 몰라. 전에도 한 번 그런 적이 있었거든!"

그러나 준호는 입맛을 다시고는 고개를 갸웃했다.

"설마……?"

"아냐! 정말이라고! 정신을 잘 집중하기만 하면 될 거야. 한 몇 시간만……."

"몇 시간?"

준호는 참다못해 불만스럽게 덧붙였다.

"조금 있으면 날이 어두워질 거야. 그런데 너, 이런 첩첩산중에서 밤을 보내는 게 어떤지나 알고 그러는 거야? 산짐승이 나올지도 모르고……."

"짐승?"

"그래! 호랑이는 없더라도 멧돼지나 늑대, 살쾡이라도……."

아라에게 겁을 주려고 한 말이었는데 아라는 오히려 여유 만만해 보였다. 준호가 생각해 보니 그도 그럴 것이, 조요경이 있는 한 모든 동물은 아라의 부하나 다름없었다.

"흠…… 그리고 밤이 되면 산속은 말도 못 하게 추워진다고. 초가을에 동사할 수도 있고."

"난 안 추워!"

"너는 그렇다 해도 수아는 어떻게 할 거야!"

준호가 평소보다 약간 크게 소리치자 아라는 움찔했다. 아라 역시 수아가 낙엽 더미 위에 쓰러져서 잠들어 있는 것을 보자 안쓰러운 마음이 들었다.

"그럼…… 내려갈까?"

"그래, 그러자고. 사부가 여기 나타난다는 보장도 없고 말이야. 좌우간 여기서 이렇게 기다리는 건 그야말로 어리석기 짝이 없는 짓이란 말이야."

준호는 그제야 잠든 수아를 안아 들고 아라를 달래서 자리를 뜨려고 했다. 그러나 아라는 영 발걸음이 떨어지지 않는 듯 머뭇거리다가 한쪽을 보고 화들짝 놀랐다.

이미 해가 서산 저편으로 넘어가고 있어 눈부신 석양빛이 온 산에 드리워져 있었다. 그런데 저만치에 누군가가 서 있는 듯, 그림자가 길게 드리워져 있었던 것이다.

"저, 저거……!"

준호도 자신의 눈을 믿을 수가 없었다. 붉은 석양빛을 등에 지고 나뭇가지를 헤치면서 천천히 그들을 향해 다가오는 사람은 바로 준후가 아닌가. 아라는 너무도 기쁜 나머지 말이 잘 나오지 않았다. 그러나 준호는 준후를 보고 처음에는 반가워하다가 곧 한숨을 길게 내쉬면서 말했다.

"사부……! 아…… 어떻게 된 거야? 대체?"

그런데 준후의 얼굴은 화난 사람처럼 굳어 있었고, 눈빛은 몹시 번쩍였다. 준후는 준호, 아라와 수아를 쓱 훑어보더니 나지막이 말했다.

"날 좀 따라와. 너희가 도와줄 것이 있어."

준호는 느닷없는 준후의 말에 조금 놀라서 중얼거렸다.

"뭐? 아니, 뭔데? 그리고…… 그리고 사부! 여기서 일어났던 일은 대체……."

얼버무리는 준호의 말을 끊고 준후는 차갑게 말했다.

"가면서 이야기해 줄 테니 따라와."

준후는 뒤도 돌아보지 않고 오솔길을 따라 산 저편으로 걸어갔다. 아라는 마치 무엇에 홀린 사람처럼 그 뒤를 따라갔고 준호는 수아를 둘러업고 잠시 안절부절못하다가 그 뒤를 따라 달려갔다.

현암은 서서히 정신이 드는 것 같았다. 눈꺼풀이 천근같이 무거워 눈을 뜰 수는 없었지만 눈꺼풀 사이로 밝은 빛이 느껴졌다.

'여기가 어디지? 아니, 내가 지금 살았나 죽었나?'

힘겹게 눈을 뜨자 낯선 풍경이 보였다. 파란 하늘, 처음 보는 기이한 모습의 나무들. 그리고…….

"정신이 드십니까?"

백호의 목소리가 들려왔다. 반가운 목소리였다. 어떻게 된 것인지 모르지만 적어도 천당은 아닌 듯했다.

"여기가…… 어딥니까?"

현암이 간신히 입술을 달싹거리자 백호가 대꾸했다.

"저도 모릅니다."

현암은 꿈틀 몸을 움직이며 먼저 몸 구석구석에 가만히 힘을 주어 보았다. 부서지거나 잘려 나간 곳이 없나 싶어서였다. 그러나 중상을 입은 부위는 없는 듯했다.

현암이 천천히 몸을 일으키자 백호의 모습이 눈에 잡혔다. 그리고 저만치에서 연기가 피어오르는 큼지막한 모닥불을 둘러싸고 앉아 있는 세 노승과 쪼그려 앉아 있는 마하딥의 모습도 보였다. 마하딥은 없어진 팔에 옷을 찢어 만든 듯한 천을 칭칭 동여매고 있었다.

"모두…… 빠져나왔군요."

"그렇습니다. 그런데…… 우리가 왜 여기 있는 겁니까? 뭐가 어떻게 된 건지 저는 도무지……."

백호는 영문을 알 수 없다는 표정이었다. 물론 블랙 엔젤이 그들을 모두 옮겨 준 것이겠지만, 그런 내용을 백호에게 말할 수 없어 현암은 말꼬리를 돌렸다.

"그런데 여기는 어딜까요?"

"모르겠습니다. 외딴 무인도 같습니다만……."

"무인도?"

"이미 며칠이 지났습니다. 주변을 좀 돌아보았는데, 별로 크지 않은 작은 섬이더군요. 사람이 살고 있는 흔적도 없고…… 그래서 연기를 피우고 있습니다만……."

"다른 사람들은 괜찮습니까?"

"마하딥 외에는 특별한 부상자가 없습니다. 마하딥도 중상이지만 잘 견뎌 내고 있고요. 그러나 여기는 물도, 식량도 없어서……
상당히 힘들어질 것 같습니다."

현암은 몸을 일으켜 일단 월향검을 찾아보았다. 월향검은 자신의 손목에 그대로 있었다. 그러나 청홍검은 보이지 않았다. 현암은 한숨을 한 번 쉬고는 세 노승 쪽으로 다가갔다.

"괜찮으십니까?"

그러자 약간 영어를 할 줄 아는 긴 눈썹의 노승이 고개를 살짝 끄덕여 보이며 말했다.

"아하스 페르츠는?"

"모릅니다. 나는 그를 당할 수 없어서…… 비행기에서 뛰어내렸는데……."

"그럼 우리가 왜 이리로 옮겨진 것이오? 그리고 당신은 또 왜?"

"나중에 설명 드리겠습니다."

"아니, 나는 대강 알고 있소. 적어도 우리가 왜 이리 옮겨졌는지 말이오. 당신에게 감사드리오."

그러면서 노승은 현암에게 깊이 고개를 숙여 합장하려 했다. 현암은 당황해 노승을 만류하려 했다.

"그러실 것 없습니다."

"아니오. 은혜를 입은 것은 분명한 일이니까요. 우리는 당신과 다른 길을 걷는 자들인데도 당신은 우리를 위해 큰 희생을 했소. 불도를 믿는다는 우리가 부끄럽소이다."

그러면서 노승은 자신들을 처음으로 현암에게 소개했다.

"나는 무색(無色)이라 하고, 이들은 무음(無音), 무성(無聲)이라 하오."

작달막한 노인은 무성이라 했고, 뚱뚱한 노인은 무음이라 했다. 눈썹 긴 노승은 그들의 법명을 땅바닥에 나뭇가지로 긁어 써 보여 준 다음 다시 그것을 지웠다. 그는 눈이 잘 보이지 않는다고 했으면서도 글씨를 쓰는 것이 매우 능숙했다.

"우리 셋은 같은 사형제(師兄弟)들이오. 나는 눈이 잘 보이지 않고, 무음은 말을 하지 못하며, 무성은 귀가 잘 들리지 않소. 은사께서는 우리의 그런 단점을 석존의 가르침을 깨우치는 데 보다 가까이하라는 계시로 알고 그러한 법명을 지어 주셨다오."

현암은 고개를 끄덕이며 물었다.

"은사라면…… 혹시 소림의 분이 아니십니까?"

"아니오. 허베이(河北) 관음사(觀音寺)에 계신 분이시오. 나는 소림에도 좀 있었소만……."

현암은 소림사 외에는 잘 알지 못했지만 관음사는 중국 선종의 고승 중 한 분인 조주(趙州) 스님이 있던 곳으로, 유서가 깊은 곳이었다.

"그런데 당신들은 어째서 용화교에……."

그러자 눈썹 긴 노승은 손가락을 하나 세우며 고개를 저었다.

"각자에게는 각자의 길이 있는 법. 지금 그것을 놓고 논쟁할 필요는 없다고 보오. 그리고 당신은 용화교에 대해 너무도 잘못 생각하고 있는 듯하오."

하르마게돈 277

노승은 한숨을 한 번 쉬고는 다시 말을 이었다.

"좌우간 일단 이 섬에서 빠져나갈 방법을 찾아야 하지 않겠소?"

현암은 고개를 끄덕였다. 그러면서도 이 노승들이 조금 특이하다고 생각했다. 보통의 승려들이라면 부지불식간에라도 아미타불 같은 불호를 읊조리게 마련이었는데, 이 노승들은 그런 말을 전혀 꺼내지 않았다. 겉모습은 승려들이지만 용화교도들의 행동은 확실히 다른 데가 있는 듯했다.

여하간 현암은 공력이 회복됐는지 살피려고 가만히 힘을 주어 보았다. 하지만 다 꺼내 쓴 저금통처럼 단전이 텅텅 비어 조금의 공력도 끌어낼 수가 없었고, 오히려 통증만 느껴졌다.

'만 하루가 지났다니, 앞으로 엿새 동안 공력은 사용조차 할 수 없구나.'

현암은 막막한 기분에 일단 승희와 연락이라도 취해 보려고 세크메트의 눈을 찾아보았다.

"어!"

현암은 자신도 모르게 크게 소리를 지르면서 벌떡 자리에서 일어났다. 세크메트의 눈이 없어져 버린 것이다. 현암은 몸의 여기저기를 샅샅이 뒤져 보았지만 세크메트의 눈을 찾을 수 없었다. 현암은 허망한 나머지 털썩 그 자리에 주저앉았다.

'아하스 페르츠와 옥신각신할 때 떨어뜨린 것일까? 아니면 비행기에서 뛰어내릴 때 잃어버린 것일까? 이거 큰일이다!'

그때 백호가 다가와 슬며시 물었다.

"왜 그러십니까?"

현암이 세크메트의 눈을 잃어버렸다고 이야기하자 백호도 아쉬운 표정을 지었지만 더 이상 어떻게 할 방법이 없었다.

그때 노승 중 무음이라 불리는 벙어리 노승이 천천히 일어나더니 바닷속으로 걸어 들어갔다. 목까지 잠길 만큼 물속으로 들어간 무음은 잠시 가만히 있다가 물속에 잠겨 있던 양손을 휙 위로 쳐들어 올렸다. 그러자 두 마리의 커다란 물고기가 허공으로 날아오르더니 백사장에 툭툭 떨어졌다.

그런 식으로 무음은 열 마리의 물고기를 간단히 잡아서 던진 다음 다시 물에서 걸어 나왔다. 노승들 정도의 높은 공력이라면 물고기를 잡는 것쯤은 쉬운 일이겠지만, 현암과 백호는 승려인 무음이 거리낌 없이 물고기를 잡는 것을 보고는 조금 놀랐다.

그러나 무성은 거리낌 없이 그 물고기들을 주워서 나뭇가지에 꿴 다음 불에 올려놓았다. 그 광경을 뚫어지게 바라보다가 백호가 약간은 거북스러운 듯 입을 열었다.

"그런 일이라면 내가 해도 될 텐데……."

그 말에 무색이 빙긋이 웃으며 조용히 말했다.

"살생하고 육식하는 것은 불도에서 금하는 일이고, 용화교에서도 권하는 바가 아니오. 허나 지금의 처지에서는 어쩔 수 없는 일. 우리는 재미를 위해 살생한 것도 아니고, 돌봐야 할 병자도 있으며 고립무원의 처지에 있지 않소?"

그러는 사이 무성은 약초를 개어 만든 고약 같은 것으로 마하딥의 짓이겨진 팔을 정성껏 치료해 주었다. 이 노승들은 자연 속에서 살아가는 일에 대해서는 박학다식한 것 같았다.

그들은 한데 모여 말없이 물고기를 먹었다. 그러면서 현암은 속으로 이 노승들과 다시 맞설 일이 생기지 않았으면 좋겠다고 생각했다.

식사를 마치고 잠시 시간을 보내던 중, 갑자기 무색이 고개를 번쩍 들면서 현암에게 말했다.

"배요."

"배?"

현암의 귀에는 아무런 소리도 들리지 않았다. 그러나 무색의 말을 믿지 않을 수 없었다.

과연 잠시 후 저만치 수평선 너머에서 조그마한 점이 나타났고, 현암의 귀에도 어렴풋이 배의 힘찬 엔진 소리가 들려왔다. 상당히 속도가 빠른 쾌속정인 것 같았다.

현암은 반갑기는 했지만 왠지 꺼림칙한 느낌이 들었다. 배가 다가오는 것을 보고 있으려니 그 의심은 더욱 커졌다.

"똑바로 이쪽으로 오고 있는데…… 그렇다면 우리가 여기 있는 걸 미리 알고……?"

현암의 말을 듣고 무색이 조용히 대답했다.

"아하스 페르츠일지도 모르오."

그 말에 현암은 눈을 크게 떴다. 그러나 무색은 평안한 얼굴로 말했다.

"어차피 지금 만나든 안 만나든, 언젠가는 다시 만날 사람이 아니겠소?"

배는 점차 해안에 가까워졌고 수심이 닿을 수 있는 곳까지 접근하더니 빙글 돌면서 멈추어 섰다. 그리고 조그마한 보트 한 척이 내려지더니 몇 명의 사람들이 그것을 타고 해변으로 노를 저어 오기 시작했다. 만약 우연히 온 사람들이라면 근해에 사는 인도인들이어야 할 텐데, 그들 중 인도인으로 보이는 사람들은 몇 되지 않았다.

현암뿐만 아니라 노승들도 수상하다고 여겼지만, 저들이 없이는 어차피 섬에 갇혀 버릴 판이니 어찌할 수 없었다.

그들은 서슴없이 현암과 노승 일행이 있는 곳으로 미소를 띠며 다가왔다. 그런데 예감대로, 그들이 다가오면서 가려진 겉옷 속에서 총부리를 내밀었다.

현암은 한숨을 내쉬면서 발밑의 모래를 힘없이 한 번 걷어찼다.

고반다를 만나다

고반다가 있다는 작은 아시람은 차가 간신히 올라올 수 있는 산 중턱에서도 한참을 더 걸어 올라가야만 했다. 박 신부 일행은 카르나의 안내를 받으며 산길을 오르면서도 주변을 주의 깊게 살폈다. 고반다가 호의를 가지고 그들을 맞이한 것은 의외지만 전적으로 고반다를 믿을 수는 없는 일이었다.

한 시간 이상이나 산길을 터벅터벅 오르다가 승희가 카르나에게 물었다.

"얼마나 더 가야 하나요?"

카르나는 정중하게 고개를 숙이며 대답했다.

"절반 정도 왔습니다."

그 말을 듣고 승희는 박 신부에게 속삭였다.

"벌써 초소가 열네 군데나 있더군요. 모두 상당한 능력자들이 있었고요."

"능력자들이 대략 몇이나 됐니?"

"적게 잡아도 서른 명?"

승희는 그 말을 하면서 안색을 흐렸다. 그러자 성난큰곰이 조용히 뒤에서 마음속으로 말을 전달했다.

사십 명도 넘는다. 그리고 그중 최소한 여섯 명은 내가 당해 낼 수 없는 자들이다.

그 말을 듣자 승희는 더욱더 안색이 어두워졌다. 성난큰곰은 박 신부를 제외하고 여기 있는 사람 중 최강의 주술사라 할 수 있었다. 그런 그를 뛰어넘는 자들이 그렇게 많다니…….

다시 성난큰곰이 조용히 전달해 왔다.

그런데 이해가 잘 가지 않는다. 그 사람들 중에는 힌두교도도 있고, 불교도나 시크교도, 자이나교도들도 있다. 그리고 악인이라 하기엔 너무도 기운이 밝은 자들이 많다. 고반다는 어떤 자이기에 종파를 초월해 그런 사람들을 수하로 거느릴 수 있단 말인가?

그 말에 박 신부는 그저 조용히 대꾸했다.

"만나 보면 알 수 있지 않겠소?"

고반다가 그들을 함정에 빠뜨리려는 것인지도 모르지만, 박 신부는 그만한 위험은 감수할 수 있다고 생각했다. 어차피 고반다를 찾아가야 할 것이라면 이번 기회에 가는 것이 좋으리라 여겼기 때문이다.

며칠 전, 카르나가 찾아왔을 때 흥분한 로파무드를 달래어 고반다에 관해 물어보니, 로파무드도 고반다를 직접 만난 적은 없다고 했다. 그러나 들리는 말에 의하면, 고반다는 실제로 자신은 손 하나 까닥해 힘을 쓴 적이 없으며, 항상 눈부신 광휘로 둘러싸여서 누구라도 고개를 숙이게 만든다는 것이었다.

박 신부는 그 이야기를 듣고 상당히 놀랐으며, 정말 고반다를 만나 보기 전에는 그가 어떤 자인지 섣불리 판단할 수 없다고 생각하게 됐다. 로파무드는 평소 그렇게 얌전했지만, 한번 화가 나자 도무지 흥분을 삭일 줄 몰랐다. 더욱이 한번 화를 내면 집요해지는 점은 마스터를 닮은 듯했다. 따지고 보면 로파무드의 영혼은 마스터의 영혼이었으니, 아무리 정화돼 아기처럼 깨끗해졌다고는 하나 근본적 성격은 변하지 않은 모양이었다.

어쨌거나 지금 고반다를 만나러 가는 일행 중에 로파무드와 바이올렛은 끼어 있지 않았다. 로파무드는 고반다를 무척 증오하기 때문에 이성을 잃을 수 있어서 남겨 둔 것이고, 바이올렛은 그런 로파무드를 옆에서 지켜보기 위해서, 그리고 현암의 소식을 기다리기 위해 남은 것이다. 도움이 되지 않을 것이 분명한 황달지 교수도 남았고, 자신의 정체를 알아차릴 위험이 있는 연희 역시 현암의 연락을 받아야 한다는 핑계로 남겨 두고 온 참이었다.

그들이 출발한 지 이틀째가 돼 가고 있었으며, 현암에게서 소식이 끊긴 지도 닷새가 지나 있었다.

사실 장소를 이쪽에서 정하기로 돼 있었으나 박 신부는 굳이 고반다가 있는 곳으로 직접 찾아가겠다고 했다. 좀 위험한 것도 같았지만 어찌 생각하면 그편이 옳았다. 그들의 도착을 미리 알 정도의 능력자들이 모여 있다면 굳이 이편에서 유리한 장소를 고른다 해도 소용이 없을 것이다. 그리고 박 신부는 카르나 쪽에서 그렇게 뻔한 함정을 파지는 않을 것 같다는 느낌을 받았다.

한 가지 더 추가한다면, 박 신부는 이 기회에 고반다의 평소의 모습을 꼭 확인하고 싶었다. 그래서 그냥 고반다가 머문다는 오지의 작은 아시람을 찾아간다고 말한 것이다. 그곳은 산과 울창한 밀림을 몇 군데나 통과해야 하는 오지 중의 오지였지만.

박 신부는 눈을 돌려 승희의 옆모습을 힐끗 바라보았다. 승희는 아무런 내색을 하지 않으려 애쓰는 듯했지만, 간밤에 한숨도 자지 못한 것 같았다. 현암의 소식이 없어서였으리라.

그러나 박 신부나 승희 모두, 현암이 정말 어떤 일을 당했으리라고는 생각하지 않았다. 아니, 애써 생각하지 않으려 했는지도 모른다.

그렇게 한 시간 이상 산길을 걷고 있는데 돌연 앞서가던 카르나가 걸음을 멈추고 위로 먼저 달려 올라갔다.

"조금만 기다리십시오."

영문도 모른 채 서서 기다리다 보니 한 떼의 사람들이 위쪽에서 내려왔다. 난민들처럼 누더기를 걸친 사람들이 대부분이었는데, 개중에는 말쑥한 차림의 사람들도 더러 있었다. 그들은 박 신부 일행은 본 척도 하지 않고 박 신부 일행이 올라온 길을 따라 산을 내려가 버렸다.

잠시 후 카르나가 나타나서 그들을 인솔해 다시 길을 올랐다. 한 십 분가량 더 올라가자 카르나가 입을 열었다.

"다 왔습니다. 여기가 고반다 님이 머무시는 곳입니다."

그들 앞에는 아주 조그맣고 엉성한 아시람 한 채가 있을 뿐이었다. 조금 특이한 점이라면 아시람 전체가 색색의 야생화로 온통 뒤덮여 있어 꽃으로 만든 집처럼 보인다는 것뿐, 어마어마한 위풍의 고반다가 이런 곳에 있다고는 미처 생각할 수 없을 정도였다.

꽃들도 정성 들여 꽂혀 있기는 했지만 색의 조화에 따라 꽂은 것이 아니라서 기이한 느낌을 주었다.

승희가 그 꽃들을 의아한 눈빛으로 바라보자 카르나가 설명해 주었다.

"신자들이 꽂은 것입니다. 누가 시작했는지는 모르지만, 한 사람이 한 송이씩 꽂고 가지요."

"그럼 아까 그 사람들이……?"

"예. 고반다 님을 뵙기 위해 왔던 사람들입니다. 오늘만 일단 내려보냈지요. 귀한 손님들이 오시니까."

카르나는 귀한 손님들이 박 신부 일행이라는 듯, 턱으로 그들을 가리키더니 씩 웃으며 아시람 앞으로 걸어갔다.

"이제 들어가서 고반다 님을 만나 보세요. 아시람이 협소해 다 들어가실 수 있을지……."

카르나는 성난큰곰을 장난스러운 눈빛으로 슬쩍 보았다. 아닌 게 아니라 아시람이 너무 좁아 덩치가 워낙 큰 성난큰곰이 들어갈 수 있을지 의문스러웠다.

박 신부가 미소를 지으며 말했다.

"수고하셨소. 나하고 윌리엄스 신부님, 승희만 들어가 보도록 하리다."

"우린 밖에서 기다리겠소."

이반 교수가 배낭을 내려놓으며 대답했다. 안 그래도 밖을 경계할 생각이었던 것이다. 그의 배낭에는 예의 그 무시무시한 자동화기가 잔뜩 들어 있었다. 성난큰곰도 무표정하게 장승처럼 버티고 섰다.

"저는 이만 내려가 보겠습니다."

카르나는 뭐가 그리 신나는지 피식피식 악의 없이 웃으며 올라왔던 길을 따라 내려가기 시작했다. 그것은 확실히 예상과는 달랐다.

박 신부 일행은 의아해하며 주변을 다시 한번 둘러보았고, 승희는 투시력으로 주위를 살폈다. 그러나 아시람 주변은 텅 비어 있었다. 아시람 안에는 두어 명의 사람이 있는 듯했지만, 최소한 승희의 투시력이 미치는 가까운 거리에 숨어 있거나 지키는 자는 아무도 없는 것 같았다.

"왜 아무도 없죠? 우리는 아직 그들 편이 아닌데……."

승희가 어이없다는 듯 입을 열었다. 그러자 성난큰곰이 인상을 찌푸리며 마음속으로 말해 왔다.

자신 있다는 것이겠지…….

박 신부가 쓴웃음을 지으며 아시람으로 들어가려는 것을 이반 교수가 말렸다.

"잠시만. 안에 폭약 같은 것이 장치돼 있는지도 모릅니다."

그때 안에서 누군가가 무뚝뚝하게 서툰 영어로 말했다.

"들어오십시오."

곧이어 그 안에서 작은 인도 아이 두 명이 나왔다. 한 명은 남자아이고 한 명은 여자아이였는데, 평범하기 그지없었으며 차림새도 너저분했다.

승희가 은근슬쩍 투시를 해 보니 아이들에겐 특이한 힘이 전혀 없었고, 다만 방문객은 이제 귀찮다는 생각만을 하고 있을 뿐이었다.

"괜찮겠는데요?"

승희가 말하기도 전에 박 신부는 미소를 띠며 아이들의 머리를 쓰다듬어 주고는 아시람 안으로 성큼 들어섰다. 그 뒤를 이어 윌리엄스 신부와 승희가 들어섰다.

아시람 안으로 들어선 순간, 박 신부는 아찔할 정도의 느낌을 받았다. 아시람 안은 좁고 낡았지만 무엇인가로 꽉 차 있었다. 빛이었다. 눈을 부시게 만드는 빛이 아니라 느낌으로 전해지는 오라 같은 밝은 빛이 아시람 안에 가득했다.

그 빛은 순수하고 맑았으며, 티끌만큼의 그 어떤 악한 느낌도 없었다. 그리고 그 빛은 아시람 한 모퉁이에 조용히 쪼그려 벽에 기대앉은 한 늙은 남자의 몸에서 나오고 있었다. 그는 전혀 다듬지 않은 상태로 기른 수염과 머리, 그리고 너저분한 옷을 걸치고 맨발로 앉아 있었는데 손에는 작은 칠판과 석필을 들고 있었다. 그는 박 신부를 보고는 칠판에 놀랄 만큼 빠르게 글씨를 쓱쓱 써서 내밀었다.

〈환영하오.〉

"고반다……?"

노인은 다시 능숙하게 칠판에 글을 써서 내밀었다.

〈그렇소.〉

고개만 까딱해도 될 텐데 고반다는 그것이 습관이 된 듯, 표정 하나 바꾸지 않고 칠판의 글씨로만 대화를 나누었다. 칠판도 작아 긴 글을 쓰기가 힘들 듯했다. 글씨를 보인 뒤에는 거의 자동적으로 오른팔로 칠판을 쓱 문질러 글을 지웠다.

"항상 이런 식으로 의사소통을 하십니까?"

고반다는 기계보다도 빠른 손놀림으로 또다시 간략하게 썼다.

〈오십 년.〉

"말씀은……?"

〈못 하오.〉

"그 칠판만 사용하십니까?"

〈항상.〉

박 신부는 한숨을 내쉬었다.

'오십 년 동안이나 말을 하지 않고 작은 칠판으로만 의사소통을 해 오다니…….'

윌리엄스 신부와 승희도 놀라는 표정을 지었지만 아무 말도 하지 않았다.

한동안 박 신부가 말이 없자 고반다도 움직이지 않았다. 한참을 그대로 있다가 지루해진 승희가 더 이상 참지 못하고 물었다.

"우릴 왜 불렀죠?"

그러자 고반다는 재빨리 글을 썼다.

〈도와주시오.〉

"도와 달라고요? 어떻게 도와 달라는 거죠?"

여전히 고반다는 무표정한 얼굴로 재빨리 칠판에 글을 썼다.

〈당신들과 같이 다니던 아이는?〉

그 말에 박 신부가 되물었다.

"준후 말이오?"

〈그렇소.〉

"이번에는 같이 오지 않았소."

그러자 고반다는 잠시 손을 부르르 떨다가 다시 썼다.

〈그 아이만이 도울 수 있소.〉

승희와 박 신부는 어이가 없다는 듯 서로의 얼굴을 바라보았다. 준후라고? 왜 고반다는 준후만이 도울 수 있다고 하는 걸까?

그때 윌리엄스 신부가 나섰다.

"타보트…… 타보트는 어디 있소?"

고반다는 흥미를 잃었다는 듯이 힘없이 썼다.

〈카르나에게 말하시오.〉

"우리에게 줄 수 있소?"

〈마음대로 하시오. 다만 그 아이를 불러 주시오.〉

"준후를 불러다 주어야 타보트를 주겠다는 거요?"

〈아니오. 그냥 가지시오.〉

그때 뭔가 의아함을 느낀 박 신부가 물었다.

"당신은 대답만 하시오? 먼저 말은 하지 않소?"

그러자 고반다가 생기를 찾은 듯 재빨리 썼다.

〈그렇소.〉

"정말이오?"

〈그렇소. 나는 거짓말은 할 수 없소.〉

그러더니 고반다는 칠판을 내려놓고 구석에 쪼그린 채 눈을 감아 버렸다.

세 사람이 어리둥절해하고 있는 틈에 두 꼬마가 나타나더니 말했다.

"고반다 님께서 안녕히 가시랍니다."

그 말에 세 사람은 밖으로 나갈 수밖에 없었다. 실로 너무도 의외의 일이었다.

한참 지난 후에야 승희가 머뭇거리며 말했다.

"혹시…… 저 고반다, 가짜가 아닐까요?"

그러자 박 신부는 딱 잘라 말했다.

"가짜는 저런 오라를 낼 수 없다."

"저…… 오라……."

윌리엄스 신부가 간신히 말을 이었다.

"제가 잘못 보지 않았다면…… 저것은 그 어떤 것도 뚫고 들어갈 수 없을 겁니다. 저것처럼 강한 것은 처음 봅니다……."

그 말에 박 신부가 고개를 끄덕였다.

"동감이오."

"그리고…… 그 빛은…… 전혀…… 전혀 악함이 없습니다."

또다시 박 신부가 고개를 끄덕였다.

"내 생각도 그렇소."

윌리엄스 신부는 멍한 표정으로 박 신부에게 물었다.

"그렇다면…… 고반다는 나쁘지 않다는 말입니까? 우리는 그럼 이제 어떻게 해야……."

말을 맺지 못하는 윌리엄스 신부를 쳐다보며 박 신부는 조용히 말했다.

"조금 생각할 시간을 주십시오."

이내 박 신부는 조용히 눈을 감고 깊은 생각에 잠겼다.

그사이 윌리엄스 신부가 이반 교수와 성난큰곰에게 고반다의 이야기를 하자 나머지 사람들도 똑같이 혼란에 빠졌다.

승희도 갈피를 잡지 못하기는 마찬가지였다. 지난번 바바지가 남긴 메시지를 들은 적이 있지만 고반다의 몸에서 나오는 오라는 바바지보다도 더더욱 강렬한 느낌을 주었다. 더구나 고반다는 오십 년 동안 작은 칠판으로밖에는 말도 하지 않았고 거짓말조차 한 적이 없다니, 그렇다면 칼키파가 획책하는 무서운 일들을 고반다가 시켰을 것 같지도 않았다.

게다가 아무런 보상도 없이 타보트를 순순히 내준다고 했다. 그런 일은 아무나 할 수 있는 것이 아니었다. 그렇다고 박 신부를 믿지 않을 순 없었으니 그야말로 혼란스러울 수밖에 없었다.

'혹시 고반다는 착한 사람인데, 그 밑의 놈팡이들이 나쁜 놈들 아닐까? 그래서 나쁜 짓을 하는 것이 아닐까?'

일단 승희는 그렇게밖에 생각할 수 없었다. 그러고 나자 다른 의문이 떠올랐다.

'그런데 왜 고반다는 준후를 찾을까? 고반다가 준후를 어떻게 알며, 왜, 무슨 도움을 청하는 걸까?'

도무지 승희는 의문이 가시지 않아 불쑥 아시람으로 밀고 들어갔다. 이반 교수가 흠칫하며 말리려 했지만 승희는 아무런 생각 없이 무의식적으로 들어간 것이라 그럴 겨를도 없었다. 더군다나 승희는 현암의 소식이 없어 잠도 자지 못해 경황이 없는 데다 고반다의 오라를 보고 난 다음, 갑자기 긴장이 풀려서 머릿속이 텅 빈 것 같았다.

승희가 들어가자 고반다는 빛을 뿜으면서 구석에 볼품없이 드러누워 있다가 서서히 일어나 앉았다. 그의 얼굴은 여전히 무표정했다.

대뜸 승희가 물었다.

"당신 부하 중에 나쁜 자들은 없나요?"

그러자 노인은 거의 기계적으로 대답했다.

〈그럴 수도, 아닐 수도.〉

"부하들이 하는 일을 당신은 아나요?"

〈다는 알 수 없소.〉

"당신이 세상을 망하게 하려 한다는데…… 그게 정말인가요?"

사실 승희의 이런 질문은 유치하기 짝이 없었으며, 멍청한 수준의 질문에 가까웠다. 그러나 그 물음에 고반다는 급히 칠판에 단호하게 휘갈겨 썼다.

〈아니오.〉

순간, 고반다는 칠판을 떨어뜨리고 몸을 쭈그렸다. 몸이 좋지 않은 것 같았다. 그러자 두 꼬마가 달려와 승희에게 알아들을 수 없는 인도말로 뭐라고 마구 떠들면서 화난 표정으로 승희를 아시람 밖으로 몰아냈다.

승희는 멍한 표정으로 물러날 수밖에 없었다. 승희가 밖으로 나가자 꼬마들은 밖의 사람들에게 고개를 설레설레 저으면서 말했다.

"함부로 들어오지 마세요! 고반다 님은 몸이 안 좋으시니까!"

하르마게돈

그리고 꼬마들은 아시람의 거적때기 같은 문을 휙 닫아 버렸다. 몇 송이의 꽃들이 그 통에 너울너울 바닥으로 떨어져 내렸다. 멍한 표정을 짓고 있는 승희에게 윌리엄스 신부가 물었다.

"대체 무슨……?"

승희는 주절주절 안에서 있었던 이야기를 해 주었다. 그러자 윌리엄스 신부 등은 기가 막힌다는 표정으로 아무런 대답도 하지 않았다. 다만 박 신부의 미간이 조금 더 찌푸려지는 것 같았다. 그 모습을 보고 승희는 무안해져서 입술을 잘근잘근 씹었다.

그때 저 아래쪽에서 카르나가 걸어 올라왔다.

"어떠셨습니까?"

그는 여전히 빙글빙글 웃으며 말을 건넸다. 그런 카르나에게 아무도 대답하지 못했다.

"고반다 님이 뭐라 분부하신 일은 없으십니까?"

"타보트를 내주신다고 하셨소. 당신에게 말하면……."

윌리엄스 신부가 말하자 카르나는 이내 물었다.

"그냥요?"

"그렇……소. 그냥……."

"그러셨습니까? 그러면 드리지요."

"정말이오?"

카르나가 너무도 흔쾌하게 대답하자 윌리엄스 신부는 깜짝 놀라 눈이 휘둥그레졌다. 그러자 이반 교수가 나섰다.

"우리가 거짓말을 하지 않는 줄 어떻게 아시오?"

여전히 카르나는 웃으며 대꾸했다.

"거짓말을 한다면 조금 더 그럴듯하게 했겠죠."

그 말에 이반 교수는 할 말을 잃은 듯했다. 카르나가 다시 웃으며 말했다.

"고반다 님은 그런 분이십니다. 좌우간 저를 따라오십시오. 타보트를……."

그때 아래쪽에서 탕 하는 소리가 울려왔다. 총소리 같았다. 모두 워낙 맥이 빠진 상태여서 못지않게 바짝 긴장했다.

일행을 보면서 카르나는 얼버무리려는 듯이 웃으며 말했다.

"걱정 마세요. 별것 아닌……."

그의 말이 끝나기도 전에 다시 아래쪽에서 우박 같은 총소리가 들려왔다. 아까와는 비교할 수 없을 정도로, 마치 수십 명이 총을 무차별로 난사하는 것 같았다.

그러자 카르나도 안색이 변하면서 박 신부 일행을 내버려두고 급히 아시람 안으로 뛰어들었다. 그러고는 다짜고짜 고반다를 둘러업고 두 시동을 꼬리에 단 채 급히 산 아래쪽으로 뛰어 내려갔다. 도대체가 영문을 알 수 없는 일이었다.

박 신부가 성큼성큼 카르나의 뒤를 따라 산 아래쪽으로 내려가려 하자 윌리엄스 신부가 박 신부를 말리려 했다.

"신부님! 그리로 가시는 것은……."

그러나 박 신부는 윌리엄스 신부의 손을 뿌리치고는 중얼거리면서 아래로 달려갔다.

"막아야 해! 이건 막아야……!"

"대체 무슨 일입니까?"

달려가는 박 신부에게 윌리엄스 신부가 물었다. 그러나 박 신부는 그 말에는 대답하지 않고 승희에게 외쳤다.

"승희야! 좀 알아봐 주렴!"

하지만 무슨 일이 벌어지고 있는지 의아스러운 것은 승희도 마찬가지였다.

"뭘 말이에요?"

그러자 박 신부가 헐떡이며 걸음을 멈추었다. 박 신부가 멈추어 서자 다른 사람들도 모두 걸음을 멈추었다. 사실 다리를 저는 박 신부가 카르나를 쫓아간다는 것은 무리였고, 이미 카르나는 산 아래쪽으로 사라져 버린 뒤였다.

박 신부는 그쪽을 가리키며 소리쳤다.

"저기! 저기 말이다."

아직 산 아래 자락은 울창한 나무들에 가려 눈에 보이지 않았다. 그런데 그쪽에서는 다시 총성이 간헐적으로 들려왔다. 총성이 들려오자 박 신부가 말했다.

"산 아래에서 무서운 일이 벌어진 모양인데…… 나는…… 나는 믿을 수가 없구나."

그 말에 승희가 고개를 저었다.

"아직 너무 멀어요. 최소 사백 미터 정도는 접근해야 알 수 있어요. 삼백오십 미터 이내라면 더 좋고요."

솔직히 승희는 총성이 울리는 곳으로 접근하고 싶지 않았다. 그런 승희의 마음을 알지 못한 이반 교수가 말했다.

"사백 미터라면 보통 총의 유효 사거리는 대강 벗어난 정도요. 그러니 크게 위협적이진 않을 거요."

승희는 내키지 않는 듯 조금 더 뒤로 물러섰다. 그러자 이반 교수는 다시 박 신부에게 몸을 돌렸다.

"그런데 왜 그리 서두르시오?"

이반 교수가 묻자 박 신부가 아주 작은 목소리로 다급하게 말했다.

"현암 군이 저쪽에 있는 것 같소. 아…… 하지만 아직 승희에게는 말하지 마시오. 위험한 상태인지도 모르니까……."

"예?"

"그리고 많이…… 너무 많이 온 것 같소. 이것은……."

"누가 많이 왔다는 거요?"

"우리가 만났던 자들이 거의 다 모인 것 같소. 나는 투시력은 없지만 느낌으로 알 수 있소. 저 아래에는 아네스 수녀가 있고, 검은 지하드도 있는 듯하오! 그리고 전혀 다른 느낌을 주는 자들도 수없이 느껴집니다! 지난번 놀이공원에서 모였던 것보다 더 많은 숫자의 능력자들이 있소!"

"예? 그렇게 많은 자들이……? 혹시 라보드 때문에?"

"싸움이 벌어지면 걷잡을 수 없을 것이오! 어떻게든 해야……."

말을 하다가 박 신부는 다시 달리기 시작했다. 그 말을 듣고 이반 교수와 윌리엄스 신부는 서로 얼굴을 마주 보았다. 두 사람은 말하지 않았지만 그들의 얼굴에는 '우리가 어떻게?'라는 생각이 떠올라 있었다. 하지만 거리를 두고 정찰하는 것이라면 큰 문제는 아닐 것이라 여기고, 그들도 박 신부의 뒤를 따라갔다.

더군다나 현암이 근처에 있다는 느낌이 있다는데 그냥 지나칠 수도 없었다. 박 신부의 당부대로 승희에게 이야기하지는 않았다.

마침내 숲을 벗어나 내리막길로 접어들었다가 이내 야트막한 고개가 나왔다. 이 고개에 올라서면 산 아랫마을이었다. 그곳에 도착하자 승희는 몸을 부르르 떨었다.

"맞아요……. 아주 많아요……. 능력 없는 자들도 많지만…… 수없이 많은 자들이 숨어 있어요……."

그 말을 하다가 승희는 갑자기 비틀거렸다. 안색이 창백했다. 승희 옆에 있던 윌리엄스 신부는 승희를 부축하려 했지만 승희는 무엇에 홀린 것처럼 고개 위로 올라섰다. 박 신부도 고개 위로 올라가고 있었다. 그런 그들을 향해 이반 교수가 외쳤다.

"올라가면 안 되오! 총이……."

그때 성난큰곰이 말없이 그들의 뒤를 따르는 것을 보고 이반 교수는 한숨을 쉬었다. 고개 위로 올라가면 바로 마을이므로 총격전이 벌어지는 곳에 상당히 접근하게 되는 셈이다. 하지만 고개 위로 올라서지 않으면 현장을 볼 수가 없었다. 이반 교수는 할 수 없다 생각하고 그 뒤를 따라 고개턱으로 올라섰다.

산 아래 자락의 광경은 혼돈 그 자체였다. 그러나 희귀한 장면

이 아니라 현대인에게는 너무도 낯익은 혼돈이었다. 박 신부 일행이 지나왔던 평화로운 산자락은 승희에게 과거 TV에서 보았던, 내전이 벌어진 아프리카의 어느 마을을 연상시켰다. 다른 사람에게 있어서도 별반 다를 것이 없어 보였다.

총알이 사방에서 날아들고, 나무와 오두막은 화염에 휩싸여 맹렬한 기세로 불타올랐다. 그리고 땅에 걸레처럼 엎어져 있는 사람들의 몸에서는, 기분 나쁠 정도의 피가 냇물처럼 고이다가 흘러내리고 있었다.

사방은 총성과 고함, 폭음과 무너져 내리는 소리로 가득 차 정작 귀에는 아무런 소리도 감지되지 않았다. 하늘마저 빙글빙글 도는 듯했다. 정체를 알 수 없는 자들은 엄폐물에 숨어 가면서 무자비하게 총을 난사해 댔고, 허름한 옷차림의 수많은 사람이 총에 맞아 짚단처럼 힘없이 풀썩 쓰러졌고, 혹은 팽이처럼 팽그르르 돌다가 쓰러졌다.

그런데 박 신부를 더욱 아찔하게 만든 것은 총에 맞고 쓰러지는 사람 중 대부분이 고반다의 술사들이 아닌, 평범한 신도들이었다는 점이었다. 박 신부는 서둘러 앞으로 달려 나가려 했다.

"어떻게든 저 사람들을……"

대뜸 이반 교수가 박 신부를 붙잡으며 근엄한 목소리로 말했다.

"우리가 어쩔 수 있는 상황이 아니오."

"하지만……."

박 신부는 어떻게든 해 보려고 그쪽으로 눈을 돌렸다. 총알이 휙휙 스치고 지나가는 저 아래쪽의 광경에서 도저히 눈을 뗄 수 없었다. 그것은…… 전장을 방불케 하는 그 모습은…….

"이건……."

박 신부는 흐릿해져 가던 옛 기억을 다시 붙잡았다. 젊은 시절 겪었던 월남전의 모습과 지금의 광경은 너무도 흡사했다. 잊어 가던 과거의 아픈 기억. 박 신부는 불현듯 아랫배에 통증을 느꼈다.

박 신부가 몸을 움츠리자 성난큰곰과 이반 교수가 급히 박 신부의 몸을 밀쳐 냈다. 통증이 삽시간에 박 신부의 전신을 훑고 지나갔고, 박 신부는 그 자리에 쓰러져 몸을 전혀 움직일 수 없었다.

"아니……! 신부님!"

이반 교수가 놀라서 윌리엄스 신부와 승희를 부르려 했으나 그쪽도 상황은 마찬가지였다. 승희는 이곳의 지옥 같은 광경을 보자마자 거의 실신해 윌리엄스 신부가 짊어지다시피 하고 있었다.

무섭다거나 상황에 질려서가 아니었다. 직접 보기 전까지 승희는 주술사나 초능력자들만 투시하고 있었다. 하지만 참혹한 현장을 직접 눈으로 보게 되자, 예전보다 훨씬 민감해진 그 투시력은 쓰러져 죽음을 향해 치닫는 수많은 사람들의 고통에 가득 찬 절규를 무의식적으로 받아들이지 않을 수 없었고, 그 때문에 승희는 제정신으로 있지 못했다.

"아아! 안 돼! 안 돼!"

승희는 열에 들뜬 사람이 헛소리를 하듯 간헐적으로 비명을 질러 대며 무작정 앞으로 뛰쳐나가려 했다. 그런 승희를 윌리엄스 신부는 눈물을 삼키면서 있는 힘을 다해 찍어 눌렀다.

윌리엄스 신부의 앞은 돌로 쌓아 올린 담이 있어서 어느 정도 총알을 막아 주었지만, 담 높이가 워낙 낮아 고개만 쳐들어도 머리가 날아갈 지경이었다. 그 옆 담벼락에는 성난큰곰과 이반 교수가 박 신부를 안전한 곳으로 밀어 눕히고 있었다.

그때 그들의 옆과 뒤로도 총알이 날아들기 시작했다. 알고 보니 완전히 포위당한 것 같았다.

"저격병이오!"

이반 교수가 외쳤다. 사방에서 쏟아지는 산탄도 무서웠지만, 그보다는 정확히 조준해 날아오는 총알이 훨씬 더 무서웠다. 저격 범위에서 벗어나려면 몸을 엄폐할 곳부터 찾아야 했다. 그런데 그런 장소는 더 안쪽으로 들어가야만 했다.

고개 뒤로 도망칠 수도 있지만, 일단 그들이 목표물로 점 찍힌 이상 저격병에게 그대로 노출될 수밖에 없어, 그야말로 멋진 사냥감이 되기 십상이었다. 할 수 없이 이반 교수는 윌리엄스 신부, 성난큰곰과 함께 죽을힘을 다해 박 신부와 승희를 걸머지고 달려서 엄폐가 가능한 어느 무너진 집과 담장 뒤편으로 뛰어들었다.

그동안에도 고반다 측 사람들은 총알에 밀려서 계속 뒤로 도망치는 상황이라 총알은 점차 가까이로 쏟아졌다. 어느 틈에 그들은 그 와중에 휩쓸리고 말았다.

"신부님! 혹시 총에……?"

간신히 한숨 돌리게 되자 이반 교수가 물었다. 그러나 박 신부는 대답할 수 없었다. 놀라서 확인해 보니, 다행히 박 신부의 몸에는 외상이 없었다. 하지만 박 신부는 극도의 고통에 시달리고 있는 것 같았다. 이반 교수는 어쩌다가 이렇게 된 것인지 도무지 이해할 수가 없었다.

그때 성난큰곰이 마음속으로 조용히 말했다.

지금 박 신부는 스스로의 기억과 싸우고 있다.

박 신부가 서서히 쓰러지더니 이제는 의식이 없는 상태가 돼 버렸다. 박 신부가 쓰러지자 이반 교수와 성난큰곰은 서둘러 눈짓을 교환했다. 그 두 사람은 박 신부가 총에 맞지 않았지만 누군가의 주술로 암암리에 타격을 입었다고 생각하고 있었다. 그와 동시에 이 상황을 돌파하려면 무력도 불사해야 한다고 생각했다.

이반 교수는 서둘러 배낭의 끈을 풀며 성난큰곰이 대신 지고 있던 여분의 배낭까지 받아서 손에 들었다. 그러자 성난큰곰은 자신의 몸만큼이나 커다란 배낭에서 물건 하나를 꺼냈다. 지난번 키건에게 얻어 낸 갑옷, 나이트 아머였다. 이 갑옷은 총알은 물론이고 대부분의 주술을 차단하는 효과가 있어 만약을 대비해 가져왔던 것인데, 지금이 이것을 사용할 때라고 성난큰곰은 판단한 것이다.

두 사람이 서둘러 준비를 갖추는 동안 윌리엄스 신부는 공황 상태에 빠져 버린 승희의 정신을 되돌리기 위해 안간힘을 썼다.

그 사이에도 총알은 우박같이 쏟아져서 공포에 빠져 우왕좌왕하던 고반다의 참배객들은 거의 시체가 돼 버렸다. 남은 자들은 고반다의 추종자들로, 상당한 실력자들이라 그리 수는 줄지 않은 듯했다. 그들은 간헐적으로 알 수 없는 무기를 던지기도 하고, 주술을 사용하기도 하는 것 같았으나 의외로 소극적이었다.

사실 총알이 빗발치면 그 어떤 주술사나 능력자도 막기 힘들었다. 하지만 고반다의 부하들은 승희가 판단한 대로 무척 많았으며, 그중에는 대단히 강한 능력을 지닌 자들도 많은데, 왜 저항을 하지 않는지 알 수 없었다. 그리고 이들을 이처럼 무차별적으로 습격하는 자들은 도대체 어떤 자들인지도 알 수 없었다.

이반 교수가 눈살을 찌푸리며 중얼거렸다.

"사격 솜씨들이 보통이 아니군."

성난큰곰은 사격이나 전술에 대해 거의 문외한이라 의아한 듯 이반 교수를 바라보았다. 물론 손으로는 열심히 나이트 아머를 껴입으면서. 이반 교수 역시 재빨리 총의 부품들을 결합하면서 말을 이었다.

"마구 쏘아 대는 것 같지만, 노출된 목표물들을 틀림없이 명중시키는 것으로 보아 대단히 숙련된 자들이오. 용병들일지도……."

우왕좌왕하는 자들은 술사들이 아닌데 왜 총을 난사하는 것인가? 고반다를 따르는 자는 모두 죽이겠다는 건가?

성난큰곰이 마음속으로 이반 교수에게 묻자 이반 교수는 고개를 저으며 무섭게 인상을 썼다.

"그런 것 같지도 않소. 저들은 사람들이 단순히 시야를 가린다는 이유로 모조리 쏘아 죽이고 있는 거요! 지독한 놈들! 닳고 닳은 용병들이 분명하오!"

그때 승희가 막 정신을 수습했다. 승희의 고통은 죽어 가는 자들에 대한 고통이 전파돼 나타난 것이므로, 시야에 있는 대부분의 사람이 숨을 거두자 곧 정신을 차릴 수 있었던 것이다. 승희가 정신을 차리자 윌리엄스 신부는 기뻐하면서 서둘러 여기서 빠져나가자고 했다.

그러나 승희는 고개를 저으며 더듬더듬 말했다. 아직 충격이 가시지 않은 것 같았지만 승희의 눈에는 또 다른 공포가 어려 있었다.

"안 돼요! 지금…… 지금 무서운 것이……!"

"무서운 것?"

윌리엄스 신부는 이해할 수 없었다. 이들은 지금 총격전에 휘말려 버렸다. 그보다 무서운 것이 또 어디 있단 말인가? 그러다가 다음 순간, 윌리엄스 신부는 할 말을 잊어버렸다.

무차별적인 총격에 맞아 쓰러진 사람들은 수십 명에 달했다. 그런데 갑자기 기이한 소리가 울리자 선혈을 흘리면서 쓰러졌던 자들이 꿈틀거리며 일어서기 시작했다. 남자, 여자, 노인, 아이 할 것 없이 몸에 구멍이 뚫렸거나 팔이나 손이 떨어져 나간 사람들이 비틀거리면서 몸을 일으켰다.

과거에 보았던 좀비와 흡사했지만 그들 모두가 혀를 길게 빼물고 있다는 점에서, 외관상으로 좀비와는 조금 달랐다. 솔직히 좀비보다 더 끔찍해 보였다. 그것을 보고 윌리엄스 신부가 중얼거렸다.

"부타! 부타로구나. 신이시여……."

"부타……?"

승희가 거의 무의식적으로 되묻자 윌리엄스 신부는 성호를 그으면서 어깨를 부르르 떨었다.

"저건…… 좀비보다 훨씬 위험한 겁네다! 좀비는 조종받는 인형이지만, 부타는 악에 물든 영혼을 그대로 몸에 남겨 두어…… 고통을 느끼고, 고통스러울수록 더욱더 강해지는 무시무시한 괴물들이에요!"

윌리엄스 신부가 떨리는 목소리로 중얼거리는 동안에도 수십 명에 달하는 죽은 사람들이 비틀거리며 몸을 일으키더니 찢어지는 듯한 고함을 지르면서 총알이 날아오는 쪽으로 마구 달려갔다.

그 속도만 보더라도 조종을 받아 느릿느릿 움직이는 좀비와는 달랐다. 부타는 좀비와 달리, 죽은 영혼이 몸에 남아 있는 존재였다. 물론 이성은 상실한 상태지만 죽었을 때의 고통과 증오심을 그대로 가지고 있었다. 그래서 부타는 조종을 받아 움직이는 좀비보다 훨씬 더 위험한 존재였다.

총알이 더더욱 빗발치듯 쏟아졌지만 부타들은 하나도 넘어지지 않았다. 총에 맞은 부타는 고통스러운 듯 몸을 뒤틀고 몇 발짝씩 물러서거나 무릎을 꿇기도 했지만 이내 다시 일어나 더욱 미친 듯이 달려갔다. 고통을 그대로 느끼고, 그 고통에 반발하는 증오심이 솟구쳐 더욱더 강한 힘을 발휘하는 것이 부타의 무서운 점이었다.

부타들이 엄폐물 쪽으로 접근해 오자 조준 사격을 하듯 규칙적으로 들리던 총소리가 마구 난사하는 소리로 바뀌었다. 그러나 부타들은 총을 맞을수록 더 빨리 움직였고, 훨씬 더 무서운 힘을 발휘했다.

용병들이 바리케이드로 사용하던 쓰러진 마차로 달려간 작은 아이의 부타가 있었다. 아이는 한쪽 팔이 총에 맞아 너덜거리며 간신히 매달려 있음에도 불구하고 그 무거운 마차를 한 손으로 잡아 단숨에 뒤집어 버렸다. 뒤쪽에 숨어 있던 용병 중 두 명이 놀라서 달아났지만 미처 달아나지 못한 한 명은 마차에 깔린 듯했다. 부타가 된 아이는 그 용병에게 달려들어 그를 순식간에 종이처럼 갈가리 찢어 버렸다.

수십 명의 부타들이 밀려들자 능숙한 용병들도 어쩔 줄 모르고 우왕좌왕하다가 십여 명이 넘는 용병들이 순식간에 고깃덩이가 돼 버렸다.

승희와 윌리엄스 신부 등은 나름대로 산전수전을 다 겪었지만 지금 벌어지는 너무나도 끔찍한 광경에 눈만 멍하니 크게 뜬 채 움직이지도 못했다. 그러던 중, 뒤쪽에 떨어져 있던 부타 하나가 인기척을 느낀 듯, 박 신부와 이반 교수가 있는 쪽으로 달려왔다.

"제길! 왜 이리 오는 거야!"

이반 교수가 화를 버럭 냈다. 사실 이반 교수는 냉정한 판단을 하고 있었다. 아무리 싸움이 처참해도 지금 끼어들면 좋을 것이 없었다. 박 신부도 아직 무아지경에서 벗어나지 못해 몸조차 제대로 움직이지 못하는 상태였고, 어느 쪽이 옳은지 그른지 판단조차 할 수 없었다. 하지만 부타가 덤벼들려는 이 상황에서는 어쩔 수가 없었다. 몸을 더 숨겨 보았지만 부타가 냄새를 맡았는지, 아니면 직감으로 알았는지 똑바로 달려들고 있었다.

이반 교수가 보다 못해 막 조립한 벨지움 컨바인의 산탄을 쏘아서 그 부타를 넘어뜨렸다. 이반 교수의 산탄은 용병들이 쓰는 총알보다도 훨씬 강력했다. 영화에 나오는 7호 엽총탄 같은 것과는 비교도 할 수 없는 위력이라 그것을 맞은 부타는 순식간에 보기에도 참혹할 정도로 벌집처럼 부서졌지만, 그 부타는 벌집이 된 상태에서도 속도조차 죽이지 않고 곧장 달려왔다.

이반 교수는 다급한 나머지 땅에 엎드린 후 등에 메고 있던 엘리컨 기관포의 스위치를 움켜쥐었다. 놀라는 일이 거의 없는 이반 교수가 그 정도로 당황할 만큼 부타의 몰골과 속도는 위협적이었다.

우르릉하면서 번개 치는 듯한 굉음과 함께 탄피가 삽시간에 우박같이 사방으로 날리는 순간 달려들던 부타는 조각조각이 나서 흩뿌려지고 말았다.

이반 교수는 급히 총의 스위치를 멈추었다. 위력이야 굉장했지만 탄약 소모가 너무 컸기 때문이다. 더군다나 뒤처졌던 다른 부타들도 용병들 쪽으로 가지 않고 이쪽으로 달려오기 시작했다.

"제길! 이런 식으로 쏘다간 몇 명 상대하지 못해!"

이번에는 성난큰곰이 눈을 감고 주문을 외웠다. 인디언 비전의 주술 주문이 읊어지자 그들의 앞에 몽롱한 연기처럼 무엇인가가 피어올랐다. 그 기운은 안개처럼 허공에 뭉쳐서 동물 같기도 하고, 사람 같기도 한 기이한 형상을 만들어 냈다.

달려들던 부타들이 그 기운에게 덤벼들어 허공으로 팔을 내저으며 싸움을 시작했다. 그러다가 성난큰곰이 만든, 알 수 없는 연기 같은 형상이 일순 사라져 버렸는데도 부타들은 환각에 빠졌는지 자기들끼리 싸우기 시작했다.

"뒤로 물러섭시다!"

성난큰곰이 오랜만에 입을 열어 직접 목소리를 냈다. 그는 커다란 덩치의 박 신부를 가볍게 짊어지고, 이반 교수의 짐까지 한 손으로 들고는 뒤로 달려서 승희와 윌리엄스 신부가 있는 곳까지 달려왔다.

그사이에도 부타들과 용병들의 싸움은 계속됐다. 용병들은 몹시 당황한 듯했지만, 그 수는 생각보다 훨씬 많았고 장비들도 만만치 않았다. 최초의 부타들의 역습으로 열 명 가까운 희생자가 나왔지만, 그들은 재빠르게 뒤로 물러서면서도 도망치지 않고 둥글게 돌면서 일종의 포위망을 구축하는 것 같았다.

하지만 누군지 알 수 없는 고반다 측의 부타 술사도 만만치 않았다. 부타들도 바싹 쫓아가는 것을 멈추고 대오를 갖추는 것처럼 자리를 지켰다. 용병들은 누군가의 지휘를 받는 듯, 순식간에 다시 포위망을 형성해 조여들었다. 이번에 앞장선 몇 명의 용병들은 화염 방사기를 걸머지고 있었다. 그것을 보고 이반 교수는 혀를 찼다.

"제길! 전쟁이군!"

윌리엄스 신부가 고개를 설레설레 저었다.

"어떻게 백주에 이런 짓을……."

"여긴 오지요! 부근에 여기 말고 다른 마을은 아예 없는데, 그 누가 총성을 듣겠소?"

이반 교수가 씹어 내뱉듯이 말하자 윌리엄스 신부는 다시 고개를 저었다.

"좀비라면 효과가 있겠지만…… 부타들에게 불은……."

윌리엄스 신부가 말을 맺기도 전에 화염 방사기가 무시무시한 불꽃을, 부타들을 향해 뿜었다. 순식간에 앞장섰던 부타들의 몸이 불길에 휩싸였다. 그러나 부타들은 쓰러지지 않고 발작적으로 불길이 쏟아지는 곳으로 곧장 달려들었다.

화염 방사기를 지고 있던 용병들이 놀라 더욱 강한 불꽃을 집중시켰지만 부타들은 몸이 타들어 감에도 놀라운 속도로 달려들어 용병들에게 매달렸다. 처참한 비명과 함께 용병들이 메고 있던 가스통이 부타의 몸에 붙은 불길을 이기지 못하고 폭발해 버렸다. 그러자 근처에 있던 다른 용병들의 가스통도 연쇄 폭발을 일으켰고, 그 일대는 불길이 휘몰아치는 지옥이 돼 버렸다.

불길은 순식간에 승희 등이 있는 곳까지 밀려왔다. 성난큰곰이 밀어닥치는 열기를 나이트 아머를 껴입은 자신의 큰 덩치로 막아섰기에 망정이지, 그렇지 않았으면 모두가 큰 화상을 입었을 터였다. 하지만 그 폭발 속에서도 부타들은 반 이상이 살아남아 아직 움직이고 있었다.

"정말 지독하군!"

이반 교수는 부타들의 지독함에 눈살을 찌푸렸다. 그러자 저쪽에서도 이제는 안 되겠다 싶었는지 용병들이 뒤로 물러서는 것이 보였다. 그때, 갑자기 귀를 쩌렁쩌렁 울리는 커다란 소리가 주변을 가득 메웠다. 누군가의 외침이었는데, 현암의 사자후에 필적할 만큼의 커다란 목소리였다.

"네놈들은 누구냐?"

그 목소리는 강한 인도 악센트가 잔뜩 섞인 서툰 영어로 외치고 있었기 때문에 모두 알아들을 수 있었다. 그러나 한가롭게 대답하는 자는 당연히 없었다. 오히려 대답 대신 기분 나쁜 소리를 내면서 로켓탄이 부타들을 향해 날아들었다.

이반 교수는 로켓탄이 모습을 드러내기도 전에 발사음과 파열음만을 듣고도 그 무기가 무엇인지 식별할 수 있었다. 그는 급히 모든 사람에게 담벼락에 붙어서 바싹 엎드리라고 외쳤다. 다음 순간 사방이 아수라장이 돼 버렸다.

다행히 발사된 로켓탄은 휴대용 LAW(경량 대전차 로켓탄)였다. 그것들은 고폭약탄이 아니라 대전차탄이었기 때문에 관통 효과는 뛰어날지 몰라도 폭발 효과는 그렇게 크지 않았다. 그렇지 않았으면 박 신부 일행이 조금 떨어진 담벼락 뒤에 숨어 있었더라도 크게 피해를 입었을 터였다. 그러나 폭발에 의한 압력과 엄청난 폭음이 그들을 압박해 꼼짝도 할 수 없게 했다.

제아무리 부타들이라 해도 뼈와 살로 이루어진 존재들이라 그 폭발에 배겨 내지 못하고 거의 전멸되다시피 했다. 그렇지만 사방으로 흩어져 모습을 드러내지 않고 숨어 있는 고반다 측의 술사들은 큰 피해를 보지 않은 듯, 사방에서 음산하게 주문 같은 것을 중얼거리는 소리가 들려왔다. 그 주문은 마치 메아리가 치듯이, 그 지역 전체를 웅웅 하며 에워쌌다.

그 소리를 듣자 성난큰곰의 안색이 변했다.

"이건……!"

성난큰곰이 말을 더 잇기도 전에 갑자기 사방에서 들려오던 소리가 맹렬하게 서로 울리면서 급속도로 증폭돼 갔다. 성난큰곰과 윌리엄스 신부는 제각기 있는 힘을 다 쏟아 내어 주위를 그 울림으로부터 방어하려고 했다.

성난큰곰은 자연력을 빌린 토템의 기운들을 불러 사방을 에워싸고 윌리엄스 신부는 기도문을 외우면서 나름대로 극도의 오라를 펼쳤다. 박 신부와는 비교도 할 수 없었지만, 윌리엄스 신부의 오라력도 많이 증가해 성난큰곰의 주술이 미처 메우지 못한 간극을 오라력으로 메우는 정도가 가능했다.

그러는 중에도 수십, 수백 명의 술사들이 한꺼번에 발휘하는 듯한 그 무시무시한 음파가 사방을 가득 메웠다. 보통 사람이라면 죽지 않더라도 견디지 못하고 기절해 버릴 정도의 강력한 음파였다. 과거 히루바바가 도곤족을 이용해 사용했던 음파술만큼은 아니었지만, 그때처럼 힘을 한 점에 집중시키는 것이 아니라 드넓은 지역 일대를 한꺼번에 뒤덮어 버린다는 점에서 더욱 가공할 만한 위력이었다.

성난큰곰과 윌리엄스 신부가 진땀을 흘리면서 음파에 저항했지만 이반 교수와 승희의 고통은 지독했다. 이제 주변은 음파술뿐만 아니라 어떤 주술을 썼는지, 대낮인데도 사방이 어두워졌다. 그것도 단순한 어둠이 아니라 붉은 기가 감도는, 핏빛의 무시무시한 어둠이 하늘을 덮어 갔다.

그때 이반 교수는 급히 전화를 걸어 지금의 상황을 호텔에 남아 있는 사람들에게 알리고 있었다. 그런데 통화 도중에 점점 소리가 흐릿해지더니, 급기야 연락이 완전히 끊어지고 말았다.

"이게 어찌 된 거지? 고장인가?"

이반 교수가 답답한 듯 전화기를 두드리자 성난큰곰이 답했다.

아니다. 주술 때문이다…….

성난큰곰의 안색이 새하얗게 질려 있었다. 윌리엄스 신부의 안색도 창백해졌다. 그도 어느 정도의 능력이 있는 사람이라, 구체적으로 이유를 들 수는 없지만 지금 이 상황이 말할 수 없이 위험하다는 예감이 뚜렷이 밀려들었다.

"위험해……."

윌리엄스 신부가 중얼거렸다.

"이런 큰 주술을…… 대체 무슨 일이 벌어지려고……."

랍비 안나스

그 무렵, 현암은 어느 가건물 안에 있었다. 그 가건물은 트럭에 실린 커다란 컨테이너였으며, 섬에서부터 현암은 내내 그 안에 갇힌 채로 후송됐다.

그의 곁에는 용화교의 삼대 고승인 무성, 무음, 무색과 백호가 있었다. 그들이 잡히는 순간까지 제정신을 차리지 못하고 있던 마하딥은 치료를 받기 위해 어디론가 옮겨져 함께 있지 않았다.

현암은 아직 공력을 회복하지 못해서 닭 잡을 힘도 없는 상태였고, 삼대 고승들도 꼼짝할 수 없는 상황이었다. 용화교의 승려들은 무엇인지는 몰라도 주술적으로 제압을 당한 것 같았으므로 탈출은 엄두조차 낼 수 없었다.

컨테이너 안은 알 수 없는 주술 도안과 원이 그득했다. 컨테이너 내부뿐 아니라 섬에서 잡혀 따라 나온 뒤부터 현암의 주변에 있는 모든 물건, 의자나 테이블, 물잔 같은 것에도 그러한 도안과 원, 그리고 알 수 없는 문자들이 가득 그려져 있었다. 하다못해 감시자들의 옷과 그들의 총기까지 그런 문양들이 있었다.

그 도안이나 문자는 그쪽 방면에 어느 정도 지식을 쌓은 현암에게도 낯선 것들이었다. 굳이 따지자면 흑마술의 도안과 유사한 부분이 있었지만 정확히 알 수는 없었다.

좌우간 현암은 공력이 없는 상태라 그 주술에 영향을 받지 않았지만, 설령 공력이 예전대로라고 해도 감시 때문에 꼼짝할 수 없었다. 현암 일행을 감시하는 자들은 모두 자동 화기를 지닌 데다 철저하게 훈련을 받은 듯, 조금의 빈틈조차 보이지 않았다.

그들은 주술사 같지는 않았지만, 철저한 훈련을 받은 특수 부대나 용병처럼 보였다. 그들은 항상 네 명이 한 조가 돼 삼교대로 현암 일행을 감시했으며, 늘 총의 안전장치를 풀고 두 명 이상은 조준을 한 상태로 있었으므로 손가락 하나 마음대로 까딱할 수가 없었다.

게다가 용화교의 세 승려는 정신을 잃은 것인지, 아니면 명상 상태나 가사 상태에 빠진 것인지 반쯤 조는 상태로 앉아서 미동도 하지 않았다. 어떤 상태인지는 모르겠지만 식사나 용변조차 보지 않는, 산송장 아니면 깊은 명상에 빠진 듯한 상태였다.

현암은 여기가 어디인지, 그리고 자신이 왜 이런 곳으로 잡혀 왔는지도 알 수 없었다. 그저 철저하게 감시당하고 있을 뿐이었고, 주변의 감시자 중 그 누구도 현암과 대화조차 하지 않았다. 그들이 한 말이라고는 맨 처음에 컨테이너로 현암 일행을 수용하면서, '주문 따윈 외울 생각 말고 조용히 있으라'는 것이 전부였다.

감시자들은 아예 아무 말도 하지 않았지만, 말 한마디라도 한다면 바로 총으로 쏠 기세여서 입도 뻥긋할 수 없었다. 이들은 현암과 승려들은 물론 백호까지도 모두 능력자라고 생각하는 듯했다. 사실 현암은 주술에 대해 문외한이었지만, 그들은 강력한 주술사라면 주문 한마디만으로도 자신들에게 해를 끼칠 수 있다고 미리 교육받은 모양이었다. 덕분에 현암은 백호와도 말 한마디 하지 못한 채 지냈고, 그런 상태로 벌써 며칠이 지났다.

항상 총의 조준을 받는 상태로, 말 한마디 하지 않고 시간을 보내는 것은 견디기 힘든 일이었다. 현암은 양손이 굵은 쇠사슬로 묶여 있는 것 외에는 자유로웠다. 맛없는 식사였지만 양이 충분했고, 용변도 자유롭게 해결할 수 있었다. 물론 컨테이너 안에서 해결해야 했으므로 좀 거북스러웠지만, 그래도 감시자들은 일체의 감정조차 보이지 않아 나중에는 꺼리지 않게 됐다.

아무튼 현암은 갑갑해서 견딜 수 없었다. 벌써 며칠이 지났지만 그들이 누구인지, 무슨 목적으로 현암 일행을 잡은 것인지 도저히 알 수 없었으며, 연락은 고사하고 그 누구와도 말 한마디 나누지 못하게 했으니 답답할 수밖에 없었다.

다행히 현암은 아직 월향검을 몸에 지니고 있었다. 섬에서 포위 당하는 순간, 현암은 그들이 자신을 생포하려 한다는 느낌을 받고 월향검을 몸속에 감추어 두었다. 월향검은 스스로 움직일 수 있는 데다 현암과는 마음이 통했기 때문에 몸수색에도 발각되지 않았다.

아무리 월향검이 있다고는 하나 공력이 없는 상황에서 섣불리 모험하는 것은 너무도 위험했기 때문에 지금까지는 잠자코 있을 수밖에 없었다. 하지만 이제는 답답함에서 벗어나기 위해서라도 뭔가 해야 할 것 같았다.

그때, 현암은 무언가 거대하고 답답한 힘이 사방에 가득 차오르는 것을 느끼면서 몸을 부르르 떨었다. 영적인 힘에 대해 상당히 둔감한 현암이 이 정도 느낌을 받는다면, 무엇인가 무서운 일이 벌어지고 있음이 틀림없으리라. 현암뿐만 아니라 현암을 감시하는 자들도 한순간 안색이 변하는 것 같았으니까.

그러나 감시자들은 그런 상황에서도 총구를 내리거나 손끝을 떨지 않았다. 오히려 그들은 분위기가 이상해지자 현암이 도망치려 할 것이라고 여겼는지 총부리를 더 가까이 들이밀었다. 현암은 도망칠 생각이 없었다. 일단 상대가 누구인지, 목적이 무엇인지 알고 싶기도 했고, 도망치려고 해도 공력이 없으니 십중팔구 실패할 것 같았기 때문이다.

그런데 그때까지 죽은 듯이 조용하던 노승들 중 무색이 고개를 번쩍 들었다. 그의 얼굴에는 공포의 빛이 가득했다. 감시인들은 그의 행동에 놀라면서 그를 향해 총부리를 바싹 들이밀었으나 그는 전혀 개의치 않는 듯, 크게 뭐라고 외쳤다.

중국말이라 현암은 알아들을 수 없었지만 무색의 목소리에는 공포가 가득 담겨 있었다. 이어서 무음과 무성도 고개를 들었는데, 그들의 얼굴에도 공포심이 가득했다.

그 모습을 보자 현암은 마음이 서늘해졌다. 도대체 무슨 일이 벌어지고 있기에 아하스 페르츠의 앞에서도 투쟁심을 잃지 않았던 세 노승이 공포에 질린 것일까?

감시인들은 총을 겨누면서 조용히 하라고 외쳤다. 그때, 갑자기 컨테이너 전체가 부르르 떨려 왔다.

별안간 무색이 감시인들을 향해 서툰 영어로 외쳤다.

"당장 당신들의 주인을 부르시오! 이건…… 이건……."

그러나 감시인 중 한 명은 그의 말을 들으려 하지 않고 총부리만 더 바싹 들이밀었다.

바로 그때, 컨테이너 문이 열리면서 누군가가 안으로 들어왔다. 그가 나타나자마자 감시인들은 총을 거두고 정중하고도 신속하게 사방으로 물러섰다.

현암은 눈을 들어 그 사람을 보았다. 그는 자그마한 체구에 은발의 수염을 기른 작달막한 노인이었는데, 머리에 빵 같은 조그마한 모자를 눌러쓰고 있었다. 유대교의 남자들이 즐겨 쓰는 모자였다. 그는 온화한 표정으로 미소를 지으면서 현암과 세 노승 앞에 서서 말했다. 그의 말투는 퍽 공손했고, 상냥한 듯하면서도 어딘지 모르게 고풍스럽고 딱딱했다.

"이야기를 나눌 때가 온 것 같습니다. 나는 랍비 안나스라고 합니다. 그냥 안나스라고 불러 주시기를 바랍니다."

그러자 무색이 그를 향해 말했다.

"당신이었구려."

무색은 안나스가 자신을 잡아 온 것을 알고 있었던 모양이었다. 그 말에 안나스가 이내 대답했다.

"그렇습니다. 저에 대해 알고 계셨습니까?"

"들은 적이 있소. 당신에 대해 아는 사람은 극히 적겠지……."

무색은 몹시 허탈한 표정으로 중얼거리다가 말을 이었다.

"이제 당신을 보았으니 이 늙은 목숨도 끝이겠군. 그런데 왜 시간을 끄는 거요?"

현암과 백호는 무색의 말을 듣고 깜짝 놀랐다. 무색은 이제 자신은 죽은 것이나 마찬가지라는 여기고 있었고, 진심인 것 같았다. 눈앞에 있는 이 자그마한 유대교 랍비가 그토록 무서운 사람이란 말인가?

안나스가 온화한 웃음을 잃지 않고 말했다.

"당신은 오해하고 계시는군요. 저는 랍비 안나스이지, 랍비 가야바가 아닙니다. 내가 가야바였다면 당신 말이 맞겠지만, 나는 안나스랍니다. 그러므로 당신들은 살아날 수도 있습니다."

"뭘 원하오?"

"중국의 고승분들은 필경 우리보다 아는 것이 많지 않겠습니까? 우리는 지금 당신들이 뭔가를 알아내 주기를 바라고 있습니다."

"밖에서 벌어지는 일 말이오?"

"장담할 수 없습니다. 이건 불법(佛法)이 아니니."

"붓다는 인도 사람이었으니 우리보다는 당신들이 더 가깝다고 할 수 있지 않겠소? 여긴 인도요."

현암은 이들이 지금 무슨 이야기를 하는 것인지 이해할 수가 없었다. 그때 백호가 현암에게 작은 소리로 중얼거렸다.

"안나스? 가야바? 왜 그런 이름을 붙였을까요? 그들은 예수를 죽게 만든 제사장들의 이름과 같지 않습니까?"

백호는 작은 소리로 속삭인다고 했는데, 무색과 안나스는 모두 그 말을 들은 듯 시선을 그에게 돌렸다. 안나스는 조금 비웃는 듯했지만, 무색은 보이지 않는 눈에 고통스러운 표정을 가득 담고 백호를 노려보았다. 백호는 자신도 모르게 입을 다물고 말았다.

그때 돌연 조용히 있던 무음이 눈짓을 하자 무색이 그쪽을 한 번 힐끗 보고는 대신 외쳤다.

"우리보다 저 젊은이가 나을 거요!"

그러자 안나스는 의심스럽다는 듯 현암과 백호를 바라보다가 말했다.

"이들이? 제 눈에는 아무런 힘도 없는 것 같아 보입니다만……."

"아니오! 솔직히 말하지. 우린 아하스 페르츠와 맞서려 했지만 실패했소. 그리고 저 젊은이의 구원을 받아 살아났다오. 이 말은 모두 사실이오."

"그렇습니까? 흠……."

안나스는 뭔가를 생각하는 듯하더니 몸을 빙글 돌려 컨테이너 밖으로 나섰다. 나가면서 그는 한마디를 남겼다.

"랍비 가야바 님과 상의해 봐야겠습니다. 조금만 기다려 주십시오."

안나스가 밖으로 나가자 컨테이너의 문이 닫혔고 용병들은 다시 긴장된 표정으로 현암 일행에게 총을 겨누었다. 그때 현암의 귓속으로 한 줄기의 음성이 흘러 들어왔다. 현암은 속으로는 놀랐지만 금방 그것이 바로 무색이 보내는 전음술이라는 것을 깨달았다.

젊은이, 우리는 이제 끝장이네. 저자는 랍비 안나스…… 아하스 페르츠만큼이나 비밀과 신비에 싸인 인물일세. 자기 부하를 제외하고는 그를 만난 후 살아남은 자가 아직 없다네. 우리도 이젠 끝장이야. 그러니 자네만이라도 살

아닌가네. 우리의 목숨을 구해 준 보답일세. 저자가 자네를 데리고 나갈 때, 우리가 있는 힘을 다해 저자에게 달려들겠네. 자네는 절대 우리를 돌아보지 않고 있는 힘을 다해 도망치게나.

현암은 묻고 싶은 것이 많았으나 무색처럼 전음술을 펼칠 수는 없었기에 물어볼 수도 없었다. 그렇다고 무슨 시늉을 내거나 글자를 써도 의사소통이 되지 않을 것 같았다. 무색은 눈이 보이지 않았기 때문이다.

현암이 간신히 'who……?'라고 한마디를 꺼내는 순간, 다짜고짜로 입안에 총부리가 들이밀어졌다. 차갑고 묵직한 총구의 냉기가 입안에 느껴지자 장난이 아니라는 생각이 들었다. 할 수 없이 현암은 입을 다물었지만 그 한마디를 알아들었는지 무색이 다시 전음술로 목소리를 보내왔다.

그가 누군지 모르는 게 당연하지. 우리도 그자의 정체를 안 지 얼마 되지 않았으니 말이야…… 그는 바로 검은 편지 결사를 이끄는 자, 시오니즘의 중심에 있는 자일세!

범죄자 장준후

그 시각, 고반다의 아시람이 있는 산에 낡아 빠진 트럭 한 대가 있었다. 트럭의 짐칸에는 낡아 빠진 휘장이 둘려 있어 안이 보이지 않았지만, 거기에는 짐 대신 사람들이 여러 명 앉아 있었다.

그들은 준후와 준호, 로파무드와 아라였다. 그리고 트럭 앞 칸에는 바이올렛과 황달지 교수, 그리고 수아를 안은 연희가 타고 있었다. 준후는 산에서 수아와 아라, 준호와 함께 내려온 뒤 수속 절차를 밟았다. 인도로 가기 위해서였다.

아라는 아버지 최 교수를 따라 해외여행을 몇 번 다녀왔던 참이라 여권이 있었지만 수아와 준호는 여권이 없었다. 하지만 준후는 모든 것을 알고 있었다는 듯, 그들의 여권을 꺼내어 보여 주었다.

그 여권을 보고서야 준호는 꽤 오래전에 준후가 자신의 신상에 관한 서류를 부탁해 가져갔던 것을 기억해 냈다. 벌써 반년 전의 일이었는데, 준후는 그때부터 이날이 오리란 것을 짐작하고 있었던 것이 아닐까 싶어 준호는 어리둥절했다.

그리고 준후는 아라에게 비행기표를 사 달라고 부탁했다. 인도행 비행기였다. 아버지인 최 교수가 죽은 후 유산을 물려받은 대부분의 돈은 친척이 관리하고 있었지만 아라 자신도 꽤 많은 예금을 지니고 있었다.

준호와 아라는 준후가 도대체 무슨 생각으로 그러는지 궁금했지만 준후의 눈빛이 너무도 날카로워 겁이 난 나머지 감히 이야기조차 꺼내지 못했다. 더구나 준후가 한빈 거사를 죽였을지 모른다는 의혹이 그들의 마음에 쌓여서 더더욱 입을 열 수가 없었다.

이틀 만에 비행기표와 여권 등이 모두 준비됐다. 그때까지 준후는 꼼짝도 하지 않고 살벌한 눈빛으로 부적 같은 것만 그릴 뿐, 집 밖으로 한 발짝도 나가지 않았다. 막상 인도로 갈 준비가 되자 준호와 아라는 외국에 나가는 것이 부담스러워졌고, 그제야 준후에게 자초지종을 물으려 했다. 하지만 그때 준후가 한 말은 단 한마디뿐이었다.

"너희는 내가 말하는 대로 나를 따라야 해. 그럴 수 있겠지?"

하도 단도직입적인 말이라 준호는 얼결에 고개를 끄덕였고, 아라는 잠시 준후를 바라보다가 맥없이 고개를 끄덕였다. 수아는 그저 딴전만 피우고 있을 뿐, 준후의 말을 듣는 것 같지 않았다.

모두의 얼굴을 둘러본 후 준후가 고개를 끄덕이며 말했다.

"두 번 말하지 않겠어. 상당히 위험할 수도 있고, 상상도 못 한 일이 벌어질지도 몰라. 그래도…… 내 말을 따라야 해. 알았지?"

준후의 말은 부탁이라기보다 명령에 가까웠다. 그런데 준호와 아라가 질문하기도 전, 준후가 말을 꺼낸 그 직후부터 그들은 누군가의 추적을 받았다.

추적만 받은 정도가 아니라 어떤 사람들의 습격까지도 받았다. 그 습격은 준후를 노린 것이었으며, 그 사람들은 준후를 잡아가려고 도방에서 파견된 도인들이었다.

그들은 준후에게 한결같이 뭔가를 물으려 했으나 준후는 그들의 질문에 대꾸하지 않았다. 오히려 준후는 질문이 끝나기도 전에 무서운 솜씨로 도인들을 쓰러뜨렸다. 도인들이 무엇을 물으려 하는지 준호와 아라는 잘 알고 있었지만, 그들은 준후의 편을 들지 않을 수 없었다.

그런데 준후의 다음 행동이 이상했다. 준후는 습격을 받고 있으니만치 응당 그들을 피하려 하거나 은밀하게 행동해야 하는데, 그렇지 않았다. 숨거나 몸을 사리는 일이 전혀 없었다. 백주 대낮에 습격을 받고 사람이 꽤 모인 곳이라 하더라도 술수의 종류를 가리지 않고 대번에 그들을 쓰러뜨리는 데만 전념했다. 준후가 하도 대담무쌍하게 나오자 소문이 날 것이 두려워서인지 도인들 쪽이 습격을 꺼리는 듯했다.

그러고 나서 준후는 당당하게 아라 일행을 데리고 공항으로 갔다. 그리고 공항 한구석에서 또 한 번 떠들썩한 싸움을 치렀다. 이번에는 도인들도 준비를 많이 한 듯, 사람들을 풀어 일반인들이 접근하지 못하게 한 다음 준후를 공격했고, 준후도 꽤 힘에 부치는 것 같았다.

그러나 그들은 어떻게든 준후를 살려서 잡으려 했기 때문에 틈이 많았고, 준후는 항상 수아를 데리고 다녔기 때문에 결정적인 순간에는 정령력이 작용해 위기를 모면할 수 있었다. 거기에 준호와 아라도 준후를 도와 상당한 힘이 돼 준 덕에 그들은 마침내 비행기를 탈 수 있었다.

비행기 안에 이르러 준후는 꽤나 지친 듯 한마디 말도 없이 곯아떨어져 버렸고, 비행기가 도착할 때까지 깨어나지 않았다. 하지만 준호와 아라는 그 비행기 안에도 추적자들이 있다는 것을 직감했다. 다만 좁은 비행기 안이라 손을 쓰고 있지 않은 것에 불과했다.

인도에 도착하자 준후는 비로소 인도에 있는 일행에게 연락을 취했다. 인도의 연락처는 준호와 아라도 알고 있었기 때문에 문제가 없었지만, 왜 준후가 도착한 다음에야 연락을 취했는지는 알 수 없었다.

준후가 연락을 취했을 때는 박 신부 일행이 떠난 직후였다. 전화를 받은 연희는 뛸 듯이 기뻐하며 그들을 맞았다. 그 순간까지도 준호는 추적자들이 따라붙을까 봐 주위를 경계했다.

그때 준후가 준호에게 무심코 한마디 던졌다.

"지금은 안 와. 이쪽 사람들이 많으니까."

그들은 인도의 호텔에 도착해 황달지 교수와 바이올렛, 로파무드를 만났다. 준후는 현암이 실종됐다는 말을 듣고도 놀라지 않았고, 고반다가 타보트를 내준다고 해서 박 신부 일행이 칼키파를 만나러 간 것에도 그다지 흥미를 보이지 않았다. 아니, 듣기만 할 뿐, 아예 말하지 않았다. 연희와 단 한 번 이야기를 나누었을 뿐이다.

"떠날 준비 해 두세요. 조금 있으면 일이 생길 거니까요."

"어딜?"

"좀 지나면 알게 돼요. 전부 떠나는 게 좋을 거예요."

"지금 현암 씨와 연락이 끊겨서 모두 걱정하고 있는데, 어떻게 전부……."

"현암 형은 아무 일 없어요. 분명히 다시 만나게 돼요. 그보다 예전의 그 점토판 말인데…… 해석은 다 됐나요?"

"물론이지."

"어떤 내용이었죠?"

연희에게는 번역판 점토판의 내용을 종이에 적어 둔 것이 있었다. 번역해 보니 그 내용은 대략 다음과 같았다.

> 살아 있는 모든 것은 모두 죽으며 흥한 것은 모두 망하는 법.
> 인간의 세상도 이와 같으니 없어지는 것도 순간일지라.
> 과거의 홍수가 그러했으며 이후에도 느닷없이 세상은 사라진다.
> 세상이 사라지는 것도 섭리이지만 우리가 살려고 하는 것도 섭리일 터.
> 있는 힘을 다해 그 시기를 늦추고 피해야 한다는 생각에서 기록을 남기노라.
> 볼 눈이 있는 자는 보고, 기억할 수 있는 자는 기억하라.
> 홍수가 세상을 한 번 망하게 했지만 같은 일이 두 번 벌어지지는 않을 것이다.
> 세상이 끝나려 할 때, 고대의 주술이 셋에 의해 깨어지고
> 이를 막는 자, 막지 않으려는 자, 동방의 땅에서 큰 싸움이 벌어지리라.
> 그러나 잊지 말라, 잊지 말고 기억하라.
> 세상의 위기를 가져오는 자는 아직 뱃속에 있으며,
> 그 어미, 백만의 눈과 백만의 손을 가진 여인은
> 먼 동방의 후손들이 몰락한 땅 귀퉁이에서
> 해가 사라지기만을 초조하게 기다리고 있노라.

준후가 읽기를 마치자 연희가 어두운 표정으로 입을 열었다.

"이게 무슨 뜻인지는 잘 모르겠어. 신부님은 뭔가 짐작 가시는 데가 있는 듯하지만 말하시진 않고 말이야. 넌 짐작이 가니?"

그러자 준후는 천천히 말했다.

"나도 잘 모르겠군요. 다만 이 내용은 징벌자의 탄생을 암시하는 것이 분명한 것 같아요. 그런데 해가 사라진다는 건……."

"그것만은 우리도 의견이 같았어. 일식을 의미하는 게 분명해."

"그렇다면 이미 날짜가 정해진 거라 할 수 있군요."

"맞아. 이제 일식까지는…… 고작 일주일 정도밖에 남지 않았어. 그리고 신부님은 이 내용이 이단 심판소에 의해 온 세상의 주술사나 능력자들에게 알려진다고 하셨어. 정말 초조해. 더구나 동방의 땅이라는 건…… 메소포타미아에 비해 여기는 동쪽이라 할 수 있어. 혹시 여기서 큰 싸움이 벌어지는 건 아닐까? 준후야, 솔직히 나는 무서워."

"글쎄요. 꼭 여기라고 단정 지을 수는 없죠."

"혹시『해동감결』에 이와 비슷한 어떤 말이 쓰여 있지 않았니? 좀 일러 줄 순 없겠니?"

"『해동감결』이야기는 그만두세요. 이미 다 말했는걸요."

그 말만 남기고 준후는 일어나서 방으로 들어가 문을 꼭 걸어 잠그더니 밖으로 일절 나오지 않았다. 연희는 준호, 아라와도 이야기를 나누었지만, 뭐가 뭔지 전혀 모르는 것은 준호나 아라도 마찬가지였다. 다만 준후가 이렇듯 확신에 찬 행동을 하는 것은

『해동감결』에서 뭔가를 알아냈기 때문이 아닐까, 조심스레 추측해 볼 뿐이었다.

준후의 태도는 마치 모든 미래를 알고 있는 사람처럼 보였고, 너무도 자신만만했다. 그러면서도 접근하기 힘든, 눈에 보이지 않는 얼음의 벽 같은 것이 준후의 주위에 둘러쳐져 있는 것 같았다.

연희는 반신반의하면서도 잠자코 있었는데, 얼마 지나자 준후는 자신도 그곳에 가야만 한다고 말했다. 이반 교수는 원래 꼼꼼한 성격이라, 고반다를 찾아가면서도 행선지를 계속 알려 왔기 때문에 그리로 가는 것은 어렵지 않았다. 하지만 굳이 갈 필요가 있느냐고 묻자 준후는 반드시 모두 가야만 한다고 잘라 말했다.

고반다가 미워서 안달이 나 있던 로파무드도 대번에 좋다고 우겨서 결국 그들은 모두 떠나기로 했다. 모두 떠나는 편이 차라리 안전하다고 주장한 사람은 바이올렛이었다.

"만약 고반다 측이 우릴 배신하기로 했다면 우린 적지에 있는 거나 다름없죠. 이런 상황에서 흩어져 있는 것은 도움이 안 돼요. 미스터 현암의 연락이 온다는 보장도 없고, 준후 군도 와 있으니 모두 힘을 합쳐 만약의 사태에 대비해야 해요."

"하지만 신부님은 우리보고 기다리라고……."

"너무 위험하니까 우리를 남겨 둔 거겠지요. 그러나 지금은 준후 군과 아이들도 왔으니, 겁낼 것 없어요. 오히려 도움이 될 수 있다고요. 우리는 복병이 되는 셈이지요. 근사하지 않아요?"

사실 박 신부가 그들을 떼어 놓은 건 연희 때문이었다. 지난번에도 카르나는 연희가 라미드 우프닉스라는 사실을 알릴 뻔했으니 지금도 그러지 않는다는 보장은 없었다. 하지만 바이올렛은 그 사실을 몰랐기 때문에 따라나서겠다고 강하게 주장했다.

결국 그들은 로파무드의 도움으로 시타 교수에게 연락해 급히 트럭 한 대를 빌리게 됐다. 시타 교수는 지난번 로파무드에게 신세를 진 후 그녀를 가족처럼 여기고 있었기 때문에 연유도 묻지 않고 두말없이 저금을 탈탈 털어 차를 사 주었다.

그러나 시타 교수는 동행하지 않았다. 황달지 교수를 시타 교수에게 맡길 수도 있었지만 황달지 교수는 점토판 때문에 모든 일이 벌어진 것이니 자신도 책임이 있고, 타보트를 구경해 보겠다고 고집을 부려 동행하게 됐다. 이반 교수의 설명만으로도 길을 찾는 것은 그렇게 어렵지 않았다. 그곳은 오지라 나 있는 길이 그리 복잡하지 않았기 때문이다.

어쨌든 그런 우여곡절을 겪은 일행은 근방에서 지도를 구해 확인해 보고 대강의 위치 파악을 하자마자 달려갔다. 지금 현암의 소식이 끊기고 박 신부 측도 문제가 생긴 듯, 걱정되는 상황이라 연희나 바이올렛 등은 준후를 마음 든든히 여기고 있을 뿐, 준후가 무슨 생각을 하는지 신경조차 쓰지 못했다.

하지만 모든 일을 대강 지켜본 준호와 아라는 달랐다.

"사부, 내 진정으로, 한 가지만 물어볼게."

풀죽은 표정으로 차 뒤 칸에 앉아 있던 준호가 준후에게 말을 건넸다. 그러나 준후는 좋다 싫다 말도 하지 않고 조용히 준호를 바라볼 뿐이었다. 그런 준후의 눈빛이 지금까지와는 달리 슬픈 기색을 띠고 있는 것 같아 준호는 잠시 흠칫했지만 이내 용기를 내었다. 이 기회를 잡으려고 준호는 일부러 차 뒤 칸에 타기를 자청하고 연희와 바이올렛, 황달지 교수 등을 앞자리로 몰아넣었다. 물론 준호가 용기를 내기까지는 아라가 뒤에서 준호에게 남몰래 가한 협박과 잔소리도 많은 역할을 했다.

지금 이 자리라면 로파무드밖에 없었고, 그녀는 한국말을 전혀 알아듣지 못할 테니까 걱정될 일이 없었다. 로파무드는 상냥하게 아이들과 이야기를 나누어 보려고 여러 번 시도했지만 애당초 말이 통하지 않았고 분위기도 어딘지 모르게 묘하다는 것을 느끼고는 간디바를 옆자리에 내려놓고 요가 자세를 취한 채 명상에 들어가 있었다.

"사부, 사람들이 왜 그리 사부를 쫓는지 알아? 아니, 아니…… 물론 알겠지. 알고 있을 테지만…… 내 말은 그러니까……."

준호는 말을 제대로 하지 못하고 우물쭈물했다. 그러자 준후는 간단하게 딱 잘라 말했다.

"물론 알아."

"사부…… 난 사부를 믿어. 그런데 도인들은 사부를…… 사부를 의심하고 있어……. 그러니까……."

그 순간 준후는 약간 슬픈 듯하게 늘리는 비웃음 소리를 내더니 준호의 눈을 똑바로 바라보면서 물었다.

"왜 나를 의심하는 거지?"

"그, 그러니까…… 그…… 한빈 거사님이시던가? 그래…… 사부가 그분을 모시고 있었고…… 그분이 돌아가신 주변의 자취가 마치…… 오행술을 큰 규모로 펼친 것 같은 흔적이 남아서……."

준호는 준후와 눈이 마주치자 더 횡설수설하면서 말을 잘 잇지 못했다. 보다 못한 아라가 답답한 나머지 준호의 허벅지를 있는 힘껏 꼬집어 버렸다. 준호는 차마 비명을 지르지는 못했지만 너무도 아파 몸을 비비 꼬고 엉덩이를 들썩이며 자리에서 일어나다시피 했다.

그 모습을 보며 준후가 맥없이 웃으며 대답했다.

"그들이 맞아. 그건 내가 술수를 펼친 자취야."

준호는 눈물을 글썽이면서 아픈 것조차 잊고 비명을 지를 뻔했다. 그 말에 그때까지 주저주저하며 차마 준후에게 말을 하지 못하던 아라가 놀란 나머지 소리를 꽥 질렀다.

"그럼……! 오빠가 그 노인을……!"

준후는 천천히 놀라움에 부릅떠진 준호의 눈과 아라의 놀란 눈을 번갈아 바라보다가 말했다.

"너희는…… 내가 그랬으리라 믿니?"

준후의 말이 떨어지자 준호와 아라는 거의 동시에 떠들어 댔다.

"아, 아니지? 그렇지, 사부? 사부 같은 의인(義人)이 그런 짓을 할 리가……."

"아냐! 안 그래! 절대 안 그래! 그렇지? 그렇지, 응?"

앞다투어 확인하려는 준호와 아라의 말에 준후는 길게 한숨을 내쉬며 대꾸했다.

"솔직하게 말할게. 난 그분을 해치지 않았어. 됐니?"

그 말에 준호와 아라는 둘 다 기쁜 표정으로 변해 입이 헤벌어졌다. 그러다가 준호가 갑자기 무슨 생각이 나는 듯 말했다.

"그런데 사부는 왜 그랬어?"

"뭘 말이야?"

"도인들이 오해하고 있잖아. 오해를 풀어야지."

그에 아라도 맞장구를 쳤다.

"맞아! 의심받는 거 기분 나쁘지 않아? 응?"

그러나 준후는 아무런 대답도 하지 않았다.

이제 긴장이 풀렸는지 준호가 수다스럽게 말했다.

"이봐, 사부. 혹시 그 사람들이 믿어 주지 않을까 봐 그러는 거야? 사실 설명하기가 어렵다는 건 나도 알아. 그래, 난 사부를 믿어. 오행술 자국이 남은 건 무슨 이유가 있는 거겠지. 하지만 사부가 그분을 안 해쳤으면 그만 아니겠어? 그 도인 중에는 남의 말이 정말인지 거짓인지 판별하는 사람도 있으니 걱정하지 않아도 될 거야. 이렇게 무턱대고 도망치는 건 아무래도 현명한 일이라고 볼 수 없을 것 같아. 그러니까……."

그 말이 미처 끝나기도 전에 준후가 돌연 준호를 향해 눈을 부릅떠 보였다. 그 기세가 무서워 준호는 입을 딱 다물었다. 그에 준후는 눈빛을 풀었고, 그러다가 천천히 간곡한 어조로 말했다.

"조용히 해. 다 이유가 있는 거니까."

하르마게돈 331

"이유? 누명을 쓰는 데도 이유가 있어?"

옆에서 아라가 대신 나서자 준후는 한숨을 쉬면서 말했다.

"내 누명이 한두 가진가, 뭐……."

준후는 더 이상 말하기 싫다는 듯 밖으로 시선을 돌렸다. 그러고는 무심코 혼잣말로 무어라 중얼거렸는데, 작은 소리였지만 신경을 곤두세우고 있던 아라는 그 말을 똑똑히 들었다. 그리고 그때 슬쩍 본 준후의 눈동자가 말할 수 없을 만큼 슬픈 빛을 띠고 있는 것을 보았다.

"하지만 그래야만 했는걸…… 그래야만……."

아라는 그러잖아도 준후의 행동이 이상하다고 생각하던 참이라 준후와 더 이야기해 보려고 했다. 그때 로파무드가 눈을 번쩍 뜨더니 한쪽을 가리키며 인도어인 듯, 알아들을 수 없는 말로 커다랗게 소리를 질렀다.

그 소리에 놀란 아라와 준호 등도 그쪽을 바라보았는데, 눈앞에는 놀라운 광경이 펼쳐지고 있었다. 로파무드가 가리킨 쪽에는 상당히 높은 산이 있었는데, 그 산 전체가 무엇인가에 둘러싸여 있었다. 안개나 구름과 흡사했지만 그 빛이 검고도 붉었다.

"저, 저게 뭐야?"

아라가 깜짝 놀라 외치자 준호가 멍하니 되받았다.

"안, 안개 아냐?"

"저런 색깔의 안개가 어디 있어?"

삽시간에 산 전체가 거대한 돔에 씌운 듯이 반구형(半球形)의 안

개에 뒤덮여 보이지 않게 됐다. 그리고 곧바로, 마치 누군가가 만들어 낸 것처럼 구름이 뭉게뭉게 일어나더니 그 주변을 덮었고, 그 붉은 반구조차 보이지 않게 되고 말았다. 그 붉은 반구가 생기는 광경을 직접 보지 않았더라면 산이 그저 짙은 구름에 뒤덮인 것처럼 여겼을 것이다.

"저게…… 저게 뭐야? 사부?"

준호가 떠듬거리면서 준후의 얼굴을 바라보았을 때, 준후의 얼굴이 딱딱하게 굳어져 있었다. 준후는 잠시 입술을 깨물고 무엇인가를 생각하다가, 트럭의 뒤 창문을 두들겨 연희를 불렀다.

연희 역시 창백한 얼굴로 준후를 돌아보며 말했다.

"네 생각이 맞았어. 이반 교수님에게 전화가 왔는데, 뭔가 대단히 위험한 일이 벌어진 것 같아. 비명과 총성도 들리고……."

"전화는요?"

"그냥 지지직거리다가 끊어졌어. 급한 것 같아."

그 말에 준후는 입술을 깨물면서 산 쪽을 다시 바라보았다. 방금 산을 뒤덮었던 반구의 형체는 어느새 사라져 버렸지만, 그곳에 강력한 결계가 쳐져 있다는 것을 준후는 짐작할 수 있었다. 준후는 혼자 중얼거렸다.

"들어갈 수 있을지가 문제구나…… 시간이 없는데……."

칼키파의 주술 막

 산 전체가 엄청난 주술에 의해 이상한 막으로 둘러싸이자 치열해질 것 같던 싸움이 잠시 수그러들었다. 그 막은 단순히 사방을 둘러쌌을 뿐, 아직은 그 안의 사람들에게 별다른 영향을 주지 않았다. 그러나 긴장감은 한층 높아졌고, 용병들과 부타들의 싸움도 잠시 중단됐다.

 부타들은 이성이 없으니만큼 별로 영향을 받지 않았지만 용병 측은 충격을 받은 것 같았다. 그들은 능숙한 솜씨로 전선을 이탈해 멀찌감치 물러서서 다시 포진하는 듯했다. 부타들을 조종하던 주술사도 일단은 부타들을 따라가게 만들지 않고 뒤로 물러났다.

 그 덕에 박 신부 일행은 양측의 중간 지점에서 조금 비켜난, 비교적 안전한 지역에 위치하게 됐다. 그때까지도 박 신부는 정신을 차리지 못했고, 승희는 가까스로 정신을 차렸지만 어깨를 부들부들 떨고 있었다. 그러나 그런 그들의 머리 위에도 붉은 돔은 여지없이 쳐져 있었다. 기이한 음파 같은 소리는 사라졌지만 사방은 어두웠고 기분 나쁠 정도로 끈적거리는 느낌이 바람 한 점 일지 않는 공기에 녹아들어 있었다.

 그때 성난큰곰이 조용히 마음으로 무언가 이야기를 전달해 왔다.

 이건 주술이다. 이렇게 대규모적인 주술을 펴다니……

 이내 이반 교수가 고개를 끄덕이며 입을 열었다.

 "보통 일이 아닌가 보군. 하긴, 보아하니 저쪽도 용병들만 있는 건 아닌 것 같소."

그 말에 승희가 덜덜 떨면서 이반 교수를 쳐다보자 이반 교수가 말을 이었다.

"용병들이라면 이것을 기상 현상으로만 여길 거요. 허나 철수한 것을 보면 그쪽에도 능력자들이 끼어 있다고 보는 편이 맞소. 아까 부타에 대해서도 용병들은 당황하지 않고 침착하게 대응하려 했고."

"그런데 누가 이렇게 대규모로 공격을 가한 걸까요? 무척 많은 사람이 죽었는데……."

윌리엄스 신부가 침통하게 말하자 성난큰곰이 말했다.

기독교도들이다.

윌리엄스 신부가 놀라서 성난큰곰을 바라보았지만 바위처럼 굳건한 그의 얼굴을 조금도 변하지 않았다.

정확하게 말하자면 기독교도는 아닌지도 모르겠군. 좌우간 『성경』을 따르는 자들이다.

"어떻게 알았소?"

이반 교수가 물었지만 성난큰곰은 땅을 한 번 가리켰을 뿐, 대답은 하지 않았다. 이반 교수가 성난큰곰이 가리킨 곳을 자세히 보니 그곳에는 새 한 마리가 죽어 있었다.

"새……? 저 새의 눈으로 보았소?"

성난큰곰이 이내 고개를 끄덕였다. 그러면서 그는 새의 사체를 향해 뭔가 중얼거리면서 손을 공중에 휘저었다. 친구의 죽음에 대해 사의를 표하는 인디언의 주문이었다.

"그것 말고 본 것은 없소?"

그러자 성난큰곰은 짧게 말했다.

저쪽에는 대단한 자들이 있다. 그 이상을 볼 수 없었고, 새도 죽었다. 내 잘못이다.

이반 교수는 뭐라 대꾸할 말이 떠오르지 않아 입맛만 다시다가 윌리엄스 신부에게 말을 걸려 했다. 윌리엄스 신부는 그때까지 그들에게서 등을 돌리고 있었지만, 얼굴이 파랗게 질린 채 열심히 중얼중얼 기도문을 외우는 중이었다. 이반 교수는 윌리엄스 신부가 왜 그러나 해서 그에게 물었다.

"왜 그러시오?"

윌리엄스 신부가 부르르 몸을 떨면서 대답했다.

"나는 믿을 수 없어요. 이것이 과연 인간의 힘으로 펼친 주술이라는 말인가요?"

그러자 성난큰곰이 말했다.

한두 명의 힘으로는 이런 일을 할 수 없다. 아마도…….

이반 교수가 성난큰곰의 말을 끊고 얼굴을 굳혔다.

"아마도 뭐요?"

이반 교수가 캐묻자 성난큰곰은 내키지 않는 듯이 말했다.

목숨을 희생하면서까지 힘을 썼을 것이다. 적어도 열 명, 아니 스무 명 이상…….

"목숨을?"

이반 교수는 믿어지지 않았다.

"이 주술이 뭐기에? 아니, 도대체 왜 목숨을 희생하면서까지 그런단 말이오?"

나도 잘 알 수 없다. 다만 뭔가 불안하다. 이 안에 있는 것은 정말로…… 아니…… 어쩌면 이건…….

성난큰곰은 이반 교수에게 손짓으로 전화를 해 보라는 시늉을 했다. 이반 교수는 아까 한 번 사용했던 위성 전화기를 꺼내 들었다. 그러나 신호가 전혀 잡히지 않았다.

"어떻게 된 거지?"

그 일을 짐작했다는 듯이 성난큰곰이 다시 말했다.

여기는 지금 외부와 완전히 차단된 거다. 우리는 모두 독 안에 든 쥐다.

"그렇다면……?"

아마도 곧…… 소탕전이 벌어질지도…….

"우리는 카르나의 손님으로 왔는데, 우리까지 건드린단 말이오?"

그러자 윌리엄스 신부가 말했다.

"내 생각엔 저 용병들과 그 조종자들만 여기 있는 게 아닌 것 같습니다."

"그게 무슨 말씀이오?"

이반 교수가 묻자 윌리엄스 신부는 한숨을 쉬며 대답했다.

"저 용병들 정도라면 지금의 무타블로만으로도 상대할 수 있을 겁니다. 칼키파의 주술사들도 무척 많고요. 그런데 굳이 이런 대주술을 펼쳤다는 것 자체가 이상하지 않습니까?"

그 말에 이반 교수와 성난큰곰은 뭔가 느낀 듯했다.

"그렇다면 여기 저들 말고도 다른 공격자들이 있단 말이오?"

"그렇게밖에 볼 수 없잖습니까? 우리가 보고 느꼈던 수십, 수백 명의 주술사도 이겨 낼 수 없을 만큼 큰 세력이 여기를 덮쳤다고밖에……."

그 말에 이반 교수는 몹시 불안한 듯, 손에 든 벨지움 컨바인을 접어서 장전을 확인한 다음 철컥 닫았다. 그러자 성난큰곰도 눈을 감고 양팔을 벌리며 말했다.

내가 알아보겠다.

그러면서 성난큰곰은 즉시 무아지경 상태로 들어가 기이한 울음소리 같은 것을 냈다. 주변의 자연과 동화해 미약하나마 사방의 자취를 느낄 수 있는 주술을 사용하는 것이었다.

그동안 윌리엄스 신부는 박 신부를 살폈다. 박 신부는 아무런 상처도, 주술의 영향도 받지 않았지만 여전히 기이한 고통에 시달리면서 정신을 차리지 못하고 있었다. 그리고 이반 교수는 아까의 충격 때문인지 어깨를 부들부들 떨며 이까지 딱딱 마주치는 승희에게 주머니에서 위스키 한 병을 꺼내 건넸다.

"독하니까 한 모금만……."

승희는 위스키 한 병을 단숨에 싹 들이켰다. 이어 몇 번 심호흡하더니 한결 진정된 표정으로 말했다.

"고마워요. 훨씬 낫군요!"

이반 교수는 텅 빈 위스키를 받아 들고 헛웃음을 지었다. 이반 교수가 웃는 표정을 짓는 일은 매우 드물었는데, 지금처럼 웃자 이반 교수의 얼굴도 그렇게까지 흉악해 보이는 것만은 아니었다.

그때였다. 성난큰곰이 마음으로 말을 전해 왔다.

여기는 칼키파와 용병들만 있는 것이 아니다.

그 말에 모두가 긴장하자 성난큰곰은 더욱 얼굴을 굳히며 말했다.

많다. 어떻게 이렇게…… 너무나 많다…….

"많다니? 여기 몰려든 자들이 그렇게 많다는 거요?"

그러자 성난큰곰은 천천히 고개를 끄덕였다.

셀 수가 없다. 지난번 한국에 모인 자들의 세 배, 아니 다섯 배도 넘는다. 그리고…….

이반 교수와 윌리엄스 신부, 승희까지도 아연했다. 지난번 한국에서 칠십 명에 달하는 주술사들이 모였을 때도 엄청났다. 그런데 그 다섯 배가 넘는다면 적게 잡아도 삼백오십 명에 달하지 않는가?

성난큰곰이 쐐기를 박듯이 덧붙였다.

모두 죽을 각오를 하고 있다. 지난번과는 상황이 다르다…….

'검은 편지 결사? 시오니즘?'

현암은 자신도 모르게 눈을 크게 떴다. 하지만 무색이 더 많은 말을 하기도 전에, 안나스가 돌아왔다. 무색은 그가 너무 일찍 돌아온 것을 보고 깜짝 놀랐다. 미처 무슨 일을 꾸미기도 전에 돌아왔기 때문이었다.

안나스는 무색이 자신도 모르게 놀란 빛을 얼굴에 드러내자 웃으며 말했다.

"비록 말을 하지 못하게 했더라도 여러분을 같이 있게 하는 것은 실수라고, 랍비 가야바께서 말씀하시더군요. 그러니 지금부터는 좀 떨어져 계시겠어요?"

그의 말이 떨어지자마자 용병들의 총부리가 겨누어졌고 결국 세 명의 용화교 승려와 백호까지도 따로 끌려 나가게 됐다. 그러고 나자 안나스는 미소를 띠면서 현암에게 말했다.

"당신이 가능한 말은? 영어?"

"조금 압니다."

현암이 무뚝뚝하게 대답했다. 그러자 안나스는 웃으면서 현암에게 앉으라고 권했다. 그리고 용병들을 모두 물러가게 하고 그들이 사라지는 순간 입을 열었다.

"좀 얼떨떨할 겁니다. 그런데 사실 더 얼떨떨한 것은 우리예요. 아무래도 함정에 빠진 것 같아서요. 그래서 혹시 당신이 우리에게 도움을 줄 수 있지 않을까 생각해 보았죠."

"무슨 소리입니까?"

"당신, 인도에 왜 오셨나요? 당신과 아하스 페르츠의 출현이 거의 같은 때인데…… 아무래도 당신, 아하스 페르츠를 아는 것 같아요. 그렇지 않나요?"

현암은 내심 깜짝 놀랐다. 이 조그마한 유대인이 어떻게 그런 사실을 아는 것일까? 현암은 물론 자제심이 강해서 표정으로 드러내지는 않았지만 속으로 생각을 굴려 보았다.

'이자는 무척 많은 것을 아는 것 같구나. 거짓말해 봤자 시간 낭비일지도 모르겠군. 하지만 모든 사실을 말할 수도 없다.'

"당신, 아하스 페르츠를 만났죠? 그렇죠? 저 용화교의 승려들은 항상 그를 뒤쫓았던 자들이니까요."

안나스는 현암의 대답도 듣지 않고 계속 말했다.

"그런데 납득이 가지 않는 점이 있어요. 아하스 페르츠는 저런 자들이 아무리 덤벼도 까딱할 사람이 아니죠. 물론 그도 멀쩡하다는 것을 나도 알고요. 하지만 싸움이 벌어졌던 건 분명해요. 그는 다 망가진 비행기를 타고 인도에 왔거든요. 당신들과의 싸움 때문 같은데……."

"본론만 이야기하시죠. 나는 영어에 능통하지 못합니다. 돌려 말하면 잘 알 수 없어요."

현암이 딱딱하게 말하자 안나스가 빙글거리며 되받았다.

"좋아요. 본론만 이야기하죠. 당신들, 어떻게 그의 손아귀에서 빠져나왔죠?"

현암은 차마 악마와 거래하는 조건으로 도망쳐 나왔다고는 말할 수 없었다. 그 이야기를 하다 보면 백호가 연루될 것이기 때문이다. 그래서 침묵하고 있자 안나스가 말했다.

"저 용화교의 승려들에게는 그런 재간이 없어요. 그러니 필시 당신이 뭔가 했을 건데…… 당신, 혹시 텔레포트나 그와 비슷한 능력이 있나요?"

현암은 부정하려 했지만, 막상 부정하려다 보니 적절한 핑계가 생각나지 않았다. 아하스 페르츠의 행적을 아는 것을 보면 그들이 비행기 안에서 순식간에 무인도로 옮겨진 것도 알 것 같았다. 그것이 텔레포트가 아니면 무엇이란 말인가? 현암이 대답하지 못하자 안나스는 미소를 띠며 말을 이어 나갔다.

"뭐, 당신을 어쩌려는 건 아니니 염려 말아요. 다만 당신에게 그런 능력이 있다면 우리는 당신에게 도움을 받으려는 것뿐이에요. 우리는 지금 위기에 빠져 있거든요."

"위기?"

"그래요, 위기. 칼키파의 함정에 빠진 것 같아요."

"무슨 함정이요? 그들을 공격한 건 당신들이 아닙니까?"

"그들은 준비하고 있었어요. 조금 전 이상한 것을 보지 못했나요? 지금은 대낮인데, 이 일대는 왜 이리 어두울까요?"

"모르겠습니다."

"칼키파가 대주술을 폈어요. 빛도, 소리도 통하지 않는 막을 덮어씌웠다고나 할까요? 좌우간 이 일대는 완전히 외부와 고립돼 버렸어요. 몇몇 사람들이 시도해 보았지만, 아무도 이곳에서 나갈 수가 없어요."

"그런 일이 가능하단 말입니까?"

"놀라운 일이죠. 뭐, 단순히 어떤 자의 능력으로 이리된 것 같지는 않아요. 좀처럼 찾아볼 수 없는 놀라운 일이기는 하지만, 이런 건 한 사람이 하기에는 너무나 큰 주술이죠. 필경 대단히 오랫동안 준비를 한 것 같아요. 아무래도 우리는 잘못 생각한 모양이에요. 타보트 때문에 모두 마음이 급해서 말이지요."

말을 듣고 보니 이들도 타보트를 찾으러 온 것이 분명했다. 그래서 현암은 자신도 모르게 물었다.

"그걸 왜 찾습니까?"

안나스는 현암의 눈을 뻔히 들여다보았다. 그의 눈은 어린아이처럼 천진해 보였지만, 범상치 않은 광채가 빛나고 있었다.

"글쎄요. 당신도 그것을 찾고 있지 않은가요? 비슷한 목적이겠지요. 아마?"

"어떻게 비슷하다는 겁니까?"

"아하스 페르츠와 관련이 없다고는 못 하겠군요. 우리 랍비들은 거짓을 말하지 않는답니다. 거짓말하는 것은 계명(십계명)에 위배되는 것이니 말이에요."

안나스의 말에 현암은 기분이 좀 나빠 비아냥거리며 되받았다.

"십계명에는 네 이웃이 가진 것을 탐하지 말라는 말도 있지 않습니까?"

"십계명을 어긴 것은 우리가 아니라 칼키파지요. 그들은 다른 사람들이 보관 중이던 물건을 훔쳤어요. 도둑질하지 말라는 계명을 어긴 것이죠."

"하지만 당신들이 가지고 있던 것은 아니지 않소?"

현암이 억지를 부렸지만 안나스는 화도 내지 않고 웃으며 말했다.

"언약궤는 모세께서 직접 명하여 짠 거예요. 타보트는 모세께서 직접 기도로 얻으신 것이고, 우리는 모세의 직계 후예들인데 우리가 왜 관계가 없겠어요?"

현암은 기가 막혀 이내 쏘아붙였다.

"그렇다면 그것이 모든 유대인의 것이라고는 할 수 있지만, 나는 당신들이 이스라엘, 아니 모든 유대인을 대표한다고는 믿을 수 없습니다. 검은 편지를 보내 사람을 암살하는 당신들이 어떻게 모든 유대인의 대표 자격을 지닌단 말입니까?"

현암의 말이 신랄해서 안나스도 조금 인상을 찌푸렸다.

"우리는 모든 유대인을 위해 일하는 것이니 그럴 수도 있는 거예요."

현암은 딱 잘라 말했다.

"모든 유대인이 다른 사람을 암살하는 데 찬동한다고는 믿을 수 없습니다."

허나 그는 잠시 고개를 설레설레 흔들더니 말을 이었다.

"당신은 뭔가 잘못 생각하고 있어요. 나는 젊었을 때 비르케나우에 있었지요."

"비르케나우?"

"모르나요? 그럼 아우슈비츠는 아니요?"

"아…… 압니다."

"비르케나우는 아우슈비츠에서 삼 킬로미터쯤 떨어진 곳에 있던 수용소죠. 규모가 다섯 배는 넘었어요. 아우슈비츠는 일을 할 만한 자들이 있던 곳이고, 비르케나우는 거의 처리될 지경에 처한 자들이 모이는 곳이었죠. 그곳의 출구는…… 굴뚝밖에 없었답니다."

안나스는 담담하게 이야기했다.

"당신에게 이런 이야기를 자세하게 할 필요는 없겠지요. 허나 우리를 미워한 건 독일인들이 처음은 아니었지요. 모르는 사람들은 독일인들만을 생각하지만, 20세기 초만 해도 유대인은 어느 나라에서나 2차 대전 때의 독일인이 한 것과 같은 취급을 당했어요. 수용소만 없었을 뿐이죠. 나는 그때는 랍비가 아니었어요. 그땐 너무 어렸죠. 그러나 그때 나는 같은 인간끼리 왜 이리 서로 죽고 죽여야 하는지 몹시 혼란스러웠고, 몹시 슬퍼했답니다. 이해가 가시겠지요?"

현암은 안나스가 약간 가엾다는 생각이 들었지만 날카로운 질문의 고삐를 늦추지 않았다.

"그럼 당신이 왜 검은 편지 결사를 이끄는 겁니까?"

"당신도 그때와 같은 굴뚝의 검은 연기를 보게 된다면 나를 쉽게 이해할지도 몰라요. 나는 그때 많은 고민을 했죠. 그러다가 마침내 해답을 얻었어요. 당신은, 사람이 사람을 죽이면 왜 죄가 된다고 생각하나요?"

현암은 느닷없는 질문에 눈을 조금 치떴을 뿐 대답하지 않았다. 안나스가 궤변을 늘어놓을 것 같아서였다.

"사람은 소를 죽이고, 닭을 죽이고, 물고기와 새들과 들짐승들을 죽이지요. 그러나 그건 자신이 살기 위해서지요. 자신이 먹고 살기 위해서는 뭔가를 죽여야 해요. 그런데 사람이 사람을 죽이는 것은 대부분 큰 죄가 되지요. 같은 것끼리니까 말이에요. 그렇지 않나요?"

현암의 대답이 없자 안나스가 다시 말했다.

"나는 거기서 깨달음을 얻었답니다. 그래서 나는 그때부터 생각했어요. 여기서 살아 나간다면 시온을 만들자고 말이에요. 진정한 시온을, 사람들만의 시온을······."

그러면서 안나스는 갑자기 무섭게 눈을 빛냈다. 현암이 보기에 그 눈빛은 결코 정상인의 것 같지 않았다. 현암은 이유도 없이 혐오감이 치밀어 목소리를 높였다.

"다른 사람의 시체로 쌓는 시온 말입니까?"

그러자 안나스는 들뜬 목소리로 말했다.

"나는 여태껏 사람을 한 명도 죽여 본 적이 없어요. 정말이에요. 내 손으로도, 다른 사람을 시켜서도, 단 한 사람도 죽이거나 해친 적이 없어요."

그 말만은 현암도 참을 수가 없었다. 아까 들은 말에 의하면, 이들이 칼키파를 습격한 것이 분명하고 총과 화기를 잔뜩 갖춘 용병들까지 동원했다. 그리고 총성도 수없이 들려왔고 칼키파가 견디다 못해 뭔지 모를 주술까지 덮어씌울 정도로 난전을 벌인 것이 분명했다. 그런데도 아무도 해치지 않았다니, 도저히 말이 되지 않는다고 생각됐다.

"도저히 믿을 수가 없군요!"

"정말입니다. 나는 계명을 어기며 거짓말하지 않아요. 나는 단한 사람도 해치지 않았고, 앞으로도 단 한 사람도 해치지 않을 거랍니다. 어떤 형제의 피도 흘리지 않을 것입니다."

"그럼 칼키파에서 한 명의 사상자도 내지 않았단 말입니까?"

그러자 안나스는 놀란 듯, 어리둥절한 눈빛으로 현암을 바라보았다.

"아니지요. 적어도 백여 명은 죽었을 겁니다."

"그렇다면 도대체……!"

현암은 안나스가 너무도 태연하게 백여 명이라고 말하자 섬뜩하기도 하고 화가 치밀어 올라 소리치려 하는데, 바로 그때 안나스가 크게 웃었다.

"하하하…… 당신은 잘못 이해했군요! 그들을 어찌 사람이라 할 수 있나요?"

"뭐……라고?"

"당신들은 사람이 될 자격이 없어요. 그저 비슷하게 생기고, 비슷하게 움직일 뿐, 당신들은 사람이 아니지요. 우리들만이 사람이지, 당신들이 어떻게 사람이란 말인가요? 하하……."

안나스의 웃음은 조금도 거짓으로 꾸민 데가 없어서 더욱 몸서리쳐졌다. 현암은 깜짝 놀라 말문이 막혀 버렸다.

'지독하다! 아니, 완전히 미친놈이로구나! 이자는 철저하게 근본적으로 선민사상에 젖어서, 유대인 말고는 아예 인간을 인간으로 보지 않게 됐구나!'

안나스는 계속 지껄여 댔다.

"사람이라면 영혼이 있어야 합니다. 겉모습이 비슷하고 말하고 의사소통할 수 있다고 해서 사람이라는 증거가 어디에 있다는 거죠? 원숭이도 털을 깎으면 모습이 비슷하고, 개와도 의사소통이 되지 않나요?"

"당신은 미쳤군!"

현암은 소름이 끼쳐 말도 잘 나오지 않았지만 간신히 외쳤다. 그러나 안나스는 웃으며 태연하게 말했다.

"당신이야말로 진실을 받아들여야 해요. 하긴, 금방 이해하고 받아들이기는 쉽지 않겠지요. 나도 좀 오래 걸렸어요. 과거 『성경』을 보면서 많이 고민한 적이 있지요. 『성경』은 절대 틀린 데가 없어요. 그런데 『성경』에서 신은 너무도 잔혹하셨어요. 모세, 여호수아부터 이후의 영웅들에 이르기까지 너무도 많은 피를 묻혔어요. 그것을 신께서는 막지 않으셨지요. 오히려 칭찬해 주셨어요. 나는 그것에 대해 고민했어요. 그리고 다른 사람들이 우리에게 행하는 악행도 이해할 수 없었어요. 땔감이 돼 비르케나우의 굴뚝으로 솟아 올라가는 형제들을 보면서, 나는 울기도 했고 두려움에 몸서리를 치기도 했지요. 그런데 그 연기를 보다가 나는 깨달았어요. 당신들은 모두 사람이 아니에요. 아니, 좀 더 이해하기 쉽게 말한다면 우리는 당신들이 말하는 사람이 아니었던 거예요. 그제야 나는 깨달았어요. 모든 것은 하나도 틀린 점이 없어요. 하나도 그릇되지 않았던 거죠. 당신들도, 우리도 전혀 틀리지 않아요."

"어떻게······ 어떻게 그런 생각을 가질 수 있는 겁니까? 그건 궤

변입니다!"

"같은 모습에, 같은 지능에, 같은 유전자를 지녀서 같은 사람이라는 건가요? 아니죠. 사람에게 더욱 중요한 것은 영혼이에요. 그 영혼이 다른 자들은 아무리 겉모습이 같고, 말을 하고, 유전자가 같다고 해도 같은 종이라고 볼 수 없어요."

"우리에게도 영혼이 있습니다!"

"살아 있는 모든 것에는 영혼이 있지요."

현암은 자기도 모르게 한숨을 내쉬었다. 미치광이와 말싸움을 하다니, 도무지 이길 수 없을 것 같았다.

"그렇다면 당신은 그 시오니즘이란 것을 내세워 다른 모든 사람을 없앨 작정입니까?"

"시오니즘이 왜 문제가 되나요? 그 시오니즘은 원래 가짜였어요. 당신들이 만들어 낸 가짜였죠. 그런데 오히려, 나에게는 깨달음을 주었어요. 그 말대로 하는 것이 맞는 거였단 말이죠. 정말 신의 섭리라고 할 수 있지 않을까요? 이 세계는 우리 사람들이 살라고 신께서 내리신 것이에요. 당신들도 짐승을 몰아내고, 땅을 경작하고, 길을 만들고 집을 지어 지금의 모양이 됐잖아요. 우리도 그러자는 것뿐이에요. 늑대는 사람을 해칠 수 있으니 몰아내지 않았던가요? 마찬가지죠. 우리말을 듣는 것들은 가축으로 길들이고, 우리에 위협이 되는 것들은 사냥해야죠. 그뿐이에요. 다만 당신들은 진짜 사람만큼 영리하며 수도 많기 때문에 부득이하게 검은 편지 같은 것을 사용하는 것뿐이죠."

현암은 몸을 부들부들 떨었다. 현암은 평생 사람을 해치지 않을 생각이었지만, 지금 이자만큼은 단박에 때려죽이고 싶은 마음이 들었다. 공력이 있었다면 실제로 그랬을 것이다.

"당신…… 당신은 절대 용서할 수 없어!"

그러나 안나스의 반응은 너무도 의외였다.

"그건 당신들의 당연한 권리죠. 그런다고 화나거나 복수심이 생기지는 않아요. 개가 사람을 물었다고 모든 개에 대해 복수심을 가질 수는 없잖아요? 짐승도 벼랑에 몰리면 저항하는 법인데, 그 저항을 가지고 화를 낼 생각은 없어요. 당연한 것이니까요. 다만 당신들이 무슨 수를 써도 우리를 이기지 못해요. 알겠어요?"

현암은 도대체 이자와는 말이 통하지 않는다고 생각했지만 화가 치밀어 참을 수가 없었다. 현암은 너무나 화가 나서 그 특유의 버릇대로 오히려 음성이 낮아지고 머리가 맑아졌다.

"당신들이 부리는 용병들이 이 사실을 안다면……."

"저런, 용병들은 다 알고 있어요. 그리고 아주 마음 편해합니다. 길이 들었거든요."

그러면서 안나스는 천천히 현암을 손가락으로 가리키며 말을 이었다.

"자, 당신, 우리에게 협조하겠어요? 안 하겠어요? 길들이지 않은 짐승은 위험하지요."

죽일 테면 죽이라고 외치고 싶었지만 현암은 침착해지려고 애썼다. 이자는 미친 작자다. 이렇게 미친 작자를 상대하려면 일단은 침착해야 한다고 계속 자신을 타이르고는 간신히 말했다.

"뭘 협조하라는 겁니까?"

"이 주술을 깨뜨리는 방법. 최소한 여기서 나갈 수 있는 방법 말이에요. 타보트를 훔칠 때 인도인들은 텔레포트 같은 방법을 쓴 것 같은데, 당신은 그런 방법을 아나요?"

"그건 어떻게 알았습니까?"

현암은 속으로 조금 의아해했다.

'인도인들이 텔레포트 같은 방법으로 타보트를 훔쳐 간 것은 분명 사실이다. 그런데 그것을 이자가 어떻게 알까? 여기 있는 사람들은 말할 기회가 없었다. 세 노승이나 백호 씨도 말하지 않은 것이 분명하고, 마하딥은 아직도 혼수상태다. 그때 그 자리에 있었던 인부들을 통해서? 아니다. 평범한 인부들이 텔레포트 같은 것을 알 리 없다. 그렇다면 그때 그 자리에 있던 인물 중……'

현암은 거기까지 생각하다가 안나스를 바라보며 입을 열었다.

"당신들…… 누구와 손을 잡은 겁니까?"

안나스는 그 말을 듣고 조금 놀라며 선선히 고개를 끄덕였다.

"당신, 머리가 좋네요."

현암은 안나스가 긍정하자 더욱더 놀라 말을 더듬거렸다.

"어떻게…… 당신들이 성당 기사단과 손을 잡았지?"

정말 상상할 수도 없는 일이었다. 안나스는 분명 철저한 유대교의 광신자다. 이름조차 예수를 죽인 두 제사장의 이름을 가지고 있다. 그런 자가 어떻게, 이단 종파라는 말을 듣기는 하지만, 분명 가톨릭에 근본을 둔 성당 기사단과 손을 잡을 수 있단 말인가?

아예 근본이 다른 불교나 도교, 기타의 종교라면 차라리 괜찮겠지만 유대교와 가톨릭은 절대 가까워질 수 없다. 나아가 회사나 폭력 조직이나 국가라면 그럴 수도 있지만, 이들처럼 신앙에 모태를 둔 광신에 가까운 집단들은 결코 서로를 용납하지 않는다고 믿어 왔는데…….

현암의 놀라는 안색을 보고 안나스가 웃으며 말했다.

"나는 아무런 사감이 없어요. 당신이라면, 짐승들이 무엇을 믿고 떠받든다고, 그 때문에 화를 내겠어요? 오히려 나는 그들이 이런 제의를 해 온 것이 신기할 뿐이에요."

"제의를 해 오다니?"

"성당 기사단과 우리가 이번 일에서 합작을 하도록 중재한 곳이 있답니다. 당신들 사이에서는 아주 유명한 곳이라고 입에 오르내리는 곳이지요."

안나스의 말을 듣고 현암은 도저히 믿기지 않아 자신도 모르게 자리에서 벌떡 일어났다.

아하스 페르츠의 재등장

눈으로 보기에는 지척일 것 같던 산에 도달하기까지 몇 시간이나 걸려, 준후 일행이 산비탈에 도착했을 때는 이미 주위가 어둑

어둑해지고 있었다. 차에서 내리자 로파무드가 급히 일행을 모아 놓고 말했다.

"아까 보인 것은 태곳적에 쓰였던 아주 대단한 주술이에요. 아스트라와 주술과 또 여러 가지를 응용한 겁니다. 모두 조심해야 합니다."

"그게 도대체 뭔지 당신은 아나요?"

바이올렛이 묻자 로파무드가 고개를 끄덕였다.

"한 번 들은 적이 있어요. 그건 과거에 침략자들로부터 성이나 마을을 보호하기 위해 만들어진 주술이죠. 그 주술을 쓰면 그 주변이 밀폐되게 돼 있어요. 마치 벽을 둘러싼 것처럼요."

"완전히 밀폐되나요?"

"그렇지는 않아요. 그렇다면 문제가 크게요? 세 가지만 차단됩니다. 빛과 소리와 그리고 생명을 지닌 것이 드나들 수 없게 되죠."

"그걸 뚫는 방법은요?"

"그걸 만든 자만이 알아요. 그건 아스트라를 응용한 것인데, 어떤 아스트라를 썼는지 알지 못하면 뚫는 방법도 알 수 없어요. 이것저것 시도해 볼 수밖에 없죠."

"아스트라가 몇 가지나 있는데요?"

바이올렛의 말에 로파무드는 얼굴빛을 흐리며 한숨을 내쉬었다.

"셀 수 없을 만큼 많아요. 내가 아는 것은 백 분의 일도 안 될 거고요······."

그 말에 모두 낙담한 빛을 발하는 순간 로파무드는 애써 기운을

하르마게돈 353

내려는 듯 밝게 웃어 보였다.

"하지만…… 이런 대주술에 사용될 만큼 강력한 아스트라는 그리 많지 않아요. 한 오십 종 정도……."

"대단히 적군요."

바이올렛이 허무한 표정으로 말하자 로파무드가 이내 되받았다.

"그래도 시도해 보지 않는 것보다는 낫잖아요?"

그때까지 조용히 듣고만 있던 연희가 입을 열었다.

"물론이죠. 이런 이상한 일이 생긴 것을 보면, 분명 안에서는 큰 난리가 났을 거예요. 서둘러 시도해 보도록 하죠. 그리고 혹시……."

"뭐죠?"

연희는 로파무드의 반문에는 대답하지 않고 준후를 불렀다. 그때 준후는 초조한 듯 길 뒤쪽을 살펴보고 있다가 연희가 부르는 소리에 대답했다.

"왜 그러죠?"

연희는 로파무드의 주술과 준후의 주술이 혹시라도 일치되는 점이 있지 않을까 싶어서 준후를 부른 것이었다. 연희가 도움이 될 수 없겠냐고 물었지만 준후는 고개를 저었다.

"이 주술은 불교보다도 오래된 힌두교의 아스트라라면서요? 제가 아는 것은 힌두교가 불법에 귀의돼 밀법의 형태가 된 이후의 것들이에요. 근원을 찾아 올라가면 한 가닥이라고 할 수 있겠지만, 너무 많이 달라져 있어서 도움이 되지 않을 것 같군요."

연희는 조금 섭섭했지만 할 수 없다는 생각이 들었다. 문득 준후를 보니, 준후는 아까부터 이상하게 뒤쪽을 계속 신경 쓰는 것 같았다. 그러나 연희는 그런 내색을 비추지 않고 로파무드에게 물었다.

"그럼, 지금부터 해야 할 일이 뭐죠? 우리가 도울 수 있는 것이라면 도와야죠."

"일단은 그 막이 있는 곳으로 가야 해요. 밖에서는 보이지 않을 테니까 잘 살펴야 할 겁니다."

그 말에 바이올렛이 끼어들었다.

"길을 따라가다가 갑자기 길이 막히면 거기가 막이 쳐진 곳이 아닐까요? 외진 곳이라 길이 여러 갈래인 것 같지도 않으니……."

"그렇군요!"

로파무드는 바이올렛의 말에 동의하고 길을 따라 걷기 시작했다. 연희는 차를 타고 가는 것이 어떠냐고 권했지만 로파무드는 절대 안 된다고 고개를 저었다.

"아까 말했지요? 빛과 소리와 생명체가 통과 못 한다고요. 차를 타고 가면 차는 막으로 들어가는데, 그 안에 탄 사람은 들어오지 못하는 경우가 생길 겁니다. 그렇게 되면 큰일이잖아요."

그 말을 듣고 보니 좀 꺼림칙했지만 그렇다고 차를 버릴 수도 없었다. 연희는 직접 핸들을 잡고 아주 천천히 로파무드의 뒤를 따라가기 시작했다. 그러자 준후가 휘적휘적 앞으로 나서면서 말했다. 물론 준후는 로파무드와 말이 통하지 않았기 때문에 연희에게 대신 말했지만.

"그것도 일종의 결계 같으니까 알아보는 정도라면 나도 할 수 있을 것 같아요. 제가 앞장서죠."

연희가 그 말을 로파무드에게 전하는 사이 준후는 로파무드와 자신을 제외한 다른 사람들을 모조리 차에 타게 하더니 황급히 걸음을 옮겼다. 로파무드와 준후가 내리자 나머지 사람들은 모두 트럭의 앞자리에 비좁게 포개어 탈 수 있었다.

연희는 슬슬 차를 몰면서 준후의 뒷모습을 바라보았다. 겉으로는 침착한 것 같았지만 준후는 아무래도 마음이 급한 듯했다. 물론 지금 상황에서 마음이 급하지 않은 사람이야 없겠지만, 왜 저렇게 서두르는 것일까?

그제야 연희는 차 안에서 준호와 아라를 불러 소곤소곤 준후에 대한 이야기를 나누기 시작했다. 준호와 아라는 연희를 믿었기 때문에 아무것도 숨기지 않고 그간에 있었던 기이한 일들을 모두 들려주었다.

바이올렛과 황달지 교수가 함께 있었지만 그들은 한국어를 거의 할 줄 몰랐기 때문에 별 상관이 없었다.

이야기를 다 듣고 난 연희의 안색이 조금 변했다. 준호와 아라는 의아해했지만 연희는 아이들에게 별말 하지 않고 바이올렛에게 말했다.

"미스 바이올렛, 뒤에서 누가 우리를 추적하진 않는지 좀 살펴봐 줄 수 있겠어요?"

"우리를요? 누가 우릴 추적하겠어요?"

"그래도요."

연희는 마음이 무거웠다. 준후가 한국에서부터 한 행동을 이해할 수가 없었다. 준후가 한빈 거사를 해쳤다고는 연희도 생각할 수 없었지만 그 이후 준후의 행동은 기이했다. 누명을 벗으려 했다기보다는 오히려 사람들에게 의심을 심어 주게 행동한 것 같았다.

도방 사람들은 세상 사람들에게 알려지는 것을 싫어해 모습을 드러내지 않지만, 한빈 거사 정도의 인물이 살해당했다고 한다면 그런 것을 따질 것 같지는 않았다. 도방의 인물들은 퇴마사들보다는 조금 약했지만 그래도 절대 예사로운 사람들이 아니었고, 듣자 하니 그 수도 매우 많을 것 같았다. 그런 사람들이 과연 준후가 인도로 왔다고 해서 가만히 기다리고만 있을까?

'왜 그런 짓을 했을까. 안 그래도 힘든 일인데, 적을 더 늘리는 행동을 했어.'

연희가 그런 생각을 하고 있는데, 갑자기 준후가 멈추어 서는 것이 보였다. 준후가 돌아와 차창을 통해 말했다.

"저 앞인 것 같아요. 대단한 결계가 쳐져 있네요. 저 결계를 깨뜨리려면 얼마나 시간이 걸릴지 모르겠어요."

준후는 확실히 초조해 보였다. 연희는 준후에게 도대체 무엇 때문에 그러는지 물어보려고 하는데, 로파무드가 인상을 쓰면서 연희에게 다가와 말했다.

"뭔가 이상해요. 이 주변에 많은 사람들이 있는 것 같아요."

"예? 누가……?"

연희가 놀라서 주변을 둘러보자 로파무드가 다시 말했다.

"우리 주변이 아니라 이 결계 주변에 말이에요. 이 결계는 분명 대단한 것이지만…… 많은 사람들이 결계를 건드리고 있는 것 같아요. 떨리는 기운이 느껴져요."

"그러면 우리 말고도 이 안으로 뛰어들려는 사람들이 많다는 건가요?"

"그런 것 같아요. 그것도 결계를 파괴하려고 시도할 정도의 사람들이니……."

"대단한 사람들이겠군요."

연희는 걱정스레 대신 말을 이었다. 그러나 로파무드와 연희의 인도어 대화를 알아들을 수 없는 준후는 초조한 안색으로 연희를 재촉했다.

"얼마나 걸릴 것 같대요?"

그러자 연희가 준후에게 말했다.

"아직 안 물어봤단다. 잠깐만."

그러고는 로파무드에게 시간이 얼마나 걸릴지 묻자 로파무드가 대답했다.

"모르겠어요. 준비할 것이 많거든요. 한 번 시도해서 실패하면 힘이 빠지고 다시 준비해야 하니…… 시간이 얼마나 걸릴지 모르겠네요."

연희가 그 말을 준후에게 들려주자 준후는 얼굴빛이 어두워져서 자신도 모르게 중얼거렸다.

"큰일 났다. 시간이 없는데……."

그 말을 듣고 연희가 고개를 갸웃거리며 준후에게 물었다.

"왜?"

"아, 아니, 그냥 걱정이 돼서요."

준후는 그 말만 하고는 슬쩍 빠져나가 버렸는데, 연희는 아무래도 준후가 뭔가를 숨기고 있다는 확신이 들었다.

하지만 연희는 로파무드를 도와야 했다. 이것저것 준비할 것이 꽤 많았기 때문에 바이올렛이나 준호, 아라는 물론, 뭐가 뭔지도 모르고 있는 황달지 교수의 힘까지 빌려야 했는데 그 지시를 전부 연희가 통역해 주어야 했기 때문이다.

로파무드는 자꾸 한숨을 쉬었다.

"어떤 아스트라로 된 건지 알 수만 있다면 훨씬 더 일이 쉬울 것 같은데……."

하지만 그것을 연희가 알 수 있는 방법이 없으니 답답할 따름이었다. 그때 무심코 수아를 보다가 연희는 과거 카르나를 만났을 때를 떠올렸다. 카르나가 박 신부를 공격하려 했는데, 그때 그가 쓴 힘이 아스트라와 비슷한 것일지도 몰랐다.

'그래. 그때 쓴 주술이…… 뭐라더라……? 아! 맞아. 나가파사! 나가의 힘을 빌린 거라고 했다.'

카르나는 갈기파에서 차지하는 위치가 결코 낮지 않은 것 같으니, 아무래도 이 주술과도 관련이 있을지도 모른다 싶어 연희는 급히 로파무드를 다시 불렀다. 로파무드에게 그 말을 해 주자, 로파무드는 무척 좋아하면서 아마도 그것 같다는 말을 했다.

"만약 잘만 된다면 한 번 만에 주술 막에 작은 구멍을 뚫어 통과할 수 있을 거예요."

로파무드가 들뜬 목소리로 말하자 다른 사람들 역시 반가운 기색을 띠었고, 특히 준후의 얼굴빛이 많이 풀렸다. 바로 그때, 느닷없이 한마디 말이 차의 짐칸에서 들려왔다.

"한 번에 된다면 좋겠군그래. 실패한다면 다 죽여 버릴 테니."

느릿느릿하고 힘없는, 그러면서도 위압감이 실린 기이한 남자의 목소리였다. 그 목소리를 듣고 모두가 깜짝 놀랐다. 그 사람은 비어 있던 차의 짐칸에 어느 순간 슬쩍 탄 것이 분명했다.

준후와 아라, 바이올렛은 그렇다 치더라도 준후나 로파무드까지도 몰랐다는 것은 정말 뜻밖의 일이었다. 그러나 연희는 더욱더 놀랐다.

'준후나 로파무드도 사람이니 실수도 있고 경계가 풀렸을 수도 있다. 하지만 수아는 정령들이 보호하는 아이인데…… 그렇다면 정령들마저도 몰랐단 말인가?'

연희는 놀라고 무서웠지만 수아가 아직 차 안에 있다는 걸 떠올렸다. 문득 차창 너머로 보니 수아가 의자에 쓰러져 있는 것이 보였다. 몹시 불편한 자세로 쓰러져 있는 모습이 잠든 것이 아니라 기절한 것 같았다.

그 모습을 본 연희는 자신도 모르게 눈물이 왈칵 솟았지만 앞으로 나아가지는 못했다. 뭔지 까닭 모를 공포가 온몸을 휘감았다.

산전수전을 다 겪은 연희였지만 이렇게 무서워 보기는 평생 처음이었다.

"도대체 누구냐?"

뭔가 심상치 않다고 여겼는지 준후가 심각한 표정으로 외치면서 한 걸음 앞으로 나서려는데, 차의 뒤 칸에서 누군가 훌쩍 몸을 날리더니 소리 하나 내지 않고 땅에 내려섰다.

그가 천천히 고개를 들었다. 그 얼굴을 보는 순간, 바이올렛이 외마디 소리를 지르면서 땅에 털썩 주저앉아 버렸다.

"아니, 아니…… 당신은……."

바이올렛은 중얼거리다가 공포에 질려 그만 기절해 버리고 말았다. 재빨리 로파무드가 바이올렛을 부축했고, 준후는 연희의 앞을 막아섰다. 그리고 아라와 준호도 준후 뒤에 바싹 달라붙었다.

그 남자는 차창으로 손을 쓱 집어넣더니 수아의 덜미를 잡아 들어 올렸다. 그자의 얼굴은 섬뜩할 정도로 표정이 없었고 눈에는 형언할 수 없을 정도의 권태로움이 보였다. 그 표정을 보자 연희는 뭔가 생각이 났다. 결코 생각해 내고 싶지 않았지만…….

연희는 온몸을 사시나무 떨듯 덜덜 떨며 간신히 입을 열었다.

"다, 당…… 당신은…… 설마……."

그러자 그 남자가 조용히 대꾸했다.

"내 이름은 아하스 페르츠다."

사방은 쥐 죽은 듯이 조용했다. 주위는 완전히 캄캄해졌는데,

다행히 여기저기에서 벌어진 싸움 때문에 아직 불꽃이 꺼지지 않아 사물을 어렴풋이 식별할 정도는 됐다.

몇 시간이 훨씬 지난 것 같았고 쌍방의 충돌은 더 이상 일어나지 않았다. 아마도 신중하게 대처하기 위해 그러는 모양이었다. 그사이 이반 교수와 윌리엄스 신부 등은 상황이 어떻게 될 것인지에 대해 이야기를 나누었다. 아무래도 엄청난 살상이 벌어질 것 같다는 것으로 의견이 좁혀졌다.

이 용병들 말고도 많은 자들이 같이 온 것 같았지만, 모두가 칼키파의 주술 막에 갇혀 있는 한 독 안에 든 쥐와 다름없었다. 그렇다면 공격자들의 수가 많고 세력이 커도 결과적으로는 칼키파 쪽이 유리하다는 것이 중론이었다.

"칼키파는 부타를 사용할 수 있지요. 그러면 싸움이 진행돼 죽는 자들이 늘어날수록, 칼키파는 강해지는 셈이 됩니다. 보통 사람이 죽어 부타가 돼도 그렇게 무서운데, 주술사들이 죽어서 부타가 된다면 당해 낼 자가 없을 겁니다. 그러니 더욱 승산이 크다고 보아야겠죠."

이것은 윌리엄스 신부의 의견이었다. 그리고 이반 교수도 비슷한 생각이었다.

"그래서 공격자들도 섣불리 싸움을 하지 않고 일단은 피하려는 게 분명하오. 결정적인 한 수를 노리든지 아니면 힘을 보존하려는 생각이겠지."

"그렇다면 왜 칼키파가 공격하지 않을까요? 모두 가둬 두었으니 역습을 가할 만도 한데."

"지금 당장 공격하기에 힘이 달리는지도 모르오. 저쪽도 상당한 준비를 갖추고 있을 테니 말이오. 뭐, 칼키파로서는 서두를 것이 없소. 칼키파가 비록 전멸당한다 해도, 이 주술 막을 풀지만 않으면 이기는 거요. 열흘이고 이십 일이고 가둬 두게 된다면, 모두 굶어 죽고 말 테니."

그때 승희가 나섰다.

"그런데 우리는 어쩌죠? 어떻게 빠져나가죠? 아니, 이 싸움을 어떻게 좀 막아 볼 수는 없을까요?"

"글쎄요."

윌리엄스 신부도 한숨을 쉬었다. 그러나 이반 교수는 냉소를 지었다.

"우리의 한계를 넘어선 일 같소. 솔직히 박 신부님이 정신을 잃으신 게 나는 다행인 것 같소. 뭐, 상처를 입으신 것은 아니니까 말이오."

"무슨 말입니까?"

"지금 우리는 중립이라고 할 수 있소. 하지만 박 신부님이 제정신이셨다면, 이런 참상이 벌어지는 것을 절대로 두고 보지 않으셨을 거요. 어떻게든 주술 막을 뚫으려고 하실 텐데, 그렇게 되면 칼키파의 공격을 받을 것 아니겠소? 그러니 차라리 못 보시는 게 낫지 않나요? 허허."

이반 교수가 억지로 웃는 소리를 내는데, 갑자기 성난큰곰이 조용히 하라는 듯이 손짓했다.

누가 온다.

이반 교수가 경계하면서 총을 겨누려 하자 성난큰곰이 다시 말했다.

싸우려고 오는 것은 아닌 듯하다. 사실 우리는 아까부터 감시받고 있었다.

"우리를? 누가 말이오?"

이반 교수가 묻자 성난큰곰이 말했다.

아마도 카르나겠지.

그때 누군가가 다가오는 소리가 들려왔다. 사방이 어두웠기 때문에 처음에는 누군지 식별할 수 없어서 일행은 긴장했지만 그는 그런 기색을 느꼈는지, 아니면 애초부터 그렇게 하고 온 것인지 항복한다는 듯 양손을 들고 다가왔다.

그는 자그마한 키에 터번과 천 조각이나 다를 바 없는 얇은 옷만 걸친 인도인이었다. 일행에게 다가오자마자 그가 매우 서툰 영어로 말했다.

"카르나 님께서 보시잡니다."

"카르나가……?"

윌리엄스 신부는 힐끗 박 신부를 내려다보았지만 박 신부는 아직도 정신을 차리지 못하고 있었다. 그래서 그는 이반 교수에게로 눈길을 돌렸는데, 이반 교수는 고개를 가로저었다.

"지금 칼키파와 행동을 같이하는 것은 위험한 일이오. 그들은 공격받고 있으니……."

그 말을 듣고 인도인이 히죽 웃으며 되받았다.

"카르나 님께서는 더 늦기 전에 약속을 지키고자 하십니다. 전 안내인입니다."

그러자 모두 서로의 얼굴을 쳐다보았다. 이런 상황에서 카르나가 아까 한 말을 지키려 할 줄은 몰랐던 것이다. 타보트 때문에 상당히 마음이 움직였는지 윌리엄스 신부가 말했다.

"이대로 우리만 고립된 것이 더 위험하지 않을까요? 더구나……."

윌리엄스 신부가 잠시 생각을 해 보고 말을 이었다.

"지금 몰려든 사람들도 타보트를 노리고 왔을지도 모릅니다. 타보트는 일단 우리가 얻어야 하지 않을까요? 준다고 할 때 받아야지, 그렇지 않으면……."

"타보트로 아하스 페르츠를 상대하는 것은 나중의 일이오. 지금 당장은 저 용병들을 뚫어야 할 텐데……."

이반 교수도 뭔가 열심히 궁리하는 듯했다. 그는 성난큰곰과 승희의 얼굴을 쳐다보았지만, 성난큰곰은 아무 말도 하지 않고 묵묵히 있었으며 승희도 뭐라 할 말이 없는지 입을 다물고 있었다.

마침내 이반 교수가 입을 열었다.

"그렇게 하는 게 좋겠소. 칼키파와 같이 있지 않는다고 공격을 안 당할 것 같지도 않고…… 일단 그들의 이야기를 듣고 타보트나 얻도록 합시다."

그 말에 윌리엄스 신부가 인도인 안내자에게 물었다.

"가는 길은 괜찮을까요?"

인도인 안내자는 고개를 끄덕이며 안심하라는 듯 씩 웃으며 몸을 낮춰 달리기 시작했고, 성난큰곰이 박 신부를 어깨에 들쳐 메고 그 뒤를 따랐다. 그다음으로는 윌리엄스 신부와 승희가 따라갔고, 이반 교수는 벨지움 컨바인 총을 들고 뒤를 경계하면서 움직이기 시작했다.

사방은 이제 완전히 막이 쳐졌는지 밤이 된 것처럼 캄캄했고, 용병들 측에서도 별다른 움직임을 보이지 않았다.

인도인 안내자는 거의 무너져 버린 건물의 뒤쪽을 교묘하게 돌아 무너진 사원으로 보이는 커다란 폐허에 들어섰다. 폐허 주변에는 수십 명의 인도인들이 모여 있었는데, 대부분이 등골을 오싹하게 할 만큼 강렬한 기를 내뿜는 사람들이었다.

여자도 있었고, 노인도 있었다. 팔다리가 온전치 못한 사람들도 있었지만 거의 대부분이 능력을 지닌 요기나 구루 같았다. 그들은 지시를 받은 듯 앞을 막지 않고 사방만 경계하고 있었다.

안내인이 폐허 한가운데에 있는 석상 하나로 다가가 그것을 조심스레 만지자 한쪽 구석의 바닥이 조용히 열렸다. 그리고 안내인은 그 구멍으로 들어가면서 따라오라는 시늉을 해 보였다.

박 신부는 아직 몸을 움직이지 못했지만 성난큰곰의 힘이 워낙 센 탓에 그를 메고 내려갈 수 있었다.

폐허가 된 겉모습과 달리 지하실 내부는 매우 넓었고 잘 손질돼 있었다. 그 안에 많은 사람이 있었지만, 대부분은 요행히 화를 면한 참배객들과 난민들인 듯했다. 그곳에서 다시 꼬불꼬불한 길을 어느 정도 지나자 커다란 나무문이 나왔는데, 안내인은 그 문을 손짓해 보이고는 자취를 감추었다.

일행이 상당히 육중한 그 문을 밀고 들어가자 어두컴컴한 커다란 방이 나왔는데, 카르나가 그 안에 있는 것이 보였다. 그리고 그 옆에는 두 명의 시동을 거느린 고반다가 격식을 차리지 않은 자세로 조는 듯이 앉아 있었다.

어둠침침한 방은 촛불조차 밝히지 않았다. 오로지 고반다의 몸에서 나오는 빛만이 주위를 밝혀 주고 있었다.

"잘 오셨습니다. 위험한 일에 말려들게 해서 죄송합니다만……."

"왜 불렀소?"

"약속을 지키기 위해서입니다. 타보트를 드리려고 말이지요. 조금 일찍 드렸으면 좋았을 테지만……."

카르나는 여전히 미소를 지었으나 그의 표정에는 피곤과 우려가 함께 어려 있었다. 이반 교수와 윌리엄스 신부는 서로를 마주 보다가 이반 교수가 먼저 입을 열었다.

"아주 약속을 잘 지키시는구려."

카르나가 웃으며 대꾸했다.

"이건 고반다 님의 명이셨으니까 반드시 지켜야만 하죠."

그러자 이반 교수가 카르나에게 물었다.

"타보트를 만진 자는 죽는다던데?"

"그런 전설도 있지요. 그래서 우리도 그것을 만지지는 않았습니다."

"좀 볼 수는 없겠소?"

"좋습니다."

카르나가 손뼉을 치자 두 명의 건장한 남자가 무척 커다란 오각형의 궤짝을 메고 들어왔다. 그 궤짝은 기이한 문양이 가득한 흑단으로 만들어진 상자였는데, 크기가 상당했다.

"이것이 타보트요?"

"정확하게는 타보트를 넣은 상자입니다. 원래의 타보트 상자는 이미 낡아서 부서진 지 오래죠. 그래서 타보트의 힘에 의해 사람이 다치지 않도록 주술적인 봉인을 한 상자입니다."

"정말 이것을 주겠다는 거요?"

"그렇습니다."

"당신들은 수많은 희생을 치르면서 성당 기사단에 들어가 이것을 얻어 온 것으로 아오. 여러 명의 희생도 있었고. 그런데 이것을 그냥 우리에게 내주겠다는 거요?"

그 말에 카르나가 다시 웃어 보였다.

"당신들이기에 드릴 수 있는 겁니다."

"우리에게 아하스 페르츠를 맡으라는 소리처럼 들리는구려!"

이반 교수가 날카롭게 쏘아붙였으나 카르나는 여전히 태연하게 말했다.

"꼭 부인하지는 않겠습니다."

곁에 있던 승희가 한마디 거들었다.

"이 안에 타보트가 정말 들어 있다고 누가 장담하죠?"

"그건 무슨 소리입니까? 그럼 확인해 보시오."

"타보트를 만지면, 아니 보기만 해도 누구든 죽는다고 했어요. 죽지 않는 자인 아하스 페르츠조차 그것을 겁내고 있다 하고요. 그렇다면 아무도 이 상자를 열고 진짜 타보트가 들어 있는지 확인할 수 없는 것 아니겠어요? 그걸 노리고 비워 두었거나 이상한 것을 넣어 둔 것은 아닌가요?"

승희의 말에 비위가 어지간한 카르나도 인상을 약간 찌푸렸다.

"나는 순전히 당신들에게 호의를 베푸는 겁니다."

승희는 코웃음을 치며 되받았다.

"정말 호의일까요?"

"당신, 계속 그렇게 말한다면……."

승희는 다시 코웃음을 치며 말했다.

"당신들은 물론 능력이 대단해요. 나도 당신들이 무슨 마음을 먹고 있는지 알 수가 없죠. 하지만 이 지하에 있는 사람들 모두가 당신 같은 능력자는 아니잖아요?"

카르나는 무슨 말인지 금방 이해하지 못하는 것 같았지만, 이반 교수와 윌리엄스 신부는 승희가 무슨 말을 하는지 알아차렸다. 승희는 이곳으로 들어오면서 투시력을 써서 지나가는 사람들의 마음을 읽은 것이다.

"물론 이곳에서 웅성거리는 사람들이 그 내막을 전부 알 수는 없겠지만, 어디서 들었는지 조금씩은 아는 게 있더군요. 지금 당신들은 숱한 적을 상대하고 있는 것 아닌가요? 그리고 당해 낼 수 없을 정도로 힘들다는 것도 맞지 않나요?"

카르나의 인상이 조금씩 구겨졌다. 그러나 그는 곧 한숨을 쉬며 얼굴을 다시 폈다.

"그래서 어쨌다는 거죠? 우리에게 무슨 속셈이 있다는 겁니까?"

"지금 타보트를 넘겨줌으로써 우리에게 추격을 뒤집어씌우자는 속셈이 아니고 뭐겠어요? 잘은 모르겠지만, 겨우 한두 군데서 당신들을 노리고 들어온 것 같지는 않던데요? 그중 한두 곳은 기독교도들이니 그들의 눈길이 타보트에 쏠려 우리를 뒤쫓게 되면 당신들은 큰 짐 하나를 덜게 되는 셈 아닌가요?"

이반 교수와 윌리엄스 신부도 고개를 끄덕였다. 사실 그들은 성난큰곰의 힘으로 칼키파가 많은 사람들의 공격을 받고 있다는 것을 알고 있었다. 그러니 당연히 의심할 수밖에 없었다.

그러나 카르나는 고개를 저었다.

"의심이 심하시군요. 생각해 보세요. 고반다 님이 타보트를 당신들에게 주시겠다고 말씀하신 건 우리가 공격을 받는지 여부조차 모를 때의 일이잖습니까?"

"당신들의 고반다 님은 신통력이 대단하시니 미리 그런 사실을 느끼셨을 수도 있죠. 최소한 그분이 그런 마음이 없었다 해도 당신이 이런 기회를 이용하지 않고 넘어갈 것 같지는 않거든요."

그 말에 카르나는 발끈하면서 목소리를 높였다.

"좋소! 좋아! 아주 대단하시군. 그럼 관두세요. 우리도 애써 얻은 귀중한 물건을 드리는 것인데, 이런 소리를 들어가면서까지 드릴 필요는 없겠군. 그러면 가져가지 마세요. 그렇게 훤하다면 안 가져가면 될 것 아닙니까?"

그러나 승희는 생글생글 웃으면서 말했다.

"그렇게까지 화내실 것은 없잖아요? 좋아요. 뭐, 호의를 무시하진 않기로 하죠. 우리가 가져가기로 하죠. 다른 분들의 의견은 어떤가요?"

윌리엄스 신부와 이반 교수는 서로 얼굴을 마주 보고는 고개를 끄덕였다. 승희의 속셈이 무엇인지는 알 수 없지만, 일단 뭔가 생각이 있을 것이니 믿어 보기로 한 것이다.

그때 카르나가 다시 얼굴을 찡그렸다.

"이 물건이 그렇게도 가치가 없는 것입니까? 가져가 준다니?"

"실언했군요. 좋아요. 그럼 이걸 가져가고, 적어도 한 곳 이상의 이목을 끌어 주기로 하죠. 그럼 됐나요? 피차간에 입에 발린 말은 하지 말기로 해요. 까놓고 솔직하게 이야기하는 편이 내 성격에도 맞네요."

그 말에 카르나가 곱지 않은 표정을 지어 보였다.

"우리가 이걸 드리지 않는다면 어쩌겠습니까? 당신들은 지금 우리 파의 성지 한가운데에 와 있습니다."

"어머? 많은 사람에게 공격당하고도 우리와 싸울 여력이 있나 보군요. 지금 신부님은 주무시지만, 뭐 깨울 필요까지도 없을 거예요. 나는 나이도 어리고 여기 있는 사람 중 가장 약해빠진 여자지만, 그래도 그쪽이 그렇게 나온다면 목숨값은 해야겠죠."

카르나가 비웃듯 되물었다.

"당신의 투시력은 대단하지만, 싸울 줄도 안단 말인가요?"

승희는 좀 켕기는 바가 있었지만 기가 꺾이지 않으려고 당당하게 말했다.

"당신, 성당 기사단의 키건이 누구에게 눈이 멀고, 갑옷을 빼앗겼는지 아시나요? 저게 바로 그 갑옷이에요."

카르나의 안색이 변했다. 키건이 최고의 능력자는 아니었지만, 나이트 템플러로서 이 세계에서는 잘 알려진 자였다. 그런 그가 하루아침에 어떤 여자에게 눈이 멀어 무능력자가 되고 갑옷인 나이트 아머를 빼앗긴 일을 그는 들어서 알고 있었다.

'그렇다면 이 계집애도 투시력 말고 다른 재주가 있단 말인가? 그럼 예기치 못한 변수가 하나 더 느는구나. 비록 최강이라는 박신부가 의식을 잃고 있지만 아무도 그를 건드린 적이 없다. 계략일지도 모른다. 게다가 여기 있는 성공회 신부나 인디언 주술사는 모두 상당한 자들이라 상대하기 쉽지 않고, 저 흡혈귀 사냥꾼 놈은 특별한 능력은 없지만 굉장한 무기들을 지니고 있다고 들었다. 고반다 님이 여기 계시기는 하지만, 그래도 일을 번거롭게 만들 필요는 없겠지.'

카르나는 속으로 재빠르게 머리를 굴렸다. 승희는 카르나의 안색을 보고 그의 마음이 기울었다는 것을 눈치챘다. 이때를 놓치지 않고 승희가 다그치듯 말했다.

"당신은 현명한 사람 같군요. 굳이 여기서 싸움질을 벌이고 싶지는 않겠죠?"

그러자 카르나는 탄식하듯 칼키파의 기도문을 읊으며 말했다.

"좋소, 좋아. 내가 졌어요. 당신들은 타보트를 가지고 나가세요. 그러나 최소한 한 군데의 이목을 끌어 주었으면 고맙겠군요. 이 약속은 지켜 주기 바랍니다."

"지금 이걸 들고 나가면 시선을 끌지 않으려야 끌지 않을 수 없게 될 테니 염려 마세요. 그런데 내가 물어볼 것이 좀 있어요."

"무엇이죠?"

"별건 아니지만, 그걸 알지 못하고 우리도 이걸 감히 가지고 갈 수 없군요. 뭐, 힘든 질문은 아니에요. 세 번만 대답해 주세요."

"일단 무엇인지 말해 보세요."

"도대체 얼마나 많은 자들이 쳐들어온 건가요? 그리고 이유는 뭐죠?"

"말해야 하나요?"

"상대가 누군지도 모른다면 우리도 너무 위험하지 않겠어요?"

카르나가 짧게 한숨을 내쉬며 대답했다.

"좋아요, 좋아. 말씀드리지. 우리가 확인한 바에 의하면 적어도 네 곳의 기이한 단체들이 우리를 습격했습니다. 당신들이 본 용병을 이끄는 자들이 하나 있고……."

"그들이 누구죠?"

"아는지 모르겠지만 그들은 검은 편지 결사라고 하는 조직이죠."

승희는 백호가 습격당했던 일에 대해 들었고 지난번 아녜스 수녀와의 첫 대면 때도 그들 하수인의 습격을 받은 터라 그 말을 듣고는 아, 하고 탄성을 냈다.

"몇 번 마주친 적이 있어요. 좋은 자들 같지는 않더군요."

"그들은 지독한 유대인들입니다. 세상을 뒤집으려고 하는 자들이죠."

"용병들을 그렇게 조직화해서 오는 것만 봐도 알겠어요."

그 말에 카르나는 고개를 저었다.

"아니요. 그들은 보통 용병들이나 암살자들을 쓰지만, 그것만이 아닙니다. 적어도 그들의 우두머리들은 아주 강력한 능력자들이에요. 세 명의 랍비가 그들을 이끈다고 들었는데, 그들과 마주쳐 살아남은 자는 지금껏 없었습니다. 이 점은 알아 두어야 할 겁니다."

그 말은 승희뿐만 아니라 윌리엄스 신부나 이반 교수로도 처음 듣는 이야기였다. 승희는 자기도 모르게 고개를 끄덕이고는 물었다.

"그리고 또 어디가 있죠?"

"당신들도 구면인 성당 기사단이 있습니다. 아마도 그 친구들은 이 타보트를 되찾으러 온 걸 테지. 뭐, 이 판국이 됐으니 숨기지는 않겠습니다. 아마도 이걸 가지고 나가면 그들이 따라붙을 겁니다. 하지만 가장 어리고 약한 아가씨가 그쪽의 유명한 기사인 키건을 묵사발로 만들 정도이니, 걱정할 건 없겠죠? 그리고 우리는 짐을 덜 수 있을 테고 말입니다."

그 말을 들었을 때, 윌리엄스 신부와 이반 교수는 각각 짐작이 가는 바가 있어 눈을 크게 떴다. 카르나도 그런 기색을 느낀 듯했지만 그들은 아무런 말도 하지 않았다.

 카르나는 속으로 나이 먹은 영감들이 줏대 없이 젊은 여자한테 끌려다닌다고 욕을 했다. 카르나는 타보트를 훔치러 간 칼키파의 고수들이 전멸했다는 것을 모르고 있었다. 전멸했기 때문에 연락도 없는 것이지만, 원래 그들은 성당 기사단의 추적을 피해 상당한 시간을 두고 빠져나올 계획이었기에 그리 걱정하지 않았다.

 다만 타보트를 훔쳐 내고 동굴을 모조리 무너뜨리기까지 했는데 성당 기사단에서 어떻게 이리도 빨리 알고 쳐들어온 것인지 의문스러웠다. 당연히 눈앞에 있는 이 사람들의 동료인 현암이 그것을 거의 떠맡아 해결하다시피 했다는 것을 전혀 모르고 있었다.

 승희는 잠깐 아무 말이 없더니 다시 카르나에게 물었다.

 "또 다른 자들이 있나요?"

 "성당 기사단과 같은 신을 섬기는 자들이 또 있지요. 항상 으르렁거리다가 놀랍게도 무슨 협상을 한 것인지 그들도 모조리 몰려왔습니다."

 그러자 승희는 인상을 찌푸리며 물었다.

 "혹시…… 이단 심판소?"

 "그렇습니다. 그들과는 여러 번 마주쳤을 테니 잘 아시겠죠. 그들도 타보트에 관심을 가질지도 모르지만 뭐, 당신들은 그들을 쉽게 이길 수 있잖습니까? 세븐 가디언 중 최강이라는 아네스 수녀도 당신들 손에 걸리자 간단하게 목이 날아갈 뻔했는데……."

 승희는 대답하지 않고 카르나에게 다시 물었다.

"또…… 있나요?"

카르나는 잠시 승희의 눈을 바라보다가 대답했다.

"더 있는 것 같군요. 그러나 이 이상은 나도 알지 못해요."

"알았어요. 그쯤 해 두죠. 그럼 두 번째 질문이에요."

"참 젊은 아가씨가 따지는 것도 많으시군요. 그런데 신중한 것도 좋지만 너무 뜸 들이지 말고 빨리빨리 질문해 주세요."

카르나는 조급해하는 듯했다. 아닌 게 아니라 승희는 한 마디 한 마디를 깊이 생각해서 하는 듯, 말과 말 사이에 생각을 상당히 오래 하는 것 같았다.

"과찬의 말씀. 그런데 당신들은 우리를 나가게 해 준다고 했는데, 정말 여기서 나갈 수 있는 건가요?"

"그게 무슨 말씀이죠? 우리는 당신들에게 손끝 하나 대지 않을 겁니다."

"여기를 말하는 게 아니에요. 당신들은 뭔가 수작을 부렸잖아요. 이 일대가 지금 어떻게 돼 있죠? 이 일대는 당신들 측에서 부린 주술로 완전히 봉쇄된 게 아니던가요?"

순간 카르나는 안색이 조금 변하면서 말을 하지 않았다. 승희가 다그치듯 말했다.

"우리가 미끼가 되는 것까지는 좋지만, 이런 식으로 대접하는 것은 참기 어렵군요. 우리가 나가지 못해 우왕좌왕하고 여기서 부딪히고 저기서 부딪히다가 양쪽이 다 쓰러진다면 당신들은 손 안 대고 코 푸는 게 될 테지만…… 상당히 기분이 좋지 않군요."

얼굴 두꺼운 카르나도 우물쭈물하며 아직도 할 말을 찾지 못해 전전긍긍했다. 그는 방금 승희에게 정곡을 찔린 것이다.

승희는 카르나를 매섭게 노려보았다.

"어떻게 여기서 나갈 수 있죠? 당신들의 주술 막을 깨뜨리는 방법을 알려 줘야 공정하지 않을까요?"

카르나는 반 울상을 지으며 대답했다.

"이 주술 막은 우리의 마지막 수단입니다. 깨뜨릴 수 없어요. 다만 거두어들일 수 있을 뿐이죠. 하지만 지금 이것을 거두어들인다면 우리는 전멸하고 말 겁니다."

"무슨 소리죠? 이것이 없다고 해도 이 안의 능력자들만 해도 부지기수인데."

"능력자들이 있지만 폭격만큼 무섭지는 않습니다."

"폭격?"

승희는 눈을 크게 떴다. 카르나는 승희를 보며 심각하게 말했다.

"이 일을 주도한 것이 검은 편지 결사라는 것을 잊지 마세요. 그들은 용병들과 테러리스트들을 거느리고 있어요. 그리고 그들의 힘과 능력이라면 강력한 무기를 가지고 있는 것도 불가능하지 않을 겁니다. 아, 솔직히 말씀드리지. 그들은 미사일도 가지고 있을지 모릅니다."

"믿어지지 않아요."

"하지만 사실입니다. 제기랄! 소비에트 연방이 망하면서 무기가 너무 많이 흩어졌어요. 무기상들도 돈만 받으면 어떤 무기든다 팔고 말이에요. 나는 그들이 전투기와 잠수함도 보유하고 있다는 걸 알고 있습니다. 화학 무기나 어쩌면 핵무기도 가지고 있을 거예요. 우리는 총 한 자루 없지만 저 용병들 정도는 두려워하지 않습니다. 그렇지만 머리 위에 폭탄이 떨어지는 건 바라지 않는단 말입니다."

"어째서, 어째서 그런 집단이 그런 무기를 지니고 있는 거죠?"

"검은 편지 결사는 세상을 뒤엎자는 조직이에요. 그 근간에는 시오니즘이 있고요. 세상을 혼란스럽게 하고 망하게 하려는 조직이, 그런 무장도 갖추지 않고 있다면 그게 더 이상하죠. 성당 기사단이나 프리메이슨, 하다못해 이단 심판소도 마음만 먹으면 몇 대의 전투기 정도는 쉽게 동원할 수 있을 겁니다. 주술을 쓰는 것보다 그게 더 쉬울지도 모르죠."

승희는 안색이 해쓱해졌다. 그러자 카르나는 얼굴빛을 조금 부드럽게 하더니 말을 이었다.

"솔직히 말해서 당신들을 이용하려 했다는 점을 인정하겠어요. 그렇지만 부끄러운 일이 아니라고 생각해요. 당신들도 마찬가지일 테니 말이에요."

"그렇다면 당신들의 주술 막의 본질은 무엇이죠?"

"이것은 주술로만 된 것이 아닙니다. 중국에서 말하는 진법에다 주술력, 치밀한 장치 등이 모두 조합된 결과지요. 우리는 몇 달 전부터 이것을 준비하고, 설치해 왔습니다. 이것은 아스트라를 이용한 것인데, 내가 사용하는 나가파사의 힘을 극도로 끌어올린 겁니다."

카르나는 뭐라고 좀 더 설명했지만, 인도 고유의 주술 용어를 사용했기 때문에 승희는 잘 알아들을 수 없었다. 카르나는 그런 승희의 얼굴을 보며 눈을 잠시 빛내더니 말했다.

"이 진은 모든 소리와 빛이 들어오고 나가는 것을 차단합니다. 그것만 하더라도 일단 우리는 살 수 있는 셈이죠."

"그럼 폭격을 막을 수는 없나요?"

"폭탄이 떨어지고, 미사일이 날아오는 것을 막을 수 있는 주술은 없습니다. 그런 게 가능하다면 그건 주술이 아니라 마술일 겁니다. 다만 이렇게 빛과 소리와 전파가 차단되면 그들도 함부로 아무 데다 대고 폭탄을 갈길 수는 없을 테니 우리는 살아남는 셈이죠."

"그런 효과뿐인 것 같지는 않은데요?"

"물론입니다. 안에 갇힌 자는 밖으로 나갈 수 없어요. 사람만 말하는 것이 아니라, 무릇 살아 있는 것이라면 벽에 부딪힌 것처럼 돼 나갈 수가 없을 겁니다. 물건은 밖으로 내보낼 수 있지만 생명이 붙은 것은 나갈 수 없게 되죠."

"그렇다면 우리도 갇힌 셈이군요. 나가려면 목숨을 떼어 놓으라는 건가요?"

"물론 우리들은 나갈 수 있습니다. 하도 겹겹이 포위당해서 그게 쉬울지는 의문이지만."

"어떻게 하면 이걸 뚫고 나갈 수 있죠?"

"우리가 직접 문장을 몸에 그려 줘야만 나갈 수 있습니다. 나가

파사는 뱀의 힘이니, 그와 극성(極性)인 가루다(Garuda)[1]의 인을 침으로써 출입이 가능하지요."

카르나는 잠시 쓰러져 있는 박 신부를 보면서 물었다.

"그는 지금 어떻죠? 상태가 좋지 않은 듯한데?"

"걱정할 것 없어요. 정신을 차리지 못하시지만 다친 곳은 없으니까요."

그 말에 카르나는 빙긋 웃으며 혼자 중얼거렸다.

"박 신부가 제정신이었다면 나는 이렇게 쉽게 당신들을 내보내려 하지는 않았을 겁니다."

카르나가 손뼉을 치자 구부정한 노인 한 명이 뭔가 담긴 병을 들고 들어왔다. 그는 다섯 사람의 옷자락 귀퉁이에 조그맣게 뭔가를 그려 넣고는 눈을 감더니 그 옷자락을 잡고 중얼중얼 주문을 외웠다.

그 일이 끝나자 승희가 입을 열었다.

"좋아요. 그럼 세 번째 질문인데, 이 타보트는 진짜인가요?"

카르나는 어이가 없다는 듯 웃어 보였다.

"아직도 가짜라고 여기나요? 적들이 가짜를 따라갈 정도로 멍

---

[1] 힌두교와 불교의 전설에 등장하는 상상 속의 새로 대붕(大鵬), 가루다, 어떨 때는 가룽빈가 등과도 동일시되는 거대한 신조(神鳥)다. 힌두교의 전설에서는 뱀(나가)을 퇴치하는 신통력을 지닌 인면조(人面鳥)로 묘사되며, 비슈누 신을 태우고 날아다닌다. 이후 가루다는 불교에서 팔부중(八部衆)의 하나를 차지한다. 팔부중의 가루다는 용을 잡아먹고 살며, 하늘 끝까지 닿을 만한 날개와 거대한 힘을 지닌 새로 묘사된다.

청하다고 여기는 겁니까?"

승희는 그래도 물러서지 않고 되받았다.

"진짜인지, 가짜인지 알 수가 없잖아요."

"진짜요. 맹세하기를 원한다면 고반다 님의 이름을 걸고 맹세하리다."

그러자 승희는 잠시 입을 다물었다. 그리고 조금 뒤 윌리엄스 신부가 입을 열었다.

"당신들은 이것이 진짜라고 어떻게 장담합니까?"

"가짜라면, 성당 기사단이 이토록 난리를 피웠을까요?"

"단지 그 사실만 가지고 진짜라고 볼 수는 없잖습니까?"

"왜 자꾸 억지를 부리는지……."

카르나가 뭐라고 말하려는데, 때마침 저만치 앉아 있던 고반다가 뭔가를 급히 칠판에 쓱쓱 쓰더니 옆에 있는 시동에게 보여 주었다. 그러자 시동은 쪼르르 달려와 다짜고짜 카르나의 귀를 잡고 뭐라고 말했다. 건방진 태도였지만 카르나는 조금도 내색하지 않고 순순히 귀를 시동의 입에 갖다 대었다.

시동이 뭐라고 말하는지 다른 사람은 들을 수 없었지만 카르나는 대번에 얼굴빛이 변했다. 그리고 승희도 얼굴빛이 조금 변하더니 조그마한 소리로 속삭였다.

"저런! 고반다가 알아챘어요."

그러자 성난큰곰의 등에 떠메어져 있던 박 신부가 천천히 고개를 들더니 훌쩍 몸을 일으켜 앞으로 나섰다. 사실 박 신부는 아까 안내인이 도착할 무렵 정신을 차렸지만 카르나를 방심하게 만들려고 여전히 정신을 잃고 있는 척했던 것이다.

박 신부는 예전부터 그와 친한 사람들과 마음속으로 이야기할 수 있는 능력이 생겼다. 비록 성난큰곰처럼 자유자재로 이야기할 수는 없었지만 박 신부의 능력은 성난큰곰의 텔레파시 같은 것과 달라 자취를 남기지 않았다. 전음술이나 텔레파시 같은 능력은, 물론 그 내용을 엿들을 수는 없지만 능력자라면 그런 행위를 사용하고 있다는 것쯤은 눈치챌 수 있었다.

그러나 박 신부의 마음의 대화는 남이 눈치채기 훨씬 어려웠다. 그래서 카르나 같은 능력자도 박 신부가 승희를 시켜 이야기하고 있음을 눈치채지 못했던 것이다. 그런데 고반다가 그런 사실을 알아내고 말았으니 승희는 놀라지 않을 수 없었다.

"당신…… 역시 속셈이 있어서……."

"일부러 속임수를 쓰려 한 것이 아니오. 다만 사람을 해쳐서는 안 되오."

박 신부는 담담히 말했다. 그때 갑자기 저만치에 앉아 있던 고반다가 쾅 하는 소리와 함께 뒤로 넘어졌다. 두 명의 시동이 기겁하면서 고반다를 보살폈고, 카르나는 놀라고 당황한 표정을 숨기지 못했다.

그때까지도 윌리엄스 신부, 이반 교수 등은 일이 어떻게 돌아가는지 알 수가 없었다. 승희도 박 신부의 목소리를 듣고 그대로 말하기는 했지만, 실상 어떻게 돌아가는 것인지는 알지 못했다.

대뜸 박 신부가 급히 말했다.

"모두 나갑시다. 옷자락을 잘 간수하시오."

"예?"

승희는 박 신부의 의도를 짐작하지 못하고 되물었다. 그러나 이내 박 신부의 말이 아까 그려 놓은 도형을 뜻하는 것임을 깨달았다.

"못 가오!"

카르나가 소리를 지르면서 왈칵 양손을 떨쳤다. 순간 양손의 소매에서 보이지 않는 바람 같은 것이 일어나 날카롭게 네 사람을 덮쳤다.

겹친 음모

"성당 기사단, 이단 심판소, 그리고 우리들은 모두 합세하기로 조약을 맺었어요. 물론 임시 조약이지만요. 같이 위험에 빠졌으니 당분간 조약은 더욱 확실하겠군요."

안나스가 벙글거리며 말하자 현암은 고개를 저었다.

"당신들은 유대교도요. 성당 기사단과 이단 심판소가 밀약했다는 것은 알고 있었지만…… 당신들과 어떻게 손을……."

"이건 정치적인 문제요. 당신들도 …… 음, 그렇지 당신, 한국 사람이지요? 하지만 당신들도 북한 사람들과 협상을 하지 않나요? 서로 전쟁할 만큼 철천지원수면서도 말이에요."

현암은 할 말이 없었다. 안나스가 다시 말했다.

"당신이 협조해 주어야 이것을 돌파할 수 있을 것 같아요. 우리를 돕겠어요?"

그에 현암은 주저하는 기색 없이 대답했다.

"나는 솔직히 이것이 무엇인지 알지도 못합니다. 나는 절대 이것을 돌파할 수 없습니다."

안나스가 웃었다.

"나도 알아요."

"안다고? 그럼 나에게서 뭘 바라는 겁니까?"

"당신이 비록 이 막을 깰 힘은 없지만, 당신이 협력해 주어야 우리는 이 막을 돌파할 수 있어요."

현암이 코웃음을 치며 쏘아붙였다.

"인간도 아닌 것의 도움을 받아서 뭘 하려고?"

그래도 안나스는 여유 있게 웃으며 되받았다.

"당신에게 협박이 소용없다는 것을 알아요. 하지만 당신은 내 말을 들을 거예요."

현암은 안나스의 얼굴을 노려보았다.

"듣지 않을 확률이 높은 것 같소만?"

그 말에 안나스가 다시 웃었다.

"우리를 미워하는군요. 그런가요?"

"굳이 부인하진 않겠소."

"그렇다면 저 용병들도 미워하나요? 죽이고 싶은가요? 기회만 닿는다면 모조리 죽여 버리겠군요?"

현암은 대답하지 않았다. 용병들은 밉다기보다 불쌍해 보였고, 물론 현암은 그들을 죽일 수 없었다. 지금은 그럴 능력도 못 되지만.

안나스가 말했다.

"그러면 이단 심판소의 가디언들과 프란체스코 주교는 어떻죠? 그들이 죽는 것도 바라나요? 성당 기사단의 마하딥과 다른 사람들은? 용화교의 세 노승은? 당신의 친구인 백호는?"

"협박하는 거요?"

현암이 벌컥 화를 내자 안나스는 고개를 저었다.

"아니에요. 당신에게 협박이 통하지 않을 거란 건 알고 있죠."

안나스는 말을 끊었다가 이었다.

"하지만 당신은 착한 사람이에요. 그들이 죽는 것을 그냥 보고 있지는 않을 거예요. 물론 우리가 그들을 놓고 협박하는 건 아니에요. 하지만 여기 있으면 그들도 칼키파 손에 다 죽어요. 알겠어요?"

현암은 속으로 이를 갈았지만 다시 한번 억지를 부렸다.

"당신들 능력이 뛰어난 것 같은데, 직접 나서서 칼키파를 다 죽이지 그러시오?"

안나스는 순진해 보이는 눈을 놀란 듯이 크게 뜨며 물었다.

"당신, 정말 그러기를 바라나요? 당신은 안 그럴 거라고 생각했는데?"

그 말을 듣고 현암은 속으로 외쳤다.

'졌다.'

하르마게돈 385

현암이 말하지 않았는데도 안나스는 이내 얼굴에 미소를 띠며 말했다.

"그럴 줄 알았어요. 당신은 착하거든요. 자신과 상관없는 남이라고 해도 죽는 모습을 두고 볼 수는 없겠지요. 잘만 해 주면 내가 선물을 줄 수도 있어요."

현암은 정말, 평생 만났던 모든 적수 중에서 이자가 가장 상대하기 힘들다고 생각했다. 마스터도 강했지만 이자처럼 자신의 속마음을 전혀 내보이지 않는 자는 아니었다. 게다가 이자에게는 이상하게도 증오스러우면서도 직접 손을 대기가 꺼려지는 무엇인가가 있었다. 현암은 어이가 없어 웃음이 다 나왔다.

"뼈다귀를 던져 주는 거요?"

"선물이라고 해 두죠."

"필요 없소. 내가 할 일이나 말해 보시오. 한 가지 분명히 해 둡시다. 나는 아직 승낙한다고 말하지 않았소. 내가 할 수 없는 일이라면 깨끗이 거절하겠소."

"당신이 할 수 없는 일을 시키지는 않아요. 사실 우리도 일에 차질이 생기지 않았다면 이렇게 하지 않았을 거예요."

"무슨 차질이오?"

"당신이 알 필요는 없어요. 자, 그러면 당신이 할 일을 알려 주겠어요. 아마도 당신이 좋아할 만한 일일 거예요."

"좋아할 만한 일?"

"당신은 지금 당장 친구들과 함께 여기서 나가, 성당 기사단과 이단 심판소 사람들을 구하세요. 그러면 되는 거예요."

현암으로서는 의외의 말이었다.

"나가라고요?"

"그래요. 지금 그들은 위험에 빠져 있고, 우리는 그들을 도울 입장이 못 돼요. 그건 조약 위반이기 때문이죠."

"무슨 말이오?"

"우리는 서로 힘을 합해 공동의 적을 치는 것이지만, 서로가 믿는 바가 다르니만큼 다른 힘에 도움받는 걸 원치 않거든요. 그러니 그들을 도와주면 되는 거예요."

"정말 그것뿐이오?"

"그래요."

현암은 도저히 믿을 수가 없었다. 최소한 고반다를 잡아 오라든지, 칼키파의 수뇌부를 때려 부수라든지 하는 말이 떨어질 줄 알았는데. 현암은 신중하려고 애썼다.

"그렇다고 주술 막을 돌파할 길이 생기는 것은 아니잖소?"

"그러다 보면 생길 수도 있죠."

"믿을 수가 없소."

현암이 고개를 젓자 안나스는 한숨을 쉬며 말했다.

"솔직히, 당신은 지금 아무 힘이 없죠? 더구나 사람을 해치지도 못하니, 당신이 할 수 있는 일은 그것뿐이잖아요."

"그렇소. 그러니 나는 칼키파 사람들도 해칠 수 없을 거요."

"그런 것을 바라지는 않아요. 다만, 나는 당신이 다른 사람들을 구하기만 바라는 거예요."

"사람도 아닌 자들에게 그리 신경을 써 준다는 것이 믿기 어렵군요."

현암이 쏘아붙였지만 안나스는 고개를 저었다.

"모든 생명은 소중한 거예요. 당신은 지나가다가 뭔가가 보이고 그것이 사람만 아니면, 모두 죽이고 싶어 하나요?"

현암은 할 말을 잃었다. 현암은 논리적인 사람이었고 말도 꽤 잘했지만, 안나스에게는 당할 수 없었다. 그러나 현암은 안나스가 뭔가 흑심을 품고 있다고 믿었다. 어떻게든 속마음을 알아내고 싶어, 질 것이 뻔한 말싸움을 계속하는 것뿐이었다.

"아무 힘도 없는 내가 그 와중에 죽으면 어떻게 하려고 그러오?"

"그러니까 친구들도 같이 보내 드리는 거죠."

"그렇다면 당신 말은, 내가 이단 심판소와 성당 기사단 사람들을 구하면서, 여기서 나갈 방법도 같이 찾아보라는 뜻이오?"

"할 수 있다면요. 기대는 별로 하지 않지만."

"만약 내가 방법을 찾으면 그 뒤를 따라갈 거란 말처럼 들리는군요."

"당신이 방법을 찾았는데도 여기 남아 있어야 하나요?"

현암은 말문이 막혔으나 이내 대꾸했다.

"내가 방법을 찾아낸 다음, 당신들에게만 알려 주지 않고 당신들을 협박하면 어쩔 거요?"

그러자 안나스는 슬픈 듯한 표정으로 고개를 저었다.

"당신은 너무 자만심이 강하군요. 그러기는 어려울 거예요. 하지만 만약 그런 상황까지 간다고 해도……."

안나스는 아주 친한 친구를 대하는 듯이 현암에게 다가와 어깨를 툭툭 치며 말했다.

"당신은 그러지 않을 거예요. 나는 당신에게 선물까지 해 줄 수 있는 좋은 사람이니까."

"선물?"

순간 안나스는 언제 꺼냈는지 월향검을 살짝 들어 올려 보였다.

"이것 말이에요."

월향검이 다른 사람 손에 들어간 것을 보자 현암은 순식간에 안색이 변하더니 안나스의 손목을 꽉 잡으면서 월향검을 낚아챘다. 의외로 안나스는 아무런 저항도 하지 않고 순순히 월향검을 내주었다.

현암은 재빨리 월향검을 살펴보았다. 월향검은 별 이상이 없어 보였지만 기이하게도 전혀 움직임이 없었고 힘을 쓰지 못하는 것 같았다. 아마 이 내부의 주술도형들이 월향검마저도 힘을 못 쓰게 만들어 버린 듯했다.

"당신은 너무 급하군요. 만약 당신에게 힘이 있었으면 내 손목이 부러졌을지도 몰라요."

이렇게 말하면서 안나스는 손목을 주물렀다. 그러자 현암은 인상을 쓰며 말했다.

"내 것을 빼앗았다가 돌려주면서 그게 선물이라고?"

으르렁거리는 현암을 보며 안나스가 되받았다.

"저런, 저런. 나를 도둑으로 몰지 말아요. 십계명에는 분명 도둑질하지 말라고 돼 있는데, 내가 어찌 당신의 물건을 훔치겠어요? 나는 단지 살펴보려고 한 것뿐이에요."

그러면서 이내 말을 이었다.

"내가 줄 선물은 그 검이 아니에요. 그 검에는 영혼이 들어 있지요? 나는 그것을 빼낼 방법을 알거든요. 그게 내 선물이지요."

그 말을 듣자 현암은 사방이 노랗게 변하는 것을 느꼈다. 그 순간, 검은 편지 결사건 칼키파건 타보트건, 아무것도 생각나지 않았다. 그냥 텅 빈 곳 같은 멍한 충격만이 현암의 온몸을 에워쌌을 뿐이다.

카르나가 급작스레 기습을 가했지만, 박 신부는 이미 그에 대해 충분히 대비하고 있었다. 박 신부의 오라 막이 크게 부풀어 오르면서 네 사람을 감싸자 카르나의 공격은 오라를 뚫지 못한 채 튕겨져 버렸다. 박 신부는 아무 일도 없었다는 듯 조용히 카르나에게 말했다.

"왜 굳이 싸우려 하시오?"

그러자 카르나는 이를 갈면서 외쳤다. 항상 벙글거리며 웃고 있던 카르나의 인상이 참혹할 정도로 구겨져 있었다.

"당신…… 당신은……."

박 신부는 뭔가 마음에 들지 않는 듯, 약간 미간을 찌푸리며 말했다.

"저들을 전멸시켜야만 속이 시원하겠소?"

그 말에 카르나가 외쳤다.

"전멸당하는 건 우리입니다!"

"나는 믿을 수 없소."

박 신부는 담담하게 말을 이었다.

"몇 달 전부터 주술 막을 준비해 온 당신들이 그렇게 간단하게 당하리라고는 생각할 수 없소. 당신들은 모두를 함정에 빠뜨렸고, 나는 그들이 죽는 것을 그냥 두고 볼 수 없소."

"무슨 생각이세요?"

승희가 궁금증을 참지 못하고 속삭이자 박 신부는 윌리엄스 신부와 이반 교수도 알아들을 수 있도록 천천히 영어로 말했다.

"저들은 분명 모두를 전멸시킬 생각이야. 그러니 그렇게 놔둘 수는 없지 않겠니?"

"그렇다면요?"

"쳐들어온 사람들도 보통은 아니니, 이 도형을 보여 준다면 여기서 나갈 수 있을 거다."

그러자 카르나가 외쳤다.

"그건 우리 모두를 죽이는 길입니다!"

박 신부는 고개를 저으며 대답했다.

"그들은 타보트 때문에 온 것이 아니오? 타보트는 우리가 가지고 가겠소. 그리고 나면 당신들이 공격받을 이유도 없지 않겠소?"

"타보트를 지니고 간다면 당신들도 살아남지 못할걸?"

"우리가 그들을 구해 주었는데도요?"

승희가 외치자 박 신부는 고개를 저었다.

"그렇게 간단하지 않다, 승희야. 하지만 우리가 미리 대비를 한다면 직접 접촉하지 않고도 이 도형을 전하고 타보트도 가지고 나갈 수 있을 거야."

그 말에 승희가 의아한 듯 물었다.

"그러면…… 신부님은 연극을 하신 건가요?"

"처음부터 그랬던 건 아니다. 정신을 잃었던 건 사실이다만, 제정신이 들고 보니 우리는 완전히 갇혀 있었고 누군가가 나를 감시하는 것 같더구나. 그래서 일단은 눈을 감고 있었지."

"왜요? 만약 공격당했으면 어쩌려고요?"

"아니, 공격하려면 내가 정신을 잃은 틈에 했겠지."

"그렇군요……. 그래서…… 빠져나갈 방법을 알아내려고 그러셨던 건가요?"

"카르나가 이렇게 쉽게 방법을 알려 줄 줄은 몰랐다. 내 연기가 쓸 만했던 모양이지?"

"그래서 카르나가 신부님이 제정신이 아닌 게 다행이라고 말했군요. 신부님이 제정신이셨으면 어떻게든 여기를 빠져나가는 방법을 알려고 했을 테니까."

승희는 유쾌한 듯이 짐짓 크게 떠들어 댔다. 카르나의 얼굴이 우거지상이 된 것이 고소했기 때문이다. 그러면서 흘끗 고반도 쳐다보았지만 고반다는 여전히 구석에 앉아 꼼짝도 하지 않았다.

"저 사람은 왜 꼼짝도 안 하죠? 대단하다고 들었는데?"

승희가 중얼거리는데 윌리엄스 신부가 고개를 끄덕이며 박 신부에게 말했다.

"그랬군요. 마땅히 사람의 목숨을 일단 구하고 봐야죠. 아멘. 그럼 빨리 나갑시다."

그때 이반 교수가 찌푸린 얼굴로 잠시 뭔가 생각하더니 입을 열었다.

"난 아직도 믿을 수 없소."

"뭘요?"

승희가 묻자 이반 교수는 바닥에 놓인 타보트 상자를 가리켰다.

"이게 진짜라는 보장이 어디 있겠소?"

그러자 박 신부가 나섰다.

"가짜는 아닐 겁니다."

"어떻게 아시오? 저것은 아무도 열어 볼 수 없는 것이니, 그 누구도 확인할 수 없지 않소?"

그러자 박 신부는 카르나에게서 눈을 떼지 않으면서도 여유 있게 말했다.

"가짜가 아니라고 생각합니다. 우리가 속더라도 절대 속지 않을 사람이 있으니까요."

"그게 누구요?"

"아하스 페르츠. 아마 틀림없을 겁니다."

"정말…… 당신, 정말 그럴 수 있습니까?"

현암은 자신도 모르게 크게 부르짖었다. 과거 색귀와의 싸움 때 색귀의 마지막 저주로 월향이 봉인된 이후, 그 봉인을 풀 수 있다는 사람은 아무도 없었다. 한빈 거사 같은 대도인조차 아무 말이 없었던 것이다. 그런데 안나스가 그 방법을 안다는 것은 정말로 뜻밖이었다.

"아니…… 그럴 리가 없소. 당신은 지금 거짓말하는 거요."

현암은 잠시 후 냉정을 되찾으려 애쓰면서 말했다. 그러자 안나스가 웃어 보였다.

"내가 왜 거짓말하겠어요? 그건 십계명에 명명백백하게……."

"아니오. 이건 동방에서 걸린 주술이오. 그걸 당신이 알아본다는 것은……."

현암이 따졌지만 안나스는 여전히 태연했다.

"그래요? 그러면 당신과 저 노승들은 동방에서 온 사람들인데도 왜 내 마법진 안에서 힘을 모두 잃었지요?"

현암은 말문이 막혔다. 안나스는 빙글빙글 웃으면서 현암과 월향검을 번갈아 보면서 말을 이었다.

"나는 이 칼에 영혼이 어떤 방법으로 봉인됐는지는 알지 못해요. 하지만 세상의 모든 주술이나 술법은 모두 어느 정도 공통된 점을 지니고 있는 법이에요. 백마법사들이 말하는 사대 원소의 지, 수, 화, 풍은 도교에서 말하는 오행의 화, 수, 목, 금, 토와 똑같지는 않아요. 하지만 어느 정도는 흡사하지 않은가요? 중세 마녀

들이 사용했던 저주 수법이나 부두교의 저주 수법 또한 놀랄 만큼 유사하죠. 아니, 인형을 빌려 저주를 거는 방법은 동양에도 각 나라마다 있고, 인디언들도 그런 주술을 알아요. 나라마다, 문화마다 주술의 종류나 사용법은 천차만별이지만 모든 주술은 거의 비슷한 힘의 원천을 가지고 있다고 말할 수 있지요."

현암은 자신도 모르게 고개를 끄덕였다. 그것은 현암도 동감하는 바였다. 그러자 안나스는 현암에게 미소를 지으며 같이 고개를 끄덕이면서 말을 이었다.

"그렇기 때문에 나는 그 봉인이 어떤 것인지 알지는 못해도, 그 봉인을 풀 수도 있을 거라고 말할 수 있는 겁니다. 나는 지금껏 수십 년 동안 주술과 저주, 마법과 초능력에 대해 공부해 왔어요. 그중에서도 주술을 무력화시키거나 깃들어 있는 주술력을 깨뜨리는 종류를 전문적으로 연구했죠."

"그러면 공격적인 주술은 쓰지 않는단 말이오?"

"그건 내 전문이 아니에요."

그 말을 듣고 현암은 속으로 생각했다.

'그렇다면 공격 전문은 랍비 가야바가 아닐까? 이자의 능력이 이토록 대단하니, 랍비 가야바도 반드시 대단할 것이다. 조심해야겠다.'

안나스는 계속 말했다.

"자랑은 아니지만, 이 세상에 내가 전혀 손대지 못하는 주술이 있다고는 믿지 않아요. 이 칼도 그중 한 가지지요. 물론 대단히 강력한 속박이 이 칼을 얽어매고 있지만, 나는 이 칼의 속박을 풀 수 있을 것 같군요. 장담할 수 있어요."

"정말 장담할 수 있소?"

"그래요. 당신, 나를 못 믿는 모양이군요. 생각해 봐요. 용화교의 세 노승은 주술사도 아니고 당신들이 이야기하는, 그…… 그렇지. 기를 쌓은 사람이지만 나는 그들조차 무력화시킬 수 있어요. 그렇지요?"

현암은 고개를 끄덕였다. 그러면서 속으로 중얼거렸다.

'그건 확실히 대단한 일이야. 스스로의 힘으로 공력을 쌓은 사람조차 꼼짝 못 하게 하다니. 내가 공력을 쓸 수 없는 입장이었기에 망정이지 안 그랬으면 나도 꼼짝 못 했을 거다. 아하스 페르츠도 무섭지만 이자들도 만만치 않구나.'

"그러니 나는 이 봉인을 해제할 방법도 알 수 있는 거예요. 무슨 주술이 어떻게 쓰였는가는 중요하지 않아요. 중요한 것은 이 칼에 씌워진 힘이 어떤 것인지, 그것뿐이니까요. 이제는 믿겠어요?"

하는 수 없이 현암은 고개를 끄덕이면서 생각했다.

'왠지 허전하구나. 월향이 없어진다면…… 무척 아쉽겠지. 월향검도 이제 더 이상 무기로 사용하지 못할 테고…… 하지만 월향을 저렇게 가두어 둘 수는 없다.'

현암은 자신도 모르게 월향검을 손에 꽉 쥐었다. 지금 월향검은 금제를 당했는지, 아무런 기척도 전해 오지 않았지만 낯익은 촉감은 마치 자신에게 말을 걸고 있는 듯했다.

나는 가고 싶지 않아요.

월향검은 그 촉감으로 이렇게 말하는 것 같았다. 하지만 현암은 애써 고개를 저었다.

'그럴 수는 없어. 이건 순리에 따르는 거야. 자유로워져야 해. 반드시……'

자유라고는 하지만, 그렇게 되면 나는 이제 돌아가야 해요. 내 은원은 이미 해결됐으니 더 이상 이 세상에는 있을 수 없어요.

월향검이 다시 속삭이는 것 같았다. 순간 현암은 감정이 복받쳐 올랐지만 애써 고개를 저었다.

'안 돼. 그렇다고 모든 게 끝나는 것도 아니잖아. 언젠가는 나도 죽을 거야. 그러니……'

현암이 월향검을 반드시 해방해 주어야 한다고 생각하는 것은 월향에 대한 배려 때문만은 아니었다. 현암은 인간이니, 싸우다가 죽든 늙어 죽든 언젠가는 수명을 다할 것이다.

현암이 죽고 나면 월향검은 더 이상 아무도 사용할 수 없게 될 테고, 아무도 월향검과 대화한다거나 마음이 통할 수도 없을 것이다. 그렇다면 월향검은 영원히 칼 안에 갇힌 채로 있어야 한다.

그래서 현암은 월향을 반드시 해방해 주어야만 자신이 죽고 난 후에 다시 만날 가능성이 높아진다고 봤다. 그러려면 어느 정도의 기다림은 불가피하지 않겠는가, 하는 것이 현암의 생각이었다. 그렇게 된다면…… 만약 그날이 다시 온다면…… 하지만 현암의 마음속에는 애써 잊으려 했던 사실이 앙금처럼 다시 떠올랐다. 바로 승희의 문제였다. 도대체 어떻게 해야 할 것인가?

"무슨 생각을 하시죠?"

안나스의 말에 현암은 퍼뜩 정신을 차렸다. 물론 자신이 무슨 생각을 하는지 안나스가 알 리는 없었지만 현암은 자신도 모르게 얼굴이 약간 붉어졌다.

"아닙니다, 아무것도……."

안나스는 현암에게 미소를 지으며 말했다.

"어쨌거나 당신이 도와주길 바라요. 당신더러 사람을 해치라는 것도 아니고, 고반다를 잡아 오라는 것도 아니에요. 다만 당신이 우리 일에 방해하지 말아 주기를 바라는 거고, 조금 더 바란다면 우리 편을 도와주기를 바라는 정도지요. 당신, 그러면 응낙하겠어요?"

현암은 잠시 생각해 보다가 고개를 끄덕였다. 안나스는 분명 위험한 자이고, 절대로 그의 의도에 도움이 되는 일은 하고 싶지 않았지만 거부할 수가 없었다.

더구나 아무리 생각해 보아도 그렇게 나쁜 짓을 시킬 것 같지는 않기에 현암이 응낙한 것이다. 만약 조금이라도 좋지 않은 의도가 엿보였다면, 현암은 죽으면 죽었지 협조한다는 말은 하지 않았을 것이다. 그러자 안나스는 기쁜 듯이 말했다.

"좋아요. 그럼 내가 먼저 당신에게 상황을 알려 주죠."

안나스는 현재 상황을 소상하게 설명해 주었다. 말을 들으면서 유심히 살펴보았지만 안나스가 거짓말하고 있는 것 같지는 않았다.

"칼키파에 대한 공격은 세 방향에서 이루어지고 있어요. 하나는 우리들이고, 또 하나는 프란체스코 주교와 가디언들이 주축이 된 이단 심판소 사람들, 마지막 하나는 성당 기사단 사람들이죠. 사실 우리가 가장 주축에 있어요. 우리 앞에 있는 저 건물에 아마도 고반다가 있을 거예요. 하지만 지금 상황에서는 절대 섣불리 쳐들어갈 수 없죠. 아니, 쳐들어가기는커녕 우리가 어떻게든 도망쳐야 할 판이죠. 좌우간 저쪽도 경솔하게 치고 나오지는 못할 거예요. 그 정도 준비는 하고 있으니까요. 내가 보기에 당신과 당신 친구들이 겁낼 만한 상대는 고반다뿐일 텐데, 고반다는 우리가 잘 지키고 있을 테니 안심해도 될 거예요……."

"그러면 이단 심판소와 성당 기사단 중 어느 편을 도와야 하오?"

"생각해 보죠. 흠…… 이단 심판소 측은 사람 수는 적지만 세븐 가디언들이 있어요. 그들은 하나하나가 상당한 사람들이죠. 특히 아녜스 수녀는 대단해요. 아마 칼키파 사람들도 쉽게 건드릴 수 없을 거예요."

"그러면 성당 기사단을 도우라는 거요?"

"그게 좋겠어요. 성당 기사단원들은 장미 십자회나 프리메이슨 비밀 결사원까지 포함돼 있어서 그 수가 아주 많아요. 하지만 나이트 템플러들이 거의 전멸해 버려 이렇다 할 능력자가 없는 상황이죠. 그러니 희생자가 많이 생길지도 몰라요. 그쪽으로 가시는 것이 좋겠군요."

"그렇겠군요. 그런데 혹시…… 아하스 페르츠는?"

현암의 질문에 안나스의 눈이 갑자기 반짝 빛났다.

"아하스 페르츠가 이곳에 와 있나요?"

"그건 모르오."

현암도 아하스 페르츠가 여기 왔는지를 알 수는 없었다. 그러나 아하스 페르츠는 비행기 안에서의 마지막 대화 때, 분명 고반다를 가만 놔두지 않겠다고 말했다. 그렇다면 그자의 성격으로 볼 때, 반드시 이곳에 와 있거나 올 것 같았다. 그 사실을 아는 사람은 현암 혼자였다. 하지만 현암은 안나스를 진정으로 믿지 않았기 때문에 그 말을 하지는 않았다.

'안나스는 아까 내가 어떤 방법으로 아하스 페르츠에게서 도망쳤는지 물었다. 아하스 페르츠의 행방을 모르는 게 분명해. 성당 기사단이 와 있다고 하지만, 그건 해밀턴의 부하들이지, 아하스 페르츠의 부하들이라고 볼 수는 없다. 그러니 모르는 게 당연하지. 만약 아하스 페르츠가 나타난다면 필경 고반다를 상대하려 할 테니, 이자들은 순순히 물러서지 않고 오히려 칼키파를 급습할지도 모른다. 그러니 그 말을 하지 않는 편이 좋겠구나.'

"그가 와 있다면…… 일이 좀 이상하게 돌아갈지도……."

안나스가 혼잣말로 중얼거리다가 다시 현암에게 고개를 돌렸다.

"결정을 내렸으면 빨리 행동하세요. 그리고 만약 이곳을 벗어날 방법을 알게 된다면 꼭 알려 주기를 바라요. 그러면 나도 보답을 할 테니까요."

안나스의 말을 들으며 현암은 몸을 일으켰다. 그리고 월향검을 조심스럽게 꽂아 넣은 다음 말했다.

"여기서 나가면 노승들의 공력도 회복되고, 이 칼도 다시 움직일 수 있소?"

"물론이죠."

"좋소. 그럼 한 가지만 더 말하겠소. 지금은 당신을 돕겠지만, 이후에 만날 때는 결코 오늘같이 차분히 끝나지는 않을 거요. 나는 당신의 생각에 조금도 찬동하지 않으니까."

그러나 안나스는 태연히 웃었다.

"그건 당연한 일이겠죠. 그 정도는 생각하고 있었어요. 피차 입장이 다르니까 각자 믿는 바를 추구해야겠지요……. 그러면 어서 가 보세요."

호랑이 입안에서

"뭘 하고 있는 건가? 서둘러라."

아하스 페르츠는 수아를 한 손에 대롱대롱 든 채 말했다. 수아는 입을 꼭 다문 채 아하스 페르츠의 얼굴을 노려보고 있었는데, 이상하게도 정령들은 아무런 움직임을 보이지 않았다. 연희는 물론이고 준호와 아라, 로파무드와 준후까지도 그 자리에서 꼼짝할 수가 없었다.

이자가 바로 아하스 페르츠라니! 예수 때부터 지상을 헤매 왔던 방황하는 유대인. 아무도 상대할 수 없고 아무도 당해 낼 수 없다는 자. 일단 그가 모습을 드러내고 인상을 쓰자 그의 온몸에서는 뭐라 형언할 수 없는 위압감이 퍼져 나오고 있었다.

연희 같은 사람은 당장이라도 쓰러져 버릴 듯한 섬뜩하고도 어두운 느낌이었는데, 단연코 이만큼 강한 기운을 뿜어내는 자는 본 적이 없었다.

"아아……."

갑자기 실이 끊어지는 듯한 소리를 내며 아라가 털썩 쓰러졌고 준호가 놀라며 아라를 부축하려는 순간, 준호도 더 이상 견디지 못하고 쓰러져 기절해 버렸다. 로파무드는 얼굴에 식은땀이 송골송골 맺혀 금방이라도 무릎을 꿇을 것처럼 보였지만 간신히 버티고 있었고, 준후는 안색이 창백하게 질렸지만 의연하게 서 있었다. 연희가 어지럼증을 느끼면서 비틀거리기 시작했을 때, 아하스 페르츠가 천천히 말했다.

"과연 대단들 하군. 좋다. 어서 저걸 뚫어라. 그러면 아무도 해치지 않겠다."

다음 순간, 온몸을 쥐어짜듯 하던 숨 막힐 듯한 기운이 갑자기 사라져 버렸다. 로파무드는 크게 한숨을 쉬면서 똑바로 섰고, 연희는 어지럼증을 견디지 못해 체면 불고하고 그 자리에 주저앉았다.

준후만이 여전히 똑바로 서서 아하스 페르츠를 노려보았다. 하지만 준후도 어깨와 다리가 조금씩 떨리는 것을 막을 수는 없었다. 그런데 아하스 페르츠의 손에 들려 있는 수아는 멀쩡한 것 같았다. 그때 누군가가 뒤에서 아하스 페르츠를 덮쳤다.

"아이를 내려놔!"

중국어로 크게 외치면서 아하스 페르츠에게 덤벼든 사람은 바로 황달지 교수였다. 그 모습을 보고 연희는 너무나 놀라 그 자리에 기절할 뻔했다. 하룻강아지 범 무서운 줄 모른다고, 황달지 교수는 수아가 낯선 남자에게 잡히자 용감하게 수아를 빼앗으려 한 것이다. 그러나 상대는…….

준후가 재빨리 우보법을 써서 황달지 교수를 그 자리에 멈추게 하려고 했다. 그러나 황달지 교수는 막 몸을 날려 아하스 페르츠를 덮치려던 참이라 달려오던 관성 때문에 아하스 페르츠의 등에 부딪혀 버렸다.

물론 아하스 페르츠는 어깨만 한 번 흔들거렸을 뿐, 꿈쩍도 하지 않았고 황달지 교수는 담에 부딪힌 듯 뒤로 튕겨져 날아가 차문에 와당탕 소리를 내며 부딪친 다음 땅에 떨어졌다. 황달지 교수는 이미 준후의 우보법 주문에 걸린 참이라 몸이 돌처럼 굳어 속으로는 더욱더 심한 고통을 받았다.

황달지 교수가 등에 와서 부딪히자 아하스 페르츠의 눈동자가 순간 번쩍 빛났다. 아하스 페르츠는 곧바로 손에 들고 있던 수아의 몸으로 황달지 교수를 내려치려고 했다.

"안 돼!"

료파무드가 크게 외치면서 등에 지고 있던 간디바를 내렸다. 그러나 수아의 머리가 황달지 교수의 머리와 부딪쳐 박살 나는 것이 더 빠를 것 같았다. 순간, 무시무시한 바람이 아하스 페르츠의 몸 주변으로 몰아쳤다.

주변의 나뭇가지들이 일제히 뚜두둑 부러져 나가고 차의 유리창이 와장창 깨어지면서 흙먼지가 용솟음쳤다. 제아무리 아하스 페르츠라 해도 내려치려던 손이 한순간 멈칫했다. 그 순간을 놓치지 않고 준후가 손을 뻗으며 달려들었다.

준후의 한 손에서는 오행술의 멸겁화 불줄기가, 다른 한 손에서는 뇌전의 번쩍이는 기운이 뻗어 나왔다. 연희조차 준후가 양손으로 오행술의 각각 다른 기운을 뿜어내는 것을 본 적이 없었다.

하지만 불길과 번개가 다가오는데도 아하스 페르츠는 신경조차 쓰지 않는 것처럼 보였다. 준후의 불길과 번개는 아하스 페르츠가 아니라 그의 몸을 감싸고 있는 돌개바람과 부딪쳐 커다란 폭발을 일으켰다.

그러나 그것을 예측이라도 한 듯, 다음 순간 준후는 한쪽 발에 낙지생근술의 기운을 넣어 단단하게 땅을 고정하면서 다른 발로 땅을 크게 디뎠다. 순간 땅이 일렁거리면서 물결처럼 파도를 치자 황달지 교수는 그 물결에 밀려 저만치로 굴러가 버렸다.

그리고 아하스 페르츠가 휘두른 수아의 머리는 황달지 교수의 머리를 아슬아슬하게 스치며 지나가 허공을 갈라 버렸다. 그때 로파무드가 전설의 활인 간디바를 높이 쳐들고 크게 아스트라를 외우면서 세 발을 연거푸 내쏘았다.

적색, 청색, 흑색의 세 가지 아스트라가 주술의 기운을 담고 아하스 페르츠에게 날아들었다. 준후는 재빨리 오른손으로 벽조선을 꺼내고, 왼손으로는 부적 뭉치를 한 움큼 꺼내 허공에 뿌렸다. 부적들은 만부원진의 술수와 비슷하게 허공에서 일순 원을 그리는 듯하다가 다시 한곳으로 뭉쳐 총알처럼 순차적으로 아하스 페르츠를 향해 쏟아져 나갔다.

준후는 다시 크게 비명 같은 소리를 지르면서 벽조선을 두 번 휘두르고, 세 번째에는 벽조선을 던져 버렸다. 두 번 휘두를 때 벽조선은 각각 검은색과 은색의 무시무시한 광채를 내뿜으며 돌다가 최후에 던져진 벽조선 자체와 합쳐져 새와 비슷한 모양이 되더니 아하스 페르츠에게로 덮쳐들었다.

그러나 아하스 페르츠는 피하지도 않았고 얼굴 한 번 찌푸리지 않았다. 그냥 잠자코 서 있었을 뿐이다. 로파무드의 아스트라와 준후의 무서운 기운들과 부적들은 전혀 아하스 페르츠를 맞히지 못했다.

그것들은 오히려 아하스 페르츠의 앞에서 한데 엉켜 사방으로 마구 튀더니 아무렇게나 폭발해 버렸다. 뭐가 뭔지 알 수조차 없는 빛과 기운의 폭발이 일어난 다음에도 아하스 페르츠는 멀쩡히 서 있었다.

하지만 그의 옆에 있던 트럭은 문짝이 날아가고 유리가 완전히 깨진 채로 반쯤 시커멓게 그을렸다. 그의 오른편에 있던 큰 나무는 가지가 다 부러지고 잎이 다 떨어졌으며, 온통 준후의 부적이 박힌 흉한 모습을 하고 있다가 이윽고 우지직 소리를 내며 넘어져 버렸다. 그 나무의 부러진 부분에는 벽조선이 박혀 있었다.

"다 놀았느냐?"

아하스 페르츠는 아무 감정이 없는 목소리로 말했다. 준후는 너무도 큰 술수를 연거푸 사용한 탓에 탈진해 주저앉아 있었는데, 코피까지 터져 흘러내리는 상태였다. 그리고 로파무드는 얼굴이 하얗게 질린 채 빼앗기지 않으려는 듯, 한 손으로는 간디바를 끌어안고 한 손으로는 피가 흐르는 어깨를 잡고 있었다. 그녀의 어깨에는 준후의 부적이 한 장 박혀 있었다.

"안 돼…… 상대가 안 돼……."

준후는 고개를 설레설레 저으면서 중얼거리다가 왁 하고 선혈을 한 움큼 토해 냈다. 로파무드가 째지는 소리를 질렀다.

"우릴 죽이면 너도 이걸 뚫고 들어갈 수 없을 거다!"

인도어로 소리 지른 것이었지만 아하스 페르츠는 알아들은 듯이 대꾸했다.

"서둘러라."

아하스 페르츠는 지금까지 아무런 공격을 받지 않은 것처럼 태연했다. 그러다가 그는 로파무드가 자신을 매섭게 노려보는 것을 힐끗 보고는 말했다.

"아? 이거?"

그러면서 그는 선선히 수아를 내려놓았다. 수아는 "으앙!" 하고 울음을 터뜨리면서 연희에게 달려가 안겼다.

"좋다. 내가 부탁했으니 꼬맹이는 놓아주지. 하지만 날 건드린 건 실수였다."

아하스 페르츠는 혼잣말처럼 중얼거릴 뿐 손은 쓰지 않았다.

"너희, 제법이구나. 나에게 이 정도 힘을 쓸 수 있던 자는 이백 년 이래로 너희가 두 번째야. 나중 일을 생각해 특별히 한 번 봐줄 수도 있다. 저 빌어먹을 것만 뚫어 준다면."

그때 준후가 입가와 코에서 피를 흘린 채 소리를 지르며 아하스 페르츠에게 맨주먹으로 덤벼들려고 했다. 그러나 아하스 페르츠가 준후를 쳐다보자, 준후는 알 수 없는 벽에 부딪힌 것처럼 저만치로 퉁겨져 데굴데굴 굴러가다가 나무에 부딪쳐 멈췄다.

"자만하지 마라, 꼬마야. 이백 년 이래로는 처음이지만 너 정도 되는 놈들은 백 명도 넘게 보았다. 그중 내 손에서 벗어난 놈은 거의 없었다. 오늘이 두 번째일 뿐."

"말이 많군."

준후가 씹어뱉듯 말했다. 그러면서 준후는 퉤하고 다시 한 움큼의 피를 뱉었다. 아하스 페르츠는 그런 준후를 조용히 보더니, 기분이 언짢아진 듯 천천히 준후에게 손을 뻗었다. 그러자 준후는 즉시 보이지 않는 손이 잡아당기듯 아하스 페르츠 쪽으로 끌려갔다.

준후는 급하게 강한 주술을 마구 쓰는 바람에 전혀 힘을 쓸 수 없는 참이라 그대로 목덜미를 잡혔다. 연희는 그 모습을 보고는 악 소리를 지르면서 무작정 아하스 페르츠에게 달려들며 주먹을 휘두르려 했지만 아하스 페르츠는 연희의 손목을 간단히 잡아 버렸다. 로파무드가 급히 간디바의 활줄을 목에 대면서 소리를 쳤다.

"우리 일행에게 손가락 하나라도 대면 나는 즉시 자살해 버리겠다!"

"나하고 흥정하자는 건가?"

아하스 페르츠는 아무 힘도 들이지 않고 연희의 손목을 비틀더니 던져 버리며 말했다. 순간, 로파무드는 눈을 질끈 감고는 활줄을 목에 들이대었다. 선혈이 솟구치는 순간 아하스 페르츠는 손을 휘저었고 그와 동시에 로파무드는 간디바와 함께 저만치로 나가 떨어졌다.

"대단한 여자군."

아하스 페르츠는 즐거운 듯 말하면서 준후를 아무렇게나 휙 던져 버렸다. 준후도 이제는 작다고 할 수 없는 키와 덩치였는데도 아하스 페르츠는 먼지라도 털어 내는 것 같은 동작을 취했다.

"좋다. 내가 신세를 지는 셈이니 파격적으로 한 번 봐주지. 아주 급한 용무가 있어서 말이다. 너희는 나중에 천천히 밟아 주겠다."

그러면서 아하스 페르츠는 로파무드를 힐끗 보며 놀랍게도 씩 웃어 보였다.

"전생에는 더 대단했을 것 같은데. 놀랍고도 신비한 여자들이 여기 아주 많군."

로파무드는 목에서 흐르는 피를 손으로 대충 닦아 내면서 아하스 페르츠를 이글이글 타는 듯한 눈으로 노려보았다. 다행히 상처는 그리 큰 편이 아니었다.

연희는 아하스 페르츠가 로파무드의 전생 이야기를 하자 가슴이 두근거렸다. 그러나 준후는 연희보다도 더 두근두근했다. '여자들'에는 라미드 우프닉스인 연희도 포함돼 있다고 생각했기 때문이다. 아하스 페르츠의 입을 막기 위해 준후는 아주 서툰 영어로 급히 말했다.

"예수가 아냐."

그 말에 아하스 페르츠는 잠시 멈춰 서는 듯했다.

"뭐라고?"

아하스 페르츠가 생각보다 큰 관심을 보이자 준후는 되레 당황했다.

"예수가 아냐. 너…… 그러니까…… 너의 힘은……."

준후는 잘되지 않는 영어를 어떻게든 이어 보려고 했으나 말이 나오지 않았다. 그때 연희가 옆에서 준후의 말을 번역해서 말했다.

"당신의 힘은 예수의 것이 아니래요."

준후는 용기를 얻어 다시 한국어로 외쳤다.

"네 힘은 예수의 저주 때문에 생긴 게 아냐! 달라. 아주 달라!"

연희가 준후의 말을 그대로 번역해서 들려주자 아하스 페르츠는 기이하다는 듯한 표정을 지으며 말했다.

"물론 아니다. 내 힘은 시몬의 것과 비슷할 테지."

그러자 준후는 고개를 저었다.

"시몬도 아냐! 근본적으로 틀려!"

그 말에 아하스 페르츠는 고개를 저었다.

"빌어먹을 헛소리. 네가 시몬에 대해 뭘 아느냐?"

"네 힘은…… 네 기운은……."

준후는 뭔가 말하려 애썼지만 생각이 잘 정리되지 않는 듯, 같은 말만 반복할 뿐이었다. 그러자 아하스 페르츠가 준후에게 말했다.

"시몬이 나를 가르쳤다. 예수의 저주 때문에 나는 죽지 않는 몸이 됐고, 사도 베드로의 사기로 시몬은 불구의 몸이 됐다. 시몬은 그 때문에 나를 가르쳤고, 나는 지금의 힘을 지녔다. 물론 나는 죽지 않아. 물론 시몬의 주술이 없었어도 너희가 날 이길 수는 없을 테지만."

"네 힘은 시몬의 종파와는 완전히 달라!"

그 말을 아하스 페르츠가 천천히 되받았다.

"시몬이 죽은 지도 이천 년이 돼 간다. 그 이천 년 동안 나는 놀고만 있었겠는가? 너희…… 약해 빠진 벌레들은 모른다. 예수를 이기려면 너희 수준으로 어찌해 볼 일이 아니야……."

"예수…… 그리스도를……?"

연희가 놀란 듯 중얼거리자 아하스 페르츠는 소리를 질렀다.

"헛소리 말고 일이나 해!"

준후는 지지 않고 되받아쳤다.

"이천 년이나 공부했다면서 저것 하나 못 뚫어? 그러면서 예수를 이긴다고?"

하지만 아하스 페르츠는 화를 내지 않았다.

"저것을 못 뚫는 것이 아니다. 뚫으면 안 되는 이유가 있거든."

그러고는 다시 감정 없는 목소리로 자신을 타이르듯 말했다.

"옛이야기 할 시간이 아니다. 중요한 순간인데……."

잠시 말끝을 흐리면서 아하스 페르츠가 천천히 덧붙였다.

"한마디라도 더 하면 모두 죽여 버리겠다. 알았나?"

"서둘러요."

뭐라고 더 말하려는 준후의 입을 어느새 로파무드가 막아 버리면서 연희에게 말했다.

"이번에는 진짜예요. 한마디라도 더 하면, 정말 끝장이에요. 어서 저걸 뚫읍시다. 도와줘요."

아하스 페르츠는 로파무드와 연희를 천천히 바라보더니 슬며시 뒷짐을 지고 몸을 돌렸다. 그러나 그의 얼굴에는 아주 약간이기는 하지만 후회하는 듯한 감정이 엿보였다. 그는 먼 하늘을 한 번 바라보며 중얼거렸다.

"다들 오는군……."

의식 준비를 하는 로파무드는 들을 수 없었지만, 기절한 사람들을 간호하던 연희와 준후는 그 소리를 들었다. 하지만 아하스 페르츠의 협박 때문에 감히 말하지는 못했다. 연희는 누가 온다는 것인지 궁금했지만, 준후는 그 말을 듣고는 몹시 착잡한 듯 입술을 질겅질겅 씹었다.

"무슨 고민이 있니? 아까는 왜 그렇게 무작정 덤볐어?"

연희가 조그맣게 묻자 준후가 말했다.

"연희 누나."

"응?"

"부탁이 있어요."

"뭔데?"

"나중에…… 내 말을 한 번만 들어 줘요. 딱 한 번만."

"무슨 말인데?"

"지금은 말할 수 없어요. 다만…… 딱 한 번만 내가 말하는 대로 해 줘요. 그럴 수 있나요?"

"뭔지도 모르는데?"

한참 뭔가를 생각하는 듯하더니 이윽고 준후는 나직하게 말했다.

"누나, 나는 사실 그동안 뭔가 알아낸 게 있어요."

"뭔데?"

"『해동감결』요. 거기서 숨겨진 내용들."

"그래?"

"난…… 난 뭔가를 하지 않으면 안 돼요. 하지만…… 하지만 누나가 보기에 그건 별로 좋아 보이지 않을 수도 있어요. 그래서……."

연희가 애써 쾌활하게 대답했다.

"네가 하는 일이라면 좋아 보이지 않아도 결국은 좋은 일이겠지. 괜찮아. 그런데 왜 나한테 말하지? 신부님이나 현암 씨에게 왜 진작 말 안 했어?"

"아뇨. 말할 수가 없었어요……."

그러다가 준후는 울음을 터뜨릴 것 같은 표정이 됐다.

"난…… 난 전에 연희 누나를 죽일 뻔한 적이 있잖아요. 지금도……."

그 말에 연희는 고개를 저으면서 웃어 보였다. 준후는 과거 일본에서 박 신부가 죽었다고 생각해, 분노한 나머지 하마터면 연희를 죽일 뻔한 적이 있었다. 그러나 고의로 그런 것도 아닌데, 새삼스레 그 이야기를 왜 꺼내는지 연희는 이해할 수 없었다.

"난 안 죽었잖아. 다 잊은 옛이야기를 왜 꺼내니?"

그러나 준후는 말을 멈추지 않았다.

"그때…… 연희 누나는 날 원망하지 않았어요?"

연희는 미소를 지으면서도 단호하게 말했다.

"아니. 그건 내가 자초한 일이었잖아."

말하면서 연희는 준후의 얼굴을 빤히 바라보다가 심각해 보이자 자신도 모르게 준후의 코를 잡아 비틀었다. 준후가 놀라서 고개를 뒤로 빼자 연희는 장난 섞인 어조로 말했다.

"네가 다 큰 것 같니? 내가 보기엔 아직 꼬맹이야. 그러면서 세상 걱정 다 짊어진 표정이나 짓고."

연희는 갑자기 웃음을 참을 수 없어 킥 웃었다.

"왜 웃음이 나지? 나도 미쳤나 봐. 하긴, 미치지 않는 게 이상하지. 무슨 동화나 소설 속에 들어온 것 같아. 옛날부터 그랬지만…… 이건 다 꿈이 아닐까?"

그러고는 준후를 향해 미소를 지으며 머리를 쓰다듬어 주었다.

"골치 아픈 일이 있어도 속 편하게 생각하자고. 이렇게 된 걸 어떡하겠어? 꿈에서 깨기를 기다려야지, 뭐."

그러나 준후의 표정은 내내 밝아지지 않았다. 그 표정을 보자 연희는 갑자기 뭔가 찌르르 마음속으로 스치고 지나가는 것이 있었다.

'설마…… 설마…… 그런 일이……? 아니겠지! 절대 아닐 거야!'

아하스 페르츠가 이곳에 있을 것이라는 박 신부의 말에 윌리엄스 신부와 이반 교수는 충격을 받은 듯했다. 그 두 사람은 아직 아하스 페르츠를 만난 적이 없었다. 하지만 그가 얼마나 가공할 만한 인물인지는 충분히 짐작할 수 있었다.

그런데 정작 더욱 충격을 받은 듯한 표정을 짓는 자는 카르나였다. 그의 표정을 보며 박 신부가 조용히 물었다.

"아하스 페르츠가 여기 와 있다는 걸 당신들은 어떻게 알았소?"

"나는 모릅니다."

"우리, 시간 낭비는 하지 맙시다. 어떻게 알았소?"

카르나는 여전히 아무 말도 없었다. 박 신부가 다시 말했다.

"지금까지도 당신이 함정을 파 놓고 있었다는 것, 난 눈치채고 있소. 당신들이 무엇을 바라는지도 대강 짐작할 수 있고 말이오. 그러니 솔직하게 대답해 주시오. 나는 쾌히 당신들의 함정에 빠져 줄 용의가 있으니까."

그 말에 카르나의 눈이 조금 빛났다.

"무슨 말을 하는지 나는 모르겠군요. 당신들은 이미 타보트를 얻었으니, 우릴 죽이건 살리건 마음대로 하세요."

박 신부가 한숨을 쉬며 되받았다.

"우리가 어떻게 당신들을 해치겠소? 그럴 의도도 없지만, 있다

해도 우리는 당신들의 손끝 하나 건드리지 못할 거요."

그러면서 박 신부는 아무런 말도 하지 않고 앉아 있는 고반다를 가리켰다.

"우리가 무슨 짓을 한다 한들 저 사람을 건드려 보지도 못할 거란 건 분명하지 않소?"

"예?"

박 신부와 성난큰곰을 제외한 다른 사람들은 모두 놀라는 표정을 지었다.

"저 사람은 꼼짝하지도 못하고 있는데, 왜 겁낸단 말입니까?"

윌리엄스 신부가 묻자 박 신부는 고개를 끄덕이며 말했다.

"물론 고반다는 우리를 해칠 수 없을 거요. 그러나 우리도 고반다를 건드릴 수 없을 겁니다. 그의 몸 주위에 있는 오라를 보시지 않았소?"

카르나가 껄껄 웃으며 몸을 일으켰다.

"정말…… 당신은 어떻게 해 볼 도리가 없군요. 좋습니다, 좋아요. 제 얄팍한 머리로는 도저히 안 되겠군요. 스승께서 당신과 직접 이야기하시겠답니다."

별안간 고반다가 카르나와 박 신부 사이에 나타났다. 정말 기겁할 만큼 놀라운 일이었다. 고반다는 분명 저쪽 모퉁이에 꼼짝도 하지 않은 채 앉아 있었고, 몸을 움직이는 기척조차 전혀 없었는데, 갑자기 몇 미터나 떨어진 자리에 나타났던 것이다. 윌리엄스 신부가 눈을 크게 뜨며 더듬거리듯 말했다.

하르마게돈

"텔레포트……?"

고반다가 쓱쓱 뭔가를 칠판에 써서 박 신부에게 내밀었다.

〈터놓고 이야기합시다.〉

그 말에 박 신부도 정중한 말투로 말했다.

"물론 좋습니다."

〈난 당신들을 해칠 수 없다.〉

"그것참 다행이군요."

〈하지만 당신들도 날 어쩔 수는 없을 거다.〉

"알고 있습니다. 그렇다면 당신이 바라는 것은 무엇입니까?"

그 말에 고반다는 잠시 눈을 빛내다가 칠판에 한 사람의 이름을 썼다.

〈아하스 페르츠.〉

"이 타보트를 가지고 가서 아하스 페르츠를 쓰러뜨려 달라는 겁니까?"

〈그는 결코 좋은 자가 아니다.〉

그러자 박 신부가 약간 싸늘한 미소를 지으며 말했다.

"아하스 페르츠만이 당신을 상대할 수 있기 때문에, 그를 쓰러뜨려 달라고 부탁하는 겁니까?"

고반다는 타는 듯한 눈으로 박 신부를 바라보았다.

〈그는 나를 해칠 수 없을 것이다.〉

"그렇다면 왜 당신이 직접 아하스 페르츠를 상대하지 않는 겁니까? 그는 정말 대단한 자라, 우리도 상대가 되지 못할 겁니다. 우리가 패하고 타보트를 그에게 빼앗기기라도 한다면 어쩌려고요?"

〈타보트만 있으면 누구든 아하스 페르츠를 상대할 수 있다. 내가…….〉

고반다는 더 쓰려고 했으나 칠판이 작아 쓸 자리가 없자 다시 칠판을 지우고 썼다.

〈……겁내는 것은 그가 아니다. 다른 자들이 타보트를 손에 넣는 것이다.〉

"그러니까 아하스 페르츠를 만나기 전에 검은 편지 결사나 이단 심판소 사람들이 타보트를 빼앗아 가는 것을 염려하는 겁니까?"

〈그렇다.〉

"그런데 우리에게 주술 막을 빠져나갈 수 있는 도안을 준 것은 무슨 이유에서입니까?"

〈그들이 싸우지 않고 먼저 도망가게 하기 위해서.〉

그제야 박 신부는 고반다의 깊은 계략을 눈치챌 수 있었다. 카르나는 아까 박 신부가 제정신이라면 도안을 주지 않았을 것이라 말했지만, 그것은 즉석에서 생각해 낸 핑계에 불과했다.

고반다가 진정으로 상대하려는 것은 아하스 페르츠였다. 그리고 아하스 페르츠는 타보트가 있어야 상대할 수 있었다. 그러나 이 근방에 많은 자들이 깔려 있기 때문에 아하스 페르츠를 만나기 전에 다른 자들과 마주치면 일이 복잡해질 터였다. 그래서 그는 다른 자들을 미리 도망치게 만들어 아하스 페르츠를 직접 타보트와 마주치게 하려는 것이었다.

"그런데 왜 하필 우리입니까?"

〈그들은 우리의 부하들을 믿지 않을 거다.〉

그 글을 보고 승희는 속으로 생각했다.

'하긴, 칼키파의 부하들이 자신들을 공격한 적을 풀어 준다는 것은 우스운 일이지.'

"처음부터 우리를 그렇게 이용하려 했습니까?"

그 말에 고반다는 대답하지 않았다. 그러자 박 신부가 덧붙였다.

"당신들은 타보트를 훔쳐 낼 때부터 아하스 페르츠와 다른 자들이 이곳으로 쳐들어올 것을 예측했겠죠? 그래서 주술 막도 미리 준비했을 테고요. 모든 것이 계획적이었나요?"

〈그렇다. 그러나 이렇게 빨리 발각될 줄은 몰랐다. 주술 막은 준비됐지만 다른 준비가 부족했다.〉

"그 부족하다는 것은 타보트를 들고 나가서 다른 자들을 상대할 사람이 부족했다는 뜻입니까?"

〈비슷하다.〉

"그렇다면 그 사람들은 지금 오고 있는 중이겠군요? 어쩌면 이미 도착했는지도 모르고."

〈그럴 수도 있다.〉

"당신들은 주술 막을 한 번 쳤으니 또 칠 수도 있지 않습니까? 이런 대단한 힘을 지녔으면서 뭘 두려워하는 거죠?"

그 말에 고반다는 괴로운 듯이 갈겨썼다.

〈이건 두 번 다시 쓸 수 없다.〉

"다시 사용 못 한다고요?"

⟨사용자들도 목숨을 바쳤지만 고대의 장치가 이미 사용돼 부서졌기 때문이다.⟩

박 신부는 그 말에 그나마 안도했다. 이 엄청난 주술은 알고 보니 고반다나 칼키파 자체의 힘으로 펼친 것만이 아니라 고대의 알 수 없는 장치에 의존한 것이 분명했다. 그게 무엇인지는 알 수 없었지만 수다르사나나 간디바 정도의 물건 같았다.

그리고 사람의 목숨을 바쳐야 하는 장치이니만큼 박 신부의 관점에서 볼 때 절대 좋은 물건이 아니었다. 그 장치가 부서져 버렸다면 이런 엄청난 주술을 다시 쓸 수는 없을 테니 오히려 안심이 됐다.

고반다가 거짓말하는 것 같지 않았다. 박 신부는 조금 안심이 돼 말머리를 돌렸다.

"우리가 아하스 페르츠를 찾지 못하면 어쩌죠?"

⟨타보트를 들고 있으면 아하스 페르츠가 당신들을 먼저 찾아낼 거다.⟩

"그거 반갑군요. 그런데 만약 타보트가 엄청난 힘을 지녔다면, 그것이 보이는 순간 우리도 전멸할 테죠? 아하스 페르츠와 함께?"

⟨당신이 그 정도로 바보라고는 생각하지 않는다. 그래서 상자의 뚜껑은 특별히 크게 만들었다.⟩

"그 뒤에 숨어서 보이기만 하면 된다는 말이군요. 정말 세심하군요."

그 말에 고반다가 다시 한마디를 썼다.

〈당신도 아하스 페르츠를 그냥 두고 싶지는 않겠지?〉

"그는 너무도 위험한 존재죠."

〈동감이다.〉

"하지만 당신도 위험한 존재이기는 매한가지요."

그러자 고반다는 익살스럽게 쓱쓱 몇 자를 썼다.

〈아하스 페르츠는 사람을 해치는 무서운 힘을 지녔지만, 나는 아무도 해치지 못한다. 왜 나를 위험한 존재라 하는가?〉

"내가 만약 지금 타보트를 당신에게 사용한다면 어쩌려고 그러십니까?"

박 신부의 말을 듣고 고반다는 태연하게 몇 자를 쓱쓱 갈겨썼다.

〈내가 타보트를 볼 만큼 바보 같다고 여기는가?〉

"텔레포트를 사용할 겁니까?"

〈자신 있다면 해 보아라. 나와 아하스 페르츠 둘 다 적으로 삼게 될 것이다.〉

"나는 당신에 대해 조금도 자신이 없습니다. 선택의 여지가 없겠군요."

〈그렇다.〉

돌연 박 신부가 미소를 지으며 물었다.

"당신은 정말 거짓말을 하지 못합니까?"

그 말에 고반다는 몹시 화가 나는 듯한 필체로 거칠게 갈겨썼다.

〈절대 못 한다.〉

그러다가 고반다는 재빨리 다시 한마디를 썼다.

〈그런 이야기는 하지 않았으면 좋겠다.〉

"알겠습니다. 두 가지만 더 묻죠. 이 도안은 정말 주술 막 밖으로 사람을 나갈 수 있게 해 줍니까?"

〈틀림없다.〉

"좋습니다. 그러면 마지막으로 하나만 더 묻겠습니다."

박 신부는 한참 고민하는 듯하다가 이윽고 입을 열었다.

"타보트는 정말로 아하스 페르츠를 쓰러뜨릴 수 있습니까?"

그 질문에 고반다 역시 한참 고민하는 듯하다가 마침내 칠판에 한마디를 적었다.

〈모른다.〉

그 글을 보고 윌리엄스 신부와 승희의 안색이 변했다. 하지만 박 신부는 그 글을 보고 고개를 끄덕였다. 오히려 안심이 된다는 듯한 표정이었다.

"당신이 거짓말을 하지 못한다는 것을 믿겠습니다. 좋습니다……. 우리끼리 조금만 상의해 보아도 될까요? 혼자 결정을 내릴 수는 없으니 말입니다."

〈좋다.〉

고반다는 카르나에게 손짓해 보였다. 그러자 카르나가 박 신부 일행을 방 한쪽 구석의 문으로 안내했다.

"여기서 잠시 쉬시면서 의논해 보시기 바랍니다. 단, 너무 오래 걸리지 않기를 바랍니다. 시간이 그리 많지 않거든요. 우리를 위해서나, 우리의 적들을 위해서도 말이죠."

박 신부 일행이 들어가자 카르나가 문을 닫았다. 일단 안에 들어온 이반 교수는 묘한 기계를 하나 꺼내 들고 사방을 유심히 살피더니 말했다.

"도청 장치 같은 건 없는 듯하오."

그러자 승희도 말했다.

"엿듣는 사람도 없는 것 같네요."

이내 윌리엄스 신부가 한마디 거들었다.

"엿들을 필요도 없겠지요."

그 말에 박 신부도 동의했다.

"그럴 것 같군요."

그러더니 박 신부는 모두의 얼굴을 둘러보며 물었다.

"어떻게 하는 편이 좋을 것 같습니까?"

주변이 조용해지자 승희가 박 신부에게 울 것 같은 목소리로 입을 열었다.

"난 뭐가 뭔지 모르겠어요. 뭐가 어떻게 된 거죠, 신부님?"

"사실 갈피를 잡기 힘든 건 나도 마찬가지란다."

박 신부가 우울하게 대답했다.

"너무 모순이 많고, 이해하기 힘든 점이 많아."

"신부님, 몸은 괜찮으세요?"

"박 신부님, 아프신 곳은……?"

승희와 윌리엄스 신부가 거의 동시에 박 신부에게 물었다. 박 신부는 괜찮다는 듯 말없이 고개를 끄덕여 보았다. 그러나 승희는 안심이 되지 않는다는 듯 다시 다그쳐 물었다.

"하지만 아까 갑자기 쓰러지셔서…… 무척 고통스러워하시는 것 같았는데…… 왜 그러셨어요?"

"정말로 아파서 그런 것은 아니었으니 염려할 것 없단다."

"그럼 대체 왜……."

그 말에 박 신부는 슬픈 듯한 표정으로 승희에게 말했다.

"아주 과거의 일이 생각났단다. 아주 과거의 일……."

"과거의 일요?"

"내가 처음 이쪽 세계에 들어섰을 때의 일 말이다. 나는 처음부터 신부는 아니었단다. 그건 알고 있지?"

"들어서 알고 있어요. 그리고 미라의 일을 겪으면서 성직에 들어가셨다고……."

"그 이전의 일이란다. 나는 처음 군의관으로 월남전에 종군했었는데, 그때 부상자들의 고통이 내 몸에 그대로 전해지는 것을 느꼈었지. 그래서 월남에 오래 있을 수 없었단다. 그런데…… 그때와 같은 일이 다시 생겨서……."

승희는 놀라서 박 신부를 쳐다보았다. 부상자들의 고통이 그대로 전해진다는 것은 처음 듣는 이야기였다.

"아이구, 그러면 어떻게 해요?"

"지금은 괜찮단다. 그동안 쭉 괜찮았는데, 왜 하필 오늘 이렇게 됐는지는 나도 모르겠다만……."

박 신부는 뭔가 깊은 생각을 하는 듯했다. 그러자 이반 교수가 헛기침하며 말했다.

"지금은 일단 공통된 이야기를 좀 하는 것이 어떻겠소?"

그 말에 박 신부는 다시 고개를 끄덕이며 사람들의 얼굴을 바라보았다.

"그렇죠. 일단 그게 급한 일이군요. 좋습니다. 같이 잘 생각해 봅시다."

그때 문이 열리면서 한 인도인이 쟁반을 들고 들어왔다. 거기에는 난(인도식 밀빵)과 기이(인도의 버터), 카레 냄새가 나는 음식 등이 쌓여 있었다. 인도인은 그것을 내려놓고는 인사를 꾸벅하면서 나갔다.

박 신부 일행은 아침부터 굶은 터라 음식 냄새가 풍기자 모두 심한 시장기를 느꼈다. 그 음식을 보며 박 신부가 미소를 지었다.

"친절도 하군. 그러면 식사를 좀 할까요? 금강산도 식후경인데?"

"정말 우리가 풀려난 거요?"

검은 편지 결사와 칼키파와 대치하고 있는 곳을 북쪽으로 빙 돌아 한참이나 멀어져 간 다음에야 무색이 입을 열었다. 세 노승과 백호, 현암과 마하딥까지 모두가 동행한 채였다.

마하딥은 아직 정신을 차리지 못해 백호의 등에 업혀 있었다. 현암은 자신이 업으려 했지만 백호는 현암은 만약의 경우 싸워야 할지도 모르니 자신이 업겠다고 한 것이다. 용화교의 세 노승은 안나스가 자신들을 풀어 준 것을 도무지 믿지 못하는 것 같아 현암은 쓴웃음을 지었다.

"그렇습니다. 분명 내가 짐작도 못하는 다른 꿍꿍이가 있을 것 같습니다만…… 스님들께서는 짐작 가시는 바가 없습니까? 백호 씨도요?"

그리고는 현암은 안나스와의 대화 내용을 세 노승과 백호에게 들려주었다. 백호는 수상쩍다는 듯 말했다.

"그들의 의도가 결코 좋은 것이라고는 생각할 수 없습니다. 그랬다면 왜 우리를 그렇게 엄중히 감금했겠습니까? 무슨 꿍꿍이가 있는 게 분명합니다."

무색도 백호의 말에 고개를 끄덕였다.

"랍비 안나스는 대단히 무서운 자일세. 그런 그가 우리를 그냥 풀어 주었다고는 믿기 힘들군. 사실 우리 용화교가 지목한 위험인물 중에서 아하스 페르츠와 고반다가 으뜸이기는 하나, 랍비 안나스와 가야바도 그에 못지않은 위험한 자들이라네. 분명 우리는 그들과 적대시하고 있는데도 우리까지 풀어 준 것은……"

"무슨 의도 같습니까?"

"……모르겠네."

마침내 현암은 한숨을 쉬면서 입을 열었다.

"별수 없지 않을까요? 여기서 빠져나가는 방법을 어차피 찾아야만 합니다. 우리 또한 칼키파의 주술 막에 갇힌 것은 매한가지니까요. 그리고 가급적 피를 적게 보도록, 할 수만 있다면 한 번쯤 함정에 빠져 주는 것도 나쁘지는 않겠지요. 도와주시기를 바랍니다."

"어떻게 도와 달라는 건가?"

"저는 지금 전신의 공력이 모두 빠져나가 보통 사람과 다를 바가 없습니다. 며칠이 더 있어야 간신히 본래대로 돌아올 겁니다."

"안나스가 수작을 부린 것은 아닌가?"

현암은 자세한 설명을 하고 싶지 않아 그냥 얼버무렸다.

"그건 아닙니다. 이것은 안 좋은 현상은 아니지요. 제가 연마한 공력이 좀 특별해서 그렇습니다. 그런데 하필 시기가 좋지 않았군요. 좌우간 지금 저 혼자의 힘으로는 아무래도 너무 위험할 것 같습니다. 세 분의 공력은 회복되셨나요?"

"거의 회복됐다네. 아까까지는 거의 힘을 쓸 수 없었네만, 안나스의 수법은 너무도 무섭더군."

그러다가 무색은 무성과 무음을 잠시 바라본 뒤 말을 이었다.

"어쨌든 우리 목숨은 자네가 구해 준 것이니, 여기서 벗어날 때까지 우리는 자네의 말에 따르도록 하겠네. 그래, 어쩔 셈인가?"

"일단 마하딥은 중상을 입었고 성당 기사단 사람이니, 그쪽에 인도해야겠죠."

"그렇겠지. 한데 그다음은? 그들을 도와 칼키파와 싸우고 싶나?"

"그렇게 하고 싶지는 않군요."

"그렇다면 어쩔 건가? 칼키파 사람들은 분명 성당 기사단 사람들을 공격할 텐데?"

"가급적 그러기 전에 그들을 도망치게 만들고 싶습니다."

"주술 막을 뚫을 방법을 찾겠다는 건가?"

"그래야 할 것 같습니다."

그 말에 무색은 난감한 표정을 지었다.

"하지만 그 방법을 어떻게 알아낸단 말인가? 랍비 안나스 같은 해박한 자도 알지 못하는데……."

백호가 끼어들었다.

"결국 주술 막을 깨뜨릴 방법을 아는 자는 고반다 측밖에 없을 것이 분명합니다. 하지만 그들이 우리에게 알려 주려고 할까요?"

"알려 줄 리가 없을 텐데."

무색이 비관하며 중얼거리자 현암이 말했다.

"그렇겠지요. 하지만 호랑이 새끼를 잡으려면 호랑이 굴로 들어갈 수밖에 없습니다."

무색은 놀란 표정을 지었다.

"그렇다면 그리로 쳐들어가겠다는 건가? 우리 힘만으로 그들을 상대할 수 있을까?"

"우리 힘만으로는 역부족일 테죠."

"그렇다면?"

무색이 되묻자 현암은 힘없이 웃어 보였다.

"하지만 우리들만이 아니라고 한다면 가능성이 있을지도 모릅니다. 사실 확률이 좀 낮은 도박입니다만."

현암은 칼키파의 본거지인 마을 쪽을 바라보면서 말을 이었다.

"우리 편이 이미 와 있을지도 모르니, 거기에 모든 것을 걸어 보는 수밖에요."

"우리 편?"

"저는 원래 우리 편과 합류하려고 인도로 오던 길이었습니다. 저는 가지 못했지만, 다른 사람들은 이미 저기에 와 있을지도 모르죠. 아직 도착하지 않았을 수도 있지만, 잘하면 만날 수도 있을 겁니다. 만약 만난다면 가능성이 좀 생기는 거겠죠."

"만약 만나지 못한다면?"

그러자 현암은 힘없이 웃었다.

"그럼 아무런 방법이 없습니다. 조용한 구석에 처박혀 숨어 있든지 해야겠죠."

"무슨 신호를 정한 것이 있는가?"

"없습니다."

"그렇다면 그들이 왔는지, 오지 않았는지 알려면 칼키파로 들어가 보아야 할 것 아닌가?"

그 말에 현암은 멋쩍은 듯 대꾸했다.

"조금은 난리를 피워야 할 겁니다. 그래야 그들이 알아볼 수 있겠죠. 그래서 스님들의 도움이 필요한 겁니다. 저는 공력이 반 푼어치도 남아 있지 않으니까요. 만약 그들이 있다면 제가 온 줄 알아볼 겁니다. 반응이 없다면 와 있지 않은 것이니 도망쳐야겠군요."

무색은 잠시 뭔가 생각해 보더니 고개를 끄덕였다.

"알겠소. 그런데 자네는 정말 지금 공력을 쓸 수 없는가?"

"제가 왜 거짓말을 하겠습니까?"

"좋아. 그러면 우리가 앞장을 서겠네."

그렇게 말하고 무색은 무음, 무성과 함께 앞으로 나갔다. 그것을 보면서 백호가 현암에게 물었다.

"현암 씨는 혹시 박 신부님이 칼키파로 가셨을 거라 생각하시는 건가요?"

"그렇습니다. 타보트가 여기 있는 이상, 신부님도 반드시 오셨을 겁니다."

"하지만 며칠의 공백이 있었는데…… 이미 다녀가시지 않았을까요?"

백호의 말에 현암은 애서 쾌활하게 웃어 보였다.

"그렇지는 않았을 것 같군요."

"어떻게 아시죠?"

"신부님 일행이 진작 타보트를 얻어 갔다면, 지금 이렇게 난리가 벌어지지는 않았을 겁니다. 검은 편지 결사나 이단 심판소 사람들은 바보가 아니죠. 그들이 이 난리를 치는 것은 모두 타보트 때문이잖습니까? 타보트가 신부님에게 넘어갔다면 이렇게 난리를 피우면서 칼키파를 공격할 이유가 없지요."

현암은 이야기를 멈추었다가 다시 말했다.

"내가 걱정하는 것은 신부님 일행이 우리를 기다리느라 아직 오지 않았을 경우인데……."

거기까지 이야기했을 때 갑자기 앞에서 휙휙 하는 소리가 들려왔다. 그리고 비명 같은 것도 조금 들렸다. 현암과 백호는 급히 몸을 숙였다. 현암은 월향검을 꺼내면서 백호에게 말했다.

"여기 꼼짝 말고 계세요."

그러나 그럴 것도 없이 무색이 저쪽에서 걸어오면서 말을 건넸다.

"괜찮네. 우리가 처리했다네."

무색의 말을 듣고 현암이 고개를 들면서 물었다.

"칼키파 사람들입니까?"

그 말에 무색이 얼굴빛을 흐렸다. 현암과 백호는 일어나서 무색과 함께 걸어갔다. 몇 발짝 걸어가니 무음과 무성이 서 있었는데, 그 주변에는 서너 명의 사람들이 쓰러져 있었다. 하지만 쓰러져 있는 자들은 칼키파 사람들 같지 않았다. 현암은 의아해하면서 무색에게 말했다.

"이들은……."

그러자 무음이 쓰러져 있는 한 사람의 손목을 걷어 올렸다. 순간 팔에 새겨진 조그마한 문신이 보였다. 그것을 보고 무색이 입을 열었다.

"아사신일세."

현암과 백호는 모두 깜짝 놀랐다.

"아사신? 아니, 그들이 왜 여기에 있는 겁니까?"

그 말에 무성이 다른 사람을 가리켰다. 그가 가리키는 손끝을 보며 무색이 깜짝 놀라더니 말끝을 흐렸다.

"갈수록 태산이군. 저자는 검은 지하드에 속하는 자인데……."

"예?"

현암과 백호는 놀란 나머지 서로의 얼굴을 바라보았다. 아사신은 이미 백호를 노린 적이 있었고, 검은 지하드는 수아를 노리고 왔던 자들이었다. 그런데 그자들까지 이곳에 있단 말인가?

"그자들도 왔단 말입니까?"

"그런 것 같군."

"일이 아주 커지는군요."

"그런 것 같네."

무색의 표정도 심각해졌다.

"이제 알겠군. 칼키파가 아무리 크고 고반다가 아무리 대단한 자라고 해도, 세 곳의 세력을 모두 상대할 만큼 크지는 않다네. 이제 보니 그들도 다른 곳과 연합을 한 모양이군."

"아사신은 검은 편지 결사와 손을 잡고 있지 않았나요?"

백호가 묻자 무색이 고개를 저었다.

"산중노인 하산이 아사신을 창설한 이래 지금까지도 그들은 청부 집단일 뿐이네. 검은 편지 결사가 그들을 고용했다면 칼키파도 고용할 수 있지."

"그러면 검은 지하드는……? 그들은 회교도이고, 칼키파는 힌두교도인데……."

"이단 심판소와 검은 편지 결사가 손을 잡은 것처럼, 그들도 손을 잡은 것 같네. 고반다도 정말 상당한 자로군."

그러자 무성이 무색을 물끄러미 바라보았다. 순간 무색은 아, 하는 소리를 내더니 현암에게 말했다.

"그렇다면 칼키파는 전적으로 검은 편지 결사를 상대하고 있겠고, 이단 심판소와 성당 기사단 사람들은 이들의 공격을 받고 있을 걸세. 지금 우리가 그 와중으로 뛰어든다는 건 자살행위일세. 아무래도 여기서 나갈 방법을 먼저 찾아보는 게 좋을 것 같네. 시간이 없으니까."

"그렇다면 마하딥은요?"

"일단은 힘들더라도 업고 가세."

그리고 무색은 무음, 무성과 함께 재빨리 방향을 바꾸어 전진했다. 마치 약속이라도 한 것 같은 동작이었다. 현암은 멍하니 그들의 뒷모습을 보고 있는데, 백호도 그들을 보다가 입을 열었다.

"정말 손발이 척척 맞는군요. 말도 못 하고, 귀도 안 들린다면서 어찌 저렇게 의사소통이 잘될까요?"

"그거야 전음술이란 걸 할 줄 아니까 그렇지요."

"전음술이라는 게 뭐죠?"

"그건…… 흠, 남에게 들리지 않도록 목소리를 전달하는 방법이라 할 수 있죠."

"텔레파시 같은 건가요?"

"그런 초능력은 아니고, 그냥 말과 비슷한데 높은 공력으로 목소리를 감싼다고나 할 수 있는 거죠."

"나 같은 경우는 그림의 떡이군요."

그 말에 현암이 갑자기 화들짝 놀라면서 백호에게 물었다.

"백호 씨, 지금 뭐라고 했나요?"

현암의 갑작스러운 질문에 백호는 약간 놀라며 대답했다.

"예……? 아니, 난 그냥……."

"아까 내가 안나스와 이야기할 때 백호 씨는 노승들과 같이 있었습니까?"

"아뇨, 그들은 다른 곳으로 끌려갔습니다."

"그들이 백호 씨에게는 무슨 질문을 했나요?"

"내겐 아무 질문도 하지 않았습니다."

현암은 뭔가 생각해 보는 듯하다가 무릎을 탁 쳤다.

"그렇군!"

"뭐가 그렇죠?"

그러나 현암은 백호의 말을 듣지 못한 듯 중얼거렸다. 현암의 눈이 반짝거리며 빛나는 듯했다.

"그렇구나…… 그래서……! 그러면 모든 것이 다……."

거기까지 중얼대다가 현암은 백호의 의아해하는 눈빛을 보고는 웃으며 말했다.

"아닙니다. 나중에 알게 될 겁니다. 어서 서두릅시다."

"도대체……."

말끝을 흐리는 백호를 보며 현암이 재촉했다.

"나중에 알게 된다니까요. 어서 갑시다. 저들의 뒤만 따라가면 될 겁니다."

"따라가면 어떻게 된다는 거죠?"

"어떻게 되든 간에, 가장 핵심적인 곳으로 가게 될 겁니다."

현암은 거리낌 없이 세 노승의 뒤를 따라 달려갔다. 백호는 영문을 알 수 없었지만 마하딥을 업고 현암의 뒤를 따라 애써 달음질쳤다.

준후의 빛과 그림자

"이상하네요. 아무리 해도 안 돼요……."

로파무드가 울상을 지으며 연희에게 말했다. 연희의 안색도 창백해졌다. 로파무드와 준후가 힘을 합하고 다른 사람들도 거들었는데, 주술 막은 도저히 뚫리지 않았다.

"나가파사의 힘이 아닌가 봐요. 이걸 어쩌죠?"

로파무드의 말에 준후가 중얼거렸다.

"어떻게든 해야 해요. 안 그러면 저자가 우릴 가만두지 않을 거예요."

하는 수 없이 로파무드는 다시 결계를 부술 준비를 했다. 그때는 바이올렛과 수아, 준호 등도 모두 정신이 든 후였는데, 특히 바이올렛은 일이 잘 안 풀리는 것을 보고는 얼굴이 백지장같이 하얗게 변해 버렸다.

"세상에, 우린 모두 죽었어. 끝이야!"

그러자 옆에 있던 황달지 교수가 화가 나는 듯 목소리를 높였다.

"왜 재수 없는 소리를 하는 거요? 난 도대체 뭐가 어떻게 돌아가는 건지······."

사실 황달지 교수는 한국에 그대로 있어야 했다. 그러나 목숨의 위협을 받고 있었기 때문에 혼자 놓아둘 수가 없어서 데리고 다니게 됐다. 황달지 교수는 고고학적으로 엄청난 발견이 될 수 있는 타보트를 구경이라고 해 보고 싶은 마음이 있어서 위험을 무릅쓰고 따라온 것에 불과했다. 그런 황달지 교수가 아하스 페르츠가 누구인지, 사태가 어떻게 돌아가는지 제대로 짐작하지 못하는 것은 어쩌면 당연한 일이었다.

그때 아하스 페르츠가 약간 초조한 기색을 띠며 걸어왔다. 그가 다가오자 바이올렛은 질린 듯 수아와 준호, 아라를 감싸안듯 하며 주저앉은 채 뒤로 조금씩 물러섰다.

그 모습을 보고 황달지 교수는 다시 화가 나는 듯 씩씩거렸다.

"당신은 왜 그렇게 겁을 먹는 거요?"

바이올렛은 어이가 없다는 표정으로 황달지 교수를 바라보았다. 그러나 아하스 페르츠는 그런 황달지 교수를 돌아보지도 않고 로파무드에게 다가가더니 말을 건넸다.

"아직 멀었나? 더 늦으면 귀찮아진다."

로파무드는 겁먹은 듯한 눈치는 보이지 않았으나 뭐라고 말은 하지 못했다. 그러자 아하스 페르츠는 잘라 말했다.

"십 분만 더 기다려 주겠다."

돌아서는 아하스 페르츠를 보며 로파무드가 난감한 표정을 지었다.

"큰일 났어요. 십 분 내로는 어떻게 해 볼 수가 없어요."

그 말에 준후가 입술을 깨물면서 일어섰다.

"그렇다면 힘으로라도 부숴 보죠."

"될까?"

연희가 걱정스러운 표정으로 묻자 준후는 고개를 저으며 대꾸했다.

"안 될 것 같지만…… 그냥 죽을 수는 없잖아요."

준후는 아라와 준호, 수아까지 모두 오게 한 뒤 제안했다.

"우리, 모두 힘을 합쳐서 한 번에 저걸 뚫어 보자."

"어떻게 힘을 합쳐?"

아라의 질문에 준후가 대답했다.

"이건 원래 신부님과 현암 형, 그리고 내가 한데 힘을 합치는 방법이야. 우리끼리 만들어 낸 거라 뭐, 정확한 이론은 없지만 대충 요령을 말할 테니 잘 들어."

그러고는 연희를 쳐다보며 덧붙였다.

"로파무드 누나에게도 전해 주세요."

준후는 간단하게 퇴마합진의 요령을 그들에게 설명했다. 먼저 각자의 상이한 힘을 공통된 성격으로 바꾸는 과정이 필요했다. 그렇게 이론적인 것이 아니라 처음에는 모두 이해하기 힘들었지만 준후는 각자의 힘을 어떻게 합하는지 말해 주었다.

"아라는 조요경의 힘을 반대로 써야 해. 그러니까 동물을 부리는 게 아니라 동물들의 힘을 끌어모은다고나 할까? 조요경 자체의 힘은 거의 없지만, 이렇게 힘을 반대로 사용하면 큰 힘을 모을 수 있을 거야."

"그게 될까?"

아라가 반신반의한 표정으로 묻자 준후가 대꾸했다.

"되도록 만들어야 해. 여기가 그나마 가능성이 커. 동물이나 자연력이 많은 밀림이니까."

별안간 아하스 페르츠가 소리를 버럭 질렀다.

"무슨 꿍꿍이들이냐!"

로파무드가 얼른 대답했다.

"주술 막을 뚫기 위해 힘을 모으려는 거예요."

그 말을 듣고 아하스 페르츠는 다시 못마땅한 듯 뒤로 돌아섰다.

"허튼짓한다 해도 소용없다."

그때 준호가 자신 없는 목소리로 준후에게 더듬거리며 말했다.

"난 별다른 힘이 없는데…… 공력도 없고……."

"너도 대단한 힘을 지니고 있어."

"어, 내가?"

"그래. 공력이나 내가 가르쳐 준 것 말고도 말이야."

준후는 준호의 손을 펴보게 한 뒤 대뜸 물었다.

"이건 언제 생긴 거지?"

"어…… 이건 전에 하겐이라는 남자가……."

그러자 이때껏 보고만 있던 바이올렛이 끼어들었다.

"하겐? 하겐이라고?"

"예."

"어디 좀 보자."

바이올렛은 하겐이 준호의 손에 새겨 준 문양을 보더니 감탄하는 소리로 말을 이었다.

"이럴 수가! 하겐은 너희들만큼이나 대단한 남자야! 대마법사로 알려진 사람인데…… 네 손에 새겨진 건 그의 흑마법과 백마법의 문양이야!"

준후도 한마디 거들었다.

"네 손에 새겨진 이건 나도 잘은 모르지만 굉장한 힘을 지닌 것 같아. 그러니 이 문양의 힘을 이용하는 거야. 어때요, 바이올렛 할머니?"

"할머니가 뭐야? 그냥 바이올렛이라 불러!"

"좋아요, 바이올렛. 이 문양을 사용하는 방법을 아나요?"

"다는 모르지만. 나도 명색이 백마녀였으니 조금은 알지."

그러면서 바이올렛은 준호에게 문양의 사용법을 대강 일러 주었다. 물론 연희의 통역을 빌려서. 그다음 준후는 수아에게 말했다.

"너는 그냥 부탁하면 된다. 아주 간절하게 바라면 돼."

"어떻게?"

"힘을 주세요, 라고만 하면 돼. 알았니?"

"알았어."

수아는 그것도 어려운 것 같았지만 다급한 분위기를 눈치챘는지 어린아이답지 않게 토를 달지 않고 순순히 고개를 끄덕였다.

이어서 준후는 로파무드에게 지시했다.

"아스트라의 힘을 빌려 내게로 전해 주세요."

로파무드도 다른 방법이 없던 지라 고개를 끄덕이다가 잠시 얼굴에 살기를 띠면서 속삭였다.

"그 힘으로 아예 저자를 처치하면 안 될까?"

그 말에 준후는 고개를 저었다.

"맞지 않을 거예요."

"그러면 주술 막은 뚫릴까?"

그러자 준후는 한숨을 쉬며 대답했다.

"사실 신부님과 현암 형과 승희 누나가 다 있다면 가능할지도 몰라요. 하지만 우리들은 아직……."

준후가 보기에, 수아의 정령력이 최대로 발휘된다면 박 신부에 비견될 만큼 강한 것이지만 아직 어린아이라 통제하기 어려울 것 같았고, 준호와 로파무드의 힘을 극도로 끌어내어 합한다 해도 현암의 가공할 만한 공력에는 미치기 어려울 것 같았다.

준호의 마법 문양과 로파무드의 아스트라가 현암의 공력이나 준후의 술법에 비해 떨어진다기보다는 배운 지가 얼마 되지 않았기 때문에 제대로 운용할 수 있으리란 보장이 없었다. 그리고 아라가 조요경의 힘을 극도로 끌어올리더라도 승희의 교묘한 염력과 증폭력에는 비견할 수 없었다.

승희는 염력이 생기면서 증폭력이 약화하기는 했지만, 그 능력이 아예 없어진 것은 아니었다. 하지만 근래에는 퇴마사들 각자의 힘이 무서울 정도로 커졌기 때문에 승희는 굳이 증폭력을 사용할 필요도 없었고, 사용해도 큰 도움이 될 만큼 증폭력의 효과가 큰 것도 아니었다.

그러나 지금 상황이라면 퇴마사 네 명이 있는 힘을 다 기울여도 될까 말까 한 상황이었다. 사람 수는 한 명 더 많았지만, 정말로 가능할지 알 수가 없어서 준후는 한숨을 쉬었다.

"오 년 정도 후의 일이었다면 문제없었을 텐데…… 좌우간 모두 내가 신호하면 힘을 극도로 끌어올리고, 내가 그만두라면 멈춰야 해."

모두에게 설명을 끝내고, 준후는 한번 시험 삼아 힘을 기울여 보라고 말했다. 모두 반신반의하면서도 있는 힘을 모았다. 그러자…….

"아앗!"

소리를 지르면서 준호가 뒤로 튕겨 나갔고, 준후도 앞으로 비틀하면서 쓰러질 뻔했다. 또한 수아의 얼굴이 울상이 되며 붉어졌지만, 울음을 애써 참는 것 같았다.

"왜 그러지?"

연희가 놀라서 묻자 준후가 몇 번 콜록거리며 기침을 한 뒤 말했다.

"잘 안되네요……. 너무 힘이 상이해요. 준호의 마법 문양도, 수아의 정령력도 나와는 너무 달라서……."

그러자 연희가 궁리해 보더니 입을 열었다.

"그렇다면 로파무드가 중간에 서는 건 어떻겠니? 그리고 네가 끝에 서면 되잖아?"

"흠…… 그게 나을지도 모르겠네요. 로파무드의 아스트라는 순수한 것이니까. 아스트라와 밀법 진언은 원래 같은 뿌리를 가지고 있고."

준후도 잠시 생각해 보더니 고개를 끄덕였다. 그리고 그들은 순서를 바꾸어 보았다. 수아, 아라, 준호가 로파무드에게 힘을 보내고 로파무드가 준후에게 힘을 보냈더니 정말로 힘의 소통이 방해받지 않고 이루어졌다.

"됐어! 그럼 힘을 극도로 올려."

준후의 말에 모두가 기뻐하며 있는 힘을 다 끌어올렸다. 그러자 아라의 머리카락은 마치 안테나처럼 꼿꼿하게 일어섰고, 준호의 힘이 백마법과 흑마법 사이를 오락가락하자 얼굴빛이 붉어졌다 하얘지기를 반복했다. 수아는 그냥 입을 꼭 다물고 눈을 감고 있었으며, 로파무드는 쉴 새 없이 아스트라를 입으로 읊었다.

힘이 차오르자 부풀어 오르던 준후의 양손 소매와 앞섶이 투둑하고 저절로 터지면서 뭔가가 툭 떨어졌다. 그러나 준후는 정신을 극도로 집중하고 있어 그것을 알아채지 못했다.

돌연 준후가 외쳤다.

"더!"

각자가 용을 쓰자 준후의 옷자락이 다시 약간 더 부풀어 올랐다. 준후가 다시 소리쳤다.

"더!!"

모두가 그 소리를 듣고 안간힘을 썼지만 이미 한계에 다다른 듯, 준후의 부푼 옷자락은 더 이상 벌어지지 않았다. 순간 준후가 괴로운 듯이 외쳤다.

"그만!"

준후의 외침에 모두는 힘을 보내기를 멈추었다. 모두 힘을 쓴 뒤라 헐떡거리며 호흡을 조절했다. 그러나 준후는 힘을 쓰지 않고 도로 돌려보냈기 때문에 탈진한 것은 아니었다. 몇 번 심호흡을 한 다음 준후가 괴로운 듯이 입을 열었다.

"안 돼……. 이걸로는 안 될 것 같아……."

그 말에 연희가 걱정스러운 듯 물었다.

"그러면 어떻게 하지?"

그러자 준후의 눈이 빛났다.

"최후로 한 가지 방법이 있어요."

"그게 뭐지?"

"아하스 페르츠라면 이 정도는 단번에 부술 수 있을 거예요."

"하지만 그는 자신이 이걸 부술 수 없다고 했잖아. 그리고 그런다면 우리도 가만두지 않을 테고."

"그러니 도망쳐야죠. 그렇다면 아하스 페르츠는 이 주술 막을 부숴 버릴 것이고, 그다음에 돌아와서 우리도 통과하면 돼요."

연희와 준후가 이야기를 나누는 동안, 아라는 준후의 품에서 떨어진 수첩 같은 것을 주워 들었다. 다른 사람들은 신경도 쓰지 못했지만 아라는 역시 준후에 대해서만은 알뜰한 구석이 있었던 것이다. 그때 준후가 급히 아라를 불렀다.

"어? 왜 그래? 오빠, 근데……."

"잠깐! 어서 잘 들어! 시간이 없어!"

준후의 얼굴이 심각해서 아라는 수첩 이야기를 미처 하지 못하고 무심결에 자신의 주머니에 수첩을 찔러 넣었다.

"조요경의 힘을 써서 이 근방의 동물들을 모조리 불러 모아. 그러다가 이따가 내가 큰 소리로 '지금!'이라고 소리치면 이쪽으로 한꺼번에 불러. 알았지?"

"동물들을?"

"그래. 절대 잊거나 실수하면 안 돼! 알았어?"

"으응……."

"그리고 준호, 너는 그때 동시에 저거…… 그래, 저게 좋겠구나. 저기 있는 나무를 내리쳐. 아까처럼 있는 힘을 다해서."

"그러면 어떻게 되는데?"

"좌우간 내가 말하는 대로 해. 그리고 로파무드 누나는…… 그래요. 저기 있는 바위를 아스트라로 치세요. 무엇이든 좋으니 있는 힘을 다해서."

"그냥 치란 말이야?"

"그러면 돼요. 그리고…… 수아는…… 그래, 이렇게 생각하렴. 광풍을 일으키라고……."

"광풍이 뭔데?"

수아가 눈을 크게 뜨며 묻자 준후는 피식 웃으며 말했다.

"그냥 '바람이 쌩쌩 불었으면 좋겠다'라고 생각하렴. 그러니까…… 저기 저 물구덩이 같은 곳 있지? 저기에 바람이 불었으면 이라고 하란 말이야."

"그냥 그러면 돼?"

"그래. 그리고 연희 누나와 황달지 교수님, 그리고 바이올렛 할…… 아니, 바이올렛. 세 사람도 해 줄 일이 있어요."

"뭔데?"

"여기 부적 세 장이 있으니 조금 있다가 내가 아하스 페르츠의 시선을 끌 때, 이걸 각각 방금 말한 나무와 바위, 물구덩이 주변에 붙이세요."

"물구덩이에 부적을 어떻게 붙여?"

"그냥 물 위에 띄우면 돼요. 아무튼 빨리 해야 해요, 아셨죠? 그러고 나서 신호를 하면 일제히 힘을 쓰고 그다음에는 뒤도 돌아보지 말고 도망쳐요. 저 앞의 숲속으로 들어가면 쫓아오지 못할 거예요. 알았나요?"

"그럼 어디서 모이지? 숲속에서는 길을 잃기 쉬운데?"

준호가 묻자 준후가 이내 대답했다.

"아하스 페르츠는 여기 오래 있지 않을 거야. 그도 시간이 없다니까 우리를 놓치면 주술 막을 스스로 부수고 들어가겠지. 그러니 한 삼십 분 정도 숨어 있다가 그가 없어지면 다시 이곳에 모이자."

그때 연희가 나섰다.

"너, 아하스 페르츠와 말할 수 있어? 내가 부적을 붙이러 가면 누가 말을 통역해 주지?"

그 말에 준후가 당혹한 표정을 지었다. 그것까지는 미처 염두에 두지 않았다. 연희가 말을 이었다.

"내가 아하스 페르츠 옆으로 갈 테니 네가 부적을 붙이고 신호해. 그러면 되잖아."

"하지만······."

"염려 마. 잘 둘러댈 자신이 있으니까."

그리고 연희는 아하스 페르츠 앞으로 척척 걸어 나갔다. 준후는 연희를 말리려고 했지만 연희는 그럴 틈도 주지 않았다.

준후는 걱정스러운 듯 연희에게 외쳤다.

"우리가 위치에 서면 즉각 도망가요! 알았죠?"

하지만 연희는 대답하지 않고 똑바로 아하스 페르츠 앞에 가서 섰다. 그러자 아하스 페르츠는 여전히 그 소름 끼칠 듯한 무표정한 얼굴로 연희를 바라보았다.

"뭐냐?"

연희는 속으로는 떨리고 조마조마했지만 간신히 입을 열었다.

"다른 방법을 써야 할 것 같아요. 우리가 힘을 모아 보았는데······ 음, 그러니까 한 번 실패했어요, 그러니 이번에는 다른 방법을 써야겠는데요."

연희의 말에 아하스 페르츠는 담담히 대꾸했다.

"이 분 남았다."

"아니, 그러니까……."

그때 황달지 교수가 걸어 나가 물구덩이에 부적을 띄웠다. 자꾸 가라앉으려고 해서 황달지 교수는 몇 번이나 애를 쓰다가 나뭇가지를 집어 그 위에 부적을 올려서 간신히 부적을 띄울 수 있었다. 너무도 서툰 모습이라 자못 우스꽝스러운 광경이었다.

그 모습을 보며 아하스 페르츠는 의아한 듯 눈살을 찌푸렸다. 순간 연희는 가슴이 철렁해서 급히 둘러댔다.

"지금 쓰려는 방법은 주술로 진법을 치려는 거예요. 그러니 당신은 놀라지 말아요."

"내가…… 놀라?"

"아니, 아니. 그러니 오해하지 말라는 거예요. 우리는 이 최후의 방법을 써 보고, 안 된다면 깨끗이 포기하겠어요. 알겠죠?"

그때 바이올렛과 준후도 제각기 부적을 위치에 놓았고, 준호와 로파무드는 수아와 아라의 주변에 모였다. 그리고 준후는 연희가 도망가기만을 초조한 심정으로 기다렸다. 그러나 연희는 도망칠 생각을 전혀 하지 않고 계속 아하스 페르츠의 앞을 막아서고 있었다.

아하스 페르츠는 무슨 의심이 든 듯, 재빨리 연희의 손목을 잡았다.

"이상한걸? 진법을 쓴다면서 왜 나를 중심에 놓는 거지?"

연희는 어떻게 할 틈도 없이 아하스 페르츠에게 잡혔다. 처음부터 연희는 도망칠 생각을 하지 않았던 것이다. 연희는 손목이 잡힌 것도 아랑곳하지 않고 급히 주변을 둘러보고는 모두가 일을 마친 것을 알았다. 그러자 연희는 크게 소리쳤다.

"준후야! 어서!"

그러나 준후는 연희가 잡힌 것을 보고 차마 신호를 보낼 수 없어서 주저했다. 다른 사람들도 놀라서 준후의 얼굴만 쳐다보았다.

아하스 페르츠도 뭔가가 잘못 돌아간다는 것을 느꼈는지 연희의 머리에 손을 얹었다.

"허튼수작하면 머리가 박살 날 줄 알아!"

그래도 연희는 아랑곳하지 않고 외쳤다.

"준후야! 어서! 그래야…… 그래야 시간을……!"

연희는 자신의 몸을 방패 삼아 모두가 도망칠 수 있게 하려는 의도가 분명했다. 하지만 준후는 차마 연희를 희생시킬 수는 없었다. 다른 사람들도 생각이 비슷했지만, 더 주저한다면 아하스 페르츠가 주술을 쓸 테고, 그렇게 된다면 전멸이었다.

그렇다고 눈을 뻔히 뜨고 연희의 머리가 박살 나는 광경을 볼 수는 없었다. 그런데 그때 갑자기 황달지 교수가 소리를 지르면서 아하스 페르츠에게 달려들었다.

"안 돼!"

바이올렛이 비명을 질렀지만 황달지 교수는 벌써 아하스 페르츠의 몸에 자신의 몸을 힘껏 들이받았다.

소심해 보였던 황달지 교수는 사실 상당히 대담한 성격이었다. 더구나 아무도 황달지 교수에게 아하스 페르츠의 내력을 설명해 줄 경황이 없었던 데다 아까 아하스 페르츠에게 호되게 한 번 당한 터라 그에 대해 감정이 매우 나빴다. 그런데 연희가 잡힌 것을 보자 더 이상 참지 못하고 몸을 던진 것이다. 만약 아하스 페르츠가 어떤 자인지 알았다면 황달지 교수도 주저했을지도 모르지만.

벌어진 결과는 정말 의외였다. 그 막강한 아하스 페르츠가 황달지 교수의 몸과 부딪히자 주춤거리며 비틀거렸고, 그 틈에 연희는 아하스 페르츠의 손을 뿌리쳤다.

연희는 급한 나머지 땅바닥에 넘어지려는 황달지 교수를 재빨리 발로 걷어차면서 자신도 몸을 굴렸다.

준후는 지체하지 않고 크게 외쳤다.

"지금!"

그러자 로파무드는 간디바로 바위에 화살을 쏘았고, 준호는 바위를 내리쳤으며, 수아는 정령력으로 물구덩이에 바람을 몰아치게 했다. 순간 바위는 조각나면서 아하스 페르츠 쪽으로 파편을 내쏘았고, 준후가 붙였던 부적이 살아 있는 것처럼 허공으로 날아올랐다.

순식간에 파편들이 그 부적을 따라 돌의 화살이 돼 날아갔다. 비슷하게 나무는 조각나면서 불이 붙어 부적을 따라 불화살이 돼 날았으며, 물구덩이의 물은 물줄기로 바뀌어 부적을 따라 회오리치면서 역시 아하스 페르츠에게로 쏘아져 날아갔다.

순간, 준후는 있는 힘을 다해 우보법의 방위로 힘차게 발을 디뎠다.

아하스 페르츠는 금세 몸을 가다듬고 냉소하면서 팔을 휘저었지만, 준후가 죽을 각오로 발휘하는 우보법 때문에 한순간 발이 붙어 제대로 방어할 수 없었다. 그렇지만 아하스 페르츠의 몸에서 풍기는 기운은 무섭게 그의 몸 주위를 돌면서 퍼져 나갔다.

그러나 준후의 노림수는 다른 데 있었다. 부적들은 아하스 페르츠의 몸을 직접 노린 것이 아니라 그의 주변을 막아선 것이었다. 불기둥이 가장 안쪽을 돌면서 아하스 페르츠의 몸을 에워쌌고, 그다음은 물기둥, 그다음은 돌로 된 벽이 아하스 페르츠의 겉을 에워쌌다. 세 가지 벽으로 아하스 페르츠를 차단한 셈이다.

준후 혼자서라면 이런 진법을 펼칠 수 없었을 것이다. 그러나 아까 힘을 모아 퇴마합진을 연습하면서, 준후는 다른 사람들의 힘을 가늠해 보았고, 차라리 이렇게 아하스 페르츠를 잠시 움직이지 못하게 하는 편이 낫겠다는 생각을 한 것이다. 물론 아하스 페르츠가 몸을 피했다면 이 벽들은 그를 에워싸지 못했을 터였다. 그래서 준후는 자신이 그를 붙잡고 늘어질 생각이었다. 그러나 연희가 그 역할을 자청하는 바람에 우보법을 사용했던 것이다.

벽이 이루어지는 순간, 아하스 페르츠는 무서운 힘으로 발을 떼었다. 순간 준후는 땅에 튕겨지면서 나가떨어졌다. 그러면서도 준후는 목청껏 소리쳤다.

"도망쳐! 어서!"

그때 아라가 불러들인 동물들이 모여들기 시작했다. 예상과 달리 맹수들은 모이지 않았고, 새 떼나 조그마한 동물들이 많았지만, 그들은 무섭게 아하스 페르츠를 가운데 두고 달려들었다. 다른 사람들은 앞다투어 도망쳤지만, 아라는 눈을 감은 채 조요경을 쥐고 있어 뜰 수가 없었다.

그러자 연희가 아라를 덥석 안아 올렸다. 준후와 로파무드는 그들의 뒤를 엄호하면서 뒷걸음질로 달렸다. 하지만 채 이십 초도 되지 않아서 쾅 하는 소리가 났다. 첫 번째 불기둥이 부서진 것을 알고 준후가 외쳤다.

"더 달려! 아라야! 더 힘을 써 봐!"

아라는 막 눈을 뜨려다가 준후의 목소리를 듣고는 다시 용을 썼다. 뭔가 큼지막한 놈들이 주변에 있는 것 같았는데, 곧 도착할 것 같았다. 그리고 다시 십 초 정도 지났을 때, 다시 두 번째 물기둥이 부서지는 느낌이 왔다. 일행은 이백 미터가량 도망친 것 같았다.

"더 빨리 뛰어요!"

준후는 로파무드에게 말하고는 자신도 뒤로 돌아 전력으로 달리기 시작했다. 그런데 세 번째 진은 바로 직후에 부서져 버렸다. 생각보다 너무 빨리 진법이 부서지자 준후는 멈춰 서서 뒤를 돌아보았다. 어쨌거나 전력을 다해 시간을 끌어야 했다.

아하스 페르츠는 진법에서 빠져나오자 화가 치민 듯 소리를 질러 댔다. 그러자 그의 주변에 몰려들었던 새들과 조무래기 짐승들이 떼죽음을 당해 사방으로 낙엽처럼 떨어졌다.

네 번째 방벽이라 여겼던 짐승들이 일순간에 떼죽음을 당하자 준후는 다급해졌다. 다른 사람들은 이미 밀림으로 어느 정도 몸을 숨겼지만, 정작 그 자신은 뒤를 경계하느라 아직 그의 시선을 벗어나지 못했던 것이다.

'큰일 났네!'

바로 그때, 몇 그루의 나무를 무너뜨리면서 거대한 그림자가 다시 아하스 페르츠를 덮쳤다. 세 마리의 코끼리였다.

'천만다행이다! 여기는 인도라 코끼리가 있구나!'

안장이 얹힌 것으로 보아, 그 코끼리들은 야생이 아니라 근처의 농장 같은 곳에서 기르던 놈들 같았다. 그런 코끼리들도 조종받으니 무서웠다. 그들은 금방이라도 아하스 페르츠를 밟아 죽일 듯 달려들었지만, 아하스 페르츠는 피할 생각도 하지 않았다.

코끼리들은 아하스 페르츠를 향해 달려가다가 밟지 못하고 이상하게 방향을 바꾸어 나무를 들이받았다. 고통스러운 비명을 지르면서도 코끼리들은 계속 아하스 페르츠에게 덤벼들었다. 그러나 번번이 가만히 서 있는 그의 옷자락 하나도 건드리지 못하고 헛되이 옆의 나무들만 들이받고 있었다.

그를 해치지는 못한다 해도, 도망칠 시간은 벌 수 있었다. 거기까지 보고 난 다음 준후는 로파무드의 뒤를 따라 계속 도망치다가 문득 의아해졌다.

'아까 황달지 교수님은 아하스 페르츠를 들이받았는데, 코끼리는 왜 들이받지 못하는 걸까? 그의 몸은 누구도 건드리지 못하고 어떤 주술도 통하지 않는데, 어떻게 황달지 교수님은 아하스 페르츠를 비틀거리게 한 걸까?'

그러고 보니 황달지 교수가 아하스 페르츠를 들이받은 건 이번이 처음은 아니었다. 아까 아하스 페르츠가 수아를 죽이려 할 때도 황달지 교수는 그를 들이받았던 것이다.

'뭔가 있어! 어쩌면 그를 상대할 수 있을지도 몰라.'

잘 생각해 보니 준후의 주술은 한 번도 아하스 페르츠를 적중시킬 수 없었지만, 우보법은 아하스 페르츠에게 일순간이나마 효과가 있었다. 그렇다면 아하스 페르츠도 무적은 아니라는 말인가?

코끼리들의 단말마 외침이 들려왔다. 코끼리들도 아하스 페르츠의 상대가 되지 못하고 모두 죽임을 당한 모양이었다.

'일 분도 안 되는 사이 세 가지 진법을 모두 부수고 단숨에 코끼리를 세 마리나 죽이다니!'

준후는 아하스 페르츠의 무서움에 다시 한번 치를 떨었다. 이미 다른 사람들은 한참 떨어져 있는 듯했기 때문에 준후는 행여 추적을 당할까 봐 그들이 가지 않았을 만한 길로 빙빙 돌아 도망쳤다. 다행히도 아하스 페르츠가 쫓아오는 것 같지는 않았다.

일단 식사를 끝내자 이반 교수가 신중한 목소리로 입을 열었다.

"차근차근 이야기해 봅시다. 처음부터 말이오. 우선 칼키파의 목적이 뭔지부터 생각해 봐야 하오."

"그건 간단합니다. 아하스 페르츠를 잡는 거겠죠."

윌리엄스 신부가 대답하자 이반 교수는 고개를 끄덕였다.

"그렇소. 그건 틀림없는 듯하오. 고반다가 유일하게 겁내는 것이 아하스 페르츠 같았소. 그 점을 염두에 두고 처음부터 짚어 보는 게 좋겠소. 가장 전제가 되는 건 그들이 타보트를 훔쳤다는 거요. 그건 분명 아하스 페르츠를 자극하기 위해서일 거요. 결국 그들의 목적대로 됐고, 아하스 페르츠는 성당 기사단을 움직였소. 성당 기사단은 밀약을 맺었던 이단 심판소를 끌어들이고 검은 편지 결사까지 끌어들였소. 이건 며칠 전의 상황일 거요. 미스터 현암이 실종된 직후 정도가 되겠지. 그가 우리에게 마지막으로 연락할 때까지는, 아하스 페르츠는 해밀턴의 모습이었고 조용히 인도를 방문하고 있었으니 말이오."

"좋습니다. 계속하세요."

"그러나 미스터 현암의 소식이 끊어졌고, 그 이후 아하스 페르츠가 본모습을 드러냈다고 보이오. 그렇지 않았다면 이렇게 전면적으로 성당 기사단 등을 움직이지는 않았을 테니 말이오."

그 말을 듣고 승희의 안색이 하얗게 질렸지만 윌리엄스 신부는 그것을 보지 못하고 물었다.

"그래서요?"

"그다음 카르나가 우리를 찾아왔소. 칼키파도 그들의 움직임을 눈치챘을 거요. 아마 타보트를 훔쳐 냈을 때부터 주술 막을 준비하고 있었을 거요. 그리고 우리에게 타보트를 넘겨준다고 했소. 여기서부터 의문이 좀 생기오."

이반 교수는 얼굴에 주름을 잡아가며 깊이 생각하다가 박 신부에게 물었다.

"고반다는 분명 준비가 부족해 이 상황이 됐다고 말하지 않았소?"

"그래요."

"고반다가 거짓말하지 않는다고 어떻게 확신하시오?"

그러자 박 신부는 단호하게 대답했다.

"그는 거짓말은 하지 않았어요. 거짓말 따위를 늘어놓고 있기에는 그의 오라 막이 너무 맑았습니다. 만약 거짓말을 했다면 오라의 빛이 조금이나마 변했을 겁니다. 그건 믿어도 될 겁니다."

그러고는 이내 덧붙였다.

"그리고 타보트가 정말 아하스 페르츠를 쓰러뜨릴 수 있느냐는 말에 그는 모른다고 했습니다. 말이 좀 안 되는 것 같지만 거짓말하지 않으려면 그런 답변을 할 수밖에 없잖습니까?"

"그건 그렇소. 그럼 일단 고반다는 거짓말을 하지 않는다고 생각하는 게 좋겠소. 그렇다면……."

이반 교수는 잠시 생각하다가 말을 이었다.

"그들의 준비가 부족해진 건 미스터 현암 때문이겠군. 그들은 원래 타보트를 훔치고 동굴을 무너뜨림으로써 시간을 벌려 했는데, 미스터 현암 덕분에 현장에서 잡힌 걸 테니 말이오."

"그렇겠죠."

"그래서 그들은 급히 우리에게 연락한 거라 볼 수 있을 거요. 우리에게 타보트를 넘겨줘서 시간을 벌려고 말이오."

그러자 박 신부가 말했다.

"아마 그들이 우리에게 넘겨주려고 한 것은 가짜 타보트였을 겁니다."

"분명 그럴 거요. 그래서 시간을 벌려던 거겠지. 타보트가 진짜인지, 가짜인지 확인할 방법이 없으니 말이오."

이반 교수의 말에 승희가 주저하면서 입을 열었다.

"그런데…… 타보트가 정말 아하스 페르츠를 상대하는 데 효과가 있는지는 모른다고 했잖아요."

박 신부는 승희의 말에 고개를 끄덕였다.

"그래서 나도 고반다가 거짓말하고 있지 않다는 걸 믿을 수 있었단다. 사실 타보트는 누구도 열어 볼 수 없어. 뚜껑 뒤에 숨더라도 정말 타보트가 사람을 죽이는지는 확인할 수 없겠지."

"고반다 정도 되는 자라면, 사람들을 희생시켜서라도 타보트가 정말 사람을 즉사시키는 힘이 있는지 확인했을 건데요?"

"하지만 아하스 페르츠는 보통 사람이라 할 수 없잖니? 죽지 않는 자니까 말이야. 전설을 곧이곧대로 믿는다면, 이건 하느님과 하느님 아들의 힘 대결이야. 누가 장담할 수 있겠니?"

그 말에 윌리엄스 신부는 아연한 듯 "아멘!" 하고 외쳤다. 그 모습을 보고 박 신부는 미소를 지으며 혼자 중얼거렸다.

"나는 확실히 파문당해도 싸군. 이런 불경스러운 소리를 태연히 할 정도가 됐으니. 아멘. 용서하소서."

"만약…… 효과가 없으면 어떻게 하죠?"

"그러면 그를 물리칠 확실한 방법은 있니? 일단 이 방법을 쓰는 수밖에."

"정말로 그 방법을 쓰실 건가요?"

그 말에 박 신부는 안색을 조금 굳혔다.

"모르겠다. 그를 만나 보아야 결정할 수 있겠구나."

그때 승희가 심각한 표정으로 되받았다.

"그를 죽이는 것은 살인이 아닐까요?"

"모르겠구나. 그러니 그를 만나 보아야 알겠다는 거야. 내 짐작대로라면, 그는 내심 죽는 것을 지독하게 원하고 있을지도 몰라."

"현암 군은 그렇게 말하지 않았잖아요?"

"하지만 사람의 마음이란 모르는 거란다. 만약 그렇다면 타보트를 쓰고…… 그렇지 않다면……."

박 신부는 뭔가 주저하는 듯이 보였다. 그때 승희가 갑자기 외쳤다.

"제가 할게요, 신부님."

대뜸 승희가 박 신부의 옷깃을 잡았다. 그녀의 눈이 돌연 붉어져 금방이라도 눈물을 쏟아 낼 것만 같았다.

"신부님…… 아하스 페르츠가 여기 와 있다면……."

"아닐 게다, 승희야."

"아니에요. 그렇다면 현암 군은 아마도……."

그 말에 박 신부도 한숨을 내쉬었다. 현암은 아하스 페르츠의 착한 얼굴이라 할 수 있는 해밀턴과 함께 인도로 오다가 소식이 끊어졌다. 그런데 이제 아하스 페르츠가 이곳에 나타났다면 그것은 십중팔구 아하스 페르츠가 현암을 죽였다는 결론이 되는 것이다.

박 신부는 승희를 위로하듯이 말했다.

"내가 무슨 점쟁이는 아니다만, 현암 군은 아직 죽지 않았어. 내 느낌이 그래. 그러니 공연한 생각은 하지 말거라."

승희는 억지로 눈물을 삼키며 강한 어조로 말했다.

"만약 그랬다면…… 그자는…… 그자만은 용서할 수 없어요."

박 신부는 고개를 설레설레 저으며 승희에게 단호하게 말했다.

"현암 군은 아직 무사하다. 틀림없단다. 그리고 승희야, 너는 절대 그렇게 흉한 생각을 품으면 안 된다. 아무리 슬프거나 힘든 일이 생겨도 절대 해서는 안 되는 일도 있는 법이다."

"사람을 해쳐서는 안 된다는 건가요?"

그 말에 박 신부는 고개를 저었다.

"사람을 해치는 것보다도 사람에게 맹목적인 증오나 복수의 감정을 가져서는 안 된다. 꼭 명심하렴."

승희는 잠시 생각해 보고는 박 신부의 얼굴을 바라보더니 고개를 끄덕였다. 증거는 없었지만 박 신부가 단호하게 하는 말이니 믿을 수 있었다. 물론 어느 정도 걱정이 되는 것은 어쩔 수 없는 일이지만…….

그러자 윌리엄스 신부가 어색한 분위기를 바꾸려는 것처럼 말을 꺼냈다.

"그들은 무슨 준비가 부족한 걸까요? 여기는 대단한 주술사들도 수없이 많고, 주술 막노 준비기 모자라지는 않았을 텐데요."

"그걸 알고 싶은 겁니다. 여기서부터가 진짜 머리 아픈 거죠. 일단 준비가 됐든 말든 습격은 행해졌습니다. 우리에게 타보트를 넘겨주기 전에 말이죠."

"그렇습니다."

"그렇다면 우리는 이제 더 이상 그들에게 관심의 대상이 아니었을 겁니다. 우리가 할 일은 가짜 타보트를 지고 나가서 아하스 페르츠의 관심을 다른 데로 돌려 시간을 버는 것이었는데, 습격은 생각보다도 훨씬 일찍 행해졌어요."

이반 교수가 한참 생각하다가 말문을 열었다.

"분명 맨 처음 습격이 벌어졌을 때, 카르나는 고반다만 업고 사라졌을 뿐 우리가 죽거나 말거나 신경조차 쓰지 않았소. 그가 다시 우리를 찾은 것은 한참 지난 후였지."

"아마 무슨 꿍꿍이를 굴렸을 겁니다."

"그런데 좀 이해가 안 되는 점이 있소. 습격이 일찍 됐건 늦게 됐건, 칼키파는 주술 막을 펼쳤소. 그리고 저들 모두를 가둬 버리는 데 성공했고 말이오. 그런데도 뭔가 잘못된 게 있었던 거요. 지금 상황에서도 우리가 타보트를 지고 나가야 할 만큼 크게 잘못된 것이 있는 거란 말이오."

"준비가 부족했다면 저들의 지원군이 오지 못했다는 것이 아닐까요?"

"아니오, 그게 아니오."

박 신부의 말에 이반 교수는 고개를 저었다.

"우리가 인도에 도착하고 카르나가 찾아온 건 이미 며칠 전의 일이오. 그들이 조력자들을 불러오려면 얼마든지 불러올 시간이 있었소. 비행기만 잘 타면, 세계 어디서든 하루이틀이면 여기 올 수도 있단 말이오."

"그건 그렇군요."

박 신부도 고개를 끄덕였다. 항상 논리적으로 판단을 내리던 현암이 없는 상황에서 이반 교수는 의외로 아주 날카로운 두뇌를 번득이고 있었다.

"이제 그들은 진짜 타보트까지 우리에게 주면서, 우리더러 아하스 페르츠를 상대하라고 하고 있소. 자신들이 가두어 둔 자들을 풀어 주려고까지 하면서 말이오. 그게 이해가 안 되는 점이오."

"그건 할 수 없어서 그러는 게 아닐까요?"

윌리엄스 신부가 지적했다.

"원래 그들은 우리에게 아하스 페르츠만을 상대하게 하려 했습니다. 그런데 박 신부님이 교묘하게 먼저 도안을 얻어 내게 되자 그들은 할 수 없다고 여기고 다른 사람들을 잡는 것을 포기했을지도 몰라요. 그들에게는 백 명의 능력자들보다 아하스 페르츠가 더 큰 목표니까요."

그러자 이반 교수가 말했다.

"그렇게 간단하지는 않을 것 같소. 지금 생각난 거지만, 그들이 증원군을 불러올 시간은 충분히 있었소. 승희 양이나 성난큰곰도 이 주변에는 셀 수 없을 만큼 많은 능력자들이 있다고 했고."

"그들이 모두 검은 편지 결사나 이단 심판소, 성당 기사단 사람들인지도 모르잖습니까?"

"설령 그렇다 해도, 이 주술 막을 풀지 않으면 그들은 모두 갇혀서 죽는 수밖에 없소. 칼키파가 전멸하더라도 말이오."

"고반다도 갇힌 것 아닙니까?"

"칼키파 사람들은 빠져나가는 방법을 알고 있는데, 왜 고반다를 가두어 두겠소? 주술을 조종하는 사람들 몇몇만 남겨 놓고 고반다를 빼돌리면 그뿐이오. 그러고 보니……?"

이반 교수는 말하다가 갑자기 고개를 갸웃거렸다.

"고반다는 왜 빠져나가지 않는 거지? 그 이유도 모르겠군. 분명 검은 편지나 이단 심판소 사람들은 당황하고 있소. 공격이 중지된 것을 보면 알 수 있지. 빠져나가려면 지금뿐일 텐데……."

그때 윌리엄스 신부가 허탈한 표정으로 입을 열었다.

"이건 도대체가…… 처음으로 모든 걸 되돌리자는 것 같군요. 공격해 온 자들을 놓아주고, 타보트를 내놓고…… 칼키파는 도대체 뭘 원하기에……."

별안간 이반 교수가 크게 외쳤다.

"그렇소!"

"뭡니까?"

박 신부와 윌리엄스 신부가 이반 교수를 쳐다보자 이반 교수가 말했다.

"아까 신부님이 물으셨을 때 고반다가 무엇이라 말했소? 그러니까…… 우리를 대신할 사람이 아직 도착하지 않았기 때문에 준비가 덜 됐냐던 그 질문에……."

그 말에 박 신부도 눈을 크게 떴다.

"……비슷하다고 했습니다."

"고반다가 거짓말을 하지 않았다 해도 비슷하다고 한 건 완전한 긍정이 아니오."

이반 교수의 말에 박 신부도 무릎을 쳤다.

"아하!"

그제야 이반 교수는 단호하게 말했다.

"맞소. 감사하오, 윌리엄스 신부. 덕분에 알았소. 오지 않은 것은 증원군이나 다른 사람이 아니라 바로 아하스 페르츠였던 거요! 그렇소. 고반다가 떠나지 않은 것도 그 때문이오. 타보트가 아하스 페르츠의 목표일 테지만, 고반다도 또 다른 목표일 테니 말이오."

윌리엄스 신부는 뭔가 석연치 않은 듯했다.

"아하스 페르츠가 오지 않았다면 왜 우리에게 타보트를 내줘서 그를 상대하게 하는 거죠? 그것도 이건 진짜 타보트라면서요?"

"그가 오지 않았기 때문에 진짜 타보트를 내준 거요."

"어째서요?"

"이제 그들은 있는 밑천을 다 보였소. 그런데 정작 아하스 페르츠는 나타나지 않았고. 그렇다면 차라리 그들을 모두 내보내는 게 피해를 줄이는 방법이라 여겼을 거요. 우리가 그걸 가지고 나가면 처음의 목적대로 당연히 모두가 우리를 쫓을 테니까."

"하지만 가두어 둔 적들을 그냥 내보내는 건……."

윌리엄스 신부가 말끝을 흐리자 이반 교수는 날카롭게 말했다.

"어차피 우리가 아하스 페르츠를 상대해야 할 텐데, 원한을 맺어 무엇하겠소?"

의기양양하게 말하다가 이반 교수의 안색이 갑자기 어두워졌다.

"아무래도 헛고생을 한 것 같군."

"예?"

"그래 봐야 달라질 건 하나도 없는데 말이오."

이반 교수의 말에 윌리엄스 신부와 승희가 의아한 표정을 지었다. 그때까지 잠자코 있던 성난큰곰이 조용히 말했다.

달라질 게 없다 해도 헛고생을 한 것은 아니다. 적어도 우리가 알고 행동하는 것과 모르고 행동하는 것은 분명히 다르니까.

그러나 승희는 여전히 이해되지 않아 다시 물었다.

"뭐가 헛고생이란 거죠?"

승희의 질문에 이반 교수가 씁쓸하게 입맛을 다시며 대답했다.

"아무리 분석해 본들 어차피 우리에게는 다른 방법이 없단 소리요. 타보트를 가지고 나가 놈들의 표적이 되고, 여기 있는 사람들을 풀어 주는 역할밖에 할 수 없단 말이지. 결국 우리는 고반다의 손에서 벗어날 수 없는 거요."

"다른 방법은 없을까요? 타보트를 안 가지고 간다면……"

"그럴 수는 없단다."

박 신부는 승희에게 말했다.

"이것은 칼키파같이 야심만만한 자들에게 맡기기에는 너무도 위험한 물건이야."

그러자 이반 교수가 질문을 던졌다.

"성당 기사단에게 도로 넘겨줄 순 없을 것 같소?"

"아하스 페르츠 또한 너무도 위험한 자입니다."

"교황청에 넘겨준다면 괜찮지 않을까요?"

윌리엄스 신부가 말하자 박 신부는 또다시 고개를 저었다.

"프란체스코 주교 역시 위험한 사람입니다. 비록 교황청에 적을 둔 사람이지만, 그 사람은 지나치게 자신을 맹신하고 있어요……."

"다 나쁜 자들뿐이라면 결국 우리가 가지고 있을 수밖에 없네요."

승희가 허망한 듯 중얼거리자 박 신부는 고개를 끄덕였다. 그때 승희는 불현듯 화가 치밀어 올라 툭 내뱉었다.

"그럼 우리, 이것만 가지고 나가고, 칼키파건 이단 심판소건 신경 쓰지 말아요. 그러면 되잖아요?"

그 말에 박 신부는 희미하게 미소를 지으며 고개를 저었다.

"그럴 수야 있겠니?"

"왜 안 되나요? 어차피 다 좋은 자들이 아닌데?"

"그렇다고 서로 죽고 죽이도록 놓아두라는 거니?"

"신부님! 신부님은 이용당하고 있는 거예요! 저자들은 신부님이 사람이 죽는 것을 결코 그냥 보고만 있지 않으실 걸 알기 때문에 이런……."

"나도 안다."

"물론 신부님의 마음은 알지만…… 이건…… 이건 그들이 자초한 일이에요. 더구나 그들의 속셈을 알고도 이용당한다는 건 너무……."

승희가 말을 잇지 못하자 박 신부는 담담하게 되받았다.

"고반다가 어떤 음모를 꾸미든 우리가 상관할 바는 없단다. 우리가 신념을 잃지 않고 행동한다면 거리낄 것이 무엇 있겠니? 우리가 움직임으로써 사람들이 덜 죽고 덜 다친다면 그것만으로도 충분한 거란다."

그때 카르나가 문을 노크하고는 방 안으로 들어왔다.

"어떻게 하시겠습니까?"

그 질문에 박 신부는 간단히 대답했다.

"타보트를 가지고 가겠소."

그러자 카르나는 웃으면서 고개를 끄덕였다.

"그러실 줄 알았습니다. 박 신부님은 선량하신 분인데, 이런 참상이 일어나는 것을 그냥 두고 보시지는 않으시겠지요."

승희는 카르나가 너무도 뻔뻔스러워 화가 치밀어 올랐다. 그래서 그에게 조그마한 소리로 쏘아붙였다.

"당신들은 너무도 선량하지 않아서, 이런 참상을 일으키려 했고요."

승희의 말에 카르나는 웃는 표정을 거두고 얼굴빛이 약간 흐려지며 말했다.

"우리는 인간의 뜻에 따라 움직이는 것이 아닙니다. 우리는 다르마(Dharma)[2]에 의해 움직일 뿐이죠. 『바가바드기타(Bhagavad

---

[2] 고대 인도인들은 운명을 다르마와 카르마로 나눠 생각했는데, 이 개념은 상당히

Gītā)』³에서처럼 말이죠. 아…… 인간 세상에서는 서글픈 일이 많이 벌어지기도 합니다만, 그것이 운명이라면 할 수 없는 것이 아닐까요?"

카르나의 말을 다 이해할 수는 없었지만 그의 표정이 가식적인 것 같지 않아 승희는 입을 다물었다. 박 신부가 말했다.

"그렇다면 우리를 여기서 내보내 줄 거요?"

"물론이죠."

카르나가 대답하자 박 신부는 다른 사람들을 둘러보면서 말했다.

"그러면 우리는 여기서 나갑시다. 카르나 씨, 안내를 부탁합니다."

카르나는 선선히 그들을 안내해 문밖으로 나섰다. 문밖에는 여전히 고반다가 앉아 있었고, 상당히 많은 인도인이 들어와 있었다. 그러나 그들은 아무런 말도 하지 않았다.

고차원적이다. 대략 카르마는 일종의 숙명, 즉 절대로 벗어날 수 없는 정해진 상태의 운명을 뜻하며, 다르마는 카르마 안에서 스스로의 의지로 개선하거나 바꿀 수 있는 운명을 말한다. 혹은 카르마를 인격적 존재로서 당당히 받아들이는 것을 의미하기도 하고 의무와 미덕의 정신, 혹은 그 화신을 가리키는 단어로 사용된다.

3   힌두교의 가장 유명한 책 중 하나로, 제목을 글자 그대로 직역하면 '거룩한 이의 노래'라는 뜻이며 대서사시 「마하바라타」의 주옥편이라 할 수 있는 작품이다. 여기에서 거룩한 이는 힌두교의 영웅이자 비슈누의 아바타라이기도 한 크리슈나를 가리킨다. 그 내용은 인도의 유명한 순례지인 쿠루 들판에서 벌어질 판다파(판두족)와 카우라바(카우라족)의 친족 전쟁을 앞두고, 또 다른 대영웅인 아르주나의 번민을 크리슈나가 노래로 깨우쳐 다르마의 길을 열어 준다는 것이다. 이 부분은 원래 「마하바라타」의 일부였으나 워낙 뛰어난 작품이라 별개의 작품으로 인정받아 수없이 찬송되고 암송됐다. 이 책에는 수많은 인도 사상이 간결하고도 아름다운 시로 응집해 있기에 힌두교권에서는 거의 『성경』만큼이나 중요한 위치를 차지한다.

카르나가 타보트 상자를 가리키자 성난큰곰은 거대한 타보트 상자를 가볍게 어깨에 짊어졌다. 그때, 밖에서 한 인도인이 헐레벌떡 뛰어 들어왔다. 그리고 그는 급히 카르나에게 가서 귓속말로 무어라고 한참을 속삭였다.

그 말을 듣던 카르나의 안색이 갑자기 변하더니, 박 신부 일행은 거들떠보지도 않고 급히 고반다에게로 가서 역시 귓속말로 무어라고 속삭였다. 그러고 나서 카르나는 헛기침을 몇 번 하고는 갑자기 박 신부에게로 돌아섰다.

"정말 죄송합니다만……."

"무슨 소리요?"

박 신부가 묻자 카르나가 다급하게 외쳤다.

"시간이 없어요. 어서 타보트를 내려놓으세요!"

"왜 이랬다저랬다 하는 거요?"

이반 교수가 말하자마자 갑자기 신전 전체가 우르릉하면서 크게 흔들렸다. 뭔가가 위에서 크게 폭발한 것 같았다.

"습격받고 있는 거요?"

이반 교수가 묻자 카르나는 당황한 표정을 감추지 못하고 느닷없이 외쳤다.

"어서 내놔!"

카르나가 소리치자 저쪽 문에서 인도인들이 우르르 몰려나왔다.

박 신부가 카르나의 앞을 막아서면서 물었다.

"혹시……? 그가 온 거요?"

그러나 대답을 들을 틈조차 주지 않고 많은 숫자의 인도인들이 박 신부 일행을 사방에서 에워쌌다. 도대체 뭐가 어떻게 된 것인지 알 수 없었지만 분위기가 너무도 험악하게 변하자 박 신부 일행도 긴장했다.

그때 다시 신전이 흔들리면서 한쪽 천장이 요란한 소리를 내며 뚫렸고, 돌 조각과 먼지가 사방으로 날렸다. 박 신부 일행을 둘러싸고 있던 인도인들이 비명을 지르면서 그쪽을 주시했고, 카르나도 놀라서 고반다의 앞을 막아섰다.

그때 뚫어진 천장으로부터 두어 사람의 형체가 떨어져 내렸다. 그 사람들은 피투성이였는데, 땅바닥에 처박혀 움직이지 않았다. 둘 다 칼키파의 사람들이었다.

사람들이 놀라는 사이, 천장에서 다른 한 사람이 훌쩍 뛰어내렸으나 바닥에 내리면서도 발소리 하나 내지 않았다. 그를 보자 인도인들은 경악하면서 뒤로 물러서며 고반다의 앞을 벽 쌓듯 막아섰다.

"아하스 페르츠!"

카르나의 경악에 찬 목소리가 신전 내부를 울렸다.

준후는 밀림을 헤매며 조금 시간을 보내고 난 뒤 다시 아하스 페르츠가 있던 자리로 되돌아갔다. 민에 하나, 아하스 페르츠도 주술 막을 뚫지 못했다면? 아니, 준후의 생각대로라면 아하스 페르츠 정도라면 무난히 주술 막을 뚫을 수 있을 것이었다. 그리고…… 이제부터는…….

'계획대로 해야만 해! 절대로!'

준후는 마음을 독하게 먹었다.

준후가 원래의 장소로 되돌아오자 다른 사람들은 모두 모여서 기다리고 있었다. 연희와 로파무드, 바이올렛을 비롯해 수아와 준호, 아라도 있었고 황달지 교수도 있었다. 바이올렛은 황달지 교수와 한참 입씨름을 벌이는 중이었다.

"당신, 너무 무모했어요. 정 날뛰고 싶으면 자기 분수를 알고 난 뒤 날뛰란 말이에요. 이번에는 천만다행으로 일이 잘 풀렸지만, 만에 하나 잘못됐으면 우리 모두의 목숨을 내놓는 결과가 되지 않았겠어요?"

바이올렛은 아까 황달지 교수가 아하스 페르츠에게 덤볐던 것을 두고 닦달하는 것 같았다. 이제 황달지 교수도 아하스 페르츠의 무서움을 알았는지 얼굴이 해쓱하게 질렸지만, 여전히 고집을 부리며 바이올렛을 말로 이겨 보려고 애썼다.

황달지 교수도 알고 보니 중국인답게 입심이 무척 셌다. 이 두 사람은 실로 입으로 겨루는데 가히 호적수라 할 수 있을 것 같았다.

준후가 가까이 오자 로파무드는 웃으며 준후에게 말을 건넸다.

"아하스 페르츠가 이미 주술 막을 뚫어 놓았어. 넌 정말 대단하구나."

곁에 있던 연희가 끼어들었다.

"그럼 이제 어떻게 하지?"

"어서 들어가야죠. 안에서는 아마 큰 싸움이 벌어졌을 거예요."

"모두 다?"

"먼저들 들어가요. 나는 연희 누나와 할 이야기가 좀 있어서요. 부탁할 것도 좀 있고."

준후는 연희만 빼고 다른 사람들을 주술 막 안으로 들어가게 한 뒤 연희를 데리고 반대쪽 숲으로 걸어갔다. 연희는 무슨 일인가 싶어 준후를 따라가면서도, 이상하게 준후가 음침해 보인다고 생각했다. 시선이 닿지 않는 곳에 도착하자 준후는 서글픈 표정을 지으면서 연희에게 말했다.

"연희 누나, 아까 내가 부탁했던 것 기억나요?"

"응?"

"내가 아까 한 가지만 부탁할 게 있다고 했잖아요. 비록 누나의 마음에 들지 않을지라도 어쩔 수 없는 일이라고……."

"응? 아, 그랬지. 그게 뭔데? 지금 부탁하려고?"

"예."

그러면서도 준후는 우물쭈물하며 망설이는 듯하자 연희가 웃으며 말했다.

"뭘 그리 망설이고 그래? 내가 할 수 있는 일이라면 뭐든지 해줄 테니……."

순간 준후는 번개같이 움직이며 말했다.

"미안해요."

느닷없이 준후가 연희의 배를 세게 쳤다. 연희가 놀라며 고개를 숙이자 그녀의 뒤통수를 인정사정없이 내리쳤다. 연희는 의혹에 가득 찬 눈길로 준후를 힘겹게 바라보다가 기절해 쓰러져 버렸다.

준후는 후 하고 한숨을 내쉬면서 해쓱한 얼굴로 뒤쪽을 둘러보며 말했다.

"이제 슬슬 올 때가 됐는데……."

한편, 주술 막 안으로 들어갔던 일행은 준후와 연희가 오지 않자 멀리 가지 못하고 초조하게 기다리고 있었다. 꽤 시간이 지난 다음에야 준후 혼자 돌아왔는데, 준후는 몹시 숨을 헐떡이고 있었고 옷이 조금 찢긴 데다 작은 생채기가 하나 나 있었다.

"연희 씨는?"

로파무드가 물었다. 그러자 준후는 애써 서툰 영어로, 자신이 뭔가 부탁할 게 있어서 먼저 돌아갔다고 말했다. 하도 말이 통하지 않자 아라가 나서서 통역해 주었다. 아라는 그래도 준후보다 훨씬 더 영어 실력이 나은 편이었다.

연희가 없는 탓에 이제 서로 간에 복잡한 대화는 통하지 않았다. 로파무드와 황달지 교수, 바이올렛은 서로 간에 영어로 의사소통이 됐지만, 준후와 아라, 준호, 수아는 자신들끼리만 이야기할 수 있을 뿐 저쪽 그룹과는 복잡한 의사 전달은 할 수 없게 된 것이다.

그런데 일행 중에 준호가 없었다. 준후는 준호가 보이지 않자 아라에게 물었다.

"준호는?"

그러자 아라는 피식 웃으며 대꾸했다.

"볼일."

그때 준호가 부스럭거리며 숲을 헤치고 나타났다.

그 모습을 보며 준후는 안도한 듯 고개를 끄덕이더니 모두에게 말했다.

"어서 갑시다. 싸워야 할지도 모르니 방심하지 말고요."

"근데…… 왜 상처가 늘었지? 다쳤어?"

아라가 준후에게 묻자 준후는 서둘러 대꾸했다.

"추적자들이 있었어. 그들도 이리로 들어오려 할 테니 어서 서둘러 떠나야 해."

"연희 언니는 괜찮아?"

"먼저 떠났으니 괜찮아."

아라는 석연찮다는 표정을 지었다.

"오빠가 추적자를 만났으면 언니도 만날 수 있는데, 어떻게 안전하다고만 해?"

"연희 누나는 먼저 갔어. 추적자들이 오기 훨씬 전에."

"그럼 그동안 뭐 했어? 왜 이리 시간이 걸렸지?"

아라가 집요하게 캐묻자 준후는 소리를 빽 질렀다.

"네가 뭔데 따지고 들어? 일일이 너한테 보고해야 돼?"

아라는 준후가 화를 내사 니무도 놀라 뒷걸음질을 치다가 준호에게 부딪쳐 멈추어 섰다. 그러자 준후도 다시 목소리를 다듬더니 어색하게 말했다.

하르마게돈 **471**

"미안해. 너무 급해서…… 어서 가자."

그러면서 준후는 뒤도 돌아보지 않고 앞으로 달음질쳤다. 다른 사람들은 뭔가 잘못돼 가는 것이 아닌가 불안해하면서도, 하는 수 없이 준후의 뒤를 따랐다.

급기야 아라가 울먹이기 시작했다. 준호가 아라를 위로해 주려 했지만 아라는 구슬프게 계속 울기만 했다.

"오빤…… 변했어! 변했어! 나한테…… 나한테 화를 냈어!"

그러자 준호의 안색이 침울하게 변했다. 준호는 아라를 달래 주려 어깨를 토닥여 주었지만, 시선은 멍하니 허공을 향하고 있었다. 준호도 충격을 받아 제정신이 아니었던 것이다.

'사부는…… 변했어! 확실히 변했어……! 나는 믿었는데…… 정말 믿었는데!'

준호가 받은 충격은 아라보다도 더 심했다. 준호는 볼일을 보러 가는 척하며 준후의 뒤를 따라가다가 보았던 것이다. 준후가 연희를 느닷없이 쳐서 쓰러뜨리는 광경을…… 그것을 보고 준호는 너무 놀라 다급히 숲에 숨었고 한참 후에야 두근거리는 것이 멎었다.

잠시 뒤에 그곳을 다시 보았을 때는 연희도, 준후도 없었다. 물론 싸우는 소리도 들리지 않았다. 준후의 옷자락이 찢어진 것이나 생채기는 준후 스스로가 만든 것이 분명했다. 그렇다면 연희는? 한 가지 결론뿐이었다.

'사부가 연희 누나를 죽였다!'

준후가 연희를 죽였다. 무슨 이유에서인가? 그다음은 누구인가?

그러나 준호는 너무도 두려워 그 사실을 이야기조차 할 수 없었다. 그렇지만 이대로 준후를 그냥 놓아둘 수는 없다고 생각했다.

우선 이 이야기를 다른 사람들이 믿을 것 같지 않았고, 믿어 준다고 할지라도 준후를 상대할 만한 사람이 아무도 없었다. 준후가 눈치를 챈다면 자신도 살아남을 수 없을 터였다. 준호는 슬픔과 배신감에다가 어떻게 해야 할지 몰라 머리가 터질 것만 같았다.

'어떻게 해야 하지? 도대체 내가 어떻게 해야……..'

거인들의 혈투

아하스 페르츠가 나타났다는 말에 박 신부 일행도 몹시 놀랐다. 여기 있는 사람들은 아하스 페르츠를 처음 본 것이다. 그의 몸에서 풍겨 나오는 기운이 너무도 음산하고 어두워 박 신부는 눈살을 찌푸렸다.

아하스 페르츠가 손을 한 번 휘두르자 인도인들이 우르르 짚단처럼 쓰러져서 구석까지 밀렸다. 한 번 손을 저을 때마다 서너 명씩 뒹굴었는데, 무슨 타격을 받았는지 피까지 토하면서 다시는 일어나지 못했다.

박 신부가 그들의 앞을 막아서려 했지만 인도인들은 그를 아랑곳하지도 않고 계속 괴성을 지르면서 죽음을 두려워하지 않는 듯 제각기 무기를 거머쥐며 달려들려 했다. 그러자 박 신부는 오라를 크게 발했고, 인도인들은 오라 막에 밀려 우르르 뒤로 물러섰다. 그때 이반 교수가 커다랗게 외쳤다.

"아하스 페르츠! 네가 정말 죽지 않는 자라면, 이걸 받아 봐라!"

이반 교수가 소리치자 이반 교수의 배낭에서 무시무시한 엘리컨 기관포가 철컥거리며 튀어나왔다. 하지만 아하스 페르츠는 태연했다. 아니, 근본적으로 이반 교수를 신경 쓰지 않는 것 같았다.

다시 이반 교수가 외쳤다.

"모두 내 뒤로 물러서시오!"

박 신부와 인도인들까지 우르르 물러서는데도 아하스 페르츠는 동상처럼 버티고 서서 꼼짝도 하지 않았다. 이반 교수는 이를 갈면서 방아쇠를 당겼다. 순식간에 두두두 하는 굉음이 신전 안을 가득 메우면서 화약 연기가 자욱하게 퍼졌고, 탄피가 미친 듯이 쏟아져 나와 바닥에 쌓였다.

이반 교수는 엘리컨 기관포를 발사하면서 그 반동을 이기지 못하고 계속 뒤로 밀렸다. 그러면서도 손에 든 벨지움 컨바인을 연속해 철컥거리면서 발사했다. 걷잡을 수 없이 이반 교수가 밀리자 성난큰곰이 그의 뒤를 받쳐 주었으나 막강한 힘의 성난큰곰조차 뒤로 조금씩 미끄러졌다.

실로 이반 교수가 가진 화기의 위력은 엄청나다고밖에 할 수 없었다. 신전의 돌벽이 삽시간에 허물어지면서 돌 조각들이 미친 듯이 날아올랐다. 발사 시간은 십 초도 안 됐지만 만약 이곳이 지하가 아니었다면 두꺼운 돌벽 하나가 송두리째 무너져 내렸을 터였다.

이반 교수가 발사를 멈추자 죽음 같은 정적이 신전 안을 가득 메웠다. 이따금 돌 부스러기가 떨어져 내리는 소리 말고는 쥐 죽은 듯이 조용했다. 그리고 먼지와 화약 연기 때문에 앞이 잘 보이지 않았다.

돌연 먼지구름 저편에서 담담한 목소리가 들려왔다.

"웃기는군. 먼지로 나를 질식시켜 죽일 셈이었나?"

이어서 아하스 페르츠가 서서히 앞으로 걸어 나왔다. 이반 교수는 이를 악물면서 다시 스위치를 누르려다가 한숨을 쉬며 들고 있던 총구를 떨구었다.

"제기랄."

그때 박 신부가 살짝 미소를 지으며 입을 열었다.

"당신에게도 유머 감각이 있는 줄은 몰랐소, 아하스 페르츠."

그러자 아하스 페르츠는 박 신부와 그의 몸 주변에 퍼져 있는 오라를 힐끗 보며 물었다.

"사도? 너는 베드로의 후예냐?"

"나는 누구의 후예도 아니오."

"기도력을 쓰는 것 같은데…… 그럼 교황청의 끄나풀이냐?"

"내 마음은 그렇지만 교황청은 나를 파문시켰다오."

의외로 박 신부는 미소까지 지으며 마치 친한 친구를 대하는 것처럼 태연하게 되받았다. 그러니 그의 등 뒤에 서 있는 승희는 박 신부의 옷이 순식간에 땀으로 축축이 젖어 있는 것을 보았다.

사실 박 신부가 최대한으로 오라를 펼치고 있지 않았다면 아하스 페르츠가 뿜어내는 암울한 기운에 성난큰곰은 몰라도 이반 교수나 승희는 쓰러져 버렸을지도 모른다.

아하스 페르츠는 박 신부를 찬찬히 살펴보더니 말했다.

"굳이 따지자면 나는 시몬의 후예지. 너 또한 상당한 자로군. 각자 이어받은 힘의 인연이 있으니 너는 특별히 신경 써서 상대해 주지."

그 말만 남기고 아하스 페르츠는 주변을 둘러보았다. 어느새 카르나와 고반다는 사라져 버리고 없었다. 텔레포트를 써서 도망친 것 같았다. 카르나와 고반다가 사라지자 남은 인도인들은 더 이상 아하스 페르츠에게 달려들지 않고 출구로 달려가 그곳을 막아섰다.

아하스 페르츠는 조금도 서두르지 않고 서서히 출구 쪽으로 걸어갔다. 그러자 성난큰곰이 타보트 상자를 내리면서 실로 오랜만에 목소리를 내어 크게 외쳤다.

"여기 타보트가 있다!"

성난큰곰은 어느새 강신술을 써서 거대한 체구로 변해 있었다. 키건의 커다란 나이트 아머가 오히려 작은 듯 몸에 꼭 죄어들 정도였다. 성난큰곰은 실로 위풍당당하고 힘이 가득한 것처럼 보였다. 그는 뚜벅뚜벅 침착하게 걸어서 타보트 상자를 들고 아하스 페르츠를 마주 보고 섰다. 그리고 타보트 상자의 뚜껑을 열려고 시늉해 보였다.

그 모습을 보며 아하스 페르츠가 천천히 말했다.

"타보트군그래…… 하지만 너희는 바보야."

"모두 내 뒤로 물러서라."

성난큰곰은 상자의 뚜껑에 손을 대며 소리쳤다. 그러자 박 신부가 말했다.

"아니, 잠깐만…… 너무 성급하게……."

성난큰곰이 박 신부를 보며 고개를 가로저었다.

"이자는 상대할 수가 없다."

그러면서 성난큰곰은 타보트 상자의 뚜껑을 열려고 했다. 그러나 기이하게도 뚜껑은 마치 용접이라도 한 것처럼 꼼짝도 하지 않았다. 강신술을 쓴 성난큰곰의 힘은 그야말로 곰만큼이나 강해서 상자를 단숨에 부숴 버릴 정도였는데, 그런 그가 뚜껑을 열지 못하다니.

성난큰곰의 이마에 핏줄이 돋다가 이윽고 땀방울까지 흐르는데도 뚜껑은 요지부동으로 열릴 생각을 하지 않았다.

그 모습을 보며 아하스 페르츠가 천천히 입을 열었다.

"타보트를 상자에 넣은 너희는 정말 바보다. 그건 절대 열리지 않는다. 내가 있는 한 절대……."

"이건……."

성난큰곰이 안간힘을 쓰자 윌리엄스 신부가 한숨을 쉬며 말했다.

"우리가 바보였어요. 모두 실수한 겁니다."

"어떻게 된 거쇼?"

승희가 묻자 윌리엄스 신부는 우울한 얼굴로 설명했다.

"아하스 페르츠는 절대 죽지 않도록 결정지어진 자라 했어요.

타보트의 힘은 비록 확인되지 않았지만, 어쨌거나 타보트 상자는 타보트처럼 신의 힘을 지닌 물건이 아니잖아요. 그렇다면 그 상자는 아하스 페르츠의 운명을 지키기 위해 절대 부서지지도, 열리지도 않을 겁니다."

"하지만 뭔가에 넣어 보관하지 않으면 그것을 보는 자가 죽는다면서요?"

이번엔 박 신부가 대신 대답했다.

"모두가 죽는 것은 아니란다. 믿음이 없거나 약한 자가 죽는 것이지."

곧이어 아하스 페르츠가 냉랭하게 말을 덧붙였다.

"그렇겠지. 믿음이 강한 자가 타보트 자체를 들고 나를 보았어야 했다. 내가 없는 장소에서 그것을 꺼내서 말이야. 허나 지금은 늦었어."

그러자 박 신부는 조용히 말했다.

"모두 물러서 있으시오."

"함께 상대해요!"

승희가 외치자 박 신부는 쓸쓸히 고개를 저었다.

"글쎄다. 솔직히 말해, 도움이 되지 않을 것 같구나. 여러분, 타보트를 잘 간직하십시오."

그 말을 듣고 아하스 페르츠가 조용히 말했다.

"한 놈도 도망칠 수 없다."

"신부님……."

윌리엄스 신부와 이반 교수가 말하려 하자 박 신부는 쓴웃음을 지으며 말했다.

"솔직히 말하지. 오 분 정도밖에 버티지 못할 것 같소. 그사이 멀리 피해서, 후일을 기약하시오."

"난 안 가요!"

승희가 울먹이는 소리로 커다랗게 외쳤다. 그러자 박 신부는 승희를 타이르듯 조용히 말했다.

"넌 현암 군을 도와야 해. 현암 군과 준후와 함께, 나중에 반드시 저자를 상대하고……."

그때 아하스 페르츠가 비웃듯이 이죽거렸다.

"꼴사납군."

돌연 무지무지한 기운이 그들 전체에게로 다가왔다. 그러나 박 신부는 고개도 돌리지 않았다. 박 신부의 오라 막은 무서울 정도로 팽창해 여태껏 한 번도 보지 못했던 밝은 녹색을 띠었다. 박 신부는 어깨를 조금 움찔했지만 계속 담담하게 말을 이어 갔다.

"……우리가 하려던 바를 완성하거라. 알겠니?"

그 말을 듣고 아하스 페르츠는 감탄한 듯한 목소리로 말했다.

"제법이군."

그때 승희가 와락 울음을 터뜨렸다.

"신부님……!"

승희가 울먹이자 성난큰곰이 침울하다 못해 파리해진 얼굴로 승희의 손목을 잡아끌었다. 윌리엄스 신부도 눈물을 글썽였지만 급히 승희에게 말했다.

"방법이 없소. 어서……."

그 모습을 보며 아하스 페르츠가 냉정히 말했다.

"한 놈도 도망 못 간다고 했을 텐데?"

그 말과 함께 다시 무서운 기운이 몰려들었다. 그때는 박 신부도 온화했던 표정을 거두고 긴장된 얼굴로 그 공세를 맞받아쳤다. 박 신부의 머리칼이 하늘로 치솟고, 옷자락이 터질 듯이 부풀어 올랐으며 오라 막도 무섭게 팽창했다.

박 신부는 피하지 않고 오라 막으로 아하스 페르츠의 무시무시한 기운을 밀어붙였다. 그런데 의외로, 아하스 페르츠가 뿜어낸 기운은 박 신부의 오라 막을 미끄러지듯 비껴가더니 뒤편 출입구 쪽을 강타했다.

굉음과 함께 돌들이 무너져 내렸고 미처 피하지 못한 인도인들이 돌에 와르르 깔렸다. 실로 순식간에 출입구는 막혀 버렸다.

그것을 보고 박 신부는 급히 오라 막을 부풀려 승희 등을 보호했다. 아주 잠깐이었지만 아하스 페르츠의 기운에 쏘이자 승희와 이반 교수는 기절할 정도로 아찔한 충격을 받았다.

그제야 그들은 아하스 페르츠가 얼마나 무서운지와 박 신부가 겉으로 태연한 듯하지만 지금 사력을 다하고 있다는 것을 느낄 수 있었다. 박 신부는 무너진 출입구와 깔려 죽어 버린 인도인들을 보고는 분노한 표정을 지었다.

"너는 정말로……?"

그러자 아하스 페르츠는 놀랍게도 웃으며 되받았다.

"그렇다면 어쩔 건가?"

그때 박 신부도, 아하스 페르츠도 예상하지 못했던 일이 벌어졌다. 갑자기 아하스 페르츠가 뚫고 들어온 구멍으로 누군가가 뛰어들어온 것이다. 놀랍게도 현암이었다.

"현암 군!"

현암이 나타나자 가장 먼저 고함을 지른 것은 승희였다. 그리고 아하스 페르츠도 상당히 의외라는 듯 눈을 크게 떴다.

"네놈이……?"

그 뒤를 이어 백호와 무색이 뛰어 내려왔다. 그다음에는 마하딥을 안은 무음이 뛰어내렸고, 마지막으로 무성이 뛰어내렸다. 그리고 칼키파로 보이는 정신 잃은 인도인 하나가 툭 떨어져 내리고는 잠잠해졌다.

그제야 박 신부는 입을 열었다.

"역시 무사했군, 현암 군."

현암은 고개를 끄덕여 박 신부에게 먼저 인사한 다음 승희에게 눈을 찡긋해 보였다. 승희는 아하스 페르츠가 있는 것도 아랑곳하지 않고 외쳤다.

"이 바보, 멍청이, 둔탱이! 뭐 하고 있었던 거야!"

승희의 눈에는 어느새 눈물이 그렁그렁 맺혀 있었다. 다른 사람들도 현암 일행을 보고는 반가운 기색을 감추지 못했다. 박 신부와 그들만의 힘으로는 아하스 페르츠를 감당하기 역부족이었는데, 현암이 나타나 주었으니 용기백배할 수밖에 없었다.

현암을 보며 아하스 페르츠가 말했다.

"용케 도망치더니, 다시 죽으러 온 거냐?"

현암은 아하스 페르츠를 당당히 보면서 되받았다.

"한 번 죽지 않았으니 또 죽지 않을 수도 있겠지."

박 신부가 물었다.

"다른 분들은?"

"이분들은 용화교의 스님들입니다. 이분들도 이미 이자와 한 번 겨룬 적이 있죠."

용화교라는 말에 다른 사람들은 약간 의아한 표정을 지었으나 그들도 아하스 페르츠와 한 번 싸웠다는 말을 듣고 조금 더 용기를 얻었다. 아하스 페르츠와 같이 싸울 사람은 많으면 많을수록 좋았던 것이다.

승희는 그때야 백호를 쳐다보며 말끝을 흐렸다.

"백호 씨도 무사하셨군요……."

백호는 씁쓸한 미소를 지으며 대답했다.

"덕분에요."

"그동안 어떻게 지냈는가?"

박 신부가 다시 묻자 현암 역시 씁쓸히 웃었다.

"설명하자면 깁니다. 여기 이자와 겨루다가 간신히 도망쳤고, 그동안 감금당했죠. 에잇, 이건 나중에 이야기하죠."

이번에는 윌리엄스 신부가 현암에게 물었다.

"고반다를 보지 못했나요? 카르나는요?"

현암은 월향검을 꺼내 들며 대답했다.

"못 보았는데요?"

그러자 무색이 나섰다.

"그들은 여기 없소. 그리고 이 통로 부근에 있던 자들은 우리가 대강 처리했소."

"당신들이?"

이반 교수가 묻자 현암이 대신 대답했다.

"지금 밖은 아수라장입니다. 검은 편지 결사, 이단 심판소, 성당 기사단 사람들이 총공격을 시작했어요. 그런데 아사신과 검은 지하드의 무리가 칼키파와 합세해서……."

"뭐, 뭐라고? 어디가?"

박 신부가 몹시 놀란 표정을 짓자 현암이 덧붙여 설명했다.

"아사신과 검은 지하드요. 검은 편지 결사와 이단 심판소 등이 연합 전선을 편 것처럼 칼키파도 연합한 겁니다. 밖에서는 지금 엄청난 싸움이 벌어지고 있어요."

"오오……."

그 말을 듣고 박 신부가 탄식했다.

"점토판의 예언대로 되는구나."

그러자 현암이 물었다.

"전 아직 점토판의 내용을 모릅니다. 대체 그게 뭐죠?"

"세상이 끝나려 할 때 고대 주술이 셋에 의해 깨어지고, 이를 막는 자, 막지 않으려는 자, 동방의 땅에서 큰 싸움이 벌어지리라……. 동방의 땅이라는 게 바로 여기 인도였어. 혹시나 했는데…….."

"그럼 셋은 누구를 말하는 걸까요? 고대의 주술은 또 뭐고요?"

현암이 묻자 아하스 페르츠가 갑자기 소리쳤다.

"고대의 주술! 그것까지 쓰여 있었단 말인가?"

이미 이단 심판소에서 점토판의 내용을 세상에 공표한 참이라 그 내용을 모르는 자는 거의 없었다. 아마도 그 때문에 검은 편지 결사와 이단 심판소, 성당 기사단이 힘을 합치게 되고 칼키파와 검은 지하드, 아사신도 뭉치게 됐으리라.

현암과 아하스 페르츠는 그동안 세상과 연락이 없었으니 그 내용을 모르고 있었던 것이다. 하지만 실제로 고대의 주술이란 것이 무엇인지는 알 수 없었다. 그런데 아하스 페르츠의 말을 들어 보니, 고대의 주술을 깨려는 셋 중 하나는 바로 아하스 페르츠임이 분명했다.

현암은 주변을 한 번 둘러본 다음 아하스 페르츠에게 소리쳤다.

"고대의 주술이란 바로 라미드 우프닉스에 관한 것일 테지?"

아하스 페르츠는 현암을 노려보며 되물었다.

"네가 어떻게 알았지?"

현암이 당당하게 대답했다.

"해밀턴 씨가 내게 말했다."

"그렇군. 그런 줄 알았다면 바로 너를 없애는 거였는데……."

아하스 페르츠는 다시 침착해졌다.

"아직도 늦지는 않았지. 머릿수가 좀 늘었다고 내 상대가 될 것 같으냐?"

현암이 나섰다.

"너는 라미드 우프닉스를 네 손으로 죽여서 세상에 재앙을 부를 생각이지? 하지만 소용없을걸?"

그 말에 아하스 페르츠는 이를 갈며 분노한 듯 중얼거렸다.

"해밀턴 그놈이…… 정말 라미드 우프닉스를 다 죽였단 건가?"

순간 현암과 박 신부는 깜짝 놀랐다. 분명 지난번 해밀턴은 현암에게 자신도 몇 명의 라미드 우프닉스를 보호하고 있다고 말했다. 그런데 아하스 페르츠는 어째서 라미드 우프닉스가 다 죽었다고 하는 걸까?

그때 가냘픈 목소리가 들려왔다. 목소리의 주인공은 무음이 안고 들어온 마하딥이었다. 방금 무음은 아하스 페르츠를 보고 긴장해 마하딥을 바닥에 내려놓았는데, 돌로 된 신전 바닥의 냉기로 마하딥이 정신을 차린 것이다.

"우리가 그들을 다 죽였소. 어찌할 수가 없었소……."

"어째서요?"

현암이 놀라서 외치자 마하딥은 힘겹게 말했다.

"라미드 우프닉스는 사람의 손에 죽으면 다시 태어날 수 있지만…… 저자의 손에 죽으면 모든 것이 끝장이기 때문이오."

"누구의 생각이었소?"

"해밀턴 씨의…… 그의 안배……."

마하딥은 힘겹게 모든 것을 설명했다. 해밀턴은 자신이 정신을 차리고 있을 때 치밀한 지시를 내려 두었다. 자신이 타보트를 찾는 데 성공한다면 그럴 필요가 없지만, 만약 실종된다면 그것은 필경 아하스 페르츠가 다시 활동을 개시한 후이니 자신이 찾아 보호하고 있던 모든 라미드 우프닉스를 죽이라는 지시였다.

그리고 성당 기사단 전원은 어떤 희생을 치르더라도 타보트를 다시 찾아 아하스 페르츠를 상대하라는 것이었다. 그러고 보면 이번 일을 일으킨 것은 검은 편지 결사나 이단 심판소가 아니라 성당 기사단이라 할 수 있었다.

"그런데…… 어떻게 알았는지…… 칼키파가 방비하고 있었소……."

"혹시 키건이 배신한 건 아닙니까?"

현암이 묻자 마하딥은 고개를 저었다. 박 신부가 한마디 거들었다.

"키건이 배신했다면 칼키파에서는 타보트를 찾으러 간 자들을 방해한 게 자네라는 것도 알았을 거네. 하지만 그들은 모르는 것 같았어."

그 말에 현암이 말했다.

"어쨌거나 서둘러야 합니다. 신부님, 신부님은 혹시 타보트를 찾으셨나요?"

박 신부가 힘없이 웃어 보였다.

"찾았지만 쓸 수 없는 물건일세."

"그런가요? 그러면 이 주술 막에서 빠져나갈 방법은요?"

"그건 이미 얻었지!"

"좋습니다. 그러면 일단 여기서 빠져나갑시다."

현암의 말에 아하스 페르츠가 소리쳤다.

"아무도 못 나간다! 네놈들은 모두 내 적수야! 모두 죽어야만 해!"

그러자 이반 교수가 소리쳤다.

"이제는 혼자서 당해 내기 어려울 거요! 강한 것은 알지만, 우리도 호락호락 당하지는 않을 거란 말이오!"

그에 아하스 페르츠가 대꾸했다.

"네놈들도 대단하긴 하지만 아직은…… 아직은 내 상대는 못 된다."

"죽일 수 없다는 건 우리도 아오. 하지만 당신도 우리를 모두 붙잡아 두지는 못할 거요! 안 그렇소?"

아하스 페르츠는 화가 나는 듯했다. 확실히 그 누구도 아하스 페르츠를 죽일 수는 없었다. 그러나 이들이 모두 힘을 합쳐 아하스 페르츠의 주술만 차단한다면 그들은 타보트를 지닌 채 도망칠 것이 아닌가?

현암이 여유 있게 아하스 페르츠를 보며 말했다.

"내가 말했지 않나? 한 번 도망칠 수 있으면 두 번도 도망칠 수 있을 거라고."

그때였다. 느닷없이 아까의 구멍으로 또 다른 사람들이 뛰어내렸다. 그들을 보고 모든 사람이 놀라서 어어 하는 소리를 냈다. 그들은 수아를 안은 로파무드와 준호, 아라였다. 바이올렛이 그 뒤를 이어 뛰어내렸고, 황달지 교수가 머뭇거리며 거의 떨어지듯 천장에서 내려왔다. 그리고 마지막으로 천장에서 뛰어내린 사람은 준호였다.

"준후!"

"준후야!"

"네가 어떻게······?"

승희와 현암, 박 신부가 거의 동시에 외쳤다. 그야말로 모든 사람이 다 모인 것이다. 현암이 다급히 준후에게 말했다.

"연희 씨는?"

아까 현암이 라미드 우프닉스 이야기를 거리낌 없이 한 것은 연희가 없었기 때문이다. 그러나 연희가 혹시라도 이 이야기를 들었다면······ 준후가 고개를 젓자 그제야 현암은 안심했다. 아하스 페르츠는 준후까지 나타나자 상당히 놀란 것 같았다.

그런데 별안간 아하스 페르츠가 고개를 들어 껄껄껄 웃었다. 아하스 페르츠의 웃음소리는 특별히 공력이 실리지 않았는데도 현암의 사자후만큼이나 강렬해서 승희와 윌리엄스 신부 등은 귀를 막지 않을 수 없었다. 준호와 아라, 수아, 바이올렛과 황달지 교수 등은 모두 주저앉았다. 다른 사람들은 정신력이 강한 사람들이라 그대로 버텼다.

아하스 페르츠가 천천히 입을 열었다.

"정말 기이하군. 너무 기이해서 웃음이 다 나오는군. 이게 얼마

만인가? 정말 세상에 이토록 공교로운 일이 있을까?"

박 신부가 의아한 표정으로 바라보자 아하스 페르츠가 말을 이었다.

"나는 요 며칠 사이에 지난 백 년 동안 본 것보다 더 많은 기인들을 만났다. 벌레들치고는 대단들 하더군. 그런데 그런 자들이 여기 모두 모였어! 정말 대단하군!"

아하스 페르츠는 박 신부를 보면서 말했다.

"세상에 내 상대는 둘뿐이라 여겼는데, 이제 보니 잘못 생각했던 것 같군. 즐거워, 아주 즐거워."

"둘은 누구지? 고반다인가?"

아하스 페르츠는 기분이 좋은 듯이 고개를 끄덕였다. 그러자 박 신부가 또다시 물었다.

"또 하나는 누구지?"

"그건 여자다."

그 말을 듣고 박 신부는 속으로 생각했다.

'그렇다면…… 검은 바이올렛?'

"나는 고반다가 타보트를 훔쳐 간 것을 알았고, 그가 함정을 판 것도 눈치챘다. 세상을 오래 살다 보면 배우지 않아도 알 수 있는 일이 많은 법이지. 그래서 일부러 늦게 왔는데…… 하하하! 우린 모두 남의 장단에 놀아난 거군그래."

그 말을 듣던 이반 교수와 승희 등은 이해가 되지 않는다는 표정을 지었다. 고반다는 아하스 페르츠를 잡으려 함정을 팠고, 아하스 페르츠는 그것을 역이용했다. 그런데도 아하스 페르츠는 모두 남의 장단에 놀아났다고 말하고 있다. 그렇다면 그것은 누구일까?

그때 이반 교수가 다시 소리쳤다.

"이제 정말 우릴 막을 수 없을 거요!"

이반 교수의 말은 결코 으름장이 아니었다. 지금 이 자리에는 박 신부와 현암, 준후, 승희가 모두 같이 있었고, 그들은 지금 세상에서 가장 강한 능력자들이라 할 수 있었다.

거기에다 로파무드와 성난큰곰, 윌리엄스 신부가 있었고, 수아와 준호, 아라도 있다. 그리고 용화교의 삼대 노승들도 있다. 이 상황에서 무엇이 겁나겠는가? 아하스 페르츠를 죽일 수는 없다 해도, 그는 더 이상 그들을 붙잡아 두지 못할 것이 분명했다. 박 신부 혼자서도 아하스 페르츠의 주술을 한참 막아 낼 수 있을 정도였는데 그 힘이 몇 배로 불어났으니 말이다.

"어서 여기서 나갑시다!"

윌리엄스 신부가 성난큰곰을 툭 치며 말했다. 그러자 성난큰곰은 타보트 상자를 다시 들었다. 그때, 준후가 냉랭한 목소리로 소리쳤다.

"아직 일이 안 끝났어요."

순간 모든 시선이 준후에게 집중됐다. 그러자 준후는 아하스 페르츠를 보면서 말했다.

"나는…… 저자를 물리칠 방법을 알아요."

그 말에 모두 깜짝 놀랐다. 그런데 더욱 놀라운 일이 벌어졌다.

감쪽같이 사라졌던 고반다와 카르나가 다시 지하실에 모습을 드러낸 것이다. 그들의 뒤에는 두 명의 시동이 여전히 붙어 있었다. 고반다가 나타나자 로파무드는 펄쩍 뛰면서 간디바를 꺼내 들었다.

"이 흉수!"

재빨리 준후가 로파무드의 앞을 막아섰다. 그러고는 차갑게 웃으며 고반다를 바라보았다.

"당신은 나를 기다리고 있었죠?"

그러자 고반다는 칠판을 쳐들었다가 그것을 내팽개쳐 버렸다. 오십 년 동안이나 사용해 왔다는 칠판이 산산이 부서져 버렸다. 고반다는 훌쩍 몸을 일으키며 쉰 목소리로 외쳤다.

"드디어……! 드디어 네가 왔구나!"

그러자 아하스 페르츠가 껄껄 웃으며 외쳤다.

"드디어 너를 만나게 됐구나, 고반다. 수백 년 동안이나 너를 찾아다녔다!"

이에 질세라 고반다도 아하스 페르츠에게 소리쳤다.

"네놈이 무서워서 피한 줄 아느냐?"

"여우 같은 놈! 주술 막을 쳐 놓으면 내가 그것을 못 돌파할 줄 알았느냐? 네놈의 간계를 이미 훤히 꿰뚫고 있었다."

"주술 막을 뚫었다면 네놈의 힘은 크게 손상됐을 테니 너도 나를 해칠 수 없을 것이다!"

"네놈이 원하는 대로 하게 놔둘 것 같으냐?"

다른 사람들은 고반다와 아하스 페르츠가 무슨 이야기를 하고

하르마게돈

있는지 알 수 없었다. 그러나 두 사람은 오래전부터 서로를 알던 철천지원수인 것 같았다.

고반다가 손을 뻗어 준후를 잡으려 하자 준후는 훌쩍 몸을 날려 피했다. 그러자 아하스 페르츠는 미친 듯 고반다를 향해 공격하기 시작했다.

하지만 아하스 페르츠의 주술은 고반다의 오라 막을 뚫을 수가 없었다. 아하스 페르츠의 주술은 실로 다양해 어떤 때는 불길과 열기를, 어떤 때는 냉기를, 어떤 때는 번개와 날카로운 빛 같은 것을 쏘아 댔지만 모든 것이 고반다의 오라 막에 튕기고 말았다.

그 와중에도 고반다는 한 번도 반격하지 않았고, 그저 준후를 잡으려고 분주히 돌아다닐 뿐이었다. 이상하게도 고반다의 동작이 느려, 준후는 결코 잡히지 않고 도망 다닐 수 있었다. 너무도 쉽게 도망 다니기 때문에 힘도 들이지 않았고, 도와줄 필요조차 없었다.

돌아가는 상황을 보며 박 신부가 입을 열었다.

"아하스 페르츠가 오지 않았기 때문에 고반다는 우리에게 타보트를 주었는데, 아하스 페르츠가 이미 와 있었던가?"

그 말을 바이올렛이 받았다.

"아하스 페르츠는 우리와 같이 왔어요. 주술 막을 뚫고 말이죠."

박 신부와 현암과 바이올렛은 한데 모여서 보고 들은 것을 간단히 정리해 보았다. 비로소 박 신부는 상황을 이해할 수 있었다. 고반다는 아하스 페르츠를 잡기 위해 타보트를 미끼로 삼고 주술 막을 쳤다.

생각과는 달리, 아하스 페르츠는 오지 않고 삼대 세력이 쳐들어와 부득불 고반다는 화를 떠넘기는 식으로 타보트를 박 신부에게 주려 했다. 아하스 페르츠는 그 이후에 쳐들어온 것이다.

하지만 아하스 페르츠가 자신의 힘으로 주술 막을 뚫었기 때문에 고반다도 아하스 페르츠가 들어왔다는 것을 알게 됐다. 그 때문에 카르나가 타보트를 빼앗으려 했던 것이다.

그때 아하스 페르츠가 돌무더기로 막았던 지하실 문이 폭음과 함께 와르르 무너져 내렸다. 이어 한 떼의 사람들이 와르르 안으로 들어섰다. 그러자 안에 있던 사람들은 깜짝 놀랐다.

그들은 다름 아닌 이단 심판소와 검은 편지 결사의 수뇌급 인물들이었다. 너무도 많은 사람이 들어차 넓었던 신전 지하실은 좁아 보였다.

박 신부와 현암 일행은 물론이고, 검은 편지 결사와 이단 심판소, 성당 기사단 사람에다 고반다와 카르나, 아하스 페르츠까지 있었으니 말이다. 그리고 출입구 밖에는 수많은 사람이 서 있었다.

"주의 은총이 있으시기를."

박 신부는 프란체스코 주교에게 목례했다. 그는 박 신부를 아는 척도 하지 않았지만 맨 앞에 섰던 아녜스 수녀는 박 신부를 보자 반색하며 인사를 건넸다. 그녀는 붉은 가발을 쓰지 않은 흑발 그대로였다.

그 뒤에는 아우구스티노 수사와 루카 수사, 가브리엘 수사와 두 명의 다른 가디언도 있었다. 그들은 시므온 수사와 바오로 수사였는데, 둘 다 특수한 능력자들이었다. 아우구스티노 수사는 현암을 보자 얼굴을 붉혔다. 우두머리인 베드로 수사는 사망한 후였기 때문에 세븐 가디언은 이제 여섯 명뿐이었다.

그들은 무척이나 힘겨운 싸움을 치른 듯, 온몸이 만신창이였으나 아녜스 수녀만은 먼지 하나 묻지 않고 깨끗했다. 그런데 그들은 들어오자마자 준후를 보더니 화부터 냈다.

"네놈이 여기 와 있었구나! 이놈! 베드로 수사의 원수를 갚겠다!"

파리한 안색에 교활한 인상을 주는 젊은 수사가 소리를 질렀다. 그는 시므온 수사였다. 그리고 텁석부리 수염을 기른, 곰보 자국이 얼굴에 가득한 덩치 큰 수사도 앞으로 나섰다. 그는 바오로 수사였다.

그러나 준후는 태연한 표정으로 되받았다.

"올 사람들은 어떻게든 오는군요."

그러자 프란체스코 주교가 입을 열었다.

"저 아이의 일은 작은 일이고, 일단은 큰일을 해결해야 합니다. 형제들, 일단 아하스 페르츠와 고반다를 주시하세요. 고반다에게서 여길 나가는 방법을 반드시 알아내야 합니다."

그 말에 시므온 수사가 나섰다.

"베드로 형제가 살아 있었으면 우리가 여기서 쉽게 나갈 수 있었을 겁니다. 그러니 저 꼬마야말로 원흉이지요."

이미 죽은 베드로 수사의 능력 중 하나가 텔레포트였던 것이다.

그러니 시므온 수사가 분통을 터뜨릴 만도 했지만 프란체스코 주교는 고개를 저었다.

"서두르지 마세요, 형제여."

승희가 놀라서 외쳤다.

"준후야! 네가 정말 그 사람을 죽였니?"

준후는 대답하지 않았다. 이에 박 신부는 속으로 탄식했고, 현암이 크게 외쳤다.

"준후야! 네가 그럴 리 없잖아? 왜 아니라고 말하지 않아?"

그때 이단 심판소 사람들의 뒤에서 세 사람이 나타났다. 한 사람은 현암이 만난 적이 있던 랍비 안나스였고, 다른 한 사람은 체구가 크고 검은 구레나룻을 보기 좋게 기른 남자였으며, 또 한 사람은 귀엽게 생긴 소녀였다. 랍비 안나스는 현암과 세 노승을 보며 말했다.

"당신들은 잘 해냈군요. 그래요. 아주 잘했어요."

그 말에 아우구스티노 수사가 버럭 소리를 질렀다.

"미스터 현암! 당신은 이 사람들과 한편이었소?"

현암은 일시에 모든 걸 설명할 수 없어 간단하게 되받았다.

"그러는 당신들도 검은 편지 결사와 한편이잖소?"

아우구스티노 수사는 암울한 듯 외쳤다.

"아마와 소통하고…… 더구니…… 더구니   ."

돌연 아녜스 수녀가 아우구스티노 수사의 앞을 막아서자 그는 더 말할 수 없었다.

그때 안나스가 입을 열었다.

"저런. 우리를 검은 편지 결사라고 하지 마세요. 그건 우리가 가지고 있는 작은 조직에 불과하답니다. 소개해 드리지요. 이쪽은 랍비 가야바, 그리고 이쪽은 내 딸인 율리아입니다."

랍비 가야바라는 말에 바이올렛이 몸을 부르르 떨었다. 그러나 아무도 그녀를 주의 깊게 보지 않았다. 용화교의 무색이 소리쳤기 때문이다.

"이제 다 되지 않았소? 그러면 약속한 것을 일러 주어야지!"

순간 현암이 혼잣말로 중얼거렸다.

"역시······."

백호가 얼른 현암에게 물었다.

"저들은 검은 편지 결사와 한편이었군요. 알고 계셨나요?"

"아까 백호 씨와 말하면서 안 겁니다. 처음에는 몰랐지요."

"어떻게요?"

"그들은 안나스의 부적에 제압당해 모든 공력을 못 쓴다고 했습니다. 그렇지만 그들은 전음술을 썼답니다. 공력을 정말 쓸 수 없다면 전음술을 어떻게 썼겠습니까?"

"그렇군요······."

"아마 처음부터 같은 편은 아니었을 겁니다. 하지만 안나스에게 회유당했겠죠. 안나스는 회유의 천재니까요. 저까지도 회유했으니 말이죠."

현암의 말에 백호는 깜짝 놀랐다.

"현암 씨를요?"

현암은 쓸쓸히 웃어 보이고 안나스에게 고개를 돌려 말했다.

"당신이 바라던 바는 이제 이루어진 것 같군요."

"물론이죠."

"당신은 신부님 일행이 여기 있는 것을 언제 알았나요?"

"갇히고 난 다음이었죠."

"그래서, 그들을 이용하기 위해 나를 풀어 준 거겠죠?"

안나스는 부드럽게 웃으며 대꾸했다.

"그래요. 그들이 칼키파의 손님이 됐다는 것을 알았거든요. 그러니 칼키파는 그들에게 나가는 방법을 일러 주었을 게 분명하다고 여겼어요."

"그래서 세 노승을 회유해서 나를 감시하게 말이죠?"

"당신은 참 영리하군요. 그걸 어떻게 알았죠?"

"과찬의 말씀. 만약 무색 화상이 전음술을 쓴 적이 없었다면 나도 속았을 겁니다."

무색이 붉어진 얼굴로 현암에게 말했다.

"자네를 속인 것은 미안하네. 하지만 우리는 자네를 해칠 생각은 없었네. 오히려 자네가 칼키파의 소굴로 혼자 가는 것이 위험하다고 판단해서 그와 상의해 약간의 연극을 꾸민 거네."

현암이 무색에게 고개를 끄덕이며 되받았다.

"덕분에 무사히 올 수 있었죠. 원망할 생각은 없습니다."

"고맙구먼."

"그런데 안나스는 당신들에게 무얼 준다고 했나요?"

돌연 무색의 눈동자가 빛났다.

"간단하네. 아하스 페르츠와 고반다의 목이지!"

그 말에 현암은 한숨을 내쉬었다.

"거절할 수 없었겠군요."

"거절할 수 없었네."

"안나스는 정말 무서운 사람이군요. 그를 상대하는 것이 아하스 페르츠를 상대하는 것보다도 더 힘들겠어요."

백호가 현암에게 물었다.

"왜 속일 필요가 있었을까요?"

"저 사람은 내 공력이 탈진된 것을 꿰뚫어 보았어요. 하지만 내가 공력이 회복된다면 자기 말을 들을 리 없다고 판단한 거죠. 그래서 아예 공력을 회복할 엄두도 내지 못하게 겁을 준 겁니다. 주술은 억누를 수 있어도, 공력은 인간 각자가 노력한 결정입니다. 그것을 근본적으로 억누르는 방법이란 건 없어요."

그 말에 안나스가 끼어들었다.

"그것도 맞아요. 사실 나는 겁이 좀 났거든요. 나는 아무 힘이 없는 사람이니까요."

"나보다 더 겁나는 게 있어서 그런 걸 테죠?"

"당신, 그 이야기가 하고 싶은가요?"

현암은 하는 수 없이 입을 다물었다. 안나스가 더 겁낸 것은 백호의 존재였다. 안나스는 해박한 지식을 지닌 자가 분명했고, 그 정도 되는 자가 백호에게 블랙 엔젤이 깃들어 있다는 것을 모를 리 없었다. 더구나 세 노승이 안나스와 손을 잡았다면 현암이 백호의 힘을 빌려 아하스 페르츠에게서 벗어난 것도 알았을 터였다. 그리고 현암 자신이 그것을 백호에게 알리고 싶지 않아 한다는 것도 이자는 알고 있었다.

현암이 다시 한숨을 내쉬었다.

"당신은 정말 상대하기 힘들군요."

"별말씀을. 사실 아하스 페르츠가 와 있는 줄 알았다면 그럴 필요도 없었을 건데."

"주술 막이 뚫렸을 테니 말인가요?"

"그래요. 그러나 당신이 같이 있어 주니, 저 무서운 일행도 우리 적이 되진 않겠군요. 다행이라 해야겠지요?"

"적이 될지, 아닐지는 두고 봐야지요."

그 말에 안나스는 너무도 온화하게 웃으며 되받았다.

"당신, 선물까지 주려는 사람을 박대하려는 건 아니겠죠?"

정말 현암은 안나스에게 두 손 두 발을 다 들고 말았다. 그때까지도 고반다는 준후를 쫓고, 아하스 페르츠는 고반다를 공격하고 있었다. 그리고 준후는 냉랭한 표정으로 계속 고반다를 피했다.

이단 심판소 사람들과 검은 편지 결사 사람들이 모두 들어오자 고반다는 걸음을 멈추었다. 그리고 랍비 안나스를 보며 목소리를 높였다.

"너는 지금, 주술 막이 깨어졌다고 했나? 그것이 무슨 유리 조각인 줄 아느냐? 한 번 깨어졌다고 도로 붙지 말란 법이 있는가?"

그 말을 듣자 안나스는 조금 놀랐지만 이내 표정을 수습했다.

"그러나 저 신부님이 주술 막을 뚫는 징표를 지니고 있으니, 아무 문제가 없지요."

"그래서 네가 바라는 건 무엇이지?"

"나는 바라는 것이 아무것도 없어요. 나는 다만 친구들이 바라는 것을 들어주려 할 뿐이죠……."

"그러면 네 친구들이 바라는 것은 무엇이냐?"

안나스는 용화교의 세 노승을 보며 대답했다.

"저 사람들이 원하는 건 두 사람의 머리죠."

그러고는 다시 이단 심판소의 프란체스코 주교를 보며 말을 이었다.

"저 사람들이 원하는 건 저기 있는 궤짝의 소재와 이교도들의 파멸이죠. 그건 이미 이루어졌다고 할 수 있어요."

"이교도라면? 내 부하들 말인가?"

"당신 부하들은 거의 전멸했죠. 그리고 덤으로 검은 지하드와 아사신들도요."

"너희가 어떻게 그럴 수 있었는가?"

그 말에 안나스는 아하스 페르츠를 가리키며 말했다.

"저분이 도와주었지요."

현암은 한숨을 쉬었다. 안나스는 너무도 머리가 잘 돌아가는 자였다. 주술 막을 뚫고 들어온 아하스 페르츠는 당연히 칼키파의 소굴로 향했을 것이다. 그런 그를 칼키파나 검은 지하드, 아사신들로서는 막지 않을 수 없었을 터였다.

고반다와 카르나는 그때 한참 박 신부 일행과 타보트를 놓고 씨름하고 있었을 테니 제대로 지휘가 됐을 리 없다. 아하스 페르츠는 무적이니만큼 그의 앞을 가로막는 자들은 짚단처럼 속속 쓰러졌을 테고, 안나스는 그 뒤를 따라오면서 남은 자들을 섬멸시켰을 것이다.

원래 쌍방의 힘이 비슷하다고 볼 수 있었지만 아하스 페르츠라는 변수 때문에 팽팽하던 균형이 무너져 버려 칼키파 측이 전멸해 버린 것이다.

현암은 아직도 궁금한 것이 하나 있었다.

"그런데 당신은 아하스 페르츠의 출현을 어떻게 알았소? 우연히 알게 됐다고 보기에는 너무 공교로운 일인데……."

그러자 안나스는 다시 작은 목소리로 웃었다.

"나는 용화교의 삼대 고승도 회유했고, 강철 같은 당신도 회유할 수 있었는데, 칼키파 사람들이라고 그러지 못하겠어요?"

그 말이 떨어지자마자 카르나가 재빨리 달려와 안나스의 옆에 섰다. 안나스가 고개를 끄덕이자, 가야바와 율리아가 그의 앞을 막아섰다. 분노한 고반다에게서 카르나를 지켜 주려는 것이리라.

그 광경을 보고 아연해하지 않는 사람은 하나두 없었다. 심지어 고반다나 아하스 페르츠까지도 멍청히 그를 바라볼 뿐이었다.

잠시 후 고반다가 분노로 가득 찬 외침을 냈지만 안나스는 재빨리 손가락 하나를 세워 보였다.

"당신, 나는 당신의 약점을 알지요."

"이…… 너는…… 너는……."

고반다는 너무도 화가 나는지 말조차 제대로 못 하고 그만 그 자리에 풀썩 쓰러졌다. 그러자 두 명의 시동이 재빨리 고반다를 보살피기 시작했다.

그 모습을 보며 안나스가 다시 웃으며 말했다.

"천하무적이라는 고반다도 내 손가락 하나를 못 당해 내는데, 당신들은 무엇을 걱정하나요?"

그러면서 안나스는 그 손가락으로 아하스 페르츠를 가리켰다.

"저 괴물을 그냥 놓아둘 건가요?"

그 자리에 있던 모든 사람은 너무도 의외의 일들이 연속해서 벌어지는지라 정신이 하나도 없었다. 심지어 박 신부와 현암까지도 얼떨떨해 제정신을 차리지 못할 지경이었다.

그때 아하스 페르츠가 입을 열었다.

"바로 네놈이었구나, 네놈…… 내가 주술사들을 미워한 것은 바로 네놈 같은 놈들 때문이다. 벌레 같은 놈들이 언제나 나를 방해하니! 그 정점에 서 있던 놈이 바로 너였구나!"

안나스는 태연자약했다.

"그런 거야 아무러면 어떤가요?"

"우리는 모두 네놈의 술수에 놀아난 거다. 그래, 너는 이 모든 것을 꿰뚫어 보았겠지. 네놈이야말로 진짜 원흉이며, 흉수니까."

"나는 닭 잡을 힘조차 없는 보통 사람이고, 아직 한 번도 손을 써서 남을 해친 적이 없는데, 어째서 나를 보고 흉수라고 하나요?"

"이제껏 내 진정한 적수는 없다고 여겨 왔다. 하지만 네놈이야말로 진정 대단하구나. 내가 인정하지. 아…… 이천 년이나 살았음에도 불구하고……."

아하스 페르츠가 탄식조로 말하자 안나스가 재빨리 되받았다.

"나이가 많다고 꼭 좋은 것은 아니지요. 나도 젊었을 때와 비교하면 머리가 잘 돌아가지 않거든요."

아하스 페르츠가 으르렁거리며 말했다.

"하지만 네놈도 나를 어찌지는 못할 것이다."

"그러나 당신을 어쩔 수 있는 사람이 있지요."

그러면서 안나스는 현암과 준후, 박 신부를 가리켰다.

"이 세 사람이라면, 당신을 반드시 쓰러뜨릴 겁니다. 사실 그럴 자신이 없었다면 내가 여기 나타나지도 않았겠지요."

그 말에 아하스 페르츠가 싸늘히 웃었다.

"과연 그럴까?"

"분명 될 겁니다. 예언이 그러니까요."

"예언?"

박 신부와 현암이 놀라서 동시에 소리쳤다. 그러나 준후는 여전히 싸늘한 표정을 지을 뿐, 미동도 하지 않았다.

그에 아하스 페르츠가 웃으며 말했다.

"하지만 너도 이건 몰랐을 거다. 너는 내 신분이 뭔지 아느냐?"

"당신의 신분?"

안나스가 태연히 되묻는 순간, 그의 등 뒤에서 날카로운 비명이 들려왔다. 이미 칼키파와 검은 지하드, 아사신 등은 전멸했다고 하는데 또 무슨 싸움이 벌어졌는지 알 수 없었다. 그러나 곧이어 피투성이가 된 사람 하나가 엉금엉금 기어와 프란체스코 주교의 앞에 풀썩 쓰러졌다.

"성당…… 성당 기사단이……."

그 사내는 말을 채 잇지 못하고 이내 숨을 거두었다. 그것을 보고 프란체스코 주교는 안색이 변해 곧 가디언들을 그쪽으로 파견했다. 다만 아하스 페르츠의 공격에 대비해 아네스 수녀와 시므온, 바오로 수사 등 셋은 그 자리에 남겨 두었다.

돌아가는 상황을 보며 아하스 페르츠가 말했다.

"나는 성당 기사단의 보이지 않는 주인이다. 그것을 왜 짐작하지 못했지?"

느물거리던 안나스도 아하스 페르츠의 말에 안색이 변했다. 아하스 페르츠가 코웃음을 쳤다.

"흥? 네가 날뛰어 봐야 내 손아귀에선 못 벗어난다."

그 말에 현암이 소리쳤다.

"하지만 아홉 기사 대부분은……."

현암의 말이 끝나기도 전에 아하스 페르츠가 나섰다.

"너는 사람을 너무 잘 믿는군. 내가 타보트를 지키게 할 만큼 충실한 부하들이 네깟 놈들의 말 몇 마디에 정말 넘어갈 것 같았나?

전부 나를 배반한 건 아니지."

그때였다. 방금 밖으로 나갔던 세 명의 가디언이 밀리듯 도망쳐 되돌아왔다. 그중 루카 수사는 심한 상처를 입은 듯했다. 그리고 그 뒤를 쫓아서 몇 사람의 갑옷을 입은 사람들이 들어왔다. 그중 맨 앞에 선 거인은 이미 승희와 한 번 부딪친 적이 있었다. 승희는 그를 보자 자신도 모르게 소리쳤다.

"키건!"

키건은 들고 있던 피 묻은 검을 똑바로 세우면서 무시무시한 목소리로 외쳤다.

"너! 여기 있었구나!"

키건은 미친 듯이 음산한 소리로 웃었다.

"흐흐흐. 드디어! 드디어…… 다시 만나는군!"

승희는 키건의 눈을 멀게 한 일에 대해 죄책감을 지니고 있었기 때문에 그가 웃자 무심결에 박 신부의 등 뒤로 숨었다.

키건은 칼로 승희 쪽을 가리키면서 말했다.

"너도 곧, 어둠의 고통이 어떤 것인지 알게 될 거다."

키건의 뒤를 따라 여러 명의 갑옷을 입은 남자들이 들어섰다. 그 뒤로는 후드를 눌러쓴 기이한 옷차림의 노인들이 따라왔으며, 다시 그 뒤로도 수많은 사람의 행렬이 이어져 있는 듯 웅성거리는 소리가 들려왔다.

아연한 표정으로 프란체스코 주교가 입을 열었다.

"키건! 당신은 어째서……."

키건이 무뚝뚝하게 되받았다.

"나는 주인의 말에 충실할 뿐이다."

현암은 키건의 뒤편에 늘어선 기사들을 쳐다보았다. 그들 중에는 지난번 악슘 지하 동굴에서 현암과 해밀턴이 목숨을 구해 준 사람들도 몇몇 포함돼 있었다. 그들은 현암을 보자 고개를 돌려 외면했지만 손에 든 무기를 내려놓지는 않았다.

그때 현암의 뒤편에서 벽에 기대어 헐떡이고 있던 마하딥이 힘겹게 외쳤다.

"형제들이여……! 사실을 알고서도 어떻게 그럴 수 있단 말이오! 저자는…… 저자는 세상을 파멸시키고 말 거요!"

키건이 소리 나는 쪽을 향해 말했다.

"그건 어차피 결정된 일이다."

이어서 아하스 페르츠도 한마디 거들었다.

"흥! 여기 있는 자 중 세상을 파멸시키지 않을 자가 어디 있나?"

현암이 노기 띤 목소리로 외쳤다.

"헛소리!"

아무런 감정이 실리지 않은 목소리로 아하스 페르츠가 되받았다.

"아무것도 모르는 주제에 함부로 입을 놀리지 마라. 지금 이들이 나 한 사람을 상대하기 위해 여기 몰려온 것 같은가? 그 때문에 타보트를 찾는 것 같아?"

아하스 페르츠는 성난큰곰이 들고 있는 타보트 상자를 가리키며 말을 이었다.

"저 안에 있는 것이 과연 십계명을 부수고 남은 돌 조각뿐일 것 같은가? 나를 위시해 믿음 없는 사람은 누구나 죽일 수 있다는 그것! 과연 저들이 그것 하나만을 노리고 이 일을 벌였을 것 같은가?"

그 말에 박 신부가 심각한 표정으로 물었다.

"그렇다면 대체 저 안에는 뭐가 있소?"

아하스 페르츠가 미친 듯이 웃으며 대꾸했다.

"곧 죽을 자들이 알고 싶은 것이 왜 그리 많은가?"

그때 아하스 페르츠가 말하는 틈을 타서 준후가 넘어져 있는 고반다에게로 대뜸 몸을 날렸다. 그리고 나서 고반다에게 뭐라고 속삭이자, 고반다는 몸을 벌떡 일으키며 외쳤다.

"정, 정말이구나! 정말…… 너는……."

고반다는 무척 놀란 듯한 표정이었다. 준후는 침울한 표정으로 고반다에게 아주 작은 목소리로 몇 마디를 더 했다. 그러고는 안에 있는 모든 사람에게 들리도록 크게 고반다에게 말했다.

"저자를 붙잡고 늘어져!"

준후의 손가락이 아하스 페르츠를 향하고 있었다. 그 말이 떨어지기가 무섭게, 고반다는 총알처럼 튀어 올라서 아하스 페르츠에게 덤벼들었다. 그 누구도 상상하지 못했던 의외의 사태였다. 고반다처럼 대단한 자가 준후의 말을 고분고분 들으리라고는 꿈에도 생각할 수 없었던 것이다. 아하스 페르츠조차 깜짝 놀라는 것 같았다.

고반다는 미친 듯이 아하스 페르츠에게 덤벼들었다. 아하스 페르츠는 급히 손을 저어 무서운 기세로 공격을 가했지만 고반다의 오라 막을 뚫을 수는 없었다.

고반다는 아하스 페르츠에게 정면으로 부딪쳤다. 아하스 페르츠는 그를 피하려 했으나 그보다 먼저 고반다의 손이 아하스 페르츠의 발목을 잡아당겼다. 그러자 두 사람은 한 덩어리가 돼 바닥에 쓰러져 데굴데굴 굴렀다.

아하스 페르츠가 이처럼 낭패의 모습을 보인 것은 아마 처음 있는 일일 터였다. 두 사람은 함께 구르다가 계단 아래로 굴러떨어져 버렸다. 신전 지하실에도 또 다른 지하실이 있어 두 사람은 그리로 굴러떨어진 것이다.

곧이어 지하에서 아하스 페르츠의 성난 외침과 함께 주술을 사용하는 무시무시한 소리가 울려왔지만, 고반다가 그를 붙잡고 늘어져 위로 올라오지 못했다.

그때를 틈타 준후가 현암에게 외쳤다.

"어서 여기서 나가요!"

모든 사람은 지금 벌어지는 일들을 멍하니 바라만 볼 뿐, 움직일 생각조차 하지 못했다. 너무도 의외의 일들이 연속해서 벌어졌기 때문이다. 그러나 고반다가 아하스 페르츠를 붙잡고 매달려 있는 지금이야말로 여기서 빠져나갈 수 있는 절호의 기회였다.

정신을 퍼뜩 차린 현암이 박 신부와 다른 사람들에게 외쳤다.

"지금입니다! 나갑시다!"

그 말을 듣자 키건이 소리 높여 외쳤다.

"출구를 폭파해라!"

성당 기사단원들은 출구에 폭탄을 장치해 둔 모양이었다. 그 소리를 듣자 모두 다급해져 출구를 향해 미친 듯이 달리기 시작했다. 재빨리 이반 교수가 벌컨포를 꺼내 성당 기사단 사람들이 막고 있는 문 근처 천장에 발사했다. 그곳은 아하스 페르츠의 주술로 인해 많이 부서져 있었기 때문에 벌컨포를 맞자 맥없이 무너져 내렸다.

키건을 위시한 성당 기사단 사람들이 무너지는 돌 조각들을 피하기 위해 무의식적으로 대열을 흐트러뜨리는 순간, 성난큰곰이 타보트 상자를 메고 황소처럼 돌진했다.

몇몇 사람이 그 앞을 막아서려고 했지만 뒤에서 로파무드가 간디바의 시위를 펑펑펑 하고 세 번 당기자 그의 앞을 막아서려는 세 사람이 넘어졌다.

다른 사람들도 있는 힘을 다해 성당 기사단 사람에게 공격을 가했다. 아하스 페르츠가 언제 다시 튀어나올지 몰라, 모두 힘을 아끼지 않고 자신이 사용할 수 있는 최강의 술수를 사용했다.

성당 기사단원들은 수가 많았으나 여기 모인 사람들만큼 강한 능력자는 거의 없었다. 그들 중 상당수가 총을 가지고 있었지만, 아하스 페르츠가 고반다에게 공격을 받아 지하실로 떨어지는 것을 보고 그 충격에 틈이 생겨 한데 엉킨 바람에 발사할 수가 없었다. 그래도 그들은 물러서지 않고 죽을 각오로 출구를 막아섰다.

"가브리엘 형제! 폭파 장치를!"

프란체스코 주교가 외쳤다.

가브리엘 수사는 무화 능력을 사용해 훌쩍 포위망을 돌파한 다음 뒤에서부터 기습해 몇 사람을 쓰러뜨리면서 폭파 장치를 꺼내던 사람을 붙잡았다.

그를 몇 사람이 막아서려고 하자 아네스 수녀는 예의 사대 원소력을 동시에 사용해 한꺼번에 여덟 명의 성당 기사단 사람들을 넘어뜨렸다. 그중 두 명은 얼어붙었고, 두 사람은 온몸에 불이 붙었으며, 두 사람은 바람에 날아가 벽에 처박혔고, 두 명은 돌처럼 굳어져 버렸다.

그다음 순간, 볼링장의 핀이 쓰러지듯 출구를 막아섰던 사람들이 튕겨 나가면서 성난큰곰의 거대한 몸이 출구를 빠져나갔다. 그의 힘은 엄청나 십여 명이나 되는 사람들이 결사적으로 출구를 몸으로 막고 있었지만 단번에 튕겨 낸 것이다.

그는 밖으로 나가자마자 가브리엘 수사를 도와 성당 기사단원들을 집어 던지기 시작했다. 밖에는 아직도 상당한 숫자의 성당 기사단원들이 있었다. 성당 기사단뿐만 아니라 장미 십자회와 프리메이슨도 와 있는 듯했다.

처음에는 두 사람만으로는 버티기 어려울 것 같았는데, 곧이어 나머지 가디언들을 거느린 프란체스코 주교가 나오자 금세 혼전이 벌어졌다.

루카 수사는 다친 참이라 프란체스코 주교와 함께 뒤편으로 물러서 있었지만 아네스 수녀는 물을 만난 물고기처럼 닥치는 대로 상대방을 쓰러뜨렸다. 아우구스티노 수사도 오라력을 발하며 싸웠는데, 특히 바오로 수사와 콤비로 움직였다. 바오로 수사는 공중 부양 능력자였기 때문에 몸을 공중에 띄워서 위에서 아래로 공격할 수 있었던 것이다.

그러나 시므온 수사는 싸우려고 하지 않고 프란체스코 주교, 다친 루카 수사와 함께 몸을 사리고 있었다.

이단 심판소 사람들이 출구를 돌파했지만 아직도 지하실에는 많은 성당 기사단원이 있었다. 그들은 다시 대열을 수습해 출구를 막으려 했다.

그때 가야바와 율리아는 아무 생각 없는 듯이 가볍게 성당 기사단의 인파를 돌진했다. 분명 그들은 손가락 하나 까딱하지 않은 것 같았는데 그들의 주변에 있던 여섯 명의 성당 기사단원들이 짚단처럼 쓰러져 버렸다. 그들 모두 즉사해 숨이 끊어졌는데, 참담한 표정과 부릅뜬 눈은 끔찍하기 이를 데 없었다.

이어 안나스와 카르나는 그 뒤를 따라 재빨리 통로를 빠져나갔다. 성당 기사단원들 몇몇이 가야바 등에게 쓰러지자 윌리엄스 신부와 이반 교수, 바이올렛 등이 그 뒤를 따라 문을 나섰고 다음으로 용화교의 세 노승이 빠져나갔다.

밖으로 나간 윌리엄스 신부는 이상한 광경을 보았다. 가야바, 율리아와 함께 밖으로 나간 안나스가 뭔가를 땅에서 집어 드는 것이었다. 그것은 조금 전 가브리엘 수사가 빼앗아 던진 폭파 장치였다.

"당신……! 당신은……!"

윌리엄스 신부가 어떤 행동을 취하기도 전에 안나스는 폭파 장치의 스위치를 꾹 눌렀다.

무너진 지하실 안에서

굉음과 함께 출구가 무너져 내렸다. 아까 아하스 페르츠의 주술로 인해 무너진 것은 부분적이라 밖에서 금방 치우고 들어올 수 있었지만 이번에는 출구 부분이 송두리째 무너져 중장비를 동원하지 않고는 치우기가 힘들 듯했다.

아까 아하스 페르츠가 부수고 들어온 천장 구멍마저도 이번 진동으로 인해 무너져 막혀 버렸다. 안에는 아직도 많은 사람이 남아 있었다. 안에 남아 있던 사람들은 출구가 무너지자 급히 흩어져 몸을 피했다가 진동이 가라앉자 뿌연 먼지 속에 다시 고개를 쳐들었다.

"다들 괜찮은가요?"

박 신부의 음성이 실내를 울렸다.

가장 먼저 현암이 대답했다.

"저는 괜찮습니다."

먼지가 대강 가라앉았을 즈음, 지하실에 남아 있던 사람들은 목소리로 서로를 확인했다. 폭발의 충격 때문인지 지하실의 불까지도 모조리 꺼져 실내는 몹시 어두웠다.

박 신부는 다리가 불편한 데다 준호, 아라와 수아 등의 아이들과 황달지 교수 등을 오라 막으로 감싸고 오느라 출구에 도달하지 못했다. 백호와 현암 역시, 비록 정신이 들었다고는 해도 부상를 입어 몸을 잘 가누지 못하는 마하딥을 부축하느라 지체할 수밖에 없었다. 승희는 현암의 주변을 떠나려 하지 않았기 때문에 나갈 수 없었다.

준후는 고반다와 아하스 페르츠가 굴러떨어진 지하실 계단을 경계하고 있어 나가지 못했고, 로파무드도 나가지 않고 준후 근처에 있었다. 아마 로파무드는 고반다를 극도로 증오한 나머지 그를 어떻게 할 생각으로 뒤처진 듯했다.

"어떻게 된 거죠? 성당 기사단원들이 폭파한 걸까요?"

현암이 묻자 박 신부는 모르겠다는 듯 고개를 저었다.

"틀림없이 아까 가브리엘 수사가 발파 장치를 빼앗은 것 같았는데……."

그때 승희가 말했다.

"큰일이군요. 타보트는요?"

그 말에 준후가 담담히 되받았다.

"우리 쪽만 두 편으로 갈라졌군요."

북현듯 뭔가가 번뜩하면서 승희를 노리고 날아들었다. 거대한 칼 한 자루였다. 현암이 승희를 와락 밀쳐 내 승희는 간신히 그 칼을 피했다. 칼날이 돌벽에 부딪혀 불똥이 튀는 순간 번뜩이는 불빛에 그 칼을 누가 휘둘렀는지 언뜻 눈에 들어왔다. 키건이었다.

"키건! 당신……!"

승희가 놀라서 외치자 키건이 음산한 목소리로 웃었다.

"흐흐흐…… 어떠냐? 어둠의 고통이……."

현암은 지금 공력이 전무한 상태라 키건 같은 자와 맞붙어 싸운다 해도 전혀 승산이 없었다. 현암은 승희를 끌어당겨 앞을 막아서며 박 신부를 불렀다.

"신부님! 이 안에 키건이 있습니다!"

"나뿐만 아니라, 우리의 형제들도 아직 많이 있다."

승희가 뭐라 대꾸하려 하자 현암이 급히 승희의 입을 막았다. 그러면서 다급하게 속삭였다.

"저 친구는 네 목소리를 듣고 공격하는 거야. 그러니까 말하면 안 돼."

박 신부의 목소리가 담담히 울려왔다.

"여기서 빠져나갈 궁리를 해야지. 아직도 남을 해칠 생각만 하는 거요?"

"흥! 나는 문이 부서지려 할 때 일부러 안으로 뛰어들었다. 빠져나갈 생각이었다면 애당초 그러지 않았을 거다. 자, 모두 하나씩 없애 주겠다!"

그에 로파무드가 앙칼지게 외쳤다.

"너 혼자 우리를 상대할 수 있을 것 같아?"

키건이 다시 음산하게 웃으며 대꾸했다.

"지금 여기는 암흑 속이다. 너희는 아무것도 보이지 않지만, 나는 마음대로 행동할 수 있지. 너희 모두 죽은 목숨이다!"

키건은 의기양양했다. 하지만 그의 말이 떨어지자마자 지하실 안이 환해졌다. 사방에서 불이 밝혀진 것이다.

준후가 야명부를 써서 불을 밝혔고, 박 신부의 오라도 환한 빛을 내어 주변을 밝혔다. 로파무드도 뭔가 주술을 썼는지 간디바에서 빛이 나왔고, 수아가 어두워 무섭다고 했는지 수아 주변에 정체를 알 수 없는 도깨비불 같은 것들이 휘돌아 사방을 비췄다. 정령들의 힘인 듯했다. 지하실 안이 아까보다 더 밝아졌다.

현암이 쓴웃음을 지으면서 가련하다는 듯 한숨을 쉬었다.

"안됐군."

"무슨 헛소리냐? 너희들…… 불을 가지고 있는 거냐?"

키건이 커다랗게 외쳤다. 보아하니, 지하에 있는 성당 기사단 사람들은 모두 시체가 됐고, 키건만 유일하게 살아남았을 뿐이었다. 키건의 판단은 재빨랐지만 그것은 일상적인 상황에서나 통할 수 있는 것이었다. 지금 이 안에 있는 사람들은 일상적인 상식으로는 판단할 수 없는 능력들을 지닌 사람들이었으니까.

"칼을 내려놓게."

박 신부가 오라를 크게 뻗쳐 키건을 감싸자 그는 온몸을 부르르 떨었다. 그러고는 얼른 뒤로 물러서며 외쳤다.

"어차피 너희는 모두 죽는다. 곧 있으면 주인님이 올라오실 것이다!"

그 말에 박 신부와 현암 등은 얼굴을 마주 보았다. 확실히 큰 문제였다. 고반다는 현재 준후의 말을 듣고 있으니 상관없지만, 아하스 페르츠가 고반다를 물리치고 올라온다면 도망칠 길조차 없는 셈이었다.

퇴마사들의 능력이 대단하다지만 결코 아하스 페르츠의 터럭 한 올도 건드릴 수 없었고, 퇴로가 막힌 지금 이 상황에서 언젠가는 아하스 페르츠의 손에 죽을 확률이 높았다.

그때 준후가 말했다.

"아하스 페르츠라고 해도 무적이라고는 할 수 없을걸?"

"무슨 헛소리!"

"우리가 비록 그를 어쩌지는 못한다고 해도, 그도 우리를 꼭 어떻게 할 수 있는 것은 아닐 거야. 나는 이미 그의 손아귀에서 한 번 벗어난 적이 있지."

준후의 그 말을 들었는지 지하실에서 아하스 페르츠의 목소리가 무시무시하게 울려왔다.

"두 번은 안 될 거다!"

준후는 냉소하며 되받았다.

"하지만 너도 올라오려면 며칠은 걸릴걸?"

준후의 말대로 아하스 페르츠는 고반다에게 붙들려서 올라오지 못하는 것 같았다. 아하스 페르츠는 어떤 자도 해칠 수 없는 운명을 타고난 자였으며, 고반다 또한 누구도 뚫을 수 없는 오라 막을 지닌 자였다.

아하스 페르츠의 주술력이 막강하고, 고반다는 아무 폭력도 쓸 수 없다고 했지만 그 대신 텔레포트를 사용할 수 있었다. 만약 준후의 말대로 고반다가 아하스 페르츠를 물고 늘어져 주기만 한다면 며칠 동안은 아닐지라도 당분간 아하스 페르츠는 꼼짝하지 못할 것이 분명했다.

현암은 상황을 그렇게 정리하자 마음이 약간 느긋해졌다.

"결국 둘의 승부는 누가 더 굶주림을 잘 참느냐에 달렸군그래."

농담 섞인 말을 한마디 던지고 현암과 박 신부는 동시에 준후에게로 고개를 돌렸다.

"그런데 너……."

준후는 자신이 어떻게 몇 마디 말로 고반다를 움직였는지 현암과 박 신부가 물어볼 줄 알았다. 그러나 박 신부와 현암은 영 의외의 말을 던졌다.

"돌아왔구나. 반갑다."

박 신부의 말이었다.

"얼굴 잊어버릴 뻔했다."

현암의 말이었다.

두 사람의 따스한 표정을 접하자, 계속 냉담한 표정을 짓고 있던 준후의 얼굴이 일순 눈물이라도 쏟을 듯 변했다가 이내 냉랭한 표정으로 다시 바뀌었다. 하지만 주체할 수 없는 듯, 준후는 약간 떨리는 목소리로 대꾸했다.

"저도요……. 그러나 상황이 별로 좋지 않군요."

그때 승희는 무척 반가운 듯 웃는 표정이었지만 일부러 험하게 말했다.

"버르장머리 없는 녀석 같으니. 난 하나도 안 반갑다."

승희의 말이 끝나기가 무섭게 키건이 고함을 지르면서 거칠게 칼을 휘두르며 돌진해 들어왔다. 그러나 박 신부가 묵묵히 눈을 감자 키건은 박 신부의 오라를 뚫지 못하고 밀려 넘어져 버렸다.

키건이 다시 일어나 돌진했으나 결과는 마찬가지였다.

박 신부가 슬픈 목소리로 말했다.

"그만하시오."

그래도 키건은 또다시 일어나 돌진하려는 듯하다가 문득 걸음을 멈추었다. 그러고는 멍하니 뭔가를 생각하는 듯이 서 있었다.

"싸우지 맙시다."

박 신부의 말에 아무런 대꾸도 하지 않고 멍하니 서 있던 키건은 절망적인 표정으로 들고 있던 칼을 자신의 목으로 갖다 대려 했다. 자신이 믿었던 암흑도, 아하스 페르츠도 더 이상 기대할 수 없게 되자 절망해 버린 것이다.

박 신부는 급히 오라를 뻗쳐 그를 제지하려 했으나 그보다 누군가가 먼저 뛰어들어 그의 팔을 쳐 냈다. 승희였다. 물론 키건은 거인이고 힘이 엄청난지라 승희가 전력으로 부딪친다 해도 그의 힘을 당할 수는 없었다. 하지만 키건은 자살을 시도하는 마당이라 번민하는 감정 때문에 약간 힘이 빠져 있어 승희는 간신히 그의 팔을 쳐 낼 수 있었다.

"이봐요! 무슨 짓을 하려는 거죠?"

승희는 놀란 마음을 진정하지 못해 숨을 헐떡거리며 키건에게 물었다. 키건은 자신의 팔을 쳐 낸 사람이, 다른 사람도 아닌 승희라는 것에 놀라 말을 더듬었다.

"네가 왜……?"

승희가 툭툭 털고 일어나며 되받았다.

"그러게 말이야. 내가 왜 그랬지?"

그러면서도 승희는 키건 옆에서 피할 생각을 하지 않았다. 현암은 아무래도 걱정이 돼 만약의 사태에 대비해 월향검을 꺼내려 했으나 박 신부가 조용히 현암에게 말했다.

"승희에게 맡겨 두세."

"하지만……."

현암이 뭐라 말하려는 순간 박 신부는 고개를 저었다.

"우리가 개입하면 승희는 마음의 짐을 덜지 못할 걸세."

그때 키건이 믿어지지 않는다는 듯 더듬거리며 물었다.

"너는 내 눈을 멀게 해 놓고…… 나를 희롱하는 건가?"

키건의 말에 화가 난 승희가 꽥 소리쳤다.

"그런 소리하지 말아요! 그 일 때문에 난 하루도 편하게 잔 날이 없다고요!"

"난 너에게 복수해야 해!"

키건이 칼을 휘두르려 하자 승희는 몸을 옆으로 살짝 피했다. 그러나 둘 다 내려치려는 시늉과 피하려는 시늉만 했을 뿐, 실제

하르마게돈 519

로는 그리 크게 움직이지 않았다.

승희가 고개를 갸웃거리며 물었다.

"왜 칼 쓰는 걸 멈추죠?"

그와 동시에 키건도 물었다.

"왜 피하지 않지?"

승희는 한숨을 내쉬며 진지하게 대꾸했다.

"난 정말 후회하고 있어요. 그때 당신은 날 많이 봐줬죠. 난 당신 마음을 알고 있었어요. 당신은 명예를 존중하고 긍지가 높은 기사였지요."

아무 대꾸 없이 키건은 장승처럼 꼿꼿이 서 있었다.

"당신은 내가 여자라 전력을 다하지 않았어요. 나를 해칠 생각이 없었던 거죠. 하지만 나는 당신을 속이고 기습해서 눈을 멀게 만들었어요. 그러니 나를 원망해도 할 수 없어요. 하지만……."

"도대체 무슨 소리를 하려는 게냐?"

"내가 당신에게 미안함을 느낀 건, 내가 당신 마음을 이용했기 때문이지, 당신 눈을 멀게 한 일로 그런 게 아니에요! 당신은 그 이후로 상대가 여자든 힘없어 보이는 사람이든 가리지 않게 됐으니까요! 당신은 분명 눈이 멀었을 때 그렇게 맹세했고, 그 순간 사람이 변했어요! 그렇죠? 그때부터 나는 당신이 이렇게 변해 버릴 줄 알고 있었어요! 그 사실 때문에 내가 괴로운 거라고요!"

승희의 말에 키건이 허탈하게 되받았다.

"눈이 없어진 것 때문에 내가 변한 게 아니다. 네가 나를 조롱했기 때문에 변한 거야. 왜 나를 조롱했지? 그리고 왜 지금도 날 조롱하는 거지?"

어처구니없다는 표정으로 승희가 말했다.

"나는 당신을 조롱한 적 없어요."

"너는 나를 소경으로 만들어 놓고, 나를 죽이지도 않고 그냥 가 버렸다. 그것이야말로 수치스러운 일이다. 네 그 잘난 염력으로 왜 심장을 찌르지 않았는가? 왜 뇌를 찌르지 않았는가? 그 순간부터 나는 명예라고는 남지 않은 쓰레기가 돼 버렸다."

그 말을 듣고 승희는 믿어지지 않는다는 듯이 물었다.

"내가 어떻게 당신을 해치겠어요?"

"흥! 그렇다면 내가 너를 죽이겠다! 그러면 내 손에 순순히 죽겠느냐?"

키건의 말이 너무 황당해 승희가 목소리를 높였다.

"그러기는 싫어요, 키건. 나는 잘 알아요. 지금 당신의 생각은 활짝 열려 있으니까요. 당신은 지금 내 손에 죽으려는 거죠? 당신은 나를 죽이거나, 당신이 죽어야만 당신 명예가 지켜진다고 생각하고 있으니까요. 하지만 그렇지 않아요……."

승희가 말끝을 흐리자 키건이 악을 썼다.

"네가 뭘 알아? 네가 내 명예에 대해 뭘 아느냐?"

승희는 주저하는 기색 없이 되받았다.

"당신이 중개해서 성당 기사단장과 난 의사소통했었죠. 그때 그 사람은 선한 사람이라고 할 수 있었어요. 단장은 물론 해밀턴이었겠죠? 그리고 당신은 그를 받들고 있었고요. 그런 당신이 지금은……."

그 말을 끊으며 키건이 외쳤다.

"어차피 두 분은 같은 분이다! 나는 그 사실을 알고 있었어! 나는…… 나는 눈이 보이지 않았기 때문에 비밀을 알아 버렸다!"

그때 현암이 외쳤다.

"같은 사람이 아니오!"

승희 역시 한마디 거들었다.

"당신도 해밀턴과 아하스 페르츠를 동일 인물로 볼 수 없다는 걸 알고 있죠? 그런데 당신은…… 그때부터 해밀턴을 배신하고 아하스 페르츠를 받들기 시작했어요. 당신은…… 스스로 타락함으로써 죽임을 당할 날이 오기만을 바란 거예요. 정상적인 방법으로는 우리가 당신을 결코 죽이지 않을 거란 사실을 알고 말이죠."

이를 부드득 갈며 키건이 욕을 해 댔다.

"이 뻔뻔한 여자! 감히 남의 마음을……!"

"뭐라고 욕을 해도 달게 받아들이죠. 아무튼 당신은 크게 잘못 생각하고 있어요. 죽음만이 명예를 되찾아 준다니! 그건 바보 같은 생각일 뿐이에요! 본심은 악인이 아닌데, 당신은 일부러 비뚤어져 악인을 섬기고 악인이 돼 버렸어요! 그거야말로 불명예스러운 일이 아니고 뭐겠어요!"

어느덧 승희의 눈에 눈물이 맺혀 있었다. 현암도 눈물이 배어 나오려 했다. 승희는 남의 마음을 읽을 수 있었던 탓에 남보다 훨씐 큰 죄의 무게를 짊어질 수밖에 없었다. 키건의 눈을 멀게 한 사실보다, 그의 마음을 비뚤어지게 했다는 것 때문에 죄책감이 더욱 커진 것이 분명했다.

현암은 승희를 바라보며 생각했다.

'승희의 가장 강한 능력이 오히려 그 마음을 좀먹어 들어가고 있었다. 아니, 승희만 그런 것이 아닐지도 모른다. 모든 힘에는 무게가 있고 그 대가가 따르게 되는 법이니까. 그럼에도 왜 모두는 힘을 추구하는 걸까…….'

한동안 말이 없던 키건이 이윽고 침울한 목소리로 입을 열었다.

"제발…… 어서 손을 써라."

"당신을 해치란 말인가요?"

키건이 고개를 끄덕이자 승희는 고개를 저었다.

"안 돼요! 그럴 순 없어요!"

"나를 위하든, 동정하든 다 괜찮다! 하지만 나를 죽여라! 네가 하지 않겠다면 네 친구들에게라도 부탁해라!"

"우린 누구도 죽이지 않아요! 누구도 죽인 적이 없고요!"

그 말을 듣고 키건이 미친 듯 껄껄 웃었다.

"너희가……? 그 말을 누가 믿겠는가?"

승희가 정색하며 되받았다.

"정말이에요. 난 사람을 죽인 적이 없어요. 나만이 아니라 여기 있는 모두가…….."

키건이 고개를 저으며 말했다.

"믿을 수 없다……."

"사실이에요!"

또다시 키건은 자기 목을 찌르려 했다. 그때 박 신부가 한숨을 쉬면서 오라를 펼쳐 키건의 칼을 밀어 냈다.

계속되는 방해에 짜증이 났는지 키건이 벌컥 화를 냈다.

"죽지도 못하게 하다니! 나를 계속 조롱할 셈인가?"

박 신부가 차분하게 대꾸했다.

"당신을 조롱하려 한 적 없소."

"그럼 나에게 뭘 원하는 거지?"

"한 가지 원하는 게 있소."

"뭐냐?"

"당신이 살아가는 걸 원할 뿐이오."

박 신부의 말에 키건이 소리쳤다.

"믿을 수 없어! 나는 아무도 믿을 수 없다! 어차피 모두 서로 죽이고 죽을 것이다!"

갑자기 키건이 홍분했다. 그는 입에 거품을 뿜으며 미친 듯 떠들어 대기 시작했다. 키건은 본디 심지가 굳고 고집이 대단했다. 그러나 승희의 말대로, 눈을 잃은 후에 세상을 극도로 비관하게 됐고, 빗나간 명예심 때문에 폭주해 아하스 페르츠에게 투신하게 됐다. 그러다 이 자리에서 승희의 말과 박 신부의 거짓 없는 목소리를 듣고는 마음속의 회한이 불거져 결국 착란 상태에 빠지게 된 것이다.

박 신부와 승희, 현암 등은 그를 어떻게 해 보려 했지만, 키건이 미친 듯 날뛰며 고래고래 소리를 지르고 있어 어찌할 수가 없었다. 키건은 거인이고 힘이 엄청났기 때문에 그를 달랠 방법이 없었다. 그렇다고 오라력이나 주술력을 사용할 수도 없으니 그저 두고 볼 수밖에.

"나도 죽을 테지만 너희도 살아 나갈 수 없다! 아니, 이 세상 인간들 그 누구도 살아남을 수 없다! 이제 곧 종말의 때가 온다! 하르마게돈이 온다!"

그때 승희가 눈을 크게 뜨며 더듬거렸다.

"이 사람은……! 이 사람은 알고 보니……."

"뭐지?"

현암이 묻자 승희가 마른침을 삼키며 대답했다.

"꼭 나 때문에 이렇게 된 것만이 아니에요. 공포가……."

"공포?"

"하르마게돈의 공포! 이 사람은, 이 사람은 뭔가 알고 있어요!"

바로 그 순간 지하실이 와르르 무너지는 소리가 들리며 바닥 한쪽 구석이 움푹 꺼져 들어갔다. 모든 사람이 놀라 한쪽으로 물러섰고, 박 신부와 현암은 키건을 밀어 내어 한쪽으로 몸을 피하게 했다. 아마도 고반다와 아하스 페르츠의 싸움이 지하실을 무너뜨린 것 같았다

놀라서 몸을 피하던 준후 옆에 불현듯 고반다가 나타났다. 무척 순식간의 일이라 모두 놀라기만 할 뿐, 어떤 조치를 취하지는 못

했다.

고반다가 재빨리 준후의 팔목을 낚아채며 소리쳤다.

"어서 말해라!"

"당신…… 아하스 페르츠를 물리쳤나요?"

"어서 말해! 마지막 라미드 우프닉스에 대해!"

고반다의 말에 현암과 박 신부, 그리고 승희는 깜짝 놀랐다. 준후는 도대체 고반다에게 무슨 말을 했던 것일까? 하지만 일단 준후를 구하는 것이 급선무라서 박 신부는 급히 오라 막을 펼쳤고, 현암은 월향검을 던졌으며 승희는 염력을 집중했다.

그러나 승희의 염력은 고반다의 몸을 둘러싼 오라 막을 전혀 뚫고 들어갈 수 없었으며, 박 신부의 오라 막도 튕기고 말았다. 월향검 역시 공력이 실려 있지 않은 터라 간단하게 오라 막에 밀렸다.

준후는 잡힌 손목이 몹시 아픈 듯했지만 입을 꼭 다물고 아무 말도 하지 않았다. 고통 때문인지 아니면 무슨 이유에서인지 준후의 얼굴은 순식간에 해쓱해지며 땀으로 뒤범벅이 됐다.

준후가 말을 하지 않자 고반다는 분통을 터뜨렸다. 왜 그런지 그의 얼굴은 마치 악마같이 일그러져 무시무시하기 이를 데 없었다.

"어서 말해! 라미드 우프닉스는 어디에 있느냐!"

"이젠 없어……."

"무슨 소리냐? 그녀는 아직 분명히 남아 있어! 카르나가 분명 그녀를 보았다!"

준후는 비웃는 듯 얼굴을 일그러뜨리다가 천천히 말했다.

"그건 이미 예전의 일이지……."

그때 무너져 내린 바닥의 한쪽 돌무더기가 움찔거리다가 이내 폭발하듯 돌무더기가 사방에 흩어졌다. 그곳에서 아하스 페르츠가 서서히 모습을 드러냈다. 박 신부는 몹시 놀랐다. 그들이 몰려서 있던 장소는 아까 박 신부가 일행들과 대화를 나누러 들어갔던 방문 앞이었다.

박 신부는 급히 아이들과 황달지 교수 등을 방에 밀어 넣고 그 앞을 몸으로 막아섰다. 곧이어 현암과 승희가 그 옆에 섰고 백호와 로파무드가 다른 편에 섰다.

중상을 입은 마하딥은 겨우 정신이 든 상태였지만 의외의 사태에 놀라 급히 키건 옆에 가서 섰다.

고반다는 아하스 페르츠가 나온 것을 보고 얼굴을 찌푸렸지만 준후를 잡은 손을 놓지는 않았다.

준후가 다급하게 고반다에게 다시 서툰 영어로 외쳤다.

"어서 저자를 막아!"

"싫다면?"

고반다의 말이 떨어지는 순간 준후는 고통에 가득 찬 비명을 질렀다. 고반다가 무슨 수를 쓴 것 같았다. 준후는 고통이 얼마나 심했는지 마치 전기 고문이라도 당하는 것처럼 온몸에 경련을 일으키고 있었다.

그 순간, 박 신부와 현암이 동시에 고반다를 향해 달려들었다. 현암은 월향검을 빼 들고 있었고 박 신부는 오라 막을 펼쳐 냄과 동시에 오라 구체를 무섭게 내쏘았다.

그러나 박 신부의 오라는 고반다의 오라와 부딪혀 서로를 밀어내지 못했고 오라 구체도 고반다를 조금 움찔거리게 했을 뿐, 그를 쓰러뜨리지는 못했다.

현암 역시 월향검으로 고반다의 손목을 내리쳤지만 공력이 실리지 않아 월향검은 결국 고반다의 오라 막을 뚫지 못하고 튕겨 나왔다. 그때 고반다는 팔에 얼얼한 충격을 느꼈는지 아니면 반사적으로 그랬는지 준후를 잡고 있는 손가락에 일순 힘이 빠졌다.

현암은 그 틈을 타 재빨리 준후의 몸을 힘껏 뒤로 잡아당겼다. 준후의 옷소매가 찌익 찢어지는 순간 현암은 준후를 안고 데굴데굴 굴러서 박 신부 쪽으로 피했다.

고반다가 준후를 다시 잡으려 했지만 박 신부가 그 앞을 막아서자 다시 한 걸음 뒤로 물러섰다.

그때 아하스 페르츠는 고반다에게 말했다.

"형편없는 작자로군. 저런 것들에게 속다니."

고반다는 아하스 페르츠를 노려보았으나 뭐라고 되받아치지는 못했다.

다시 아하스 페르츠가 입을 열었다.

"저들이 네가 바라는 것을 들어줄 것 같은가, 위선자?"

그 말을 듣는 순간 고반다는 준후를 무서운 눈매로 노려보았다. 그 눈빛을 보자 박 신부와 현암 등은 모두 가슴이 철렁 내려앉는 기분이었다. 지금 퇴마사들이 모두 힘을 합해도 아하스 페르츠의 손아귀에서 도망치는 것도 불가능에 가까운 상황인데, 고반다까지 덤벼든다면 상황은 절망적이나 다름없었다.

박 신부가 현암에게 얼른 나지막한 소리로 말했다.

"자네가 고반다를 좀 맡아 주게. 그리고 승희에게 모두를 피신시키라고 하게."

현암은 그 말을 듣고 자신은 공력이 없는 상태라고 말하려다가 그만두었다.

"그러죠."

돌연 아하스 페르츠가 고반다에게 말하는 소리가 들렸다.

"어떤가, 지금 저놈들을 도망치게 놔두면, 많이 번거로워질 텐데? 어차피 우리끼리는 승부를 낼 수 없으니, 지금은 함께 저놈들을 없애 버리는 게 낫지 않을까?"

마치 모두가 똑똑히 들으라는 듯 대놓고 영어로 지껄이는 아하스 페르츠의 말을 들은 사람들의 얼굴빛이 모두 굳어졌다.

재빨리 박 신부가 승희와 백호에게 말했다.

"승희야! 백호 씨! 어떤 수를 써서라도 벽을 뚫고 달아나게. 여긴 우리에게 맡기고!"

"하지만 어떻게······."

로파무드가 간디바를 꺼내면서 앞으로 나섰다.

"제가 해 보죠."

로파무드가 무너진 출구 앞에서 중얼중얼 진언을 외우기 시작하자 박 신부는 백호와 승희를 보며 다시 한번 당부했다.

하르마게돈 529

"모두 부탁하네."

"현암 군! 나도 같이……."

승희가 끼어들려 하자 현암은 승희에게 딱 잘라 말했다.

"있으면 방해만 돼."

"하지만……."

승희가 미처 말을 잇지 못하고 잠시 멈칫하는 순간, 고반다와 아하스 페르츠는 그들을 향해 다가오기 시작했다.

박 신부와 현암은 동시에 앞으로 달려 나갔다.

무너진 지하실 밖에서

한편, 출구가 무너져 내리자 서로 싸우고 있던 성당 기사단원들과 다른 사람들이 돌연 행동을 멈추었다. 그리고 안나스가 발파 장치를 작동시킨 후 그것을 던져 버리자 모두가 의아하다는 표정을 지었다.

그때 윌리엄스 신부가 소리쳤다.

"당신……! 당신은 어째서!"

상황이 아무래도 심상치 않은 것 같아지자, 앞에 나가서 싸우고 있던 성난큰곰은 몸을 훌쩍 날려 윌리엄스 신부 쪽으로 돌아왔다.

이반 교수와 바이올렛, 성당 기사단원들은 멍하니 그 광경을 보기만 할 뿐, 모두 손을 멈춘 상태였다. 그들에게 명령을 내리던 아하스 페르츠도, 키건도 보이지 않았고, 상황이 이상하게 흘러간다는 생각 때문에서였다.

그들이 일단 뒤로 물러서자, 가디언들도 불안감을 느끼고 프란체스코 주교를 중심으로 모여들었다.

가야바와 율리아, 카르나도 안나스를 에워쌌으며, 용화교의 세 노승도 그쪽으로 가자 네 무리의 많고 적은 사람들이 서로 갈라서게 됐다.

그러자 성당 기사단원들은 더 이상 싸우려 하지 않고 피하려는 눈치가 역력했다. 그도 그럴 것이, 이제 자기편의 우두머리가 없어졌으니 승산이 없었다.

그때 안나스가 입을 열었다.

"당신들, 썩 사라져요. 추적하지 않을 테니까."

그 말이 떨어지기가 무섭게 성당 기사단원들은 분분히 사방으로 흩어져 버리고 말았다. 아무도 그들을 추격하려 하지 않았다.

프란체스코 주교가 안나스를 의혹에 가득 찬 눈으로 보며 말했다.

"당신, 어째서 그런 짓을 한 거요?"

"무엇 말인가요? 성당 기사단원들을 쫓아 보낸 것 말인가요? 지금 시간이 없는데, 그들을 일일이 상대해야 하겠어요?"

"그것 말고 말이오! 왜 출구를……!"

프란체스코 주교가 말끝을 흐리자 안나스가 태연히 되받았다.

"당연한 일 아니겠어요? 당신들은 나에게 감사해야 해요."

"무슨 소리를……!"

아우구스티노 수사가 주위를 둘러보다가 노해서 소리쳤다. 아우구스티노 수사는 조금 단순하지만 한편으로는 성격이 곧았다. 그는 퇴마사들과 많은 사람들이 보이지 않자 그들이 갇혔다는 것을 비로소 알아채고 화를 낸 것이다.

안나스가 담담히 말했다.

"아하스 페르츠가 튀어나오면 우린 모두 죽은 목숨이죠. 고반다도 무시할 수 없고요. 그들을 가둬 우리가 도망칠 수 있게 됐는데, 당신들은 나에게 감사하지 않나요?"

그 말을 듣고 윌리엄스 신부가 노해서 소리쳤다.

"안에 우리 편이 있단 말입니다!"

"할 수 없지요. 그들이 시간을 끌어 주지 않으면, 우리도 시간이 충분하지 못하니까요."

너무도 태연하게 말하는 안나스를 보며 윌리엄스 신부는 화가 치밀어 몸을 부르르 떨며 두 주먹을 움켜쥐었다.

분위기가 심상치 않자 프란체스코 주교가 급히 사태를 수습하려는 듯 말했다.

"당신은 아까 예언에 대한 이야기를 했는데…… 당신, 그래서 그들을 아하스 페르츠와 같이 가둔 거요? 그 세 사람이면 아하스 페르츠를 물리칠 수 있기 때문에……."

프란체스코 주교의 말에 안나스가 깔깔 웃었다.

"내가 죄를 지었군요. 그런 소리를 했던가요? 저런. 아하스 페르츠 같은 자가 앞에 있어 내 정신이 조금 오락가락했던 모양이군요."

"그렇다면 그 말이 거짓이었단 말이오?"

이번에는 이반 교수가 노해서 언성을 높였다.

전혀 당황하는 기색 없이 안나스가 유들유들하게 대꾸했다.

"내가 그 말을 하지 않았으면 아하스 페르츠는 거리낌 없이 달려들었을 테고, 그러면 우리 모두 상당한 타격을 입었겠지요. 성당 기사단이 출구를 막고 있었으니 말이에요."

프란체스코 주교가 좋지 않은 안색으로 다시 물었다.

"그러면 당신은 어떻게 고반다를 기절시켰소? 당신 말 한마디로 고반다는 기절했는데…… 당신은 그의 비밀을 안다고 했잖소?"

"나는 물론 그의 비밀도 알지요. 그래서 그가 분노해서 기절한 거랍니다."

"그의 비밀은 뭐요?"

"누구도 그를 해칠 수 없지만, 반대로 그 역시 아무도 해칠 수 없거든요. 그러니 그는 두려워하지 않아도 되는 셈이지요. 고반다와 아하스 페르츠, 그리고 네 명의 한국인들 모두가 강적이었는데, 한순간에 저만치 가 버리고 말았어요. 행운이죠. 정말 행운이에요. 아, 너무 말이 많았군요. 뜻하지 않은 행운을 잡으니 말이 많아진 것 같아요."

"그들을 한데 가두다니, 당신은 정말 악랄한……!

윌리엄스 신부가 분통을 터뜨렸으나 안나스는 태연했다.

"그 방법 말고는 아하스 페르츠를 막을 방법이 없어요. 아마 지금쯤 모두가 한데 엉켜 죽자 살자 싸울 테죠. 우리는 그사이 훌훌 벗어나 버리면 그만이고요."

 프란체스코 주교의 안색이 더욱 어두워졌지만 뭐라 말을 하지는 않았다. 오히려 곁에 있던 아우구스티노 수사가 화를 내며 소리쳤다.

"그건 너무도 지독하오! 제아무리 아하스 페르츠가 무섭다지만, 우리가 힘을 모은다면 그를 죽이지는 못해도 막아 내어 피할 수는 있소! 그런데 왜 무고한 사람들까지 함께 희생시킨다는 거요?"

 그 말에 안나스가 고개를 절레절레 저었다.

"파문당한 쓰레기 같은 신부와 악마와 한편인 청년, 거기다가 여자까지 거리낌 없이 죽이려는 아이놈 따위에게 이 정도 무덤이면 족하죠."

 안나스의 말에 이단 심판소 사람들은 모두 입을 다물었다. 사실 이단 심판소 사람들은 퇴마사들을 그리 좋게 보지 않았다. 그들 입장에서 박 신부는 파문당한 배교자였고, 아우구스티노 수사의 눈을 통해 현암은 악마와 소통하는 자로 낙인찍힌 지 오래였으며, 준후는 베드로 수사를 해친 용의자인 데다 아녜스 수녀를 거침없이 죽이려 한 장본인이기도 했으니 말이다.

 그러나 아우구스티노 수사는 물러서지 않았다.

"하지만 저 안에는 아직도 아이들과 여자들도 있소! 그들까지 생매장해 버리다니……!"

"어느 정도의 희생은 불가피하답니다. 어차피 그들은 그 쓰레기 신부 편이잖아요? 당신들이 왜 그들을 아쉬워하는 거죠?"

안나스가 집요하게 묻자 아우구스티노 수사는 말문이 막힌 듯 입을 다물었다.

윌리엄스 신부와 이반 교수, 바이올렛 등은 모두 머리끝까지 화가 치밀어 오른 상태였다. 오직 성난큰곰만이 겉으로 내색하지 않고 있었다.

그런데 안나스는 그들을 바라보며 더욱더 기막힌 소리를 했다.

"당신들, 어서 타보트를 내려놓아요. 그건 당신들이 어쩔 수 있는 물건이 아니니까요."

그 말이 떨어지자 모두는 기가 막혀 저마다 분통을 터뜨렸다. 이단 심판소 사람들마저도 안나스에게 아무래도 지나치지 않느냐는 말을 했다.

그러나 안나스는 모두의 입막음하려는 듯 딱 잘라 말했다.

"당신들은 타보트가 필요하지 않나요? 그걸 저들의 손에 놓아둘 건가요? 저들은 우리에게 원수를 갚으려 할 텐데?"

"우리는 그들에게 죄를 짓지 않았소."

프란체스코 주교의 말에 안나스가 웃으며 되받았다.

"아직은 아니겠죠. 하지만 당신들은 타보트를 원하고, 그것을 얻으려면 저들에게 죄를 짓게 될 텐데요? 저들이 그걸 과연 순순히 내주리라고 생각하나요?"

그 말에 이단 심판소 사람들은 서로의 얼굴을 바라보았다. 그들은 퇴마사 일행을 절대로 같은 편이라 여기지 않았다. 아하스 페르츠라는 무서운 강적이 있는 상황에서 일시적으로 손을 잡았지만, 그들 또한 타보트를 얻고 싶었던 것이다.

루카 수사가 귓속말로 다른 가디언들에게 속삭였다.

"안나스는 확실히 지나치지만, 어차피 그들은 강적이오. 이렇게 된 것이 잘된 걸지도 모르오."

"하지만 안나스도 믿을 수 없어요."

시므온 수사가 말하자 루카 수사는 다시 말했다.

"아무리 그래 봤자 안나스 일당은 셋뿐이오. 우리는 그들을 어쩔 수 있어도, 만에 하나 동양인들 그룹이 다시 뛰쳐나온다면 당해 낼 수 없을 거요. 그러니 지금은 안나스의 편을 들어야 합니다. 서둘러 타보트를 얻고 안나스를 따돌리는 방법이 지금으로선 최선입니다."

곁에서 그 말을 듣던 프란체스코 주교는 침울한 안색으로 고개를 끄덕여 보였다. 다른 가디언들도 그 말에 따랐다.

가브리엘 수사는 이반 교수를 흘깃 쳐다보았다. 지난날 잠깐 그와 나누었던 대화가 생각났기 때문이다. 아녜스 수녀는 잠시 박 신부를 생각했고, 아우구스티노 수사는 이상하게도 미워할 수 없는 현암을 잠시 떠올렸다.

그들의 생각을 눈치챈 듯, 프란체스코 주교가 입을 열었다.

"사사로운 생각은 이제 접어 둡시다. 지금 우리는 주님의 무기요, 방패입니다······."

그 말에 모두는 각각의 생각을 떨쳐 내고 마음을 다잡았다.

프란체스코 주교가 안나스를 쳐다보며 물었다.

"타보트를 우리에게 넘겨줄 수 있소, 랍비 안나스?"

고개를 끄덕이며 안나스가 대꾸했다.

"그들이 순순히 내놓는다면요……."

"당신은 욕심내지 않겠다는 뜻이오?"

그 말에 안나스가 씩 웃었다.

"욕심나긴 하지만, 내가 그것을 얻기에는 힘이 부족한 듯하군요. 내 부하들도 모두 쓰러졌고……."

"그렇다면 타보트는 우리가 갖겠소. 방해하지 마시오."

"방해라뇨? 당신들이 그걸 갖는 게 저들 손에 있는 것보다 낫지요. 조약은 아직 유효합니다. 그리고 제가 원하는 것은 타보트를 잠시 보는 것뿐입니다."

그 말을 듣자 프란체스코 주교는 조금 망설이다가 눈을 질끈 감으며 성난큰곰을 향해 말했다.

"타보트를 이리 주시오. 그것은 우리의 성물이오."

입을 굳게 다물고 있던 윌리엄스 신부가 나섰다.

"진정 당신들이 성직자입니까? 힘을 써서 그것을 강탈하겠다는 겁니까?"

"강탈이 아니오. 그건 우리 종교의 성물이지, 당신들이 사사로이 사용할 수 있는 물건이 아니오."

윌리엄스 신부는 잠시 생각하더니 이반 교수에게 말했다.

"우리가 이걸 얻으려 한 건 아하스 페르츠를 상대하기 위해서였어요. 저들이 이걸 가져간다면 아하스 페르츠를 반드시 상대하게 되겠지요?"

이반 교수가 고개를 끄덕였다.

"나도 여기서 굳이 이단 심판소 사람들과 싸울 필요는 없다고 생각하오. 저 안나스라는 자는 용서할 수 없지만 말이오."

"할 수 없군요……. 그걸 내줍시다."

그때 성난큰곰이 고개를 저었다.

안 된다.

성난큰곰을 쳐다보며 바이올렛이 다급하게 끼어들었다.

"왜죠? 그건 어차피 아하스 페르츠를 상대하기 위해 얻으려 한 거고, 우리 역시 그걸 사용하지 못했잖아요. 더구나 지금 같은 상황에서……."

성난큰곰은 묵묵히 고개를 저으며 세 사람의 마음속으로 의사를 전해 왔다.

여기에는 더 큰 비밀이 숨어 있는 것 같다. 솔직히 아하스 페르츠를 상대하려고 이단 심판소나 검은 편지 결사가 모두 몰려왔다는 건 믿을 수 없는 일이다. 여기엔 뭔가 더 큰 비밀이 숨겨져 있는 게 분명하다……. 더구나 안나스는 타보트를 보기만 하면 된다고 하지 않는가?

방금 안나스의 말에 비추어 보면 확실히 타보트에 엄청난 비밀이 숨겨져 있는 것 같기는 했다. 그러나 윌리엄스 신부나 이반 교수 등은 심히 비관적인 표정을 지어 보였다.

"지하실이 무너졌지만, 친구들은 아직 죽지 않았을 거요. 우리는 어떻게든 그들을 구해야 하오. 그런 판에 이길 확률도 거의 없는 싸움을 여기서 벌일 수 없소."

그 말에 성난큰곰이 인상을 잔뜩 찌푸렸다.

이길 확률이 없다고 친구들의 기대를 저버리자는 건가?

돌연 이반 교수는 성난큰곰과 이야기하다 말고 앞으로 나서면서 프란체스코 주교에게 말했다.

"사실 우리가 이 타보트를 얻으려 한 것은 아하스 페르츠를 상대하기 위해서요. 그러나 당신들은 대체 무슨 목적으로 이걸 얻으려 하는 거요? 내가 보기에는 다른 목적이 있는 것 같은데?"

프란체스코 주교가 한숨을 쉬며 되물었다.

"그 물건이 가톨릭에서 가장 중요한 유물의 하나라는 것을 당신도 모르지는 않을 텐데요?"

"그렇다면 당신들이 이것을 지금 빼앗으려는 이유가 뭐요? 어차피 아하스 페르츠를 상대하고 난 후에 타보트는 우리에게 쓸모가 없는 물건이오. 당신들에게 돌려줄 수 있소."

"그럴 수는 없습니다. 지금 우리에게 내주세요."

"뭔가 이유가 있는 것 같군그래?"

그때 안나스가 웃으며 말했다.

"당연히 이유가 있지요. 아하스 페르츠를 상대하는 것도 중요하지만, 더 큰 이유가 있지요."

프란체스코 주교가 다급한 목소리로 외쳤다.

"무슨 소리를 하는 거요, 랍비 안나스?"

윌리엄스 신부는 프란체스코 주교의 말을 무시하듯 안나스를 쳐다보며 재촉했다.

"그 이유가 뭐지요? 솔직히 말해 보세요. 그 이유가 정당하다면 싸우지 않고 그냥 넘겨줄 수도 있습니다."

"정말인가요?"

안나스가 빙글거리며 웃으며 묻자 윌리엄스 신부는 엄숙하게 고개를 끄덕여 보였다.

대뜸 프란체스코 주교가 화를 내며 외쳤다.

"말도 안 되오! 당신, 조용히 하시오!"

전혀 당황하는 기색 없이 안나스가 프란체스코 주교에게 물었다.

"당신, 대체 왜 그러는 겁니까? 내가 무슨 말을 할지 당신은 마치 알고 있는 것 같군요? 당신, 타보트를 본 적이 있나요?"

"그건 아니지만……."

"그렇다면 왜 그러는 거죠? 나도 타보트에 적힌 내용은 모릅니다만, 그 내용으로 세상을 구원할 수 있다는 것은 알고 있어요……."

프란체스코 주교가 거칠게 외쳤다.

"세상을 구하는 게 아니라, 세상을 지배하는 것이겠지!"

프란체스코의 말에 안나스는 지지 않고 맞받아쳤다.

"지배하다니요? 그건 그렇죠. 타보트에 새겨진 것은 십계명이니까요. 십계명은 세상을 지배해야만 하는 원칙이 아닌가요? 하지만 나는 지금 타보트의 뒷면에 새겨진 글자들을 말하는 거예요."

안나스가 빙빙 말을 돌리자 프란체스코 주교는 몹시 화를 내는 것 같았으나 대꾸할 말을 금방 찾지 못했다.

이단 심판소 사람들이나 윌리엄스 신부 일행들은 안나스가 타보트에 숨겨진, 알려지지 않은 비밀을 미끼로 양자 사이의 싸움을 붙이려는 의도를 눈치챌 수 있었지만, 양쪽 모두 그것을 막을 방법이 없었다.

윌리엄스 신부 일행은 그 내용이 너무도 궁금했고, 프란체스코 주교는 숨겨 둔 비밀이 드러날까 전전긍긍했다.

안나스는 교묘한 수작이 먹혀들어 가자 전혀 주저하지 않고 이반 교수를 향해 말했다.

"타보트의 유래를 생각해 보세요. 그걸 누가 만들게 했는지 말이죠."

"그건 물론……"

이반 교수는 무심코 모세라고 말하려 했으나 더 이상 말을 이을 수가 없었다. 프란체스코 주교가 큰 소리로 끼어들었기 때문이다.

"랍비 안나스! 당신 지금 무슨 짓을 하고 있는지 아시오? 당신은 세상을 종말로 몰아넣고야 말 생각이오?"

그 말에 안나스는 놀란 듯, 눈을 크게 뜨며 말했다. 그의 느물거리던 표정은 갑자기 심각해졌다.

"당신…… 당신, 정말 알고 있었군! 당신이 어떻게 알지?"

프란체스코 주교의 얼굴도 심각해졌다.

"당신도 알고 있었군……"

두 사람은 몹시 놀란 듯 서로를 바라보았다. 마주 보고 있는 두 사람의 눈길이 부딪쳐 불똥이 튀는 것 같았다. 프란체스코 주교가 먼저 냉랭하게 입을 열었다.

"랍비 안나스! 한마디라도 더 떠든다면 우리의 협약은 이것으로 끝이오!"

그러자 안나스는 열에 들뜬 듯, 지지 않고 맞섰다.

"우리는 세상을 지배할 것이지만, 세상을 망하게 할 생각은 없어요! 당신이야말로 세상의 종말을 바라는 것 아닌가요? 이제 보니…… 당신이야말로……!"

순간 프란체스코 주교가 아녜스 수녀를 위시한 가디언들에게 큰 소리로 명령했다.

"어서 저것을 되찾으시오! 그리고 이 자리에 있는 자들은 한 명도 살려 두어선 안 되오!"

바야흐로 하르마게돈의 서막이 열리는 순간이었다.

-5권에서 계속

퇴마록 말세편 4

초판 1쇄 인쇄	2025년 5월 8일
초판 1쇄 발행	2025년 6월 5일

지은이	이우혁		
책임편집	양수인		
편집진행	북케어(김혜인, 전하연)	**교정**	양서현
디자인	studio forb	**본문 조판**	정유정
책임마케팅	최혜령, 박지수, 도우리		
마케팅	콘텐츠 IP 사업본부		
해외사업팀	한승빈		
경영지원	백선희, 권영환, 이기경, 최민선		
제작	제이오		
펴낸이	서현동		
펴낸곳	㈜오팬하우스		
출판등록	2024년 5월 16일 제2024-000141호		
주소	서울특별시 강남구 테헤란로 419, 11층 (삼성동, 강남파이낸스플라자)		
이메일	info@ofh.co.kr		

ⓒ 이우혁

ISBN 979-11-94654-83-4 03810

* 반타는 ㈜오팬하우스의 출판브랜드입니다.
* 이 책은 저작권법에 따라 보호받는 저작물이므로 무단전재와 무단복제를 금지하며, 이 책 내용의 전부 또는 일부를 이용하려면 반드시 저작권자와 ㈜오팬하우스의 서면동의를 받아야 합니다.
* 책값은 뒤표지에 표시되어 있습니다.
* 잘못된 책은 구입하신 서점에서 바꿔드립니다.